# 中国民间故事史

卷中

祁连休⊙著

河北出版传媒集团
河北教育出版社

# 第四编

# 宋元时期的民间故事

宋元两代共计408年，时间跨度较长。这个时期，中国民间故事在隋唐五代的基础上得到了进一步的发展，并且为明清两代中国古代民间故事的大发展和进入鼎盛时期作好充分的准备。宋元时期在中国民间故事发展史上具有承上启下的地位和作用，各类故事的发展都比较均衡。不但幻想故事、写实故事、民间笑话、民间寓言四个门类如此，每个门类中的各个小类也大体上如此。

宋元时期，手工业、商业经济日益发达，城市日臻繁华，通俗文艺、平民艺术有了明显的发展，达到空前繁荣的程度。在当时这样的社会环境下发展起来的民间故事里面，世俗生活得到了充分反映，因而具有更加贴近中下层民众生活，生活气息更为浓郁的特点。相比之下，在这个时期的民间故事里面，宗教观念、宗教影响则有所削弱；揭露僧侣不守教规、怙恶不悛等劣迹的民间故事则愈来愈多。不仅如此，这个时期的民间故事的时代感亦有所增强，诸如有关异族入侵、战乱频繁、社会动荡的内容，有关逐渐兴盛的航海事业和对外贸易的内容，在这个时期民间故事里面都不断有所描绘和反映。

宋元时期收录民间故事的著作很多，两宋时期尤为突出。但是，这个时期的民间故事大多零星散见于各种笔记小说，与此前各个时期有所不同的是，比较集中记载民间故事的著作并不多。这个时期录有民间故事的著作达一百多种，常见的有宋·佚名撰《灯下闲谈》，宋·吴淑撰《江淮异人录》、《秘阁闲谈》，宋·郑文宝撰《南唐近事》、《江南余载》，宋·张齐贤撰《洛阳缙绅旧闻记》，宋·黄休复撰《茅亭客话》，宋·高怿撰《群居解颐》，宋·李畋撰《该闻录》，宋·君玉撰《国老谈苑》，宋·田况撰《儒林公议》，宋·欧阳修撰《归田录》，宋·毕仲询撰《幕府燕闲录》，宋·文莹撰《湘山野录》、《玉壶清话》，宋·秦再思撰《洛中纪异录》，宋·司马光撰《涑水记闻》，宋·沈括撰《梦溪笔谈》，宋·王巩撰《随手杂录》，宋·刘斧撰辑《青琐高议》，宋·王辟之撰《渑水燕谈录》，宋·苏轼撰《东坡志林》，宋·苏轼撰《艾子杂说》、《渔樵闲话》，宋·魏泰撰《东轩笔录》，宋·张耒撰《明道杂志》，宋·孔仲平撰《孔氏谈苑》（又名《谈苑》），宋·陈正敏撰《遁斋闲览》，宋·彭乘撰《墨客挥犀》，宋·朱彧撰《萍洲可谈》，宋·邵伯温撰《邵氏闻见录》（又名《闻见录》），宋·王说撰《唐语林》，宋·张邦基撰《墨庄漫录》，宋·何薳撰《春渚纪闻》，宋·蔡絛撰《铁围山丛谈》，宋·张知甫撰《可书》（又名《张氏可书》），宋·马永卿撰《嬾真子》，宋·廉布撰《清尊录》，宋·江少虞编《宋朝事实类苑》（原名《皇朝事实类苑》），宋·曾慥撰《高斋漫录》，宋·曾慥编《类说》，宋·朱弁撰《曲洧旧闻》，宋·邵博撰《邵氏闻见后录》（又名《闻见后录》），宋·龚明之撰《中吴纪闻》，宋·苏舜卿撰《闻见杂录》，宋·施德操撰《北窗炙輠录》，宋·李石撰《续博物志》，宋·吕仁居撰《轩渠录》，宋·马纯撰《陶朱新录》，宋·周煇撰《清波杂志》，宋·吴曾撰《能改斋漫录》，宋·委心子编《分门古今类事》，宋·曾敏行撰《独醒杂志》，宋·郭彖撰《睽车志》，宋·洪迈撰《夷坚志》，宋·陆游撰《避暑漫抄》、《老学庵笔记》，宋·王明清撰《投辖录》、《玉照新志》，宋·佚名集辑《鬼董》，宋·沈俶撰《谐史》，宋·鲁应龙撰《闲窗括异志》，宋·张端义撰《贵耳集》，宋·杨和甫撰《行都纪事》，宋·岳珂撰《桯史》，宋·赵葵撰《行营杂录》，宋·郑克撰《折狱龟鉴》，宋·张世南撰《游宦纪闻》，宋·陈郁撰《藏一话腴》，宋·桂万荣撰《棠阴比事》，宋·庞元英撰《谈薮》，宋·朱辉撰《绝倒录》、宋·周文玘撰《开颜录》，宋·天和子撰《善谑集》，宋·罗烨编撰《醉翁谈录》，宋·周密撰《齐东野语》、《癸辛杂识》，宋·佚名撰《嘉莲燕语》，宋·罗点撰《闻见录》，宋·高文虎撰《蓼花洲闲录》，金·元好问撰《续夷坚志》，元·陈世崇撰《随隐漫录》，元·佚名[①]撰《南墅闲居录》，元·佚名撰《湖海新闻夷坚续志》，元·蒋子正撰《山房随笔》，元·辗然子撰《拊掌录》，元·杨瑀撰《山居新语》，元·郑元佑撰《遂昌杂录》，元·姚桐寿撰《乐郊私语》，元·仇远撰《稗史》，元·林坤辑《诚斋杂记》，元·佚名撰《东南杂录》，元·佚名编《异闻总录》，元·王莹编纂《群书类编故事》，元·陶宗仪撰《辍耕录》等。其中，收录民间故事比较多，比较引人注目的有《青琐高议》、《睽车志》、《夷坚志》、《鬼董》、《折狱龟鉴》、《癸辛杂识》、《续夷坚志》、《湖海新闻夷坚续志》、《异闻总录》、《辍耕录》等，而以《夷坚志》最为突出。

① 一作王有大。

# 第一章　宋元的神异故事

宋元时期的幻想故事，较好地沿袭了隋唐五代时期的发展态势，而且题材不断有所拓展，艺术水平得到了进一步的提升。其中，神异故事、精怪故事、鬼魂故事都有不同程度的发展和提高，鬼魂故事尤为明显。

宋元时期的幻想故事中的神异故事，包含仙佛异人故事、宝物故事、奇事奇遇故事、人神恋情与交谊故事、善报与恶报故事、惩恶除害故事等几类，内容丰富，异彩纷呈。

## 第一节　宋元的仙佛异人故事

宋元时期的仙佛异人故事，故事主人公大多为道教的神仙、道士，少数为佛教的菩萨、神僧，抑或兼有仙、佛特征的异人；其内容涉及异人现身济世，仙佛显示神威的许多方面，诸如治病救灾、扶危济困、答谢留赠、献艺传技、警世劝善、升仙成佛等等。

这一类故事里面的仙佛异人，现身时，往往难以辨认，因为他们无不以极其平常的面貌出现于尘世，而且大多以乞丐、道士、和尚的身份与世人交往，世人每每相见而不相识，失之交臂。因为凡夫俗子大都无认识仙佛异人的慧眼，总是过后方知，后悔莫及。试看：

成都民李氏，居郡城北。尝有丐者至，容体垢污可憎，与之钱，不肯去，叱逐之，入于门侧，遂隐不见。李氏虽怪咤，然不测为何人。后三日，别一道士至，顾其家人言曰："汝家光采顿异，殆有神仙过此者。”曰：“无之。”道士指左扉拱手曰：“此灵泉朱真人像也。”始谛视之，面目冠裳，历历可辨。道士曰：“真人来而君不识，岂非命乎？吾能以绘事加其上，当为君出力，使郡人瞻仰。”即探囊中取丹粉之属，随手点缀，俄顷间而成。美髯长眉，容采光润，宛然神仙中人。李氏惊喜，呼妻子稽首百拜。道士曰：“犹有一处未了，吾只在对街天庆观，今姑归，晚当复来。”不揖而出。过期，杳不至。就问之，盖未尝有此人也。李氏愈恨其不遇，揭扉施观中。张忠定参政为府帅，为建小殿以奉焉。

——《夷坚丙志》卷二《朱真人》

蔡纯诚通判，与一僧相善，尊宿也。忽得书招蔡，既至，而僧已趺坐而逝。先封小合，嘱其徒云：“蔡至贫，此合中吾衣钵金二两，来则与之。”蔡至，哭之恸，僧复开目与语良久，且云：“当有道人来烧香，非常人也，可随之，当有所遇。”言讫，瞑目长往。俄果有一道者至，蔡前揖之，道者爇香径去。蔡随其所往，行甚远，道者问：“随我何求？”蔡言：“素苦寒疾，百方不愈。”道者乃握其两手，顷之其热如灼。蔡云：“今偏体皆暖，惟脑尚冷。”则又以手熨其脑，应手即温。乃谓蔡曰：“勿庸随我。”用所衣布袍赠蔡，曰：“某年月日，岳阳楼前用钱三百七十买此。”言已，长揖别去。蔡收其袍，藏之。他年，蔡有故至山东一郡，茶肆中复遇道者，相见甚喜，袖间出纶竿，缉布缕为钓，笑掷地徐引之，得大鲤。相携酒垆，脍食之而去。

——《睽车志》卷一“蔡通判”

在以上两则故事中，仙佛均以平常的僧俗人等出现，甚至是满身污垢的乞丐。他们在寻常的言行举止中，显示出不寻常的神采、气度，颇有惊世骇俗的意味，使世人由此领悟一个道理：独具慧眼，谈何容易。很显然，这两则故事，都带有神秘色彩，在一定程度上增强了作品的艺术效果和感染力。但这两则作品亦稍有不同，前一则的神灵属道教系统，后一则的神灵，既有佛教系统的，又有道教系统的，并且由佛教异僧引出道教仙家。由此不难看出，当时的讲述者与听众对释、道两种宗教的神灵都是尊崇的，信奉的。

这个时期的此类有关难以辨认仙佛异人故事，尚有写一道士为人和易，常与人共饮而使酒家生意兴隆，其人坐逝岁余而棺空的《春渚纪闻·孙道人尸解》；写郑道人丐钱乞食，常将余钱分惠贫者，死后焚时棺中仅有一竹杖的《睽车志》“郑摇铃”；写青城山道人去拜麻姑时，食下村妇所授萝卜而神清气爽，寿过百岁的《夷坚志·麻姑洞妇人》；写西蜀二举人入京御试，试题果如途中神言却一字不能上，被黜后不复事笔砚的《蓼花洲闲录·西蜀二举人》；写全真庵罗某非痴非狂，能前知事，尝为人预，言有“狗灾”，该人果被狗伤而亡的《遂昌杂录》“罗蓬头”等。

下面从济世利民、救难消灾、献技传道、答谢留赠、得道成仙等几个方面进一步体论析这个时期的仙佛异人故事。

## 一、宋元的仙佛异人济世利民故事

这个时期的仙佛异人济世利民故事，以传医术、施医药、为各行各业民众治病疗的作品最为常见。比如：

余族兄次翁鼻间生一瘤，大如含桃，而惧其浸长，百方治之不差。行至襄阳，于客邸遇一道人，喜饮而日与周旋。临别解衣，出一小瓢如枣大，倾药如粟粒三，授次翁曰：“汝夜以针刺瘤根，纳药针穴，明日瘤当自落。其二粒留以救奇疾也。”次翁如其言，因夜取针剔瘤根纳药。至夜半，但觉药粒巡瘤根而转，至晓，扪之则瘤已失去，取镜视之，了无瘢痕也。因大神之，秘其余药，不令人知。其女为儿时，蹙倒折齿不生。次翁取药纳齿根，一夕齿平复。因以水银一两，置铫间，取药投之，则化为紫金。方知神仙所炼大丹也。

——《春渚纪闻》卷三《仙丹功效》

仙居，乃吉州道堂也。宋嘉熙辛丑年，堂近有李老家，稍温饱，道人（来往）即供以好茶，深熟者与酒。适有幼子病瘵，骨瘦如柴，死期可必。忽有堂内三道人，风貌苍古，来曰：“令嗣能过堂同榻一宵，则可再生。”李道急遣去。入夜，两道人夹之而睡，一道人盖其上。其气蒸之如火，病者如坐甑，几不能堪。道人曰："且忍耐。"凡若是者五六次，早起精神清爽，肌骨美畅，索饮食如常。不十日，丰悦殊异。道人嘱之曰："姑迟两年方可娶，若早则病复来。"李老夫妇拜谢之，与以钱会布帛，一毫不受，但受果饮三杯，辞堂往袁州邵山。时天色晚矣，李老与堂中道众苦留之，不从所请，方出门则不见矣，乃知其仙也。

——《湖海新闻夷坚续志》后集卷一《神仙门·仙医瘵疾》

以上两则故事，写的都是神仙治病救人的事迹。而其中的神仙，无不以道人的模样出现在尘世。当他们的仙丹、仙方卓有奇效，并且显现出神仙的风骨时，世人才恍然大悟，为之叹服。不过，神仙治病救人，分毫不取，却不一定能够使某些人受到感化。在前一则故事中，神仙为何次翁摘除其鼻瘤，还留下两粒仙丹以备"救奇疾"之需。然而何某却对神仙的嘱咐置若罔闻，甚至将其中的一粒仙丹拿去炼紫金，让人既感到悲哀，又感到愤怒。

这个时期的仙佛异人济世利民故事，尚有写异僧令失明十载之乡民重见光明的《夷坚志·甘棠失目》；写胡某用异人所授治痈疽内托散方，治愈众多病患的《夷坚志·异人痈疽方》；写一神仙以酒噀面，使已脱军籍之黥卒脸上黥文尽灭的《夷坚志·金陵黥卒》；写一异僧以奇特药方为民众治病驱疫的《夷坚志·赵小哥》；写仙姥变为青衣妇登门，用一颗药丸治愈周妻陈年痼疾的《湖海新闻夷坚续志·仙姥货药》；写一道人伸手抚摸厩卒满布疮秽之面，使其莹净无瘢的《异闻总录·厩卒疮愈》等。

## 二、宋元的仙佛异人救难消灾故事

这个时期的仙佛异人救难消灾故事，延续了治病疗伤的题旨，进一步展示仙佛异人济世利民的仁慈之心。试看：

万载县获赋市，有丐者姓郭，左手及两足皆反掌于上，止得右手拄地擦行，人遂名以"郭擦"。母老病风，弟病亦然，擦每月朔望出丐，一市人皆怜而惠之，遂得养母及弟，仅得一月之食，如此者十八年无怨。元贞二年冬，遇一道人，见其贫苦，又甘心养母与弟，遂与药五丸与擦，云："汝服吾药，宿疾顿可。"擦如教服之，手足随即如常。不料疾愈，无可托词以丐，而人亦无惠之者。方窘急间，又遇元道人。擦谢之，且祈之云："向蒙惠药，偶忘母疾，未曾分与，今母尚病。"道人再以五丸与之，其母服两丸，其疾如失。尚余三丸，适为里近富人所知，其病亦同。富人与擦云："闻汝有妙药三丸，以钞一锭与汝回赎。"擦应言不愿受钞，愿病安，三口乞终身供给，遂以药授之。后果效，富人守信供给之。得非郭擦一念孝悌，获遇神仙以受无穷之福。吁！丐者而处心如此，人亦可以自反矣。

——《湖海新闻夷坚续志》后集卷一《神仙门·仙医反掌》

此则故事，写一位以道人面貌出现的神仙，一再施药给那个残疾人孝子，不但治好了他患风痛病的老母，而且让他们一家三口衣食无忧，显示出神明扶危济困，救助善良的胸襟，并且体现出世人对于神明的无比崇敬。不仅如此，这则故事还生动地描述出十数年如一日地孝敬双亲、关爱兄弟者必有好报，又体现出世人对于行孝悌之人的无比赞许。

这个时期的仙佛异人救难消灾故事，尚有写有奇术老者以木鱼向壁上洒水，使民宅免于火灾的《孙公谈圃》"异人洒水"；写群丐中一刺青眉者向朱某传技，使之安乐长寿的《萍洲可谈》"朱斋郎遇仙"；写一仙人给误入迷津之渔家饮食，并指引其平安还家的《夷坚志·白马洞天》；写一仙家化为小吏劝某郡守移舟他处，因而得免山崩之难的《夷坚志·华阴厅小子》；写一仙赠仙果与迷路告饥者，使之辟谷不饥的《湖海新闻夷坚续志·野人破竹》；写一化缘道士赠扇为慷慨助人的士子引路，使其躲过一场劫难的《湖海新闻夷坚续志·异人送扇》等。

## 三、宋元的仙佛献技传道故事

这个时期的仙佛异人献技传道故事，写的是他们以另一种方式济世利民，给众多平民百姓施恩惠。试看：

襄阳天仙寺在汉江之东津，去城十里许，正殿大壁画大悲千手眼菩萨像。世传唐武德初，寺尼作殿，求良工人图绘。有夫妻携一女子应命，期尼以扃殿门，七日乃开。至第六日尼颇疑之，乃辟户，见其无人，有二白鸽翻然飞去。视壁间圣像已成，相好奇者，非世工所能。独其下有二长臂结印手未足，乃二鸽飞去之应也。郡有画工武生者，独能摹传其本。大观初，有梁宽大夫寓居寺庙中，心无信向，颇轻慢之。武生云："菩萨之面正一尺。"宽以为诞，必欲自度之，乃升梯欲以足加菩萨面。忽梁间有声如雷，宽震悸而坠，损其左手。僧教宽悔过自忏，后岁余如旧。兹御侮于像法事者，怒其慢渎耳。

——《墨庄漫录》卷十"画千手眼菩萨像"

此则故事，既描述异人为寺庙绘制千手千眼观音像，完成了一项弘扬佛法的浩大工程，并且发挥了向世人传授绘画技艺的作用，无疑是一件一举多得的善事，很有意义。但是，这一则故事又对那位梁宽大夫给予必要的惩戒，从而向世人表明，轻慢菩萨的行为是不可取的。

这个时期的仙佛异人献技传道故事，尚有写一异人用坚劲如铁之木板刻出一幅桃园的景物，至为精美，虽世间工画善巧者亦不能制作的《夷坚志·桃园图》；写对弈道人让求药者吞下一枚棋子，其人顿时棋艺过人，天下无敌的《夷坚志·观音寺道人》；写一仙家不但将沦为乞丐之伤兵治好，还将药方传与其人，服者无不灵验的《夷坚志·李家遇仙丹》；写一道人授道术与甘贫好道之卖豆乳者，使其体魄健壮的《湖海新闻夷坚续志·刘咬指卧雪》；写卫某遇神仙而得药方一本，遂通医术，医道日盛的《湖海新闻夷坚续志·神仙教医》等。

## 四、宋元的仙佛异人答谢留赠故事

这个时期的仙佛异人答谢留赠故事，内容颇为丰富，大多故事性强，往往通过生动有趣的故事情节，揭示仙佛异人的神力，展现其珍视友谊、重情重义的襟怀与豁达大度、与人为善的风采。试看：

李无竞入都调官，至朱廷镇，有二丐者喧争于道，老妪曰："我终身丐乞，聚金数百，此子贷去，半载不偿。”无竞取缗如所逋[①]数与之，丐者谢曰：“吾实逋其钱，君行路人，能偿之以解其斗。吾家在隆和曲，筠栅青帘，乃所居也。子能访我，当有厚谢。”

无竞异其言。后入隆和，果有帘栅。入门，见数丐者地炉共火。入室，有冠带者立于堂，乃向丐者。丐既坐，曰：“小酌御寒。”无竞恍惚甚疑。其人勤劝，逊辞终不饮，但濡唇而已。时方大寒，盘中皆夏果，取小御桃三枚怀归。丐者作诗曰：“君子多疑既多误，世人无信即无成。吾家路径平如砥，何事夫君不肯行？”

无竞至邸，取桃，乃紫金三块，因大悔恨。翌日再访之，已不见，询问皆无知者。无竞琢其金为饮器，年七十余，面色红润，岂酒濡唇之力乎？

——《青琐高议》补遗《隆和曲丐者》

此则故事，写一仙人厚报解囊相助者，珍重情义，知恩图报，非常富于人情味，让读者、听众感到十分温馨。令人感到遗憾的是，李某当时尚不知道丐者乃是仙家，对其款待与馈赠并不很在意，因而失却良机。这倒正好说明李某慷慨解囊帮助他人的时候，并没有希望得到回报。其人的这种品格，无疑是十分可贵的。

这个时期的仙佛异人答谢留赠故事，尚有写一道人取药拭酒杯使之变为金杯，用以偿还酒楼酒资，令酒楼发了一笔小财的《睽车志》“金杯偿值”；写一道人为报答村妪厚待，使其家枣树长出胡芦状大枣的《夷坚志·胡芦枣》；写一道人往井中投药丸使该地年年暑夕再无蚊害，藉以答谢客邸主人的《夷坚志·阆州道人》；写仙人赠药为书生治好伛偻病，用以答谢其招饮盛情的《湖海新闻夷坚续志·仙医曲背》；写一道人以杖拄地，令迸出清水变酒，让施茶崔婆大享其利的《湖海新闻夷坚续志·井化酒泉》等。

① 逋（bū 哺）：拖欠。

## 五、宋元的仙佛异人助人得道成仙故事

在仙佛异人故事中，有关帮助世人得道成仙内容的故事，大多颇为有趣。从具体描述可以看出，此类故事乃是这个时期仙佛异人故事的一个亮点。在故事里面，得道成仙的途径各不相同，既有自己修炼而成的，亦有经仙家、异人指点而成的，可谓殊途同归，这些故事无不生动地体现出当时民众的一种渴望幸福生活的理想和追求。试看：

济南李芨，字定国，寓临安军营中，以聚学自给，暇则纵游湖山。尝欲诣净慈寺，过长桥，于竹径迷路，见青衣道人林下斫笋，芨揖之。道人问所往，曰："将往净慈，瞻礼五百罗汉。"道人曰："未须去，且来同食烧笋。"食之甚美。俄风雨晦冥，失道人所在。芨皇惧，伏林间。少顷雨止，寻径而出，至寺门下，觉身轻神逸，行步如飞。洎归舍，不复饮食。其从兄大猷为诸王宫教授，将之任，遣仆致书。见其颜如桃红，且能辟谷，以语大猷，及大猷至，即已去，云游茅山矣。后又闻入蜀，隐青城山。大猷为梓路提刑，使人至眉访所在，眉守复书报："数年前已轻举乘云而去，今唯绘像存。"

——《夷坚丁志》卷十八《李芨遇仙》

至元壬辰，灌州青城山崔公，与崔婆在山门路口茅屋下卖柴。一日，入山采柴，忽麻姑仙坐石上，拜之，仙问曰："汝欲官否？"崔应云："我用官何为？"又问："欲钱否？"应云："钱多害己。"又问："欲华衣否？"应云："我是卖柴汉，何用华衣为？"又问："此三者非汝所欲，今所欲何事？"崔公笑云："我要此须拖地便好。"麻姑引手捋之，须随手而长，竟至垂地。归家，人以为讶。后不食，言人祸福如神，合城观者如堵。凡有布施钱，一文亦不受。一年后，夫妻俱入山，不知所终。

——《湖海新闻夷坚续志》后集卷一《神仙门·崔公得道》

以上两则故事多有不同之处：背景不同，一为宋代，一为元代；发生

地点不同，一在浙江，一在四川；故事主人公身份不同，一为教习，一为贩夫。但故事主人公都具备了两个得道成仙的基本条件：一为人品好，一为有仙缘。因此，他们能够得道成仙，达到世人的理想境界，无不在情理之中。

这个时期的仙佛异人帮助世人得道成仙故事，尚有写某翁妪二人对饮于野外，老翁忽然乘云而上，极高而没的《江淮异人录·杭州野翁》；写程翁仁厚，服仙丹升仙后现身搭救被诬入狱者的《茅亭客话·程君友》；写一女子坠阁道下不死，食草木根苗，积思精专而飞升的《陶朱新录》"坠阁道女"；写徐翁炼药时常有黄犬旋于丹鼎旁，追其迹掘得犬状枸杞，食后乃仙去的《湖海新闻夷坚续志·遇药成仙》等。

## 第二节　宋元的奇事奇遇故事

宋元时期的奇事奇遇故事，作品数量较多，内容相当广泛，故事性强，包括有关神鬼的奇事、有关婚丧嫁娶的奇事、有关幻术妖术的奇事、有关动植物的奇事以及外出奇遇，等等。其故事情节无不奇特诡异，往往出人意料，让读者、听众从中受到触动，多有感悟。

### 一、宋元的神鬼奇事故事

这个时期有关神鬼的奇事故事，大多描述体现神力、天意的各种奇事，数量甚多，其中不乏精彩的篇什。譬如：

> 宣和间，朝廷收复燕云，即科郡县敷率等第出钱增免夫钱。海州怀仁县杨六秀才妻刘氏，夫死，独与一子俱，而家素饶于财。闻官司督率严促，而贫下户艰于输纳，即请于县，乞以家财十万缗以免下户之。县令欣然从之，调夫辇运数日，尽空其库藏者七间。因之扫治，设佛供三昼夜。既毕，明旦视之，则屋间之钱已复堆垛盈满，数之正十万缗，而皆用红麻为贯。每五缗作一辫，辫首必有一小木牌，上书"麻青"二字。观者惊异，莫知其然。

或有释之者曰："如闻青州麻员外家至富，号麻十万家，岂非神运其钱至此耶?"刘氏因密令人往青州踪迹之，果有州民麻氏，其富三世，自其祖以钱十万镇库，而未尝用也。一夕失之，不知所往。刘氏即专人致殷勤于麻氏，请具舟车复归此钱。麻氏惊嗟久之，而遣介委曲附谢曰："吾家福退，钱归有德，出于天授。今复往取，违天理而非人情，不敢祗领也。"刘氏知其不可，曰："我既诚输此钱以助国用，岂当更有之!"即散施贫民及助修佛道观宇，一钱不留于家，家益富。

——《春渚纪闻》卷二《二富室疏财》

金陵雨花台下居民甄氏，牧牛于野，值两人东西相逢迎，如今羽客衣冠，擎拳对揖。其一曰："钱库后门久已溃坏，宜急倩一夫整之。"其一曰："诺。"遂散去。良久，甄独行至山侧，峻岩下见崖傍一穴，大如斗，中有散钱溢出，即解衣包之。欲还家报父兄并力来取，且虑他人得见，乃抟泥窒塞穿处。回至中途，复遇前二客。其一又问："钱库门已葺未?"其一曰："方用钱三百倩雇一牧童填补讫。"甄时年十七八岁，晓其语，归为父言之。数其钱，正得二百三十一文。洎家人集元处，穴不复可寻矣。

——《夷坚支甲》卷十《羽客钱库》

以上两则故事，分别采录自北宋和南宋时期，它们均与钱财有关，立意甚好，读来非常感人。其中，一则故事称颂疏财重义的善举，一则故事告诫世人不可妄取钱财，都能给世人以启迪和教益。

这个时期有关神鬼的奇事故事，尚有写一盗窃佛髻珠者竟不得出寺门，后还珠引咎乃识途而去的《墨庄漫录》"盗佛髻珠者"；写一僧人教渔者塑泗洲像时在像中各置一钱，众人纷纷前来向其买鱼，因以致富的《中吴纪闻·幻僧》；写三道士令求富贵老卒从仙人洞中抱出之石，竟变为黄金的《能改斋漫录·黄鹤楼下仙人洞》；写一神人借钱万缗与折本商贾刘三郎，而让其将钱还与东来孕妇所生之子的《陶朱新录》"东来生"；写医士供奉之泗洲菩萨化作僧人，亲往布店购紫罗以更换被鼠所啮衣服的《夷坚志·潘璋家僧》；写鬼神遣卖瓜人将树间掷出之金银送至张家，使张某致富的《夷坚志·米张家》；写村民某某将一把能预言祸福之小镰供奉于神堂上，赖以小康的《夷坚志·南山独骑郎君》；写一秀才在应试途中三次占卜皆不佳，怒而将恶判官踢倒，神王乃让他做恶判官的《夷坚志·杨大方》；写二士人于橦梓帝君祠祈梦时相互易头而不改其声，后皆官居显位的《湖海新闻夷坚续志·易头显贵》等。

## 二、宋元的婚丧嫁娶奇事故事

这个时期有关婚丧嫁娶的奇事故事，作品不太多，但往往都相当精彩，引人入胜。譬如：

临川贡士张榉赴省试，行次玉山道中，暮宿旅店。揭荐治榻，得绢画一幅，展视之，乃一美人写真，其傍题“四娘”二字。以问主者，答曰：“非吾家物，比来士子应诏东下，每夕有寓客，殆好事少年所携而遗之者。”榉旅怀淫荡，注目不释，援笔书曰：“捏土为香，祷告四娘；四娘有灵，今夕同床。”因挂之于壁。酤酒独酌，持杯接其吻曰：“能为我饮否?”灯下恍惚觉轴上应声，莞尔微笑，醉而就枕。俄有女子卧其侧，撼之使醒曰：“我是卷中人，感尔多情，故来相伴。”于是抚接尽欢，将晓告去，曰：“先诣前途侍候。”自是夜夜必来，暨到临安亦然，但不肯说乡里姓氏。榉尝谓之曰：“汝既通灵，能入贡院探题目乎?”曰：“不可。彼处神人守卫，巡察周备，无路可入。”试罢西归，追随如初。将至玉山，惨然曰：“明当抵向来邂逅之地，正使未晚，盍弛担，吾当与子诀别。”及期，榉执其手曰：“我未曾娶，愿与汝同归，白母以礼婚聘。”女曰：“我宿缘合伉俪，今则未也。君今举失利，明年授室，为别不久，他时当自知。”瞥然而去。榉果下第，寻约婚于崇仁吴氏，来春好合。妻之容貌，绝类卷中人，而排行亦第四。一日，戏语妻曰：“方媒妁评议时，吾私遣画工图尔貌。”妻未之信。开笥出示，吴门长幼见之，合词赞叹，以为无分毫不似，可谓异矣！

——《夷坚志补》卷十《崇仁吴四娘》

此则描述贡生张某在赴省试往返途中生发的婚恋故事，既情节离奇，又入情入理，充分显示出爱情的力量。它充分表现了世人，包括知识阶层人士在内，对忠贞爱情和美满婚姻的向往与渴求。

这个时期有关婚丧嫁娶的奇事故事，尚有写一县丞离魂回故里为亡父奔丧，孝心精诚，令人感佩的《夷坚志·锺离丞》；写一宗室赴春试时入残碑至玉宁金屋，与丽人燕好多日，随后再访竟一无所见的《投辖录·赵诜之》；写一女子从地中出而与夜读书生亲昵，后在其出入处掘得金子一笥的《嘉莲燕语·宝西女子》；写某家完婚时忘请某道士，遂狂风四起，灯烛尽灭，登门拜谢后狂风乃止的《湖海新闻夷坚续志·扇能起风》等。

## 三、宋元的幻术、法术、妖术奇事故事

这个时期有关幻术、法术、妖术的奇事故事，怪异诡谲，其离奇曲折的程度，大多在其他奇事故事之上。其中富有积极社会意义的作品，不胜枚举。试看：

鼎州开元寺多寓客，数客同坐寺门，见妇人汲水。一客善幻术，戏恼之，即挈水不动。不知彼妇盖自能幻也，顾而言曰："诸君勿相戏。"客不对。有顷曰："若是，须校法乃可。"掷其担，化为小蛇。客探怀取块粉，急画地，作二十余圈而立其中，蛇至不能入。妇人含水噀之，稍大于前，又恳言："官人莫相戏。"客固自若。蛇突入，直抵十五圈中，再噀水叱之，遂大如椽，径蹴中圈。将向客，妇又相喻止，客犹不听。蛇即从其足缠绕至项，不可解。路人聚观且数百。同寺者欲走诉于官，妇笑曰："无伤也。"引手取蛇投之地，依然一担耳。笑谓客曰："汝术未尽善，何敢然？若值他人，汝必死。"客再拜悔谢，因随诣其家为弟子云。

——《夷坚丁志》卷八《鼎州汲妇》

饶州市贩细民鲁四公，煮猪羊血为羹售人，以养妻子。日所得不能过二百钱，然安贫守分，未尝与邻里有一语致争。庆元元年二月，

正负担于德化桥上，买者颇集。一村獠如师巫之状，从其求金。鲁曰："方分羹冗坌，少须当与汝。"巫嘻笑舍去。俄顷，釜中热汁皆冷如坚冰，买者置箸不食而散。鲁盖素能作法，且又精至，深悟其所以然，对众微叹，即灭火而归。旋抟泥十块，置于灶口，解衣就睡。巫它处丐索满志，还旅邸。忽腹内若炽炭，跳踯忍痛，固知早来之非，以实告主人。主人曰："鲁公尊法，一城推重，安得轻犯之？"巫惧，倩小儿引往其门，设拜十数，自通姓第为周三，鲁不答，周痛益甚。观者悉云："且恕它得否？"鲁颔首，反室，尽去灶下物，周立愈，沽酒谢罪。明日，复携只鸡斗酒来，愿为弟子，传其学，鲁不许。至今本业如故。

——《夷坚支癸》卷八《鲁四公》

以上两则故事，皆出于《夷坚志》，每一则都十分精彩。两则的故事主人公，无论是打水妇人，还是买血羹小贩，都是极为普通的老百姓。然而，他们一个个都身怀绝技，从不显山露水。他们正是平民百姓心目中的英雄。他们总是在忍无可忍的情况下才起来还击挑衅者，均非常适度，恰到好处，充分显示他们德艺俱佳的品质和风范，让人无比佩服。

这个时期有关幻术、法术、妖术的奇事故事，尚有写僧人某嘘气入二丈多远一小僧之口，使其肠烧如沸汤倾注的《春渚纪闻·嘘气烧肠》；写一工匠建房时用厌胜之术暗置七纸人于屋顶而使房主卧病，藉以泄忿的《夷坚志·常熟圬者》；写某商求得老僧丹书小符，将以妖术为害一方之秀才制伏的《夷坚志·桂林秀才》；写一粤商经道人指点而棒打施幻术老妪所变乌鸦，老妪乃以黄金赎命的《夷坚志·潘成击乌》；写一道人邀仕宦子弟同游之月宫，系市井一酒食店幻化而成的《湖海新闻夷坚续志·术化月宫》等。

## 四、宋元的动植物奇事故事

这个时期有关动植物的奇事故事，以涉及猛虎者为多。此类作品往往以人虎互变为题材，故事情节对读者、听众有较强的吸引力。例如：

唐小说多载虎将食人，而皮为人所夺，不能去，或作道士僧与言语。南城邓秉，见故山阴宰李巨源说一事，大与古类，而微有不同者。建炎间，荆南虎暴甚，白昼搏人，城外民家，多迁入以避。张四者，徙居甫毕，未及闭门，而虎突然遽至，急登梁喘伏，虎未之见也。升堂脱其皮，变为男子，长吁而呼曰："吾奉天符取汝，汝安所逃死邪!"遍历室内及居侧林莽间寻之。张度其已远，乃下取所留皮，缚置梁上。日暮虎还，视皮，失之矣！意绪窘扰，大叱曰："汝既避匿，又窃我皮，吾奉取十七人，今已得十有六，独汝未耳。倘不信吾，看我怀中丹书。"遂探出，陈于地，曰："此天符也，十六人姓名已勾了，正余汝在，善还我皮，当舍汝，能指示我笔墨处乎?"张念久不使去，患将益生，应之曰："还皮易耳，汝即食我，奈何?"曰："我虽异类，不忍负信，岂有相误理!"张指示之，则径往拈笔勾其名，张乃掷皮下。虎蒙于体复故形，哮吼奋迅，几及于梁。张战栗胆落，欲坠再三，虎忽跳出，不反顾。明日，闻六十里外耆长报县，言昨日夜大雷，震死一虎。

——《夷坚志补》卷四《荆南虎》

武都人姓徐，失其名，以商贾为业。开宝初往巴逢兴贩，其路危狭，猿径鸟道，人烟杜绝，猛兽群行，村甿皆于细路中设槛阱以捕之，为常矣。时徐至一村安泊，中夜报云机发村人。炬火照之，见一老僧困惫在阱中，自陈曰："夜来入村教化，误落阱中。望诸檀越慈悲解救。"村甿辈共愍，开槛而出之，跃跳数十，成一巨虎奋迅腾踯而逝。斯畜也，以人言诱喻村甿，得脱其难，亦智矣。

——《茅亭客话》卷八《虎化为僧》

以上两则故事均以虎化人为题材，然而立意各不相同。前一则故事，描述人与虎进行较量，变被动为主动，因而得以免难。后一则故事，描述虎与人进行较量，骗过村民，得以脱逃。这两则故事都生动地表现弱势一方用智慧取胜，无不突出一个"智"字。

这个时期有关猛虎的奇事故事，尚有写某人好画虎、好观虎，后来其人变为老虎，入城不久即被军人射杀的《茅亭客话·好画虎》；写任某夫妇变虎为害一方，后被入山二客击毙的《茅亭客话·葭萌二客》；写剑川李某化虎欲食子，为妻子幽闭于室内，咆哮不止的《渔樵闲话》“人化虎”；写军民追踪发现，他们射伤之猛虎系庙中判官所变的《湖海新闻夷坚续志·庙神化虎》；写烧炭人王某杀食黑鱼被惩变虎，吓死胞弟，后来竟为村人格杀的《湖海新闻夷坚续志·人变虎》等。

除涉及老虎的奇事外，这个时期尚有涉及青雀、鹦鹉、燕、蚕、牛、马、猪、鳖、松等动植物的奇事。试看，《睽车志》卷三“玉真娘子”：

> 程迥者，伊川之后。绍兴八年，来居临安之后洋街，门临通衢，垂帘为蔽。一日，有物如燕，瞥然自外飞入，径着于堂壁。家人就视，乃一美妇，仅长五六寸，而形体皆具，容服甚丽，见人殊不惊，小声历历可辨，自言：“我玉真娘子也。偶至此，非为祸祟，苟能事我，亦甚善。”其家乃就壁为小龛，香火奉之，颇能预言，休咎皆验。好事者争往求观，人输百钱，乃为启龛。至者络绎，小阜程氏矣。如是期年，忽复飞去，不知所在。

这则故事将给主人带来好运的飞燕——玉真娘子描绘得楚楚动人，她总是那样通灵性，那样与人为善。故事借助这个艺术形象，表现了世人对于融洽的人际关系和美好的社会生活的期盼与追求。

这个时期有关动植物的奇事故事，尚有写某农夫晚耕时击落一青雀，视之乃是青铜雀的《墨庄漫录》“寿春青雀”；写鹦哥求释后飞回数千里外之陇州，还托请一返京官员向其主人致意的《春渚纪闻·陇州鹦哥》；写庖者因放鳖而被殴，痛卧灶下，鳖乃负河泥来为其敷伤止痛的《北窗炙輠录》“鳖报恩”；写汪某宰杀水牯时，牛头张口喊“枉杀”，随后竟被所挂牛蹄刺伤致死的《夷坚志·汪三宰牛》；写谭氏将一形似小佛像巨蚕埋于桑树下后，年年所得丝絮数倍于常年的《夷坚志·余干谭家蚕》；写某地将砍伐数百年古松时，太守忆及有白发绵袍者曾托梦求其保全，立即阻止砍伐的《续夷坚志·高白松》；写一马被人伤害，急去州衙嘶鸣告状，死前又领公差捕得凶手的《湖海新闻夷坚续志·马伤投牌》；写一母猪自食其子，并作人语，主人乃将其出卖，所得之钱正好是母猪所说数目的《山居新话》“施家母猪”等。

## 五、宋元的外出奇遇故事

这个时期有关外出的奇遇故事，大都描述故事主人公外出时与神祇相关的各种奇特经历，而其人则往往有不同的收获，甚至改变了其人一生的命运。试看：

> 平江有富人谓之姜八郎。后家事大落，索逋者雁行立门外，势大窘，谓其妻曰：“无他策，惟有逃耳。”顾难相挈以行，乃伪作一休书遗之，曰：“吾今往投故人某于信州，汝无戚心，事幸谐即返尔。”将逃乃心念曰：“委债而逃，吾负人多矣。使吾事事倘谐，他日还乡，即负钱千缗当偿二千缗，多寡倍受。”遂行信州道中。
>
> 有逆旅妪，夜梦有群羊甚富，有人欲驱之，有一人呵之曰：“此姜八郎羊也，毋得逐。”恍然而觉。明日，姜适至其所问津，妪问其姓，曰：“姜。”问其第几，曰：“八。”妪大惊，延入其家，所以馆遇之甚厚。久之，乃谓姜曰：“妪有儿，不幸早死。有妇怜妪老，义不嫁，留以侍妪。妪甚怜之，欲择一赘婿，久之未获。观子状貌非终寒薄者，顾欲以妇奉箕帚可乎?”姜辞以自有妻，不可。妪请之坚，姜亦以道途大困，不得已从之。
>
> 其妻一日出撷菜，顾有白兔，逐不可得。欲返，兔即止。又之，又不可得。欲返，兔又止。如是者屡。遂追之一山上，兔乃入一石穴中。妻探其穴，失兔所在，乃得一石，烂然照人，持归以语夫。姜视之，曰：“此殆银矿也。”冶之，果得银。姜遂携其银，寻其故人，竟无得而归。因思曰：“吾闻信州多银坑，向之穴非银坑乎?”遂与其妻往攻之，果银坑也。其后竟以坑冶，致大富。
>
> 姜于是携其妻与妪复归平江，迎其故妻以归。召昔所负钱者，皆倍利偿之。
>
> ——《北窗炙輠录》卷下“姜八郎”

西京嵩山法王寺，相近皆大竹林，弥望不极，每当僧斋时，钟声隐隐出林表，因目为竹林寺，或云五百大罗汉灵境也。有僧从陕右来礼达磨，道逢一僧，言："吾竹林之徒也，一书欲达于典座，但扣寺傍大木，当有出应者。"僧受书而行，到其处，深林茂竹，无人可问。试扣木焉，一小行者出，引以入，行数百步得石桥，度桥百步，大刹金碧夺目。知客来迎，示以所持书。知客曰："渠适往梵天赴斋，少顷归矣。"坐良久，望空中僧百余，驾飞鹤，乘狮子，或龙或凤，冉冉而下。僧擎书授之，且乞挂搭，坚不许。复命前人引出，寻旧路以还。至石桥，指支径，令独去。才数步，反顾，则峻壁千寻，乔木参天，了不知寺所在。

——《夷坚丁志》卷三《嵩山竹林寺》

以上两则外出奇遇故事，都具有引人入胜的魅力。前一则写故事主人公逃债外出时，有幸发现银矿而冶银大富。后一则写故事主人公到嵩山顶礼达摩时，有幸入灵境目睹百余罗汉自梵天归来的盛况。两则故事的立意与题旨各不相同，但都突显出俗家人与出家人奇遇的不同特点，令读者、听众耳目一新。

这个时期有关外出的奇遇故事，尚有写一道人入山访洞天，历经各种考验方才见到仙长，因无仙缘于是返回的《夷坚志·武夷道人》；写李某登陇观景，竟滑落至深渊，进入华阳洞游历仙境的《夷坚志·华阳洞门》；写杨某落海漂浮至岛上，入山洞做了鬼国母侍女之夫，两年后随鬼国母赴水陆道场宴饮，因得以同妻子、亲友团聚的《夷坚志·鬼国母》；写一农夫采樵时躲避大风，为神人捽起踏风而行，至城中岳祠见众神劝酒的《续夷坚志·鸡泽神变》；写某商坠入龙窟，噙壁间小石顿不饥渴，挽龙尾得出后方知小石皆珍宝的《辍耕录·误堕龙窟》等。

## 第三节 宋元的宝物故事

宋元时期的宝物故事，涉及的宝物有珠、玉、石、金、镜、竹、草、盆等，种类繁多，其中以珠宝出现的频率最高。这些宝物，不但价格贵重，而且往往具有各种奇特的功效、用途和价值。诸如：治病疗伤，用之辄愈；生财聚金，使人致富；净化海水，让其甘冽；平息风浪，使之平静；驱散迷雾，令其晴朗，等等。此类故事的内容，包括发现宝物、得宝行善、胡人识宝、宝物遭劫、因宝罹祸，等等，大多奇特多变，令读者、听众眼界大开，给读者、听众带来许多欣赏的乐趣。

## 一、宋元的发现宝物故事

这个时期发现宝物的故事，一般都描述各色人等寻觅宝物、发现宝物、认识宝物、使用宝物的过程，大多非常生动有趣，并且包含着一定的思想意蕴和社会价值，发人深省。比如：

> 嘉州渔人黄[①]甲者，世世以捕鱼为业，家于江上，每日与其妻子棹小舟，往来数里间，网罟所得，仅足以给食。它日，见一物荡漾水底，其形如日，光采赫然射人。漫布网下取，即得之，乃古铜镜一枚，径圆八寸许，亦有雕镂琢克，故不能识也。持归家，因此生计浸丰，不假经营，而钱自至。越两岁，如天雨鬼输，盈塞败屋，几满十万缗。王无所用之，翻以多为患，与妻谋曰："我家从父祖以来，渔钓为活，极不过日得百钱。自获宝镜以来，何啻千倍？念本何人，而暴富乃尔！无劳受福，天必殃之。我恶衣恶食，钱多何用？惧此镜不应久留，不如携诣峨眉山白水禅寺，献于圣前，永为佛供。"妻以为然。
>
> 于是沐浴斋戒，卜日入寺，为长老说因依，盛具美馔，延堂僧，皆有衬施，而出镜授之。长老言："此天下之至宝也，神明靳之，吾何敢辄预！檀越谨置诸三宝前，作礼而去可也。"王既下山，长老密唤巧匠，写仿形模，别铸其一。迨成，与真者无小异，乘夜易取而藏之。王之资货日削，初无横费，若遭巨盗辈窃而去者。又两岁，贫困如初。

① 黄：下文均作"王"。

夫妇归弃镜，复往白水，拜主僧，输以故情，冀返元物。僧曰："君知吾向时吾不辄预之意乎？今日之来，理之必然。吾为出家子，视色身非已有，况于外物耶！常忧落奸偷手中，无以藉口，兹得全而归，吾又何惜！"王遂以镜还，不觉其赝也。镜虽存而贫自若。

僧之衣钵充物，买祠部牒度童奴，数溢三百。闻者尽证原镜在僧所。提点刑狱使者建基于汉嘉，贪人也，认为奇货。命健吏从僧逼索。不肯付。罗致之狱。用楚掠就死。使者籍其资，空无储。盖入狱之初，为亲信行者席卷而隐。知僧已死，穿山谷径路，拟向黎州。到溪头，值神人，金甲持戟，长身甚武，叱曰："还我宝镜。"行者不顾，疾走投林。未百步，一猛虎张口奋迅来，若将搏噬。始颤惧，探怀掷镜而窜。久乃还寺，为其侪侣言之。后不知所在。意所隐没，亦足为富矣。隆兴元年，祝东老泛舟嘉陵，逢王生自说其事，时年六十余。

——《夷坚支戊》卷九《嘉州江中镜》

吉水周氏之先有为里胥者，出入里巷。一日，至县下十里外曰牢桥小鲢铺中，见铺家用一称锤如冶铁，如土硃石。周取而阅之，亦赞其好，问铺家何处得来？铺家曰："墙东隅尚有数十块。"周就取其一归示妻子，竞相传玩，爱其形如马蹄。有磨之于石者，其光烂然，乃知其为金也。周即夜携小器尽载以归，枚枚相似，轻重不差。夫麟趾袅蹄[①]汉一斤金也，其来古矣，更千百年忽焉而出。古人云至宝横弃道侧，是可为此宝惜。

——《东南纪闻》卷三"千年马蹄金"

以上两则故事的立意各不相同。前一则故事，通过发现宝物与收藏宝物的历程，揭示出为善者的胸襟和作恶者的嘴脸，扬善惩恶，让世人看到恶人终归不会有好下场，足以引为鉴戒。后一则故事，主要描述发现宝物

① 麟趾袅蹄：《汉书·武帝纪》："（太始二年）更黄金为麟趾袅蹄。"谓改铸黄金旧形为麟足、马蹄之形。

的过程，对千年宝物被横弃于道侧墙隅深为叹惜，同时也为其重见天日倍感庆幸。

这个时期发现宝物的故事，尚有写有人出二十缗购石，石主不售，多年后剖石决疑，见一鱼跃出其中的《北窗炙輠录》“异石鱼跃”；写某商泛海从梵宫中求得紫竹一根，被一老叟以箪珠换走，后来方知为至宝，以其削下之札治病辄愈的《睽车志》“旃枟紫竹”；写牧牛人发现一块草地异常，深掘二丈许得刻有“开天祭地黄琮”石匣，内藏有琮形美玉的《睽车志·石匣美玉》；写钟氏为善，一日见地中鸭子有异，乃涸水竭泥而得金笏的《东南纪闻》“地中金笏”等。

## 二、宋元的胡人识宝故事

这个时期胡人识宝的故事，多写西域客商在中国各地探宝、觅宝时，发现形形色色具有独特功能和用途的奇珍异宝，不惜出高价将宝物买到手，为其所用。此类故事与隋唐五代时期的同类故事一脉相承，故事虽然不长，却往往带有神秘色彩，引人入胜。比如：

> 华亭县市中有小市卖铺，适有一物如小桶而无底，非竹非木，非金非石，既不知其名，亦不知何用。如此者凡数年未有过而睨之者。一日，有海舶老商见之，骇愕且有喜色，抚弄不已。扣其所直，其人亦驵黠，意必有所用，漫索五百缗。商嘻笑偿以三百，即取钱付。驵因叩曰：“此物我实不识，今已成交得钱，决无悔理，幸以告我。”商曰：“此至宝也。其名‘海井’。寻常航海必须载淡水自随。今但以大器满贮海水，置此井于水中，汲之皆甘泉也。平生闻其名于番贾，而未尝遇，今幸得之，吾事济矣。”
>
> ——《癸辛杂识》续集卷上《海井》

> 苏子瞻尝言，其先祖光禄云：有一书生昼坐檐下，见大蜂触网相螫，久之俱堕地。视之，已化为小石矣。书生异而收之，因置衣带中。一日过市遇蛮贾数辈，视书生愕眙，揖曰：“愿见神珠。”笑而辞之。书生戏以带中石示之。群贾相顾，喜曰：“此破雾珠。蛮人至海

上采珠宝，常以雾暗为苦。有此珠即雾自开。”因以宝货易之，值数千缗耳。

——《南墅闲居录·神珠》

以上两则故事皆与航海有关，通过胡人识宝，展现了世人对于征服大自然，改善生活条件的美好愿望和追求。此类故事的出现，无不与当时航海事业的发展相关。它们无疑会大大地拓展了人们的视野和想象空间。

这个时期胡人识宝的故事，尚有写一胡人以十万缗天价购得一个奇石，置于石盆内乃见一匹马现于石中，有飞动之状的《北窗炙輠录》“龙驹石”；写一西域商人出高价买走某贾取自海岛之一杆聚宝竹，用于水中采宝的《夷坚志·海山异竹》；写一波斯客用破山刀剖开珠岩岭骨，取走大珠数十颗、小珠无数的《夷坚志·石门珠岩》；写一波斯人高价买下某处古坟进行挖掘，剖古尸心脏，得两片有山水人物之奇玉归国的《湖海新闻夷坚续志·心有山水》；写一回回客因房内祥光亘天而发现某商担中藏有宝珠蜈蚣，便用二千两银将其买走的《湖海新闻夷坚续志·蜈蚣孕珠》等。

## 三、宋元的得宝行善故事

这个时期得宝行善的故事，大都描述心地善良之人得宝后，一般都不追求个人享乐，而是运用宝物济世救人，或者将宝物带来之财富用于各种公益事业，展示出故事主人公的高尚品格与情操，藉以净化世风，在社会上产生良好的影响。譬如：

某氏忘其姓，亦随舶舟至藩部，偶携陶瓷犬鸡孩提之属，皆小儿戏具者。登市，群儿争买，一儿出珠相与贸易，色径与常珠不类，亦谩取之，初不知其珍也。舶既归，忽然风雾昼晦，雷霆轰吼，波涛汹涌，覆溺之变在顷刻。主船者曰：“吾老于遵海，未尝遇此变，是必同舟有异物，宜速弃以厌之。”相与诘其所有，往往皆常物。某氏曰：“吾昨差异，其或是也。”急启箧视之，光彩眩目。投之于波间，隐隐见虬龙攫拿以去。须臾变息，暨舶止，主者谕其众曰：“某氏若秘所藏，吾曹皆葬鱼腹矣！更生之惠，不可忘。”客各称所携以谢之，于是舶之凡货皆获焉。

——《独醒杂志·某氏异珠》

此则作品，描述故事主人公某氏慷慨献出异珠，得以救助全船人的性命，生动感人地体现了中华民族的传统美德，因而广受赞誉，成为世人学习的楷模。

这个时期得宝行善的故事，尚有写某僧发现一种化铁为金之异草，致富后不断出资扩大寺庙，接待僧人，从不妄用分毫的《夷坚志·祖圆接待庵》；写程翁按梦中所示网得宝石发家后，乃拜请神明收回宝石，并赈施贫乏的《夷坚志·程佛子》等。

## 四、宋元的宝物遭劫故事

这个时期宝物遭劫的故事，以艺术手法展现稀世珍宝所遭受的各式各样的劫难——或者被官府、豪强行夺走；或者丢失，不复存在；或者被毁，失去原有的神力，等等，不一而足。这些故事，不但表现了故事讲述人的爱憎，而且在某种程度上折射出社会动荡或者战乱给民众带来的烦躁与不安。试看：

青城县渔者李克明钓归，倾其鱼于竹器中。有一鱼化为石，长四寸许，鳞鬣灿然若活。渔人妇见而爱之，将与竖子为戏。其竖子将石鱼于碗水中，或摇鬣振鳞浮泳而活。渔者惊异，取出置土罂中，因是邻里求观者众。在水则活，离水则为石，率以为常。时巡辖柏舍人虚舟取此鱼看，敲之中断，致于水中，不复活矣。

——《茅亭客话》卷九《鱼化为石》

兖州旧永平县磨户。其人家畜一驴，忽受病，比死，大叫七日夜不绝声。剖之，大腹内得物，非铁非石，形如栝楼而褊，色深褐，其坚若铁石。磨家不以为异，掷之麦囤中，日课麦皆取于此，而都不减耗。如是一年，乡人传以为神。官长石生者索去，亦置麦中，竟无神变。今在顺天张侯家，余亲见。

——《续夷坚志》卷三《驴腹异物》

以上两则作品，写的都是宝物遭到劫难的故事。前一则作品，讲述由于不怀好意的官吏染指，致使给乡民们带来愉悦的那件宝物，变成破碎的石头，实在令人感到痛心。后一则作品，先叙写一个平常的农家物件，竟然变为神奇的宝物，再叙写它一旦落入贪婪的官吏手中，立即成为平常之物。讲述人在质朴而动人的描述中，把广大民众的爱憎表现得再鲜明不过。

这个时期宝物遭劫的故事，尚有写广东一老媪剖巨蚌所得之大珠夜去晓还，老媪乃惧而煮之，光自釜出，惊动四邻，遂将其纳于官府的《闻见杂录·大釜煮珠》；写某官员观赏寺庙所藏罗汉像宝珠时，不慎将其落入溪中，其人亟祷佛竟一索而获的《夷坚志·慈感蚌珠》；写一村妇所藏宝珠夜放光芒，邻人首官竟被追索，妇因恐惧而蒸珠，遂使其晦而不明的《湖海新闻夷坚续志·巨蛇吐珠》等。

## 五、宋元的世人因宝罹祸故事

这个时期的世人因宝罹祸故事，大都描写故事主人公在获得宝物之后，非但没有交上好运，反而惹出各种麻烦和困扰，甚至祸事缠身。此类故事的结局往往较为悲惨，发人深省。比如：

余杭万氏有水盆，徒一寻常瓦盆耳，然冬月以水沃之皆成花。所谓花者，非若今之茶花之类才形似之也。盖趺萼檀蕊皆成真花，或时为梅，时为菊，时为桃李以至芍药、牡丹诸名花辈，皆交出之。以水沃之后随其所变，看成何花，初不可定其色目也。万氏岁必一宴客，观水盆花，人亦携酒就观焉。

政和间，天下既奏祥瑞，而徽宗复喜玩物，天下异宝咸辐辏，颇皆得爵赏。万氏以为吾之盆天下至异，使吾盆往，当出贡献，上蒙爵赏最厚，遂进之。及盆入，乃不复成花矣，几获罪。

——《北窗炙輠录》卷下“万氏水盆”

此则故事描述万氏以成花水盆为至宝，为了讨好皇上，贪冒爵赏，以至弄巧成拙，几乎获罪。其人的所作所为，真是既可笑又可悲。而其人的不幸，与其说是宝物带来的，不如说是贪念带来的，这难道不足以让世人引以为戒吗？

这个时期的世人因宝罹祸故事，尚有写田翁得佃农所献宝珠，无故被县令囚禁，后因失珠不能自脱，竟死狱中的《夷坚志·嘉鱼龙珠》；写福建一村妇从白蜘蛛腹中取出之大宝珠，被夺走后辗转数次，使多人死于非命，最后落入蒙古人手中的《癸辛杂识·蜘蛛珠》等。

## 第四节　宋元的报应故事

宋元时期的报应故事，在很大程度上受到宗教报应观念的影响，是民众相信上苍有灵，相信善恶有报的思想观念在民间故事中的体现。宋元时期，尤其是北宋末以来，战乱频繁，社会动荡，民众渴望安居乐业，因此更加重视一切彰善瘅恶的思想、言行。在他们中间传播的此类故事，正符合净化社会风气，求得平顺安康的意愿。在此类报应故事中，既有行善得报的作品，又有为恶得报的作品。两类故事的数量都相当多，比较起来恶报故事更为突出。

### 一、宋元的善报故事

宋元时期的善报故事，包括救人得报、孝顺得报、放生得报、敬神得报、乐善好施得报、改恶从善得报等，涉及面广，内容相当丰富。它们运用讲故事的方式从正面宣扬、倡导各种符合当时民众是非标准和道德规范的行为，让世人在潜移默化中接受积影影响，从而改善人际关系，促进社会发展。兹分别从各个方面具体论析这个时期的善报故事。

#### （一）救人得报故事

这个时期的救人得报故事，大多描述在他人遇到险情或者危难之时，故事主人公当即挺身而出，义无反顾地采取措施救人。而故事主人公的各种惊人义举，则往往得到善报，有一个美满的结局。例如，《幕府燕闲录·邹阆夫妇》：

池州进士邹阆，食贫有守。一日将之外邑，侵晨启户，见一小箬笼子在门外，无封锁，开视之乃白金酒器数十事，约重百两。殆晓寂无追捕者，遂挈归谓其妻曰："此物无胫而至，岂天赐我乎?"语未绝，阆左股上有物蠕动，见金色烂然，乃一蚕也，遂拨去之，未回手复在旧处。以足践之，虫随足而碎，复在阆胸腹上矣。弃之于水，投之于火，刀伤斧斫，皆不能害。衾裯[①]、饮食之间，无所不在。

阆甚恶之，遂访友人之有识者，曰："吾子为人所卖矣，此谓之金蚕，近至吾乡，虽小而为祸。颇大，能入人腹中，残啮肠胃，复完然而出。"阆愈惧，乃以笼挈之，事告之其友，曰："吾固知之矣，子能事之，即得暴富矣。此虫日食蜀锦四寸，收取粪干而屑之，置少许于饮食之中，人食之者必死。虫得所欲，日致他财以振之。"阆笑曰："吾岂为此也。"友曰："固知子不为也。然则奈何!"阆曰："复以此虫并旧物置笼中，弃之则无患矣。"友人曰："凡人畜此虫久而致富，即以数倍之息并原物以送之，谓之嫁金蚕，其虫乃去。置于原物中送之，必不可遣。今子贫岂有数倍之物乎？实为子忧之。"阆乃仰天叹息曰："吾平生以清白自处，誓不失节。不幸今有此事!"遂归家告。其妻曰："今固事之不可，送之又不能，惟有死耳。若等好为后事。"乃取其虫掷于口中而吞之。举家救之不及。妻子号恸，谓其必死。数日间无所苦，饮啜如故。逾月亦无恙，竟以寿终。因白金之故，亦致小康。岂以至诚之感不为害乎！

从故事的描写中不难看出，邹氏夫妇贫不贪财，能以牺牲小我的行动来使他人免遭危难。他们能够毫不犹豫地作出自我牺牲的抉择，视死如归，实在令人感佩。而他们的这一义举，正好体现了我们中华民族的传统

① 衾裯（chóu 稠）：泛指被褥等卧具。此处意为起居。

美德，对世人很有教育意义。这一则作品在艺术上也颇有特色，它首先用不少篇幅来描写金蚕的神秘、奇异，擅长烘托气氛，并且为故事主人公的义举做了很好的铺垫。友人的谈话，进一步推动故事的发展，以至达到故事主人公吞蚕的高潮。可谓层次分明，引人入胜。

又如，《夷坚支戊》卷六《青田富室》：

处州青田县尝有水患，尽浸民庐。富室某氏，素蓄数船于江岸，一家毕登，避于高处。既免，而生生之具，毫毛未能将。方拟回船装取，望水势益长，一邑之人皆骑屋叫呼，哭声震野。富翁曰："吾家资正失之，容可复有，岂宜视人入鱼腹，置而不问哉?"即分命子弟，各部一艘，自下及高，以次救载，并其所挈囊箧，听以自随。至则又往，凡往来十余返。毋虑千人，悉脱沉溺之祸。明日水退，邑屋无一存，但莽莽成大沙碛。富翁所居，沙突如堆阜。遣仆并力辇弃，则一区之宅，俨然不动。什器箱筥，按堵如初，惟书策衣衾稍沾湿而已。是时翁之子就学于永嘉，闻难亟归，已而复至，言其事如此。惜不得翁姓名。有阴德者必获天报，独未知之云耳。

此则故事的主人公富室某氏，非常关心他人，珍惜生命。在水患突如其来，十分危急之时，毅然不顾自己的财物而一再去搭救乡亲，使上千人免葬鱼腹，甚至还顾及他人随身所携财物，其胸襟坦荡、品德高尚远远超乎常人，极其难能可贵。

除上述两则外，这个时期的救人得报故事尚有写某士子遇洪流时，将船上四个箩筐投水而搭救了五十人性命，后得善报的《夷坚志·天台士子》；写城内大火时，神人前来救助一个以行医救人为己任者，使其全家免难的《夷坚志·滑世昌》；写岁歉时李氏出粟千石救助乡邻，大熟后众人争偿而不受，再遇大歉竟竭家资济荒，并瘗死者的《湖海新闻夷坚续志·济荒不倦》等。

### （二）孝行得报故事

这个时期的行孝得报故事，大多描述儿女、儿媳竭诚孝敬贫病无助的老娘、婆母，辛苦备尝。为了老娘、婆母甚至不惜牺牲生命，其事迹感人至深。而故事当中的老娘、婆母，多为寡母，在某种意义上讲乃是处于社会底层的弱势群体的代表。晚辈们的孝行均得到好报，充分体现了广大民众的思想意愿。试看：

常熟一村媪，老而盲，家惟一子一妇。妇一日方炊未熟，而其子呼之田所，妇瞩姑为毕其炊。媪盲无所睹，饭成，扪器贮之，误得溺器。妇归不敢言，先取其当中洁者食姑，次以馈夫，其亲器臭恶者，乃以自食。良久，天忽昼瞑，觌面不相睹，其妇暗中若为人摄去。俄顷开明，身乃在近舍林中，怀掖间得小布囊，贮米三四升，适足给朝晡。明旦视囊，米复如故，宝之至今。

——《睽车志》卷三“常熟孝妇”

城镇欲陷日，州长佐史率妓乐迎官出城，坐待驿亭次，见一妇，被发跣足，喘汗入城。问之，云其姑卒病，买药欲救之。良久，亭中人闻空际有相问答者，云：“出城未?”答者言：“未。”吏卒闻之，大骇怪，不知所谓。少之，妇得药而出，城随陷，城中无一人免者。此妇殆以孝感脱此祸欤！中京史监时亦在亭中，亲见其妇，惜不问此妇姓氏耳。

——《续夷坚志》卷四《镇城地陷》

以上两则行孝得报的小故事，故事主人公均为贫苦人家的儿媳。她们在现实生活中，无不平平常常，无声无息，然而却通过一桩桩惊人的举动——或者以洁食侍奉婆母，而自食恶臭之饭，或者在大难即将降临时冲入城内为婆母买药，表现出对于婆母的至孝至爱。正因为如此，才具有极大的震撼力和感染力。至于故事主人公得到善报，与其说是神力所至，不如说是民众心愿幻化的结果。

这个时期的行孝得报故事，尚有写一孝女求天悯，得以饮水不饥，尽其所有供养老母的《睽车志》“孝女不饥”；写逆子弃母逃荒竟被虎吃，孝媳不忍弃母乃得天赐银笏的《夷坚志·丰城孝妇》；写一牧童将斋会所得馒头包回家奉母，遇雷电而得神护的《夷坚志·昭惠斋》；写何某以己身从盗匪手中换回家母，群盗射之不中，后怜其孝遂释之的《湖海新闻夷坚续志·身代母死》等。当然，在此类故事中，亦夹杂一些宣扬愚孝的作品，虽然其敬老的题旨值得肯定，但其观念陈腐，往往助长落后愚昧的思想行为，无益于社会进步。例如，赞赏剖腹挖肝啖母的《夷坚志·周昌时孝行》、称颂割股取髓疗亲的《湖海新闻夷坚续志·割股行孝》等。

## （三）戒杀放生得报故事

这个时期的戒杀放生得报故事，大多写故事主人公从各式各样的奇特经历中有所触动，有所感悟，遂有了戒杀、放生一类善举，并且因此得到了善报。譬如：

> 昆山县东近海村中一老叟，梦门前河内泊一大舟，舟中罪人充满，皆绳索缠缚。见叟来，各哀呼求救。继而舟师携钱诣门籴米，寤而怪焉。迨旦启户，岸下果有一舟，舟子市米，与所梦合。亟趋视，满舱皆鳖也，垛叠缧缚，莫知其数。询其所之，曰："将贩往临安鬻之。"叟悚悟此梦，问所直若干，为钱三万，叟家颇富赡，如数买之，尽解缚放诸水。是夜，梦数百人被甲，于门外唱连珠喏，惊出视之，相率列拜，谢再生之恩，且云："令君家五世大富，一生无疾，寿终升天。"自是叟日康宁，生计日益。乾道中事也，方可从说。
>
> ——《夷坚志补》卷四《村叟梦鳖》

> 井陉何县尉，天资仁慈。每出，见捕雀者，必毁其具、逐其人。见活雀，必买而放之；见死者，必戒使易业。如是者三年。代期将近，乡民有被盗劫杀者，上司督促急迫，不能捕获。却有群雀数百飞迎马首，何深异之。既而群雀飞往路旁百步外草舍上，何遣卒搜屋下，果有七人醉卧未醒。及有赃仗在傍，禽之，乃真盗也，遂解于官。何尉美解，竟授捕盗赏秩。古有衔环之报，信矣。
>
> ——《湖海新闻夷坚续志》前集卷二《报应门·慈仁雀报》

以上两则均为放生得报故事，写故事主人公因为搭救鳖、雀一类动物而得到善报，将自己的夙愿变为现实——为民者获得康宁、富足，为官者领到奖赏。从某种意义上讲，古人的此类放生、戒杀行为，实际上开了动物保护的先河，无疑是值得肯定与赞许的。

这个时期的戒杀放生得报故事，尚有写一渔钓者慨然放数百尾小鲤并不再捕鱼，其人病死后竟延寿复生的《夷坚志·屈师放鲤》；写陈某梦见被鳖穷追不舍，醒后遂将一篓鳖放光，从此不再食鳖的《夷坚志·鳖逐人》；写鳝向鬻鳝者某甲求救，其人醒后不但放己之鳝，还买鳝放生，后得钱二万遂小康的《夷坚志·吴民放鳝》；写蝇屡抢笔头，使官吏疑有冤情，从而搭救了一常年救蝇酒匠性命的《湖海新闻夷坚续志·救蝇免死》；写某父子同应乡举时遇洪水舟船几覆，后来为所放之大鳖搭救的《湖海新闻夷坚续志·放鳖报恩》等。

## （四）乐善好施得报故事

这个时期的乐善好施得报故事，大多写故事主人公为人正直，心地善良，以助人为乐事，热忱帮助出家或俗家各种人等，奉献爱心，其行为往往感动上苍，得到善报。比如：

沈翁者，天目人，名宝，家饶于财，有邸舍数间，纳四方过旅。大雪中，一人衣青褐衣，投宿曰：“我前途值盗，资囊皆罄尽，幸翁怜之。”具饭，酌之酒，且曰：“天雨雪，若衣薄衣，得无寒乎?”更为具衣，燃火。明日，客辞行，复与钱数贯。客曰：“蒙翁厚情，无以报，观翁色若有不豫然者，其曷故哉?”翁曰：“某老年，惟一女子，今为祟，侵卧床榻耳。遍谒高巫皆不能禁，故常忧戚。”客曰：“此我素所习也。”为之结坛罡步，驱其祟，女子疾遂愈。翁感其意，留一日乃去。他日客复来，则戎装乘马，持银笴枪，从卒负胡床巨罗，威仪甚武，曰：“吾有取于岳，为统兵助法，将从为天心法者捕鬼。翁遇我厚，故欲翁知之。”客拜起，烟雾蓊然而失，淳熙间事。

——《鬼董》卷二“沈翁”

高安县调露乡陈仁父，居村田宅稍富，专事释老之学。每年春留谷二千石，至次年五六月米贵之时，减价发粜，既交钱，令籴者自入仓内量出，不许多取，务要两平。一村称之曰“陈自量”。时大旱，太守祈求不应，夜梦城隍曰：“调露乡陈自量有雨。”梦觉，差人寻访赴郡。太守见之，喜具香烛，僧道诵经，就令祈祷。陈曰：“某村夫，无术可以祈雨。”太守以所梦事告，强之。陈不免炷香，对空而祷，乞降霖雨三日，以济焦沽（枯），少苏民望。至晚果大雨，三日方止。一郡之人皆悦。盖仁父平日减米价，足以感天也。

——《湖海新闻夷坚续志》前集卷二《报应门·平心感天》

以上两则故事，都描述故事主人公以扶贫济困为乐事，其慷慨之情发自内心，无比真诚，绝非沽名钓誉的行径，因而足以感动神明，感动上苍，最终得到善报——小则使阖安吉，大则使一方受益。

这个时期的乐善好施得报故事，尚有写一女每日以佳茗款待求饮乞丐而被父笞，乞丐让女饮其残茶即神清体健的《夷坚志·石氏女》；写一弓箭手退还所拾金钗因救婢女一命，后婢女邀其作客得免覆舟灾难的《夷坚志·香失钗》；写一卖香人常设榻接待求宿僧人，因得一僧所赠异香而生意兴隆，遂致富的《葆光录》“好施获报”；写一东京士人常倾箧中之钱与化缘道士而无吝色，东京陷落时经道士引领提前出城的《湖海新闻夷坚续志·异人送扇》；写祝氏遇歉岁即施粥济贫，后生一子得中状元，梦报捷者持“粥之报”大旗的《湖海新闻夷坚续志·粥有功》等。

### （五）敬神拜佛得报故事

这个时期的敬神拜佛得报故事，大都写世人多有敬奉神祇，顶礼仙佛，资助出家人等一类行为，其行为往往感动神明，得到了善报。此类故事，无不突显出神明的无限威力，使人们越发笃信、敬奉神明，乐意对神佛、对出家人、对社会做出贡献。譬如：

临安民张公子者，尝至一寺，见败屋内古佛无手足，取归，庄严供事之。岁余，即有灵响，其家吉凶事辄先告之，凡二三十年。建炎间，金人犯临安，张窜伏眢井，似梦非梦，见所事佛来与之别曰："汝有难当死，吾无策可救，缘前世在黄巢乱中曾杀一人，其人今为丁小大，明日当至此，杀汝以报，不可免矣。"张怖惧。明日，果有人携矛临井，叱张令出。既出，即欲刃之。张呼曰："公非丁小大乎?"其人骇问曰："何以知我名氏?"具告佛语。其人怃然掷刃于地曰："冤可解不可结。汝昔杀我，我今杀汝，汝后世又当杀我，何时可了！今释汝以解之。然汝留此必为后骑所戕，且与我偕行。"遂令相从数日，度其脱也，乃遣去。丁生盖河北民为金人签军者。

——《夷坚甲志》卷八《佛救宿冤》

此则故事，意在宣扬神佛的威力和崇信神佛的益处。它描述前世的被害者在神佛的感召下放弃了杀戮仇家的念头，终使冤冤相报的行为得以结束。读者、听众在接触这则民间故事时，无疑会从中有所感悟，有所警醒。这样的作品产生于佛教盛行之时，对于净化世人的心灵，促进社会安定、和谐显然具有某种积极意义。

这个时期的敬神拜佛得报故事，尚有写村民沈某以羹鱼和数金布施求附舟尾之神灵所变僧人，受其阴护因而避免了灭顶之灾的《春渚纪闻·鱼菜斋僧》；写画工胡生买金箔五彩绘城隍祠门神，后梦门神来谢，自此求者接踵，遇疫疠得免的《夷坚志·画工胡》；写贺氏全家食素，世代以画观音像为业，所迎乞丐入家后现出观音真相使其名声益彰的《夷坚志·贺观音》；写杭州一老妪常诵《金刚经》并将其佩带于身，观潮时被淹没后为潮神送回阳世的《湖海新闻夷坚续志·江神送妪》等。

## （六）改恶从善得报故事

这个时期的改恶从善得报故事，大多写早先为恶之人由于种种原因而有所悔悟，于是戒害人、戒杀生，痛改前非，从此行善。其人改恶从善之后，往往得到好报。譬如，《夷坚志补》卷十二《保和真人》：

潼州王藻，不知何时人。为府狱吏，每日暮归，必持金钱与妻，多至数十贯。妻颇贤，疑其鬻狱所得。尝遣婢往馈食，藻归，妻迎问曰："适馔猪蹄甚美，故悉送十三脔，能尽食否?"藻曰："止得十脔耳!"妻怒曰："必此婢窃食，或与他人，不可不鞫!"藻唤一狱卒，缚婢讯掠，不胜痛引伏，遂杖逐之。妻始言曰："君为推司久，日日持钱归，我固疑锻炼成狱，姑以婢事试汝，安有是哉！自今以往，愿勿以一钱来，不义之物，死后必招罪咎。"藻矍然大悟，汗出如洗，取笔题诗于壁曰："枷拷追求只为金，转增冤债几何深？从今不复顾刀笔，放下归来游翠林。"即罄所储散施，辞役弃众学道。后飞升，赐号保和真人。

在此则描述改恶从善得报的故事中，故事主人公王妻贤慧，对于丈夫改恶从善影响极大。它向世人说明，一个人的品行的变化和由此带来的命运的改变，家庭配偶的因素相当重要，甚至起到决定性的作用。

这个时期的改恶从善得报故事，尚有写某寺院因免撞早钟而使张屠当宰之母猪生下五崽，张乃改业，后来所生之子长大为官的《夷坚志·新喻张屠》；写一悖逆父母之村民为庙中大蛇缠身，求神得脱后痛改前非，成为孝子的《湖海新闻夷坚续志·悖逆不孝》；写一嗜牛肉官吏见杀牛食肉者入地狱受惩，赴任后乃严禁宰牛，遂得延寿的《湖海新闻夷坚续志·戒食牛肉》；写军人张某素凶狠，往烧仇家之屋时忽然感悟，弃火而归，乃出家修道的《辍耕录·张道人》等。

## 二、宋元的恶报故事

宋元时期的恶报故事，数量较善报故事多，内容十分丰富，涉及面相当广泛，主要有贪赃枉法得报、杀人诬告得报、忤逆不孝得报、欺诈勒索得报、贪婪敛财得报、残害生灵得报、欺神叛教得报等。每一类故事，都不乏精彩之作。它们总的思想倾向是积极健康的，对社会进步颇有裨益。其中，亦有部分作品的思想意识较为陈旧，说教的情节较多，读来颇为乏味。

### （一）贪赃枉法得报故事

这个时期的此类故事，大多数作品不但无情揭露各级官员贪赃枉法、为非作歹的行径，而且描述形形色色的贪官污吏得到恶报，难逃悲惨的下场，让读者、听众感到格外开心和解恨。这一类故事表达民众愤怒情绪的作用，往往大于警示贪官污吏的意义。譬如，《夷坚甲志》卷十七《人死为牛》：

永康军导江县人王某者，以刻核僵骛处官。绍兴五年，为四川都转运司干办公事，被檄榷盐于潼川路。躬诣井所，召民强与约，率令倍差认课。当得五千斤者，辄取万斤。来岁所输不满额者，籍其资。王心知其不能如约规，欲没入之，使官自监煎。既复命，计使以盐额倍增，荐诸宣抚使，得利州路转运判官，未几死。眉州彭山人杨师锡，以合州守待次田间，梦王来谒，公服后穿，出牛一尾，方惊怛，侍婢亦魇寤，言："见王运使来，衣后有牛尾。"相语未了，外报一犊生。遽取火视之，犊仰首泪下。事既著闻。有资中人马某者，亦为都漕司干官，每出郡邑督钱，惟以多为贵，不问额之虚实赢缩，必得为期，且以此自负。蜀人以其虐于刷钱，目曰"马刷"，或以王君事警之。马曰："正使见世生两尾，亦何必问！"已而疽发于背之左。疮稍愈，复发于右。两疽相对，宛如杖疮，其深数寸，隔膜洞见肺腑，臭满一室。同僚往问病，马生但云："当以某为戒。后悔无及也。"死时，与王相距才一年。

这一则作品，由两个贪官的疯狂敛财得报的小故事组成，两者彼此关联，相互呼应，使整篇作品的暴露性和惩戒意义越发显著，艺术效果更为强烈。

这个时期的贪赃枉法得报故事，尚有写华辛县录事陈某经常收受贿赂，无恶不作，死后变犬的《夷坚志·陈大录为犬》；写徐某审案受贿，滥杀无辜，使有罪富人逍遥法外，后遭报降级，死于旅途的《夷坚志·徐信郎》；写张某受贿后又将行贿富囚害死，其人老来所生之子竟将家产耗尽，夫妻郁结而亡的《夷坚志·张显祖治狱》；写金人扶植之府官张某罪孽深重，死而变骡，受多年折磨后方落水淹死的《夷坚志·张本头》；写胥吏陆某受势家贿赂，将当杖死之囚凌迟处死，后被罪废，竟精神恍惚，饥饿而死的《湖海新闻夷坚志·受赂杀人》等。

### （二）害人夺命得报故事

这个时期的害人夺命得报故事，大多描述故事主人公，不论其出身贵贱，为了谋取钱财、官位，抑或为了泄愤、报仇等，竟然毒打、诬告、残害他人，置他人死活于不顾，达到肆无忌惮的地步。他们一无例外地遭到恶报，绝没有好下场。故事将民众的爱憎表达得十分鲜明和强烈，读来非常解气。某些作品，尽管带有一定的说教意味，却仍然有其可取之处。兹举二例如下：

宿迁大姓尹氏，当离乱时，聚其族党起兵，劫女真龙虎大酋之垒，获祖宗御容与宫闱诸物，置于家。以道路梗塞，未暇贡于朝。同里周、郭两秀才，从求货弗惬，诬告有司谓私蓄禁省服御，将谋不轨。狱吏不复究质，于是诸尹皆弃市。周以功得本县令，郭为丞，助之谋者皆补右列。后避虏祸，邑人多播徙京口，周、郭亦南来。尝同其友朱生辈阅市，朱之子从龙，方六七岁，见壮卒五人，着青紫袍，张弓挟矢，顾而怒憾，当通衢欲射人，周、郭趋入酒肆，朱生不觉也。从龙密以告，乃出窥之，皆相引从西去。诸人饮罢，过南畔小巷，到一隙处，遇向者五卒，正身发镞，中周、郭之胸，同行者了无所睹。二子即称心痛，仆坐不能起，众扶以归。经宿，疽生于背，前后洞彻，至膈膜，见五岁，月余而死。

——《夷坚支甲》卷二《宿迁诸尹》

季五公自杭州回船，次江畔，有一僧厚有财物，亦同搭此船。及入，谓有所忘，再出船去。季贪其财，先令发舟。僧来，船已中流，不可及，由是赴水而死。季冒认僧为门僧，席卷所遗，归致大富。逾年，妻怀孕将产，初夜，梦此僧来相见，遂以为名之。及长，家计为之破荡及半。子又生一孙，夜梦一船自天井中而下，命名船者，后尽鬻其家产无遗。

——《湖海新闻夷坚续志》前集卷二《报应门·图财杀僧》

以上两则故事，都包含害人致死的内容，但是差异比较显著。前一则故事写某人害死抗金家族多人以求得升官，后一则故事写某人夺僧财物而让僧人含恨投水。他们害人的方式和数量以及害人的目的虽然都不相同，但是无不遭报，受到了应有的惩罚。

这个时期的害人夺命得报故事，尚有写开客店的胡某父子图财害命，将携有重金的客人灌醉活埋，后得报患病相继死亡的《夷坚志·胡廿四父子》；写徐某治病时因中途加价未能得逞，竟将病人治死，后得报患热病丧命的《夷坚志·徐楼台》；写某店主三世事妖鬼，一次欲以客人祭鬼，加害不成反祸自家，中夜暴卒的《夷坚志·醴陵店主人》；写叶某妻妒而残忍，常常痛挞、害死婢妾，后变为吃人老虎不知去向的《夷坚志·叶司法妾》；写李二害死主人并强娶其妻，几年后冤鬼使李供出实情，遂被送官法办的《夷坚志·张客浮沤》；写一农夫被诬时，张某因有仇而作伪证，忽被雷劈死的《续夷坚志·雷裳佃客》等。

## （三）忤逆不孝得报故事

这个时期的忤逆不孝得报故事，数量相当多，以描述儿子、儿媳对老娘、婆母不孝最为常见。故事中忤逆不孝者无不遭到天谴，往往变为牲畜或毙命，极其鲜明地揭示出世人对忤逆不孝者的无比憎恶。其警世作用是显而易见的。试看：

> 贾耽为滑州节度使，酸枣县有一下里妇事姑不敬。姑年甚老，无目，晨飧，妇以饼裹犬粪授姑，姑食觉异，留之。其子出还，姑问其子："此何物？向者妇与吾食。"其子仰天大哭。有顷，雷震发，若有人截妇人首，以犬首续之。耽令牵行于境内，以戒不孝者。时人谓之"犬头妇"。
>
> ——《南部新书》卷十"犬头妇"

> 杭州杨镇一凶徒，素不孝于母，尤凌虐其妻。有子三岁，爱惜甚至。妻常抱负，偶失手撕损其头，泣而谓姑曰："夫归，妇必被殴死，不若先溺水之为幸。"姑曰："汝第无忧，但云是我之误。我却去避汝小姑处，俟其怒息而还。"

至晚夫归，见儿头破，径捽妻，欲杀之。妻告曰："非我过也，婆撕之耳，惧汝怒已往小姑家去。"遂释之。次日持刀寻母，中途藏诸石下，却到妹家好言诱母还。至石边，忿躁詈骂，取刀杀母，竟失藏刀所在，惟见巨蛇介道。畏怯退缩，不觉双足陷入地中。须臾即没至膝，七窍流血，声罪自咎。母急扶抱，无计可施，走报于妇。妇掘地，随掘随陷。啖以饮食，三日乃死。观者日数千人，莫不称快。时至正[1]甲辰六月也。

——《辍耕录》卷二十八《不孝陷地死》

以上两则作品的故事主人公与繁简各不相同，但都具有一定的普遍性和教育意义。前一则故事平实、简洁，写恶媳让婆母吃狗粪的遭报变狗，愤怒、谴责之情跃然纸上。后一则故事情节曲折，写逆子凶暴、狠毒，到了丧失人性的程度，以体恤儿媳的慈母衬托其人，使故事更为生动，更有感染力。故事结尾以地陷惩治残忍不孝者，大快人心，亦颇有新意。

这个时期的忤逆不孝得报故事，尚有写一渔人因老母失手摔死小儿，便欲斧劈老母，后得逆报被大雷震死的《夷坚志·要二逆报》；写李氏不孝翁姑，暴其亲邻，头疼十余日后竟变为虎首妇的《夷坚志·李氏虎首》；写长溪一渔民不许妻子为老母做鱼羹，藏于舍后之鳗鱼皆化为蛇将其咬死的《夷坚志·长溪民》；写某女暴戾不孝，以秽言恶语詈母，忽被雷殛于道上的《夷坚志·广州女》；写叶某幼失双亲由祖母养大，竟夺走金银让祖母死于寇手，后得报丧命的《夷坚志·叶德孚》；写王四事父不孝，常加殴击，其父去县投状时，雷已将其震死的《夷坚志·雷击王四》；写裁缝王某不孝老母，常使老母挨饿，神灵让其长尾，痛贯心髓的《续夷坚志·人生尾》；写某外出数日，所养禽鸟被饿死，欲让老母偿命，忽被雷击，尸悬树杪的《湖海新闻夷坚志·养禽不孝》等。

### （四）欺诈勒索得报故事

这个时期的欺诈勒索得报故事，大都描述故事主人公以各种手段诈

---

① 至正：元惠宗的年号（1341—1370）。

骗、勒索，掠夺他人田产、财物，极为恶劣。但其人无不受到恶报，不得善终，甚至死后仍受到谴责，令子孙蒙羞。譬如：

襄阳邓城县有巫师，能用妖术败酒家所酿，凡开酒坊者皆畏奉之。每岁春秋，必遍谒诸坊求丐，年计合十余家率各与钱二十千，则岁内酒平善，巫亦藉此自给，无饥乏之虑。一岁，因他事颇窘用，又诣一富室有所求，曰："君家最富赡，力足以振我，愿勿限常数。"主人拒之甚峻，曰："年年饷君二万钱，其来甚久，安得辄增？宁败我酒，一钱不可得!"巫嘻笑而退，出驻近店，遣仆回买酒一升，盛以小缶，取粪污搅杂，携往林麓，禹步诵咒，环绕数匝，瘗之地乃去。

适有道士过见之，识其为妖而不知事所起。巫还店，喜甚。俄道士亦继来，少憩，访酒家，见举肆遑遑忧窘，问其故。曰："为一巫所困，今酒瓮成列，尽作粪臭，惧源源不已，欲往寻迹哀求之。"道士曰："吾亦见此人，不须往求。吾有术能疗，但已坏者不可救耳。"即焚香作法，半日许臭止。又言："凡为此法以败五谷者，粪秽，罪甚大。君家宜斋戒，当奉为拜章上诉。"其家方忿恚，迫切趣营醮筵。道士伏廷下，逾数刻始起曰："玉帝有敕，百日内加彼以业疾，然未令死也。"自是巫日觉踝间痒，爬搔不停，忽生一赘，初如芡实，累日后益大，巍然径尺如球，而所系摇摇才一缕，稍为物枨触则痛彻心膂，不复可履地。子孙织竹为箦，舁以行丐，饮食屎溲杂箦中，所至皆掩鼻，历十年乃死。胡少汲尚书宰邑尚见之，其子栝说。

——《夷坚丁志》卷十《邓城巫》

恩州刘马三，以钩距致富。尝用诡计取邻舍袁春田，春诉于官，马三出契券为质，竟夺之。春不能平，日为乡人言："渠诋欺如此，已将为异类矣!"马三亦自誓云："我果诈取汝田，当如所言也!"太和二年，马三以病死。袁春家犬乳数子，中一小花狗，腹毛纯白，有朱书"我是恩州刘马三"七字。马三素多怨家，竟欲出钱买之，寻为州刺史所取。阖郡皆知。马氏子孙不胜其辱，购而藏于家。

——《续夷坚志》卷一《马三诋欺报》

以上两则故事，描述故事主人公对人进行勒索或欺诈，得逞于一时，给对方带来痛苦与折磨，但这两个作恶者终归得报，都没有好下场——前者十载生不如死，后者死后变狗，使子孙受辱。

这个时期的欺诈勒索得报故事，尚有写巩某骗买老媪田宅，并且将媪祖孙逐出房舍，巩某入住年余遇虏人进犯，其家数十口皆死的《夷坚志·巩固治生》；写某屠常施药令牛不病而毙，牛主皆让其宰剥鬻卖而人莫知之，后得报溺死水中的《夷坚志·江牛屠》；写秀才某以妖术勒索寺僧，不从者必遭祸殃，某欲残害一外来僧竟自害毙命的《夷坚志·沅江秀才》；写王某杀猪前先注水沃灌，以获取厚利，人食其猪肉辄痼疾复发，王晚年得异疾剧痛而亡的《夷坚志·古步王屠》；写某翁积蓄大量不义之财，晚年打小犁在屋内耕地如牛状，食厕中脏物致死的《夷坚志·会稽富翁》；写华亭黄翁售假香欺骗顾客，一夜泊湖口时被神灵殴打，月余乃毙命的《闲窗括异志》"售假香得报"；写都监高某诋欺有术，借人数百缗竟分文不还，未几死而变牛，腹下有白毛字"还债人高都监"的《续夷坚志·高监偿债》等。

### （五）疯狂敛财得报故事

这个时期的疯狂敛财得报故事，大都描述故事主人公生性贪婪，财迷心窍，往往为了发家致富竟不顾一切地巧取豪夺，霸占他人田产，放高利贷等，无所不用其极，但后来均未能逃脱受惩得报的下场。比如：

> 淳熙十四年，豫章蚕顿盛，桑叶价直过常时数十倍。民以多为忧，至举家哭于蚕室，命僧诵经而送诸江。富家或用大板浮籧篨其上，傍置缗钱而书标云："下流善友，若饶于桑者，愿奉此钱以偿，乞为育此蚕，期无愧于天地。"他不得已而辇弃者，皆蹙额起不忍心。独南昌县忠孝乡民胡二，桑叶有余，足以供喂养，志于鬻叶以规厚利，与妻议，欲瘗蚕，妻非之，胡不顾，唤厥子携锄，斸桑下为穴，悉窖之。且约迟明采叶入市。自以为得策，饮酒醉寝。三更后，闻床壁啧啧声，谓有盗，举火就视，盖蚕也。以帚扫去之，随扫随布，竟

夕扰扰，一家骇惧，妻尤责言曩愆。胡愈愤怒，决意屏涤尽，明日昏时乃定，殊不自悔，但恨失一日摘鬻之利。俄又闻啧啧声，胡呼曰："莫是个怪物又来也？"亟起明灯，足才下地，觉为虫所啮，大叫称痛。其子继起，亦如之。妻急奔视，则满榻上下蜈蚣无数。父子宛转痛楚，数日，胡二死，蜈蚣悉不见，子幸无他。而外间人家，蚕已作茧，胡桑叶盈园，不得一钱也。

——《夷坚支景》卷七《南昌胡氏蚕》

临安市民沈一，酒拍户也。居官巷，自开酒庐，又扑买钱塘门外丰乐楼库，日往监沽，逼暮则还家。淳熙初，当春夏之交，来饮者多。一日，不克归，就宿于库。将二鼓，忽有大舫泊湖岸，贵公子五人，挟姬妾十数辈，径诣楼下，唤酒仆，问何人在此，仆以沈告，客甚喜，招相见，多索酒，沈接续侍奉之。纵饮楼上，歌童舞女，丝管喧沸，不觉罄百樽。饮罢，夜已阑，偿酒直，郑重致谢。沈生贪而黠，见其各顶花帽，锦袍玉带，容止飘然，不与世大夫类，知其为五通神，即拱手前拜曰："小人平生经纪，逐锥刀之末，仅足糊口。不谓天与之幸，尊神赐临，真是夙生遭际，愿乞小富贵，以荣终身。"客笑曰："此殊不难，但不晓汝意问所欲何事？"对曰："市井下劣，不过欲冀钱帛之赐尔！"客笑而颔首，呼一驶卒至，耳边与语良久。卒去，少顷负一布囊来，以授沈，沈又拜而受。摸索其中，皆银酒器也，虑持入城，或为人诘问，不暇解囊，悉槌击蹴踏，使不闻声。俄耳鸡鸣，客领妾上马，笼烛夹道，其去如飞。沈不复就枕，待旦，负持归，妻尚未起，连声夸语之曰："速寻等秤来，我获横财矣！"妻惊曰："昨夜闻柜中奇响，起视无所见，心方疑之，必此也！"启钥往视，则空空然。盖逐日两处所用，皆聚此中。神以其贪痴，故侮之耳。沈唤匠再团打，费工直数十千，且羞于徒辈，经旬不敢出，闻者传以为笑耳。

——《夷坚志补》卷七《丰乐楼》

前一则作品采用对比手法叙写故事，让故事主人公胡二与邻里、与妻子形成对比，生动地描述了从埋蚕到其人被蜈蚣咬死的整个过程，以警示追逐暴利而丧心病狂者。后一则作品写神明惩罚妄想发横财的贪痴，则运用戏耍的手段来对付其人，让其人遭到报应，寓庄于谐，别具一格。

这个时期的疯狂敛财得报故事，尚有写值桑叶大贵时，李某乃埋蚕鬻桑以获厚利，后食时每个馒头中均有一蚕，自此灾疠俱兴的《茅亭客话·蚕馒头》；写桑叶骤贵时，张某欲将家中蚕箔投江，以便采桑出售，但一文未得而全家相继亡故的《夷坚志·张翁杀蚕》；写太守姻亲吕某在知县张某纵容下霸占庙产，其后吕、张等人得报相继丧命的《夷坚志·妙智寺田》；写许某靠高利贷发家，常常迫使贫民鬻妻卖子，死后变狗的《夷坚志·许六郎》；写操某仗势欺人，施绝招霸占他人田产却受到官府庇护，后遭雷击遍体焦灼的《夷坚志·操执中》；写舍翁父子以蛊毒诅咒，杀害旅客欲夺其财物，却被反击殒命的《独醒杂志》“舍翁父子”等。

### （六）残害生灵得报故事

这个时期的残害生灵得报故事，大都描述故事主人公由于以屠为业或者其他原因，长期残害生灵，被其屠宰、杀死的生灵不计其数。被害的生灵以家畜、家禽居多，包括牛、猪、犬、鸡、蛙、鼋、鳅、蜂、鸟等，后来均遭到恶报，往往受尽折磨而死，甚至死后变为被害动物，遭到羞辱。我们从中可以窥见，早在近千年前民众便能通过生动的故事情节传达出“保护动物”的朴素思想。试看：

> 钱塘民沈全、施永，皆以捕蛙为业。政和六年，往本邑灵芝乡，投里民李安家寓止。彼处固多蛙，前此无人采捕。沈、施既至，穷日力取之，令儿曹挈入城贩鬻，所获视常时十倍。一日，施先归李馆，逢老僧扣门谓曰：“吾乡群蛙之受钓，发端自汝。今污潴所产，万计皆空，暴殄天物如此，将招业报，速从此改业，尚堪赎过，不然，非吾所知。”申戒再三，施了无悛意。僧去而沈来，具以告。沈曰：“野和尚如何敢预我经纪事，使我见，当与痛打一顿，你却纵使去，何也?”施言尚可追及，乃相率逐之。行一里许，无所值，责其妄语绐

己，咄咄谩骂，施不能堪，与争斗。沈益怒，就取常用剥蛙刀刺，中胁即死。保正擒送县，东平巩庭筠时为邑宰，鞫其狱。众证既孚，物色逮老僧，杳不可得。沈竟坐杀人，尸于市。

——《夷坚支甲》卷四《钱塘老僧》

饶州效勇营兵程立，人物懦怯，专好弹射飞禽以供食啖。目之所值，必思得之而后已。虽栖于檐间，巢于林木，亦升梯攫拿，并雏卵悉取之，弩矢弹丸，未尝停手。侪辈皆恶少，然睹其暴殄已甚，每劝止之，恬弗为改。庆元初春，病赤目，蒙蒙无所见，厥身如坐汤火中，白昼居家，觉群鸟无数，飞鸣于前，缭绕交啄，楚痛悲嘶，顷刻不堪忍，呼家人驱逐，皆云无之。临死逾月，朝夕受苦，饮膳不能入口，形骸羸削，全如禽鸟已焊剥之状。疮孔遍体，转侧艰难，呻吟之声，四邻亦为挠聒。至秋乃死。

——《夷坚志补》卷四《程立禽报》

以上两则故事，描述故事主人公或者为获取金钱财物，或者为满足口腹之欲，竟然暴殄天物，残害有益于人类的各种生灵；而且往往执迷不悟，不听劝告，不思改悔，以致遭到报应——或者相互残杀致死，或者罹病朝夕受苦而亡，无不值得世人反思和警醒。

这个时期的残害生灵得报故事，尚有写陈某以屠牛为业，宰杀成千上万头牛，后得病发狂，食刍草经月乃死，死后变牛，腹下有其姓名的《青琐高议·陈贵杀牛》；写马某以杀鸡为业，杀鸡无算，后患风疾，其头反向于背，动摇如鸡之将死，岁余方殁的《青琐高议·杀鸡报》；写一屠嗜杀，宰牛千头，老而被牛追逐惊吓卧病，受尽折磨而亡的《夷坚志·牛头王》；写一鱼贩不听大鼋哀求与邻人劝阻，竟杀死大鼋，不久即系狱杖责，饥饿致死的《夷坚志·汪乙鼋》；写造酒人杨某烫鸡而食者逾千只，后蒸酒时笼烈坛爆，竟被烫死的《夷坚志·杨氏鸡祸》；写詹某常年专事取乳蜂贩卖，秋末入山摘蜂窝时竟被螫死的《湖海新闻夷坚续志·取蜂受报》；写一村夫专门卖苦蚁卵与养飞禽人家达数年之久，后卧病在床为群蚁钻入七孔而亡的《湖海新闻夷坚续志·蚁球坠身》等。

## （七）欺神叛教得报故事

这个时期的欺神叛教得报故事，大都宣扬宗教思想、宗教信条，带有比较浓烈的宗教色彩。然而，不少作品爱憎分明，善恶昭彰，思想倾向性较好，具有一定的思想意义和警世作用，有益于社会，有益于民众。试看：

泉州杨客为海贾十余年，致资二万万。每遭风涛之厄，必叫呼神明，指天日立誓，许以饰塔庙，设水陆为谢。然才达岸，则遗忘不省，亦不复纪录。绍兴十年，泊海洋，梦诸神来责偿，杨曰："今方往临安，俟还家时，当一一赛答，不敢负。"神曰："汝那得有此福？皆我力儿，心愿不必酬，只以物见还。"杨甚恐。以七月某日至钱塘江下，幸无事，不胜喜，悉摮物货置抱剑街主人唐翁家，身居柴垛桥西客馆。唐开宴延伫，杨自述前梦，且曰："度今有四十万缗，姑以十之一酬神愿，余携归泉南置生业，不复出矣。"举所赍沉香、龙脑、珠琲珍异纳于土库中，他香布、苏木不减十余万缗，皆委之库外。是夕大醉。次日，闻外间火作，惊起，走登吴山，望火起处尚远，俄顷间已及唐翁屋，杨顾语其仆："不过烧得麄重，亦无害。"良久，见土库黑烟直上，屋即摧塌，烈焰亘天。稍定还视，皆为煨烬矣。遂自经于库黑墙上。暴尸经夕，仆告官验实，乃得槁葬云。

——《夷坚丁志》卷六《泉州杨客》

双溪村崇明院，有地藏并十王，共十四小身，以铜钱为骨，泥加其上，阅年既久，泥剥钱露。淳祐年间，淡竹周上一监无知，利其有钱，击碎佛顶身，尽取其钱，每身得钱百余。其时钱贵物贱，得之，其喜不自胜，朝欢暮乐，钱立见尽。忽身病癞，连年痛楚，腐烂见骨，不可忍。身体消瘦，遂诣桥边，成残患。续剪发为头陀，衣食不给，沿门教化，数十年方死。

——《湖海新闻夷坚续志》后集卷二《佛教门·毁坏佛像》

前一则作品写故事主人公欺诈成性，欺骗神灵如同其进行商业欺骗一般。在他正恣意妄为之时，乃遭受神谴，得到恶报。后一则作品写故事主人公贪婪成性，他见财起意，竟打起佛像的主意，丧心病狂地碎佛取钱。不过，他也难逃恶报的下场，生不如死，足以令世人引为鉴戒。

这个时期的欺神叛教得报故事，尚有写华山一道士与巡检马某勾结，施利市、蓄妇人，后来二人同时背部发疽丧命的《孔氏谈苑》“华山道士”；写女真统军黑风大王驻扎后土祠时亵渎神像，被大火吓退，乃移营改祭，但士卒已死十之二三的《夷坚志·黑风大王》；写某僧嗜酒不检，一意狎游，廿五岁得恶疾并长出驴尾，凡十载始毙的《夷坚志·普光寺僧》；写一专为人加持水陆佛事之僧与旅店妇私通，食妇所烹鲜鱼后回寺跌地而亡，背有铁鞭痕的《湖海新闻夷坚续志·僧思鱼食》等。

## 第五节　宋元的人神婚恋故事

宋元时期的人神恋情故事较多，但人神婚配故事较少。人神恋情故事，大都描述故事主人公外出时与异性神灵之间发生的恋情，犹如尘世间人类的恋情一般，既有难能可贵的一夜情，又有长期幽会的恋情，不一而足。不过，人神毕竟有别，最终不免分离，结局令人叹惋。不过，人神之间的情愫却永存于世，令读者、听众感到温馨。譬如，《夷坚支丁》卷二《小陈留旅舍女》：

> 黄寅，字清之，建安人。政和二年试京师，未到六十里，抵小陈留旅舍寓宿。夜将二鼓，观书且读，闻人扣户声，其音娇婉，出视之，乃双髻女子，衣服华丽，微笑而言曰：“我只在西边隔两三家住，少好文笔，颇知书。所恨堕于女流，父母只令习针缕之工，不遂志愿。今夕二亲皆出姻知家赴礼会，因乘间窃步至此。闻君读书声，欢喜无限，能许我从容乎?”寅留与坐，即捻书册玩诵，又索饮，具酒款接，微言挑谑，略不羞避，遂就寝。鸡鸣而去，复约再会。往来几半月，店媪讶其无故而久留。其所亲柳仲恭者，过而相遇，拉以同入

都。女子已知之，倏来告别，携手而泣。寅发箧出银五两以赠。旦而行，可二十里，地名柳林子。见一庙神坐傍侍女，宛然是所遇者。详视之，其色赧赧然若负愧之状。纸裹堕侧，银在手中，初未尝启视也。

这一则故事，称颂应考书生旅途中与庙神侍女之间的恋情。他们虽是偶遇，却一往情深，十分清婉、真挚，让读者、听众受到感染，久久不能忘怀。

这个时期的人神恋情与婚配故事，尚有写馆客龚某与天汉妇人相恋，有一夜温存，临别时所赠锦香囊因被人偷窥而再无香气的《夷坚志·锦香囊》；写灵显王庙厩卒与一娼女相恋，现身与女欢好数宿，因犯禁获罪流配，庙中偶人遂仆地的《夷坚志·永康娼女》；写王生赴考时，所慕龙女假托某官眷属与王结为夫妻，四五年间生二子，后遇雷雨乃失所在的《夷坚志·济南王生》；写旅医卢生天晚求宿时，对庙神所化丽女心生爱慕，相与绸缪，有一夜之欢的《夷坚志·赵喜奴》；写兵士王某与天王祠捧装奁持女相恋，共寝数月而羸瘠，王父击碎女像后，王某掩面堕泪，逾旬而死的《夷坚志·建昌王福》；写刘女有愿与护国庙大王为偶，忽无病而卒，刘父遂塑女像于王右作为其夫人的《湖海新闻夷坚续志·庙神娶妇》；写一士子游湖湘间泊舟江畔时，水仙祠神女谎称商妇与其相恋，有一段短暂情好的《辍耕录·奇遇》等。

# 第二章　宋元的精怪故事

宋元时期精怪故事的发展、变化，不如同期的神异故事、鬼魂故事明显。其内容主要包括人精婚恋、人精交谊、精怪为祟、斗精灭怪等几个方面。此类故事中的精怪，以动物精怪居多，计有狐、虎、蛇、蟒、犬、猫、羊、猪、猿、獭、狸、鼠、蜂、蟹、龟、鳖、蚯蚓、鹳雀、石鹰、白猬、鲨鱼、虾蟆等；此外尚有植物精怪槐、杨、桐、樟、榆、杉、牡丹、芭蕉、葛根等以及非生物精怪鼎、铃、石、石狮、铁钻、铁铫、棺板、木偶、泥孩儿、木灯檠等。

## 第一节　宋元的人精婚恋故事

在宋元时期的人精婚恋故事中出现的精怪以雌性为主，首推狐与蛇。与人相恋的蛇精，从唐代以来在民间故事里面已逐渐增多，到了宋元时期更为突出。除此之外，在这个时期民间故事中与人有恋情的精怪，尚有犬、猪、虎、蟒、狸、蜂、蚯蚓、牡丹、土偶、灯檠等。

### 一、宋元的人精恋情故事

这个时期的人精恋情故事，大部分描述雌性精怪追求世间男子。尽管精怪多情专一，却往往给恋人带来祸害。这种恋情，显然不可能持久。故事末尾，一般都以灭精绝怪告结束。不难看出，在此类故事里面，各个精怪所具有的双重性格——人性与妖性——大都得到了比较充分的表现。譬如，《夷坚支乙》卷二《茶仆崔三》：

黄州市民李十六，开茶肆于观风桥下。淳熙八年春夜，已扃户，其仆崔三未寝，闻外人扣门，问为谁，曰："我也。"崔意为主公，急启开，乃一少年女子，容质甚美，骇曰："娘子何自来？此是李家茶店耳，岂非错认乎？"曰："我是只左侧孙家新妇，因取怒阿姑，被逐出，终夜无所归，愿寄一宵。"崔曰："我受佣于人，安敢自擅。"女以死哀请，泣不肯去，崔不得已引至肆傍一隅，授以席，使之寝。久之，起就崔榻，密语曰："我不惯孤眠，汝有意否？"崔喜出望外，即留共宿，鸡鸣而去。继此时时一来，崔以人奴获好妇，惬适所愿，不复询究本末。一夕，女曰："汝月得顾直不过千钱，当不足给用。"袖出官券十千与之。其后屡致薄助，崔又益喜。兄崔二者，素习弋猎，常出游他州，忽诣弟处相问讯，寄寓旬余，女不至。崔思恋笃切，殆见梦寐，乃吐情实告兄。兄曰："此地多鬼魅，虑害汝命，宜速为之图。"崔曰："弟与之相从半年，且赖渠拯恤，义均伉俪，难诬以鬼也。"兄曰："然知我至则敛迹，何邪？"崔曰："正以兄弟妨嫌，于礼不可。"兄曰："彼每至从何处出入？"曰："入自外门，由楼梯而下。"兄是晚舍去，取猎具卷网数枚散布之。抵暮，乃俯伏于隐所。三更后，戛然有声，急篝火照视，得一斑狸，长三尺，死焉。兄曰："是物盖惑吾弟者也。"为剥其皮而烹其肉。崔惨沮凄泪，不能胜情。异日独处室中，觉异香馥烈，女已立灯下，大骂曰："吾与汝恩意如此，兼数济汝窘乏，何为轻信狂兄之言！幸吾是时未离家，仅杀了一婢，坏衫子一领而已。"崔逊谢，女笑曰："固知非汝所为，吾不恨汝。"遂驻留如初，至今犹在。

此则故事中的狸女对茶仆用情深挚，不嫌其人地位卑下而慷慨相助，虽有变故却不加怨恨，甚是难得。此则故事不采用悲剧结局，而让有情者长相厮守，在人精恋情故事中亦不多见。

又如，《投辖录·沈生》：

沈元用自言，与其从兄俱试南宫，共客长安。从兄贫不可言，每仰于元用。忽谓元用曰："我偶一妓甚妙丽，约俱往见之。"元用惊曰："兄穷困如此，何以致之？"兄曰："我前日偶至某处，有妇人忽招我入其家，自言娼也，款我甚厚，且令我与子俱来。幸同往也。"

元用从之，同至州东一委巷，中有小宅子一所，门宇甚卑陋，入户则堂宇甚雄壮。妇人者人物真绝代也，置酒欢甚，因谓沈兄曰："闻君未偶，他日中第肯以为汝家妇乎？吾家累千金，室无他人。君年亦长矣，使名门贵胄，未必能逮我之容与资也，幸君勿以自媒为诮。傥子文战不利，吾亦当别为之图，亦须痛饮而别。"且笑指元用曰："君在傍知状者也。"自是，沈兄凡客中用度，悉取给之，妇人亦略无倦意。元用亦时同造也。

榜出，元用奏名，兄不预。有日东下，约元用及一二客偕往。妇人者一见，大怅然，谓沈曰："志愿相违，乃复如此。今夕须尽欢，然后分袂。"击鲜[①]釃酒[②]，合樽促席，妇人歌别离之词以侑觞，酒酣挥洒不止。中夜忽狂风震地，门牖皆开，堂上烛灭，悄无人声。与客呼妇人，并常使令者，皆不应。二三子各移坐席相近，战栗而已。至晓，但见各坐一椅子，败屋数间之下，向来所睹悉皆不见。亟走以问邻近，皆曰："某氏之废宅，久无人居矣，亦未始睹诸君子之往来也。"竟不知何怪。

在此则故事中，精怪所变女子待人淳厚，率真深情，却有自己的追求和原则。她后来因与沈生无缘而别，使人不免为之惋惜。此则故事始终未交代这个可爱的女子是何精怪，给人们留下更多的想象空间。

这个时期的人精恋情故事，尚有写孟三郎山涧饮水时见一妇人甚丽，追则失其所在，穷极幽远而得红牡丹一品的《可书》"涧仙红"；写一行者与某寺九子母堂乳婢偶相恋，狎昵累月，主僧觉而碎土偶竟得一胎儿的《夷坚志·土偶胎》；写古桐精与一女相恋，女家疑而伐桐，女惊呼数声"桐郎"，怪遂绝的《夷坚志·新城桐郎》；写刘生与邻家二狗精所变红

① 击鲜：新宰牲畜。

② 釃（shī 师）酒：斟酒。

衫妇相恋，后邻家扑杀二狗，发现其腹中有异的《夷坚志·刘狗麼》；写二贡生入京时，与一女及其婢有一夜情，次晨醒后发现在古枫林间，不知夜遇何妖的《夷坚志·史翁女》；写青狐化为年轻寡妇与守门人相恋，共处逾月，后被人追捕现形而逃的《夷坚志·衢州少妇》；写一娼女与白衣男子相处三月，知其为大白蛇后重病一场，遂落籍卖与染肆为妻的《夷坚志·池州白衣男子》；写祝子与邻里牝猪所变仙女同宿半年，形躯日削，牝猪精因见怜而与祝子泣别的《夷坚志·蓬瀛真人》；写芮某与蟒精相好，久而身体尪瘠，父母请道人灭蟒，芮某始如梦方醒的《夷坚志·历阳丽人》；写虎精化美女与陈某绸缪一月，陈瘦极卧病，其兄依法师指点乃将虎女击走的《夷坚志·香屯女子》；写太学生张某与草木之妖相恋，久而羸瘠，道人劝其往浙东躲避，三载返回复同居，竟疾发而亡的《玉照新志》"草木之妖"；写孤男陈某与狐精相恋，日久感疾而卒，狐乃为陈哭丧的《湖海新闻夷坚续志·狐恋亡人》等。

## 二、宋元的人精婚配故事

这个时期的人精婚配故事，描述的均为人类与精怪的不寻常婚姻。这样的婚配，通过精怪（无论是有生命的动物精怪，还是无生命的器物精怪）变化为人形而得以实现。然而，正如人精恋情故事一样，其中变化为人形的精怪亦具有人性和妖性双重性格。精怪的这种双重性格，使此类故事充满神秘性、奇特性。而此类人精之间的婚姻，大都不会白头到老，婚后往往会出现这样那样的变故，导致分离，有的甚至带来不幸。这些故事实际上是人世间某种婚姻状况的一种曲折的反映，它们跟人精恋情故事一样具有一定的现实性和社会意义。试看：

丹阳县外十里间，土人孙知县，娶同邑某氏女。女兄弟三人，孙妻居少。其颜色绝艳，性好梅妆，不以寒暑着素衣衫，红直系，容仪意态，全如图画中人。但每澡浴时，必施重帏蔽障，不许婢妾辄至，虽揩背亦不假手。孙数扣其故，笑而不答。历十年，年且三十矣。孙一日因微醉，伺其入浴，戏钻隙窥之。正见大白蛇堆盘于盆内，转盼可怖。急奔诣书室中，别设床睡，自是与之异处。妻盖已知觉，才出浴，即往就之，谓曰；“我固不是，汝亦错了。切勿生他疑，今夜归房共寝，无伤也。”孙虽甚惧，而无词可却，竟复与同衾，绸缪燕昵如初。然心中疑惮，若负芒刺，展转不能安席，怏怏成疾，未逾岁而亡，时淳熙丁未岁也。张思顺监镇江江口镇，府命摄邑事，实闻之。此妇至庆元三年，年恰四十，犹存。

——《夷坚支戊》卷二《孙知县妻》

邹氏，世为兖人。至于师孟，徙居徐州萧县之北白土镇，为白器窑户总首。凡三十余窑，陶匠数百。一匠曰阮十六，禀性灵巧，每制作规范，过绝于人。来买其器者价值加倍。又只事廉且谨，师孟益爱之，遂妻以幼女。历数岁，生男女三人。既皆长大，而阮之年貌俨不少衰，众颇疑其异，谓非人类，虽师孟亦惑焉。唯妻溺于爱，无所觉。阮或出外，不持寸铁，登山陟巘，渡水穿林，未尝恐怖蛇虎。萧沛土俗，多以上巳节群集郊野，倾油于溪水不流之处，用占一岁休咎，目曰“油花卜”。阮尝同家人此日出游，抵张不来山，见鹿鸣呦呦，意气踊跃。及暮还舍，语妻曰：“我欲归乡省父母，暂与汝别。如要见我时，只来州城下宝宁寺罗汉洞伏虎禅师边求我。”妻固留之，翩然而去。后二年，师孟携家诣宝宁，设水陆斋，幼女忆阮，同母入洞，瞻伏虎像傍一土偶，以手加虎额，容色体态，悉阮生也。始知其前时幻变云。

——《夷坚三志己》卷四《萧县陶匠》

以上两则故事的相同之处是人与精怪的婚姻原本美满，持续多年后才发现异样，于是产生变故。其不同之处比较多，主要集中在精怪身上：一则故事的精怪为有生命者，变为妇女，一则故事的精怪为无生命者，变为男子；一则故事的精怪使配偶受惊吓，成疾而亡，一则故事的精怪主动离去，并且为妻儿留下了念想。

这个时期人精婚配故事，尚有写化作书生的蜜蜂与桃源一女子结成佳偶后，从此常引群蜂至女家，使女家以作蜜兴盛，富甲里中的《诚斋杂记·瘦腰郎君》等。

## 第二节 宋元的人精交谊故事

宋元时期的人精交谊故事，作品数量不少，大都描述并赞美世人与精怪之间的友情，包括相互同情、相互关心、相互帮助、彼此之间充满同情心、知恩必报等、从不同的角度展示人世间珍视友谊的各种美德，对于改善人际关系，促进社会发展颇有裨益。这一类故事中的精怪，大部分是有生命的动植物，诸如狐、虎、猿、猫、槐、榆等，亦有少部分为无生命者，诸如镰刀、偶像等。试看：

平江人江仲谋，于府内饮马桥南启熟药铺。绍熙五年，又执一肆于常熟梅里镇，择七月十二日开张。前一夕，梦黄衣人声喏，持文字一轴云："相公令投下文字。"江问："何等文书？"曰："是镇中人户所居名次，望官人题上簿。"江许之，视黄衣一臂损烂出血。明日以语人，其邻叟云："相近钱知监宅东有一庙，镇人争往焚香，岂其神乎？"江即携香酒致谒，见土偶驶卒，臂泥脱落，宛然昨梦所睹，盖伏虎司徒庙也。立唤匠补治。旋梦来谢，且祝江勿用伪品药杂于剂中，误人服食，因而可积阴功。江感其说，收市良材，不惜价直，而所货日增。

——《夷坚支庚》卷四《伏虎司徒庙》

庆元三年，浮梁东乡寺僧法净，以暮冬草枯之际，令童行挈稻糠入茶园培壅根株，见林深处，一美女未及笄岁，长裙大髻，衣服光赫。两丫鬟从于后，色貌妍丽，嘻怡含笑，敛袖前揖曰："和尚万福。"法净应喏。既而思之曰："此间四向无居人，山前谷畔纵有两三家，其妇女皆农樵丑恶，岂得如是绰约华姿者？兹为鬼魅何疑！不可领略，以招蛊媚。"遂袖手掐印，诵楞严咒，大声咄叱以威之。女呜呜大笑，斥法净名曰："和尚，你也好笑，纵然念得楞严神咒数百千遍，又且如何？我不是鬼，怕甚神咒。"净曰："汝是何妖孽，入吾园中，以容色作妖怪？我身为僧，披如来三事之衣，日持佛书，斋戒修洁，虽鬼神魔幻，安可害我？汝速去!”女曰：“儿实良人家，因随众出廊，迷踪到此，愿和尚慈悲，指示归路，儿之幸也，何事以鬼物相待?”净使从左方出，女又谢曰：“所谓误入桃源，更容闲有时霎。”乃穿践丛薄中，不避荆棘。良久，三人俱化为狐，嚎声可怖。净骇惧，执童行手，大呼而奔。径还舍喘卧，心不宁者累日。

——《夷坚三志己》卷二《东张僧园女》

以上两则故事艺术风格不同，情趣各异。第一则故事，以相互帮助来展示人精交谊，描述开药店者与庙中土偶均为人友善，前者为后者修补损臂，体恤有加，后者知恩图报，诱导前者广积阴功，因以致富。第二则故事，以调皮、逗趣来展示人精友情，将狐女天真可爱的形象与和尚又动情又警惕的心态描绘得相当鲜活，相当逼真，给读者、听众带来不少欣赏的乐趣。

这个时期的人精交谊故事，尚有写某秀才赞叹城中一棵老槐树生命力旺盛后，深夜槐精化为楚楚动人女子前来致谢的《夷坚志·徐五秀才》；写孟某暂居城南驿，其人夜读见如白猫怪物自高突走示变，全家急追乃免屋塌伤亡的《夷坚志·城南驿》；写村民张四将一发声小镰供入神堂，因其能预言休咎而门庭若市，其家赖以小康的《夷坚志·南山独骑郎君》；写一猿数擒医者至石室为老猿治腹痛，以黄白物相赠，使医者大富的《夷坚志·猿请医士》；写吴妪二更时被抬去为虎接生，后有二虎送猪肉与牛肉至其门作为酬谢的《湖海新闻夷坚续志·虎谢老娘》；写榆木精化作老丑妇常出入一官吏厨间，与群婢为伴，家人见而不以为怪的《湖海新闻夷坚续志·榆木为怪》；写项家常得到自称“太公”之妖帮助，项妻有孕思食呼之即至，后项妻生一冬瓜状物欲溺之，“太公”抢走又送白金二笏的《异闻总录》“太公”等。

## 第三节　宋元的精怪为祟故事

宋元时期的精怪为祟故事，内容主要集中在三个方面，即精怪作乱扰民、精怪诱惑奸淫和精怪害人夺命，受害者大多数是社会上弱势群体的成员。这些故事中的精怪，乃是人世间邪恶势力的化身，众多的作品从各种不同的角度揭露、控诉和谴责它们的诸多劣迹和罪行，往往具有有较强的社会性和批判力量。

## 一、宋元的精怪作乱扰民故事

这个时期的精怪作乱扰民故事，大多描写形形色色的精怪四出捣乱，欺诈盗窃，胡作非为，干扰世人正常生活，给僧俗人等乃至衙中官吏带来各种痛苦和不幸。试看：

> 信州永丰县管村，皆管氏所居。淳熙七年秋，有怪兴于某秀才家，幻变不常，或为男子，或为妇人，抛掷砖石，占据堂宇，污秽床席，毁败什物，不胜其扰。唤巫师驱逐弗效，又命道士醮禳，复邀迎习行法者，各尽术追究，虽即日稍若暂息，迨去则如初。前后若是者屡矣。管益患之，乃多萃道流，设坛置狱，劾治甚峻，群怪不为动，厉声诟骂于室中曰："汝几个村汉，讨钱足了。我不怕汝！"皆知其不可为，相与谢去。久之，化一美女，夜造仆夫寝处，欲加炫惑。仆知为魅也，而庸奴贪色，竟留与接。凡历数夕，极绸缪婉娈之款，然终虑其致祸，阴磨利刃以待之。迨复至，尽力断其首，携出外，呼告众曰："我已杀鬼！"管氏之人争来观看，盖一大狸也。
>
> ——《夷坚支乙》卷一《管秀才家》

> 咸淳甲戌冬，有二男子赍官会于杭州三桥，请路岐人①祇应，云是张府姻事，先议定不许用黄锺宫曲调。路岐人曰："在何处？"曰："在江阴无锡县界。"路岐人曰："事在几时？"曰："在今夜。"路岐人曰："此间相去五百余里，又日暮，如何可到？"应曰："汝等皆卧舟中，我自撑去。"
>
> 众从之，舟行如飞。经长安、崇德、苏秀、吴江，约二更，上岸

① 路岐人：宋元时各种民间演艺人的俗称。

至一大府第，路歧人如约奏乐，见坐客行酒人皆短小，灯烛焰青，既而幽暗。至四更无饮馔，人饥且怒，因奏黄锺宫。坐客与行酒人皆惊，亦有止之者，乐人不顾。须臾黑风一阵，人与屋俱亡，但见一大树满天星宿。因犬吠，投人家问之，人曰："此间有樟树精，能惑人，汝被惑矣！"天明，果一大樟树也。二男子乃树近庙中二使，其余皆其庙神也。

——《湖海新闻夷坚续志》后集卷二《精怪门·樟精惑人》

以上两则故事中的作乱者，一为动物精怪，一为植物精怪。它们为非作歹，颇为猖狂，甚至达到无所不用其极的地步。但是，只要世人敢于奋起与其争斗，不怕挫折，持之以恒，精怪们最终必定被挫败，绝不会有好下场。

这个时期的精怪作乱扰民故事，尚有写夜间妖鬼怪物在山寺窗外殴斗呼叫，并将启户出溺客夺去，唯独畏惧诵经寺僧的《青琐高议·董遭遘》；写弓手夏生被老狐诬告入狱，后得平反，母狐化美女出没县丞厅堂，害死县丞父子的《夷坚志·宜黄老人》；写一狐化作妇人邀刘医生去家为其夫疗疾，所诊治者乃一杉骸，使刘罹患心病的《夷坚志·刘师道医》；写狐、蛇二精皆化作女子到姜家做侍妾，相互攻讦，惹是生非，但均未逃脱厄运的《夷坚志·姜五郎二女子》；写自称"华二哥"之妖物每夜呼于相州街市，家家闻而惊恐，半年乃绝的《陶朱新录》"华二哥"；写州仓失米数十石，使三四十人被诬，经道士行法方知系江畔石鹰窃去的《湖海新闻夷坚续志·石鹰窃米》；写老狐化为道人将三女嫁与某家三子，后被识破为犬所毙，某家家道遂衰落的《湖海新闻夷坚续志·狐精嫁女》等。

## 二、宋元的精怪诱惑奸淫故事

这个时期的精怪诱惑奸淫故事，大都描写各类精怪（多数为雄性）变化为俊男靓女，来到世间寻觅"猎物"，施展各种手段勾引对方，恣意奸淫，使对方受到折磨，给对方及其家人带来巨大的伤害。当其败露之后，往往被受害人家击走，甚至被扑杀。试看：

鄱阳近郭数十里多陂湖，富家分主之。至冬日，命渔师竭泽而取。旋作苫庐于岸，使子弟守宿，以防盗窃。绍兴辛酉，双港一富子守舍。短日向暮，冻雨萧骚，拥炉块坐。俄有推户者，状如倡女，服饰华丽，而遍体沾湿，携一复来曰："我乃路岐散乐子弟也，知市上李希圣宅亲礼请客，要去打窠地。家众既往，我独避雨，赶趁不上。愿容我寄宿。"富子曰："舍中甚窄，只着得一小床。若留汝过夜，我爷娘性严，必定嗔责。李宅去此不远，早去尚可及。"女恳祈再三，杂以笑谑，进步稍前，子毅然不听。徐言："既不肯教我宿，只暂就火烘衣，俟干而行可乎？"许之。子登床，女坐其下，半卸红裙，露其腕，白如酥。复背身挽罗裙，不觉裙裹一尾出。子引手拈杖击之，成一狐而走。衣裳如蜕，皆污泥败叶也。

——《夷坚支庚》卷七《双港富民子》

南剑州尤溪县人璩小十，于县外十里启酒坊，沽道颇振。只驻宿于彼，惟留妻李氏及四男女两婢在市居。每经旬日，则一还舍，然逼暮必反。绍熙四年八月，夜且二更，璩击户而入，携酒一坛。李问之："尔既归来，何必冲夜？岂不防路次蛇虎不测乎？"璩曰："我既薄醉思汝，又念家间乏人看觑。坊内仆使自足用，故抽身且来宿卧，不晓便行矣。"洎就枕，欢洽异于常时。自是，辄用此际来，门不关扃以待之。至十二月，李怀妊。明年三月，璩归，讶妻腹大，谓之曰："我经岁不曾共汝同衾枕，何由有孕？汝实与谁淫奸？速言之！"李曰："从去年八月，汝夜夜将酒来共饮，儿女共庆奴各得一盏。酒尽然后登床，天未明即去。有如不信，请逐一问之。"众言并同。璩不能质究。呼坊仆王八，使李询夫行止。王云："十郎未尝离本坊。"李曰："然则酒饼是谁将到？"王云："今夜若复来，但留下饼，却俟来日审实。"已而又至。璩别命仆韩二同王八再验之。适见主公与主母对酌，认其衣裳形貌，言笑举动，真无少异。二仆唱喏罢，急走诣酒坊。璩十正彷徨灯下，以须音耗。仆告之。璩曰："一段精怪，我也理会不得。"即磨淬利刃，秉炬而趋。语二仆曰："随我去，如误杀了人，我自承当，不以累尔。"及家时，已三更后，令王八先剥啄。

李氏饮席犹未竟，隔扉问何为，曰："十郎教我送牛肉来。"既得入，璩挥刃刺着男子，杀之。化作白猿，凡重七十斤。李免身，生一小猱，搦死之，弃于荒野。

——《夷坚三志己》卷二《璩小十家怪》

以上两则故事，一则写狐女雨夜勾引守宿青年而不能得手，后被击走；一则写猿变为男主人长期骗奸主妇而使其怀孕，暴露后立即被杀死。读者、听众可以看到，这些精怪淫猥成性，任意胡为，给民众带来苦痛和不幸。但是，无论它们如何狡诈，都会受到应有的惩处，逃脱不了失败的下场。

这个时期精怪诱惑奸淫的故事，尚有写一白晰农妇春日挑担往田间送饭时，被蛇妖缠绕奸淫，数日乃去，使其生病逾年的《夷坚志·蛇妖》；写周女被一猫精迷惑，周父请卖面翁作法驱妖，方使一切复常的《夷坚志·周女买花》；写一士人请人行天心法令奸污其妻之龟精伏罪，并且送入海中，其妻遂得安宁的《夷坚志·明州学堂小龟》；写一巨蛇化为男子来奸周妻遭拒，竟绕周妻数匝，请人诵大悲咒始将蛇妖驱走的《夷坚志·余干民妻》；写农夫鲍大外出后，杨树精与狐精轮流到其家奸宿，鲍大伐树、平穴后其妻遂无恙的《夷坚志·杨树精》；写一坐馆先生被虾蟆精骗去与其女成婚，使之身没塘中，幸为主人搭救免难的《湖海新闻夷坚续志·虾蟆为精》；写白蚯蚓精化为美少年每夜来与某女共寝，使其未婚而孕，其父母探知实情，乃扑杀妖精以绝其患的《湖海新闻夷坚续志·蚯蚓为妖》等。

## 三、宋元的精怪害人夺命故事

这个时期的精怪害人夺命故事，叙写各种精怪的一切行动均以残害世人，夺走其性命为目的，用心险恶，而且往往都能得逞。故事中害人夺命的精怪，既有有生命的动植物，又有无生命的器物，甚至还有动物的鬼魂。它们无不对人世的生活、生存构成威胁。此类故事，意在提醒世人，对于形形色色的害人精应当有所警惕，切不可麻痹大意，否则很可能铸成大错，造成无可挽回的损失。试看：

庆元元年五月，湖州南门外，一妇人颜色洁白，着皂弓鞋，踽踽独行，呼赁小艇，欲从何山路往易村。既登舟，未几即偃卧，自取苇席蔽其上。舟才一叶，展转謦欬必相闻，而寂然无声。舟人讶焉，举席视之，乃见小乌蛇，可长尺许，凡数千条，蟠绕成聚，惊怛流汗，复覆之。凡行六十里，始抵岸步，扣舷警之。奋而起，则俨然人形，与初来时不少异。腰间取钱二百，偿雇直。舟人不敢受，妇问其故，曰："我适见汝如此，哪敢接钱。"笑曰："切莫说与人，我从城内来此行蛇瘟，一个月后却归矣。"徐行入林中，数步而隐。彼村居人七百家，是夏死者殆半。初，湖、常、秀三州，自春徂夏，疫疠大作，湖州尤甚，独五月少宁，六月复然，当是蛇妇再还也。吁，可畏哉！沈清臣女嫁闽帅詹元善，老妪来福州说此。

——《夷坚支景》卷二《易村妇人》

宣和中，乡人董秀才在州学。因如厕，见白衣妇徘徊于前。问其故，曰："我菜圃中人也，良人已殁，藐然无所归。"董留与语，且告以斋舍所在。至夜遂来并寝。未几得疾，同舍生咸知之，以白教授。教授造其室，责之曰："士人而为异类所凭，何至此?"扣其所有，曰："但尝遗一袒服。"取视之，秽而无缝。命投诸火，遣诸生踪迹焉。一老圃曰："向者小儿牧羊，一牝羊坠西廊井中，不可取。今白衣而出，岂其鬼欤?"呼道士行法咒，以黑豆投于井，怪乃绝，不至。然董亦死。

——《异闻总录》卷一"白衣妇"

以上两则作品的故事背景均为宋代，一为南宋，一为北宋。作品中的精怪无不以妇人的面目出现，其目的都是要置人于死地。相比之下，前一则的妖孽危害更大——令死于疫疠者不计其数，真是让人触目惊心！

这个时期的精怪害人夺命故事，尚有写鼎精变为无足美妇，被一士人招为婢妾，颇得其家怜爱，居一年士人几为其害死的《夷坚志·无足妇人》；写赵某夫妻收留的一个自称受后母虐待之妇，实为鱼鲛精，竟将赵某害死于溪中的《夷坚志·赵良臣》；写在阳台驿一带出没的妇人系虎精所变，经常啖食人畜，引起莫大恐慌的《夷坚志·阳台虎精》；写蕉精化为绿衣女与馆客陈某狎昵同寝，历百日陈某即憔悴龙钟，抱病而殁的《夷坚志·蕉小娘子》；写赵某妻得疾常啖生肉，与夫别室寝处，三婢皆被其吮血绝命，后化虎而去的《夷坚志·赵不易妻》；写西湖鳖精化作白衣少妇，獭精化作双鬟丽女与周某结亲，欲将其害死的《鬼董》"二水魅"；写每夏洛中有号称"黑汉"之熊妖昏夜入室为患，妇女小儿常被抓伤的《陶朱新录》"黑汉"；写寡妇张婆儿夜间变为狸猫偷吃小孩，日变为白驴偷吃麦苗，后被人识破而打死的《湖海新闻夷坚续志·妇变狂驴》等。

## 第四节　宋元的斗精灭怪故事

宋元时期的斗精灭怪故事，数量非常多。故事里面叙述的各种斗精灭怪事件，往往由于精怪强奸妇女、入室捣乱、使人致病等，激起世人愤恨，才对其采取措施，进行还击。世人奋起抗争的结果，或者使妖精被降服，不再为非作歹；或者将妖精消灭，永绝后患。

这个时期的斗精灭怪故事，以消灭蛇精、虎精、狐精最为常见。其中，具有代表性的作品如：

> 崇仁县农家子妇，颇少艾，因往屋后暴衣不还，求之邻里及其父母家，皆不见，遂诣县告。县为下里正，揭赏搜捕，阅半月弗得。其家在巴山下十里，山绝高峻。樵者负薪归，至半岭，望绝壁岩崖间若皂衣人拥抱妇人坐者，疑此是也，置薪于地，寻登道攀援而上。稍近，两人俱入穴中。穴深不可测。樵归报厥夫，意为恶子窃负而逃者，时日已夕，不克往。至明，家人率樵至其处侦视，莫敢入。或云："穴深且暗，非人能处，殆妖魅所为，宜委诸巫觋。"闻乐安詹生素善术，亟招致之。詹被发衔刀，禹步作法，先掷布巾入，须臾，青气一道如烟，吹巾出。又脱冠服掷下，亦为气所却，詹不得已，倮身持刀，跃而下。穴广袤如数间屋，盘石如床，妇人仰卧，大蛇缠其

身，奋起欲斗。詹挥刀排堕床下，挟妇人相继跃出。妇色黄如栀，瞑目垂死。詹为毒氛熏触，困卧久乃苏，含水噀妇，妇即活。归之，明日始能言。云："初暴衣时，为皂袍人隔篱相诱，不觉与俱行，亦不知登山履危，但在高堂华屋内与寝处，饥则以物如饧与我食，食已即饱，心常迷蒙，殊不悟其为异类也。"乡人共请詹尽蛇命，詹曰："吾只能禁使勿出，不能杀也。"乃施符穴口镇之，自是亦绝。

——《夷坚丁志》卷二十《巴山蛇》

伪蜀末，利州路有二客负贩杂货，往葭萌市鬻之。山程巇崄，竹树荒凉。时雨初霁，日将暮，去市十五里余，蓁林高树上有人云："虎过溪来，行人回避。"二客慌忙选得一树高枝叶蔽人形处登之。逡巡有二虎迭来攫跃，或作人声曰："人在树上。"一虎曰："我须上树取之。"虎欲相及，二客悸栗，以拄杖舂之。虎叫曰："刺着我眼。"遂下树，号呼而逸。

至曙，行人稍集，遂下树赴葭萌市征之所有，一妇报云："任拦头[①]夜来醉归，刺损双眼，不来检税。"二客相顾私语，众怪而问之，因说夜来以拄杖舂损虎眼，是斯人伪为虎劫路耶。众言："此处近有二虎且暴，四远村庄犬彘驹犊殆将食尽。"市人遂相率持杖往拦头家验之。

才及中路，遇一虎。虎畏人多，惶怖奔逃，越山哮吼而去。众至任拦头家，窥其篱隙之内，但见拦头倮形而坐，两目流血，呻吟不已。众乃叱之，以杖击笆篱，其拦头惊忙，踉跄曳一尾突门而出，目无所见，撞落深坑，吼怒拏攫，为众人棒及大石毙之，遂舁入市。向先见之虎，即拦头妻也。

——《茅亭客话》卷八《葭萌二客》

阳曲北郑村中社铁李者，以捕狐为业。大定末，一日张网沟北古墓下，系一鸽为饵，身在大树上伺之。二更后群狐至，作人语云：

① 拦头：宋时稽察来往商旅的小吏。

“铁李铁李，汝以鸽赚我耶？汝家父子驴群相似，不肯做庄农，只学杀生，俺内外六亲，都是此贼害却。今日天数到此，好好下树来，不然，锯倒别说话。”即闻有拽锯声，大呼：“揞镬煮油，当烹此贼！”火亦随起。

铁李惧不知所为，顾腰惟有大斧，思树倒则乱斫之。须臾天晓，狐乃去，树无锯痕，旁有牛肋数枝而已。铁李知其变幻无实，其夜复往。未二更，狐至，泣骂俱有伦。李腰悬火罐，取卷爆潜爇之，掷下树，药火发猛作大声。群狐乱走，为网所罥[①]，瞑目待毙，不出一语，以斧椎杀之。

——《续夷坚志》卷二《狐锯树》

以上三则故事，都具有情节曲折、描述生动的特点。第一则故事，写农人请巫师搭救其妻，将引诱、奸淫其妻之蛇精镇压在穴中，永不得出；第二则故事，写变为小吏夫妻之二虎精败露后，或者逃走，或被击毙；第三则故事，写群狐欲恐吓捕狐人，反被捕狐人扑杀。这些故事都说明，在敢于抗争的世人面前，再凶恶、再狡诈的精怪也会被制伏。

这个时期涉及蛇精、虎精、狐精的斗精灭怪故事，尚有写数卒夏日值宿于蓬莱阁，中夜有红裳女子来坐张某腹上，张奋起捽之忽然不见，手中有狐毛满把的《睽车志》“红裳女子”；写高某所买美妾乃是野狐精，寒食节强其扫墓，出去后见猎人战栗，随即被二犬咬死的《夷坚志·玉真道人》；写白蛇精祸害同州军民，宰相女婿前往请张天师作法，除掉了蛇精及其子孙的《夷坚志·同州白蛇》；写一虎精化为靓女与陈某同宿逾月，陈尪悴至极，其孪生兄弟见状乃请法师将虎精击走的《夷坚志·番屯女子》；写一蛇妖化为风流士与织纱匠妻偷欢，织纱匠请巫师作法斫蛇，其妻始得平复的《夷坚志·程山人女》；写二少女以柴杖、瓦石击二狐精所变红衣妇，并与其父兄一道追逐，使二狐精落荒而逃的《夷坚志·黄陂红衣妇》等。

这个时期的斗精灭怪故事，除了出现蛇、虎、狐三种精怪外，还涉及

① 罥（juān 捐）：缠绕；牵挂。

犬、羊、鼠、狸、猴、蟹、蜘蛛、虾蟆、蚯蚓、杨树、葛根等动植物精怪和土偶、石狮、石磨、铁钴、棺板等非生物精怪。其中，具有代表性的作品如：

汀漳间，有古驿多怪。尝有士人独宿西厢，乙夜，见群鼠自梁栱间缘壁下地，莫知其数。固已异之，俄又见数鼠，共挈一物，若小箱箧然，置地。发之皆袍帻之属，竞取服之。俨如唐装，冠履皆备。既而递为进趋揖逊之状。士人素有胆气，拊床叱之曰："鼠辈敢尔扰人！"殊不惊避。遽起，取席下白梃乱击之。仓猝间，误触灯灭，益尽力挞击，俄而寂然。明旦，视床前死鼠满地。扬州教官陈德明光宗说。

——《睽车志》卷二"古驿鼠怪"

金华县郭外三十里间陈秀才，有女，美容质。择婿欲嫁，而为妖祟所迷获，不复知人。其家颇富赡，不惜金币，招迎师巫，以十数道士斋醮符法。凡可以禳治者靡不至，经年弗痊。其邻张生，亦士人也。夜闻女歌呼笑语，密往窥之，门外一石狮子，高而且大，乃蹑其背而立。女忽怒，言曰："元不干张秀才事，何为苦我。"张生愕然，知必此物为怪，将以明日告陈。而陈氏谓张有道术，清旦，邀至入视。张不言昨夕事，但诵乾元亨利贞。生曰："吾用圣人之经，以临邪孽，如将汤沃残雪耳。"因语陈曰："吾见君家石兽，形模狞恶，此妖所由兴也。宜亟去之。"陈即呼匠凿碎，辇而投诸水，女遂平安。

——《夷坚支庚》卷三《陈秀才女》

陕西某县一老妪者，住村庄间，日有道流乞食，与之无吝色。忽问曰："汝家得无为妖异所苦乎？"妪曰："然。"曰："我为汝除之。"即命取火焚囊中符篆。顷之，闻他所有震霆声，曰："妖已诛殛，才逋其一，廿年后汝家当有难，今以铁简授汝，至时亟投诸火。"言讫而去。

自是久之，妪之女长而且美。一日，有曰大王者骑从甚都，借宿妪家。遣左右谓曰："闻尝得异人铁简，可出示否？"盖妪平日数为他人借观，因造一伪物而以真者悬腰间不置也。遂用伪献，留不还，谓曰："可呼汝女行酒。"以疾辞。大王怒，便欲为奸意。妪窃思道流之说，计算岁数又合，乃解所佩铁简投酒灶火内。既而电掣雷轰，烟火满室。须臾平息，击死猕猴数十，其一最巨，疑即向之逃者。所赍随行器用，悉系金银宝玉。赴告有司，籍入官库。

——《辍耕录》卷六《鬼赃》

以上三则故事，有两则锋芒指向动物精怪，一则锋芒指向非生物精怪。三则故事的立意不同，艺术风格亦有差异。第一则故事轻松诙谐，描述的是群鼠扰人的闹剧，嘲讽鼠类亦迷恋官位、权势，让人忍俊不禁。第二则故事严谨平实，不但揭示出抗争的艰巨性，而且说明动脑筋、重调查对于取胜至关紧要。第三则故事曲折而富于变化，强调除怪的长期性和艰巨性，提醒世人务必具有长远的观念，同时还提醒世人在抗争中善用智谋更为奏效。

这个时期的斗精灭怪故事，尚有写黄狗怪让乡女未婚而孕，黑狗怪将种田少妇带到山中淫乐，后来二狗怪均被打杀的《夷坚志·二狗怪》；写一朱衣怪常出没于王家新屋，请来狗屠追杀之，将地下枯蟹砸碎投水，遂得安处的《夷坚志·王德柔枯蟹》；写一狸妖常抛瓦石击坏酒楼罂瓮，主酒务小吏擒杀之遂得安宁的《夷坚志·段祥酒楼》；写漳州一壮士不畏妖孽，将到其家作祟之二青蟆精杀而烹食之，妖怪乃绝的《夷坚志·漳州食蛊蟆》；写徐某行天心法替人捉鬼怪，使被铁钴精附体之张翁女儿获救的《夷坚志·徐十三官人》；写杉木精连夜窃割吴某稻子，被捉用汤煮时哀泣获释，其后果不复至的《夷坚志·结竹村鬼》；写村民李某醉归时缚住强坐鞍桥之棺板精，到家后将其劈碎火焚的《夷坚志·周三郎》；写夏夜石磨精常以大头无肢体手足之怪异模样现身于刘某庭院，令其家人惊骇，后掘地碎磨，精怪乃绝的《夷坚志·刘十二》；写某令史妻为白鼠精霸占多时，某趁其大醉而刺杀之，使其原形毕露的《癸辛杂识·姨夫眼眶》；写红蜘蛛精先后使某家二女一死一伤，其家乃请法师遣将发符，让雷神击毙此妖的《湖海新闻夷坚续志·法诛蛛怪》；写寺中土偶与周妻私通，昼夜皆至，其夫请法师诛怪，使之为神捉去的《湖海新闻夷坚续志·法诛土偶》；写蔡木匠醉归闻二鬼对话，得知某女重病乃葛根精所致，遂至其家掘而煮啖之，女即痊愈的《辍耕录·葛大哥》等。

# 第三章　宋元的鬼魂故事

宋元时期的鬼魂故事，较唐宋时期的鬼魂故事丰富，其艺术成就也超过宋元时期的神异故事和精怪故事，在这个时期的幻想故事中最为耀眼。这个时期的鬼魂故事涉及面甚广，内容相当多，主要有人鬼恋情、人鬼亲情、人鬼友情、还阳再生、鬼魂复仇、鬼魅为祟、斗鬼驱鬼等几个门类。在此类故事里面，鬼有善恶之分，其行为亦有善恶之分。这个时期的鬼魂故事中的鬼魂，以积德行善的善鬼居多。惩恶扬善是这个时期鬼魂故事的主调。这个时期收录鬼魂故事的著作很多，《夷坚志》、《睽车志》、《鬼董》、《湖海新闻夷坚续志》、《异闻总录》等书收录的鬼魂故事尤为出色。

## 第一节　宋元的人鬼恋情、亲情和友情故事

宋元时期的此类故事，从恋情、亲情与友情三个视角来表现人鬼之间的各种情愫，曲折地描述了这个时期世人感情生活的几个重要方面，表现了世人对各种感情生活的追求和期盼。

### 一、宋元的人鬼恋情故事

宋元时期的人鬼恋情故事，以描述青年男女之间跨越生死界限的执着的情爱为核心内容。人鬼恋情的主人公，大多为女鬼。她们有着各种不同的身份，诸如县尉亡妻、通判亡女、郡倅亡女、令长亡妇、知县亡女、太守妾亡灵、产妇亡灵、缢妇鬼魂、娼女鬼魂、少婢亡灵……与女鬼相恋的对象，亦有多种不同身份，诸如士人、官吏、官吏之子、武将、僧人、商

贩、银匠、画工……而以士人较为常见。此类故事的结局，有喜剧，有悲剧，而以悲剧结局居多，无疑是当时的现实的一种反映。此类故事有不少思想内容和艺术魅力都属上乘的佳作，富有激情和感染力，为这个时期的鬼魂故事增色不少。这个时期以悲情结局的人鬼恋情故事，比如：

乾道中，江西某官人赴调都下，因游西湖，独行疲倦，小憩道傍民家。望双鬟女子在内，明艳动人，寓目不少置，女亦流眄寄情，士眷眷若失。自是时时一往，女必出相接，笑语绸缪，挑以微词，殊无羞拒意，然冀顷刻之欢不可得。既注官言归，往告别，女乘间私语曰："自与君相识，彼此倾心，将从君西，度父母必不许，奔而骋志，又我不忍为，使人晓夕劳于寤寐，如之何则可?"士求之于父母，啖以重币，果峻却焉。到家之后，不复相闻知。

又五年再赴调，亟寻旧游，茫无所睹矣。怅然空还，忽遇之于半涂，虽年貌加长，而容态益媚秀。即呼揖问讯，女曰："隔阔滋久，君已忘之耶?"士喜甚，扣其徙舍之由，女曰："我久适人，所居在城中某巷。吾夫坐库务事，暂系府狱，故出而祈援，不自意值故人，能过我啜茶否?"士欣然并行。二里许，过士旅馆，指示之，女约就彼从容，遂与之狎。士馆僻在一处，无他客同邸。女曰："此自可栖泊，无庸至吾家。"乃携手入其室。留半岁，女不复顾家，亦间出外，略无分毫求索，士亦不忆其有夫，未尝问。

将还，议挟以偕逝，始敛衽颦蹙曰："自向来君去后，不能胜忆念之苦，厌厌感疾，甫期年而亡。今之此身，盖非人也，以宿生缘契，幽魂相从，欢期有尽，终天无再合之欢。无由可陪后乘，虑见疑讶，故详言之。但阴气侵君已深，势当暴泻，惟宜服平胃散以补安精血。"士闻语惊惋良久，乃云："我曾看《夷坚志》，见孙九鼎遇鬼亦服此药。吾思之，药味皆平平，何得功效如是?"女曰："其中用苍术去邪气，上品也，第如吾言。"既而泣下。是夜同寝如常，将旦，恸哭而别。暴下服药，一切用其戒。后每为人说，尚凄怅不已。予族侄圭子锡知其事。

——《夷坚支甲》卷六《西湖女子》

高密王蕚，少美丰采。尝日晚倚门，见一妇人从西来，将入郭，姿色殊绝，年可十八九。明日出门，又见之。如此数四，日暮辄来。王戏问之曰："家在何处？暮来此。"女笑曰："儿家近在南岗，有事须至郭耳。"王试挑之，女遂欣然，因留宿，甚相亲狎。明旦辞去，数夜辄一来，后乃夜夜来宿。王谓女曰："家既近，许相过否？"答曰："家甚陋，不堪延客。且与亡兄遗女同居，不能无嫌疑耳。"王遂信之，宠念转密。左右一婢，亦有美貌，常以自随其后，虽在昼日，亦复不去。王问曰："兄女得无相望乎？"答曰："何须强预他事如此。"

后一夜来，色甚不悦，啼泣而已。王问之，曰："儿本前高密令女，卒殡于此。今家迎丧，明日当去。"王既爱念，不复嫌疑，乃便悲惋，问："明日当至何时？"曰："日暮耳。"

明日临别，女以一金缕玉杯及玉环一双留赠。王以绣衣答之，挥泪而别。王于南岗视之，果有近丧发榇，女颜色不变，粉黛如故。见绣衣一箧在棺中，而失其所佩玉杯及金环，家人方觉有异。王乃前具陈之，兼示之玉环与杯。皆捧之怨泣曰："女先嫁为任氏妻。任无行，见薄，父母怜念，呼令归家而死。"因问曰："兄女是谁？"曰："家中三郎女，十岁病死，亦殡其旁。"婢亦棺中木人也。其貌正与从者相似，王乃临柩悲泣而别。左右皆伤感。后念之，遂恍惚成疾，久乃方愈，每思辄忘寝食也。

——《鬼董》卷二"高密令女"

以上两则故事虽说具体描写，包括双方的身份、相遇场合、幽会情景、亡灵状况等各不相同，但都是以永决告终，而且双方用情无不至深至厚，十分感人，读后让人久久不能忘怀。

此类悲剧结局的人鬼恋情故事，尚有写童银匠为张舍人打银时，一自缢少妇亡灵前来与童共饮同寝达月余，当其暴露身份后立即现身而灭的《夷坚志·童银匠》；写一女鬼与某僧私相欢好，久而使某僧病笃，女鬼后被土地神赶走的《夷坚志·天宁行者》；写画工黄生旅居时与主家缢妇鬼恋，留连半年病重乃还乡，女鬼悔悟不再追逐的《夷坚志·郎岩妻》；写某寺主僧慕悦高氏妇画像，其亡灵竟前来与僧共寝处，半月后缘尽遂绝的《夷坚志·高氏影堂》；写钱生游学时与自称“张相公夫人”之女鬼相处多日，后被惊散，竟卧于古冢之中的《夷坚志·张相公夫人》；写士人某与知县女亡灵结亲并生一子，后访女墓，女挟儿径出走绝迹的《夷坚志·南陵仙隐客》；写某县令丧偶后竟与前县尉亡妻幽魂燕好，其夫远来迎回亡妻柩遂别的《鬼董》“新昌令”；写晁某所悦里中少妇忽来与其共被，未明乃去，褥间留有血迹，后知其为因产而死之女鬼的《异闻总录》“鬼求共被”；写某妪亡女幽灵与郭银匠相恋，为妪觉察乃出逃，年余亡女被一道人拘押，遂与郭某泣别的《异闻总录》“郭银匠”等。

这个时期的人鬼恋情故事，亦有不是悲剧结局的作品，内容虽然各有不同，但读来往往饶有兴味。比如：

余干乡民张客，因行贩入邑，寓旅舍，梦妇人鲜衣华饰求荐寝。迨梦觉，宛然在旁，到明始辞去。次夕方阖户，灯犹未灭，又立于前，复共卧，自述所从来曰：“我邻家子也，无多言。”经旬日，张意颇忽忽。主人疑焉，告曰：“此地昔有缢死者，得非为所惑否？”张秘不肯言。须其来，具以问之。略无羞讳色，曰：“是也。”张与之狎，弗畏惧，委曲扣其实，曰：“我故倡女，与客杨生素厚。杨取我资货二百千，约以礼昏我，而三年不如盟。我悒悒成瘵疾，求生不能，家人渐见厌，不胜愤，投缳而死。家持所居售人，今为邸店，此室实吾故栖，尚眷恋不忍舍。杨客与尔同乡人，亦识之否？”张曰：“识之。闻移饶州市门，娶妻开邸，生事绝如意。”妇人嗟喟良久，曰：“我当以始终托子，忆埋白金五十两于床下，人莫之知，可取以助费。”张发地得金，如言不诬。

妇人自是正昼亦出，他日，低语曰：“久留此无益，幸能挈我归乎？”张曰：“诺。”令书一牌，曰“廿二娘位”，缄于箧，遇所至，启缄微呼，便出相见。张悉从之，结束告去。邸人谓张鬼气已深，必殒于道路，张殊不以为疑。日日经行，无不共处。既到家，徐于壁间开位牌。妻谓其所事神，方瞻仰次，妇人遂出。

妻诘夫曰：“彼何人斯？勿盗良家子累我。”张尽以实对。妻贪所得，亦不问。同室凡五日，又求往州中督债，张许之。达城南，正渡江，妇人出曰："甚愧谢尔，奈相从不久何?"张泣下，莫晓所云。入城门，亦如常。及就店，呼之再三不可见。乃亟访杨客居，则荒扰殊甚。邻人曰："杨元无疾，适七窍流血而死。"张骇怖遽归，竟无复遇。临川吴颜周旧就馆于张乡里，能谈其异，但未暇质究也。

——《夷坚丁志》卷十五《张客奇遇》

温州监郡某一女及笄未出室，貌美而性慧，父母之所钟爱者。以疾卒，命画工写其像，岁序张设哭奠，常时则庋置[①]之。任满，偶忘取去。新监郡复居是屋。其子未婚，忽得此，心窃念曰："娶妻能若是，平生愿事足矣。"因以悬于卧室。一夕见其下，从轴中诣榻前叙殷勤，遂与好合。自此无夜不来。

逾半载，形状羸弱，父母诘责，以实告。且云至必深夜，去以五鼓，或赍佳果啖我，我答与饼饵则坚却不食。父母教其此番须力劝之。既而女不得辞，为咽少许。天渐明，竟不可去，宛然人耳，特不能言语而已。遂真为夫妇，而病亦无恙矣。此事余童子时闻之甚熟，惜不能记两监郡之名。

——《辍耕录》卷十一《鬼室》

以上两则作品，均非以悲剧收尾，然而其意蕴各不相同。前一则作品写故事主人公张某因爱而与亡女相互信任，亡女委张以重托，张最终得以帮助心上人报仇雪恨。后一则作品写故事主人公因爱而跨越生死界限，使心上人死而复生，与其永结同心。这两则人鬼恋情故事都充满温馨，显示出爱情的力量，无不给读者、听众留下难忘的印象。

此类并非以悲剧收尾的人鬼恋情故事，尚有写郡倅亡女与一士人相恋，亡女日久渐苏，士人遂开棺将其救出，结为夫妻的《睽车志》"马氏女"；写一鬼仙与主薄表弟齐生相好逾年，别后齐生战死，鬼仙又多次帮助主薄一家的《夷坚志·缙云鬼仙》；写胡生与前通判亡女相爱而共寝处，

① 庋（guǐ 鬼）置：收藏；置放。

为其父母发现后设法使此女永留人间，配为佳偶的《夷坚志·胡氏子》；写王生与前任县令女亡灵相恋，分别后得知王赴考途中有难，女当即赶来相助的《续夷坚志·京娘墓》等。

## 二、宋元的人鬼亲情故事

宋元时期的人鬼亲情故事，内容涉及家庭生活的许多方面，而以鬼魂育儿护子、夫妻情分、关心家事较为常见。在此类故事中以亲人出现的鬼魂，计有亡妻、亡妾、亡夫、亡父、亡母、亡故亲翁等，以女性亡灵居多。此类故事，通过亡灵的言行举止，真切地表达世人对于至亲骨肉的一片深情，令人感到无比温存，有的作品甚至催人泪下。

以育儿护子为内容的人鬼亲情故事，譬如《睽车志》卷三“李大夫妾”：

汴河岸有卖粥妪，日以所得钱置缿筒[①]中，暮则数而缗之，间得楮镪[②]二，惊疑其鬼也。自是每日如之，乃密自物色买粥者。有一妇人青衫素裲裆[③]，日以二钱市粥，风雨不渝。乃别贮其钱，及暮视之，宛然楮镪也。密随所往，则北去一里所。阒无人境，妇人辄四顾入丛薄间而灭，如是者一年。

忽妇人来谓妪曰：“吾久寄寓比邻，今良人见迎，将别妪去矣。”妪问其故，曰：“吾固欲言，有以属妪。我李大夫妾也，舟行赴官至此，死于蓐间，槁葬而去。我既掩圹，而子随生。我死无乳，故日市粥以活之，今已期岁。李今来发丛，若闻儿啼必惊怪，恐遂不举此子，乞妪为道其故，俾取儿善视之。”以金钗赠而别。

俄有大舟抵岸，问之则李大夫也。径往发丛，妪因随之，举柩而儿男啼，李大夫骇惧，因为言，且取钗之。李谛视，信亡妾之物，乃发棺取儿养之。李知县明仲说。

---

① 缿（xiàng 相）筒：钱筒。

② 楮（chǔ 楚）镪：旧俗祭祀时焚化的纸钱。

③ 裲（liǎng 两）裆：马甲；坎肩。

此则作品，以质朴的语言叙述一个既有几分神秘，又很让人揪心的年轻亡妇养育婴儿的故事，艺术氛围浓郁，读来催人泪下。须当指出的是，这一则作品乃是我国古代一个著名的民间故事类型——鬼母育儿型故事的成型之作。其所包含的亡妇购食哺子、丈夫开棺取儿等故事类型核，在南宋、元、明、清时期以及现当代的各种异文中，一直保留下来，具有很强的艺术生命力。

这个时期的此类故事，尚有写姚氏妇丧命逾月，其亡灵竟返家给婴儿哺乳的《铁围山丛谈》“亡妇乳儿”；写军卒妻生子未周岁而殁，其幽魂每夜均回家乳子，卒生疑以刀斫之，方知果为亡妻的《睽车志》“亡妻乳子”；写乡人蒋某夜归至水滨时，一白衣人邀其同浴，蒋某亡母赶来止，立即将其背至对岸的《夷坚志·蒋保亡母》；写某人亡灵现身，告诫其妻改嫁之后夫不得虐待三个儿子的《夷坚志·筹洋村鬼》；写亡母至贡院向阅卷官求情而使其子上榜，其子为官后得以将双亲灵柩送归故里的《夷坚志·杨教授母》；写小手工业者李某亡故不久，便回家促医人下药，使其重病俩女因而得救的《夷坚志·李大哥》；写一未产而亡之妇常抱婴儿到近街买饼，世人觉察追之，乃遗子隐没的《夷坚志·宣城死妇》；写未产而殁之妇常现身买饼，其夫知而开坟，将坐在亡妇足上食饼之婴儿抱回家抚育的《夷坚志·鬼太保》；写姑苏某卖饼人发现一妇所付之钱为冥币后，官府往启其家，从家中拖出之小儿长大后与常人无异的《南墅闲居录·鬼官人》等。

以表现夫妻情分和关心家事为内容的人鬼亲情故事，例如：

> 政和初，冀州客次中。或言某之官之家有异事，语未毕，而某官者至。因自言某之妻生一男一女而死，某既再娶矣。一日，亡妻忽空中有声，如小儿吹叫子状，三二日辄一至。某问之曰：“君亦有形乎?”曰：“有之。”即见形如平生，叙旧感泣，然近人辄引去，常相距十许步。因谓曰：“昔为夫妇，今忍不相亲?”于是与坐堂中，某起执其手，则坚冷如冰铁，妻勃然掣手去。后五日乃复来，愠曰：“前日遽惊我，何耶?”某再三谢，竟不可近。久之，后妻忽梦其先祖云：“汝夫前妻为怪，乃阴府失收耳，今已召捕且获。”后数日果绝。
>
> ——《清尊录》“亡妻还家”

杨昊字明之，娶江氏少艾，连岁得子。明之客死之明日，有蝴蝶大如掌，徊翔于江氏旁，竟日乃去。及闻讣，聚族而哭。其蝶复来绕江氏，饮食起居不置也。盖明之未能割恋于少妻、稚子，故化蝶以归尔。

——《癸辛杂识》前集《化蝶》

以上两则故事，均以展示阴阳两隔之夫妻间难舍难分的情感为内容。但两者存在明显的差异——不但故事主人公的性别不同，而且作品的氛围也很不一样。相比之下，前一则故事比较生活化，后一则故事更富有浪漫情调。

这个时期的此类故事，尚有写王某亡魂在阴府司职，因感谢亲家翁善待其女，设法让其免死于桥塌的《青琐高议·吴大换名》；写一亡妻幽魂每夕归家与丈夫共寝，并欲带走小儿，举家争夺方能留下的《夷坚志·陈王猷子妇》；写丈夫某郑续弦时，其亡妻返家盘问，求得谅解并相约十年后再会的《夷坚志·郑峻妻》；写某文士省亲投宿时与亡妻重逢，甚为缱绻，住十日不忍别离，竟怏怏病故的《夷坚志·睢佑卿妻》；写甘氏出门寻夫，竟沦落风尘而殁，其夫病愈归家时遇甘氏亡魂，不胜感慨的《夷坚志·邹九妻甘氏》；写王某赴任时乳婢亡夫向其索妻，次晨乃见乳婢尸浮水面的《玉照新志》“乳婢亡夫”；写一被主母虐死婢妾忽归而杂处于群婢中，与往昔无异，主母死乃得以专房，主人死遂不见的《陶朱新录》“死婢复归”；写耿氏所买婢子系某人亡妻，竟与其夫相认，共叙别意，其夫讼耿氏后此妇随即消失的《异闻总录》“耿氏婢”等。

## 三、宋元的人鬼友情故事

宋元的人鬼友情故事，涉及人鬼之间友善示好，救助帮衬，怀旧念故等，大都内容健康，以弘扬中华民族的传统美德为题旨，对于净化世人生存空间，改善人际关系，促进社会发展颇有裨益。这类故事里面与世人友善的亡魂，有男性亦有女性，身份各异，代表着形形色色的社会成员，藉以反映出各个社会层面的生活，甚为有趣。

### (一) 以友善示好为内容的人鬼友情故事

宋元以友善示好为内容的人鬼友情故事，作品较多，具有代表性的作品如：

姜七家对面有空屋一所，相传鬼魅占处，无人敢居。姜赁为客房，以停贮车乘器仗。常见一女子，晓夕循绕往来，客浸米在盆，则为淘洗；炊火造饭，则为置薪。饭毕，又为涤器收拾。问其何人，不肯言，终日未尝发声。一客乘醉，悦其盛年白晰，欲拥抱之。微笑而不答。值夜，亦前后行游，或推户入客舍，及出，则掩之。未尝与人作祸。程三客者，古田人，平昔食素，持秽迹咒有功。目睹其事，谓他人曰："安有鬼物公然出现而得宁贴者？我当去之。"乃潜结法印诵咒。女敛衽侍立，听至百遍，拊掌大笑而退。父老云："此女祟出没今二三十年，屡经术士法师摄治，只是大笑暂隐，不过百日，依然如初云。"

——《夷坚三志己》卷二《姜店女鬼》

永嘉项家为邪神所据，时有一物，人形而蓬首，出没其家，自呼曰"大公"。项以为常，不为怪异。凡有所求，只于厨间呼大公，物则随至。项妻有孕，想斋馒头食，遂叫大公一声，至二更余，捧一层蒸馒头而来，蒸气尚暖。越数日，人传七尺渡头人家设水陆斋，失了馒头一层。后项妇生一子如冬瓜状，无眉目，但有口能乳，方欲溺之，忽闻大公空中作声曰："子不可溺，权以乳哺，当有以谢。"逾两月，项妇方抱子在床，忽大公置白金二笏于床，夺抱此子而去，后其怪亦息。

——《湖海新闻夷坚续志》后集卷二《怪异门·鬼偷馒头》

以上两则故事，都具有比较生活化的特色。其故事主人公，一为女鬼，一为男鬼，不论形象是否怪异，均与人为善，时时以实际行动帮助世人，而不加害于人，颇为可爱。

这个时期此类人鬼友情的故事，尚有写一士人闲步至岳祠，遇一妇人以铜丝香盒相赠，后知其为赵通判亡妻的《睽车志》"赵倅亡妻"；写卜六因窃母物被逐出，于荒野遇年轻女鬼赠以三缣，让其卖钱还母的《夷坚志·许家女郎》；写一自缢小童亡魂在山寺作祟，常常偷酒食赠与借宿之闽僧，闽僧乃劝其为善的《夷坚志·处州山寺》；写一鬼常与借居主人田某饮酒唱和，又借其后堂为少子完婚，后为田家远行人报平安的《鬼董》"田达诚"；写一小妾被正室捶死后倒埋于太原学庙旁，其鬼魂常入斋舍与人戏语，却不为祟的《续夷坚志·玉儿》；写宋朝宰相某出镇福州道，在武夷山冲佑观听到一鬼仙对其吟诗而多有感悟，遂进章引退的《湖海新闻夷坚续志·鬼仙谒相》；写傅某处馆时每夜均有二婢幽魂送粮饼至，后馆主侦伺之，则不复现身的《异闻总录》"二婢送饼"；写两淮战事平息后，二士子在维扬投宿时，遇善鬼遣仆马为其送行的《异闻总录》"山阳二士"等。

## （二）以救助帮衬为内容的人鬼友情故事

宋元以救助帮衬为内容的人鬼友情故事，作品亦比较多，具有代表性的如：

> 饶州景德镇湖田市，乃烧造陶器处也。有宋二者，以淳熙十六年十月建水陆道场。民董生，操舟在河下，出观阇黎摄召，见两鬼立于岸，共说张婆家女子因吃糍糕被噎而死，气尚未断，可去救他性命。其一曰："谁向前?"一曰："只我两个同去。"张婆者，与宋二邻居，女名婆儿，噎死未久，须明日殓送。方守尸悲哭，忽闻击户声，问为谁，曰："我是河里住人陈曾二也。"张曰："何故以深夜相过?"曰："知道婆儿不幸，但扶策起坐，将笤帚拍打背三下，糕便落腹，可活矣!"张谢曰："荷尔教我。"乃启门，欲邀入饮以酒，了无所见。试用其法，不食顷，女腹如雷鸣，即时安好。迨晓，寻访陈曾二，盖七年前溺河而死者。鬼未受生，犹恻隐存心如是。张婆乃命僧为荐拔之。
>
> ——《夷坚志补》卷十七《湖田陈曾二》

洪州州学正张某，天性刻薄，老而益甚，虽生徒告假，亦靳固不与。学官给五日，则改为三日；给三日则改为二日。他皆称是，众憾之。有张鬼子者，以形容似鬼得名，众使伪作阴府追鬼，以怖张老。鬼子慨然曰："愿奉命。"然弄假须似真，要得一冥司牒乃可。众曰："牒式当如何？"曰："曾见人为之。"乃索纸，以白矾细书，而自押字于后。是夜诣州学，学门已扃，鬼子入于隙间，众骇愕。张老见之，怒曰："畜生，何敢然！必诸人使尔夜怖我。"笑曰："奉阎王牒追君。"张老索牒，读未竟，鬼子露其中，有两角横其首。张老惊号即死。鬼子出立于庭，言曰："吾真牛头狱卒，昨奉命追此老，偶渡水失符，至二十年惧不敢归。赖诸秀才力，得以反命。今弄假似真矣。"拜谢而逝。陈正敏《遁斋闲览》记李安世在太学，为同舍生戏以鬼符致死，与此颇同，然各一事也。

——《异闻总录》卷一"张鬼子"

以上两则表现人鬼友情的故事，各有其侧重点。前一则故事主要突出救助的题旨，作品中的鬼魂具有恻隐之心，尽管自己尚未托生，却主动撞上门去挽救一少女的性命，令人感佩。后一则故事主要突出帮衬的题旨，作品中的鬼魂智能过人，善于随机应变，在帮助他人的行动中达到自己的目的，不能不让人叹服。

这个时期此类人鬼友情的故事，尚有写一被捶死之婢托梦向某官投讼，因得安葬并荐佛事，婢复现身梦境致谢的《墨庄漫录》"吴伴姑"；写士子鲁某省试之考卷有误，得太常吏相助改正，后往吏家酬谢时方知其为鬼的《睽车志》"亡吏取卷"；写朱某乳母客死异乡，托梦请朱某内弟往僧庵出柩火化，将其骨灰送回故里安埋的《夷坚志·朱氏乳媪》；写蜀州录事参军某将一被活埋小妾之枯骨重新装殓入葬，次日其鬼魂特来鸣谢的《夷坚志·蜀州女子》；写某秀才曾赠为盗营卒二疋绢，营卒死后助其赴试中举，某任县宰后又助其捉拿群盗的《陶朱新录》"营卒报恩"；写李木匠入山造屋时有鬼来助其伐木，李误以为精怪而呼神，此鬼乃长啸而去的《湖海新闻夷坚续志·鬼助伐木》；写二十多辈求渡卒登岸时与钱，令渔人既喜且讶，后见钱皆纸灰，始悟其为鬼的《异闻总录》“鬼卒求渡”等。

## （三）以怀旧念故为内容的人鬼友情故事

宋元以怀旧念故为内容的人鬼友情故事，作品较少，具有代表性的作品如：

> 明州医者俞正臣说：其乡里士人王某，当科举之岁，欲往山间习业。得证果寺，绝幽邃，无车马喧。遂谒僧，假一室寓止。寺仅有僧行三四辈，尝尽往十里外民家诵经殓死。王独处，迨夜半，灭灯将就寝，闻人叩户，即延入，盖旧友也。王见其来，甚喜曰：“正尔孤寝，而逢故人，可谓幸会。恨寺众皆出，无由炷灯煮茶，殊失主礼。”客谢曰：“不必尔。吾自不合冒夜行，无处托宿，能见容足矣。”王留之同榻。剧谈良久，微笑而言曰：“有一事不免以实告，幸勿怖。”问：“何为？”曰：“我死已历年。今夕之来，愿有所托。”王骇曰：“如是，则我乃与鬼语，那得为便！”曰：“无伤也。吾非为怪惑，但有祷于君。吾亡后，妻即改嫁。稚子懦弱，殆无以食。吾生时积馆舍所赢白金二百两，埋于屋下某处，愿为语吾儿，发取以治生。切勿令故妻知。冥漠之中，当思所报。”遂长揖而别。王方幸其去，而暗中隐隐见其人固在床，展转不敢寐。俄天明，亟趋出，值寺僧及丧家人至，云：“夜来十念毕，举尸欲殓，只空衾在地，遍处寻索弗得。”王引入室，视床上人，乃新死者也。王惴恐未已，急徙归。而访友家，呼其子，果如言得银。予顷闻张定叟说嵊县山庵事略相类，岂非传者误其郡邑乎？然其末绝不同，姑复书之，以广异述。
>
> ——《夷坚支丁》卷六《证果寺习业》

此则表现人鬼友情的故事，感情十分真挚。亡友信赖故人而有所托请，故人不辜负亡友的信赖，及时实现其意愿，让读者、听众也感到欣慰。这则作品，很会营造鬼故事的氛围，在具有几分神秘感和恐怖气息的描述中，揭示出两位老友之间至深至厚的情谊，不因为阴阳有别而受到任何影响。

这个时期此类人鬼友情的故事，尚有写张某乡友病死于外地，梦其前来作别，醒后遂将其火化并安葬的《夷坚志·张端悫亡友》；写范某偶遇亡故数年之两老友，请喝酒时店家只见范某向空中拱揖，并不知二客所在的《夷坚志·范十五遇鬼》等。

不难看出，这个时期有关人鬼恋情、亲情、友情的故事，皆围绕一个“情”字来叙述故事情节，然而重点各不相同：人鬼恋情故事，在跨越生死界限的青年男女之间展开，其情感具有明显的私密性和排他性；人鬼亲情故事，在跨越生死界限的夫妻、父子、母子、婆媳、祖孙、翁婿之间展开，既有二人的，亦有多人的，关系有别于恋人，在一个较为富有变化的空间展示亲情；人鬼友情故事，在跨越生死界限的朋友之间展开，着力称颂友谊，涉及的社会生活面更为广阔，人物身份更加多种多样。

## 第二节　宋元的鬼魂再生与鬼魂复仇故事

### 一、宋元的鬼魂再生故事

宋元时期的鬼魂再生故事，包含误捉放还、增寿还阳、诵经再生等内容，以扬善惩恶为题旨，较为生动地表现了民众的善恶观念、感情倾向。尽管其中的不少作品，不免带有某些迷信色彩和宗教说教意味，但在当时仍然具有一定的教育意义，对于社会进步不无裨益。

在这个时期的鬼魂再生故事中，涉及误捉放还内容的作品数量最多，包括业已误捉和即将误捉的故事在内。此类故事，通过误捉放还，曲折地反映了当时的某些社会生活状况和世人的感情愿望，其中有不少作品颇为耐人寻味。譬如，《夷坚甲志》卷十三《黄十一娘》：

福州侯官县黄秀才女十一娘，立帘下观人往来。一急足直入曰：“官追汝。”女还房，即苦心痛死。经日复生，曰：“追者与我俱行数十里，忽有恐色，曰：‘吾所追乃王十一娘，误唤汝。今见大王，但称是王氏，若实言，当捶杀汝。’我强应之。至官府，见三人鼎足而坐。中坐者乃我父也。望我来，即凭轩问曰：‘汝何为来此？’曰：

‘正在帘内，为人追至。及中途，则言当追王十一娘而误追我，戒我不得言。’父还坐，谓东向者曰：‘所追王氏，今误矣。’曰：‘公何以知之?’曰：‘此吾女也。’东向者即命吏阅簿，顾曰：‘果误矣。’又笑曰：‘王法无亲，今日却有亲。’皆大笑，乃放我还。”郑彦和知刚说。

此则作品，讲述一个因我国东南一带的方言“王”、“黄”同音而引起的误捉故事。那个鬼卒因为惧怕受罚，便将错就错，胁迫受害人谎称王氏，甚为卑劣。所幸受害人的亡父在阴府审案，乃得将其放还。而人世间不知有多少冤假错案，因无幸遇，竟永无平反之日，岂不令人叹惋！

又如，《鬼董》卷三“冲浦民”：

吴江县之北，聚落[①]曰冲浦。民白昼见黄衣卒来逮捕，曰：“官唤汝治杀人事。”民自念未尝杀人，拒之不可，祷之不听，遽前捽其胸。回视仆床上，方知已死。乃哀叩之，问何事？卒曰：“丈人讼汝杀妻。冥府不可欺，宜以实对。”

洎至官曹，髯官据案坐，皂衣隶雁鹜行立。呼民来前，取妇翁讼牍示之。民不识字，吏为之读，言尝杀三妻，最后者己女也。民曰：“三妻诚有之，然死非杀也。”官曰：“果何如，当直言，此非烂漫所也。”民言长者以瘵亡，次以蛊胀亡，三当丁亥水灾，庐舍漂没，无所得食，死于馁耳。民有子六七岁，母亡复继死。”官又问汝子何由死？民曰：“亦以饥疾，问可知也。”吏引三妻洎子至。官三问之，如民言，乃大怒曰：“老物以死诬人，当反坐。”索大械搴妇翁，两鬼曳往狱中。

遣民归，过庑下，有青衣人坐诵经，呼曰：“若忆我乎?”民识其比邻钱道人，以焚死矣。视其膑足有焦灼痕，而其旁金币山积。钱曰：“平生诵《金刚般若经》，藉经力不堕恶道。然口其文而心有他属，又不解义趣，故虽富足而不能超升。”民曰：“若然，何为死于

① 聚落：村落。

火?”钱曰:“方春溉田,必取淤泥粪之,杀裸蚌多矣,能无及此乎?岂特以火死。今犹两股日被焚灼,但藉经故痛似可忍,又须臾即休。不然杀生,以一偿一,业果不可量也。”

又转曲廊,列巨釜煮汤沸涌数尺,卒漉取析骸,铺板木上,水噀皆起成人,可认者三四人,皆里屠也。相对号泣,言杀业不可追悔。盍语各家为造经像。又少进,空庭中絷者甚众,邻有兼并善讼伯里者,亦在絷中。与语莫不应,形状亦不大了了。疑而叩诸吏。吏曰:“是未死,独一魂先絷此。他日寿尽,乃案罪耳。”出门,闻哭声,盖已死再宿,心尚暖,故未敛,猛即其尸遂活。

此则作品带有一些迷信色彩,这在当时毫不足怪。它实际上是从一个特定的视角来反映当时处于社会底层的平民百姓的深重苦难,描述得相当具体,相当生动,不失为一则比较有分量的鬼魂再生故事。

这个时期的误捉放还故事,尚有写进士唐某被误捉至地府,放还时主官嘱其转《法华经》为报的《随手杂录》“误捉还阳”;写某妇被误捉后,为在冥府做官之舅父所救,乃让其诵《金刚经》还阳的《随手杂录》“七娘还魂”;写郑某因同名误捉放还,在阴间曾见各种为恶者受罪,还阳后愈发积德行善的《夷坚志·郑邻再生》;写地府以害死五子罪捉走王氏,当知有误时立即放还,而捉走真正害死五子妇的《夷坚志·云溪王氏妇》;写赵某妻重病,梦二童子来告其将死,遂摒去粥药,后又梦二童来称有误,乃得治愈的《夷坚志·赵彦珍妻》;写俞某暴病昏迷,忽然醒寤,称其被卒捉走后发现有误,及时放还的《夷坚志·节性俞斋长》;写一农妪被雷殛,少顷即复苏,称其唯闻“错了”遂再生的《山居新话》“雷来复苏”等。

在这个时期的鬼魂再生故事中,还有其他各种内容的作品,如行孝增寿还阳、积善增寿还阳、诵经增寿还阳等。这些故事虽然具有一定的思想意义和认识价值,但大多带有一些迷信色彩,或者带有一定的宗教说教意味,人们在接触它们时是不难感受的。譬如:

平舆南函头村张老者,以捕鹑为业,故人目为鹌鹑。年已老,止一儿，成童矣，一旦死。翁媪自念老无所倚，号哭闷绝，恨不俱死。明日欲埋之，又复不忍，但累砖作丘，入地一二尺许，云："吾儿还活。"人笑其痴，而亦有哀之者。

三日复墓，恸哭不休，忽闻墓中呻吟声，翁媪惊曰："吾儿果还魂矣!"撤棺砖，曳棺木出，舁归其家。俄索汤粥，良久，说："初，为人摄往冥司，儿哀诉主者：'爹娘老可念，乞尽余年，葬送毕，死无所归恨。'冥官颇怜之，即云：'今放汝归，语汝父，能弃打捕之业，汝命可延矣。'"其父闻此语，尽焚网罟之属，挈儿入寺供佛。

寺有一僧吕姓者，年未四十，仪表殊伟，曾上州作纲首。张童即前问僧："师亦还魂耶?"吕云："何曾死?"张童言："我在冥中引问次，见师在殿角铜柱上，铁绳系足，狱卒往来以梏撞师腋下，流血淋漓。及放归时，曾问监卒：'吕师何故受罪?'乃云：'他多脱下斋主经文，故受此报。'"吕闻大骇，盖其腋下病一漏疮，已三年矣，儿初不知。吕遂洁居一室，日以诵经为课，凡三年，疮乃平。赵长官亲见之。

——《续夷坚志》卷一《张童入冥》

龙泉万寿宫道士潘梦庚，平生有道行。一日浴罢倚窗寄傲，恍如醉梦，身到一所，若世之官府，官吏整肃，兵戟森严。至门首，见渎田季铸写曰："此阴府也。知宫安得至此?"俄有一卒曰："大王愿见道士。"掖至庭下，王端冕中坐，面黑多胡，真凡间所画阎罗王也。王曰："你平生诵《度人经》及《九天生神章》，祭炼有功，幽沉获福，寿延一纪。吾所追者，吉州龙泉潘应庚也，于汝无预，速归故乡。"

出门至通衢，见一判官携簿按辔，从者十余人，呵殿而至。方侧身回避，偷视之，乃乡人郭浩堂知丞也。因长揖曰："知丞何得至此?"答曰："我在世公平正直，不欺于心，王命擢为掌禄判官，阴阳异路，机不敢泄。知宫既得旨延寿，放还故家，宜速回，若更少缓，则身非己有。"辞退，忽有青衣推入坑水中，醒来但觉汗雨遍身，其瞑目已两日矣。嗣是愈谨戒律，诵《度人经》，卒享高寿。

——《湖海新闻夷坚续志》后集卷一《道教门·祭炼有功》

前一则作品，由两个还阳再生故事串连而成，用入冥之张童贯穿其间。显而易见，第一个故事是主体，通过张童复活来表彰行孝、敬老的品德，同时宣扬戒杀生的信条。第二个故事则写和尚脱经受罚，以善恶对比的方式来传播宗教观念，教化世人。后一则作品描述道士崇教诵经、祭炼有功，因而增寿十二年，得以还阳再生。其间又穿插郭知丞公平正直，阴府得为掌禄判官的故事，使崇教诵经的思想观念越发深入人心。应当看到，这两则作品尽管都具有某些说教意味，但是并不能掩盖其中的有益意涵。它们在流传的过程中，无疑会产生一定的积极影响。

这个时期的鬼魂再生故事，尚有写张女死后因行孝延寿十二年，遂借河东某女尸身还阳的《青琐高议·张女二事》；写靳某妻被五通神夺命，其夫讼于城隍祠终得借尸再生，与家人团聚的《睽车志》“靳妻再生”；写彭、周、李三异姓兄弟同时亡故，彭某因平日扶危济困，积德行善而增寿二纪还阳的《夷坚志·彭六还魂》；写钱某被捉至地府审案，审毕经苦苦哀求遂得放还阳世的《夷坚志·钱瑞反魂》；写耿氏所买侍婢实为他人亡妻，因还阳出走而被贩卖，竟引出官司的《夷坚志·耿愚侍婢》；写张家一婢自缢后，主家求神乃得复苏，自言为紫衣、绿衣二神搭救的《夷坚志·张婢神像》；写陈通判长女被已故祖父嫁与漳州大庙大王为妾，乃气息奄奄，家人请道士持法招之，始得送回复苏的《夷坚志·陈通判女》；写卢某之从叔两度入冥府，每次卢某均焚香诵经，呼从叔名不息，从叔因得还阳的《鬼董》“卢仲河救从叔”等。

## 二、宋元的鬼魂复仇故事

宋元时期的鬼魂复仇故事，作品数量非常多，远超过同期其他鬼魂故事。它的内容相当丰富，大都着力描述被害丧命冤魂向赃官、污吏、盗匪、凶徒、高利贷者、诬告者、淫僧、恶妇等讨还命债，以报其滥杀无辜、诬告夺命、畏罪灭口、图财害命、霸产谋杀、逼债杀人、被虐致死的各式各样的冤仇。其中，大多为社会纷争，也涉及家庭矛盾，从各种不同的角度揭发官府、豪门的罪恶，暴露社会的阴暗面，表达出民众的不满和愤慨，一般都具有较强的思想价值和社会意义，在这个时期的鬼魂故事中非常突出。

## （一）描述冤魂报滥杀无辜仇恨的故事

福州福清人李元礼，绍兴二十六年为漳州龙溪主簿，摄尉事，获强盗六人。在法，七人则应改京秩，李命弓手冥搜一民以充数，皆以赃满论死。李得承务郎，财受告，便见冤死者立于前，悒悒不乐。方调官临安，同邸者扣其故，颇自言如此。亟注泉州同安县以归，束担出城，鬼随之不置，仅行十里，宿龙山邸中，是夜暴卒。

——《夷坚丁志》卷二《李元礼》

闽人黄大夫者，少筮仕[①]作邵武尉，获强盗七人捕送郡。或疑以为非真者，黄力执其说，竟杀之，用赏更秩，然终身以为慊。中年后事斗甚谨，遂示形于云间，如是有岁矣。既老病于家，斗日益近。洎至晚景，遂入其室，熟视之非斗也，乃七人披发者，血淋其身。自云："即邵武冤者，前以君福气方盛，虽每现形，终未敢近。今君禄将谢，吾将子辨前事于冥间耳！"黄恐仆地，犹能语其子而卒。

——《投辖录·黄大夫》

以上两则故事的发生地均在福建，其中草菅人命、滥杀无辜的都是掌管一县逐捕盗贼、维持治安的县尉（前一则系由主簿兼任县尉），他们官位不高，却可以置人于死地。他们一个将平民充当强盗拿去送死，一个竟将七名疑犯当作强盗杀害，为了一己私利而制造血淋淋的冤案。最后冤死者前来索命，让这些家伙都遭到了报应，一个个暴死。

这类冤魂的报滥杀无辜仇恨的故事，尚有写李某为吏凶横，雪夜酗酒击杀平民，三年后冤魂前来索命，其人竟惊惧而死的《夷坚志·李辛偿冤》；写户部侍郎蔡某主事郓州时枉杀五百降盗，后被夺命在地府受刑的《夷坚志·蔡侍郎》；写通判祖某因疑虑而妄杀一无辜者，后乘船回家时得报，受惊暴亡的《夷坚志·祖时丞》；写王某在剑南州滥杀无辜，使一家

① 筮（shì誓）仕：用蓍草占卦，以问外出做官的吉凶。后称初次做官为"筮仕"。

四口被戮，后冤鬼前来诉冤，向其索命的《夷坚志·孙道士》；写恶棍杨五将郡吏方某打伤致死，方向阎王告状后与二鬼一道捉杨五归案的《夷坚志·方禹冤》；写一老妪冤魂投书判案官，诉其子为蓝某杀害分尸，令蓝某被捉伏刑的《湖海新闻夷坚续志·鬼雪子冤》等。

### （二）描述冤魂报诬告夺命仇恨的故事

建昌南城近郭南原村民宁六，素蠢朴，一意农圃。其弟妇游氏，在侪辈中稍腴泽，悍戾淫溢，与并舍少年奸。宁每侧目唾骂，无如之何。游尝攘鸡欲烹，宁知之，入其房搜索，得鸡以出。游遽以刃自伤手，走至邻舍大呼曰："伯以吾夫不在家，持只鸡为饵，强胁污我。我不肯从，怀刀欲杀，幸而得免。"宁适无妻，邻人以为然，执诣里正赴县狱。狱吏审其情实，需钱十千，将为作道地。宁贫而啬，且自恃理直，坚不许。吏傅会成案，上于军守戴颙，不能察，且谓闾阎匹妇而能守义保身，不受陵逼，录事参军赵师景又迎合颙意，锻练成狱奏之。宁坐死，而赐游氏钱十万，令长吏岁时存问，以旌其节，由是有节妇之称。郡人尽知宁冤，而愤游氏之滥。竟以与比近林田寺僧通，为人所告，受杖，未几抱疾，见宁为祟，遂死。时淳熙四年六月也。其后颙为提点刑狱延玺劾罢，赵赃败去官，军县推吏，一死一黜，皆相去年岁间耳。

——《夷坚支甲》卷五《游节妇》

大定末，武清人赵士诠商贩西京，每过白登，多宿张孝通家，其妻私焉。孝通知，阴图之。一日，乘士诠醉，与其子定国缢杀之，投尸野中。士诠久不归，子来白登访之。孝通先与店户白忠友有仇，私告赵子云："汝父去向，白忠友宜知之。"赵子诉官，官系忠友讯掠，不胜苦楚，虽已诬服，而狱终不决。

明昌初，白妻诉于朝，朝差贾公守谦往廉之。贾密访县人，人有言一异事云：张孝通及其子驱一骡往某处，憩于道旁树下，骡逐草而逸，定国怒鞭之，骡忽人语云："你杀赵客，更来打我。"父子相顾失色。他日，孝通妇汲水饮骡，骡又语云："你杀人，却冤白家。"孝通父子恐语泄，谋杀之以灭口，而县人无不知者。

贾公以是归报，朝廷随差刑部员外孙某驰驿至县，收孝通父子，一问即承，人知神理之不可诬也。贾公仕至右丞。

——《续夷坚志》卷四《张孝通冤报》

以上两则故事既有相似之处，又有明显的差异。其相似之处在于：两则故事的诬告者和被诬者均为村民，而且都经过官府审问，造成恶劣影响，诬告者最终得到了报应。其差异之处在于：前一则故事之审案官吏昏愦而且谄上，因而制造出双料冤假错案，不但处死被诬者，而且把淫乱的诬告者封为“节妇”，非常具有讽刺意味。后一则故事不但遇上一个清官来查处诬告案，而且出现骡作人语的怪事，得以真相大白，神异色彩较为浓郁。

这类冤魂报诬告夺命仇恨的故事，尚有写二秀才因诬告抗金家族而当上县令与县丞，后为众冤鬼追杀，皆发病死的《夷坚志·宿迁诸尹》；写一被诬老兵冤死后诉于东岳行宫，使诬告者冯某及其女婿先后病殁得报的《夷坚志·冯资州》；写一被诬枉死者投生到彭屠家，长大后操刀杀死真凶赵宅门子的《湖海新闻夷坚续志·托生报仇》等。

## (三) 描述冤魂报图财害命仇恨的故事

封丘县东富村吴德家小儿牧羊于野，一日为人杀，夺其衣，莫得其人。家为童作斋七，忽有小童坐于灵席上，食其所享祭物。家人惊问其故，儿曰：“汝家之童，常时与我戏于野。童曰：‘我家人今日有聚会，共汝同去。’我与之同来，方食，外有哭声而入者，童指曰：‘彼杀我也，吾怕之，不欲见。’乃去。”询其所指者，乃童之姨婿也。由是吴德讼于官，求其人杀之赃验明白，遂状罪焉。

——《青琐高议》后集卷四《羊童记》

定襄丘村王胡，以陶瓦为业，明昌辛亥岁歉，与其子王生者就食山东。一日，有强寇九人，为尉司捕急，避死无所，就此家藏匿。以情告云：“我辈金贝不资，但此身得免，愿与君父子平分之。”王因匿盗窑中，满室坏瓦，尉司兵随过，无所见而去。胡父子心不自安，且利其财，乘夜发火，不移时，熏九人死，即携金贝还乡。

数年，殖产甚丰，出乡豪之上。泰和中，王生礼五台，将及与善镇，恍惚中有所见，惊怖堕马，遂为物所凭，扶舁至其家。生口作鬼语，瞋目怒骂云："尉司追我辈已得脱，中分货财，足以致富，便发恶心，都将我烧死。寻之数年，乃今见汝，偿命即休。"时或持刃，逢人乱斫。其家无奈，召道士何吉卿驱逐之。

何至作法，鬼复凭语辨诉。何知冤对，非法箓可制，教以作黄箓超度，或可解脱。胡陈状斋坛，吐露情实，人始知其致富之由。大建一祠，日夕祈祷，生未几竟死。紫微刘尊师说。

——《续夷坚志》卷四《王生冤报》

以上两则故事，一则情节较简略，一则情节较曲折，规模各不相同。前一则故事的凶手为小贪财者，他独自杀一人而夺其衣。后一则故事的凶手系大贪财者，他们父子俩杀九人而夺大量财物。故事结尾，杀人者均受到惩处，只不过前一则乃被动复仇，由被害人的玩伴代其揭发，从而导致凶手伏罪。而后一则却是九个冤魂追寻凶手，借其口进行控诉，终让其人偿命。

这类冤魂的报滥杀无辜仇恨的故事，尚有写李某杀人夺财弃尸而走后，冤魂迫使李将其安葬，并令李入狱自绞而死的《洛阳搢绅旧闻记·洛阳染工见冤鬼》；写一盐商被劫身亡，其鬼魂返家让妻子去告官，使强盗落网被诛的《夷坚志·方客遇盗》；写一妇人冤魂两度现身向提点刑狱周某诉冤，因而使杀人夺财凶手被正法的《夷坚志·水上妇人》；写陈某收债时被害，多次托梦要妻子前往告官，终使凶手受到法办的《夷坚志·陈泰冤梦》；写曹某为夺财杀死十二客商，四年后终于被众冤鬼捉走的《夷坚志·燕仆曹一》；写陈某杀药商并夺走一船生药，归后自开药店，每开一个药包均见药商之头在内，竟被骇死的《湖海新闻夷坚续志·冤鬼现形》；写某父子杀投宿商而夺其财，数年后冤鬼投生为牛，发狂将其触死的《湖海新闻夷坚续志·牛报宿冤》等。

## (四) 描述冤魂报畏罪灭口仇恨的故事

福州人王纯，字良肱，以通直郎知建州崇安县。方治事，食炊饼未终，急还家，即仆地死。死之二日，众僧在堂梵呗，王家小婢忽张目叱僧曰："皆出去，吾欲有所言。"举止语音与良肱无异。遂据榻坐，遣小史招丞簿尉。丞簿尉至，录事吏亦来。婢色震怒，命左右擒吏下，杖之百，语邑官曰："杀我者，此人也。吾力可杀之，为其近怪，故以属公等。吾未死前数日，得其一罪甚著，吾面数之曰：'必穷治汝！'其人忿且惧，遂赂疱人置毒，前日食饼半即觉之，苍黄归舍，欲与妻子语，未及而绝。幸启棺视之，可知也。"丞以下皆泣，呼匠发之，举体皆溃烂为黑汁。始诘问吏，吏顿首辞。服，并疱人皆送府。府以其无主名，不欲正刑，密毙之于狱。邑中今为立庙，曰王通直祠云。王嘉叟说。

——《夷坚乙志》卷三《王通直祠》

信州吏人张显祖，为狱院推级。鞫大辟罪，囚家富，赂以千缗，使方便脱免。会理掾廉明不可罔。张贪厚贿，既不肯舍，且虑其复索取，阴谕狱卒毙之，而告其家曰："案卷已尽翻换，无奈暴亡。"囚家置不问。张用所获，委甥侄经营贩易，所向称遂。于是谢吏役，益治生，浸成富室，惟恨无子。忽生男，少而俊慧，才十岁，能作举子三场文，称为神童。十八登科甲，父母视如掌上珠。意之所欲，悉听之，无论所费。后二年，赴调注[1]泉州教授，在都城留恋声色，又饱酒无算，极其花柳博塞之娱。荡析家资，十亡七八。临之官，得羸疾，困卧半载，医疗祷祝，囊橐一空。迓兵及门而卒。父母痛割，祈死不能。既殓三日，揭帛拊其面，则形容一变，乃为昔日所杀之囚。张感悟前过，不复追忆，但郁结无生意。未及累月，与妻相继下世，一门遂绝。

——《夷坚支癸》卷三《张显祖治狱》

① 注：即注官，按资历、才幹授官。

这一类故事大多与官府和审案有关系，揭露性很强。此二则故事的杀人灭口者均系县衙里面的小吏——前一则故事为县衙中掌管文簿的属吏录事吏，后一则故事为县衙中掌管刑狱的属吏狱院推级；而被害人则各不相同——前一故事为掌握凶犯重要罪行将要进行惩处的县令（其人以通直散骑侍郎身份出任县令），后一则故事为以重赂请求凶犯为其脱死罪的富囚，而他们之所以要铤而走险，都是为了不使自己的罪行得以暴露。结果，他们非但没能掩盖住自己的罪行，由于冤魂显灵而使他们全都受到惩处，下场十分可悲。

此类冤魂报畏罪灭口仇恨的故事，尚有写一寡妇与僧宣淫，事泄乃将婆母与二婢害死，后罹疾惊呼“婆母，二婢笞我”而亡的《夷坚志·刘氏冤报》；写杨某二儿窃走送京珍宝，其父畏罪逼死艄工，艄工亡魂向东岳帝诉冤而使杨某得报丧命的《夷坚志·杨靖偿冤》等。

## （五）描述冤魂报巧取豪夺仇恨的故事

泸州合江县赵市村民毛烈，以不义起富。他人有善田宅，辄百计谋之，必得乃已。昌州人陈祈，与烈善。祈有弟三人，皆少，虑弟壮而析其产也，则悉举田质于烈，累钱数千缗。其母死，但以见田分为四。于是载钱诣毛氏，赎所质。烈受钱，有干没心，约以他日取券，祈曰：“得一纸书为证，足矣。”烈曰：“君与我待是耶?”祈信之。后数日往，则烈避不出。祈讼于县，县吏受烈贿，曰：“官用文书耳，安得交易钱数千缗而无券者？吾且言之令。”令决狱，果如吏旨。祈以诬罔受杖，诉于州、于转运使，皆不得直。乃具牲酒诅于社。梦与神遇，告之曰：“此非吾所能办，盍往祷东狱行宫，当如汝请。”既至殿上，于幡帷蔽映之中，屑然若有言曰：“夜间来。”祈急趋出。迨夜，复入拜谒，置状于几上，又闻有语曰：“出去。”遂退。时绍兴四年四月二十日也。如是三日，烈在门内，黄衣人直入，捽其胸殴之，奔迸得脱，至家死。又三日，牙侩一僧死，一奴为左者亦死。最后，祈亦死。少焉复苏，谓家人曰：“吾往对毛张大事，善守我七日至十日，勿殓也。”祈入阴府，追者引烈及僧参对，烈犹以无偿钱券为解。狱吏指其心曰：“所凭唯此耳，安用券?”取业镜照之，睹烈夫妇并坐受祈钱状。曰："信矣。"引入大庭下，兵卫甚盛。其上衮冕人，怒叱吏械烈。烈惧，乃首服。主者又曰："县令听决不直，已黜官。若干吏受赇者，尽火其居，仍削寿之半。"

烈遂赴狱，且行，泣谓祈曰："吾还无日，为语吾妻，多作佛果救我。君元券在某椟中。又吾平生以诈得人田，凡十有三契，皆在室中钱积下，幸呼十三家人并偿之，以减罪。"主者又命引僧前，僧曰："但见初质田时事，他不预知也。"与祈俱得释。既出，经聚落屋室，大抵皆囹圄。送者指曰："此治杀降者、不孝者、巫祝淫祠者、逋诳佛事者，其类甚众。自周秦以来，贵贱华夷悉治，不择也。"又谓祈曰："子来七日矣，可急归。"遂抵其家而寤。

遣子视县吏，则其庐焚矣。视其僧，茶毗[①]已三日。往毛氏述其事，其子如父言，取券还之。是夕，僧来击毛氏门，骂曰："我坐汝父之故被逮，得还，而身已焚。将何以处我？"毛氏曰："业已至此，惟有□为作佛事耳。"僧曰："我未合死，鬼录所不受，又不可为人，虽得冥福，无用也。俟此世数尽，方别受生，今只守尔门，不可去矣。"自是，每夕必至。久之，其声渐远，曰："以尔作福，我稍退舍，然终无生理也。"后数年，毛氏衰替始已。杜起莘说。

——《夷坚甲志》卷十九《毛烈阴狱》

焦务本，陈州人名田足谷，而于闾里间，放博取利，积之滋多，渔夺人子女，或遭苦胁至死，皆怨之刻骨。乾道初，帅仆隶货金帛于颖昌，道由万寿。日将暮，欲访佳邸店寓止，得一新旅舍，问其人曰："我屡经过，未有此店，今是谁家产业？"曰："颖昌赵参政府所建，方月余尔。"焦喜而就宿，主人置馔，又置酒，为礼勤笃。至秉烛，复出男女婢仆数十人，列于前。焦举目顾盼，大抵相识。俄合词噪骂曰："汝寻常在乡里赊贷，以米粟麻麦，重纽价钱。用势凌逼，使我辈挤陷死地，冤痛莫伸，投诉泉下，聚集于斯以伺汝。缘汝寿限尚有一年，直俟命终，追赴阴府，今日聊纾愤怀。"于是群行殴击，

① 茶毗：巴利文音译，意为"焚烧"。僧人死后火葬，称为"茶毗"。

手足伤折不能起。诸仆亦遭棰打，所载之物，荡无孑遗。向之屋室俱不见，但丘墟莽莽而已。呻吟彻晓，路人为雇牛车载以归，明岁果卒。

——《夷坚三志己》卷三《颖昌赵参政店》

以上两则故事，一则写报以欺诈手段霸占田产之仇，一则写报放高利贷逼死人命之仇，它们都有不少值得关注之处。前一则故事，以较为细致的手法描述尘世间官场腐败，办案不公，使怙恶者逍遥法外，含冤者只好寄希望于冥府；东狱行宫主官不但令欺诈者伏罪，而且惩处了赃官，让人感慨系之。值得提及的是，前一则故事里面的冥府审案时作为凭证的“业镜”——从中可以“睹（毛）烈夫妇并坐受（陈）祈钱状”——与今天的录像有几分相似，足见古人的想象力非同寻常。后一则故事，描述的是遭苦胁至死者冤魂的复仇行动，构思巧妙，很有想象力和感染力，无疑也是此类故事中的一篇佳作。

这类冤魂的报巧取豪夺仇恨的故事，尚有写富户陆大郎吞没僧人产业，僧人含恨亡故后投生为陆子，将其家产荡尽的《睽车志》“小大郎”；写丁某霸占亲家陆某财产，陆某气死后与丁对质，其人仍不认账，竟让其人仆地而毙的《夷坚志·丁陆两姻家》等。

除了上述内容外，这个时期的鬼魂复仇故事还有报虐待丧命仇恨、报嫌隙致死仇恨的作品。报虐待丧命仇恨的故事，譬如，写赵氏性惨酷，将小妾馨奴杀死，并分尸而埋，馨奴投诉岳帝，亲往其家找赵氏复仇的《夷坚志·赵氏馨奴》；写张某派人杀死通奸事败之仆婢于发配途中，二人冤魂复仇，使张某得疾暴卒的《夷坚志·张通判》。报嫌隙致死仇恨的故事，譬如，写通判贾某被与其不和之知州赵某毒死后，到阴府告状，让赵某生病而亡的《夷坚志·贾成之》；写临安府胥时某与一寺僧有故怨，借机打击并将其气死，后得报七窍流血而殁的《鬼董》“府胥得报”。

这个时期的鬼魂复仇故事，亦有倡导罪孽深重者悔过认错，采取必要的方式进行补救，从而化解仇根，求得宽恕，以免冤冤相报，无穷无尽。试看《夷坚丙志》卷七《安氏冤》：

京师安氏女，嫁李维能观察之子，为祟所凭，呼道士治之，乃白马大王庙中小鬼也。用驱邪院法结正斩其首，安氏遂苏。越旬日复作，又治之。祟凭附语曰：“前人罪不至殊死，法师太不恕。”须臾考问，亦庙鬼也，复斩之。后半月，病势愈炽。道士至，安氏作鬼语曰：“前两祟乃鬼尔，法师可以诛。吾为正神，非师所得治。且师既用极刑损二鬼矣，吾何畏之有？今将与师较胜负。”道士度力不能胜，潜遁去。李访诸姻旧，择善法者拯之。才至，安氏曰：“勿治我，我所诉者，隔世冤也。我本蜀人，以商贾为业。安氏，吾妻也。乘吾之出，与外人宣淫，伺吾归，阴以计见杀。冤魄栖栖，行求四方，二十有五年不获。近诣白马庙，始见二鬼，言其详，知前妻乃在此。今得命相偿，则可去，师无见苦也。”道士曰：“汝既有冤，吾不汝治。但曩事岁月已久，冤冤相报，宁有穷期？吾今令李宅作善缘荐汝，俾汝尽释前愤，以得生天，如何?”安氏自床趋下，作蜀音声喏，为男子拜以谢。李公即命载钱二百千，送天庆观，为设九幽醮。安氏又再拜谢，欻然而苏。李举家斋素，将以某日醮。前一夕，又病如初。李大怒，自诣其室谯责之。拱而言曰：“诸事蒙尽力，冥涂岂不知感？但明日醮指，当与何州何人，安氏前生为何姓，前日失于禀白，今如不言，则功德失所付矣。”李大惊异，悉令道所以然。又曰：“有舍弟某，亦同行，乞并赐荐拔，庶几皆得往生。”李从其请，安氏遂无恙。安氏之姊嫁赵伯仪。伯仪居湖州武康，为王盼说。

除此之外，这一类故事尚有写某商将同舟一富商杀害而夺其巨资，遂成大富，后将富商亡魂托生之子养大，任其挥霍而不加杀害，又别置田宅，以释冤仇，以免冤冤相报的《湖海新闻夷坚续志·冤报和解》等。

当然，在此类鬼魂复仇故事中，并非所有的死者都值得同情，他们的复仇行为也不是都值得赞扬。最主要是看死者是不是无辜的受害者。《夷坚甲志》卷十七《姚仲四鬼》具有一定的代表性：

姚仲，始为吴玠军大将，尝与敌人战，小衄，吴欲诛之。仲曰：“以裨将四人引军先退，故败。”吴召四将斩之而释仲。后数岁，仲领兵宿山驿，见四无首人，皆长二尺许，揖于庭曰："我辈败事当死，然公不言则可全。今皆死，故来索命。"仲曰："向者奔北，我自应以军法行诛。既屈意相贷，而少师见责，我若不自明，则代汝曹死矣。"四人曰："当时之退，但择一人先遁者足以塞责，何至是！"仲无以对。四鬼渐喧勃欲上。忽有白须老人出于地，亦长二尺余，诘之曰："汝等败军，伏法乃其分，安得复诉！"叱去之。应声而没，老人亦不见。人以是知仲之必贵。又十年，以节度使都统兴元军。路彬质夫说。

不难看出，与敌军交战之时，"引军先退"，造成兵败的四位副将，被曾任川陕宣抚副使、释检校少师的南宋初年著名抗敌将领吴玠处斩，他们完全是罪有应得的，无冤可言。四个无头鬼找告发他们的姚将军索命，并不在理。这一则故事写土地神现身将四鬼叱去，充分反映出民众爱憎分明的正确态度。

## 第三节　宋元的鬼魅作祟与驱鬼斗鬼故事

宋元时期的鬼魅作祟故事、不怕鬼故事、驱鬼斗鬼故事，数量较多。其中出现的，大都是到处为非作歹的坏鬼、恶鬼。此类鬼魅，有男有女，有老有少，或单个出现，或多个出现，无不与世人为敌。正如故事所展示的那样，英勇果敢、善良正直的人们对坏鬼、恶鬼的态度，一是毫不畏惧，二是奋起与之争斗，施展聪明、智慧将其制伏。

### 一、宋元的鬼魅作祟故事

这个时期的鬼魅作祟故事，内容比较丰富，涉及鬼魅作乱、诈骗、淫猥、布疫、夺命等。作祟的鬼魅绝大多数是为非作歹的恶鬼，亦有少数鬼魅例外，他们并不是恶鬼，而是值得同情的受害者的亡灵。

## (一) 鬼魅作乱故事

鬼魅作乱的故事，主要写鬼魅破坏世人生活秩序、干扰诵经敬神、引诱世人干坏事等。譬如《夷坚志补》卷十七《青州都监》：

宣和间，陕西一武官为京东路分都监，官舍在青州。到任逾岁，忽见照壁后一大青面鬼倨坐，其头高拄屋栋，武人胆勇不惧，取弓矢射之，中其腹。笑曰："着。"又射之，曰："射得好！"连二十发，矢集其躯如猬毛，鬼殊不动。俄二小鬼挟都监母从房出，畏或伤害，乃舍弓箭夺救之，呼诸子仆妾为助，了无一应。回视照壁下，则一家人尽死，叠尸地上，每身带一箭，皆适所射者。老幼二十口，唯母子二人存，惊痛几绝。厅吏走报府，府帅遣僚属来视，咸怪愕无策，但为买棺收殓。留一宿，将出殡，偶启便室取物，见一家聚坐其中，元不死，浑如梦寐。扣其始末，昧无知觉，于是揭棺，乃各贮箕帚桶杓之类耳。急徙他所，而空厥居。

此则故事篇幅不长，却非常生动形象地揭示出鬼魅采取各种手段进行捣乱，干扰人们的正常生活，给世人带来惊骇与痛苦的场景，在同类作品中颇为突出。

又如，《夷坚乙志》卷十七《沧浪亭》：

姑苏城中沧浪亭，本苏子美宅，今为韩咸安所有。金人入寇时，民入后圃避匿，尽死于池中，以故处者多不宁。其后韩氏自居之，每月夜，必见数百人出没池上，或僧，或道士，或妇人，或商贾，歌呼杂沓，良久，必哀叹乃止。守宿老卒方寝，为数十人舁去，临入池。卒陕西人，素胆勇，知其鬼也，无惧意，正色谓之曰："汝等死于此，岁月已久，吾为汝言于主人翁，尽取骸骨，改葬于高原，而作佛事救汝，无为守此滞窟，为平人害，何如?"皆愧谢曰："幸甚!"舍之而退。卒明日入白主人，即命十车徙池水，掘污泥，拾朽骨，盛以大竹篓，凡满八器，共置大棺中，将瘗之。是夕又有一男子，引老卒入竹丛间曰："余人尽去，我犹有两臂在此，幸终惠我。"又如其处取得之，乃葬诸城东，而设水陆斋于灵岩寺。自是宅怪遂绝。子温说。

在这则故事中，造成住宅不安的鬼魂，都是被金兵残害的僧道、百姓的亡灵，他们的不幸遭遇非常值得同情。当他们的遗骨被安埋，又给他们做水陆道场后，再也没有闹鬼的事情发生了。

此类鬼魅作乱的故事，尚有写一僧人被鬼物抬去讲经，天明后发现置身于猪圈中，方知受侮的《江邻几杂志·鬼物请讲》；写一旧时王公住宅所埋被杀婢众多，常闹鬼使人生病，住者只得徙出的《夷坚志·光禄寺》；写某死于非命之客僧常现身僧堂为怪，一行脚僧入住后叱之乃去的《夷坚志·庐山僧鬼》；写一女鬼常至住处戏弄郡守馆客，与之形影不离，馆客远走他乡始得脱身的《夷坚志·蜀州红梅仙》；写无为军指使李某迎新郡守时为上百孩儿鬼围攻，幸有土地相救乃得返回的《夷坚志·李遇与鬼斗》；写某官外出时忽有鬼来报其侍妾遭棰自经，遣仆还家方知被鬼耍弄的《异闻总录》"妄鬼假托"等。

### （二）鬼魅诈骗故事与鬼魅淫猥故事

鬼魅诈骗故事与鬼魅淫猥故事，或描述鬼魅进行诈骗活动以谋取各种好处，或描述鬼魅与世人淫乱造成不良影响，鬼魅最终无不受到指责和打击。譬如：

徐州人窦公迈，靖康中买一妾，滑人也。未几，虏犯河北，妾父母隔阔不相闻，忧思之至，殆废寝食。忽僵仆于地，若有物凭依。乃言曰："某，女之父也。遭兵乱，举家碎于贼，羁魂无所归。欲就此女丐食，而神不许，守窦氏之门岁余矣。土地怜我，今日始得入。"窦氏曰："汝不幸死，夫复何言？吾令汝女作佛事，且具食祭汝，汝亟去。"许诺，妾即苏。窦氏如所约，阴与之戒，勿令妾知。又再岁，其父乃自乡里来，初未尝死也。前事盖黠鬼所为以窃食云。

——《夷坚乙志》卷三《窦氏妾父》

景德镇贫民朱四，其妻张七姐，庆元三年五月初夜如厕，闻有呼之者。张应曰："谁人唤我？"曰："叶七也。"张问："是何处人？"曰："只在近邻舍，何故不相识？"张曰："夜已向深，似不当到此。"叶曰："见尔家贫乏，有见钱一贯，特用相助。"张喜，接钱还室，叶亦去。明夜又来扣门，复致钱五百。自后，夕夕如是，积所得几十千。经半月，遂通衽席之好。及六月，又以衣服冠梳及银钗与之。巷内程百二妻，因过朱氏，认得张头上钗及所著冠衣皆其物也，谓为盗，拟执搦告官，报集里舍皆至。张云："系是叶七哥日前送来与我者，了不知其故。"程妻亦念张七姐不曾来我家，难以疑他作贼。且询叶七来历形状，张悉从实备告之，众皆愕然。有邻老张二云："其人已死二十余年，葬在宋家东司篱外。吾闻此鬼在外迷惑人，前后非一。今子孙久绝，试共发圹验之。"众曰："诺。"即举，板已朽烂，而僵尸不损。凡诸家先所失物，多有在其侧者。乃焚其棺而投诸水中。徐谦说。

——《夷坚三志己》卷九《叶七为盗》

以上两则故事，一则写鬼魅谎称他人老父亡灵而骗取法事与祭品，一则写鬼魅以所盗财物作诱饵而奸淫妇女，无论长短，都描绘得比较具体生动，颇有揭露性和感染力，后一则的艺术性更高一筹。

此类鬼魅诈骗、淫猥的故事，尚有写一鬼魅谎称外逃之詹某亡魂以哄骗詹家为其烧纸钱，待詹某返回方知上当的《夷坚志·詹小哥》；写一恶鬼冒充土地神来请武官刘某助其杀鬼，竟将其全家大小三十多口杀死的《夷坚志·刘崇班》；写一女鬼冒充年少貌美之仆妻与士人周某欢狎，当周某得知其真相后，竟一病月余的《夷坚志·王通判仆妻》；写一女鬼谎称逃避暴力妇人，强迫脚夫程某在旅店中与其同寝，程回家后竟病死的《夷坚志·黟县道上妇人》等。

### （三）鬼魅夺命故事

鬼魅夺命故事数量较多，又可分为一般性鬼魅夺命故事和伥鬼夺命故事两个部分。一般性鬼魅夺命故事，主要写鬼魅以迷惑、惊怖、生啖、布疫等手段夺取民众性命，在世间制造各种痛苦和不幸。试看：

乐平耕民植稻归，为人呼出，见数辈在外，形貌怪恶，叱令负担。经由数村疃，历洪源、石村、何冲诸里。每一村必先诣社神所，言欲行疫，皆拒却不听。怪党自云："然则独有刘村刘十九郎家可往尔。"遂往；径入趋庑下客房宿，略无饮食枕席之具。明旦，刘氏子出，怪魁告其徒曰："击此人右足。"杖才下，子即仆地。继老妪过之，令击左足，妪仆如前，连害三人矣。然但守一房，不浪出，有侦者密白："一虎从前跃而来，甚可畏。"魁色不动，遣两鬼持杖待之，曰："至则双击其两足。"俄报虎毙于杖下。经两日，侦者急报北方火作。斯须间焰势已及房，山水又大至。怪相视窘慑，不暇取行李，单身亟奔。怒耕民不致力，推堕田坎中。蹶然起，则身乃在床卧，妻子环哭已三日。乡人访其事于刘氏，云："二子一婢，同时疫困。"呼巫治之，及门而死。复邀致他巫，巫惩前事，欲掩鬼不备，乃从后门施法，持刀吹角，诵水火轮咒而入，病者即日皆安。予于乙志书石田王十五为瘟鬼驱至宣城事，颇相类。

——《夷坚丁志》卷十五《刘十九郎》

太原王垂与卢收友善，尝乘舟商于淮浙。至石门驿旁，见一妇人立树下，容色殊丽，负一锦囊，乃弭棹[①]伺之。妇人果问曰："船何适，可容寄载否？妾夫病在嘉兴，今欲看之，足痛不能行。"二人曰："诺。"遂携囊而上，居船之首。

垂善鼓琴，以琴挑之。妇人粲然，既而稍轻合，其语谐慧，辨不可言。是夕与垂会船前，收窃以慕夜深。收探囊中物，视之满囊骷髅耳。收大骇，知是鬼矣，而无音达垂。

既而天明，妇人暂登岸。收告垂，大慑曰："计将安出？"收曰："宜伏箦[②]下。"如其言。顷间妇人来，问王垂安在？收绐之曰："适上

① 弭（mǐ米）棹：停船。
② 箦（zé责）：用竹片编成的床垫。

岸矣。”妇人乃委收而追垂，于是弃囊于岸，并棹倍行数十里外，不见来，夜藏闹处。半夜，妇人直至船中。妇人头白，面有血腥，秽不可言，乃拽垂头咬垂。二人因大呼，众船皆助，遂失妇人所在。明日得纸梳一枚于席上。垂数月而卒。

——《鬼董》卷四“二友遇鬼妇”

杭州北关门外厕舍，常有人死尸溺于溷池，莫晓其由。一日邻舍见数人衣冠楚楚入厕，久之不出，殊切怪之。再后又有往者，亦久不出，遂迹其后视之，则前数人死于溷池，后入者亦堕其中，但未死耳，急行拯救。久之，始能言，曰：“旦上有人持简相招赴宴，但见亭馆高洁，鼓乐喧阗，即不知为厕舍也。”邻为告官拆除，其后祟方绝。

——《湖海新闻夷坚续志》后集卷二《怪异门·厕鬼迷人》

以上三则故事，分别揭露鬼魅以散布瘟疫、捕捉啮噬、幻觉迷惑等手段夺取世人的性命，并且都能得逞，令读者、听众无不感到厌恶和愤怒。这三则故事虽出处不同，篇幅长短有别，但都写得比较生动，注重细节描绘和气氛渲染，使人犹如身临其境，能够收到很强烈的艺术效果。

此类一般性鬼魅夺命故事，尚有写一民妇被恶鬼诱至一土室囚禁数载，人形枯黑如腊，被发现送回家月余乃殁的《陶朱新录》“民家失妇”；写一恶鬼冒充小妾来与某太守嬉玩，睡觉时忽变为青黑面鬼将太守吓死的《夷坚志·燕子楼》；写田某被一朱发青躯鬼抓至西湖畔欲生啖，幸被一老叟和一僧人搭救方免于难的《夷坚志·马将军田俊》；写吴妻婚后数年忽悍戾食生肉，一日竟化为厉鬼食一鹿，被追击后竟不知去向的《鬼董》“刘氏”；写半夜有鬼扣医门求治，一医未开门，一医为其开门，开门者竟中风而卒的《湖海新闻夷坚续志·鬼扣医门》等。

伥鬼夺命故事，主要写为虎役使的伥鬼引虎食人，对世人构成很大的威胁。人们起来与其抗争，尽可能减少损失，不使悲剧发生。试看：

长庆中有处士马拯，与山人马绍相会于衡山祝融峰之精舍。见一老僧，古貌庞眉，体甚魁梧，举止言语殊亦朴野。得极来，甚喜。及倩极之仆持钱往山下市少盐酪。俄亦不知老僧之所向。因马绍继至，乃云在路逢见一虎食一仆，食讫，即脱斑衣而衣禅衲，熟视乃一老僧也。极诘其服色，乃知己之仆也。极大惧。及老僧归，绍谓极曰："食仆之虎，乃此僧也。"极视僧之口吻尚有余血殷然。

二人相顾而骇惧，乃默为之计。因绐其僧云："寺井有怪物，可同往观之。"僧方窥井，二人并力推入井中，僧坠，乃虎形也。于是投之以巨石而虎毙于井。二人者急趋以图归计。值日已薄暮，遇一猎者张机道旁而居棚之上，谓二人曰："山下尚远，群虎方暴，何不且止于棚上。"二人悸栗，相与扳援而上，寄宿于棚。及昏暝，忽见数十人过，或僧或道，或丈夫或妇女，有歌吟者，有戏舞者。俄至张机所，众皆大怒曰："早来已被二贼杀我禅师，今方追捕，次又敢有人张机杀我将军。"遂发机而去。二人闻其语，遂诘猎者："彼众何人也?"猎者曰："此伥鬼也。乃畴昔尝为虎食之人。既已鬼矣，遂为之役使，以为前导。"

二人遽请猎者再张机。方毕，有一虎咆哮而至。足方触机，箭发贯心而踣。逡巡向之诸伥鬼奔走却回，伏虎之前，号哭甚哀，曰："谁人乃杀我将军也!"二人者乃厉声叱之曰："汝辈真所谓无知下鬼也。生既为虎之所食，死又为虎之所役。今幸而虎已毙，又从而号哭尽哀，何其不自省之如此邪!"忽有一鬼答之曰："某等性命既为之所啖食，固当拊心刻志以报冤。今又左右前后以助其残暴，诚可愧耻而甘受责矣。然终不知所谓禅师将军者乃虎也。"

——《渔樵闲话·伥鬼》

成都人杨起，字成翁。政和中，与乡人任皋同入京赴省试。出散关下，行黄花右界中，此地素多寇，不敢缓辔。马瘏仆痡，正暑倦困，入道旁僧舍少憩。长廊阒寂，不逢一僧，两客即堂上假寐。杨睡未熟，一青衣童，长二尺，面色苍黑，自外来，持白纸一幅，直至于傍，欲以覆其面。相去尺许，若人掣其肘，不能前。童却立咨嗟久之，掩泣而去。杨以为不祥，洒泪自悼，亦不敢语人。是夕，泊村店中，方就枕，童亦至。径造皋侧，以所携纸蒙之，退而舞跃，为得志洋洋之态，皋不觉也。明日，行三十里间，逢清溪流水，二人往濯足。毕事，杨先登，皋方以涤荡为惬，未忍去。忽大声疾呼，杨回首视之，已为虎衔去矣，始知所见盖伥鬼云。杨是年登科。

——《夷坚丙志》卷三《黄花伥鬼》

以上两则故事的篇幅殊异，但都相当精彩。前一则故事以曲折的情节揭露伥鬼引虎的危害性。它先写伥鬼帮助伪装成老僧之虎食人，以血淋淋的事实展现伥鬼的可恶可恨，又以往哭被诛恶虎来展现伥鬼的可耻可悲，对伥鬼作了全面的描绘和剖析，以期达到使世人警觉的目的。后一则故事虽然短小，却写得较为细致。它揭示以青衣童子面目出现之伥鬼，为老虎食人事先物色对象和采取迷幻手段，从而让老虎得逞，实在令人瞋目。

此类伥鬼夺命故事，尚有写得到二小儿伥鬼相助，黑虎将采笋村妇咬得身无完肤，幸为家人所救的《夷坚志·师姑山虎》；写林医生被老妪伥鬼骗至东岳庙前引虎欲食之，幸有警觉竟逃过此劫的《异闻总录》“医士与伥鬼”；写数伥鬼领虎至杨氏子寝处之贮草屋，灶君出神兵驱虎，使杨氏子得救的《异闻总录》“灶君驱虎”等。

## 二、宋元的不怕鬼故事

这个时期的不怕鬼故事，大都描述故事主人公或者正直大胆，或者幽默无畏，精神面貌绝佳，在遇到各色鬼魅之时均泰然处之，无所畏惧，往往令鬼魅望而生畏，不得不退避三舍。譬如：

兖州莱芜人王直夫，虽出于田家，而赋性刚介，不媚鬼神。每妻子疾病，但尽力医疗，凡招神禬禳之事，皆所不为也。党友或勉之，则曰：“死生有命，富贵在天。吾平生立志，不可易也。”虏正隆元年之春杪，变怪骤兴，正昼鬼见形于中庭，窥户啸梁，移床徙釜，歌笑驰走，百端千态。举室怖骇，寝食不安。直夫毅然不动，呼长幼戒之曰：“无以异物置疑而畏之。吾曹人也，肖天地真形，禀阴阳正气。彼阴鬼耳，乌能干阳？汝辈宜安之，勿过忧怯。”家人意少定。一日，端坐堂上，见巨魅身长七尺，高冠大带，深衣朱履，拱立于前。直夫了不动色。魅敛袂言：“王翁真今日正人，某等固已敬服，犹谓色厉内荏，故示怪以相撼，而翁若不见不闻，自是无敢循旧态矣。”竦揖而没。

——《夷坚支丁》卷九《王直夫》

南恩州阳春县，即古春州，有异鬼栖于主簿廨。能白昼形见，饮食言笑如生人，尤恶人言其状，言之即肆扰。主家苦之，旦必拜，食必祭，奉事唯谨。有班直为巡检，初到官，簿招与饮，语及奇事，因询此怪。未及对，鬼已立于巡检后。簿色变起立。巡检觉有异，引手捽之。鬼不胜，仆于地。巡检且捽且殴。鬼顾簿哀鸣求救。簿力为请，乃得脱。其家畏其迁怒，终夕弗敢寐。到晚寂然无声。启户见壁间大书曰：“为巡检粗人，不足较，且去。”自此遂绝。

——《异闻总录》卷四“巡检捽鬼”

以上两则故事刻画故事主人公勇敢无畏的性格，都采用了对比法与衬托法。前者以家人怖骇与其人进行对比，后者以主家敬畏与其人对比，更显现出其人不怕鬼的胆气。而前者以巨魅的色厉内荏，后者以异鬼哀鸣求救，来衬托故事主人公，使其敢于藐视鬼魅、敢于捽殴鬼魅的威严与勇猛性格更为鲜明。

这个时期的不怕鬼故事，尚有写某人素滑稽，见山鬼自天窗垂下一足，乃戏曰：“若果神通，更下一足”，鬼遂收足而去的《夷坚志·宜兴民》；写赵某入闹鬼僧房枕剑而卧，女鬼来时遽起抱之，俄顷化烟雾散去的《夷坚志·郭签判女》；写王某所买之宅多鬼，派兵、仆守夜均遭其扰乱，王亲往呵叱乃得平宁的《夷坚志·小巷小宅》；写钱某省亲时群鬼夜间将其连床抬出，钱不以为意，竟自鼾卧，令群鬼无计可施而退的《夷坚志·钱真卿》；写张某不畏鬼神，尝半夜入鬼魅出没之圃亭鼓琴，使被鬼物所祟少妇得救的《异闻总录》“张粹父”；写曾领兵之程某一夕见二鬼妇至床前而略无怖心，让其为己摩腰，久而熟睡，及寤竟无所见的《异闻总录》“程昌禹”等。

## 三、宋元的驱鬼斗鬼故事

宋元时期的驱鬼斗鬼故事，数量不少，大都描述有胆有识者与为害世人的鬼魅进行较量，将其赶走或制伏，使其无法得逞。此类故事，主要包括斗求代觅替鬼魂和斗其他害人恶鬼两个部分。

### （一）勇斗求代觅替鬼魂故事

这个时期勇斗求代觅替鬼魂的故事，描述各种善良正直而富有同情心的人发现水鬼、缢鬼等鬼魅将寻找替代者时，毅然采取有效手段与其抗争，让其无法达到目的，从而及时地挽救了他人的性命。比如：

杭城外北新桥，某翁枕流居焉。有蒲萄七架，时旱，翁勤灌溉，独盛，宿架下以防盗。忽二三鬼出水面，贺得替曰："明午方巾白衫自北而至者，是也。"及期，翁株坐以俟，果有方巾白衫者大笑入水，急救之。

是夕，鬼诟曰："吾经数十年，刚得替，而汝夺之。吾将杀汝！"取淤泥、瓦砾乱掷，翁怅惧而入，又击户。黎明，蒲萄无子遗矣。盖盗诈鬼舣舟以载也。噫，移此智以迁善，谁能御之。

——《随隐漫录》卷三"觅替被夺"

邹直清居饶州上巷。其妹赴姻戚家集，中夕归，两轿仆留宿于外。其一郑四者，见人来招与出游，却之曰："适方荷轿还，甚倦，且夜已过半，更游何处耶？"客强之不可。怒骂而去。邹犹未寝，讶其纷扰，出视，无所睹。须臾，闻篱上逾越喧嚣声，疑必其仆被水浸溺，急挽救之。既苏，言一壮鬼呼我出，怒不肯往，力牵去，手鳞皱如粗松树皮，不可执触，直到水滨，持我两脚掷下。设非救者至，定不免。邹命守之，通夕不寐。明夜，复闻十余人绕屋叫呼。一鬼拊膺哭曰："又坏我十二年矣，苦哉苦哉！"郑仆亦无他。

——《异闻总录》卷四"轿仆得救"

以上两则作品，叙写的都是与觅替溺死鬼对抗的故事。所不同的是，前一则作品的溺死鬼觅替为被动等待型，比较沉稳；后一则作品的溺死鬼觅替为主动出击型，显得急切。它们不论姿态如何，一旦不能得逞，便凶相毕露，对施救者进行报复。可是它们均未能逃脱失败的命运，最终无不悻悻然离去。两则故事的结尾都颇为有趣。前一则作品以一个盗贼装鬼偷走老翁葡萄的小曲折收尾，进而展现出施救者舍己为人的品格，富有幽默感。后一则作品以溺死鬼叫苦不迭收尾，与其先前的粗野放肆形成鲜明对比，亦颇滑稽。

这个时期斗求代觅替鬼魂的故事，尚有写董太尉率众将连年淹死人之水井封口，仅容下桶汲水，淹死鬼乃连连叫苦的《钱氏私志》“吴山大井”；写包氏仆人程三能历览鬼物，一日持杖击走瞠目拖舌之缢鬼，使其无法觅替，遂搭救了厨下婢女的《夷坚志·包氏仆》；写一针工夜闻鬼语后，次日乃往救在濠中洗浴者，水鬼无法觅替竟掷瓦砾大骂其人的《续夷坚志·溺死鬼》等。

### （二）勇斗其他害人恶鬼故事

这个时期勇斗其他害人恶鬼的故事，其中出现的鬼魅，乃是除溺鬼、缢鬼外的各色恶鬼，诸如瘟鬼、厉鬼、怨鬼、淫鬼等。当其在世间作祟，给善良的人们带来惊扰、灾祸，甚至以死亡威胁之际，故事主人公奋起抗击，将其赶走，甚至将其消灭。比如：

> 平江常熟民朱二，夜宿田塍守稻，有女子从外来，连三四夕寝昵，体冷如冰。知其非人，遍村落测之，了无踪迹。密以布被缝作袋，欲贮之于中。女已知之，是夜至舍外悲泣。朱问故，曰：“汝设意不善，我不复来矣。”朱曰：“恐此间风冷病汝，故欲与同卧其间，无他意也。”乃入宿袋中。过夜半，朱诈言内逼，遂起，负袋于肩以行。女号呼求出，朱不应。始时甚重，俄渐轻。到家举火视之，已化为杉板。取斧碎之，流血不止。明夜，扣门索命，久乃已。
>
> ——《夷坚丙志》卷十二《朱二杀鬼》

王右司仲泽，少日住棣州学，厨人告言："一妇人鬼，每夜来搅扰，不得睡。"泽言："今夕若复来，汝捽其衣大叫，我辈往视之。"其夜果来，其人把其臂不放，因大叫，诸生持灯往视之，乃一古棺板，焚之而怪遂绝。仲泽说。

——《续夷坚志》卷二《棣州学鬼妇》

以上两则故事都比较短小，一则故事发生在田间，一则故事发生在学府，背景各异，但其中危害民众的鬼魅均以妇女形象出现，它们或淫秽迷人，或搅乱扰民，在人们反击之下无不原形毕露，被斧劈或者被焚烧，都没有好下场。

这个时期斗其他害人恶鬼的故事，尚有写某县廨多鬼出为怪，一女鬼欲捉弄醉归县令，反被其人役使，竟愤然离去的《陶朱新录》"鬼掷扇"；写金四夜出遇鬼而将其背走，当鬼化为老鸹后乃缚而焚之的《夷坚志·金四孤鬼》；写一织纱人月夜与鬼同行，见其下颌与胸连在一起，遂举刀砍之，竟令其消失不见的《夷坚志·无颔鬼》；写社神与一瘟鬼击斗，迫使其化牛逃走，是岁瘟疫流行，独此地安然无事的《夷坚志·景德镇鬼斗》；写陈某住妹家多鬼怪之楼，夜间大声叱走为祟女鬼，鬼怪遂绝的《夷坚志·陈如埙》；写孙某一夜奋拳猛击灶下蓬头鬼，次日将从其隐没处掘得的一具遗骨弃诸野外的《夷坚志·孙俦击鬼》；写一方丈欲以寺中三怨鬼吓走求宿道人，道人竟使三怨鬼被征服而绝迹的《夷坚志·光山双塔鬼》；写徐某好勇尚气节，去桥上击溃杀人厉鬼而使当地宁贴的《夷坚志·徐咬耳》；写一鬼物化为美女勾引新州官之子，被其人捉住后竟变为棺板，焚之鬼魅遂绝的《夷坚志·鄂干官舍女子》；写章某夜击来食妾尸之女鬼，晨见殡所如故，但被击鬼魅之血仍留墙上的《鬼董》"章翰击鬼"等。

# 第四章　宋元的写实故事

宋元时期的写实故事，在隋唐五代时期写实故事的基础上有了较大的发展，不但拓展了创作题材，使作品的内容更为丰富，包含有案狱故事、官吏故事、讽刺故事、盗贼故事、家庭故事、侠义故事、美德故事、奇遇故事、僧道故事、骗子故事、诗对故事、动物故事等门类，所反映的生活面更为广阔，并且具有愈发贴近民众、贴近生活的特色。

## 第一节　宋元的案狱故事

宋元时期的案狱故事，是这个时期写实故事当中数量较多、相当突出的一个门类。其内容涉及侦破命案、制造冤案、平反冤狱、处理家庭纷争与社会纠葛等。内中数量甚多，并且较为精彩的是破命案、平冤狱与处理社会纠葛三大类故事，而以侦破命案的故事最为突出。

### 一、宋元的侦破命案故事

这个时期侦破命案的故事，大都讲述审案官吏通过调查、访问、观察、分析来侦破各种棘手的命案。其描写的侧重点各不相同，有的侧重描述案发过程，有的侧重描述侦破过程，往往具有情节曲折和引人入胜的特点。

侦破命案的故事，以描述案发过程为侧重点的作品，譬如，《清尊录·大桶张氏》：

大桶张氏者，以财雄长京师。凡富人以钱委人①，权其子而取其半，谓之行钱。富人视行钱，如部曲②也。或过行钱之家，设特位置酒，妇女出劝，主人皆立侍，富人逊谢，强令坐，再三，乃敢就位。

张氏子年少，父母死，主家事，未娶；因祠③州西灌口神归，过其行钱孙助教家。孙置酒数行，其未嫁女出劝，容色绝世，张目之曰："我欲娶为妇！"孙惶恐不可，且曰："我公家奴也，奴为郎主丈人，邻里笑怪。"张曰："不然，烦主少钱物④耳，岂敢相仆隶也。"张固豪侈，奇衣饰，即取臂上古玉条脱⑤与女，且曰："择日纳币也。"饮罢去。孙邻里交来贺曰："有女为百万主母矣。"

其后张别议婚，孙念势不敌，不敢往问期；而张亦恃醉戏言耳，非实有意也。逾年，张婚他族，而孙女不肯嫁。其母曰："张已娶矣。"女不对，而私曰："岂有信约如此，而别娶乎?"其父乃复因张与妻祝神回，并邀饮其家，而使女窥之。既去，曰："汝见其有妻，可嫁矣!"女语塞，去房内蒙被卧，俄顷即死。父母哀恸，呼其邻郑三者告之，使治丧具。

郑以送丧为业，世所谓"仵作行"者也。且曰："小口死，勿停丧，即日穴壁出瘗之⑥。"告以致死之由。郑办丧具，见其臂有玉条脱，心利之，乃曰："某一园在州西。"孙谢之曰："良便。"且厚相酬，号泣不忍视，急挥去，即与亲族往送其殡而归。

夜半月明，郑发棺欲取条脱，女蹶然起，顾见郑曰："我何故在此?"亦幼识郑，郑以言恐曰："汝之父母，怒汝不肯嫁而念张氏，辱其门户，使我生埋汝于此。我实不忍，乃私发棺，而汝果生。"女曰："第送我还家。"郑曰："若归必死，我亦得罪矣。"女不得已，郑匿他处以为妻，完其殡而徙居州东。郑有母，亦喜其子之有妇，彼小人不暇究所

---

① 以钱委人：即放债。

② 部曲：家仆；奴婢。

③ 祠：祭礼。

④ 烦主少钱物：麻烦你经营不多的钱财。

⑤ 条脱：臂镯。

⑥ 穴壁出瘗（yì 意）之：宋朝民间习俗，未嫁女亡故，尸体不能由大门出去，只得打开墙壁出葬。

从来也。积数年，每语及张氏，犹忿恚欲往质问前约。郑每劝阻防闲之。

崇宁元年，圣端太妃上仙，郑当从御翣[①]至永安。将行，嘱其母勿令妇出游。居一日，郑母昼睡，孙出僦马，直诣张氏门，语其仆曰："孙氏第九女欲见某人。"其仆往通，张惊且怒，谓仆戏己，骂曰："贱奴，谁教汝如此?"对曰："实有之。"乃与其仆俱往视焉。孙氏望见张，跳踉而前，曳其衣且哭且骂。其仆以妇女不敢往解，张以为鬼也惊走。女持之益急，乃擘其手，手破流血，推仆地立死。僦马者恐累也，往报郑母。母诉之有司，因追郑对狱具状，已而园陵复土，郑发冢罪该流，会赦得原。而张实推女而杀之，该死罪也，虽奏获贷，犹杖脊，竟忧畏死狱中。时吴栻顾道尹京有其事云。

《投辖录·玉条脱》与此相同，文字略有出入。这则故事，以绝大部分的篇幅描述因作为定亲之物的玉臂镯而引出涉及一个执着而不幸的年轻女子的命案的由来，具体、生动地揭示出北宋时期由于金钱、等级引发出来的社会悲剧，具有很强的艺术感染力。《醒世恒言》卷十四《闹樊楼多情周胜仙》、《二刻拍案惊奇》卷二十五《徐茶酒乘闹劫新人　郑蕊珠鸣冤完旧案·正话》、《龙图公案》卷六《红牙球》等明代通俗小说都受其影响。

又如，《鬼董》卷二"雅守金烛"：

秦桧专柄时，雅州守奉生日物甚富，为椽烛百余，范精金为之心，而外灌花蜡，他物称是。使衙前某与卒十辈持走都下。至鄂州之三山遇暴雨，休于道旁草舍。主人书生也，窭甚，方冬犹絺葛，卧牛衣中，蹙然曰："雨甚，日向暮，屋漏不可居，恐败官物去。此荒径里许，客舍甚整，盍往憩。"众俾遵以往。

至则果有民居焉，其人姓鱼氏，见客喜，出迎燂汤治饭，问所以来。妇侧闻之，摘语其夫："此持太师寿礼，必厚齐可图也。"夫曰："吾宁能敌十夫哉?"妇解囊示之。妇能货药，常为淫尼荡女辈杀子，故蓄毒甚多。遂取杀鼠药，和诸毒，并置酒中而饮之。中夜药发，皆

① 御翣（shà 霎）：御棺。

忽然不知人事，独衙前者饮少不能毒。鱼运金击之，十卒并命。他物悉藏瘗，独不知烛中有金，不甚惜，姑置榻下。

会生纳妇，以两炬与之，生持归，坚不可燃。刮视而金见，遂数数乞烛于鱼。鱼疑焉，取余烛视之。妇大悔惧，夜诱书生夫妇杀之。徙居汉阳，为米商。小人骤得志，买婢以居。妻曰："致尔富，我之谋也。今疏我耶，且告之。"鱼内不乐，又尝持珠花与娼，娼始疑其蠢而富及。得花叶下有雅守姓名，以示他客。客告娼，持告之郡，遂夫妇皆磔于市。

此则故事，亦以绝大部分篇幅具体描述多起命案的由来，曲折、生动，故事性强，注意人物刻画，颇为引人入胜。故事里面书生夫妇死于非命，单氏夫妇被处以车裂酷刑，皆因贪财所致。前者可悲，后者可恨，足以让世人引为鉴戒。

这个时期以描述案发过程为侧重点的侦破命案故事，尚有写李某杀人亡命他乡，因买柱杖而卷入一桩命案，被送官受拷问，其罪遂败露的《梦溪笔谈》"李遥伏法"；写村侩某因使用被害人的一根绳索而暴露其谋财害命罪行，乃伏刑于市的《夷坚志·江陵村侩》；写年轻樵夫掘墓破棺使富家女复生，与之成亲，后女因故坠楼身亡，樵夫事泄被处死的《夷坚志·鄂州南市女》；写某官乘舟赴官，其妻一再以黄铜器冒充金器夸富，使舟师、篙工心动而歼其全家，沉尸水中，事泄后歹徒均被处死的《夷坚志·金沙滩舟人》等。

侦破命案的故事，以描述侦破过程为侧重点的作品，譬如，《梦溪笔谈》卷十二《官政二》"园井尸案"：

张杲卿丞相知润州日，有妇人夫出外，数日不归。忽有人报菜园井中有死人，妇人惊往视之，号哭曰："吾夫也！"遂以闻官。公令属官集邻里，就井验是其夫与非。众皆以井深不可辨，请出尸验之。公曰："众者不能辨。妇人独何以知其为夫？"收付所司鞫问，果奸人杀其夫，妇人与闻其谋。

此则故事不长，却将审案者进行认真调查、分析从而破案的过程呈现出来，简洁而不失生动，充分显示出故事主人公的精明睿智，让读者、听众颇受启迪。又如，《夷坚支癸》卷一《薛湘潭》：

薛大圭禹玉，本河东简肃公之裔，为人倜傥俊快，不拘小节，而深负吏材，淳熙中为湘潭令。新牧王宣子侍郎临镇，诣府参谒。时湘乡县有富家女子，夜为人戕于室，迨晓，父母方觉之，但尸在地而失其首。告于都保，诉之郡县，历数月不获凶身。府招诸邑宰宴集，坐间及此事，薛奋请效力。

乃假吏卒数十辈，枉道过彼县境。每一程减去五人或十人，唯留四卒荷轿，殊不晓其意。渐近女家，下而步行。遇三四道人聚野店，各有息气竹拍，从而求之。且脱巾换其所戴缁巾，解衫以易布道袍服，与钱两千。薛多能鄙事，遂独身前进，戒从者曰："缓缓相随，视我所向，俟抛息气出外，则悉趋而集。"望路次小民舍，一老媪在焉。入坐，将买酒，媪曰："此间村酒二十四钱一升耳，我家却无。"薛取百钱，倩买二升。媪利其所赢，挈瓶去。少顷，得酒来，与媪共饮。媪喜甚，献熟牛肉一盘。酒酣，薛云："村居安静，想住得好。"媪曰："正为一件公事，连累无限平民，我儿子也遭囚禁。"问何事？曰："某家小娘子，与东家第三个儿郎奸通，后来却被杀了，砍去头，埋于屋背树下。此郎日前累次手杀人，凶恶无比。他有钱有势，更不到官。乡人怕他如虎，都不敢说。"

薛徐徐询其姓氏状貌居止，径造之，唱词乞索。两后生与之十钱，弃于地曰："何得相待如此？"增至五十及百钱，皆掷之曰："我远远到来，须要一千足陌，若九百九十九钱，亦不去。"两生盖凶子之兄也，疑为异人或有道之士，逊言慰谢。凶子在内窥见，忿怒不能忍，趋出，拟行拳。薛就门掷竹拍，从卒争赴，遂执之。凶子咆勃，薛批其颊曰："汝杀了某家女子，却将头埋树底，罪恶分明，如何讳得？我是本县捕盗官，那得拒抗？"子无语，即缚往，发地取头，送于府。鞫治伏辜。宣子嘉赏无已，率诸台交荐，因改京秩。《涑水记闻》所载向文简雪僧冤事，亦以一媪言云。余甥玠说，其姻家也。

如果说上面一则故事描述破案过程较为简略的话，那么，这一则故事则描述得较为详细，包括主事者率吏卒深入其地；化装进行访问，了解真实案情；去有关人家查看，捉拿凶手，找出罪证，等等，最终侦破了此桩延宕数月的无头女尸案。在古代侦破命案的故事中，这则故事无疑是一篇有分量的佳作。

这个时期以描述侦破过程为侧重点的侦破命案故事，尚有写一主审官在审案过程中，从某甲鸡鸣时往家呼某乙竟呼其妻看出破绽，因而破了一桩夺财杀人案的《北窗炙輠录》"一言决狱"；写某官根据额有系巾之痕，从而侦破一行止不明僧人乃是杀僧取其祠部戒牒凶手的《涑水记闻》"勘杀人贼"；写某知州见囚者似有冤情，守者气不直，进而侦破命案，使真凶伏诛的《挥尘前录》"守者杀人"；写某县尉根据弓手两日前从该村归来面有爪痕而尸体手爪有血，进而侦破命案，捉住凶犯的《挥尘后录》"当声缚凶"；写某县尉宿海上七日得遇害二渔家兄弟浮尸，使仇家伏法，为老媪申冤的《折狱龟鉴》"仇家伏法"；写端州知府据死者伤痕查出疑犯中左撇子凶手，遂将其正法的《折狱龟鉴》"左手杀人者"；写长葛主簿根据被害人所藏买布单目及木印，在布行中查出布商，从而捉住凶犯的《续夷坚志·王子明获盗》；写一县尉得到信息后至某处以学艺为名，与妖巫婆多有接触，终于侦破了历时三年的疑案，使其伏法的《湖海新闻夷坚续志·妖巫断首》等。

二、宋元的平反冤狱故事

这个时期平反冤狱的故事，大都描述为各种命案而引出的冤狱平反昭雪的过程。此类故事里面被诬蒙冤者的身份多种多样，有富户，有平民，有出家人，有俗家人，男女老少，士农工商，各不相同。他们被诬陷无不受到很大打击，有的几乎被折磨致死，有的甚至因此命丧黄泉。而冤狱平反昭雪之时，往往是诬告陷害他人者受到惩罚之日。这些故事让读者、听众看到，天网恢恢，疏而不漏，罪犯可以得逞于一时，但终究要得到严办，绝没有好下场。譬如，《夷坚丙志》卷五《兰溪狱》：

兰溪祝氏，大家也，所居去县三十里。一子甫冠，颇知书。宅之侧凿大塘数十亩，秋冬之交水涸，得枯骸一具于岸边树下，莫知所从来。邻不敢隐，闻之里正。先是有道人行丐至祝氏，需索无厌，祝怒驱使出。语不逊，祝欧之。道人佯死，祝苍黄欲告官，迫夜未果。道人知不可欺，遂谢罪去。里正夙与祝氏讼田有隙，遂称祝昔尝捶人至死，今尸正在其塘内，以白县。县宰信以为然，逮下狱。凡证左胥吏讼其冤者，宰悉以为受赇托，愈加绳治，笞掠无虚日。祝素富室，且业儒，未尝知官府事，不胜惨毒，自诬服。其母虑不得免，迎枯骨之魂归家，焚香致祷，日夕号泣。且揭榜立赏，募人捕真盗。县狱具，将上之郡矣，前所谓行丐者在鄂岳间，欲过湘，南陟衡岳，梦人告曰："子未可遽行，翌日将有来追者。"寤而异之。及明，别与一道流相遇，市酒共饮。问其从何来，有何新事，曰："吾从婺州来，到兰溪时，闻市人籍籍谈祝家冤事。"因具语之。丐者矍然曰："诈之者我也。我坐此罪，固已得谴于幽冥。今彼絷囹圄，死在旦暮，我不往直之，则真缘我以死，冤债何时竟乎?"乃强后来者与俱东，兼程抵婺，自列于县。县宰犹谓其不然，疑未决。已而它邑获盗，讯鞫间，自言本屠者，尝赊买客牛，客督直甚急，计未能偿，潜害客，乘夜置尸祝氏塘中云。祝于是始得释。

这是一则被动平反冤狱的故事，叙写当命案发生时，里正公报私仇，诬告祝氏为杀人凶手，使其入狱，竟诬服。所幸当年佯死之道人良心发现，及时从外地赶来作证，加之真凶被捉，祝氏始得无罪放还。又如，《夷坚志补》卷五《湖州姜客》：

湖州小客，货姜于永嘉，富人王生，酬直未定，强秤之。客语侵生，生怒，殴其背，仆户限死。生大窘，祷祈拯救，良久复苏。饮以酒，仍具食，谢前过，取绢一匹遗之。还次渡口，舟子问何处得绢，具道所以，且曰："使我一跌不起，今作他乡鬼矣!"时数里间有流尸，无主名，舟子因生心，从客买其绢，并丐筠篮。客既去，即运篙撑尸至其居，脱衫裤衣之，走叩王生门，仓皇告曰："午后有湖州客人过渡，云为君家捶击垂死，云有父母妻子在乡里，浼我告官，呼骨肉直其冤，留绢与篮为证，不旋踵气绝。绢今在是，不敢不奉报。”王生震怖，尽室泣告，赂以钱二百千，舟子若不得已者，勉从其请，相与瘗尸深林中，翌日徙居，不知何所届。黠仆闻其故，数数干求，与者倦矣，而求者未厌，竟诣县诉生。下狱，不胜搒掠，以病死。明年，姜客又至，访其家，以为鬼也，骂之曰：“向者汝邂逅仆绝，继而无他，却使我家主死于非命，今尚来作祟邪！”客引袖怪叹曰：“我去岁几死，赖君家救活，蒙赐绢，卖与渡子，径归矣。今方赍少土仪，以报大德，何谓我死为鬼乎！”王子哀恸，留客止泊，而执故仆诉冤，索捕舟子，得于天台穷壑中，遂皆毙于狱矣！乃吴子南说。

此则平反冤狱故事，较上一则故事更为悲怆、凄凉。故事中的两个恶人——一个为处心积虑制造命案假象以此讹诈富人的舟子，一个为乘人之危进行敲诈并使主人下狱致死的黠仆，都没有好下场。他们最终受到严惩，皆死于狱中。而那个姜客登门致谢，则是冤狱得以平反、恶人受到惩处的转机。

这个时期平反冤狱的故事，尚有写某豪民曝衣时失新洁衾服，计其资值不下数千，告官后竟将邻人问罪，长吏查明丢失衣物为牛所啖，乃还邻人清白的《南唐近事》“失衣冤案”；写同州一推官复审富民家女奴逃亡案时，使录事制造之冤案得以平反，搭救了蒙冤者一家的《涑水记闻》“推官之赐”；写一州吏误认为拴被杀女之驴者为凶手，因许州司理参军某置疑而避免错杀，其后乃将真凶捉拿归案的《能改斋漫录·微司理几误杀人》；写县牒尉薛某查清因蜈蚣毒致使寡居婆婆丧命案，还该孝顺村妇以清白的《夷坚志·营道孝妇》；写强盗自斫右臂以诬被抢者杀人，绛州知州某根据伤口下重上轻以及该人为左撇子，终使诬者伏罪的《折狱龟鉴》“诬者引服”；写某知州闻一弓手见血衣不自取以为功，知必有奸，乃审出真盗，破了杀人盗案的《折狱龟鉴》“指盗有奸”等。

## 三、宋元的其他案狱故事

这个时期的其他案狱故事，大都与民事诉讼相关，通过处理家庭矛盾、社会纠纷、侦破盗案等，鞭挞邪恶，主持正义，保护弱势群体，对于净化世风、改善人们的生存环境具有一定的作用。试看：

张咏镇杭州，有诉者曰："某家素多藏，某二岁而父母死。有甲氏赘于某家，父将死，手券以与之曰：'吾家之财，七分当主于甲，三分吾子得之。'某既成立，甲氏执遗券以析之。数理于官，咸是其遗言而见抑。"咏嗟赏之，谓曰："尔父大能。微彼券，则为尔患在乳臭中矣。"遽命反其券而归其资。

——《国老谈苑》卷二"反券析资"

侍郎尹洛，贾者有银数十两为同行所盗，讼至官，事迹甚明而盗者抵讳莫伏。二贾者纷辨不已。侍郎得其情，令吏搜检盗者身，无所获，得一锁匙而已。即当时押下，吏莫能晓。公潜令人往盗者家，诈以其意赍匙开箧取银，盗家诚其事，付纳。公后令引二贾至，问讼者曰："尔银若干，包以何物，有别记验否？"贾历言无不中者。即面付银还，盗者抵罪，众始服其神。

——《过庭录》"巧破盗银案"

马裕斋知处州，禁民捕蛙。有一村民犯禁，乃将冬瓜切作盖，刳空其腹，实蛙于中，黎明持入城，为门卒所捕。械至于庭。公心怪之，问曰："汝何时捕此蛙？"答曰："夜半。""有知者否？"曰："惟妻知。"公追其妻诘之，乃妻与人通，俾妻教夫如此。又先往语门卒以收捕意，欲陷夫于罪，而据其妻也。公穷究其罪，遂置妻并奸夫于法。

——《行营杂录》"捕蛙民"

以上三则案狱故事，一为审理家产纠纷案，一为审理偷盗案，一为审理案中案，通过不同的故事情节，塑造出一个个精明的审案官。故事里面这些审案官，阅历丰富，才智过人，善于处理各种棘手的案件。从以上三则故事可以看到，他们或者使难于处置的家产纷争得到妥善解决，或者使不易侦破的案件迎刃而解，或者在他人不易觉察的疑窦中发现问题，进而破了隐蔽的奸情与罪恶，每一桩案件都处置得非常精当。由此也不难窥见，审案官吏在审理案件中的作用是何等重要。他们的优劣，直接关乎审案的成败。

这个时期的其他案狱故事，尚有写某官经过调查、分析，将因偿怨而割人牛舌者判罪的《国老谈苑》"割牛舌者伏罪"；写一县令谲称盗者摸神钟必有声，遂从众人里面捉住不敢摸钟盗贼的《梦溪笔谈》"摸钟辨盗"；写阳翟令通过观察、分析而定瞽姥儿媳不孝罪，并且为被诬童子脱罪的《可书》"瞽姥扪地与童子负草"；写一县令通过用词不当而识破伪证，使某医夺子阴谋不能得逞的《北窗炙輠录》"审假父案"；写一县令从钱文皆久远年号，并无近岁一钱，从而将窖钱判给宅主而不予借居者的《北窗炙輠录》"以文判钱"；写某总辖根据惊惧者必无唾之特点，令其徒侦破遣猢由天窗入室行窃之土库盗窃案的《谈薮·土库盗案》；写某总辖见衣着若巨商者以双手捧盂饮水，从而识破盗魁真实面目，使其落网的《谈薮·识盗魁》等。

## 第二节　宋元的官吏故事

宋元时期的官吏故事，包括清官廉吏的故事、贪官污吏的故事、其他官吏的故事等几个门类。

### 一、宋元的清官廉吏故事

这个时期有关清官廉吏的故事，大都通过惩恶锄奸、扶贫济困等事迹来展示故事主人公为人正直，办事清廉，体恤百姓，富有正义感和同情心的道德品质和精神风貌，往往给读者、听众留下较深的印象。试看：

余杭县吏何某，自壮岁为小胥，驯至押录，持心近恕，略无过愆。前后县宰，深所倚信。又兼领开拆之职，每遇受讼牒日，拂旦先坐于门，一一取阅之。有挟诈奸欺者，以忠言反复劝晓之曰："公门不可容易入，所陈既失实，空自贻悔，何益也？"听其言而去者甚众。

民犯罪，丽于徒刑，合解府，而顾其情理非重害，必委曲白宰，就县断治。其当杖者，又往往谏使宽释。置两竹筒于堂，择小铜钱数千，分精粗为二等，时掷三两钱或一钱于筒中。诸子问何故，曰：“吾蒙知县委任，凡干当一事了，则投一钱，所以分为二者，随事之大小也。”子竟不深晓。迨谢役寿终，始告之曰：“尔曹解吾意乎？吾免一人徒罪，则投一光钱于左筒。免一杖罪及谕解一讼，则投一糙钱于右筒，宜剖而观之。”两筒既破，皆充满无余地。笑而言曰：“我无复遗恨。如阴骘可凭，为后人利多矣。”遂卒。后十年，其子伯寿登儒科。绍兴中，位至执政，累赠其父太子师。景裴说。

——《夷坚支癸》卷一《余杭何押录》

荆南有妖巫，挟幻术为人祸福，横于里中，居郡县者莫敢问。吴兴高某为江陵宰，积不能堪，捕欲杖之，大吏泣谏，请勿治，且掇奇祸。高愈怒，捽吏下与巫对杖之二十，巫不谢，嘻笑而出。才食顷，高觉面微肿，揽镜而视，已格格浮满，仅存两眼如线大。遽呼吏，询巫所居，约与偕往。吏以为必拜谒谢过，乃告其处。径驰马出门，行三十余里，薄暮始至，萧然一败屋也。巫出迎，高叱从卒缚诸柱，命以随行杖乱棰，凡神像经文等悉发之。巫偃然自若。后入其室，获小笥，破鐍观之，□（茵）蓐包裹数十重，得木人焉，又碎之。始有惧色，然殴掠无完肤矣。高面平复如初，执以还。明旦，入府白曰：“妖人无状，某不惜一身为邦人除害。惧语泄必遁去，故不暇先言。今治之垂死，敢以告。”府帅壮其决，谕使尽其命而投之江。

——《夷坚丙志》卷二十《荆南妖巫》

以上两则故事所刻画的都是县级地方官吏。前一则故事细致、具体地描述一个县衙胥吏何押录（押录系押司与录事的合称）在岗位上所做的各种好事，数十年如一日，从不懈怠，主要突出了其人办事认真、心地善良的性格特征。后一则故事以浓墨重彩描述一个县令疾恶如仇，不顾个人安危，尽心竭力地铲除横行乡里的妖巫，保一方百姓平安，主要突出其人果敢无畏，富有牺牲精神的性格特征。两则故事塑造的人物形象各不相同，但都令人感佩，具有较高的艺术性。

这个时期有关清官廉吏的故事，尚有写余杭遇荒年饥民多犯盐禁，某太守不重罚饥民而让其以私盐自活的《儒林公议》“饥民犯盐禁”；写袁州司理参军胡某从当死盗七人中发现二人系被胁者，并使其免死的《折狱龟鉴》“被胁者免死”；写某州官吏邀功欲将传妖法民众处死，侍御史审案止诛首谋数人，而让余者皆活的《折狱龟鉴》“止诛首谋”；写某岁遇到饥馑时，捕获良民为盗者十余人，县令某悉裁其赃而使众人皆不得死的《折狱龟鉴》“良民为盗裁其赃”等。

## 二、宋元的贪官污吏故事

这个时期有关贪官污吏的故事，大都从不同方面揭露官场腐败和某些官吏贪赃枉法、穷奢极欲、草菅人命等罪行，给予无情的批判和鞭笞，从而真切地表达出民众的激愤之情。试看：

> 绍兴八年，临川王大夫瑊为饶州安仁宰。一吏老而解事，因受差治狱，因乘间白云：“狱讼实公家要务，盖有不辜蒙冤者，有罪戾幸脱者。某昔少年不谨，亲手杀人，幸用诈得免，既经两三次覃恩，言之无伤。某旧与一巨室女淫通，久而外间藉藉，女父母痛加棰责，遂断往还。尝窃往访，逆相拒绝，当时不胜忿，戕之而归。故父在县作押录，与某言：‘汝奸状著闻，岂应逃窜，贻二亲之祸！且密藏汝刀，吾执汝告官，但随问便伏，切勿抵讳，空招楚辱，无益也。’乃共埋刀于床下。某既坐狱，父求长假出外，谓家人云：‘我不见此子受刑，今浪迹他郡，须已论决始还耳。’即日登途，到南康军，适司理勘一大辟，其事将结正。父询推司所居及平日嗜好，都人言：‘夫妇皆爱赌博，每患无对手。’父使同行一客，委曲达意，以多资善戏诱之。喜而延入室，自昏达旦，主人败二百千，先偿其半，约明日取余。及期索逋，无以应，父笑曰：‘本欲博塞为欢，钱何足校！’悉返昨所得。推司感悦致谢。俄反馈以百千，不知所为，疑未敢受。父曰：‘有一事浼君，吾一子不杀人，而横罹囹圄，缘凶身不获，无由自明。闻此狱有囚当死，愿以此项加之，是于囚罪无所增，而吾儿受再生之

恩，为赐不浅。’推曰：‘此易事耳，如其教。’某初困讯鞫时，供刀所在，而索之不见，不知父已徙瘗于社坛下，由是狱不可成。已而南康移文会本县，县具以报，某遂得释以出。今将四十年，追咎往愆，殊用震竦。以是观之，可以照他狱之枉滥不一而足也。”

——《夷坚志补》卷六《安仁佚狱》

朱中直府判为池之青阳簿老吏言：绍兴初，有县丞夫妇，皆年三十而无子，令吏辈求婴儿为嗣，不数日辄死。又求之，数年内凡失十余子。最后一子死，棺殓就焚，其本生父母来视之，循其体两股微热，复视之，阴囊已破去双肾矣。哭告于官，追丞家人劾治，具得其状。乃丞用道人授房中之术，用婴儿肾入药，伪为求嗣，实为药资。案成，丞死于狱，不克正其罪。

——《谈薮》“杀婴奇案”

以上两则故事所暴露的贪官污吏罪行，皆触目惊心，无不令人发指。前一则故事用第一人称口吻讲述故事，揭发一胥吏执法犯法，用卑劣手段收买上级主管官员而使真凶无罪被释；后一则故事揭发某县丞迷恋道人所授房中术，竟伪为求嗣，杀男婴取其睾丸入药，夺走十多个婴儿性命之后方才败露。这些官吏如此肆无忌惮，足以说明当时官场腐败已经达到何种地步。

这个时期有关贪官污吏的故事，尚有写张某贪酷，其入觐时州人已经谓“渠伊必不复来”，某归乃征“渠伊钱”，明年又入觐，州人惟道路相目捋须为庆，某归又征“捋须钱”的《江南余载》“渠伊钱与捋须钱”；写一奸佞当国时卖官鬻爵至有定价，时语称“三千索，直秘阁，五百贯，擢通判”的《曲洧旧闻》“卖官定价”；写郎官欲勾引某朝士家一妓，竟中计被挞，裸体逃出的《睽车志》“郎官被挞”；写金兵南侵时寿春一通判降敌却冒领功劳，升为本郡守，事泄受惩身亡的《夷坚志·马识远》；写沈某多有年资与功劳，却受吏部一官员阻挠，沈某对其行贿后方得升迁的《夷坚志·沈大夫磨勘》；写某候兵与南丰主簿所宠家奴私通，欲将主簿毒死，因故方得免的《夷坚志·南丰主簿》；写某邑宰因违旨被罢官，一妓慧黠讴《渔家傲》嘲讽其人的《行都纪事》“妓嘲邑宰”；写一漕府小吏督运时狎游群妓，轻薄太甚，群妓不堪忍受，乃施药使其阴缩小若阉官的《辍耕录·狎娼遭毒》等。

## 三、宋元的其他官吏故事

这个时期有关其他官吏的故事，所描写的对象为清官、赃官以外的其他官吏。它们从不同的视角展示这一类官吏的思想言行、生活状态等，使这个时期官吏故事的内容得以拓展和充实，让读者、听众的视野更为开阔。试看：

刘伯宣为宣慰司同知，去官日泊北关外俞碗盏家之别室。一夕，为偷儿盗去银匙箸两副及毛衫布海青[①]共三件。次日几无可著之衣。其家即欲经官捕盗。伯宣不许。因自于门首语其邻曰：“此辈但知为盗，而不知吾乃穷官人也，所有之物不过如比。万一见获，遂坏此生。银匙箸入其手亦不愿得，但衣服颇觉相妨，仍见还可也，幸相体此意。”人皆笑其迂。越再宿，忽得一篚于屋后空地，视之，毛衫衣布皆在焉。刘公一言信及穿窬，非一日之积也。

——《癸辛杂识》续集卷下《伯宣被盗》

这是一则叙述穷官的衣物失而复得的故事，在艺术上颇有特点。它善于捕捉一些有表现力的细节，用以揭示故事主人公——一位穷官生活困窘的状况以及其人的质朴性格，颇为风趣。

这个时期有关其他官吏的故事，尚有写陈某富于资产，致仕后既不嗜学又杜绝宾客，种真珠千余颗于小圃中，记颗俯拾，周而复始的《南唐近事》“陈继善”；写沈某未赴殿试时无意中购得一历书而观之，后遇对策[②]问历数，竟一一对答，乃擢进士第一的《投辖录·沈元用》；写一致仕高官命太守黥噬杀其鹿之犬主，幕官巧计使太守仅以犬偿鹿命的《随隐漫

① 海青：广袖的长袍。

② 对策：古代应荐举、科举的人对答皇帝有关政策、经义等的策问（提问）。

录》“犬不识字”；写一县丞拜谒乡大夫，此醒彼睡，彼醒此睡，至日落县丞去，竟不得与乡大夫交一言的《乐郊私语》“海盐丞与乡大夫”；写一增城尉厚贿部胥，将“增城尉司弓级陈某获若干盗”改为“增城尉同弓级陈某获若干盗”以邀功的《东南纪闻》“改字邀功”等。

## 第三节　宋元的讽刺故事

宋元时期的讽刺故事，主要针对官场丑态、富人劣根性和不良世风，对其给以有力抨击和无情嘲讽。这一类故事大都锋芒锐利，一针见血，使被嘲讽对象狼狈不堪，让民众发泄心中块垒，并且有助于匡正世风，促进社会的发展。

### 一、宋元的嘲讽官场丑态故事

这个时期嘲讽官场丑态的故事，往往通过具体的事例来辛辣地揭露、讽刺官场的各种丑恶现象，使世人对官场腐败有进一步了解。此类故事的篇幅大多较为短小，或尖锐辛辣，或诙谐风趣，有较高的艺术质量。试看：

> 开宝中，神泉令张某者新到官。外以廉洁自矜，内则贪黩自奉，其例甚多。一日自榜县门云：“某月某日是知县生日，告示门内与给事诸色人，不得辄有献送。”一曹吏与众议曰：“宰君明生辰日，意令我辈知也；言不得献送，是谦也。”众曰：“然。”至日各持缣献之，命曰：“续寿衣。”宰一无所拒，感领而已。复告之曰：“后月某日是县君[①]生日，更莫将来。”无不咍[②]者。
>
> ——《该闻录·宰君告示》

① 县君：古代妇人的封号。

② 咍（hāi 嗨）：讥笑；嗤笑。

故事边郡纳粟三千斛[①]，授本州助教。岐山王生纳粟授官，以厚价市骏马，犹不如意，每以为恨，尝骑过市。医生李生滑稽能谑，遮道谓曰："君马新市，其价几何？"曰："一百五十千。"李生盛称壮健，以为价贱。王怪问之，李生曰："驮得三千石谷，岂非壮健耶？"

——《幕府燕闲录》"驮得三千石谷"

秦桧为相，久擅威福，士大夫一言合意，立取显美，至以选阶，一二年为执政人怀速化之望。故仕于朝者多不肯求外迁，重内轻外之弊颇见于时。有王仲荀者，以滑稽游公卿间。一日坐于秦府宾次，朝士云集待见。稍久，仲荀在隅席辄前白曰："今日公相未出堂，众官久俟，某有一小语愿资醒困。"众知其善谑，争竦听之，乃抗声曰："昔有一朝士出谒未归，有客投刺于门。阍者告之以某官不在，留门状俟归呈禀。客忽然发怒，叱阍曰：'汝何敢尔！凡人之死者乃称不在。我与某官厚，故来相见，某官独无讳忌乎？而敢以此言目之耶！我必俟其来，面白以治汝罪。'阍拱谢曰：'小人诚不晓讳忌，愿官人宽之。但今朝士留谒者例告以如此，若以为不可，当复作何语以谢客？'客曰：'汝官既出谒未回，第云某官出去可也。'阍愀然蹙额曰：'我官人宁死却是讳出去二字！'"满座皆大笑。

——《桯史》卷七《朝士留刺》

以上三则故事，从不同的视角来揭发、嘲讽官场的各种腐败现象和某些官吏的丑恶嘴脸。第一则故事，通过一县令在生日所搞的小动作来暴露其变相勒索的无耻行径；第二则故事，通过讥刺纳粟授官者来抨击卖官鬻爵的时弊；第三则故事，运用故事中套故事的形式，嘲谑某些朝臣惧怕外迁，实则企盼攀附权奸的一种卑劣心态。

这个时期嘲讽官场丑态的故事，尚有写徐某在宣州聚敛苛暴，入觐侍宴时，伶人扮土地神称被徐和地皮一起掘来的《江南余载》"和地皮掘来"；写国子博士王某知扶风，李生来拜称"同院"，盖其人以纳粟授官亦

① 斛（hú 胡）：容量单位。古代十斗为一斛。三千斛相当于三千石。

“谷博”的《幕府燕闲录》“国博与谷博”；写某贵族欲以一位新高中少年为婿，命众仆将其拥至府邸，少年称此事当归家与妻子商量的《遁斋闲览·脔婿》；写一年老之郎官令妻妾镊鬓，妻忌其少乃去其黑，妾欲其少乃去其白，未几其人颐颔遂空的《墨客挥犀》“妻妾镊鬓”；写史弥远为相时士夫多钻刺得官、俳优者嘲谑以木钻钻石之人“不去钻弥远，却来钻弥坚”的《湖海新闻夷坚续志·俳优戏言》等。

## 二、宋元的嘲讽某些富人劣根性故事

这个时期的此类讽刺故事，大都从不同的角度展示某些有钱人各式各样的劣性，并且加以尽情的讥刺、嘲谑，态度鲜明，爱憎强烈，让读者、听众感到无比痛快。试看：

> 京师有富家子，少孤专财，群无赖百万诱导之。而此子甚好看弄影戏，每弄至斩关羽，辄为之泣下，嘱弄者且缓之。一日弄者曰：“云长古猛将，今斩之，其鬼或能祟，请既斩而祭之。”此子闻甚喜。弄者乃求酒肉之费，此子出银器数十。至日斩罢，大陈饮食如祭者。群无赖聚享之，乃白此子，请遂散此器。此子不敢逆，于是共分焉。
>
> ——《续明道杂志·富家子祭关羽》

> 有人富而悭，从弟入京告行，不得已与千钱、一壶，作简曰：“筋一条，血一壶，右件捶胸献上，伏惟铁心肝人留纳。”
>
> ——《籍川笑林·捶胸献上》

以上两则故事，从两个极端来揭露和嘲讽富人对金钱、财富的态度。前一则故事，写败家子出手过分阔绰，近乎奢靡，无可救药；后一则故事，写守财奴待人过分吝啬，近乎爱财如命，令人作呕。它们都用夸张的手法表现人物性格特征，讽刺性强，能够收到很好的艺术效果。

这个时期嘲讽富人劣根性的故事，尚有写京师一富人常系一条抵押来的金带迎送宾客，止于门中而返，不敢出门的《可书》“富人金带”；写豪商李某仿崔相府第新造一屋，崔相往观，讥其少两梁（没思量、没酌量）

的《湖海新闻夷坚续志·效人做屋》等。

## 三、宋元的嘲讽不良世风故事

这个时期的此类故事，以讥刺、针砭存在于各社会阶层中的诸般歪风、痼疾为题旨，藉以警醒世人，改进世风。试看：

> 有一贫士，家惟一瓮，夜则守之以寝。一夕，心自惟念：苟得富贵，当以钱若干，营田宅，蓄声妓，而高车大盖，无不备置。往来于怀，不觉欢适起舞，遂踏破瓮。
>
> ——《东坡诗注》“瓮算”

> 秦时有人家二兄弟，专好妄语，凡百有事便相绐。一日，思量云：“我二兄弟说话是无凭，可去门前深溪澡浴，洗去妄语。”弟曰：“诺。”兄手中先把得一片干脯，脱衣入溪，没水中去。少时出来，着衣服了，攲头摆脑，吃此一片干脯。弟问：“何处得肉脯吃？”兄云：“海龙王会客作席，见我来洗去妄语，遂得一片与我，滋味甚别，必是龙肝珍味。”其弟闻得，便脱衣，亦钻入水中去，去势稍猛，忽被顽石撞破着头浪，忙出来，鲜血淋漓。兄问：“你头如何破著？”答云：“龙王嫌我来得迟，将鼓槌打数十下，痛不可忍。”谚云：“蛇入竹筒，曲性犹在。”其此之谓欤。
>
> ——《事林广记·滑稽笑谈·兄弟虚妄》

以上两则故事笔锋犀利，耐人寻味，均不失为讽刺佳作。前一则故事，通过描摹贫士梦想发迹后如何奢侈来嘲笑小人得志的丑态，既有几分尖刻，又有几分惋惜。后一则故事，以兄弟二人竟相妄语来讥诮世间说谎者的厚颜无耻，在辛辣之中表现出蔑视。这两则故事均包含有一定的寓意——想入非非者必将鸡飞蛋打一场空，虚妄撒谎之人必将碰得头破血流。

这个时期嘲讽不良世风的故事，尚有写一故相远派游姑苏时，书壁曰“大丞相再从侄某尝游”，士人李某好讪谑，题其旁曰“混元皇帝三十七代孙李璋继至”的《梦溪笔谈》“故相远派书壁”；写二穷酸寒士言志，一云他日得志当吃饱便睡，睡再吃，一云我当吃了又吃，何暇再睡的《东坡志林·措大言志》；写某人外出经年归来，其妻称惟闭户自守，某取妻诗见首篇题云《月夜招邻僧闲话》的《遁斋闲览·作邀僧夜话诗》；写某道士气焰嚣张，目中无人，一滑稽之士讥其所戴之冠为“笑冠”（犬上加竹为笑）或“笃冠”（马上加竹为笃）的《夷坚志·道士竹冠》；写秦朝一士人酷好吉物，罄田资买下谎称夏、商、周之朽碗、古杖、败席，竟披席、把杖、执碗行乞的《事林广记·秦士好古》等。

## 第四节　宋元的盗贼故事

宋元时期的盗贼故事，数量比隋唐五代时期同类作品多，主要包含盗匪谋财害命的故事、大盗巨匪的故事和斗盗捕贼的故事等几方面的内容。它们大都运用记实手法，从特定的角度来揭示当时的社会生存环境和世人生活状况，富有揭露性和抗争精神。

### 一、宋元的盗匪谋财害命故事

这个时期的盗匪谋财害命故事，既揭露了盗匪图财害命，极其凶暴、残忍的面目，又展示出在盗匪的罪行泄露之后，他们一一落网，受到惩处的结局，充分表达了民众对那些危害一方的凶犯们的仇视与愤恨之情。试看：

绍兴九年，邕州通判朱履秩满，携孥还家，装资甚富，又部官银纲直可二十万缗。舟行出广西，朱有棋癖，每与客对局，寝食皆废。尝愿得高僧逸士能此艺者，与之终身焉。及中途，典谒吏通某道士求见，自言棋品甚高。朱大喜，亟延入。其人长身美须，谈词如云，命席置局，薄暮不少倦。遂下榻留宿，从容言欲与同行之意。道士曰：“某客游于此，常扣人门而乞食，得许陪后乘，平生幸愿也。”朱益喜。及解维，置诸船尾，无日不同食。别一秀才作伴，皆能痛饮高歌，颇出小戏术娱其子弟，上下皆悦之。相从两旬，行至重湖，会大风雨，不能进，泊于别浦，饮弈如初。二鼓后，船忽欹侧，壮夫十余辈突门入，举白刃啸呼。朱氏小儿争抱道士衣求救，道士拱手曰："荷公家顾遇之极，不得已至此，岂宜以刃相向？"命以次收缚，投诸湖，明旦分挈财货以去。

县闻之，遣官验视，但浮尸狼藉，莫知主名。而于岸侧得小历一卷，乃群盗常日所用口食历，姓第具在，凡十有七人，以告于郡。事至朝廷，有旨令诸路迹捕，得一贼者，白身为承信郎，赏钱二百万。建昌县弓手数辈善捕寇，因踪迹盗。

海客任齐乳香者，请于尉李镛，愿应募。西至长沙，见人卖广药于肆。试以姓第呼之，辄回首，走报戎逻执之，与俱诣旅邸。一室施青纱厨，列器皿甚济，访其人，则从后户遁矣，盖伪道士者也。狱鞫于临江，囚自通为王小哥，乃同杀朱通判者。其徒就获他处者十人，道士曰裴□，秀才曰汪先，皆亡命为可恨。镛用赏升从事郎，调饶州司法。与予言。

——《夷坚丙志》卷十九《朱通判》

绍兴末，兴化有官人仕于潮阳，任满浮海归。中道抵一村步，舟众登岸买酒，邀其子同游。子年十一二岁，整衣而出，抱以往。久之，持酒一壶并肉羹饷官人，夫妇食之称美。越两时，子不返，使童呼之。篙工嘻笑答言："官人如何理会不得，恰所吃羹，乃其肉也。"官人拊心悲痛，知不免，谓曰："事已到此，我不惜就死，告容我自为计。"其人曰："尔计奈何？"曰："幸见许，取公裳穿着，拜谢天地神明，然后赴水。"诺之。既死，又杀其家十余口，唯留厥妻及女，裸其体肤，不挂片缕，意欲使之不能窥外。于是众迭奸污。觉甚馁，则量与之食。稍啜泣，必行痛棰，回次泉南境。初，此官人携乡里一姻旧为馆舍客，当治装时，俾先归理家务。望之逾期，杳杳不至，乃僦小艇，循岸迎访。到某港，见二妇探首，视客而哭。时凶徒尽散入村民家。二妇挥手使客去，客解其意。偶巡检廨舍近在数里内，径往赴朔。巡检悉栅兵追捕，凡二十辈，无一漏网者。狱未具，会壬午覃恩赦至，除毙于狱户者，余多得生。时人莫不冤惜。

——《夷坚支庚》卷三《兴化官人》

以上两则故事均发生在南宋初年，劫案均出自船上，受害人乃是任满归家的官吏及其家眷。所不同的是，一则故事的盗匪为化装上船的道士、秀才及其同伙，一则故事的盗匪乃是船家及其手下人。这两则故事不但揭露了盗匪杀人越货的凶狠，还进而暴露盗匪吃人幼子的残忍和奸人妻女的淫猥，凡此种种，无比令人发指。有时，那些恶贯满盈的盗匪遇到大赦，竟被释放，实在让读者、听众感到气愤和叹惜。

这个时期匪盗谋财害命的故事，尚有写怨仆某雇贼船使主人一家被杀害，一伤兵报案，几经周折终于将罪犯正法的《夷坚志·莆田人海船》；写一官家露富被舟师夫妻与篙工劫杀，全家尸沉水底，后事泄三人均被枭首的《夷坚志·金沙滩舟人》；写三歹徒在浴堂杀人夺财，在杀害一候选官员时败露，被一网打尽的《夷坚志·京师浴堂》；写一年逾八旬老翁至衙庭自首其抢夺奸杀罪行，官欲缚时其人业已亡故的《挥尘录》“惯盗自陈于垂死”等。

## 二、宋元的大盗巨匪故事

这个时期的大盗巨匪故事所描写的对象，皆为盗匪之中有势力、有影响的头面人物，往往名声在外，各有其特点和个性。有关此等人物的故事，大多具有比较浓郁的地方特色，从一个特定的视角来反映当时的社会生活和风土民情。试看：

> 京城阛阓之区，窃盗极多，踪迹诡秘，未易跟缉。赵师睪尚书尹临安日，有贼每于人家作窃，必以粉书“我来也”三字于门壁，虽缉捕甚严，久而不获。“我来也”之名，哄传京邑，不曰“捉贼”，但云“捉我来也”。
>
> 一日，所属解一贼至，谓此即“我来也”，亟送狱鞠勘。乃略不承服，且无赃物可证，未能竟此狱。其人在禁，忽密谓守卒曰：“我固尝为贼，却不是‘我来也’。今亦自知无脱理，但乞好好相看。我有白金若干，藏于宝叔塔上某层某处，可往取之。”卒思塔上乃人迹往来之冲，意其相侮。贼曰：“毋疑，但往此方，作少缘事，点塔灯

一夕，盘旋终夜，便可得矣。”卒从其计，得金大喜。次早入狱，密以酒肉与贼。

越数日，又谓卒曰：“我有器物一瓮，置侍郎桥某处水内，可复取之。”卒曰：“彼处人闹，何以取？”贼曰：“令汝家人以箩贮衣裳，桥下洗濯，潜掇瓮入箩，覆以衣，舁归可也。”卒从其言，所得愈丰。次日，复劳以酒食。卒虽甚喜，而莫知贼意。

一夜，至二更，贼低语谓卒曰：“我欲略出，四更尽即来，决不累汝。”卒曰；“不可。”贼曰：“我固不至累汝，设或我不复来，汝失囚必至配罪，而所我遗，尽可为生。苟不见从，却恐悔吝有甚于此。”卒无奈，遂纵之去。卒坐以伺，正忧恼间，闻檐瓦声，已跃而下。卒喜，复桎梏之。

甫旦，启狱户，闻某门张府有词云：“昨夜三更被盗失物，其贼于府门上写‘我来也’三字。”师罴抚案曰：“几误断此狱，宜乎其不承认也。”止以不合犯夜，从杖而出诸境。狱卒回，妻曰：“半夜后闻扣门，恐是汝归，亟起开门，但见一人以二布囊掷户内而去，遂藏之。”卒取视，则皆黄白器也。乃悟张府所盗之物，又以赂卒。贼竟逃命。虽以赵尹之明特，而莫测其奸，可谓黠矣，卒乃以疾辞役，享从容之乐终身。没后，子不能守，悉荡焉，始与人言。

——《谐史·我来也》

建康缉捕使臣汤某者，于侪辈中著能声，盖群盗巨擘也。一日，有少年衣裳楚楚，背负小笈扣汤所居。汤遣询谁何？则自通为鄯沙王小官人，趋前致拜。汤亦素知其名，因使小憩，辞云：“观察在此，不敢留。只今往和州，拟假一力负至东阳镇问渡。”汤疑有他，遂择其徒驵黠者偕往，俾侦伺之。

自离城闉，遇肆辄饮，已而大吐，几不能步。同行者左负笈，右扶醉人，殊倦甚。恚曰：“汤观察以其为好手，不过一酒徒耳。”凡七十里，抵镇邸大吐投床，终夕索水，喧呶不少休。

黎明有骑马扣门者，乃汤也。密扣同行，知夕来酒醉伏枕。亟造卧所，则亦扶头。客闻汤来，强披衣扣所以至。汤谩以他语答之。客笑曰："得非疑其沿途有作过否?"因指同行为证，且曰："虽然或有他故，愿效区区。"汤嗫嚅久之，曰："不敢相疑，实以夜来总所有大酒楼失银器数百两。总所移文制司立限构捕，严甚，少违则身受重谴矣。束手无措用是，冒急求策耳。"少年微笑曰："若然则关系甚大，恐妖异所为，非人力能措手，惟有祈哀，所事香火，或可徼神物之庇耳。"

汤哂其醉中语荒诞，不复诘，力邀同还。抵家谩用其说祷之圣堂，则所失器物皆粲然横陈供床下矣。汤始大惊以为神，方欲出谢之，则其人已去矣。盗亦有道，其是之谓乎!

——《癸辛杂识》前集《王小官人》

以上两则作品的故事性都比较强，而且在人物刻画方面下了不少功夫。前一则作品以渐进方式叙述故事，逐步揭示其人的面貌，将名噪京师的大盗"我来也"过人的机敏、狡黠写得活龙活现。后一则作品也颇有艺术水平，它并没有正面描述少年剧盗，而是采用衬托手法从侧面揭示其人极为高强的本领，同样给人留下难忘的印象。

这个时期大盗巨匪的故事，尚有写江淮剧盗之裨将马某颇仁慈，善待所虏士人、僧道、妇女，不准手下人胡作非为的《清尊录·马吉》；写大盗谢某因盗致富，作案数十起未尝失败，因同伙告密被捕，竟遇大赦放归的《夷坚志·谢花六》；写高邮尉九为盗日驰数百里，淮人皆苦之，一道人来拜师，随后同往楚州盗物的《梁溪漫志·俚语盗智》等。

## 三、宋元的斗盗捕贼故事

这个时期的斗盗捕贼故事，从不同的社会层面描述平民、官吏与盗贼斗智斗勇的事迹，异彩纷呈，大多数作品的故事性较强，颇为引人入胜。试看：

婺民朱四客，有女为吴居甫侍妾。每岁必往视，常以一仆自随。因往襄阳，过九江境。山岭下逢一盗，躯干甚伟，持长枪，叱朱使住，而发其箧。朱亦健勇有智，因乘间自后引足蹴之；坠于岸下，且取其枪以行。暮投旅邸，主媪见枪扣之，遂话其事。媪愕然，如有所失。将就枕，所谓盗者，跛曳从外来，发声长叹曰："我今日出去，却输了便宜，反遭一客困辱。"欲细述所以，媪摇手指之曰："莫要说，他正在此宿。"乃具饭饷厥夫，且将甘心焉。朱大惧，割壁而窜，与仆屏伏草间。盗秉火求索，至二更弗得，夫妇追蹑于前途十数里。朱度其去已远，遽出，焚所居之屋。未几盗归，仓皇运水救火，不暇复访。朱遂尔得脱。

——《夷坚支丁》卷四《朱四客》

绍兴十二年，京东人王知军者，寓居临江新淦之青泥寺。寺去城邑远，地迥多盗，而王以多资闻。尝与客饮，中夕乃散，夫妇皆醉眠。俄有盗入，几三十辈，悉取诸子及群婢缚之。婢呼曰："主张家事独蓝姐一人，我辈何预也！"蓝盖王所嬖，即从众中出应曰："主家凡物皆在我手，诸君欲之非敢惜。但主公主母方熟睡，愿勿相惊恐。"秉席间大烛，引盗入西偏一室，指床上箧笥曰："此为酒器，此为彩帛，此为衣衾。"付以钥，使称意自取。盗折被为大复，取器皿蹴踏置于中。烛尽，又继之，大喜过望，凡留十刻许乃去。去良久，王老亦醒，蓝始告其故，且悉解众缚。明旦诉于县，县达于郡。王老戚戚成疾，蓝姐密白曰："官何用忧？盗不难捕也。"王怒骂曰："汝妇人何知！既尽以家资与贼，乃言易捕，何邪？"对曰："三十盗皆着白布袍，妾秉烛时，尽以炧泪污其背，但以是验之，其必败。"王用其言以告逐捕者，不两日，得七人于牛肆中，展转求迹，不逸一人。所劫物皆在，初无所失。汉《张敞传》所记偷长以赭污群偷裾而执之，此事与之暗合。婢妾忠于主人，正已不易得，至于遇难不慑怯，仓卒有奇智，虽编之《列女传》不愧也。

——《夷坚丙志》卷十三《蓝姐》

以上两则故事的主人公都是普普通通的平民百姓。前一则故事中的朱四健勇多智，遇到突然变故时，不但敢于果断痛击强盗，而且善于运用智慧与强盗周旋，竟能够化险为夷，平安脱身，不能不令人叹服。后一则故事中的蓝姐是个地位卑微的婢女，面对涌入寓所的群盗，敢于挺身出来应对，而且善于见机行事，偷偷地在匪徒的背上一一留下烛泪，使三十多个强盗很快被捕，无一漏网，并且追回全部所窃之物，可谓具有大智大勇之奇女子。故事以主人王老的无能颟顸来陪衬蓝姐的机警多智，使其形象更为突出，更让人钦佩。

这个时期的斗盗捕贼故事，尚有写某县令爱犬因咬伤一贩妇被逐，当夜失盗，后知盗贼由贩妇引入，乃迎爱犬归家的《夷坚志·郑氏犬》；写一县令在江上见船主不怀好意遂随机应变，上岸后即擒其送狱，将累年为恶之凶盗诛戮的《夷坚志·金沙滩舟人》；写穷官刘某衣物失窃数日无衣可穿，但不让报官捕贼，后果如所料其衣物又被贼送还的《癸辛杂识·伯宣被盗》；写一舟人治酒将登船打劫之二盗灌醉并抽刀将其砍死，使两位商贾因而免难的《辍耕录·义丈夫》等。

## 第五节　宋元的家庭故事

宋元时期的家庭故事，包含夫妻故事、父辈与子女故事、弟兄故事等，从不同的方面再现这个时期的家庭生活状况和家庭成员关系，生活气息较浓，具有一定的认识价值和艺术价值。

### 一、宋元的夫妻故事

夫妻故事在宋元时期的家庭故事中数量最多，相当突出。它们大多从正面叙写夫妻（含妾，下同）之间相互体贴、相互关心、相互照顾的恩爱情分；另一部分作品则表现夫妻不和带来的苦痛、不幸以及反映战乱造成夫妻离散的残酷现实等。试看：

卜起，东都人也，庇身于百司，以年劳补计仕路，中铨，注授瑞州高安尉。起哀其从弟德成无所归，邀以同行，游吉与虔，出大庾岭，经韶，下浈江。

德成慕起妻白氏既美艾，日夕思念，无计得之。德成私意谓：舟浮江中，可以害起。一夕晚，德成与起共立舟上闲话，德成伺其不意，推起堕江。德成诈惊呼救之，至明日，方得起尸。德成谓白氏曰："无举哀，今身落万里之外，兄又溺死，方乏用度，别无人知，我承兄之名，到官，且利其俸禄，终此一任，可以归耳。"白氏大哭，德成引剑示之曰："子若不从，当为刃下鬼。"白氏默默自恨，但暗中挥涕。德成乃室白氏，白氏不敢拒，思欲报德成，无以为计。

是时起之子方七岁，德成爱之如己子。不久官满，欲挈白氏入京，乃泊家于岭上。德成又授楚州山阳簿，方往岭外挈白氏，德成谓白氏不念旧事，乃教其子为庠学生，任秩复寓家于楚。

德成入京，去甚久。一日，其子忽问其父，白氏泣下曰："且非汝父也。"子惊曰："何以言之?"白氏云："今德成乃汝之仇焉，杀汝父者也。汝父起官岭外，下湍江，为德成推堕溺死矣，诈代汝父之官，今七八年矣，我痛贯肝膈。我常欲报之，私念妇人之谋易为泄露，无所成就，即汝父之仇，终身无报焉。今子已十五岁，可成大事。汝能报之，吾死无怨。"子乃同母诣府，具陈其冤，公吏入都追德成，押而归，具伏。事成，上其事奏太宗，降旨法德成于楚州，仍与其子一官。母不先告，连坐，其子诉讼，乃获免焉。

——《青琐高议》后集卷四《卜起传》

建炎三年，车驾驻建康，军校徐信与妻子夜出市，少憩茶肆傍。一人窃睨其妻，目不暂释，若向有所嘱者。信怪之，乃舍去。其人踵相蹑，及门，依依不忍去。信问其故，拱手巽谢曰："心有情实，将吐露于君，君不怒，乃敢言。愿略移步至前坊静处，庶可倾竭。"信从之。始言曰："君妻非某州某县某姓氏邪!"信愕然曰："是也。"其人掩泣曰："此吾妻也。吾家于郑州，方娶二年，而值金戎之乱，流离奔窜，遂成乖张，岂意今在君室!"信亦为之感怆，曰："信，陈州人也，遭乱失妻，正与君等。偶至淮南一村店，逢妇人，敝衣蓬首，露坐地上，自言为溃兵所掠，到此不能行，吾乃解衣馈食，留一二日，乃与之俱。初不知为君故妇，今将奈何?"其人曰："吾今已别娶，藉其赀以自给，势无由复寻旧盟。倘使暂会一面，叙述悲苦，然后诀别，虽死不恨。”信固慷慨义士，即许之，约明日为期，令偕新妻同至，庶于邻里无嫌。其人欢拜而去。明日，夫妇登信门。信出迎，望见长恸，则客所携，乃信妻也。四人相对凄惋，拊心号啕。是日各复其故，通家往来如婚姻云。

——《夷坚志补》卷十一《徐信妻》

以上两则故事，从不同的视角描写夫妻生活的故事，都颇为感人。前一则讲述卜妻忍辱负重将儿子抚养成人以及为被谋杀之亲夫报仇的故事，对故事主人公的刻画有一定的力度。后一则讲述两对夫妻在战乱中离散，然后又得团聚的故事，其结尾虽然带有喜剧色彩，却难以抹去世人心中的痛楚。故事主人公的宽厚与率真，导致两对离散夫妻的重逢与团聚。他的优良品质令人钦佩。读者、听众或许可以从此则作品中得到一定的启示和教益。

这个时期的夫妻故事，尚有写王某调任时其妻被骗卖给一知县做妾，数年后偶得重逢，乃让其回到王某家中的《夷坚志·王从事妻》；写猎手生王二逐鹿至深崖遇裸女，共处月余，后迎女还家与发妻和睦相处的《夷坚志·生王二》；写富人王某弃妻嬖娼，导致夫妻离异，家庭破裂，后客死他乡的《夷坚志·王八郎》；写都城失守时朝士王某娶二美妇为妾，约定不复娶，后为中书舍人便欲另娶，二妾乃服毒自尽的《夷坚志·王氏二妾》；写刘先生娶瘦丑婢女张二姐为妻，张温良贤惠，助其登科及第为京官的《夷坚志·张二姐》；写李二害死主人张某而与张妻成婚，张妻得知实情后将李二送官，使其伏诛的《夷坚志·张客浮沤》；写向某爱妾为拒贼纾难，毅然登上迎娶之贼舟后忽跃水自尽的《藏一话腴》“芗林爱妾”；写丈夫外出后夜间忽有道人从空中而下，欲对其妻施暴，其妻乃取刀自卫得以保全名节的《稗史·贤妇》等。

## 二、宋元的父辈与子女故事

宋元时期的父辈与子女故事，作品较多，涉及父母与子女、翁姑与儿媳等两代家庭成员，从不同的角度揭示当时的家庭生活和社会状况。其中，有不少作品值得关注。试看：

可从世居温之北乡清源。宋建炎间，大盗群起，遇人必杀，清源皆逃于蒙山。未几盗至，众多被害。间有不杀，而执而掠问珍宝所藏之处，从世母亦为所执。从世哀痛，不忍母死于盗之手，乃往盗所长揖曰："乡人所藏珍宝，惟我可寻，母实不知，愿以身代母，共汝寻之。"盗乃释其母而执从世。引导数处，皆无所得，始知其绐己，因聚箭射之，俱不中体。贼问其故，且言恐母死于非命，故设是计以代母死。贼怜其孝，遂释之。

——《夷坚志三补·愿代母死》

信州富室赵氏，居家养母。娶妻一年，母偶往候亲戚，夜有劫贼杀赵，劫其财，掳其妻。官捕寇不获。其母寡居二十年，乡称曰赵安人。宋咸淳，建昌军叶茂卿赴省，暮至其乡，一老人曰："前途店远，此有赵安人家可寄宿。"茂卿过其家，叩阍人为一宿之托。安人见其面貌类亡儿，纳之。令老仆请入内厅，待之以酒馔，意甚勤，渠但只垂泪不止。茂卿意疑为鬼，然不敢言，食毕，出宿。天明，安人又具早食相延，苦留数日。临别，安人以芝楮三十束为赠，祝之曰："回途千万见过。"诸仆亦皆有馈赠，叶喜出望外。

至古杭，中省殿第四甲进士出身，授抚州乐安主簿。归，遂贾匹缎等物，回途再访，送与安人。甚喜，留数日，相与如一家。因闲步后花园，见供养画真一轴，问曰："此为何人?"安人曰："此吾亡儿也，年十九岁为寇所杀，媳妇为寇所掳，今不知存亡。"不觉泪如雨下。叶又问："媳妇何姓?"曰："姓魏。"某年某月日生，身体之长短，面貌之何似，历历言之，且言媳妇孕五月而失。叶闻之，附于心，惊曰："吾母即是已!"遂泣别而归。

叶回建昌，归拜其父叶仲二，开宴款客月余。叶以赵安人之言告其母魏氏，母掩其口曰："汝休说，若谓此人知，必见杀，其似此必杀多人矣!"后叶簿参州，首以斯事禀复于太守。守差都监请叶仲二筵席。叶至，押赴司理院勘问是实，斩首于市。并为申朝，改正姓赵，以其母同归信州赵安人家。二十年间姑妇存亡之别，再得团栾，以至祖母与孙相庆，天也。

——《湖海新闻夷坚续志》前集卷一《母子重见》

以上两作品均以儿子与父母关系为题材，但各有特点。前一则短小简略，集中描绘儿子愿代母死，震撼群盗，终因其敬孝而得以生还。后一则情节曲折，故事性较强。它所写祖孙三代，包含母子、婆媳、父子等几种关系，最后构建出一个儿子为生父报仇，使祖孙、婆媳团聚的故事，颇为精彩，相当感人。

这个时期的父辈与子女故事，尚有写聂母被虎攫去时，其幼女持刀登虎背将虎砍死，然后葬母的《江南余载》“斫虎葬母”；写群盗掩至时，郑女为救父母，假装同意嫁与匪首而将群盗引走，后赴江自尽的《青琐高议·郑路女》；写某人巧妙开导妻子，让她与婆婆的关系变好，受到亲友称道的《春渚纪闻·磨刀劝妇》；写一子常逆父意，其父临终欲土葬而嘱其水葬，他不违父命竟葬父于潭中的《续博物志》“狠子葬父”；写某妇归宁时经过一岭见虎蹲草中，她立即表白自己前去省亲，虎竟离开的《夷坚志·观坑虎》；写番阳张某客蜀中多年不归，其子长大后再三去蜀寻父，终于与其父一道还家的《湖海新闻夷坚续志·子取父归》等。

## 三、宋元的弟兄故事

宋元时期的弟兄故事，从正反两个方面描述弟兄之间的关系，藉以展现家庭生活的另一个层面，揭示当时人们的生活状况和思想情感。试看：

大丞相冯公当世，记富家翁有宅于村者。亲既终堂，其兄甲不忍群雁异飞，而友爱其弟乙甚厚。乙安乐之，未尝有违言。久之，乙既有室，不令，日咻其夫使叛其兄。乙牵于爱而听之。而甲之所为，无不善者，欲开衅隙而无其端。

于是甲有善马，爱之甚至，虽亲旧求借，辄以他马代之。乙欲激其怒，乘甲之马出，杖折其足。甲归而见之，且喻其意，谓其仆曰：“去之，而新是图。”

甲复有花药之好，列槛数十，皆名品也，且其手植焉。灌溉壅培，不倦其劳。乙又将缘是以激之，乘间锄而去之。甲曰："吾欲去是久矣，而未果也。"因犁其地，而植之谷。乙悟其非，且将悔之，而其室未厌也。

甲既鳏处，而有爱妾，若将终身焉。处之侧室，未尝一与家事。其妇踵门而数之，诟骂毁辱，无所不至。妾不能堪，而诉其主。甲曰："吾之过矣。"因逐其妾。

其妇闻之，愧汗浃背，且曰："妾不幸，不及事舅姑，而无以为学，以至于此。而不知伯氏之德量如是之宽裕也。"乃正冠帔而拜于庭，以谢不敏。卒为善妇，以相其夫，而肥其家。

——《能改斋漫录》卷十二《富家翁爱其弟》

昔有人家兄弟三人，不相和顺，动辄有言，即便相拗。一日，兄弟相聚云："我兄弟只有三人，自今后，要相和顺，不得相拗；如有拗者，罚钞三贯文作和顺会，以今日为始。"须臾，大哥云："昨夜街头井被街尾人偷取去。"二哥云："怪得半夜后街上水漕漕，人哄哄。"三哥云："你是乱道，井如何可偷？"大哥云："你又拗了，罚钱三贯。"三哥归去取钱，其妻问取钱作何使，三哥以实告，其妻云："你去床上卧，我为你将钱去还大哥。"其妻将钱去与大哥："伯伯，云你小弟夜来归腹痛，五更头生下一男子，在月中，不敢来，教媳妇把钱还伯伯作和顺会。"大哥云："你也是乱道，丈夫如何会生子？"其妻云："大伯，你也拗，此钞我且将归去。"

——《事林广记·兄弟相拗》

以上是两则不同艺术风格的家庭故事。前一则着力刻画兄长的仁厚形象，描述他看重兄弟情义，宽大为怀，以德服人，终于感动弟弟与弟媳，化解了家庭矛盾。后一则带有喜剧色彩，以三兄弟相互抬杠来表现家庭生活的乐趣。其中，还塑造了老三妻子这一个巧女形象，使此则故事越发活泼风趣。

这个时期的兄弟故事，尚有写某地一家兄弟不分居，其宅旁榆树生桑，桐树生谷，白杨生桧，县中为建三义亭的《清异录·三义亭》；写冯氏三兄弟甚相友爱，季弟妻一再离间，终使三兄弟析居，不再孝友的《遁斋闲览·娶妇离间友爱》；写徐氏三兄弟以卖浆舂米为业，长兄死后两弟事嫂如母，抚养五个侄女与之嫁遣的《稗史·事嫂》等。

## 第六节 宋元的侠义故事

宋元时期的侠义故事，主要涉及杀敌御侮、抗暴锄奸等内容，展现故事主人公豪爽勇武、侠肝义胆的精神风貌。此类故事主人公既有男性，也有女性，而以女性主人公更为突出。他们的事迹，往往惊天地，泣鬼神，为世人称颂，历久不衰。

### 一、宋元的杀敌御侮故事

宋元时期的杀敌御侮故事，大都描述在异族入侵，民众奋起杀敌之时涌现出的英雄事迹。大敌当前，故事主人公都将生死置之度外，敢于抵抗，还击来犯之敌，不成功，便成仁，大都气冲云霄，展现出中华民族的英雄气概，令人肃然起敬。试看：

> 建炎庚戌，胡骑犯江西。郡县村落之民，望而畏之，多束手毙。间有奋不顾身者，则往往得志焉，虽妇女亦勇为之。其过丰城剑池也，铁骑行正道，通宵不绝，盖使我众闻其声而不测多寡耳。一骑挟两女子，独穿林间，女指谓避者言“可击”，于是众举挺椓之而坠，旋碎其脑。马嘶鸣不已，似寻其主，众逐而委之井，遂脱。又胡掠一妇，使汲井。妇素富家子，辞不能。胡呶呶怒骂，夺瓶器低头取水。妇推其背，失足入于井中。余干民艾公子全家遭劫虏，两胡燃火，将焚厥居。艾默念：“若荡为丘墟，万一获脱，将无所归。”乃呼其子，齐奋梃纵击，垂困，取胡腰刀截其首，一家遂全。
>
> ——《夷坚支庚》卷七《村民杀胡骑》

楚民张生，居于淮阴磨盘之弯，家启酒肆，颇为赡足。绍兴辛巳冬，虏骑南下，淮人率奔京口。张素病足，不能行，漂驻扬州。已而颜亮至，张妻卓氏为夷酋所掠，即与之配。卓告之曰："我之夫在城中，蓄银五铤，必落他人手，不若同往取之。"酋喜，偕诣张处，逼夺之。张戟手恨骂。酋益喜，以为卓氏慕己，凡是行掳获金珠，尽委之，相与如真夫妇。俄亮死军回。卓痛饮酋酒，醉卧之次，拔刀刺其喉，悉囊其物，鞭马复访张。张话前事，责数，欲行决绝。卓出所携付之曰："当时不设此计，渠必不肯信付我。今日之获，乃张本于逼银耳。"于是闻者交称焉。

——《夷坚支丁》卷九《淮阴张生妻》

以上两则故事，均发生在南宋初年胡骑南侵之时。前一则塑造的是侠义群像，通过江西丰城、余干一带的民众杀敌的三个小故事，再现抗金斗争中的英勇事迹。后一则塑造的是一个侠妇人形象。其人忍辱含垢，伺机杀死霸占她的夷酋，为丈夫和乡亲报仇雪恨，因而得到众人交口称赞。

这个时期杀敌御侮的故事，尚有写蔡氏与里中妇女同舟避难时，敌寇欲奸污之，蔡氏毅然投水以保存名节的《辍耕录·溺水不跃》；写敌寇攻陷杭州城，抢劫官民府库时，一女奴为救主妇而将入室寇兵引走，后竟献身的《辍耕录·女奴义烈》等。

## 二、宋元的抗暴锄奸故事

宋元时期的抗暴锄奸故事的主人公，大多为中下层妇女。她们性格刚毅，严正不屈，其抗暴锄奸行为可歌可泣，无不令读者、听众感佩。试看：

甲午岁五月，天兵克益郡。至八月，贼支进犹据嘉州，宿崇仪翰领兵讨之。军次洪雅，有卒掠获一夷人妇，颇有姿色，置于兵幕之下，每欲逼之，云："自有伉俪。"则交臂迭膝俯地而坐。军怒，许其断颈剖心，终而不能屈。坚肆强暴，拒之转甚。三日不饮食，以死继之，竟不能犯以非礼。主帅闻而悯之，使送还本家。

——《茅亭客话》卷六《夷人妇》

戴十，不知何许人，乱后居洛阳东南左家庄，以佣为业。癸卯秋八月，一通事牧马豆田中，戴逐出之。通事怒，以马策乱捶而死。妻梁氏，舁尸诣营中诉之。通事乃贵家奴，主人所倚，因以牛二头，白金一笏就梁赎罪，且说之曰："汝夫死亦天命，两子皆幼，得钱可以自养，就令杀此人，于死者何益？"梁氏曰："吾夫无罪而死，岂可言利？但得此奴偿死，我母子乞食亦甘分。"众不可夺，谓梁氏曰："汝宁欲自杀此人耶？"梁氏曰："有何不敢？"因取刀欲自斫之。众惧此妇愤恨通事，不令即死，乃杀之。梁氏掬血饮之，携二子去。洛阳翟志忠云。

——《续夷坚志》卷一《戴十妻梁氏》

以上两则故事的主人公均系处于社会最底层的妇女。她们面对强大的对手却毫无畏惧，敢于抗争，并最终取得胜利，不能不让人刮目相看。前者是一个少数民族妇女，她坚强不屈，大义凛然，使强暴者竟不能犯，甚至被主帅送还其家，其抗暴的勇气是何等坚定。后者是一个普通农妇，她能够强忍丧夫的巨大悲痛而与权贵抗论，不怕威逼利诱，竟让杀人者偿命，其锄奸的决心何等感人。

这个时期抗暴锄奸的故事，尚有写贼王所聘之某女假意应允，舍身保全父母族人，并使贼军溃退的《谐史》"赵氏女"；写一卒反抗贪色上司被问成死罪，其妻以死殉夫，夫获释后终身不复娶的《辍耕录·贞烈墓》；写一卖艺不卖身娼女至为贞烈，为知州次子迎娶，后抗寇双双被杀的《辍耕录·李哥贞烈》；写红巾军陷河朔时，美妇刘氏被掠，拒金玉珠玑诱惑而不从，后遭杀害的《辍耕录·刘节妇》等。

## 第七节　宋元的美德故事

宋元时期的美德故事，思想内容健康，包括拾金不昧、知恩图报、乐善好施、治病救人等，涉及的生活面相当广阔，大多比较感人。这一类故事在民众中流布，对于提高世人的道德修养，净化世风，促进社会进步无疑颇有裨益。

## 一、宋元的拾金不昧故事

这个时期的拾金不昧故事，作品较多。其中的故事主人公，有不少出身贫寒人家。他们拾金不昧的高尚行为，更能够彰显其人格魅力。某些作品在赞美拾金不昧者的品格时，对失主的各种令人失望的表现，亦无不持否定的态度，爱憎分明。试看：

韩洙者，洺州人，流离南来，寓家信州弋阳县大郴村。独往县东二十里，地名荆山，开酒肆及客邸。乾道七年季冬，南方举人赴省试，来往甚盛。琼州黎秀才宿其邸，旦而行，遗小布囊于房。店仆持白洙，洙曰："谨守之，俟来取时，审细分付。"黎生行至丫头岩，既一驿矣，始觉。亟回韩店，径趋卧室内，翻揭席荐，无所见而出，面色如墨，目瞠口哆，不复能言，洙曰："岂非有遗忘物乎？"愀然曰："家在海外，相去五千里，仅有少物以给道费，一夕失之，必死于道路，不归骨矣！"洙笑曰："为君收得，不必忧。"命仆取以还，封记如初。解视之，凡为银四十四两、金五两，又金钗一双。黎奉银五两致谢，拒不受。黎感泣而去。明年，游士范万顷询知其事，题诗壁间曰："囊金遗失正茫然，逆旅仁心尽付还。从此弋阳添故事，不教阴德擅燕山。"又跋云："世间嗜利，为小人之行者，比比皆是，闻韩子之风得无愧乎？"洙今见存。

——《夷坚丁志》卷七《荆山客邸》

京师樊楼畔，有一小茶肆甚潇洒清洁，皆一品器皿，椅桌皆济楚，故卖茶极盛。熙丰间，有一士人，乃邵武李氏，在肆前遇一旧知，相引就茶肆，相叙阔别之怀。先有金数十两，别为袋子，系于肘腋，以防水火盗贼之虞。时春月乍暖，士人因解卸衣服，次置此金于茶桌上，未及收拾，未几招往樊楼会饮，遂忘遗出。既饮欢，夜将半灭灯火，方始省记。李以茶肆中往来者如织，必不可根究，遂不更去询问。

后数年，李复过此肆，因与同行者曰："某往年在此曾失去一包金子，自谓狼狈冻馁不能得回家。今与若幸复能至此。"主人闻之，进相揖曰："官人说甚么事?"李曰："某三四年前，曾在盛肆吃茶，遗下一包金子。是时以相知拉去，不曾拜禀主人。"徐思之曰："官人彼时着毛衫在里边坐乎?"李曰："然。"又曰："前命坐者着皂皮袄乎?"李曰："然。"主人曰："此物是小人收得，彼时亦随背后赶来送还，而官人行速于稠人众中不可辨认，遂为收取，意官人明日必来取。某不曾为开，觉得甚重，想是黄白之物也。官人但说得块数，称两同即领取去。"李曰："果收得，吾当与你中分。"主人笑而不答。

茶肆上有一小棚楼，主人捧小梯登楼。李随至楼上，见其中收得人所遗失之物，如伞、屐、衣服、器皿之族甚多，各有标题曰，某年某月某日某色人所遗下者。僧道妇人则曰僧道妇人，某杂色人则曰，某人似商贾，似官员，似秀才，似公吏，不知者则曰，不知其人。就楼角寻得一小袱，封记如故，上标曰："某年月日一官人所遗下。"遂相引下楼集中，再问李块数称两。李计若干块，若干两。主人开之，与李所言相符，即举以付李。李分一半与之。主人曰："官人想亦读书，何不知人如此。义利之分，古人所重。小人若重利轻义，则匿而不告，官人将如何，又不可以官法相加。所以然者，常恐有愧于心故也。"

李既知其不受，但惭怍不言，加礼逊谢，请上樊楼饮酒，亦坚辞不往。时茶肆中五十余人，皆以手加额，咨嗟叹息，谓世所罕见也。

——《摭青杂说·茶肆主人还金》

以上两则拾金不昧的故事，一则发生在南宋，一则发生在北宋，都很感人。前一则故事较短少，却将客栈店主、店仆以及失金秀才都描绘得颇为生动。故事以黎秀才失金时的窘态来衬托店主的品格，艺术效果极好。后一则故事较长，曲折细致，通过还金来揭示茶肆主人的人格魅力，使其拾金不昧的高尚品德得到充分的展现和宣扬。

这个时期的拾金不昧故事，大多数作品都写失主的财物失而复得后，还金人得到了好报；也有少量作品着重揭露某些失主表现恶劣，写他们对还金人非但不心存感激，反而以怨报德，最后均得到了惩罚，真可谓人大快人心。试看：

乐平东关民张五郎，淳熙七年，姻戚从假质物，付以一金钗，过期不返，张自出钱往赎，输息未足，还家，遣婢雪香持所欠取之。既得钗，半途登厕，虑其堕也，插于壁间，溷毕而忘之。行百步始觉，亟回，适一弓兵往来其外，即就索焉，拒曰未尝见。婢泣告曰："我娘子性严急，此度系陪钱取典，已自忿躁，更将元物失了，必谓我与人奸通，把钗与他，将痛打而致死地，未可知。与其受杖而死，不若先讨个去处。"遂径趋水滨。弓手望见，惧其赴水，遽呼曰："我实获钗，本喜为横财，今乃令汝就死，我不忍也。"以还之。婢归，言其故，张叹息，语其妻曰："雪香服事三十年，无分毫罪过，若因此自尽，可谓至冤，不如分付与人，做一段好事。"妻以为然，并与钗以嫁十里外结竹渡边民王二。妇怀弓手恩，恨不问姓名，尚能略记其形状。经四年，因往溪头挈水，渡船人已满载，中一人绝类弓手者。近扣之，信也，邀还家。其人辞以文书有限，若迟一渡，便是阻了五里路，不可相从。妇力恳请，乃俱行。船即离岸，妇及家告其夫，方相与啜茶，闻渡呼噪喧，出视之，船到中流而覆，溪正水涨，不容奔救，溺者凡三十六人，弓手独免。一茶之顷，端为此故，阴德之报，岂不昭然。杨仲渊说。

——《夷坚志补》卷三《雪香失钗》

聂以道，江西人，为县尹。有一买菜人早往市中买菜，半途忽拾钞一束。时天尚未明，遂藏身，僻处待曙，检视之，计壹拾伍定，内有五贯者，乃取一张买肉二贯，米三贯，寘之担中，不复买菜而归。其母见无菜，乃叩之，对曰："早于半途拾得此物，遂买米肉而回。"母怒曰："是欺我也。纵有遗失者，不过一二张而已，岂有遗一束之理，得非盗乎？尔果拾得，可送还之。"训诲再三，其子不从。母曰："若不还，我诉之官！"子曰："拾得之物送还何人？"母曰："尔于何处拾得，当往原处候之，伺有失主来寻，还之可也。”又曰：“吾家一世未尝有钱置许多米肉，一时骤获，必有祸事。”其子遂携往其处，果有寻物者至。其买菜者本村夫，竟不诘其钞数，止云失钱在此，付还与之。傍观者皆令分偿。失主靳之，乃曰：“我失去三十定，今尚欠其半，如何可偿?”既称钞数相悬。争闹不已，遂闻之官。

聂尹复问拾得者，其词颇实。因暗唤其母，复审之亦同。乃令二人各具诰罪文状，失者实失去三十定，买菜者实拾得十五定。聂尹乃曰：“如此则所拾之者，非是所失之钞。此十五定乃天赐贤母养老，给付母子令去。”喻失者曰：“尔所失三十定，当在别处，可自寻之。”因叱出。闻者莫不称善。

——《山居新话》卷一“聂以道断钞”

以上两则故事，一则写拾金不昧者得好报，一则写失金者恩将仇报受到呵责。故事讲述人爱憎分明，读者、听众在欣赏作品时是不难体会到的。后一则是元代很有名的一篇民间故事，屡见于元人笔记。《辍耕录》卷十一《贤母辞拾遗钞》，乃是《山居新话》卷一“聂以道断钞”的异文，情节相似而文字多有出入。

这个时期的拾金不昧故事，尚有写一长者帮失主找回柄中藏金雨伞，不收酬谢，失主乃图其像供奉香火的《夷坚志·吴长者》；写何某还包某所失一沓官券却不取分文，当何某生病求借时包某竟不理睬，包某后得报被充军的《夷坚志·何隆拾券》；写季某还本县解子失银救其一命，不收酬谢，后于水中探得银子遂大富的《湖海新闻夷坚续志·弃银复得》；写杨某省试时在客栈中拾得巨钞，待失主找来即悉数归还而拒收酬金，是年乃考中为官的《湖海新闻夷坚续志·不取他物》等。

## 二、宋元的知恩图报故事

这个时期的知恩图报故事，大多描述受人恩惠者心存感念，永志不忘，并且寻找机会予以报答。此类故事的思想意义在于，它们能够促使人际关系处于良性循环状态，这对于社会安定和净化世风无疑是颇有裨益的。试看，《北窗炙輠录》卷下“卖勃荷者之报”：

子韶言：某在史馆方知作史之法无他，在屡趣其文耳。俞与材说其所知史保人家。京师有卖勃荷（薄荷）者，其家常买之。一日，天大暑，（卖）勃荷者至渴甚，乞水于史，史乃以尊酒劳之，其人遂感激而去。后京师被围，史缒城出。时城外悉为煨烬，四顾人马复寂然。史茫茫然行野中，忧恐甚。俄而见茅店两间，史急趋之，则一人家。主人见史大惊，曰："官人为何至此，此去咫尺即大兵，不可前，幸当留此。"所以慰藉史者甚厚。史乃问："汝为谁其人?"曰："官人忘之乎？即卖勃荷者也。异时尝蒙官人尊酒之赐，时不忘。今日官人幸至此，某报尊酒之赐也。"史曰："今京城外皆灰灭，汝独能存，何也?"曰："某与一千人长厚善，故获保全至今，然行即遁耳。"且谓史曰："斯人今当至，官人宜伏床下。"语犹未毕，所谓千人长者果至，与其人语久之乃去。史方出问曰："汝何为与斯人善?"曰："家本旅店，斯人曩时作河北商，来京师已十余年。则金人谋我国家已久矣，所谓崛起者，非一旦也。"史独以尊酒之惠，其人感恩，遂能免于死。恩之施人，其报效乃如此。

此则故事，讲述卖薄荷者因"尊酒之赐"而回报送酒人，使其于危难之中得以保全性命。它对"滴水之恩当涌泉相报"的古训，作了具体生动的诠释，使人能够从中获得精神养分。

这个时期的知恩图报故事，尚有写盐商项某夫妇善待遇盗落水女子，为其择婿并使其与父母重新团聚，女子乃为项某立生祠终身奉事的《摭青杂说》"徐七娘"；写布商张某救了一杖杀未死囚徒之命，并送路费让其出城，十年后此人经商成富豪，送五千匹布前来致谢的《夷坚志·布张家》；写王某归家过山谷时为群盗所执，后被曾在京师向其乞鱼之盗搭救的《续夷坚志·盗谢王君和》；写城中失火时，常受禹某接济诸丐前来为其搬运家资，使其家免受损失的《稗史·丐者报恩》等。

## 三、宋元的乐善好施故事

这个时期的乐善好施故事，描述了人们身边发生的各种帮助他人、行善积德的事件。其中最为突出的是救人之举，包括挽救他人性命、为他人治愈心灵创伤等。作品里面描述的各种乐善好施的行为，往往有口皆碑，不胫而走，受到广泛的赞誉，在社会上产生积极影响。试看：

处州青田县，尝有水患，尽浸民庐。富室某氏，素蓄数船于江岸，一家毕登，避于高处。既免，而生生之具，毫毛未能将。方拟回船装取，望水势益长，一邑之人皆骑屋叫呼，哭声震野。富翁曰："吾家赀正失之，容可复有，岂宜视人入鱼腹，置而不问哉?"即分命子弟，各部一艘，自下及高，以次救载，并其所挈囊箧，听以自随。至则又往，凡往来十余返，毋虑千人，悉脱沉溺之祸。明日水退，邑屋无一存，但莽莽成大沙碛。富翁所居，沙突如堆阜。遣仆并力摯弃，则一区之宅，俨然不动，什器箱筥，按堵如初，惟书策衣衾稍沾湿而已。是时翁之子就学于永嘉，闻难亟归，已而复至，言其事如此。惜不得翁姓名。有阴德者必获天报，独未知之云耳。

——《夷坚支戊》卷六《青田富室》

丰有俊字宅之，四明人。登青楼，偶见小娼，疑故人女，累目之，女亦悟。酒罢留宿，女羞涩良久，乃入曰："丰官人识妾否?"诘之，果故人女。丰曰："某所以留者，以坐间不敢问也。且各寝，必有以处汝。"娼遂退。丰与京尹有契，明日以白尹，且云："某仅有钱百千，从公更贷二百千嫁之。"尹嘉其谊，即取入府，厚奁具，择良士嫁焉。尹即王宣子佐也。

——《稗史·为故人女择良士》

以上两则故事都具有一定的代表性。前一则讲述大水涌来时，一富室置自家财产于不顾，毅然去搭救众乡亲的性命，甚至听其携带囊箧，不光极富怜悯心，而且待人格外宽厚，实在让人敬佩。后一则写故事主人公不但将沦落风尘的故人之女救出，还向人借贷以厚奁将其嫁与良士，真可谓大恩大德，充分表现出他对于故人的深情厚谊。

这个时期的乐善好施故事，尚有写查某赴举时倾其所借贷资用，嫁路遇之故人女，因而罢举，次年乃登科的《青琐高议·查道侍从》；写天台宋氏鬻庐于邻，邻知其困窘而以券还宋，亦不索其值，受到乡人嘉许的《行营杂录》“鬻庐还券”；写南征兵掠包公孙女欲高价卖与娼家，里中一女巫假扮包公现世救女出嫁的《续夷坚志·包女得嫁》；写木工越某捐出三十多年积蓄助某寺修葺三门，将家资耗尽的《湖海新闻夷坚续志·舍钱修寺》；写沈某得知妻子为其所置美妾系故人之女，当即为此女寻母择婿的《辍耕录·嫁故人女》等。

## 四、宋元的悬壶济世故事

这个时期的悬壶济世故事，从不同的视角揭示医者治病救人的各种行为。此类作品往往故事性较强，易于流传，颇受世人喜爱。它们在改善世风，促进社会发展方面具有一定的积极意义。试看：

> 李医者，忘其名，抚州人。医道大行，十年间，致家赀巨万。崇仁县富民病，邀李治之，约以钱五百万为谢。李□（搔）疗旬日，不少差，乃求去，使别呼医，且曰：“他医不宜用，独王生可耳。”时王李名相甲乙，皆良医也。病者家亦以李久留不效，许其辞。李留□（数）药而去。归未半道，逢王医。王询李所往，告之故。王曰：“兄犹不能治，吾伎出兄下远甚，今往无益，不如俱归。”李曰：“不然。吾得其脉甚精，处药甚当，然不能成功者，自度运穷不当得谢钱耳，故告辞。君但一往，吾所用药悉与君，以此治之必愈。”王素敬李，如其戒。既见病者，尽用李药，微易汤，使次第以进。阅三日有瘳。富家大喜，如约谢遣之。王归郡，盛具享李生曰：“崇仁之役，某略无功，皆兄之教。谢钱不敢独擅，今进其半为兄寿。”李力辞曰：“吾不应得此，故主人病不愈。今之所以愈，君力也，吾何功？君治疾而吾受谢，必不可。”王不能强。他日，以饷遗为名，致物几千缗，李始受之。二医本出庸人，而服义重取予如此，士大夫或有所不若也。今相去数十年，临川人犹喜道其事。
>
> ——《夷坚甲志》卷九《王李二医》

临州有人以弄蛇货药为业。一日，方作场，为蝮所啮，实时殒绝，一臂之大如股，少选，遍身皮胀作黄黑色，遂死。一道人方傍观，出言曰："此人死矣，我有药能疗，但恐毒气益深，或不可活，诸君能相与证明，方敢为出力。"众咸竦踊劝之，乃求钱二十文以往。才食顷，奔而至，命汲新水，解裹中药，调一升，以杖抉伤者口，灌入之。药尽，觉腹中搰搰然，黄水自其口出，腥秽逆人，四体应手消缩，良久复故，已能起，与未伤时无异，遍拜观者，且郑重谢道人。道人曰："此药不难得，亦甚易办，吾不惜传诸人，乃香白芷一物也。法当以麦门冬汤调服，适事急不暇，姑以水代之。吾今活一人，可行矣。"拂袖而去。郭邵州传得其方，鄱阳徼卒夜直更舍，为蛇啮腹，明旦，赤肿欲裂，以此饮之，即愈。郭絜己说。

——《夷坚乙志》卷十九《疗蛇毒药》

以上两则有关医者治病救人的故事，侧重点不尽相同。前一则故事，通过为富民治病来表现两位名医相互支持、相互帮助、相互谦让的高风亮节。后一则故事，描述了一个道人使被蝮蛇咬伤殒命之人起死回生，并且毫无保留地公开药方。它既称赞故事主人公的精湛医术，又褒扬故事主人公的高尚医德，在此类故事中颇有代表性。

这个时期的悬壶济世故事，尚有写道士曾某善医，一寡妇再嫁后病死，过了一日竟被其行针救活的《西斋话记》"救寡妇"；写医生庞某为一难产妇人诊治，通过按摩与针刺搭救了母婴性命的《夷坚志·庞安常针》；写一士人患热证至极，名医莫治，乃上茅山求一医术通神道士诊疗，竟以食梨之法治愈的《夷坚志·茅山道士》；写一提刑左股长毒疮，肿高尺许，怕痛畏医，一医生出其不意刺破毒疮，立见奇效的《夷坚志·疡医手法》等。

## 第八节　宋元的奇遇故事

宋元时期的奇遇故事，以海上奇遇故事为主，兼有其他方面的奇遇故事，内容较隋唐五代时期丰富，其中不乏精彩的作品。

## 一、宋元的海上奇遇故事

中国的海上贸易，自宋代以来有了很大的发展，航海事业日渐兴盛。海上奇遇的故事，从一个侧面反映出当时海上贸易的发达以及航海事业的艰辛。此类故事，大多描述航海者漂至某个海岛上的特殊经历，颇具传奇性。这些故事中的航海出发地均为沿海地区的城市，如广州、泉州、明州（今浙江宁波）、金陵（今江苏南京）、山阳（今江苏淮安）、密州（今山东胶州）。这些故事的流传地，主要在我国的沿海一带。试看：

广州一海船附带一人欲到明州，一老兵同在船上。将发广州，遇风飘至一山下。两人上岸，行三四里，见二长人荷锄，各长三丈余。两人前往问路，二长人倚锄相视而笑。久之，遂以手拈两人在掌中戏玩。两人惶恐再拜，皆笑语不可晓。一长人以手拾两人置山穴中，用一大石塞口而去。少顷，携一大瓢贮酒来。二长人对酌，两人于窦中觇之，惟深惶惧。二长人酒尽欲醉，一长人起取塞石，拈一人出，两手捉两脚劈作两片，各饵其一，遂醉卧。老兵匿石穴中，伺其睡，奔出，窜伏田野中，望见有海舶过，哀鸣求救。船上以小舟济之，得至明州。

——《可书》“二长人”

甲志载泉州海客遇岛上妇人事，今山阳海王三者亦似之。王之父贾泉南，航巨浸，为风涛败舟，同载数十人俱溺。王得一板自托，任其簸荡，到一岛屿旁，遂陟岸行山间。幽花异木，珍禽怪兽，多中土所未识，而风气和柔，不类蛮峤，所至空旷，更无居人。王憩于大木下，莫知所届。忽见一女子至，问曰：“汝是甚处人？如何到此？”王以舟行遭溺告，女曰：“然则随我去。”女容状颇秀美，发长委地，不梳掠，语言可通晓，举体无丝缕朴樕蔽形。王不能测其为人耶，为异物耶，默念业已堕他境，一身无归，亦将毕命豺虎，死可立待，不若姑听之，乃从而下山。抵一洞，深杳洁邃，晃耀常如正昼，盖其所处，但不设庖爨。女留与同居，朝暮饲以果实，戒使勿妄出。王虽无衣衾可换易，幸其地不甚觉寒暑，故可度。岁余，生一子。迨及周晬，女采果未还，王信步往水涯，适有客舟避风于岸隩，认其人，皆旧识也，急入洞抱儿至，径登之。女继来，度不可及，呼王姓名骂之，极口悲啼，扑地几绝。王从蓬底举手谢之，亦为掩涕。此舟已张帆，乃得归楚。儿既长，楚人目为海王三，绍兴间犹存。

——《夷坚支甲》卷十《海王三》

这两则海岛奇遇故事，遭遇不同，氛围有别，给人的艺术感受迥然不同。前一则故事，写两个老兵漂至一海岛上后遇到两个巨人，一人被吃掉，一人有幸逃脱，可谓惊心动魄，生动地揭示出航海生活的艰辛与危险。后一则故事，写一商贩漂至一海岛上后，与一穴居女子结为夫妻并生有一子。其人后弃妻携子扬帆归去，经历了生离死别的感情折磨和良心谴责，形象地展示出航海生活的另一个侧面，使人为之叹惋。

这个时期的海上奇遇故事，尚有写一道人与同伴泛海至岛上采薪，被巨人捉去用竹竿贯穿作为佐酒之食品，道人在竹竿末端，因巨人酒醉而得以登舟逃走的《邵氏闻见录》“道人逃生”；写泉州客商泛海漂至一岛上，被众长人捉去伴罩于铁笼中不时取食之，一人掘穴出逃，遇番舶得以生还的《睽车志》“海岛长人”；写明州客商与同伴登一岛屿时被岛上人捉住，常以烧铁筷灼其股取乐，并强令耕田，三年后始得逃脱的《夷坚志·昌国商人》；写明州某人泛海漂至一岛上，被高三四丈长人捉住，以巨藤贯穿其肩欲煮食之，后忍痛断藤逃走，长人追来断其三巨指方得脱身的《夷坚志·长人岛》；写金陵富某海上遇难漂至一岛上，与猩猩国一女子婚配，生下一子，三年后携子登舟归去的《夷坚志·猩猩八郎》；写一富商漂海遇险，登岸居石穴中与搭救性命之母熊合而生子，其人后抱子登舟去，母熊竟投水死的《湖海新闻夷坚续志·熊母生子》等。

## 二、宋元的其他奇遇故事

宋元时期的此类故事，是海上奇遇之外的各种奇闻异事，尽管内容较为分散，作品亦不多，但其中不乏引人注目的佳作。譬如，《睽车志》卷一“黄毛人”：

仪真报恩长老子照言：绍兴间，尝与同辈三人行脚至湖南，经山谷间，迷惑失道，暮抵一古废兰若，相与投宿。墙屋颓圮，寂无人声。一室掩户，若有人居。中堆土榻地炉，以灰掩微火，傍置一瓦缶。视之，则煮芋也。诸僧正饥，食之甚美。已而视糊窗，乃淳化中故绫纸度牒。室中有数大瓮，所贮或芋，或栗，或山蓣[①]，了无盐醯[②]之属。俄有一人荷插负芋、栗自外归，被发，体皆黄毛，衣故败僧衲，直入坐土榻，见客不交一谈，与语亦不应答。夜既深，皆倚墙壁坐睡。暨天晓，已失其人所在，惟炉火旁置四瓦缶，其一已空，盖其人食之而出，余三缶，皆芋栗，煮已糜熟，若以饷客者。三人食之而出，又行岩谷荆莽中二十余里，乃得路还。

此则故事叙述平实、详细，娓娓道来，对废寺中所见黄毛野人的生活起居以及黄毛野人友善待客，都作了具体描写，真实感强，使读者、听众仿佛身临其境，给人留下很深的印象。

这个时期的其他奇遇故事，尚有写河北大饥，有夫妇置幼子于道旁空冢中，岁定还乡过此见儿肥壮于未弃时，因呼吸大蟾蜍之气而不食自健的《东坡志林》“空冢小儿”；写县宰女随父赴任时落于栈道崖中，以食花草为生，身体绝轻，三年后父母还乡乃得相聚的《夷坚志·利路知县女》；写庐陵商人彭某折本后跟人去一海岛，将所买石蜜（冰糖）与蜑丁，众蜑丁竟以珠回赠，得珠盈斗的《癸辛杂识·彭氏子》等。

## 第九节　宋元的僧道故事

宋元时期有关佛教、道教出家人的故事，内容比较丰富，包括出家人为善的故事、出家人作恶的故事以及出家人的其他故事。这些故事，从不同的方面揭示了宋元时期宗教流播情况和出家人的各种生活状况，较为真

① 山蓣（yù 预）：山药。
② 醯（xī 希）：醋。

实、生动地表现出民众的宗教信仰和爱憎情感。

## 一、宋元的出家人为善故事

这个时期的出家人为善故事，热情赞颂佛、道二教的出家人行善积德、助人济世等各种行为，反映出民众对宗教虔诚的心态和疾恶好善的情怀。试看：

如皋县石庄镇明禧禅院僧如本者，福州人，游方至彼，遂留不去。绍兴辛巳，胡骑暴淮甸，本收瘗遗骸三百，得官给僧牒。绍兴[1]元年为监寺，偕众僧往黄华港石总首家修设供佛，惟留一老者守舍，亭午，火作于延寿堂，次及僧堂，悉为灰烬。众闻报，狼狈奔还。常时诸僧戒帖度牒，锁置禅床上龛柜内，皆焚灭无余。独如本者挂于梁间，既堕地，有一大瓦，正覆护之，略无所损。本戒行甚坚，质朴好义，日夕持诵经咒不息，是以获善报。

——《夷坚支戊》卷四《闽僧如本》

信阳军罗山县，荒残小邑也。有沈媪者，启杂店于市，然亦甚微。三月三日，有道人扣门觅饭。媪曰："别无好蔬菜伴饭，少俟碾面可乎？"即入就坐。面饭毕，驯进茶，道人谢曰："本非旧知闻，荷媪垂顾，无以为报，惟有治酒一方，当以相付。如媪家有识字者，可令随我寻药。"媪曰："女婿王甲舍居，却识几个字。"唤出相见，即偕适野，大抵所采如苍耳、马蓼、青蒿之类，凡十二种，皆至贱易得。既还，使王生书其方，仍命缀一布囊贮之，戒曰："善藏此方，虽他的亲人亦不可传，传之则不灵矣！今年此日采药，可终岁供用。明年三月三日，再换新者，遇酒或酸涩欲败，以药投之，则无有不美。以此终沈婆一世，表吾所以报也。"其后皆验。武官刘舍人家春酿数十瓮，色味已坏，或言王甲善医酒，遣招致之，引入视，王暗糁刀圭于瓮中，刘不知也。复出坐，佯若料理作法，少顷云："请舍人

① "绍兴"：疑为"隆兴"或"绍熙"之误。

看。”刘亟走其处，悉变为香清滑辣矣！刘大喜，以半直谢之。媪家常干储此药，遇乏酒之时，沽诸邻里，不校好恶，有最薄者，得药少许，皆化为醇醪。媪死，婿继亡，方书不传。

——《夷坚三志壬》卷六《罗山道人》

以上两则故事所褒奖的出家人，一僧一道，各有特点。前一则故事描述一僧人收埋被胡骑残害的同胞遗骸达三百具之多，其义举既惊人又感人。这位襟怀坦荡的僧人，如若没有强烈的同情心和使命感，是很难有如此义举的。而作品将其僧牒免于火焚的偶然情况加以神奇化，则鲜明地揭示出民众崇信佛教的感情倾向。后一则故事，叙写道人报恩，为善者相互影响的事迹。作品中的贫民以爱心感动出家人，出家人又以爱心回报民众，彼此关心，彼此爱护，让爱心传播四面八方。这无疑有利于提高世人的思想境界，促进社会发展。

这个时期的出家人为善故事，尚有写一僧人将豪门沟中流出的米饭漉出，洗净晒干，积年成囤，使豪门家遇难时用以充饥的《贵耳集》“邻僧积饭”；写一游方僧人为径山寺主僧治好蛇伤，不爱钱物，并以处方相赠，主僧后将此方遍告世人的《谈薮》“游僧药方”等。

## 二、宋元的出家人作恶故事

这个时期的出家人作恶故事，无情揭露了各种披着宗教外衣的歹徒或者宗教败类因贪念和淫欲引发的罪行，充分暴露他们对无辜者造成的深重伤痛以及给社会带来的莫大危害。此类故事数量较多，具有强烈的揭露性和深刻的批判力。试看：

建炎初，中州有仕宦者，踉跄至新市，暂为寺居，亲旧绝无，牢落凄凉，断其踪迹，茫茫殊未有所向。寺僧忽相过，存问勤属，时时馈肴酒，仕宦者极感之。语次，问其姓，则曰姓汤，而仕宦之妻亦姓汤。于是通谱系为亲戚，而致其周旋馈遗者愈厚。一日，告仕宦者曰：“闻金人且至，台眷盍早图避地耶?”仕宦者曰：“某中州人，忽到异乡，且未有措足之所，又安有避地可图哉?”僧曰：“某山间有庵，血属在焉，共处可乎?”于是欣然从之，即日命舟以往。事已小定，僧曰：“虏已去，驻跸之地不远，公当速往注授。”仕官者告以阙乏，僧于是办舟，赠镪二百缗，使行。仕官者曰：“吾师之德于我至厚，何以为报?”僧曰：“既为亲戚，义当尔也。”乃留其孥于庵中，僧为酌别，饮大醉，遂行。

翌日睡觉时，日已高，起视，乃泊舟太湖中，四旁十数里皆无居人。舟人语啐啐。过午，督之使行，良久始漫应曰：“今行矣。”既而取巨石磨斧，仕官者罔知所措，叩其所以，则曰：“我等与官人无仇，故相假借不忍下手，官当作书别家，付我讫，自为之所耳。”仕官者惶惑顾望，未忍即自引决。则曰：“今幸尚早，若至昏夜，恐官不得其死也。”仕官者于是悲恸作家书毕，自沉焉。

时内翰汪彦章守霅川，有赴郡自首者，鞫其情实，曰：“僧纳仕宦之妻，酬舟人者甚厚。舟人每以是持僧须索百出，僧不能堪。一夕，中夜往，将杀之。舟人适出，其妻自内窥月明中，见僧持斧也，乃告其夫。舟人以是自首。”汪以谓僧固当死，而舟人受赂杀命官，情罪俱重，难以首从论其刑，惟均可也。又其妻请以亡夫告敕易度牒为尼，二事奏皆可。汪命狱吏故缓其死，使皆备受惨酷，数月，然后刑之。

——《昨梦录·中州仕宦者丧命》

行都崇新门外鹿苑寺，乃殿帅杨存中郡王持建以处北地流寓僧。一岁元宵，侧近营妇连夜入寺观灯。有殿司将官妻同一女往观，乃为数僧引入房中，置酒盛馔，逼令其醉。遂留夜于幽室，遽杀母而留女，女不敢哀。及半年，三僧尽出其房。窗外乃是野地，女因窥窗见一卒在地打草，呼近窗下，备语前事，可急往某寨某将家报知，速来取我。卒如言往报，将官即告杨帅。帅令人告报本寺云，来日郡王自斋，合寺僧行人力本府自遣厨子排斋，至是坐定，每二卒擒下一僧。合寺僧行人力尽缚之。又令百余卒破其寺，果得此女，见父号恸。遂绑三人主首送所属，依法施行，而毁其寺，还去诸髡。

——《行营杂录》“破毁鹿苑寺”

以上两则故事，都相当具体生动地揭露寺院中披穿袈裟的奸徒抑或宗教败类的种种罪行，而这些罪行无不令人发指。前一则故事，写该寺僧装出一副仁德的模样，使命官某某丧失警惕，因而得以杀夫夺妻，足见其用心十分阴险，手段十分狠毒。后一则故事，写一寺三僧在僧房中杀死某官之妻，并且奸淫其女达半年之久，充分暴露这一伙宗教败类非常凶残和淫荡。然而，多行不义必自毙，这一帮歹徒最终均受到了严惩，绝不会有好下场。

这个时期的出家人作恶故事，尚有写一道士施利市酒食，畜妇人，与巡检马某共享其利，二人竟疽发于背而卒的《谈苑》"道士畜妇"；写三道人突得一大笔意外之财，都欲独吞，竟互相暗算，结果全部死于非命的《可书》"三道人"；写一僧人施计离间王某夫妻，使王弃妻赴任后，立即幽禁王妻任其奸污，事败伏法的《夷坚志·王武功妻》；写某尼为一阔少引诱士人妻行奸，阔少喜极暴卒，尼将其埋于床下，事发受惩的《夷坚志·西湖庵尼》；写一和尚与客店主妻私通，任意胡为，店主去捉奸时竟不知去向的《夷坚志·盱江丁僧》；写一道人身无分文却强行参赌，众赌徒不允，他便殴死两人扬长而去的《夷坚志·东流道人》；写嘉兴一大寺僧人以祈子引妇人上钩，奸污妇女无数，事泄流其僧而废其寺的《行都纪事》"流僧废寺"；写一道人从某人家兄处对其多有了解后，至其家巧计骗走许多金首饰的《湖海新闻夷坚续志·假道取财》等。

## 三、宋元的其他出家人故事

这个时期的此类故事，从行善、作恶以外的其他方面来描述出家人的生活、好尚，内容各不相同。其中，有不少作品题材新颖，生动活泼，读来饶有兴味。试看：

> 临安府天庆观马道士言，有老道士刘虚静，年七十余来寓云安堂。每旦执炉于天尊像前，注香冥祷，意甚虔至。观有小道士，伏于暗中，默聆其祷，乃云："虚静年老，羁单一身，常恐一旦数尽，身膏草野。若蒙上天赐以白金十星，足为身后之备，志愿足矣。"小道

士乃取白镴[1]，铸成小铤，俟其夕祷，即遥掷其旁。虚静得之，惊异，伏谢再三，不复细视，姑谨藏之。语其徒曰："人之诚悃，常患不至，尔，虽天道高远，而听甚卑，无不从人者。"小道士复欲戏之，因又密求视其所获，请之既数，不免示之。小道士即怀之疾走众中，示群道士，相与笑其狂昧。久之不至，虚静从而执之，且熟视其物曰："此白镴耳，非我所获者。"喧说不置，必欲讼之官府，小道士家素饶于财，众道士劝谕之曰："汝若致讼，则所费不止此，不若如数偿之。"遂真有所获。虽虚静一时非意之祷，而造物者宛曲取付，盖亦巧矣。

——《春渚纪闻》卷五《天尊赐银》

蔡州有村童，能棋，里中无敌。父母将为娶妇，力辞曰："吾门户卑微，所取不过农家女，非所愿也。儿当挟艺出游，庶几有美遇，以偿平生之志。"遂着野人服，自称小道人，适汴京。过太原真定，每密行棋觇视，自知无出其右者，奋然至燕。燕为虏都，而棋国手乃一女子妙观道人，童连日访其肆，见有误处，必指示。妙观惧为众哂，戒他少年遮阑于外，不使入视。童愤愤，即彼肆相对僦屋，标一牌曰"汝南小道人手谈，奉饶天下最高手一先。"妙观益不平，然揣其能出己上，未敢与校胜负。择弟子之最者张生往试之，张受童一子，不可敌。连增至三，归语妙观曰："客艺甚高，恐师亦须避席。"未几，好事者闻之，欲斗两人，共率钱二百千，约某日会战于僧舍。妙观阴使人祷童曰："法当三局两胜，幸少下我，自约外奉五十千以酬。"童曰："吾行囊元不乏钱，非所望，然切慕其颜色，能容我通衽席之欢乃可。"女不得已许之。及对局，童果两败，妙观但酬钱而不从其请。适虏之宗王贵公子宴集，呼童弈戏，询其与妙观优劣。童曰："此女棋本劣，向者故下之耳。"于是亦呼至前，令赌百千。童探怀出金五两曰："可赌此。"妙观以无金辞。童拱白座上曰："如彼胜则得金，某胜乞得妻。"坐客皆大笑，同声赞之曰："好！"妙观惭窘

① 镴（là 蜡）：锡和铅的合金，俗称焊锡，用以焊接金属，亦可制器。

失措，遂连败。既退，复背约。童以词诉于燕府，引诸王为证，卒得女为妻，竟如初志。

——《夷坚志补》卷十九《蔡州小道人》

以上两则故事的主人公都是年轻人。前一则故事，带有喜剧色彩，写小道士无拘无束，敢于和老道士开玩笑，用假银戏耍其人。不料弄巧反拙，小道士不得不“如数偿之”，使诚祷者“真有所获”。后一则故事，写一自称“小道人”的农村少年棋艺精湛，连败虏都燕京国手妙观道人，娶其为妻，得以偿平生之志。我们从中不但可以窥见当时的棋坛盛况，而且可以窥见当时的道观生活的某一些侧面。

这个时期出家人的其他故事，尚有写庐山一道士常服丹砂，迷恋上升，欲乘鹤赴上天竟被压死的《南唐近事》“九天使者庙道士”；写漆匠章生夜出被一老妪引入小门，随即由一尼领至欲固宠借种之贵妇人房内，与其同寝一宿的《苇航纪谈》“章生夜遇”；写吕某赴天台过一村落小寺时，主僧圆真以味绝甘美之鳜鱼粥款待吕某的《夷坚志·圆真僧粥》；写金国富僧欲告数十家欠债不还者，欠债者收买通事，谎称“久旱不雨，僧愿焚身动天以苏民望”，而将富僧烧死的《湖海新闻夷坚续志·富僧屈死》等。

## 第十节　宋元的骗子故事

宋元时期的骗子故事，包括世俗骗子的故事和宗教骗子的故事两个部分。两种骗子的故事在行骗手法、诓骗对象、设骗目的诸方面，既有相似之处，又有不同之处，在一定程度上反映出当时的社会环境与民众生活的状况，具有相当的认识价值和娱乐功能。

### 一、宋元的世俗骗子故事

这个时期的世俗骗子故事，往往生动形象地揭露当时社会上盛行的各种骗局，诸如美人骗局、假女骗局、假母骗局、假官骗局、假死骗局等，不一而足。设骗局行骗的大都是出自市井的歹徒，行骗的对象既有好人，亦有坏人。行骗者的意图尽管各不相同，但差不多都不可取。试看：

兴元民有得阑遗小儿者，育以为子，数岁，美姿首。民夫妇计曰："使女也教之歌舞，独不售数十万钱邪?"妇曰："固可诈为也。"因纳深屋中，节其食饮，肤发腰步皆饰治之，比年十二三，嫣然美女子也。携至成都，教以新声，又绝警慧，益秘之，不使人见，人以为奇货。里巷民求为妻，不可，曰："此女当归之贵人。"于是女僧及贵游好事者，踵门一觌面，辄避去。犹得钱数千，谓之看钱。久之，有某通判者来成都，一见心醉，要其父必欲得之，与直至七十万钱，乃售。既成券，喜甚，置酒与客饮，使女歌侑酒，夜半客去，拥而致之房，男子也，大惊，遣人呼其父母，则遁去不知踪迹。告官召捕之，亦卒不获。时张子公尹蜀云。

——《清尊录》"兴元民售假女"

临安内北门外西边小巷，民孙三者居之。一夫一妻，无男女。每旦携熟肉出售，常戒其妻曰："照管猫儿，都城并无此种，莫要教外间见。若放出，必被人偷去。我老无子，抚惜他便与亲生孩儿一般，切须挂意。"日日申言不已。邻里未尝相往还，但数闻其语。或云："想只是虎斑，旧时罕有，如今亦不足贵，此翁忉忉护守，为可笑也。"一日，忽拽索出到门，妻急抱回，见者皆骇。猫干红深色，尾足毛须尽然，无不叹羡。孙三归，痛棰厥妻。已而浸浸达于内侍之耳，即遣人以厚直评买。而孙拒之曰："我孤贫一世，有饭吃便了，无用钱处。爱此猫如性命，岂能割舍!"内侍求之甚力，竟以钱三百千取之。孙垂泣分付，复棰妻，仍终夕嗟怅。内侍得猫不胜喜，欲调驯安帖，乃以进入。已而色泽渐淡，才及半月，全成白猫。走访孙氏，既徙居矣。盖用染马缨绋之法，积日为伪。前之告戒棰怒，悉奸计也。马相孟章说，盖亲见之。

——《夷坚三志己》卷九《干红猫》

以上两则作品的故事主人公，都是骗术高手。前一则作品，写夫妇俩育弃儿，自小男扮女装，精心修饰与调教，以为奇骗，竟骗得七十万之多。此二人敢于下大赌注诈骗巨资，可谓具有深谋远虑，一般骗子难以望其项背。后一则作品，以染猫毛之法去行骗本不足奇。此二人之所以骗得三十万巨款，乃因其夫妻俩在卖猫之前，卖猫之时，卖猫之后均善于表演双簧，为制造"干红猫"假象作长时间的反复铺垫，因而能够达到逼真的效果，其手法老道，绝非一般骗子可为。有意思的是，这两则作品的受骗者均为官府中人。他们因贪色或为邀功而上当，丝毫不值得同情，但骗子行骗也不值得称道。

这个时期的世俗骗子故事，尚有写一男子假扮道姑常去富室，一住数十日，被其骗奸之妇女不计其数的《夷坚志·妙净道姑》；写郑某到京办理调动时，一骗子假扮官员设下买妾骗局，将其钱财全部骗走的《夷坚志·郑主簿》；写一伙奸徒在假太守府中设赌局，将调京师为官者所携千万金几乎骗光的《夷坚志·王朝议》；写骗子设美人骗局使一买官赴调临安者上钩，让其赔钱二千缗的《夷坚志·李将仕》；写浙西一年轻官员到吏部参加考核时落入美人陷阱，其所有钱财皆被骗子卷走的《夷坚志·临安武将》；写两个骗子让一乞妪假扮老母，骗取富人皮某信任，骗走其二千缗的《湖海新闻夷坚续志·假母欺骗》；写一男扮女装者买通牙保到富户当厨娘，与富家宠妾通奸并骗取财物，事泄伏诛的《湖海新闻夷坚续志·假女取财》等。

## 二、宋元的宗教骗子故事

这个时期的宗教骗子故事，从不同的方面揭露佛教、道教以及民间宗教的神职人员形形色色的欺诈行为——包括骗取钱物、奸淫妇女、谋财害命，等等。其欺诈行为，大都与宗教信仰、宗教活动有关。骗子们因为有宗教外衣，其欺骗性往往更强。而他们所设的骗局一旦被戳穿，也必定受到严厉惩处，同样不会有好下场。试看：

江南一县郊外古寺，地僻险，邑人罕至。僧徒久苦不足。一日，有游方僧至其寺，告于主僧，且将与之谋所以惊人耳目者。寺有五百罗汉，择一貌类己，衣其衣，顶其笠，策其杖入县削发，误为刀伤其顶，解衣带取药傅之，留杖为质，约至寺将遗千钱。削者述所以得杖貌，相与见主僧，更异之。开罗汉堂门锁生，凝尘榻，如久不开者。视之，此罗汉衣笠皆所见者，顶有伤处，血渍药傅如昔。前有一千皆古钱，贯且朽，因共叹异之。传闻远近，施者日至，寺因大盛。数年，其徒有争财者，谋稍泄，得之外氏。

——《渑水燕谈录》卷九《杂录》“假罗汉欺人”

江东村落间有丛祠[①]，其始巫祝附托以兴妖。里民信之，相与营葺，土木浸盛。有恶少年不信，一夕被酒入庙，肆言诋辱。巫骇愕不知所出，聚谋曰：“吾侪为此祠劳费不赀，一旦为此子所败，远迩相传，则吾事去矣。”迨夜共诣少年以情告曰：“吾之情状若固知之。傥因成吾事，当以钱十万谢若。”少年喜问其故，因教之曰：“汝质明复入庙詈辱如前，几庙中所有酒肴举饮啖之。斯须则伪为受械祈哀之状，庶印吾事。今先赂汝以其半。”少年许诺受金。

翌日，（少年）果复来庙廷袒裼䚯[②]呼，极口丑诋不可闻。庙傍民大惊，观者踵至。少年视神像前方祭赛罗列，即举所祀酒悉饮之，以至肴馔孑遗。旋俯躬如受縶者，叩头谢过。忽黑血自口涌出，七窍皆流，仆地死。里人益神之。即日喧传傍郡，祈禳者云集。庙貌绘缮极严，巫所得不胜计。

越数月，其党以分财不平，诣郡反告，乃巫置毒酒中，杀其人。捕治引伏，魁坐死，余分隶，诸郡灵响讫息。

——《梁溪漫志》卷十《江东丛祠》

以上两则故事，描述的都是寺庙中的僧人、巫祝的欺诈行为，它们既有相似之处，又有不同之处。两者相似之处主要有二：其一，两者均利用精心设计的骗局来扩大寺庙影响，使之香火日盛，从而大获其利；其二，两者日后因分财不均，发生内讧，逐个败露。两者不同之处主要有二：其

① 丛祠：旧时在荒野丛林中的神祠。
② 䚯（jiào 叫）：高声大呼。

一，行骗者的身份有差异，一为僧徒，一为巫祝；其二，他们所设骗局的特点有差异，一个更为巧妙，一个更为狠毒。

这个时期的宗教骗子故事，尚有写一巫士以毒死不信者之手段骗得民众敬畏，让其争相捐钱，后来因分赃不均遂事泄的《夷坚志·益都满屠》；写一巫制造关王去店铺订做大袱头之假象，使庙中香火旺盛，后被戳穿受到惩办的《夷坚志·关王袱头》；写吴某号称擅用符水祛病，用钱雇一小儿与其作骗人表演，后来竟被揭穿的《夷坚志·吴法师》；写单某求长生术被丘道人诓骗，当丘与其妻淫奔时，乃将其捉交郡府受诛的《夷坚志·单志远》；写梁某当众戳穿紫极宫道士刘某杀鬼把戏，让其无法行骗害人的《夷坚志·刘自虚斩鬼》；写亳州大清宫一道人谎称老君之师，使民众争相购买所煅药物，一日竟被炉火烧死的《湖海新闻夷坚续志·欺诳获报》等。

## 第十一节　宋元的诗对故事

宋元时期的吟诗、属对故事，涉及的内容比较广泛，大都具有篇幅短小、诙谐风趣的特点。其中，有的诗歌、对联非常通俗易懂，易于流布；有的诗歌、对联则比较文雅，不太明白晓畅，其流传范围自然受到一定的限制。

### 一、宋元的吟诗故事

这个时期的吟诗故事，尚不太兴盛，数量不很多。大部分故事尽管是调侃之作，亦不乏令人回味之处。试看：

> 尝有一名公，初任县尉，有举人投书索米，戏为一诗答之曰："五贯九百五十俸，省钱请作足钱用。妻儿尚未厌糟糠，僮仆岂免遭饥冻。赎典赎解不曾休，吃酒吃肉何曾梦。为报江南痴秀才，更来谒索觅食瓮。"熙宁中例，增选人俸钱，不复有五贯九百俸者。此实养廉隅之本也。
>
> ——《梦溪笔谈》卷二十三"投书索米戏答诗"

闽地越海贼曰郑广，后就降，补官，官同强之作诗。广曰："不问文官与武官，总一般。众官是做官了做贼，郑广是做贼了做官。"

——《拊掌录·贼诗》

太原鲍先生处馆一富人门下，而东人悭吝，冬至作礼贺亲家，以犬一只遣人牵送之。值其亲家亦吝啬，经数日乃烹所遗之犬作礼回谢。东人以见在犬肉，请比邻破费，先生预席。东人遂令先生作诗以咏今日之事。先生乃口占一诗云："地羊出去地羊来，两个亲家不用陪；恰似小生赴科举，秀才出去秀才来。"

——《事林广记·嘲戏绮谈·先生嘲东人诗》

以上三则吟诗的故事，第一则以他人投书索米为由头，吟诗自嘲俸禄微薄，生活清苦；第二则借鄙俚可笑之诗来揭示和嘲讽贪官即是强盗的现实；第三则以处馆先生口吻，挖苦富人的悭吝可鄙。前一则较文雅，后两则甚为通俗，各具韵味，读来均颇为有趣。

这个时期的吟诗故事，尚有写王荆公罢相镇金陵后，江东蝗灾骤起，有无名子题诗嘲讽"青苗、免役[①]两妨农，天下嗷嗷怨相公。惟有蝗虫感恩德，又随钧旆过江东"的《桯史·金陵无名诗》；写娶妇礼夕，人各取本艺联句，曹吏曰"每日排衙次第立"，医生曰"药有温凉寒燥湿"，秀才曰"夜深娘子早梳妆"，巫者曰"太上老君急急急"的《籍川笑林·礼夕行令》；写四人行令取句语首尾字同，儒曰"上以风化下，下以风化上"，道曰"道可道，非常道"，释曰"色即是空，空即是色"，吏曰"牒件上，如前谨牒"的《籍川笑林·行令》；写嘉兴方士沈某号称道术高妙，请其为松江祈雨了无应验，有人做诗嘲笑："谁呼蓬岛青头鸭，来杀松江赤链蛇"，闻者绝倒的《辍耕录·讥方士》等。

## 二、宋元的属对故事

这个时期的属对故事，作品数量比吟诗故事多，内容亦较为丰富。其

① 指王安石推行的青苗、免役等新法。

中有不少作品奇巧风趣，立意不俗，给人留下较深的印象。试看：

梅圣俞以诗知名，三十年终不得一馆职。晚年与修《唐书》，书成未奏而卒。士大夫莫不叹惜。初受敕修《唐书》，语其妻刁氏曰："吾之修书，可谓猢狲入布袋矣。"刁氏对曰："君于仕宦，亦何异鲶鱼上竹竿耶！"闻者皆以为善对。

——《归田录》卷下"梅刁善对"

德兴李氏三士，政和中皆负俊声。伯为人狞劣，每一坐数起走趋；仲捷于饮啖，且最滑稽善谑；季独沉静，以经学驰誉，为乡党推许。与之游者各行标榜，谓其伯曰猴子，以讥其轻佻；谓其仲曰狗子，以讥其贪饕；季曰豹子，以表其文采。屡谒巨室余氏，余甚富有，数子皆吝啬于财，与人无款曲意。因三季小聚，长子忽出大银杯，满酌酒置前曰："吾有一句，能对者饮酒，并赏此杯。"即唱云："兄弟三人猴狗豹。"自谓已占三数，又下是兽畜名，必无从可答。伯应声曰："父子一群蛇鼠牛。"里俗指俭不中礼者为蛇鼠，而牛者，诟骂农氓之称也，的切如此，遂饮酒。余子大惭服，亟持杯归之，自是不敢复形侮慢。

——《夷坚三志壬》卷五《猴豹戏对》

嘉兴总管凌师德以文章、政事自居，同僚莫敢与抗，然其行实贪污，颇闻人有讥议，因出对云："竹本无心，外面自生枝节。"贡推官对云："藕因有窍，中间抽出丝毫。"盖讽之也。

——《辍耕录》卷二十八《凌总管出对》

以上三则属对故事意含不俗，都比较值得咀嚼。第一则故事，运用联语慨叹当时文人学士境遇不佳；第二则故事，以作答方式嘲讽巨室子弟吝啬而不知礼数；第三则故事，借助属对讥诮以文章、政事自诩官僚的贪污本性。可以说每一则故事都有感而发，其中的联语无不具有相当的艺术表现力。

这个时期的属对故事，尚有写寇准在中书与同列戏云"水底日为天上日”，在未有人能对时，杨大年来云“眼中人是面前人”，受到满座称许的《归田录》“的对”。写同馆诸公游景德寺时于柏林下遇雨，顾临（因好谈兵人称为“顾将军”）戏林希曰“雨中林学士，柏下顾将军”，众以为精对的《渑水燕谈录》“戏林精对”。写某县令性滑稽，入僧寺时主僧半酣，竟邀其同饮，县令怒判云“谈何容易，邀下官同饮三杯；礼尚往来，请上坐独吃八棒”的《明道杂志》“主僧被笞”。写王荆公初执政时对客曰“投老（垂老）欲依僧耳”，客曰“急则抱佛脚，上去‘投’下去‘脚’岂非的对耶”的《闻见后录》“的对”。写东坡知湖州时出游见一僧凭门间熟睡，笑云“髡阃上困”，有客答“何不对‘钉顶上钉’”的《轩渠录》“僧睡戏对”。写一士无辜至讼庭，大声称屈，太守命其属对，因曰“投水屈原真是屈”，士人应道“杀人曾子又何曾”的《梁溪漫志》“投水屈原”。写辽使以其国无能对之“三光日月星”来难东坡，东坡让人以“四诗风雅颂”作答，又以“四德元亨利”对之，使大骇服的《桯史·辽使骇服》。写某官让来伞下躲雨童子对“青衿对避雨”，童子应以“紫绶去朝天”，令某官大喜的《辍耕录·童子属对》等。

## 第十二节　宋元的动物故事

宋元时期的动物故事，作品数量不少，但涉及的社会生活面较广，内容主要为动物护主追凶、动物与人友善、动物感恩报恩、保护动物等几个方面。在故事中出现的动物，多为与人类关系比较密切的犬、猫、牛、猪、虎、猿、猴、驴、鼠、鹅、鹦鹉、斑鸠、鸬鹚、画眉等，其中以犬和虎最为常见。

### 一、宋元的动物护主追凶故事

这个时期的动物护主追凶故事，或以遇险护主为内容，或兼有护主、追凶的内容。它们均充分表现了动物对主人的无比忠诚，往往到了至死不渝的程度，感人至深。试看：

绍兴中，乐平魏彦成安行为滁州守。全椒县结证一死囚狱案，云县外二十里有山庵，颇幽僻，常时惟樵农往来，一僧居之，独雇村仆供薪爨之役。养一猫极驯，每日在旁，夜则宿于床下。一犬尤可爱，俗所谓狮狗者。僧尝遣仆买盐，际暮未反，凶盗乘虚抵其处杀僧，而包裹钵囊所有，出宿于外。明日入县，此犬窃随以行，遇有人相聚处，则奋而前，视盗嗥吠。盗行，又随之，至于四五，乃泊县市，愈追逐哀鸣。市人多识庵中犬，且讶其异，共扣盗曰："犬如有恨汝意，得非去庵中作罪过乎?"盗虽强辨，然低首如怖伏状。即与俱还庵，僧已死。时正微暑，猫守护其旁，故鼠不加害。执盗赴狱，不能一词抵隐，遂受刑。此犬之义，甚似前志所纪无锡李大夫庵者也。蠢动含灵，皆有佛性，此又可信云。

——《夷坚支乙》卷九《全椒猫犬》

青州老人朱先生，以卖药自给。每携一妻一妾一犬，往来赣州及南康县，土人多识之。绍兴丁丑岁四月，南还，至馆。赣南黄冈有村民来，称母病，邀往其家诊视。问其居远近，曰数里，朱即从行。已至，则尽夺其赀橐，杀三人埋于林间。犬随而叫号，俄舍去，民逐之不已。径还南康县旧邸，以爪掊地，哀顿不已。邸人怪之，引诣县。犬伏庭下，如有所诉。县宰谕之曰："汝主人得非为奸盗所杀耶?吾当遣弓兵擒捕。"犬即起摇尾引众至埋所，发穴见尸。兵复语之曰："尸虽已见，当引我至贼家。"犬又前导，尽获凶党。

——《异闻总录》卷二"朱先生犬"

以上两则有关义犬替主报仇的故事，都写得颇为细致，具有较强的艺术感染力。前一则故事，描述义犬追赶凶手，终于破了杀僧凶案；而猫守护主人的尸体，使其不致被鼠损害。犬、猫追凶护主，配合有致，读来感人至深。后一则故事，描述主人一家三口被骗杀后，义犬追赶凶手并且去县衙鸣叫告状，引兵尽捉凶党。义犬惩凶复仇的举动，充分表现出它对主人的忠诚，实在令人感佩。

这个时期的动物护主追凶故事，尚有写两牛追逐与牧牛童子搏斗之虎，童子虽死，虎却不能将其夺走的《冷斋夜话》“两牛逐虎”；写一凶徒雪夜杀死老僧，劫走贵重香炉，庙犬穷追不舍，终使凶手被捉伏法的《夷坚志·李大夫庵犬》；写画眉夜鸣不辍令主人惊起，使盗贼丢下所窃财物逃窜的《夷坚志·黄主簿画眉》；写向生被佃仆砍伤，驴子赶走佃仆后又回来保护主人，使其脱险的《夷坚志·向生驴》；写颜氏家犬从池中救起落水小女，又将其父母找来护理，从而避免了一场悲剧的《夷坚志·颜氏义犬》；写船户杀死船客朱某，弃尸于眢井之中，尽夺其钱财，义犬替主鸣冤，使凶手得以落网的《续夷坚志·萧卞异政》等。

## 二、宋元的动物与人友善故事

这个时期的动物与人友善故事，大都从各个社会层面描述人类厚待家养或野生动物，家养或野生动物对人类友善，往往相互理解、牵挂、体恤、照料，甚至达到难以分离、割舍的程度。此类故事，有不少作品既富有感情色彩，又充满生活情趣，往往让人过目不忘。试看：

复州佥判厅主管诸司钱物，故蓄犬以警盗，名为防库。一黄犬在彼十余年，吴兴周砀居官，尤加意饲养。犬亦知感恩者，常坐卧其傍。洎满秩，予侄皋之代之，以小儿女多，虑或为所惊啮，牵以附浮桥之南二十里外莲台寺，明日复来，又执拘以往，已而复尔。周未去间，尝谒皋，犬认所乘轿，识为故主，迎绕驯伏，摇尾恋恋，伺其退，即随以行。皋解其意，语周使置于船中。后数日，船至巴河，登岸未返，而船人解缆东下，犬望见，跳踯嗥鸣，奔随不置，凡三四十里。周顾见之，命小艇呼载，既得上，不胜喜，遂至湖州。

——《夷坚支乙》卷六《复州防库犬》

婺州根溪李媪，年六十，有数子，相继疫死。诸妇悉更嫁，但余一孙，七八岁。媪为人家纺绩，使儿守舍，至暮归，裹饭哺之，相与为命。方春时，媪与儿偕里中数人撷茶，一虎跃出林间，众惧骇，登木沉溪以避。虎径搏儿，举足簸弄，宛转未食，媪挺身直前，拊虎大恸，具述平生孤苦之状，且曰：“不如食我，则儿犹可以生，为香火主。儿死，则我嗣绝矣！虎如有知，乞垂慈悯！”虎闻言，瞑目弭耳，若惭悔然，疾走去。两人皆得免。

——《夷坚志补》卷四《李姥告虎》

德庆路在城人家有一老妪，卧病于床，一日渴呼水饮，家人并无在旁。有老犬忽作人行，入厨中取热汤，俨如人执汤碗以进，病者恬不为怪。后病竟愈，其家亦无他故。

——《湖海新闻夷坚续志》后集卷二《犬事病人》

以上三则故事都具有情节简洁明快的特点。就动物角色而言，第一、第三则为犬，第二则为虎，它们都是这个时期动物故事当中最常见的动物。就内容而言，第一则写人犬感情深厚，难舍难分；第二、三则写虎、犬怜惜老人，照拂弱者，无不体现了动物与人类的友好情谊，颇为感人。

这个时期的动物与人友善故事，尚有写段生家鹦鹉通人性，常与主人对话，主人放其还旧巢后仍不时飞回来问候的《玉壶野史》“段生鹦鹉”；写某禅师亲自将斑鸠喂大后便搬到徒弟寺庙居住，斑鸠不见禅师即悲鸣不止，当被人送到禅师身边时才活跃如初的《夷坚志·驯鸠》；写章某赴官途中坠崖将落入虎口，当告以家有年迈老母需要赡养时，虎乃释放其人的《夷坚志·章惠仲告虎》；写杨某所养一犬数年间忠心守护家院并捉回野物，有人欲用骏马换此犬，被其谢绝的《夷坚志·杨一公犬》；写兵乱阎家翁母死于墙下，未能埋掩，家犬守护月余令野兽不敢近，后为归家之子侄安葬的《续夷坚志·原武阎氏犬》；写一农家母猪啮主母至屋后岭下，竟得一窖金银，令其家致富，此后其家即以美食豢饲母猪的《湖海新闻夷坚续志·长生母猪》等。

## 三、宋元的动物报恩故事

宋元时期的动物报恩故事，大都描写的人类救治、喂养各种飞禽走兽，或者为其接生。这些动物多有感念，因而以其特有的方式来报答恩人。试看：

淳熙二年八月，通州海门县下沙忽有虎暴，民家牛羊猪狗，遭食者多。居人畏其来，至暮辄出避。陈老翁村舍窗户篱壁，皆为触倒。陈语妻子曰："虎吃人自系定数。我一家人八口，恐须有合受祸者，我今出外自当之。"妻子挽劝不听。即开门，见虎肋间带一箭，手为之拔取。虎腾身哮吼，为感悦之状而去。次夜，掷一野彘以报，自此绝迹。

——《夷坚支庚》卷四《海门虎》

仆妻姑之夫郑参秉又言：政和中，监中山府甲仗库目击一医为市人执以为盗，不承，忿争至府。医者云：去年以医入山中，行一十里，越一岭，岭下山川奇秀，忽一猴挽驴不可却，竟与之入道左山溪中，无复径路。行二十许里，见泉石清丽，复有猴千百为群，跳掷岩谷间。

至一石室，有巨猴卧其中，如人长，察其有疾且异其事，乃为视脉。又内自谋曰："不过伤果实耳。"即示之，猴首肯，似晓人事，遂以常所用消化药饵四五粒，辄利者与之盈掬，饮以涧水。恐猴久必为患，故多与药因欲杀之也。复令一猴送出。

既归，不敢再经其地，意猴必死，恐为群狙所仇。年余偶至山中，果一猴复来引驴，察无他意，遂与俱行。至前石室，病猴引其类自山而下见之，大喜跳跃于前。众猴争索药，所携悉分与之，至空笈。病猴乃以白金数十匣、衣两袱赠之，令向猴导以归。

某鬻衣于市，遂遇市人见执，实非盗也。愿从公皂行验之。帅异而许之，至挽驴山间，大呼曰："猴我愈尔疾，而反祸我，度尔必有灵，岂不能雪我耶!"俄一猴出，初不畏人，从吏与俱入府中，猴啁哳厅下，指画若辩理者。帅大奇之，即以衣银还医者，猴亦奔而去。

——《陶朱新录》"医治猴疾"

以上两则动物报恩故事，长短、详略各不相同。前一则故事比较简短，先写虎患，在恐怖气氛中引出虎报陈某拔箭之恩，送野猪致谢的情节。其布局合理，剪裁得当，在同类作品中具有一定的代表性。后一则由诊治、答谢、雪冤三个部分组成，以倒叙方式引出医者为巨猴治病得报的故事。其艺术性较强，写得颇为曲折、生动，颇为引人入胜。

这个时期的动物感恩报恩故事，尚有写猛虎将江州一田妇攫去为其拔掌上刺，随后即舍田妇而去的《江南余载》“替虎拔刺”；写商州一医士被请去为老猿治病，因受赠金银险些吃官司，老猿后重新赠物使其致富的《夷坚志·猿请医士》；写五只幼鼠被了达长老喂大后突然离去，随即送来茶叶表示谢意，自此了达长老所到之处皆无鼠患的《夷坚志·了达活鼠》；写温州吴老娘深夜被请去为母虎接生，次日二虎送上猪肉一边，牛肉一脚以为酬谢的《湖海新闻夷坚续志·虎谢老娘》；写群猴将一会治病柴郎接去替老母猴医治咳病，留数日后赠金银使其致富的《湖海新闻夷坚续志·猴劫医人》等。

## 四、宋元的保护动物故事

这个时期的保护动物故事，有意无意地从正、反两个方面来揭示人类应当珍爱、庇护动物的题旨，给世人以有益的启迪，至今仍然具有一定的积极意义。试看：

休宁张村民张五，以弋猎为生，家道粗给。尝逐一鹿，鹿将二子行，不能速，遂为所及，度不可免，顾田之下有浮土，乃引二子下，拥土培覆之，而自投于网中。张之母遥望见，奔至网所，具以告。其子即破网出鹿，并二雏皆得知。张氏母子相顾，悔前所为，悉取罝罘[①]之属焚弃之，自是不复猎。

——《夷坚乙志》卷十八《休宁猎户》

洪府奉新县之东三十里，有僧舍曰竹林院。院有松冈，巨松参天，禽鸟群栖其上，鸬鹚最多，每岁字育[②]，及秋乃去。邻邑建昌控鹤乡民王六者，能缘木，常升高取其雏以供馔。积十数年，罹其虐者以千计。绍熙甲寅夏，率其徒至松下，系小笯[③]于腰间，攀挟乔枝，履虚而上。将及木杪，老鸬鹚在焉，悲噪苦切。已而群飞竞集，绕王

① 罝罘（jūfú 居浮）：捕兽网。
② 字育：生育。
③ 笯（nú 奴）：鸟笼。

生之身，啄其股，攫其目。王尽力挟松，两手皆不可释。其徒仰视之，急呼曰："勿取雏，且亟下。"未能及半，啄攫者犹不舍，遂颠坠死，举体如斧斫然。

——《夷坚支景》卷七《竹林院鸬鹚》

以上两则故事分别从两个不同的方面，阐述人类保护动物的要义。前一则故事，写一猎户看见母麂为保全幼子性命而作自我牺牲，被其博大的母爱精神所感动，毅然焚毁捕兽工具，从此不复打猎。后一则故事，写乡民王某取食雏鸟数以千计，后上树取雏时被群鸟啄攫，竟坠地而死，受到严酷的惩罚。这不能不说是为世人敲起了警钟。

这个时期的保护动物故事，尚有写王某未发迹时射瞎巢中一鹊，因被其惨叫声所惊骇，立碎弓箭，誓不再射的《夷坚志·王权射鹊》；写何某见母鹤中箭后犹忍死引颈吐哺饲子，大动恻隐之心，乃折弃弓矢不复射杀猎物的《夷坚志·资中鹤》；写鱼贩汪乙不顾众人劝阻而杀死从渔人处买回之百斤大鼋，后因事系狱遭杖，贫困至死的《夷坚志·汪乙鼋》；写某店主不顾群鹅阻拦而杀掉一雄鹅待客，群鹅随即自撅死三只，其余皆不吃喝的《夷坚志·颜氏店鹅》；写一虎杀食母狗后，小狗拼死咬住虎尾不放，终使该虎命丧刀下的《夷坚志·龟山孝犬》；写李某家二母猫生崽后，一母猫被狗咬死，另一母猫为其育崽，虽消瘦亦不离弃的《夷坚志·李氏猫》等。

# 第五章　宋元的民间笑话

宋元时期的民间笑话，仍然不甚发达。但是收录有笑话的书籍的数量胜过隋唐五代时期，笑话作品的数量亦多于隋唐五代时期。可以说，这个时期是明代中国民间笑话进入繁荣兴旺时期的一个准备阶段。兹从讽刺笑话、劝诫笑话、谐趣笑话三个门类对宋元时期的民间笑话作一个较为全面的论析。

## 第一节　宋元的讽刺笑话

宋元时期的讽刺笑话，内容主要是揭露各级官吏或皇族的劣迹、丑态，并对其进行无情嘲讽。此类笑话辛辣而且风趣，其中不乏佳作。譬如：

> 世传宗室中昔有昏谬，一日坐宫门，见钉铰者[①]亟呼之，命仆取弊履，令工以革护其首。工笑曰："非我技也。"公乃误曰："我谬也，误呼汝矣。适欲唤一锢漏者耳。"闻者笑之。
>
> ——《墨庄漫录》卷一"误呼钉铰者"

> 周通判贪污，监司按劾，对移下县知县。才到任，吏人探其意，乃铸一银孩儿，重一斤，安在便厅桌上，入宅复云："家兄在便厅取

① 钉铰（jiǎo 搅）者：金属物件加工、修理者。

复。”知县出来，只见银孩儿，便收之。他日，吏人因事有忤，将勘决[①]，吏人连声复云：“且看家兄面。”知县云：“你家兄没意智，一去后更不再来相见。”

——《事林广记·嘲戏绮谈·官员贪污》

以上两则笑话，矛头分别指向皇族与官吏。前一则笑话，讥刺皇族中的昏谬者让钉铰工为其补鞋或堵漏，一再闹笑话，令人忍俊不禁，颇为诙谐。后一则笑话，嘲谑被弹劾下放的官员秉性不改，走到哪里都忘不了贪污敛财，颇为辛辣。

这个时期的讽刺笑话，尚有写一老郎官令妻妾镊鬓白，妻忌其少为去黑者，妾欲其少乃去白者，未几其颐颔逐空的《遁斋闲览·皤然一翁公然一婆》；写某主簿作书向其长官借二卒抬轿，误写“卒”为“倅”，遭到长官挖苦的《事林广记·做官不识字》；写一士年老纳二宠，其友取名为“孝奴”、“忠奴”，谓其老当竭力，忠则尽命的《闻见录》“老纳二宠”；写一争田官司每以“务停”为词而迁延，某御史不晓“务停”之说，乃曰“传我言语，开了务者”，闻者失笑的《山居新话》“开了务”；写松江一推官[②]提牢至狱中，问诸重囚“汝等是正身耶，替身耶”，令狱卒为之掩口的《山居新话》“问重囚”；写某致仕相爷问客死后佳否？一士人称“一死而不返，是以知其佳”的《东南纪闻》“死后佳否”；写州官布哈夫妇初至海边城市时，因门者梦语而误以为潮水漏入，惊恐万状，大呼“救命”的《乐郊私语》“祸到也”等。

## 第二节　宋元的劝诫笑话

宋元时期的劝诫笑话，较隋唐五代时期的劝诫笑话略有发展。这一时期的劝诫笑话，仍以讥诮士农工商各界人士的愚昧、虚荣、自私、守旧等

① 勘决：审理。

② 推官：宋朝刑部、御史台、大理寺三司各部所设主管各案公事的官员。

种种言行举止为内容。其目的在于劝善戒恶，除弊兴利，藉以提高世人的道德水准，改善社会的生活环境。譬如：

医者上官彦成，本邵武人，自称“北京驻泊[1]”，云宣和中在京师试针灸，得翰林医学，转至副使，皆妄也。乾道初来鄱阳，其技亦平平，而能大言。宗室公颐颇滑稽善谑，因坐群客次，有言某人病势可虑，一客云：“可招上官驻泊。”公颐戚然曰：“上官来则下官去矣。”坐皆笑倒。盖州郡每日申时兵校交番，其当直军员必大声曰：“上番来。”当下者继之曰：“下番去。”故用此以为戏。彦成闻而甚病其语，声誉日削焉。

——《夷坚支景》卷八《上官医》

旧日有女婿到丈人家久住，丈人欲其去而女婿不去。一日，丈云：“甚荷远来，家禽宰尽，无可相待，且勿罪。”意欲女婿辞去。女婿云：“丈人你不用烦恼，我来时见一群鹿在山内甚肥，可捕归烹炮，亦多得日吃。”丈人云：“你来时在彼，合经月余日，鹿必去了。”婿云：“那里吃处好，往往未肯去。”

——《事林广记·嘲戏绮谈·客答》

以上两则笑话，一则针对庸医，一则针对平民，立意各不相同。前一则笑话讽刺自我吹嘘、恬不知耻的庸医，使其受到教训。后一则笑话讽讥厚颜无耻的白食者，使其有所警觉，从而收到劝诫的效果。

这个时期的劝诫笑话，尚有写一书生因盗被执，太守令其作赋获免，书生乃云“窥户而阒无人，心乎爱矣；见利而忘其义，卷而怀之”的《遁斋闲览·盗绢》；写某秀才应举时忌讳“落”字，常语“安乐”为“安康”，榜出后问“我得否乎”，仆曰“秀才康了也”的《遁斋闲览·应举忌落字》；写某名士卧病既久，其子不慧，往请名医不至，乃称“且作死马医”，闻者绝倒的《春渚纪闻·死马医》；写一主人引导久住不去之客至门

① 驻泊：军队驻屯。

前，欲砍树捉鸟下饭，客云“只恐树倒鸟飞”，主云“这呆鸟往往树倒不知飞”的《事林广记·嘲客久住》；写李某所献百韵诗有“舍弟江南殁，家兄塞北亡”之句，上官见而悯之，李自解曰“实无此事，但图对属亲切耳”的《拊掌录》“作诗图对偶亲切”；写某悭吝富人之从弟入京告行，其人不得已与千钱、一壶，作简曰“筋一条、血一壶，右件捶胸献上，伏惟铁心肝人留纳”的《籍川笑林·捶胸献上》；写丘某责问寺僧为何接州将子弟恭敬而接己甚傲，僧曰“接是不接，不接是接”，丘勃然杖僧数下曰“和尚莫怪，打是不打，不打是打”的《谐史》“打是不打”等。

## 第三节　宋元的谐趣笑话

宋元时期的谐趣笑话，仍以诙谐逗乐为主旨，并不一定包含多少思想意义，或者说并不以表现某种思想内涵为目的。这个时期的此类笑话，大多与文人学士的生活有关。譬如：

一岁，潭州试僧童经。一试官举经头一句曰“三千大千”时，谷山一闽童接诵辍不通，因操南音上请曰：“上覆试官，不知下头有‘世界’耶，没‘世界’耶?”群官大笑。

——《湘山野录》卷中“试僧童经”

故老能言五代时事者云：冯相道、和相凝同在中书，一日，和问冯曰：“公靴新买，其直几何?”冯举左足示和曰：“九百。”和性褊急，遽回顾小吏云：“吾靴何得用一千八百?”因诟责久之。冯徐举其右足曰：“此亦九百。”于是哄堂大笑。

——《归田录》卷一“九百相戏”

有人性宽缓，冬日共人围炉，见人裳尾为火所烧，乃曰：“有一事，见之久已，欲言之，恐君性急，不言，恐君伤太多，然则言之是耶？不言之是耶?”人问何事，曰：“火烧君裳。”遂收衣灭火，大怒曰："见之久，何不早道？"其人曰："我言君性急，果是。"

——《籍川笑林·火烧裳尾》

以上三则笑话，尽管都包含一定的生活内容和思想内涵，但主要在于表现世人诙谐逗乐的情趣——用谐趣来吸引听众、读者，带给听众、读者以艺术欣赏的享受。

这个时期的谐趣笑话，尚有写欧阳修不喜佛教，有人问其幼子何以小名"和尚"，公曰："所以贱之也，如今人家以牛、驴名小儿耳"的《渑水燕闲录》"小字和尚"；写京师凭马议价时必问"是否来回"，中军判官家贫不养马，一日凭马押死囚去法场，驭者问："一去耶，却来耶"，闻者大笑的《东轩笔录》"问去来"；写五鼓坐待漏院时，一官称"夜来偶读《孟子》，好甜"，张相随答曰"必非《孟子》，此定《唐书》"的《铁围山丛谈》"夜读"；写上朝时皇上顾王安石领上之虱直缘其须，乃笑，退朝发现后王欲去之，某官称其"屡游相须，曾经御览"，不可轻去的《遁斋闲览·颂虱》；写萧某好奇，名其堂曰"堂堂堂"，某日宴饮，有客遍历亭馆，戏问一洞何不名曰"洞洞洞"的《稗史·好奇》等。

# 第六章　宋元的民间寓言

宋元时期的民间寓言亦不太兴盛，作品的格局、内容和数量大都与隋唐五代时期的民间寓言比较接近。兹从人事寓言和拟人寓言两个门类来论述这个时期的民间寓言。

## 第一节　宋元的人事寓言

宋元时期的人事寓言，同样包含幻想性人事寓言和写实性人事寓言两类，其中，以写实性人事寓言居多。

### 一、宋元的幻想性人事寓言

这个时期的幻想性人事寓言，涉及神异、鬼魅、精怪诸多方面的内容，各有其描写对象，并且不乏耐人寻味的佳作。譬如：

> 艾子行水，涂见一庙，矮小而装饰甚严。前有一小沟，有人行至水，不可涉，顾庙中，而辄取大王像，横于沟上，履之而去。复有一人至，见之，再三叹之曰："神像直有如此亵慢。"乃自扶起，以衣拂饰，捧至坐上，再拜而去。须臾，艾子闻庙中小鬼曰："大王居此为神，享里人祭祀，反为愚民之辱，何不施祸患以谴之？"王曰："然则祸当行于后来者。"小鬼又曰："前人以履大王，辱莫甚焉，而不行祸；后来之人，敬大王者，反祸之，何也？"王曰："前人已不信矣，

又安祸之？”艾子曰：“真是鬼怕恶人也。”

——《艾子杂说》“敬者反祸”

德兴去县十五里，有山门寺。其僧了诠者，年四十岁时，遇一善术士戒之曰：“大师命运衡犯凶煞，五月内当主灾殃，须百事谨畏关防。不然，恐不能免。”诠闻言忧怖。是月自朔日屏迹不出，惟端坐诵经，度日如年，常若祸至。及晦日，阖寺僧相慰拊曰：“师兄可出矣。”诠曰：“犹有半日之期未竟，不知获脱免否？”到昏暮，寂无它虞，诠亦自喜。少顷，提灯笼如厕，过山坎下，适巨蛇蟠居石上，见灯光跃而赴之，正啮诠足，大叫仆地，其徒奔救以还，所伤处血肉溃腐，遂连胫骨如截，历岁乃愈，然不能行步。春秋几八十，庆元三年秋始死。

——《夷坚三志辛》卷一《山门寺僧》

建宁府西镇万安驿前有林二四者，以卖腌藏为活。每日荷担往城生活，必须由刑人法场经过。林二四每有惧心，则肆詈以自壮。一日昏黑来归，行到场中，背后有一人接踵而至，与林为伴。谈间，因问林二四：“尔居常暮夜过此，能不怕鬼否？”林二四答云：“我人彼鬼，吾何惧哉？卒然遇之，吾有刀耳。”其人曰：“尔虽不畏，我甚畏之。”又再三问曰：“我得尔为伴，万一遇鬼，当如之何？”林坚以不怕他为辞，诘之至再，后一人曰：“尔道不怕鬼，试回头看我如何？”林二四回头，则一无头人也，忙将担撇了，惊走回家，病月余而后愈。岂非疑心有以召鬼之侮乎！

——《湖海新闻夷坚续志》后集卷二《疑心生鬼》

以上三则寓言，都以带有幻想色彩的故事情节，来生动有趣地阐发各自的寓意。第一则寓言，描述的是神祇畏惧不信神者，却欺负敬神者的故事，说明为人处世应当区分对象，保持清醒的头脑。世人对无是非准则、欺善怕恶者切不可发善心，否则反受欺负。第二则寓言，通过一僧人未能坚持到底，因而遭灾的故事，说明做事必须持之以恒，不可存一点侥幸心理，否则功亏一篑。第三则寓言，写小贩生性胆怯，竟使鬼魅现身，因而受惊生病，说明只有大胆无畏才能使邪恶势力销声匿迹，即令邪恶势力现身，亦能将其制伏，不会受其伤害。

这个时期的幻想性人事寓言，尚有写孙某自负其标韵，对神不恭，夜梦神叱令换面，醒而果丑，悔恨不已的《睽车志》“孙某易面”；写田某得到农夫所献龙珠后，县令借故将其囚禁，由于不能自脱竟死于狱中的《夷坚志·嘉鱼龙珠》；写一道士在劝阻无效时数呼雷神击毙吃人巨蟒，从而使妄想飞升者得救的《夷坚志·武当刘先生》；写某僧见师弟尫瘦，进而追查缘由，铲除妖怪，乃使师弟康复的《夷坚志·礼斗僧》；写一贫士因神助而得到富商五十万钱酬金，后因不守信用泄密，竟失财丧命的《夷坚志·庙神周贫士》；写神问贫士何求，士表示衣食粗足，逍遥山水间足矣，神云“此神仙之乐，何可易得”的《行营杂录》“贫士祈天”；写国王命众臣搬来宝井，否则砍头，众臣难以搬动，竟联手杀死国王的《萨迦格言注解》“国王夺宝井”等。

## 二、宋元的写实性人事寓言

这个时期的写实性人事寓言，数量较幻想性人事寓言多，亦颇多精彩的篇什。作品中的人物上自帝王将相，下至平民百姓，广泛涉及各个社会阶层。它们大都贴近生活，发人深省，能够在读者、听众中引起共鸣。譬如：

石才叔苍舒，雍人也。与山谷游从，尤妙笔札，家蓄图书甚富。文潞公帅长安，从其借所藏褚遂良《圣教序》墨迹一观。潞公爱玩不已，因令子弟临一本。休日，宴僚属，出二本令坐客别之。客盛称公者为真，反以才叔所收为伪。才叔不出一语以辨，笑启潞公云：“今日方知苍舒孤寒。”潞公大哂，坐客赧然。

——《玉照新志》卷五“两本《圣教序》”

钱大王一日得梦，对近侍言：“吾昨梦至一处，有死狗一只，钵中盛鳖数个，廷下见柏木一茎，其柏为雷震碎。吾疑此梦，未知凶吉？”近侍奏曰：“大王合寿一百岁。”大王曰：“何以知之？”近侍曰：“死狗[①]者，死狗三十六；钵中鳖，鳖钵[②]六十四，其数恰是一百。廷中柏碎，是知一百岁也。”大王乃喜，闻者即笑。

——《事林广记·滑稽笑谈·钱大王说梦》

前一则寓言，通过墨迹鉴赏活动，说明趋炎附势者为人处事皆以权势为重，并不追求真理，亦无诚实可言。后一则寓言，通过一近侍为当权者圆梦，既说明在阿谀奉承者口中很难听得到实话，更说明旁观者清，当局者迷，让那些位高权重者要保持清醒的头脑尤为不易。又如：

昔有一人好道而不知求道之方，惟朝夕拜跪向一枯树，辄云乞长生，如此二十八年不倦。枯木一旦生华，华又有汁，甜如蜜。有人教令食之，遂取此华及汁并食之，食讫即仙。

——《续博物志》卷七《拜跪枯树》

东阳陈同父资高学奇。跌宕不羁，尝与客言：昔有一士邻于富，家贫而屡空，每羡其邻之乐。旦日，衣冠谒而请焉。富翁告之曰：“致富不易也。子归斋三日，而后予告子以其故。”如言，复谒，乃命待于屏间，设高几，纳师资之贽，揖而进之，曰：“大凡致富之道，当先去其五贼。五贼不除，富不可致。”请问其目。曰：“即世之所谓仁、义、礼、智、信是也。”士卢胡[③]而退。

——《桯史》卷二《富翁五贼》

前一则寓言通过求仙活动，说明做事不能只求专注，还要动脑筋，讲方法，否则很难达到目的。后一则寓言，通过富人向贫士谈致富之道的结果，说明在道德观、价值观存在极大差异的人们之间，是很难找到共同语

① 死狗：谐音“四九”。

② 鳖缽：谐音“八八”。

③ 卢胡：亦作“胡卢”，喉间的笑声。此处意为窃笑。

言的。再如：

有关中商得鹦鹉于陇山，能人言，商爱之。偶以事下有司狱，旬日归，辄叹恨不已。鹦鹉曰："郎在狱数日，已不堪，鹦鹉遭笼闭累年，奈何!"商感之，携往陇山，泣涕放之。去后每商之同辈过陇山，鹦鹉必于林间问郎无恙，托寄声也。

——《邵氏闻见录》卷十七"商人与鹦鹉"

大德间，荆南境内有九人山行，值雨避于路傍旧土洞中，忽有一虎来踞洞口，哮咆怒视，目光射人。内一人素愚，八人者密议，虎若不得人恶[1]得去，因绐愚者先出，我辈共掩杀之。愚者意未决，遂各解一衣缚作人形，掷而出之，虎愈怒。八人并力排愚者于外，虎即衔置洞口，怒视如前。须臾土洞压塌，八人皆死，愚者获生。

——《辍耕录》卷二十二《虎祸》

前一则寓言，通过陕商释放鹦鹉的举措，说明推己及人，以仁爱之心待人者最值得尊敬。后一则寓言，通过避雨遇险的结果，说明自作聪明者往往愚蠢可笑，算计他人者大多没有好结果。

这个时期的写实性人事寓言，尚有写陈公以善射自矜，某次遇一卖油翁为其演示沥油穿钱绝技，方悟技无止境的《归田录》"卖油翁"；写格斗时一强盗用含水喷面之法乘机杀死对方，后以此法对付壮士却被刺死的《梦溪笔谈》"恃胜失备"；写一牧童见唐代画家戴嵩《斗牛图》而笑指其牛尾画得不像，所言令人叹服的《仇池笔记·戴嵩斗牛》；写张丞相好草书而受人讥嘲，侄子执其草书问字，连他自己也不认识的《冷斋夜话》"草书不工"；写鞋匠母卒未殓，邻居乐工乐声不断，鞋匠怒而诉讼，官曰"此本业安可丧辍，他日乐工有丧事亦任尔齿鞋不辍"的《唐语林》"鞋匠与乐工"；写一好古器士人以其书换一好书士人之古铜器，各得其所，回家后却遭妻子责难的《道山清话》"以书换古器"；写卖饼

① 恶（wū乌）：何；怎么。

人以吹笛为乐，富人资助其经商遂无吹笛之乐，乃退资卖饼，令笛声如旧的《北窗炙輠录》“吹笛为乐”；写京师一富人因系着金腰带，每送迎宾客竟不敢出门的《可书》“金腰带”；写被杀者巧计让敌方给自己的亲属传递信息，因而得以复仇的《喻法宝聚》“给风留遗嘱”；写一道士识化金之木，欲传其术于人时，谁知二人均被入室夺金者压死的《能改斋漫录·化金之木》；写馆客黄某死后主人发现其记有他家诸事，以备失欢时起诉，方悟逢迎谄笑者居心不良的《夷坚志·林氏馆客》；写韩妪死后家人请僧诵经，有一戴瓮犬出其屋，误以为是妪魂归来的《夷坚志·韩氏放鬼》；写王某梦至阴府，偷见生死簿上称其“某年月日以一刀死”，醒来因恐惧竟病殁的《夷坚志·王天常》；写一仆役误以灭黥墨药膏为眼药，用其治好老母翳障，却将目赤妻子弄瞎的《夷坚志·浴肆角筒》；写一贼深夜攀上承天寺塔顶盗走金银佛像，其人为贪心驱使而不觉恐惧的《西轩客谈》“盗佛像”；写宋徽宗以“万绿枝头红一点，动人春色不须多”为题考画取士，众皆妆点花卉，惟一画工画一妇人凭栏立于绿杨隐映中，令众人叹服的宋·俞文豹撰《吹剑录》“画意”；写一婢因主家金镫不翼而飞被拷殒命，后主人发现金镫为猫带走，始知婢女被冤死的《辍耕录·金镫刺肉》等。

## 第二节　宋元的拟人寓言

宋元时期的拟人寓言，以动物寓言最为常见，故事主角凡飞禽走兽，水生动物，应有尽有，形状各异，意趣盎然。有一些作品中的动物，拟人化特征不甚显著，但也具有动物故事的韵味，本节对其亦有所论述。

### 一、宋元以走兽为主角的动物寓言

这个时期以走兽为主角的动物寓言，其故事主角大多为兔、猴、猫、狐、蛇、鼠、狮等常见的走兽。譬如：

在一座森林中，住着很多猴子，其中有一个猴子首领。一天夜晚，他们来到森林边上，看到一口井中有白灿灿的月亮。猴子首领想把井里的月亮捞起来，但是够不着。猴子首领便把伙伴们全都招呼来，对他们说："谁的力气最大，来抓住我的尾巴！"然后依力气大小顺序抓住尾巴，到了最后让力气最小的在井口抓住。于是，猴子首领领头，顺着堕下井去捞月亮。结果，井口的猴子抓不住，一失手，猴子们全都掉进井里去了。

——《喻法宝聚》"水中捞月"①

在一座大山上，有一只狮子和一只小兔。狮子仗恃自己身强力大，经常欺辱和役使小兔。小兔不甘心，便想好一计，对狮子说："我看见一个和大王你一模一样的动物。它说世界上只有它的力气最大，没有谁敢跟它比试。"狮子听了很生气，便让兔子领它去比试。兔子领它到一口井前，告诉它那个动物就在井中。狮子看见井中自己的影子，以为是对手，便向它示威。这时，只见对手也向它示威，它立刻跳下井去搏斗，结果淹死了。

——《萨迦格言注解》"兔杀狮"②

以上两则寓言均由佛经故事演变而来，哲理性较强。前一则寓言，通过猴子救月的故事，说明遇事当认真探明究竟，切忌凭主观臆断行事，否则很可能干出庸人自扰的蠢事。后一则寓言，通过小兔子除掉猛兽的故事，说明弱小者只要善于谋划，并且谨慎行事，再强大的敌人也是可以战胜的；同时又说明强暴者目空一切，仗势欺人，总有一天会吃亏，甚至会付出惨重的代价。

这个时期的拟人寓言，尚有写一狐狸在染缸里将皮毛染蓝，自以为高贵，被推举为兽王，随后竟败露身亡的《喻法宝聚》"蓝皮狐狸当兽王"；写兔王受到落入湖中果子的惊吓，夺路而逃，众兽盲从，跟着慌忙逃窜的《萨加格言注解》"兔子逃加尔"；写两犬共擒一条五六尺长蝮蛇，一犬咬

① 见马学良等主编《藏族文学史》上，四川民族出版社，1994年修订版。
② 见马学良等主编《藏族文学史》上，四川民族出版社，1994年修订版。

蛇头反被咬死，一犬中毒身亡，蝮蛇亦毙命的《夷坚志·小隐蛇》；写一母狗与狗崽常忍饥挨饿，瘦悴骨立，狗崽被人抱养后，每日必回故家呕出食物哺母，风雨无阻的《夷坚志·詹树狗》等。

## 二、宋元以飞禽为主角的动物寓言

这个时期以飞禽为主角的寓言，其故事主角既有现实生活中存在的野鸭、乌鸦、鹤、号寒鸟，又有传说中的枭、鸩、鹏等。此外，以能飞的哺乳动物为主角寓言，亦归并在此论述。譬如：

昔人将猎而不识鹘，买一凫而去。原上兔起，掷之使击，凫不能飞，投于地，又再掷，又投于地，至三四，凫忽蹒跚而人语曰："我鸭也，杀而食之，乃其分，奈何加我以掷之苦乎?"其人曰："我谓尔为鹘，可以猎兔耳，乃鸭耶?"凫举掌而示，笑以言曰："看我这脚手，可以搦得他兔否?"

——《艾子杂说》"买凫猎兔"

余尝偶居北门镇小寺，寺后乔木数株，有枭巢其上，凡生八子。子大能飞，身皆与母等，求食益急。母势不能供，即避伏荆棘间。群子噪逐不已，母知必不能逃，乃仰身披翅而卧，任众子啄食，至尽乃散去，就视惟毛嘴存焉。

——《遁斋闲览·风土·百劳》

以上两则寓言中的飞禽，一来自现实生活，一为虚构的传说形象。前一则寓言写某人误认野鸭为凶猛的隼，让其捕兔的故事，说明行事时须当看准委以重任的对象，亦不可强人所难，否则不会收到好的结果。后一则寓言所写的枭相传是食母恶鸟，与传说中的食父恶兽獍并称"枭獍"，用以比喻不孝者或忘恩负义之人。此寓言通过枭子食母的描写，说明忘恩负义之徒凶狠无比，告诫世人切不可养虺成蛇，自留后患。

这个时期以飞禽为主角的寓言，尚有写大蛇吃巢中雏鹤，其母不能御，一健隼飞来以爪反复击蛇，使其裂成数段的《夷坚志·义鹘》；写鸩鸟衔食毒蛇乃能成其剧毒的《遁斋闲览·鸩》；写猫头鹰因眼大发光而被推举为鸟王，乌鸦讲出其“昼盲”秘密后，猫头鹰遂落选的《萨迦格言注解》“猫头鹰落选”；写蝙蝠投机取巧欲夺取鸟王之位，最后被众鸟逐出鸟群的《萨迦格言注解》“蝙蝠被逐”；写号寒鸟盛夏时文采绚烂，自以为胜过凤凰，寒冬毛落遂悲鸣不止的《辍耕录·号寒鸟》等。

## 三、宋元以水族为主角的动物寓言

这个时期以水族为主角的寓言，大都篇幅短小，情节简单，故事主角有鳖、河豚、乌贼、扬子鳄以及两栖动物青蛙、蛤蟆等。譬如：

艾子浮于海，夜泊岛峙中，夜闻水下有人哭声，复若人言，遂听之。其言曰：“昨日龙王有令：‘应水族有尾者斩。’吾鼍也，故惧诛而哭；汝虾蟆无尾，何哭?”复闻有言曰：“吾今幸无尾，但恐更理会科斗时事也。”

——《艾子杂说》“有尾惧诛”

海之鲗[①]，其出游也，吐墨以蔽其身，自以为智矣。渔人将设罗，非其墨不得也。是故设机以拒祸者，祸之标的也。

——宋·崔敦礼撰《刍言》“鲗”

以上两则有关水族的寓言，意蕴各不相同。前一则寓言，描述扬子鳄传来的消息，令蛤蟆深恐其为蝌蚪时的情状被追究，表现了生活在专制统治下世人惶惶不安的恐惧心理。后一则寓言通过墨鱼吐墨之事，说明事物的优缺点往往共生，具有双重性。对此必须头脑清醒，不可陷入盲目性，否则很可能付出沉重的代价。

这个时期以水族为主角的寓言，尚有写河豚好游触桥柱，怒而鼓腹浮水以泄愤，竟被老鹰攫食的苏轼撰《河豚鱼说》；写龙王与青蛙互问居处与喜怒，龙王威风凛凛，多有夸饰，青蛙或则自鸣清高，或则自我解嘲的

① 鲗（zé 责）：墨鱼。

《艾子杂说》“腹胀过而休”；写有人欲食鳖却不愿承担杀生之名，乃让鳖渡沸釜上小竹桥，鳖勉力爬过，其人还令其再爬一次的《桯史》“更渡一遭”等。

## 四、宋元的其他拟人寓言

这个时期的其他拟人寓言，其故事主角或为拟人化的人体器官，或为拟人化的非生物。此类寓言，作品甚少，但往往颇为有趣。譬如，宋·罗烨编《醉翁谈录》卷二丁集《嘲戏渏语·嘲人不识羞》：

> 陈大卿云：“眉眼口鼻四者，皆有神也。一日，口为鼻曰：‘尔有何能，而位居吾上?’鼻曰：‘吾能别香臭，然后子方可食，故吾位居汝上。’鼻为眼曰：‘子有何能，而位在我上也?’眼曰：‘吾能观美恶，望东西，其功不小，宜居汝上也。’鼻又曰：‘若然，则眉有何能，亦居我上?’眉曰：‘我也不解与诸君相争得，我若居眼鼻之下，不知你一个面皮，安放那里?’”

此则拟人寓言，描述脑袋上的四个器官争功，唇枪舌剑，喋喋不休，让人生厌。它藉以说明，在社会生活中，人人都该摆正自己的位置，做到彼此尊重，和睦相处，而不可妄自尊大，目中无人。

这个时期的其他拟人寓言，尚有写桃符与艾人争高下，互不相让，门神劝告“吾辈傍人门户，何暇争闲气”的《东坡志林》“桃符和艾人”等。

# 第七章　宋元的民间故事类型

宋元时期历时四百余年，新出现了五十多个故事类型，是中国古代民间故事类型发展较大的一个时期。它们展示出中国民间故事类型生机勃勃的发展态势，为明、清时期民间故事类型的更大发展奠定了坚实的基础。

宋元时期与民间故事类型有关的古籍甚多，首先要提及的是南宋·洪迈撰《夷坚志》和元·无名氏撰《湖海新闻夷坚续志》。

《夷坚志》不仅为自先秦以来各个时期的故事类型，包括凭污捉盗型故事、"升仙"奥秘型故事、狐精为祟型故事、驱走缢鬼型故事、观仙对弈型故事、金人现身型故事、白蛇传型故事、长鼻子型故事、蛇精行淫型故事、江中宝镜型故事、逆妇恶报型故事、鬼母育儿型故事、尸变奇案型故事、海岛历险型故事等提供新的异文，而且从中又产生不少新的故事类型，包括海岛妇人型故事、人妖公案型故事、辨毒平冤型故事、义犬鸣冤型故事、兽穴接生型故事、野兽求医型故事、虱异致祸型故事等。

《湖海新闻夷坚续志》不仅为前两个时期的故事类型，包括黄粱梦型故事、田螺女型故事、鱼腹失物型故事、病鬼延医型故事、人参精型故事、制伥灭虎型故事、逆妇恶报型故事、尸变奇案型故事、人妖公案型故事、兽穴接生型故事、野兽求医型故事、虱异致祸型故事等提供新的异文，而且从中又产生不少新的故事类型，包括井水化酒型故事、拾金不昧型故事、道人画鹤型故事、鲁班造桥型故事、巧借地型故事、假亲骗局型故事等。

此外，尚有宋·沈括撰《梦溪笔谈》（摸钟辨盗型故事、辨奸察尸型故事首见于此书）、宋·陈正敏撰《遁斋闲览》（对偶亲切型故事、秀才康了型故事、妻妾镊须型故事首见于此书）、宋·何薳撰《春渚纪闻》（画扇判案贼型故事、移鱼谐谑型故事首见于此书）、宋·郑克撰《折狱龟鉴》（以文判案型故事、勘钉案型故事首见于此书）、南宋·施德操撰《北窗炙輠录》（冶银致富型故事、片言决狱型故事首见于此书）、南宋·郭彖撰《睽车志》（孝媳善报型故事、海岛历险型故事、退物无忧型故事首见于此书）以及宋·吴淑撰《秘阁闲谈》、宋·郑文宝撰《南唐近事》与《江南余载》、宋·王君玉撰《国老谈苑》、宋·欧阳修撰《归田录》、宋·王辟之撰《渑水燕谈录》、传宋·苏轼撰《艾子杂说》、宋·张耒撰《明道杂志》、宋·王谠撰《唐语林》、十二世纪藏传佛教僧人仁钦拜撰《萨迦格言注解》、宋·蔡绦撰《铁围山丛谈》、宋·廉布撰《清尊录》、宋·杨和甫撰《行都纪事》、南宋·张知甫撰《可书》、南宋·江少虞编《宋朝事实类苑》、南宋·李石撰《续博物志》、南宋·委心子编《分门古今类事》、南宋·马纯撰《陶朱新录》、南宋·张端义撰《贵耳集》、南宋·沈俶撰《谐史》、南宋·罗烨编撰《醉翁谈录》、南宋·周密撰《癸辛杂识》、南宋·祝穆撰《方舆胜览》、传南宋·陈元亮撰《事林广记》、南宋·邢居实撰《拊掌录》、南宋·陈世崇撰《随隐漫录》、元·杨瑀撰《山居新话》、元·无名氏撰《异闻总录》、元·陶宗仪撰《辍耕录》等。

## 第一节　宋元的写实故事类型

在宋元时期新出现的民间故事类型中，写实故事方面的故事类型最为突出，共达二十七个，占总数的二分之一，呈现出民间故事类型更为生活化，更加贴近民众的发展趋势。其中，半数为案狱方面的故事类型，在中国民间故事类型发展史上形成一个涌现案狱题材故事类型的高潮。

这个时期出现的案狱题材故事类型，除原先已有的那些内容外，还新增加了涉及冤狱、奇案方面的故事类型，使其所反映的社会生活面有了进一步的拓展。像摸钟辨盗型故事、人妖公案型故事、片言决狱型故事、尸变奇案型故事、辨毒平冤型故事、义犬鸣冤型故事、巧判还银型故事等的出现，无不让人耳目一新。这个时期新出现的此类故事类型，有不少在古代和现当代都广为流传，一直都相当活跃。试看：

摸钟辨盗型故事，这个时期分别见于《梦溪笔谈》、《折狱龟鉴》、《湖海新闻夷坚续志》，明、清时期见于《智囊补》、《古今谭概》、《夜航船》、《咫闻录》等，现当代仍在上海、福建、河北等地流传。

尸变奇案型故事，这个时期分别于《清尊录》、《夷坚志》、《投辖录》、《湖海新闻夷坚续志》，明、清、近代时期又有大量异文涌现，分别见于《九朝野记》、《枝山前闻》、《古今说海》、《耳谈》、《情史》、《子不语》、《听雨轩笔记》、《耳食录》、《里乘》、《惊喜集》、《珊海余诙》、《埋忧集》、《右台仙馆笔记》以及《清稗类钞》、《大清见闻录》等，现当代仍在上海、甘肃等地流传。

辨毒平冤型故事，这个时期分别见于《夷坚志》、《洗冤录》，明、清时期也有大量异文涌现，分别见于《青溪暇笔》、《智囊补》、《夜航船》、《广新闻》、《不用刑审判书》、《祥刑古鉴》、《留仙外史》、《醉茶志怪》、《中国侦探案》以及《清稗类钞》等，现当代仍在上海、浙江、福建、山东、河北、陕西、四川等地流传。

抄斩淫僧型故事，这个时期分别见于《行都纪事》、《行营杂录》，明、清时期及近代同样有大量异文涌现，分别见于《耳谈》、《智囊补》、《旷园杂志》、《客窗闲话》、《铁冷丛谈》、《近人笔记大观》、《稀奇古怪不可说》等，现当代仍在河南、河北、陕西、四川、山东、安徽等地流传。

这个时期新出现的案狱题材方面的故事类型，对后世的文学创作影响不小。譬如，巧析家产型故事，为宋代话本小说《合同文字》，明代话本小说《拍案惊奇》，通俗小说《龙图公案》、《海公案》、《新民公案》以及元杂剧《包待制智赚合同文字》等提供了创作素材。又如，抄斩淫僧型故事，为明代拟话本小说《醒世恒言》、《拍案惊奇》，通俗小说《龙图公案》、《新民公案》、《施公案》以及近代戏曲《火烧红莲寺》（京剧）等提供了创作素材。再如，巧判还银型故事，为明代拟话本小说《喻世明言》，通俗小说《海公案》、《新民公案》等提供创作素材。

除了案狱题材的故事类型外，这个时期尚有不少新出现的写实故事方面的著名故事类型，如相互暗算型故事、娶妇得郎型故事、男人生子型故事、拾金不昧型故事、假亲骗局型故事。它们有的不但在古代相当活跃，而且现当代仍有流传。

譬如，娶妇得郎型故事初见于《醉翁谈录》，明、清时期的《耳谈》、《古今谭概》、《情史》、《濯缨亭杂记》、《坚瓠集》等多有异文记载，并有以其为素材创作的拟话本小说《醒世恒言·乔太守乱点鸳鸯谱》、明·沈璟撰传奇《四异记》问世，现当代仍在江西等地流传。

又如，拾金不昧型故事初见于《湖海新闻夷坚续志》，明、清时期的《复斋日记》、《金陵琐事》、《庚巳编》、《说听》、《耳谈》、《坚瓠集》、《觚剩》、《续子不语》、《果报闻见录》、《遁斋偶笔》、《熙朝新语》、《客窗闲话》、《续修庐州府志》、《宝应县志》以及《茶余随笔》等载有大量异文，现当代仍在山西、宁夏、湖北等地的汉族和个别少数民族聚居区流传。

这个时期也有一些新出现的写实故事类型，在当时流传并不广泛，但到了现当代却流布日广，蔚为大观。譬如，相互暗算型故事，初见于《可书》，明、清时期仅见于《耳谈》、《古今谭概》，现当代在西藏、云南、贵州、四川、陕西、甘肃、新疆、青海、河南、河北、山西、山东、江苏、上海、浙江、江西、福建、湖北、广西等地的汉族和藏、回、彝、壮、傣、怒等少数民族聚居区流传。又如，男人生子型故事，初见于《事林广记》，明、清时期未见异文，现当代在山西、河北、北京、河南、陕西、甘肃、新疆、宁夏、内蒙古、西藏、四川、云南、贵州、广西、湖南、湖北、江西、福建等地的汉族和蒙古、藏、苗、彝、侗、哈萨克、傣、土家、柯尔克孜、东乡、锡伯等少数民族聚居区流传。

## 第二节　宋元的幻想故事类型、民间笑话类型和民间寓言类型

宋元时期，新出现的幻想故事、民间笑话、民间寓言方面的故事类型，数量都不多，但其中都有一些颇为知名的故事类型。

幻想故事方面的著名故事类型，试看：

鬼母育儿型故事，这个时期分别见于《铁围山丛谈》、《夷坚志》、《睽车志》（宋·郭彖撰）、《睽车志》（宋·欧阳玄撰）、《南墅闲居录》，明、清、近代时期异文更多，分别见于《稗史汇编》、《耳谈》、《耳新》、《姑苏

志》、《虞初新志》、《庸庵笔记》、《此中人语》以及《庄谐笔记大观》等，现当代尚在广东、福建、浙江、上海、安徽、山东、河北、山西、四川、青海等地的汉族和个别少数民族聚居区流传。

水鬼得升型故事，这个时期分别见于《洛中纪异录》、《渑水燕谈录》、《续夷坚志》、《异闻总录》，明、清时期异文更多，分别见于《枣林杂俎》、《耳新》、《聊斋志异》、《滇南忆旧录》、《耳食录》、《秋灯丛话》、《续子不语》、《小豆棚》、《北东园笔录》、《闻见异辞》、《柳南随笔》、《醉茶志怪》等，现当代尚在上海、江苏、浙江、安徽、江西、福建、广东、台湾、海南、湖南、湖北、重庆、四川、贵州、陕西、宁夏、山西、河北、河南、北京、辽宁、吉林、黑龙江等地的汉族和苗、黎等少数民族聚居区流传。

聚宝盆型故事型，这个时期分别见于《秘阁闲谈》、《舆地纪胜》，明、清时期分别见于《稗史汇编》、《夜航船》、《坚瓠集》、《闻见异辞》、《柳亭诗话》、《咫闻录》、《嘻谈录》以及《清稗类钞》等，现当代尚在福建、广东、广西、江西、上海、江苏、安徽、山东、湖北、河南、河北、天津、山西、四川、青海、宁夏、陕西、黑龙江等地的汉族和侗、畲等少数民族聚居区流传。

戏髑髅型故事，这个时期见于《异闻总录》，明、清时期分别见于《稗史汇编》、《马氏日抄》、《子不语》、《阅微草堂笔记》、《耳食录》、《南皋笔记》等，现当代未见流传。

民间笑话方面的著名故事类型，试看：

刮地皮型故事，这个时期分别见于《南唐近事》、《江南余载》，明、清时期分别见于《笑赞》、《舌华录》、《笑得好》、《嘻谈录》、《笑林广记》以及《清稗类钞》等，现当代尚在河北、湖北等地流传。

明年同岁型故事，这个时期见于《艾子杂说》，明、清时期分别见于《五杂俎》、《解愠编》、《广笑府》、《新镌笑林广记》、《笑笑录》、《嘻谈录》、《笑林广记》、《只可自怡》等，现代尚在陕西、湖北、河南、江苏等地流传。

民间寓言方面的著名故事类型，试看：

兔杀狮型故事，这个时期见于《萨迦格言注解》，随后又见于《甘丹格言注释》、《益世格言注释》等，现当代尚在西藏、内蒙古、甘肃、青海、新疆、四川、云南、贵州、福建、广东等地的汉族和藏、蒙古、维吾尔、苗、柯尔克孜、傈僳、景颇、普米、仡佬、东乡、土、门巴等少数民族聚居区流传。

四官争大型故事，这个时期分别见于《唐语林》、《醉翁谈录》，明、清时期的异文分别见于《华筵趣乐谈笑酒令》、《解愠编》、《广笑府》、《新镌笑林广记》等，现当代仍在湖南、贵州等地的汉族和个别少数民族聚居区流传。

## 第三节　宋元的民间传说类型

宋元时期新出现的民间传说方面的类型，将近十个，包括人物传说和宗教传说两种类型。在后世流传时，人物传说类型的故事主人公一般均无变化，如铁杵磨针型故事的主人公一直都是李白，画扇判案型故事的主人公一直都是苏东坡，鲁班造桥型故事的主人公一直都是鲁班。此类故事类型都不像另外一些人物传说类型，故事主人公在流传过程中往往会转化为别的人物。这个时期新出现的宗教传说方面的类型，涉及佛、道两教，无不以人物传说类型的形态流布。而这些宗教人物传说类型，跟某些世俗人物传说类型一样，因其与相关地方的山川、名胜密不可分，流传时常常在人物传说与地方传说之间相互转换。如同铁杵磨针型故事，在李白的传说与磨针溪的传说之间不断转换，井水化酒型故事在仙家的传说与酒井或王媪庙的传说之间不断转换一样。

这个时期新出现的民间传说类型，大多知名度较高。它们大部分在古代流传较广，而现当代的流传情况则不尽相同。试看：

三毛饭型故事型，这个时期分别见于《宋朝事实类苑》、《高斋漫录》、《曲洧旧闻》、《魏王语录》，明、清、近代各个时期的《稗史汇编》、《何氏语林》、《解愠编》、《广笑府》、《古今谭概》、《坚瓠集》、《笑笑录》、《滑稽故事类编》以及《笑话大观》等均记有其异文，现当代则仅在浙江等地流传。

井水化酒型故事，这个时期见于《湖海新闻夷坚续志》，明、清时期多有变化，其异文分别见于《雪涛小说》、《狯园》、《古今谭概》、《东游记》《坚瓠集》、《钟祥县志》等，现当代仍在海南、广东、福建、浙江、上海、江苏、安徽、江西、山东、河北、河南、湖北、湖南、四川、山西、陕西、新疆等地的汉族和某些少数民族聚居区流传。

巧借地型故事，这个时期见于《湖海新闻夷坚续志》，明、清时期分别见于《稗史汇编》、《涌幢小品》、《云南通志》等，现当代仍在四川、湖北等地流传。

# 第八章　宋元的民间故事采录

自先秦以来，通过上千年的实践，尤其是经过隋唐五代时期的发展与推动，到了宋元时期，中国民间故事的采集、录写进入了一个新的阶段。宋元时期作为中国民间故事采录的新阶段，具有两个重要标志：其一，这个时期所录写的民间故事数量空前之多，录写民间故事的典籍亦空前之多，还出现了《夷坚志》这样卷帙浩繁的录写民间故事的专书[①]，影响相当深远。其二，这个时期对民间故事讲述人的重视，达到了空前的程度。这个时期不但记载民间故事讲述人的典籍数量颇多，还出现了《夷坚志》、《睽车志》等记载民间故事讲述人比较突出的典籍，并且发现了一批在讲述民间故事方面颇为突出的讲述家。

兹从采录民间故事异文、民间故事结构模式、民间故事讲述人等方面，对宋元时期的民间故事采录作一全面介绍和论析。

## 第一节　宋元的民间故事异文

宋元时期在采录民间故事的过程中，采录者对民间流布的各种异文往往多有关注与录写，使民间故事多彩多姿的面貌得以更加完好地保存。这个时期所采录的民间故事异文，大致有三种保存状况：1. 见诸多种著作

---

① 《夷坚志》原有四百二十卷，今存二百零六卷，约为原书的一半。它是我国规模最大的一部记载民间故事的典籍。书中所收的作品，绝大多数是民间传说、故事，而这些传说、故事，大部分都记有讲述人。该书对讲述人的重视程度，超过我国古代的任何一种典籍。

的民间故事异文。2. 见诸同一种著作的民间故事异文。3. 见于同一采录人录写在不同著作中的民间故事异文。不同的采录者用不同的方式广泛录写民间故事异文，有利于更真实、更准确地呈现民间故事的面貌，从这个特定的角度显示出宋元时期的民间故事采录水平得到了进一步的提高。

## 一、宋元见诸多种著作的民间故事异文

这个时期见诸多种著作的民间故事异文，不少分别见诸三种或三种以上的著作，而分别见诸两种著作的民间故事异文则较为常见。

分别见诸两种著作的民间故事异文，比如，苑中狮与员外郎的故事(宋·张师正撰《倦游杂记》"苑中狮"、《谈苑》"苑中狮与园狼")，凭痕捉凶的故事(《江邻几杂志》"张乖崖勘杀人贼"、《涑水记闻》"勘杀人贼")，脔婿的故事(《遁斋闲览·脔婿》、《墨客挥犀》"脔婿")，器官争大的故事(《唐语林》"口鼻眉眼争高下"、《醉翁谈录》"面皮安放")，以文断案的故事(《北窗炙輠录》"明道判钱"、《折狱龟鉴·程颢》)，毒酒救庙的故事(《梁溪漫志·江东丛祠》、《夷坚志·益都满屠》)，张圣者的故事(《夷坚志·张圣者》、《游宦纪闻》"张圣者")，巧判还银的故事(《山居新话》"聂以道断钞"、《辍耕录·贤母辞拾遗钞》)。

分别见诸三种著作的民间故事异文，比如，小字和尚的故事(《渑水燕闲录》"小字和尚"、《道山清话》"僧哥"、《拊掌录》"小名僧哥")，水鬼觅替的故事(《渑水燕谈录》"水鬼觅替"、《续夷坚志·溺死鬼》、《异闻总录》"临安种园人")，对偶亲切的故事(《遁斋闲览·作诗图对偶亲切》、《墨客挥犀》"图对偶亲切"、《拊掌录》"但图对属亲切")，谢石拆字的故事(《春渚纪闻·谢石拆字》、《铁围山丛谈》"谢石相字"、《夷坚志·谢石拆字》)、三毛饭的故事(《宋朝事实类苑》引《魏王语录》"三白与三毛"、《高斋漫录》"晶饭与毳饭"、《曲洧旧闻》"三白饭与三毛饭")。

分别见诸四种著作的民间故事异文，比如，何地可容决水的故事：

> 集贤校理刘贡父好滑稽。尝造介甫，值一客在座，献策曰："梁山泊决而涸之，可得良田万余顷。但未择得便利之地贮其水耳。"介甫倾首沉思曰："然安得处所贮许水乎?"贡父抗声曰："此甚不难。"

介甫欣然以为有策，遽问之。贡父曰："别穿一梁山泊则足以贮此水矣。"介甫大笑，遂止。

——《涑水记闻》卷十五"别穿一梁山泊"

往年士大夫好讲水利。有言欲涸梁山泊以为农田者，或诘之曰："梁山泊古巨野泽，广袤数百里。今若涸之，不幸秋夏之交，行潦四集，诸水并入，何以受之?"贡父适在坐，徐曰："却于泊之旁凿一池，大小正同，则可以受其水矣。"座中皆绝倒，言者大惭沮。

——《渑水燕谈录》卷十《谈谑》"欲涸梁山泊为农田"

王荆公为相，大讲天下水利时，至有愿干太湖，云可得良田数万顷，人皆笑之。荆公因与客话及之，时刘贡父学士在坐，遽对曰："此易为也。"荆公曰："何也?"贡父曰："但旁别开一太湖，纳水则成矣。"公大笑。贡父滑稽而解纷多类此。

——《明道杂志·愿干太湖》

王荆公好言利，有小人谄曰："决梁山泊八百里水以为田，其利大矣。"荆公喜甚，徐曰："策固善，决水何地可容?"刘贡父在坐中曰："自其旁别凿八百里泊，则可容矣。"荆公笑而止。

——《邵氏闻见后录》卷三十"决水何地可容"

以上四则异文，文字大同小异。主要人物均为王安石、刘贡父，配角则为某客或谄媚小人。而欲涸处，三则为梁山泊，一则为太湖。

这个时期分别见诸四种著作的民间故事异文，尚有海岛历险的故事(《睽车志》"海岛长人"、《夷坚志·昌国商人》、《夷坚志·长人国》、《夷坚志·长人岛》)等。

分别见诸五种著作的民间故事异文，比如，犇麤字说的故事：

熙宁中，学士以《字解》相上，或问贡父曰："曾得字学新说否?”贡父曰:“字有三牛为奔字,三鹿为鹿麄[1]字。窃以牛为麄而行缓,非善奔而体瘦,非麄大者;欲二字相易,庶各会其意。”闻者大笑。

——《渑水燕谈录》卷十《谈谑》“二字相易”

王荆公为相,喜说字始,遂以成俗。刘贡父戏之曰:“三鹿为麤,麤不及牛;三牛为犇,犇不及鹿。谓宜三牛为麤,三鹿为犇。苟难于遽改,令各权发遣。”于是解纵绳墨,不次用人,往往自小官暴据要地,以资浅皆号权发遣云,故并讥之。

——《后山谈丛》卷三“犇与麤”

石甫学士尝戏荆公云:“鹿之行速于牛,牛之体壮于鹿,盖以三鹿为犇,三牛为麤,而其字文相反,何耶?”公笑而不答。

——《遁斋闲览·谐噱·三鹿为犇》

王荆公喜说字,至以成俗。刘贡父戏之曰:“三鹿为麤,鹿不如牛;三牛为犇,牛不如鹿。谓宜三牛为麤,三鹿为犇。若难于遽改,欲令各权发遣。”荆公方解纵绳墨,不次用人,往往自小官暴据要地,以资浅皆号权发遣,故并谑之。

——《邵氏闻见后录》卷三十“牛不如鹿”

王荆公在熙宁中作《字说》,行之天下。东坡在馆,一日因见而及之曰:“丞相赜微窅穷[2],制作某不敢知,独恐每每牵附,学者承风有不胜其凿者。姑以犇麤二字言之,牛之体壮于鹿,鹿之行速于牛。今积三为字,而其义皆反之,何也?”荆公无以答,迄不为变。

——《桯史》卷二《犇麤字说》

① 麄:同“麤(粗)”。

② 赜(zé责)微窅(yǎo咬)穷:精微深奥。

以上五则异文，文字表述大致相同，出入有多有少。故事主人公变化较大，分别为某学士与刘贡父、王安石与刘贡父、王安石与石甫、王安石与苏东坡。

这个时期分别见诸五种著作的民间故事异文，尚有巧断家产的故事(《国老谈苑》“反券折赀”、《儒林公议》“子七婿三”、《北窗炙輠录》“子婿争产案”、《自警编·狱讼》“子婿争产”、《宋史·张咏传》)，鬼母育儿的故事(《铁围山丛谈》“亡妇乳儿”、《睽车志》“李大夫妾”、《夷坚志·宣城死妇》、《夷坚志·鬼太保》、《南墅闲居录·鬼官人》)等。

## 二、宋元见诸一种著作的民间故事异文

这个时期见诸一种著作的民间故事异文，以两则最为常见，大都大同小异，情节小有出入，繁简不同。对于两则相似的现象，采录者往往撰写附记加以说明。比如，寺中女鬼的故事有以下两则异文：

南安军城东嘉佑寺，绍兴初，有太守张朝议女，因其夫往岭外不还，怏怏而夭，槁葬于方丈，遇夜即出，人多见之。既久，寺僧亦不以为怪。过客至，必与之合，有所得钱若绢，反遗僧。尝有二武弁，自广东解官归，议投宿是寺。一人知之，不欲往。一人性颇木强，不谓然，独抵寺。方弛担，女子已出，曰：“尊官远来不易。”客大恐，诱之使去，即驰入城。解潜谪居而卒，有孙营葬憩寺中，为所荏苒，得疾几死。绍兴二十年，郡守都圣与洁率大庾令迁之于五里外山间，今犹时出，与村落居人接。予尝至寺，老僧言之，犹及见其死时事云。

——《夷坚甲志》卷十一《张太守女》

保义郎解俊者，故荆南统制孙也。乾道七年为南安军指使。有过客且至，郡守将往宝积寺迎之，俊主其供张。日暮，客不至，因留宿。夜方初更，烛未灭，一女子忽来，进趋娴冶，貌甚华艳。

俊半醉，出微词挑之，欣然笑曰：“我所以来，正欲相就结缪绸之好尔。”遂升榻。问其姓氏居止，曰：“勿多言，只在寺后住。汝明

夕尚能抵此否?”俊大喜，曰：“谨奉戒。”自是无日不来，仍从寺僧借一室，为久寓计。经月余，僧弗以为疑，外人固无知者。时以金银钗钏为赠。俊既获丽质，又得美财，欢惬过望，谓之曰：“吾未曾授室，欲凭媒妁往汝家，以礼币娶汝何如?”曰：“吾父官颇崇，安肯以汝为婿，但如是相从足矣。”俊信为诚然，而气干日尪瘠。

初，货药人刘大用与之游居，亦讶之。俊不以告。尝两人同出郭，遇遮道卖符水者，引刘耳语曰：“彼官人何得挟殇亡鬼自随？不过三月死矣。”刘语俊。俊初尚抵讳，既而惊悟曰：“彼何由知？必有异。”便拉刘访之旅邸。其人笑曰：“官员肯寻我耶？然几坏性命。”留使同邸异室，而顾刘与之共处，撚纸符十余道，使俊吞之。刘密窥之，见其作法魔呵之状。二更后，闻门外女子哭声，三更乃寂。明旦，俊辞去，戒令勿复再往寺中。

诸僧后知其事，曰：“寺之左右素无妖魔之属。惟昔年邵宏渊太尉谪官时，丧一笄女，葬于后墙之外，必此也。”自是遂尝出为僧患，僧甚苦之。遣仆诣武陵白邵，请改葬。邵许之，乃瘗于北门外五里田侧。复出扰居者，又徙于深山，其鬼始绝。

甲志所纪张太守女在南安嘉佑寺为厉以惑解潜之孙，与此大相似。两者相去三四十年，又皆解氏子，疑只一事，传闻异词。而刘医云亲见之，当更质诸彼间人也。

——《夷坚支戊》卷八《解俊保义》

又如，鬼卖鸡鸭的故事有以下两则异文：

范寅宾自长沙调官于临安，与客买酒升阳楼上。有卖爊[1]鸡者，向范再拜，尽以所携为献。视其人，盖旧仆李吉也，死数年矣。惊问之曰：“汝非李吉乎?”曰：“然。”“汝既死为鬼，安得复在?”笑曰：“世间如吉辈不少，但人不能识。”指楼上坐者某人及道间往来者曰：“此皆我辈也，与人杂处，商贩佣作，而未尝为害，岂特此有之？公

① 爊（ao 熬）：放在灰火里煨烤。

家所常使浣濯妇人赵婆者，亦鬼耳，公归，试问之，渠必讳拒。”乃探腰间二小石以授范曰：“亦以此物，当令渠本形立见。”范曰：“汝所烹鸡，可食否?”曰：“使不可食，岂敢以献乎?”良久乃去。范藏其石，还家，以告其妻韩氏。韩曰：“赵婆出入吾家二十年矣，奈何以鬼待之?”他日，赵至，范戏语之曰：“吾闻汝乃鬼，果否?”赵愠曰：“与公家周旋久，无相戏。”范曰：“李吉告我如此。”示以石，赵色变，忽一声如裂帛，遂不见。此事与小说中所载者多同，盖鬼技等耳。

——《夷坚丙志》卷九《李吉爊鸡》

中散大夫史忞自建康通判满秩，还临安盐桥故居。独留虞侯一人，尝与俱出市，值卖爊鸭者，甚类旧庖卒王立，虞侯亦云无小异。时立死一年，史在官日，犹给钱与之葬矣。恍忽间已拜于前，曰：“仓卒逢使主，不暇书谒。”遂随以归，且献盘中所余一鸭。史曰：“汝既非人，安得白昼行帝城中乎?”对曰：“自离本府即来此。今临安城中人，以十分言之，三分皆我辈也。或官员、或僧、或道士、或商贩、或倡女，色色有之。与人交关往还不殊，略不为人害，人自不能别耳。”史曰：“鸭岂真物乎?”曰：“亦买之于市，日五双，天未明，赍诣大作坊，就釜灶爊治成熟，而偿主人柴料之费，凡同贩者亦如此。一日所赢自足以糊口，但至夜则不堪说，既无屋可居，多伏于屠肆肉案下，往往为犬所惊逐，良以为苦，而无可奈何。鸭乃人间物，可食也。”史与钱两千遣去，明日复以四鸭至，自是时时一来。史窃叹曰：“吾，人也，而日与鬼语，吾其不久于世乎?”立已知之，前白曰：“公无用疑我，独不见公家大养娘乎?”袖出白石两小颗，授史曰：“乞以淬火中，当知立言不妄。”此媪盖史长子乳母，居家三十年矣。史入戏之曰：“外人说汝是鬼，如何?”媪曰：“六十岁老婢，真合作鬼。”虽极忿愠，而了无惧容。适小妾熨帛在旁，史试投石于斗中，少顷焰起，媪颜色即索然，渐益浅淡如水墨中影，忽寂无所见。王立亦不复来。予于丙志载李吉事，固已笑鬼技之相似，此又稍异云。李椿年说，闻之于史倅。

——《夷坚丁志》卷四《王立爊鸭》

这个时期见诸一种著作的民间故事异文，尚有呵石成紫金的故事(《夷坚乙志》卷二《阳大明》与《夷坚丁志》卷八《乱汉道人》)、严官冥报的故事(《夷坚乙志》卷九《李孝寿》与《夷坚三志辛》卷三《许颢贵人》)、告虎求生的故事（《夷坚乙志》卷十二《章妻仲告虎》与《夷坚志补》卷四《李姥告虎》)、长线捉祟的故事(《夷坚丁志》卷十三《潘秀才》与《夷坚支甲》卷五《唐四娘侍女》)、疫鬼施瘟的故事(《夷坚乙志》卷十七《宣州孟郎中》与《夷坚丁志》卷十四《刘十九郎》)、拾金不昧的故事(《湖海新闻夷坚续志》前集卷一《弃银复得》与《湖海新闻夷坚续志》前集卷二《不取他物》）等。

此外，《夷坚支景》卷五《临安吏高生》，同时记录了两种结尾，可视为见诸同一种著作的两则异文的特殊形态：

> 朱思彦则淳熙初知临安县，因钩校官物，得押录高生盗侵之过。其妻尤贪冒，每揽乡民纳官钱，诈给印录而私其直。时高以事上府，先逮妻送狱。高归，询诘之，应答殊不逊，遂并鞫治。囚系月余，日加絣讯。一夕，丞巡牢，二人哀泣，言楚毒已极，恐无生理，丞恻然怜之，会朱延过客饮宴，席未散，乃为破械出之，使潜窜迹。明日，丞诣县与朱言："高某为胥长，而夫妇盗没民钱，且对长官咆哮，诚宜痛治，然久在囹圄，昨夜呼其名，已困顿不能应，不免责出之，旋闻皆到家即死。幸不陨于狱，不必彰闻，某子亦愿殓瘗，既从其请矣，失于颛擅，此情悚然。"朱喜丞之同嫉恶，又处事委曲无迹，致词言谢。
>
> 迨反室，复念彼罪不至死，一旦并命，异时岂不累己，正不然，将有阴谴冤祟之挠。自是寝食为之不宁，遂见二鬼，裸形被发，棰痕遍体，径前挽衣裾曰："我罪不过徒隶，乃沦冥涂，又使县丞屏去体骨，惨忍如是，非得尔往地下证辨，断无相舍之理。"朱噤不得对，遂感疾，鬼朝夕在傍。丞来问疾，朱告之故，且曰："思不忍一时之愤，至不可悔，今又奚言?"丞笑曰："两人实不死，吾悯其困而脱之，匿诸邑下亲戚家，而给以亡告耳。"朱曰："若是则日日现形吾前

者为何人?”丞曰：“此忧疑太过所致，当呼使来。”甫经宿，果至，拜于阶下。朱登时心志豁然，厥疾顿愈，命高复故役焉。

或又言朱所治胥真死而常出为厉，任汉阳复州守时，恍惚见高入府，犹怒阍人不谁何及兵校不捉搦，皆决杖，有黥配者。郡民知曩事，莫敢白。至今未能安泰云。

这个时期见诸一种著作的民间故事异文，尚有三则形态，比如蛇精行淫的故事(《夷坚丁志》卷二十《蛇妖》、《夷坚丁志》卷二十《巴山蛇》与《夷坚支戊》卷三《池州白衣男子》)。

### 三、宋元见于同一作者不同著作的民间故事异文

这个时期见于同一作者不同著作的民间故事异文，数量非常少，颇为罕见。比如，刮地皮的故事，为宋·郑文宝撰《南唐近事·掠地皮》与《江南余载》“掘地皮”。

## 第二节　宋元的民间故事结构模式

宋元时期的许多采录者在录写民间故事时，不但注重故事情节的记录，而且再现出各种民间故事的结构模式，较好的保持了作品的民间故事风貌。民间故事结构模式的再现，保存了民间故事的一个重要特征，值得引起充分的注视。这个时期民间故事的结构模式，主要呈现为多段体结构与特殊的组合模式两个方面。

### 一、宋元的多段体结构

宋元时期民间故事的多段体结构，以二段体和三段体较为常见，另外尚有四段体，但很少见。

#### 1. 二段体结构

二段体结构乃是故事中连续出现两次相似的行为，而其遭遇、结果则

往往各不相同。比如：

张允蹈为信州永丰令，尝治夏税籍，命主吏拘乡胥二十辈于县舍，整对文书。吏察录过严，自晓彻暮，不少息。一胥夜走厕，小史笼灯随之，胥使先还，曰："我即返，那用尔候！"既而久弗至，吏以为逃云。迨旦白张，张适听讼，望见白衣妇人，执素纸涕泣立众前，呼问之，曰："夫为乡胥，累日不还家，今早开门，有人报云，浮桥柱上挂衣巾履袜及系书一纸，云为押录苦督，不容展转，生不如死，已投江中。急往验，皆夫物也。"张诘主吏。吏出袖中纠牒呈，亟集津丁里保，捞尸弗得，念其事可疑，缓不即治。胥妻诉于台，台符移甚峻。历三月久，客从长沙来，见此胥在彼，为揽纳人书抄。主吏捐家赀，雇健步持檄往捕之，遂擒以归。胥坐逋逃受杖。张后复宰它邑，一乡胥亦为拘系，越墙挂衣于河梁而赴水。妻来讼，张怒责之曰："猾胥玩侮人，所在如此，吾固知之矣！"立挞其妻。明日，三十里外里正言，滩边有死尸，张矍然遣视之，则胥果死。张自兴军从武陵守不赴，寓居吉州，每为宾客话此事，以为断狱听讼，不可执一端云。

——《夷坚志补》卷五《张允蹈二狱》

太原颛氏，世世业农，非因输送税时，足不历城市。尝有飞钱入居室，充满庭户，颛翁焚香祝曰："小人以力农致养，但知稼穑为生，今无故获非望之财，惧难负荷！虽神天所赐，实弗敢当，愿还此宝，以安愚分。"乃闭户封镉而出。须臾，钱复起，蔽空行，声如风雨，有大蛇夭矫随之，绕林麓去。后五年，田仆在山崦荷锄独耕，将归，忽一神人当前，莫知所从来，告之曰："天赐颛氏钱十万缗。"言讫，即隐不见，而积钱坡陀，弥望不尽。仆走白翁，翁策杖至钱所致，祷如前，再拜，徐起行弗顾。还家，亦不与子知。后孙佑以武勇从军，绍兴十九年，以大夫统制殿前司军马。曹功显、何晋之皆纪其事。佑之子举，今为武翼郎军器所干官。大举说。

——《夷坚志补》卷七《颛氏飞钱》

以上两则故事均为包含二段体结构。前一则故事，为知县先后两次审乡胥逃跑案。第一个逃逸的乡胥挂衣于桥柱，实未投江，而是远走他乡；第二个逃逸的乡胥挂衣于河梁，果然投江，次日发现其尸体。后一则故事，为神灵两次赐钱给颛家。第一次铜钱飞进家中，颛翁叩头辞谢；第二次铜钱堆满山坡，颛翁亦叩头辞谢。

这个时期的二段体结构，尚有《艾子杂说》“敬者反祸”（写恶人将神像架于沟上，踩踏而过，神不行祸；好人将神像扶起，捧至原位，神反祸之）、《夷坚丙志》卷二《朱真人》（写第一次朱真人变为乞丐登门，李某不识；第二次朱真人变为道士登门，李某仍不认识）、《夷坚志三补·猿请医士》（写第一次医士持老猿赠物回家，引起官司；第二次医士持老猿赠物回家，遂至大富）、《湖海新闻夷坚续志》前集卷一《弃妻折福》（写秀才李某赴省试时，土地以其为贵人，托梦让店主善待；李某省试时归来，土地见其欲弃妻再娶，用心不善，托梦使店主不纳）、《湖海新闻夷坚续志》后集卷二《鬼扣医门》（写鬼妇夜扣张医门户，张掩门不纳，乃平安无事；鬼妇夜扣李医门户，李为其诊脉，去后竟中风而卒）、《湖海新闻夷坚续志》后集卷二《狐称鬼公》（写狐堕屠夫网中，哀求得释，乃以两鸡与钱抛入屠家为谢；狐落入掌管山林官吏之手，哀告无效被置于死地，群狐来报，遂焚其屋）等。

### 2. 三段体结构

三段体结构为故事中连续出现三次相似的行为，包括一人做三件相似的事，三人做一件相似的事，大都结局各不相同。比如：

严州淳安县富家翁误殴一村民至死，其家不能诉。民有弟为大姓方氏仆，方氏激之曰：“汝兄为人所杀而不能诉，何以名为人？”弟即具牒，将诣县。方君固与富翁善，讽使来祈己，而答曰：“此我家仆，何敢然？当谕使止之，彼不过薄有所觊耳。”为唤仆面责，且导以利。仆敬听，谢不敢。翁归，以钱百千与仆，别致三百千为方君谢。

才数月，仆复宣言，翁又诣方，方曰：“仆自得钱后，无日不饮博，今既索然，所以如是，当执送邑惩治之。”翁惧泄，乞但用前策，又如昔者之数以与仆。方君曰："适得中都一知旧讯，倩市漆二百斤，仓卒不办买，翁幸为我市，当辇钱以偿直。"翁曰："蒙君力如许，兹细事，吾家故有之，何用言价？"即如数送漆。明年，仆又欲终讼，翁叹曰："我过误杀人，法不致死，所以不欲至有司者，畏狱吏求货无艺，将荡覆吾家。今私所费将百万，而其谋未厌。吾老矣，有死而已。"乃距户自经。逾三年，方君为鄂州蒲圻宰，白昼恍恍，于厅事对群吏震悸言曰："固知翁必来，我屡取翁钱而竟速翁于死，翁宜此来。"亟还舍，不及与妻子一语，仆地卒。吏以所见白，始知其冥报云。

——《夷坚丁志》卷十七《淳安民》

秦朝有一士人，酷好古物，价虽贵必求之。一日，有人携败席踵门告曰："昔鲁哀公命席以问孔子，此孔子所坐之席。"秦士大惬意，以为古，遂以附郭之田易之。逾时，又一人持古杖以售之，曰："此乃太王避狄，杖策去豳时所操之棰也。盖先孔子之席数百年，子何以偿我？"秦士倾家资与之。既而又有人持朽碗一只，曰："席与杖皆未为古，此碗乃桀造，盖商[①]又远于周。"秦士愈以为远，遂虚所居之宅而予之。三器既得，而田资罄尽，无以衣食，然好古之心，终未忍舍三器，于是披哀公之席，把太王之杖，执桀所作之碗，行丐于市曰："衣食父母，有太公九府钱，乞一文。"

——《事林广记·秦士好古》

以上两则故事各包含一个三段体结构。前一则故事，写方氏与仆人先后三次以命案勒索富翁，第一次仆人得钱百千，方氏得钱三百；第二次仆人得钱百千，方氏得漆二百斤；第三次富翁被逼自经而亡，仆人与方氏无所得。后一则故事，写好古秦士三次购买"古物"，第一次用田亩换回"孔子所坐之席"，第二次倾家资买下"太王避狄"所操之杖，第三次以住宅购得"桀所作之碗"。

这个时期的三段体结构，尚有《能改斋漫录》卷十二《富家翁爱其

① "商"字系衍生，应去掉。

弟》（写弟乙夫妻三次欲激怒其兄甲，第一次乙乘甲之爱马出杖折其足，甲不动怒；第二次乙锄去甲之名花药数十槛，甲亦不动怒；第三次乙妇数次诟骂毁辱甲之爱妾，甲仍不动怒）、《夷坚乙志》卷十一《米张家》（写阚某三次闻听“物在否”的问答之声，第一次听后告其妻，妻称其妄闻；第二次听后告其妻，其妻约定下次代夫作答；第三次听后即答“既在，何不出示?”遂见树间掷下金银）、《夷坚乙志》卷十二《武夷道人》（写道人在庵外危坐时三次遇虎，第一次虎咆哮来前，道人决不入户；第二次两虎吼啸愈甚，道人仍不为动；第三次五虎同集，衔道人头足以往，才十数步便掷下而去）、《夷坚乙志》卷十四《结竹村鬼》（写守田仆夜间三次捉操镰窃刈稻子者，第一次持梃逐之，不获；第二次依然如此，晨见其稻无损；第三次大步追击，执之乃杉木一截）、《夷坚丁志》卷八《鼎州汲妇》（写汲妇与一客斗幻术，第一回掷扁担化小蛇，不能入客所画二十余圈；第二回含水噀蛇，蛇稍大于前，突入十五圈中；第三回再噀水，蛇大如椽，将客从足绕至项而不可解）、《夷坚三志己》卷八《长垣妇人》（写妇人携猪蹄回家三次遇到恶狼，第一次两弓手持长矛将狼赶走，留妇于道旁午饭；第二次又为狼所困，势危时又被两弓手搭救，因邀其至家款待；第三次出去沽酒，又遇恶狼，竟被咬死）、《湖海新闻夷坚续志》前集卷一《假道取财》（写道人三次向主人求物，第一次要主人腰间丝带，次日归还，称是戏言；第二次要主人身上衣服，次日又归还，称是测试其胸襟；第三次要主家女儿金首饰，与之竟一去不复还）等。

### 3. 四段体结构

这个时期的四段体结构，比较少见。譬如《湖海新闻夷坚续志》后集卷一《崔公得道》（写麻姑向崔公四问所欲，第一次问：“欲官否?”应云：“我用官何为?”第二次问：“欲钱否?”应云：“钱多害己。”第三次问：“欲华衣否?”应云：“我是卖柴汉，何用华衣为?”第四次问：“所欲何事?”应云：“我要胡须拖地便好。”麻姑乃使其须长垂至地，后入山不知所终）。

## 二、宋元的故事组合模式

宋元时期民间故事的组合模式，主要有故事套故事与故事串连两种模式。现在分别论述如下：

### 1. 故事套故事的组合模式

宋元时期故事套故事的组合模式，系为两个内容有关联的故事中的一个故事置于另一个故事里面，从而形成一个大故事。此类组合模式，往往连接自然，无斧凿痕迹。例如，《夷坚志补》卷十六《嵊县山庵》：

会稽嵊县某山，有僧结庵其间。山下人家有丧，将出殡，前一夕，请僧作佛事。僧与一行一仆赴之。日暮，下山半，遇日常所与交某客来，问僧何之，以送丧告。客曰："从县至此，正拟投宿，奈何?"僧言："事不可已。"乃取匙钥付客，使自往启户，遂别。时月明如昼，客独步诣庵，徘徊将二更，甫就枕，未寐，闻扣扉声。客胆力素勇，无怖畏，知其为鬼，叱之曰："汝何物？敢来作怪?"曰："我乃某甲也。"审听之，盖旧知，久闻其死矣，乃不为起。鬼曰："如不延我，我自能入。"觉门砉砉有声，径入踞禅椅而坐，呼客相揖。客曰："汝死矣，胡为来此?"对曰："与君从游久，我元不亡，安得以死见戏?"客曰："吾犹忆某年某月日，至汝家送汝葬，今若此，谓吾畏鬼邪!"乃笑曰："毋庸多言，我实已死，所以冒夜相寻者，将有祷于君，幸见听。我不幸去世，未期年，妻即改嫁，凡箱箧货财，田庐契券，席卷而去。一九岁儿，弃之不顾，使饥寒伶仃，流于丐乞。幽冥悠悠，无所愬质，愿君不忘平生，为我言于官。使此子得以自存，吾瞑目九泉无恨矣。"客瞿然怜纳之。因历历诵言，家有钱粟若干，布帛若干在妻所，田若干亩在某乡，屋若干间在某里。客一一倾听，语话酬答。且四更，心颇动，语之曰："所托既毕，可以去矣，毋妨吾睡。"忽默默不答，连呼之不应。客暂寐微鼾，鬼亦鼾，客倦而倚壁，鬼亦偃蹇，客揭帐咳唾，鬼亦唾，始大恐，下床疾走。鬼起逐之，及于堂。客素谙鬼物行步，但直前，不能曲折，乃环绕而走。鬼踉跄值前，抱一柱不舍，客仅得出门。奔下山麓，天已明，遇僧，告以所见，且诮之曰："师舍我而赴檀越，终夕饱食，岂知我窘怖如此?"僧曰："我所遭者，尤为大奇。昨佛事既终，彼家将举棺，而轻虚若无所贮，验之，则棺盖已揭动，不见其尸。满室惊惶，莫测其故。送者惧而去，吾亦奔走至此。”遂俱还。望庵中一人抱柱自如，仿佛类新死者，亟遣呼其子，并集邻里同视之。子认是父，拊膺恸哭。前取其尸，抱柱牢不可脱，至用木支屋，截破半柱，乃得解。盖旧鬼欲有所凭，借新尸以来，语竟，魂魄却还，新鬼伥伥无依，故致此怪。里正白其事于县，为究实，于是所嘱之事由此获伸。淳熙十四年九月，张定叟说。

此则作品的结构模式为在A故事（僧人送丧做佛事，遇见丢失尸体变故，次日乃将尸体追回）中，放置B故事（鬼友借新死者之尸体往山庵中请求某客救助其幼子），形成故事套故事的组合模式，从而增大了作品的容量，使之更为耐人寻味。

又如，《夷坚乙志》卷七《西内骨灰狱》：

政和四年，有旨修西内，命京西转运司董其役。转运使王某坐科扰，为河南尹蔡安持劾罢。起徽猷阁待制宋君于服中，以为都转运使，免判常程文书，专以修宫室为职。宋锐于立事，数以语督同列曰：“速成之，酬赏可立得也。”转运判官孙贶独以役大不可成，戏答曰：“公闻狐婿虎之说乎？狐有女，择婿，得虎焉。成礼之夕，傧者祝之曰：‘愿早生五男二女。’狐拱立曰：‘五男二女非敢望，但早放却臊命为幸耳。’今日之事，正类此也。”宋不乐，贶即引疾罢去。凡宫城广袤十六里，创立御廊四百四十间，殿宇丹漆之饰猥多，率以趣办。需牛骨和灰，不能给。洛城外二十里，有千人冢数十丘，干官韩生献计曰：“是皆无主朽骴，发而焚之，其骨不可胜用矣，自王漕时已用此。”宋然之。管干官成州刺史郭涟容、佐使臣彭玘十余人，皆幸集事，举无异词。宋以功除显谟阁学士，召为殿中监而卒。宣和中，孙贶病死，至泰山府，外门榜曰“清夷之门”。狱吏捽以入，令供灭族状。孙曰：“我何罪？”殿上厉声曰：“发洛阳古冢以幸赏，乃汝也，安得讳？”孙请与诸人对。望两囚荷铁校立庑下，各有一卒持铁扇障其面，时时挥之。扇上皆施钉，血流被体。引至前，乃宋王二君也。犹与相撑拄，孙历举狐虎之说，及所以去官状，廷下人皆大笑。两人屈服去，孙复苏。他日，韩生亦梦如孙所见者，供状毕，将引退，仰而言曰：“某罪不胜诛，但先祖魏公有大勋劳于宗社，不应坐一孙而赤族。”主者凝思良久曰：“只供灭房状。”乃如之。自是数月死。不一岁，妻子皆尽，今唯取同宗之子以继云。

此则作品的结构模式为在A故事（宋某为转运使主持修建西内宫室时，采用韩某主张，发洛处古冢枯骨和灰，死后一一被惩）中，放置B故事（狐择虎婿），形成故事套故事的组合模式，因而增加了作品的表现力和感染力。

### 2. 故事串连的组合模式

宋元时期故事串连的组合模式，系将两则故事很自然地连接起来，形成一个容量增大的故事。所串连的两则故事，主人公相同，或情节有关联，连接起来后具有整体感。比如，《夷坚乙志》卷七《毕令女》：

路时中，字当可，以符箓治鬼著名，士大夫间目曰“路真官”，常赍鬼公案自随。建炎元年，自都城东下，至灵壁县。县令毕造已受代，舣舟未发。闻路君至，来谒曰：“家有仲女，为鬼所祸，前后迎道人法师治之，翻为所辱骂，至或遭棰去者。今病益深，非真官不能救，愿辱临舟中一视之。”路诺许，入舟坐定。病女径起，着衣出拜，凝立于旁，略无病态，津津有喜色，曰：“大姐得见真官，天与之幸。平生壹郁不得吐，今见真官，敢一一陈之：大姐乃前来妈妈所生，二姐则今妈妈所生也。恃母钟爱，每事相陵侮。顷居京师，有人来议婚事，垂就，唯须金钗一双，二姐执不与，竟不成昏，心鞅鞅以死。死后冥司以命未尽，不复拘录，魂魄飘摇无所归。遇九天玄女出游，怜其枉，授以秘法。法欲成，又为二姐坏了。大姐不幸，生死为此妹所困。今须与之俱逝，以偿至冤，且以谢九天玄女也。真官但当为人治祟，有冤欲报，势不可已，愿真官勿复言。”路君沉思良久，曰：“其词强。”顾毕令曰：“君当自以善力祷谢之，法不可治也。”女忽仆地，掖起之，复困惙如初。盖出拜者乃二姐之身，而其言则大姐之言也，死已数年矣。

明日，二姐殂。路君来吊，其父曰："昨日之事，曲折吾所不晓。而玄女授法，乃死后事，二姐何以得坏之？君家必有影响，幸无隐，在我法中，当洞知其本末。"毕令曰："向固有一异事，今而思之，必此也。长女既亡，蕨于京城外僧寺，当寒食扫祭，举家尽往。蕨室之侧，有士人居焉。出而扃其户。家人偶启封，入房窥观，仲女见案上铜镜，呼曰：'此大姐柩中物，何以在此？必劫也！'吾以为物有相类，且京师货此者甚多，仲女力争曰：'方买镜时，姊妹各得其一，鞶[1]结衬缘，皆出我手。所用纸，某官谒刺也。'视之信然。方嗟叹而士人归，怒曰：'贫士寓舍，有何可观？不告而入，何理也？'仲女曰：'汝发墓取物，奸赃具在，吾来擒盗耳。'遂缚之。士人乃言：'半年前夜坐读书，有女子扣户曰：为阿姑谴怒，逐使归父母家。家在城中，无从可还，愿见容一夕。泣诉甚切，不获已纳之，缱绻情通。自是每夕必至，或白昼亦来。一日，方临水掠鬓，女见而笑曰：无镜耶？我适有之。遂取以相饷，即此物也。时时携衣服去补治，独不肯说为谁家人。昨日见语曰：明日我家与亲宾聚会，须相周旋，不得到君所，后夜当复来。遂去。今晨独处无悰，故散步野外以遣日，不虞君之涉吾地也。'吾家闻之皆悲泣，独仲女曰：'此郎固妄言，必发验乃可。'走往殡所踪迹之，其后有罅可容手，启砖见棺，大钉皆拔起寸余。及撤盖板，则长女正叠足坐，缝男子头巾，自腰以下，肉皆新生，肤理温软，腰以上犹是枯腊。始悔恨，复掩之，释士人使去。自是及今，盖三年余矣。所谓玄女之说，岂非道家所谓回骸起死，必得生人与久处，便可复活邪？事既彰露，不可复续。而白发其事，皆出仲女，所谓坏其法者，岂此邪？"路君亦为之惊咤。道出山阳，以语郭同升。升之子沄说。

此作品由 A、B 两个故事连接而成，A 故事叙写毕令大女儿（前妻所

① 鞶（pán 盘）：古代衣服上的大带子。

生）借二女儿（后妻所生）之身，诉说被迫害致死的冤情；B故事叙写毕令大女儿亡魂与一士人的恋情，因被二女儿破坏，不得复生。两则故事不但有共同的主人公，而且情节也有关联。

又如，《鬼董》卷一“韦自东”：

韦自东者，义烈之士也。尝游太白山，栖止段公庄。段亦素知其壮勇者。一日与自东眺望山谷，见一径甚微，若旧有行迹。自东问主人曰：“何诣也？”段曰：“有二僧，居此山顶。殿宇宏壮，林泉甚佳，盖唐开元中万回师弟子之所建也。似驱役鬼工，非人力所能及。或问樵者说，其僧为怪物所食，今二三年绝迹矣。闻人说，有二怪物在于此山，亦无人敢窥焉。”自东怒曰：“操心在平侵暴。怪物何类而敢噬人，今日必挈其首，致于门下。”段曰：“虎冯河，死而无悔！”自东不顾，杖剑奋衣而往，势不可遏。段悄然曰：“生当其咎耳。”

自东扪萝蹑石，至于精舍，悄寂无人。觇二僧房，大敞其户，屐锡俱全，衾枕俨然，而尘埃凝积其上。又见佛堂内细草茸茸，似有巨物偃寝其处。四壁多挂野彘元熊之类，或庖炙之余锅灶柴薪。自东乃知是樵者之言不谬耳。度其怪未至，遂拔柏树如大碗，去枝叶为大杖，扃其户，以石佛拒之。是夜月白如昼，夜未分，怪物挈其鹿而至，怒其扃鐍，大叫以首触户，折其石佛而踣于地。自东以柏树挞其脑，再举而毙之，拽之入室，又阖其扉。顷之，复有怪物继至，似怒前归者不接己，亦哮吼触其扉，复踣于户，阈又挞之亦毙。

自东知雌雄已殒，应无侪类，遂掩关烹鹿而食。及明，断二首，挈余鹿而示段。段大骇曰：“真周处之俦矣！”乃烹鹿饮酒尽欢。远近观者如堵。有道士出于俦人中揖自东曰：“有衷恳，欲告于长者可乎？”自东曰：“某一生急人之急，何为不可！”道士曰：“栖止道门，恳志灵药，非一朝一夕耳。三二年前，神仙为吾配合龙虎丹一炉，据其洞修之有日矣。今灵药将成，数有妖魔入洞，就炉挈触药几飞散。思得刚烈之士仗剑卫之。灵药倘成，当有分惠。未知能一行否耳？”自东踊跃曰：“乃平生所愿也！”遂仗剑从道士而去。

跻险蹑峻，当太白之高峰将半，有一石洞，可百余步，即道士烧丹之室，唯弟子一人。道士约曰："明晨五更初，请君子仗剑，当洞门而立，见有怪物，但以剑击之。"自东曰："谨奉教。"久立烛于洞门外伺之。俄顷果有巨虺长数丈，金口银牙，毒气氤郁，将欲入洞。自东以剑击之，似中其首，顷间若轻雾化去。食顷，又有一女子，颜色绝丽，执芰荷之花，缓步而至。自东又以剑拂之，若云气而灭。食顷将曙，有道士乘云驾鹤，导从甚严，劳自东曰："妖魔已尽，吾弟子丹将成矣，我当来为证也。"盘旋候明而入，语自东曰："喜汝道士丹成，有诗一首，汝可继和。诗曰：'三秋稽颡[1]叩真灵，龙虎交时金液成。绛雪既凝身可度，蓬壶顶上彩云生。'"自东详诗意曰："此道士之师。"遂释剑而礼之。俄而突入，药鼎爆烈，更无遗在。

道士恸哭，自东悔恨，自咎而已。二人因以泉涤鼎器而饮之。自东后更有少容，而适南岳，莫知所止。今洞尚有怪物，骷髅尚在，道士亦莫知所之。

此则长故事，由"消灭食人怪"与"斗毁药鼎妖"两则故事串连而成，故事主人公均为勇士韦自东。两则灭怪斗妖故事，一成一败。前一则故事包含一个两体段（写雄怪怒扉关闭，大叫以首触户，被韦自东击毙；接着雌怪赶来，怒雄怪不接己，哮吼以首触扉，亦被韦自东击毙）。后一则故事包含一个三段体（写妖怪变毒蟒袭来，韦自东以剑击之，化为轻雾散去；妖怪变美女前来，韦自东以剑拂之，化为云气消失；妖怪变道人驾鹤而至，韦自东释剑施礼，药鼎瞬间被毁）。很显然，这一则故事在结构模式上是非常有特色的。

## 第三节　宋元的民间故事讲述人

宋元时期的采录者在录写民间故事时，对于故事讲述人的关注，远超过隋唐五代时期。这个时期，记载民间故事讲述人的著作不少，北宋有

① 稽颡（qǐsǎng 启嗓）：古时的一种跪拜礼。

《东斋记事》、《涑水记闻》、《冷斋夜话》、《邵氏闻见录》、《道山清话》、《春渚纪闻》等，南宋有《可书》、《曲洧旧闻》、《邵氏闻见后录》、《北窗炙锞录》、《陶朱新录》、《睽车志》、《夷坚志》、《挥麈录》、《投辖录》、《桯史》、《癸辛杂识》等，金元有《续夷坚志》、《山居新话》、《异闻总录》、《辍耕录》等。其中，《涑水记闻》、《睽车志》、《夷坚志》、《挥麈录》等较突出，而以《夷坚志》最为引人注目。兹分别介绍如下。

## 一、《涑水记闻》的民间故事讲述人

《涑水记闻》的作者司马光（1019—1086），字君实，陕州夏县（今属山西）涑水乡人。北宋史学家。撰有《资治通鉴》、《司马文正公集》等。《涑水记闻》十六卷，共计有九十多位讲述人。其中，讲述故事较多的有苏宄、始平、郭帅、伯淳、杨乐道、君贶、范尧夫、富公、蓝元震、王得臣等。他们所讲的作品大都为民间传说。

苏宄共讲十一则，计有“介甫排韩”、“介甫深怨安道”、“惭上求退”、“兽布”、“介甫移病”、“胡尉妻梦”、“内侍李宪”、“劾奏禹玉”、“王安国谏兄”、“介甫与王韶”、“预求墓志”等。

始平共讲九则，计有“竖子可斩”、“太祖问长久之计”、“纳韩王之谋”、“太祖与董遵诲”、“郭进”、“笞永德”、“深识远虑”、“智井尸案”、“范希文乞罢”等。

郭帅共讲六则，计有“夷山诱降”、“取溪州”、“请献安远塞门”、“士彬公兵”、“救兵民以归”、“起彝图交趾”等。

伯淳共讲五则，计有“吕晦权独默不言”、“下户苦矣”、“薛尚书言是也”、“上以外事问介甫”、“中使问疾”等。

杨乐道共讲四则，计有“太祖遗腹子”、“迎太子继位”、“皇子就肩舆”、“孟阳作表获厚酬”等。

君贶共讲四则，计有“滕宗谅知泾州”、“修岳阳楼”、“歧王夫人失爱”、“不行文书”等。

范尧夫共讲四则，计有“曹彬沽酒饮太祖”、“少年奇士”、“并力退贼”、“郑侠上书”等。

## 二、《睽车志》、《挥麈录》的民间故事讲述人

《睽车志》的作者郭彖，字伯象，历阳（今安徽和县）人。生卒年不详。《睽车志》六卷，共计有五十多位讲述人。全书十之八九的作品记有讲述人，无讲述人的作品甚少。讲述故事较多的有范懋德、潘周翰、李明仲、张汉卿、赵谦之、孙搢、郑亿年、杨礼、费兖、魏掞、卢尔德广等。讲述人大都名不见经传，仅张汉卿（张良臣，字武子，一字汉卿，隆兴进士）、费衮（字补之，国子监免解进士，著有《梁溪漫志》）可考。然而郭彖在记录民间故事讲述人时，往往都写明其人官职、身份，对后人了解讲述人无疑会有所帮助。例如老承务范懋德、承务潘周翰、知县李明仲、判院张汉卿、知州赵谦之、蒙老孙槫、大资郑亿年、通判魏良佐、上舍魏掞、知录陈仲谟、乡人蔡洋、僧从简、表兄王伯广。

范懋德共讲九则，计有“常熟孝妇”、“雷勋逆子”、“蝗灾奇迹”、“树挂斗秤”、“长洲地震”、“神告改名”、“牛触屠死”、“哀鸣乞命”、“王翊烹鹅”等。

潘周翰共讲七则，计有“赵倅亡妻”、“郑摇铃”、“亡友奉谢”、“城隍代去”、“风雪之变”、“潘择可”、“誓不食牛”等。

李明仲共讲七则，计有“李大夫妾”、“成都杨道人”、“河决讫塞”、“峡江中物”、“胡孩儿”、“尖靴头”、“密州旧廨”等。

张汉卿共讲五则，计有“亡仆鬻饼”、“支提长老”、“傅霖”、“焦仲嗜杀”、“赵伯管”等。

赵谦之共讲五则，计有“金杯偿直”、“大蛇笑语”、“章思文”、“梦龙耳聋”、“钱璘梦”等。

孙搢共讲四则，计有“孝女不饥”、“水瓮生菌”、“盆水变牡丹”、“土地祠乐妓”等。

陈仲谟共讲四则，计有“白猬精”、“故婢招喜”、“旃檀林紫竹”、“慧聚寺僧如远”等。

《挥麈录》的作者王明清（1127—?），字仲言，汝阴（今安徽合肥）人。宋代小说家。撰有《投辖录》、《挥麈录》、《玉照新志》等。《挥麈录》

分四集，包括《挥麈前录》四卷、《挥麈后录》十一卷、《挥麈三录》三卷、《挥麈余话》二卷，全书共有讲述人九十余位。讲述故事较多的有陆游、张文老、朱希真、薛叔器、晁武子、苏训直、曹宏父、李粹伯、刘季高、廉布等。部分讲述人可考，如陆游、朱希真、廉布。他们讲述的作品，以民间传说居多。

陆游共讲六则，计有“刘器之”、“恐三家俱受祸”、“戏剧贻祸”、“郭时亮”、“蔡元长父子”、“张邦昌醉中却彭”、“钱昂治郡”等。

张文老共讲五则，计有“范忠直”、“苏在廷”、“李璆帅蜀”、“郑亨仲”、“荐刘炳”等。

朱希真共讲三则，计有“降王旧臣修兼群书”、“公生明”、“鬼劈口”等。

薛叔器共讲三则，计有“朱绂”、“刘士祥大为奸利”、“往迎王相公”等。

刘季高共讲三则，计有“薛六郎被释”、“善对辽使”、“过客馆置供馈”等。

晁武子共讲三则，计有“司马温公风乘”、“大言安众”、“钱塘老尉”等。

苏训直共讲三则，计有“蔡居安”、“徐君猷与苏东坡”、“僧妙应”等。

曹宏父共讲三则，计有“逐二蔡”、“妖人张怀素”、“康为章与娼家”等。

### 三、《夷坚志》的民间故事讲述人

《夷坚志》的作者洪迈（1123—1202），字景庐，号容斋，晚号野处老人，饶州鄱阳（今江西波阳）人。宋代文学家、史学家。撰有《容斋随笔》、《夷坚志》、《野处类稿》、《史记法语》、《南朝史精语》等。《夷坚志》原为四百二十卷，今存初志八十卷，支志七十卷、三志三十卷，志补二十五卷、再补一卷、三补一卷，共计二百零七卷。其中的民间故事讲述人近四百五十位。他们主要为各级官吏，如竟陵太守张寿明、济州通判黄塍、饶州推官翁潾、永丰知县张允蹈、赣县县丞张思顺、安远县主簿邹兼善、南康县税官左辅、建康榷货务孙仁、归善巡检余千钟、福建副总管曹季本、前廊学录游祖武、殿前司谏官孙师孟、侍郎李似之、枢密使王德言、教授朱仲河。此外，尚有普通百姓和出家人，如信州盐商范信之、建康医者杨有成、太学生钱之望、郧乡士人刘可、建昌崇真隐士黄彦中、南康船师陈太、张思顺婢、鄱阳渚田院主僧善佑、信州玉虚观道士徐真素、庙祝洪兴祖。书中所记民间故事讲述人，还有一些系洪迈的亲属、亲戚，如胞弟洪景裴与洪景伊、从弟洪景逌、族弟洪爟、长子、仲子、叔洪光吉、侄洪棫、洪华、族侄洪圭、外舅、妻族。

讲述作品较多的有吕大年、朱从龙、黄日新、吴泰、邓直清、徐谦、王嘉叟、邓植、黄德琬、黄仲秉、洪景裴、王日严、徐熙载、张思顺、张子理、余仲庸、陈莘、陈棣、马□、员兴宗、吴溱、梅师忠、李仲诗、李仁诗、李大东、郑次南、钱仲本、黄文譽等。兹介绍其中的十多位重点讲述人如下：

吕大年，字德卿，曾任赣州石城县令。今本《夷坚志》共收他所讲述的民间故事一百三十六则，包括七个整卷的作品和另外一些作品。他是中国古代可以查考的讲述作品最多的民间故事讲述家。在他讲述的故事中，比较有影响的是《夷坚支景》卷三的《王武功妻》、《西湖庵尼》、《建阳驿小儿》，《夷坚支景》卷四的《姜处恭》、《吴法师》，《夷坚支景》卷五的《临安吏高生》，《夷坚支丁》卷二的《小陈留旅女》、《朱巨川》，《夷坚支丁》卷三的《李氏红蛇》、《海山异竹》、《圆真僧粥》，《夷坚支癸》卷二的《徐希孟道士》、《李五郎》、《杨教授母》，《夷坚支癸》卷三《独脚五通》、《张显祖治狱》、《鬼国续记》、《柯山蛇妖》、《蔡七得银器》，《夷坚支庚》卷四的《海门虎》、《金陵黥卒》、《伏虎司徒庙》，《夷坚支癸》卷六的《野和尚》、《张七省干》、《鄂干官舍女子》等。

朱从龙，今本《夷坚志》共收他所讲述的民间故事七十四则，其中比较有影响的是《夷坚支甲》卷一的《张相公夫人》、《生王二》，《夷坚支甲》卷二的《黑风大王》、《王德柔枯蟹》、《宿迁诸尹》，《夷坚支甲》卷三的《吕使君宅》、《方禹宪》、《汪乙鼋》、《段祥酒楼》、《张彦茶》、《张鲶鱼》、《包氏仆》，《夷坚支乙》卷一的《王彦太家》、《张四妻》、《管秀才家》、《马军将田俊》，《夷坚支乙》卷二的《茶仆崔三》，《夷坚支乙》卷三的《安国寺僧》、《景德镇鬼斗》，《夷坚支丁》卷八的《王甑工虱异》、《王七六僧伽》、《周民买花》，《夷坚支丁》卷九的《单志远》、《清风桥妇人》、《窦致远》、《张二姐》、《淮阴张生妻》、《王直夫》，《夷坚支丁》卷十的《樱桃园法师》等。

黄日新，字齐贤，今本《夷坚志》共收他所讲述的民间故事五十九则，其中比较有影响的是《夷坚支乙》卷十的《赵主簿妾》、《陈氏货宅》、《陈如埙》，《夷坚三志壬》卷一的《冯氏阴祸》、《涂氏龙井》、《吴蔡棺异》，《夷坚三志壬》卷二的《楚州方夫子》、《懒愚道人》，《夷坚三志壬》卷三的《沈承务紫姑》、《童氏金鸭》、《张三店女子》，《夷坚三志壬》卷四的《南山独骑郎君》、《丘简反魂》、《北棱睁鬼》、《漳士食蛊蟆》等。

吴泰，今本《夷坚志》共收他所讲述的民间故事五十六则，其中比较有影响的是《夷坚支庚》卷七的《向生驴》、《双港富民子》、《应氏书院妇》、《招庆寺水》、《村民杀胡骑》，《夷坚支庚》卷八的《余干民妻》、《炼银道人》、《茅山道人》、《江渭逢二仙》，《夷坚支庚》卷九的《景德镇妇人》、《扬州茅舍女子》、《溧阳狂僧》、《无锡木匠》、《金山妇人》，《夷坚支癸》卷五的《陈泰寃梦》、《北塔院女子》、《新喻张屠》等。

邓直清，今本《夷坚志》共收他所讲述的民间故事四十四则，其中比较有影响的是《夷坚支甲》卷五的《唐四娘侍女》、《游节妇》、《妙智寺田》，《夷坚支甲》卷六的《西湖女子》、《安远老兵》、《巴东太守》，《夷坚支甲》卷七的《蔡筝娘》、《建昌王福》，《夷坚志三补》的《崔春娘》等。

徐谦，今本《夷坚志》共收他所讲述的民间故事四十三则，其中比较有影响的是《夷坚支癸》卷八的《李大哥》，《夷坚三志己》卷二的《东乡僧园女》、《姜七家猪》、《璩小十家怪》，《夷坚三志己》卷四的《俞一郎放生》、《杨五郎鬼》、《燕仆曹一》，《夷坚三志己》卷九的《建德茅屋女》、《叶七为盗》，《夷坚三志辛》卷二的《永宁寺街女子》、《刘和尚犬》、《宣城客》，《夷坚三志辛》卷九的《萧氏九姐》、《高氏影堂》、《香屯女子》，《夷坚三志辛》卷十的《湖口庙土地》、《萧大师》等。

邓植，字端若，今本《夷坚志》共收他所讲述的民间故事四十二则，其中较有影响的是《夷坚丁志》卷十八的《史翁女》、《刘狗麽》、《李茇遇仙》,《夷坚丁志》卷十九的《黄州野人》、《盱江丁僧》、《江南水客》、《陈氏妻》,《夷坚丁志》卷二十的《郎岩妻》、《黄资深》、《蛇妖》、《二狗怪》、《巴山蛇》、《兴国道人》等。

黄德琬，今本《夷坚志》共收他所讲述的民间故事二十九则，其中比较有影响的是《夷坚丁志》卷五的《三士问相》、《陈通判女》、《员家犬》、《灵泉神魈》、《陈才辅》，《夷坚丁志》卷六的《奢侈报》、《茅山道人》、《泉州杨客》、《张翁杀蚕》等。

王嘉叟，名秬，今本《夷坚志》共收他所讲的民间故事二十六则，其中比较有影响的是《夷坚甲志》卷十九的《误入阴府》，《夷坚乙志》卷三的《王直通祠》,《夷坚乙志》卷十三的《嵩山三异》、《蒋山蛇》，《夷坚乙志》卷十四的《赵清宪》,《夷坚丙志》卷十六的《碓梦》，《夷坚丙志》卷二十的《荆南妖巫》等。

王日严，今本《夷坚志》共收他所讲民间故事二十二则，其中比较有影响的是《夷坚丙志》卷七的《大仪古驿》、《安氏冤》、《新城桐郎》、《沈押录》,《夷坚丙志》卷八的《无足妇人》、《谢七嫂》等。

黄仲秉，今本《夷坚志》共收他所讲民间故事十八则，其中比较有影响的是《夷坚乙志》卷十二的《章惠仲告虎》，《夷坚乙志》卷二十的《王祖德》、《蜀州女子》,《夷坚丙志》卷二的《蜀州红梅仙》、《朱真人》，《夷坚丙志》卷四的《小溪县令妾》等。

洪景裴，洪迈的大弟，今本《夷坚志》共收他所讲民间故事十五则，其中比较有影响的是《夷坚乙志》卷十七的《钱瑞反魂》，《夷坚丁志》卷十七的《阎罗城》,《夷坚支乙》卷五的《南陵蜂王》、《谭真人》、《秀州棋僧》,《夷坚支景》卷二《会稽独脚鬼》、《孙俦击鬼》，《夷坚支丁》卷一的《三赵失舟》，《夷坚支癸》卷一的《余杭何押录》，《夷坚志补》卷九的《钱真卿》等。

张思顺，今本《夷坚志》共收他所讲述的民间故事十四则，其中比较有影响的是《夷坚支景》卷一的《章签判妻》，《夷坚支丁》卷七的《余干谭家蚕》,《夷坚支庚》卷十的《天庆观道人》，《夷坚支癸》卷七的《光州兵马虫》、《古田民得遗宝》,《夷坚三志已》卷四的《叶通判录囚》等。

张子理，今本《夷坚志》共收他所讲述的民间故事十四则，其中比较有影响的是《夷坚支戊》卷十的《胡画工》、《凌二赌博》，《夷坚支庚》卷二的《浮梁二士》，《夷坚支庚》卷五的《新安尤和尚》，《夷坚支庚》卷十的《白石大王》，《夷坚志补》卷十九的《李侍郎龟精》等。

《夷坚志》不但记载了大量的民间故事讲述人，而且录写了许许多多介绍故事来历以及各种相关的情况，具有一定的研究价值，对于人们了解故事不无帮助。

有关故事来历的记述，譬如：

《夷坚丁丙》卷十九《黄州野人》末尾有："时童邦直为郡守，外孙王仲共侍行。见其事，为作《野人记》并诗云。"

《夷坚支癸》卷四《醴陵店主人》末尾有："管荣之表叔莫主簿者，寓居吉水，与张为邻，亲见说兹。张从此不复出。"

《夷坚志补》卷八《郑主簿》末尾有："椽侄时在临安，亲见之，淳熙末年事也，但孙、郑姓名，乡里未审。"

有关故事传递情况的记述，譬如：

《夷坚丙志》卷四《阆州通判子》末后有："予妇侄张寅为临桂丞，闻之于灵川尉王琨。琨云：'此近年事，不欲显其姓名，特未审也。'"

《夷坚支丁》卷五《建康空宅》末后有："知文州李言时在彼见之，为侄孙俌子翼说。"

《夷坚支丁》卷八《潭州都监》末尾有："景裴闻其说于钱不孤，而忘都监姓名。"

《夷坚支戊》卷二《章茂宪梦》末尾有："邑子丁居易从章游学，后登科，为赣县主簿。张思顺作丞，闻其说。"

《夷坚支庚》卷五《武女异疾》末尾有："康民者，与张寿朋善；其年秋，寿朋赴竟陵守，过鄂渚，闻其说。"

《夷坚三志辛》卷四《邛州僧》开头有："成都医者刘翁来夷陵，推官陈莘与之从容，因言邛州一僧事"。

有关录写故事情况的记述，譬如：

《夷坚乙志》卷十一《玉华侍郎》末尾有："先君顷于乡人胡霖卿处得此事。亦有人作记甚详，久而失去。询诸胡氏子及婺源人，皆莫知，但能道其梗概如是。今追书之，复有遗忘处矣。"

《夷坚支丁》卷五《李晋仁喏样》末尾有："汪汝绍少卿尝在其幕中，实闻之。予得汪卿说已五十年，所谓李作令处，亦不能的记也。"

《夷坚三志辛》卷三《许颍贵人》末尾有："予顷得此说于赵季和不鲁，即记录，今犹记其大略，类《乙志》内李孝寿也。"

有关故事之间相互比较的记述，譬如：

《夷坚丙志》卷六《长人岛》末尾有："沈公雅为予说。予《甲志》书昌国人及岛上妇人，《乙志》书长人国，皆此类也。海于天地间为物最巨，无所不有，可畏哉。"

《夷坚丁志》卷八《乱汉道人》开头有："《乙志》所载阳大明遇人呵石成紫金事，予于《起居注》得之，今又得南康尉陈世材所记，微有不同，而甚详，故复书于此。"

《夷坚支甲》卷三《闻氏女子》末尾有："予是时即闻其事，书于《景志》中，与此差不同，且以闻氏为文氏，然大略非诞也。"

《夷坚支戊》卷八《解俊保义》末尾有："《甲志》所纪张太守女在南安嘉佑寺为厉以惑潜之孙，与此大相似。两者相去三四十年，又皆解氏子，疑只一事，传闻异词。而刘医云亲见之，当更质诸彼间人也。"

《夷坚志补》卷六《王兰玉童》末尾有："予记《逸史》所载卢叔伦女、《续玄怪录》党氏女事，大略相似，但同时生于两处，一为男，一为女，乃未之前闻。明州人王夷说此，不能记其乡里与何年事也。"

# 第九章　宋元的民间故事编选

在宋代以前，编辑包含民间故事的作品集较为罕见。到了宋初，随着《太平广记》这一部卷帙浩繁著作的问世，使编辑包含民间故事的作品集这一盛举，引起了广泛的关注。自此以后，这一类著作的意义和价值，逐渐被知识阶层所认识，并且不断有同样性质的著作问世，硕果累累。北宋时期，出现了《青琐高议》。南宋时期，编辑此类著作的举动更为活跃，先后出现了《唐语林》、《宋朝事实类苑》、《类说》、《分门古今类事》、《苕溪渔隐丛话》、《鬼董》、《绿窗新话》等著作。元代时期，编辑此类著作的举动仍然比较活跃，出现了《湖海新闻夷坚续志》、《异闻总录》、《辍耕录》、《说郛》等著作。

## 第一节　宋代的民间故事编选

### 一、《太平广记》

《太平广记》是一部大型的古代散文体叙事文学作品集。北宋太平兴国二年（977）三月，李昉、吕文仲、吴淑、陈鄂、赵邻几、董淳、张洎、宋白、徐铉、汤悦、李程、扈蒙等文臣奉宋太宗之命着手编纂，于次年八月完成。全书共五百卷，目录十卷。

《太平广记》选取汉代至宋初的野史、传记、小说、故事以及道家、佛家作品编辑而成。全书按题材分为九十二大类，部分类别下面又分为若干小类。其中所收的作品，以民间传说、故事居多，因此，此书也可视为汉代至宋初的一部准民间故事总集。诸如，“神仙”五十卷、“仙女”十五卷、“报应”三十三卷、“神”二十五卷、“鬼”四十卷、“妖怪”九卷、“精怪”六卷，所收的作品大都是民间传说、故事。

《太平广记》规模宏大，征引的典籍达四百多种，绝大多数作品均在篇末注明原书出处。全书征引的典籍，半数以上在宋代以后均已失传，往往凭借本书得以保存大量佚文。譬如，《宣室志》、《稽神录》的今传本，就是从《太平广记》中辑录的，其中保存了大量的民间传说、故事。一些存留的典籍，有不少残缺、错讹之处，后世往往依据《太平广记》来辑佚和校勘。譬如，五代·孙光宪撰《北梦琐言》，原书三十卷，传世本均为二十卷。近人缪荃孙从《太平广记》中辑出佚文四卷。又如，《启颜录》原本十卷，已佚。敦煌遗书中有一卷唐开元间《启颜录》写本，是现存最早的版本。《太平广记》引的《启颜录》佚文将近八十条，比敦煌写本多出四十条。由此亦不难看出《太平广记》在保存古代民间传说、故事方面的价值。

还须指出，在《太平广记》的编纂者中，有几位本身就是采录民间传说、故事的行家里手。徐铉在其所著的《稽神录》中，徐铉的女婿吴淑在其所著的《江淮异人录》中，都录写了相当数量的民间传说、故事。徐铉曾通过宋白征得主持编辑工作的李昉同意，将其《稽神录》中的作品收进《太平广记》。他们这几位具有民间故事情结的文臣参与编纂《太平广记》，无疑让《太平广记》在罗致民间传说、故事时，会有更多的收获，从而促使《太平广记》在保存中国古代民间传说、故事方面贡献更大。

## 二、《类说》与《分门古今类事》

### 1.《类说》

《类说》的编纂者曾慥（？—1155），字端伯，号至游子、至游居士，晋江（今属福建）人。南宋文学家。撰有《高斋漫录》、《类说》、《至游子》、《道枢》等。《类说》是一部节录性的古代散文体叙事文学作品丛书。今本六十卷。全书采辑先秦以来的著作二百五六十种，每种摘抄一二则至数十则、百余则不等，所录作品均经过编者删削。所采辑的著作，种类繁多，“百家小说”应有尽有，是《太平广记》之后的一部很重要的古代散文体叙事文学作品文献。其中有关民间传说、故事的资料相当丰富。《类说》采辑的著作多半已失传，赖此书摘引而得以保存其部分内容。兹举数例：

《秘阁闲谈》原书五卷，已佚。《类说》与《分门古今类事》等书共保存其佚文二十多则。《类说》卷五十二保存该书佚文共十三则，即《服术》、《方丈山麻姑》、《古镜石人物》、《青磁碗》、《戊与丁合及第》、《换茶瓯》、《七夕瓜上金梭》、《菩萨蛮词》、《油头汗绣枕》、《纸鸢诗》、《鹤名丹哥》、《吞艇鱼》、《仙人招骨函》。这些作品，大多是民间传说、故事。譬如，《青磁碗》便是"聚宝盆型故事"最早的一个文本。

《仇池笔记》二卷，系宋人裒聚苏轼随笔文字而成。今传本上下两卷共一百三十八则，就是从《类说》卷九、卷十中录出的。其中，不乏民间传说、故事篇什，譬如《小儿吸蟾蜍气》、《戴嵩斗牛》、《三老人问年》、《儋耳地狱》。

《遁斋闲览》十四卷，久佚。今存佚文共一百四十一则，有九十七则节录自《类说》卷四十七。其中的《妻妒》、《姊妹六虎》、《皤然一翁公然一婆》、《三鹿为犇》、《门上书午字》、《秀才康了》、《舍弟江南没家兄塞北亡》、《月夜招邻僧话诗》、《避火》、《柳连道中托宿》等民间传说、故事都颇引人注目。

《芝田录》一卷，原书已佚，今存佚文四十余则。《类说》卷十一存其佚文三十二则，计有《纸茑系诏》、《木鹅系诏》、《高宗针百会》、《粜米救旱》、《杜书记平善》、《式盘占失牛》、《兄弟讼财》等民间传说、故事。

《该闻录》十卷，原书已佚，今存佚文近四十则。《类说》卷十九存其佚文二十一则，计有《鲜于判状》、《半年为盗》、《知县生日》、《下官口上官鼻》、《黄鹤楼诗》、《听马蹄声》等民间传说、故事。

《倦游杂录》八卷（亦作十二卷），原书已佚，今存佚文一百余则。《类说》卷十六存其佚文五十八则（目录作五十九则），计有《诡谋杀娼》、《苑中狮子》、《匍匐图》、《戏陈亚》、《阎罗见缺请速赴任》、《蜥蜴求雨》、《天狗下勾当公事》等民间传说、故事。

### 2.《分门古今类事》

《分门古今类事》的编纂者委心子，本名宋如璋，北宋人。生平事迹已不可详考。《分门古今类事》是一部古代散文体叙事文学作品集，二十卷，分为十二类，凡“帝王运北门”二卷，“异兆门”三卷、“梦兆门”三卷、“相兆门”二卷、“卜兆门”二卷、“谶兆门”二卷、“祥兆门”一卷、“婚兆门”一卷、“墓兆门”一卷、“杂志门”一卷、“为善而增门”一卷，“不恶而削门”一卷。此书采摭繁富，引书多达一百六十余种，所征引典籍以晚唐至北宋中期的笔记小说比重最大。所引资料大都注明出处，便于查考。

《分门古今类事》所征引典籍，有不少后世已不传。由于所引数据大都辑录自原书，弥足珍贵。兹举数例：

《秘阁闲谈》，今存两百多则佚文。《分门古今类事》存有《高雅见怪》、《柏阁行者》、《吴淑丹阳》、《思道点阅》、《丘旭定分》、《沈昶鄂字》、《化成得雁》、《张洎二驴》、《毛仙述配》等该书佚文十二则，其中有一些民间传说、故事。

《洞微志》三卷，原书已佚，今存三十多则佚文。《分门古今类事》存有《梁祖嗜鸡》、《昭武贩马》、《少卿领马》、《卢绛白衣》、《卢相贩土》、《若水见僧》等该书佚文十则，其中有一些民间传说、故事。

《缙绅脞说》二十卷，原本已佚，今存四十多则佚文。《分门古今类事》存有《范公捧诗》、《潘洞篆铭》、《刘咏看榜》、《范政送药》、《曹确剃发》、《刁湛赋诗》等该书佚文九则，其中有一些民间传说、故事。

《该闻录》今存近四十则佚文。《分门古今类事》存有《观文榜尾》、《济阳筑宅》、《懒瓒重训》、《蒲教授荆山梦记》、《章翁异验》、《王生听声》、《隋蜀不祥》、《地理吉凶》等该书佚文近二十则，其中有一些民间传说、故事。

《幕府燕闲录》十卷，原书已佚，今存佚文三十多则。《分门古今类事》存有《田方阴府》、《范讽三品》、《孟震附尾》、《苏协愁字》、《李概斫足》、《东坡大吴》、《杨砺记室》、《欧阳元省》、《中和布算》、《天圣高第》等该书佚文十七则，其中有一些民间传说、故事。

《翰苑名谈》二十五卷，原书已佚，今存佚文四十多则。《分门古今类事》存有《蓝守山魈》、《吉宝得汗》、《文叔遇侠》、《燕王遇张》、《温裕喜鹊》、《郑滂风字》、《后主古诗》、《于生遇风》、《樊元遇僧》、《牛字助语》等该书佚文十七则，其中有一些民间传说、故事。

《唐宋遗史》四卷，原书已佚，今存佚文五十多则。《分门古今类事》存有《仁钧避地》、《李庚食鲙》、《韦公玉箫》、《董齐医画》、《士宁得道》、《禄山异闻》、《志公画鹿》、《卢齐暴亡》等该书佚文十一则，其中有一些民间传说、故事。

## 三、《鬼董》与《夷坚志》

### 1. 《鬼董》

南宋·佚名编纂《鬼董》，一名《鬼董狐》，是一部有关鬼怪的专题性古代散文体叙事文学作品集，五卷，共辑唐宋时期的作品四十多则，其中多数作品是民间传说、故事。因此，这部专题作品集在保存和传播民间传说、故事方面有一定贡献。

兹分别对该书收录并删改前人作品的情况进行介绍：

卷一《牟颖》，即《潇湘录·牟颖》（见《太平广记》卷三五二），除个别字句小有出入外，悉同。

卷一《章翰》，即《通幽录·哥舒翰》（见《太平广记》卷三五六），除故事主人公姓名有改动，个别字句小有出入外，悉同。

卷一《韦自东》，即《传奇·韦自东》（见《太平广记》卷三五六），抹去开头的“贞元中”，文字稍有改动，其余悉同。

卷一《章仇兼琼》，即《尚书故实·章仇兼琼》（见《太平广记》卷三五六），除个别字句小有出入外，悉同。

卷一《张师厚与懿娘》，与《夷坚丁志》卷九《太原意娘》有一定的渊源关系。

卷二《王萼》，即《广异记·王玄之》（见《太平广记》卷三三四），故事主人公的名字有改动，文字有所删削和调整。

卷二《张有》，即《纪闻·王无有》（见《太平广记》卷三三三），故事主人公姓名与所在地名均有改动，故事情节亦稍有改动。

卷四《卢仲海》，即《通幽记·卢仲海》（见《太平广记》卷三三八），篇首抹去“大历四年”，文字有删改，其余悉同。

卷四《王垂》，即《通幽记·王垂》（见《太平广记》卷三三八），篇首抹去“唐大历初”，文字多有删改。

卷五《常夷》，即《广异记·常夷》（见《太平广记》卷三三六），篇首抹去“唐”字，文字小有出入。

卷五《唐晅》，即《通幽记·唐晅》（见《太平广记》卷三三二），故事主人公名字有改动，内文抹去“开元中”、“开元十八年”、“开元八年”等，并且多处有所删改。

卷五《田达诚》，即《稽神录》卷二《田达诚》（见《太平广记》卷三五四），除个别字句小有出入外，其余悉同。

### 2.《夷坚志》

《夷坚志》中的绝大多数作品，都是作者洪迈亲自采录的民间传说、故事。但其中也有少量作品，取自南宋时期和南宋以前的有关著作。因此，《夷坚志》亦带有一点选编的性质。兹举数例：

《夷坚志再补·鼠怪》，据《列异传》“王周南”缩写。

《夷坚志再补·道人符诛蟒精》，据《玉堂闲话》“选仙场”改写，情节稍有变动。

《夷坚三志己》卷六《上请尧舜》，出宋·范镇撰《东斋记事》。

《夷坚支景》卷三《水精环》，出《邵氏闻见录》。

《夷坚丙志》卷十四《锡盆冰花》，与《春渚纪闻》卷二《瓦缶冰花》大同小异。

《夷坚志再补·谢石拆字》，即《春渚纪闻》卷二《谢石拆字》，文字小有出入。

《夷坚支乙》卷六《罗伯固脑瘤》的引子，据《春渚纪闻》卷三《仙丹功效》缩写。

《夷坚三志辛》卷八《书廿七》，即《睽车志》卷二《赵倅亡妻》，文字有所改动。

《夷坚支乙》卷二《罗春伯》、《杨证知命》、《黄五官人》等十则，出临川刘君所记《梦兆录》。

《夷坚支癸》卷十《淳化殿榜》、《蔡确执政梦》、《古塔主》见宋·马永卿撰《懒真子》。

《夷坚三志己》卷八《道士竹冠》、《南京张通判子》、《长垣妇人》、《浴肆角筒》、《唐革廉访》等十七则，出洪迈亡友李子永撰《兰泽野语》，文字均稍有润饰。

《夷坚三志辛》卷四《鼎州寺藏心木》、《邛州僧》、《白马洞天》、《屈老娘》、《孟广威猕猴》等十三则，出南宋·陈莘撰《松溪居士径行录》。

《夷坚三志壬》卷七《张翼德庙》、《郫县铜马》、《王道成先生》、《惠宗师盘石》等八则，出宋·王晦叔撰《颐堂集》。

## 第二节　元代的民间故事编选

### 一、《湖海新闻夷坚续志》与《异闻总录》

#### 1.《湖海新闻夷坚续志》

元·佚名撰《湖海新闻夷坚续志》是一部文言志怪故事集。全书分前后两集，十七门。前集八门，即人伦门、人事门、符谶门、珍宝门、拾遗门、艺术门、警戒门、报应门；后集九门，即神仙门、道教门、佛教门、文华门、神明门、怪异门、精怪门、灵异门、物异门。另外，尚有补遗七门，即人伦门、灵异门、拾遗门、人事门、治道门、艺术门、报应门。每门又分若干类。比如，报应门分为善报、恩报、冤报。神仙门分为仙真、仙异、遇仙、得仙。全书共收五百余则作品，大多为宋代故事，间有元代及前代故事，内容大部分为神仙、佛道、精怪故事，亦有少量野史、轶闻。

《湖海新闻夷坚续志》里面的作品大多辑录、改写自前人之书，其中有些故事出自六朝或唐宋著作，尚可查考出处，有的已无处查考出处。也有一部分故事，可能直接采自民间。

出自六朝至五代著作的故事，譬如：

前集卷二《拾遗门·马头娘子》，即《搜神记》卷十四《女化蚕》，文字大同小异。

后集卷二《怪异门·鬼求针灸》，由《续齐谐记·徐秋夫》缩写而成，文字简练。

后集卷一《神仙门·一梦黄粱》，由《枕中记》缩写成，文字极简练。

后集卷一《神仙门·四仙弈棋》，由《玄怪录·巴邛人》缩写而成，文字简练。

后集卷二《怪异门·鬼仙玩月》，即《酉阳杂俎》续集卷一支诺皋上“崔汾奇遇”，个别字句有出入。

前集卷二《艺术门·斩人魂魄》，由《传奇·聂隐娘》缩写而成，文字较为简练。

后集卷二《神明门·井神现身》，由《原化记·吴堪》前半部分缩写而成，情节略有变动。

后集卷二《精怪门·蟒精为妖》，由《玉堂闲话·选仙场》缩写而成，文字有所改动。

出自宋代著作的故事，譬如：

补遗《治道门·摸钟辨盗》，由《梦溪笔谈》卷十三《权智》“摸钟辨贼”改写而成，文字稍有压缩。

后集卷一《道教门·嘘气烧肠》，即《春渚纪闻》卷三《嘘气烧肠》，文字有所改动。

前集卷一《人伦门·负约求娶》，由《清尊录·大桶张氏》缩写而成，情节略有改动。

前集卷一《人伦门·事姑不孝》，由《夷坚丙志》卷八《谢七嫂》改写而成。

后集卷二《怪异门·鬼饮谯楼》，即《夷坚志再补·岳珂除妖》，个别字句有出入。

前集卷一《人伦门·身代母死》，即《夷坚志三补·愿代母死》，仅个别字有出入。

后集卷二《精怪门·猿请医士》，即《夷坚志三补·猿请医士》，题目、内文悉同。

### 2.《异闻总录》

元·佚名编《异闻总录》是一部文言志怪故事选集。全书四卷，共收鬼怪故事一百则，大部分为民间传说、故事。书中所选的作品，多辑自唐、宋、元时期的著作，但未注出处，有的可以考查出来源，有的出处则已无法确考。

《异闻总录》辑录最多的是《夷坚志》：

卷一《耿氏婢》，即《夷坚丙志》卷八《耿愚侍婢》，仅个别字句有出入。

卷一《白衣妇》，即《夷坚丙志》卷十一《白衣妇人》，仅个别字句有出入。

卷一《疫鬼》，即《夷坚丙志》卷十一《牛疫鬼》，悉同。

卷一《芝山遇鬼》，即《夷坚丙志》卷十一《芝山鬼》，仅个别字句有出入。

卷一《饶氏妇》，即《夷坚丙志》卷十二《饶氏妇》，多处字句有出入。

卷一《李主簿》，即《夷坚丙志》卷十二《李主簿》，仅一字有出入。

卷一《捉老张》，即《夷坚丙志》卷十三《张鬼子》，仅个别字句有出入。

卷一《贾县丞》，即《夷坚丙志》卷十四《贾县丞》，仅个别字句有出入。

卷一《陶象》，即《夷坚丙志》卷十六《陶象子》，某些字句有出入。

卷一《江圭》，即《夷坚丙志》卷十六《会稽仪曹廨》，仅个别字句有出入。

卷一《张朝幼女》，即《夷坚丙志》卷二十《张朝女》，今本《夷坚志》之该则阙十三字又八行，可据此补齐。

卷一《老婢索命》，即《夷坚丙志》卷二十《萧六郎》，今本《夷坚志》之该则前后有多处阙失，可据此补齐。

卷一《刘十九郎》，即《夷坚丁志》卷十四《刘十九郎》，正文仅个别字句有出入，末尾删去“予于《乙志》书后田王十五为瘟鬼驱至宣城事，颇相类。”

卷一《田縠女》，即《夷坚丁志》卷十五《田三姑》，仅个别字句有出入。

卷一《詹小哥》，即《夷坚丁志》卷十五《詹小哥》，仅个别字句有出入。

卷一《鬼求共被》，即《夷坚丁志》卷十五《晁端揆》，仅个别字句有出入。

卷一《鬼卒求渡》，即《夷坚丁志》卷十九《鬼卒渡溪》，仅一字有出入。

卷一《山鬼》，即《夷坚丁志》卷十九《龙门山》，仅一字有出入。

卷一《画工黄生》，即《夷坚丁志》卷二十《郎岩妻》，仅个别字句有出入。

卷一《杨二郎》，即《夷坚志补》卷二十一《鬼国母》，文字有所删改。

卷二《上官彦衡》，即《夷坚丙志》卷七《扬州雷鬼》，悉同。

卷二《掠剩大夫》，即《夷坚丙志》卷十《掠剩大夫》，仅个别字句有出入。

卷二《灶君驱虎》，即《夷坚丁志》卷二十《杨氏灶神》，仅个别字句有出入。

卷四《妄鬼假托》，即《夷坚志补》卷十七《季元衡妻》前半部分，多处字句有出入。

卷四《凶宅办醮》，即《夷坚志补》卷十七《王燮荐桥宅》，多处字句有出入。

卷四《娼女恶报》，即《夷坚志三补·临川娼女》。据《四库全书总目》卷一四四《异闻总录》提要考证，此则本出《夷坚志》。原文已佚，今人从《异闻总录》中辑出佚文。

卷四《渔人吴一》，讲述者为洪迈之弟洪景裴，是《夷坚志》的重要讲述人之一。但今本《夷坚志》已无洪景裴所讲的此则故事，当作为佚文辑出。

《异闻总录》辑录自其他著作的故事有：

卷二《李沈》，即《玄怪录》卷四《李沈》，个别字句有出入。

卷三《青袍人》，即《玄怪录》卷三《南瓒》（见《太平广记》卷三〇三），文字略有删改。

卷三《盗发墓者》，即《玄怪录》卷三《户公焕》（见《太平广记》卷三九〇），个别字句有出入。

卷三《齐推女》，即《玄怪录》卷三《齐饶州》，个别字句有出入。

卷三《王泰》，即《玄怪录》卷四《张宠奴》，个别字句有出入。

卷三《叶诚》，即《续玄怪录·叶氏妇》，个别字句有出入。

卷三《崔汾奇遇》，即《酉阳杂俎》续集卷一支诺皋上“崔汾奇遇”，个别字句有出入。

卷二《韦安道》，由《异闻录·韦安道》（见《太平广记》卷二九九）缩写。

卷三《王轩遇西施》，出《翰府名谈》。

卷三《妓为枯骸》、《谯楼邪魅》、《太公》、《鬼妇求医》、《窗棂大手》、《鬼求治腰》，即《湖海新闻夷坚续志》后集卷二怪异门《鬼妓劝酒》、《鬼饮谯楼》、《鬼偷馒头》、《鬼扣医门》、《鬼手入窗》、《鬼求针灸》，均个别字句有出入。

## 二、《说郛》

《说郛》的编纂者陶宗仪（1316—?），字九成，号南村，一号泗滨老人，黄岩（今属浙江）人。元末明初文学家。撰有《书史会要》、《南村诗集》、《辍耕录》（一名《南村辍耕录》）等。《说郛》一百卷，是一部综合性大型丛书。此书分类选辑两汉至元代经、史、小说、杂记一千余家，共数万条。原本已佚，仅有明抄本流传。近人张宗祥据六种明抄本，校理成书，于1927年由上海商务印书馆排印出版，这便是目前通行的涵芬楼一百卷本[①]。但所辑之书仅有七百二十五种，远不及原本所收。尽管如此，它

① 上海古籍出版社1988年影印的《说郛三种》，即以涵芬楼《说郛》一百卷本为第一种。参见《中国古代小说百科全书》《说郛》条，中国大百科全书出版社1993年4月版，第483页。

仍然保存了大量值得珍视的文献资料，是现今学界据以考证、辑佚、研究的主要本子。

《说郛》这部大型丛书的文献价值，首先体现在其中保存了一些明清以来已失传的著作上。它所辑录之书，便成仅存的珍本。譬如，唐·刘孝孙、房德懋撰《事始》，《旧唐书·经籍志》杂家类著录，三卷，未见传本。《说郛》卷十收一卷，但已非完本。又如，宋·陆游撰《老学庵续笔记》，《宋史·艺文志》未载。《四库全书总目》著录有《续笔记》二卷。今仅存一卷，自《说郛》卷四中辑出，但所载似为摘引，而非全文。再如，《清尊录》一卷，共七十三则，已佚。今本一卷，自《说郛》卷十一中辑出，共十则，包括《大桶张氏》、《狈氏》、《王生》等名篇。

《说郛》这部大型丛书的文献价值，还体现在它所辑录之书，有不少用的是较全较早的版本，可供辑补佚文或校勘之用。譬如，《遁斋闲览》，十四卷，已佚，《类说》节录其七十四条，但已经过删削。而《说郛》卷三十二录其四十四则为一卷，系全文而非摘引，并且保存有该书“名贤”、“野逸”、“诗谈”、“证误”、“杂评”、“人事”、“谐噱”、“泛志”、“风土”、“动植”等十门之名，可大略窥见其原貌。其中录有《妙龄颖悟》、《修寺焚僧》、《娶妇离间友爱》、《妬》、《刘喜焚妻》、《诸异》、《颂虱》、《脔婿》、《百劳》等《类说》未录的民间传说、故事佚文，而两书皆有的佚文，像《说郛》所录《六虎》、《长年术》、《崖州地望最重》、《作诗图对偶亲切》、《李廷邽墨》，因系全文，皆比《类说》所摘引的《姊妹六虎》、《绝欲延寿》、《崖州地望重》、《舍弟江南没家兄塞北亡》、《李廷珪墨》详备。又如，《拊掌录》，《说郛》卷三十二辑佚文二十四则，前有编者辗然子于元延佑元年（1314）写的自序，所辑录作品，有《卜者许寿》、《烧裙》、《依卿所奏》、《木野狐、草大虫》、《鄙诗》、《置帽僧头》、《作犯徒以上罪诗》、《厥撒大尉》等民间传说、故事。《拊掌录》明末杭州刊《雪涛谐史》本中的一些佚文与《说郛》辑录佚文有相同者，可据《说郛》进行校勘。举例来讲，《说郛》中的《木野狐、草大虫》就比《雪涛谐史》本的同一则故事多五十多字，更为生动有趣。

总之，《说郛》这部大型丛书保存了大量民间传说、故事资料，在保存中国古代民间传说、故事，促进中国古代民间传说、故事的传播和发展方面卓有贡献。它无疑是研究中国古代民间传说、故事的一部重要的古籍文献，历来为民间文学研究者所珍视。

尚需指出的是，明·陶珽编《说郛》（重编本）一二〇卷，收书一千三百种。它与元·陶宗仪编《说郛》差别较大。此书既新增加了一大批书目，又增加了一批伪书，使用时须当谨慎。

# 第五编

## 明代时期的民间故事

明代是中国封建社会的又一个王朝，历时270多年。在元朝覆灭之后，明初诸帝不但掌控了整个汉族地区以及青藏、东北等少数民族地区，而且向西南少数民族地区扩展自己的统治势力。明代中央集权的巩固，为社会经济文化的发展，创造了有利条件。明代中叶以后，随着生产力的提高、商业经济的繁荣和对外贸易的拓展，新的工商业不断在城镇兴起。在长江下游地区，城市化程度比较突出，出版业欣欣向荣，文人文化与大众文化颇具有活力。然而，到了明代后期，政治黑暗，朝纲紊乱，阉党横行，土地兼并愈益严重，阶级矛盾日趋剧烈，农民起义纷起，最后导致明王朝覆灭。

从明代起，中国古代的写实故事和民间笑话进入了一个兴旺发达的时期。在这个时期，无论是写实故事还是民间笑话，都较之前一个时期有了相当大的发展和提高，民间笑话尤为显著。相比而言，这个时期的幻想故事和民间寓言，则不如写实故事和民间笑话那样兴旺发达。

明代记载民间故事的著作甚多，主要有方孝孺撰《逊志斋集》，刘绩撰《霏雪录》，陈敬则撰《明廷杂记》，叶盛撰《水东日记》，沈周撰《客坐新闻》，陆容撰《菽园杂记》，贺钦撰《医闾漫记》，陆釴撰《病逸漫记》，马中锡撰《东田集》，杨循吉撰《吴中故语》、《蓬轩别记》，祝允明撰《语怪编》、《志怪录》、《猬谈》、《九朝野记》、《枝山前闻》，黄暐撰《蓬窗类记》，刘玉撰《已疟编》，郎瑛撰《七修类稿》，伍余福撰《苹野纂闻》，王锜撰《寓圃杂记》，姚福撰《青溪暇笔》，都穆撰《都公谈纂》，徐祯卿撰《异林》，陈良谟撰《见闻纪训》，敖英撰《绿雪亭杂言》，侯甸撰《西樵野记》，苏佑撰《逌旃琐言》，李翊撰《戒庵老人漫笔》，张谊撰《宦游纪闻》，田汝成撰《幽怪录》，陆粲撰《庚巳编》、《说听》，陆灼撰《艾子后语》，杨仪撰《高坡异纂》，冯汝弼撰《佑山杂说》，王文禄撰《机警》，陆楫编纂《古今说海》，乐天笑笑生纂集《解愠编》，何良俊撰《语林》（又名《何氏语林》），宋雷撰《西吴里语》，叶权撰《贤博编》，耿定向撰《权子》，徐渭撰《谐史》，李贽撰《山中一夕话》，王圻纂集《稗史汇编》，王稚登撰《虎苑》，王世懋撰《二酉委谭》，张夷令辑《迂仙别记》，王临亨撰《粤剑编》，焦竑撰《玉堂丛语》，屠本畯撰《憨子杂俎》，刘元卿撰《贤弈编》，于慎行撰《榖山笔麈》，孙能传撰《益智编》，周复俊撰《泾林杂记》，冯梦祯撰《快雪堂漫录》，赵南星撰《笑赞》，江盈科撰《雪涛小说》、《雪涛谐史》、《谈丛》、《谈言》、《闻纪》，马生龙撰《凤凰台记事》，王同轨撰《耳谈》（一名《耳谈类增》）、《赏心粹语》，徐燉撰《徐氏笔精》，王元祯撰《说圃识余》，朱国祯撰《涌幢小品》，周嘉胄撰《香乘》，陈继儒撰《珍珠船》、《读书镜》、《虎荟》，陈继儒辑《时兴笑话》，顾起元撰《客座赘语》，阑庄撰《驹阴冗记》，谢肇淛撰《五杂俎》（亦作《五杂组》）、《麈余》，李日华撰《蓬栊夜话》，钟惺撰《谐丛》，潘游龙撰《笑禅录》，钱希言撰《狯园》，姚旅撰《露书》，郁履行辑《谑浪》，宋懋澄撰《九籥集》，文林撰《琅玡漫钞》，徐应秋编纂《玉芝堂谈荟》，郑仲夔撰《耳新》，郑暄编纂《昨非庵日纂》，起北赤心子撰《新话摭粹》，无名氏撰《笑海千金》、《时尚笑谈》，冯梦龙编纂《古今谭概》、《智囊补》、《情史》，冯梦龙辑《笑府》、《广笑府》，浮白斋主人撰《雅谑》，浮白主人辑《笑林》，醉月子辑《精选雅笑》，李中复撰《原李耳载》，俞弁撰《山樵暇语》，谈迁撰《枣林杂俎》，无名氏撰《玉池肩谈》、《资谈语》、《华筵趣乐谈笑酒令》、《续笑林》、《解颐赘语》等。

# 第一章 明代的幻想故事（上）

明代的幻想故事，包含神异故事、精怪故事、鬼魂故事几个门类，以神异故事的作品数量最多，艺术质量最高，能够比较充分地显示出明代幻想故事的艺术成就。

## 第一节 明代的神异故事（一）

明代的神异故事，内容比较丰富，包含神祇济世故事、奇事奇遇故事、宝物故事、人神恋情与交谊故事、报应故事等多个方面，大多构思巧妙，想象奇特，能够比较充分地反映出平民百姓，尤其是衣食无着的民众的思想感情和生活愿望。其中以神祇济世、奇事奇遇两类故事比较突出，足以与隋唐五代时期、宋元时期的同类故事媲美。

### 一、明代的神祇济世故事

这个时期的神祇济世故事，大都描述道教的神仙、佛教的菩萨以及其他神灵来到尘世间扶危济困、惩恶扬善，使人们安居乐业，过上太平日子，让生活在社会底层的民众不再为温饱发愁。兹从搭救饥民、扶助善良、惩恶锄奸等几个方面具体论析这个时期的神祇济世故事。

#### （一）有关神祇搭救饥民的故事

滋阳县天饥，众皆欲携老幼逃散。忽一羽士星冠挂瓠剑过之，指一隙地曰：“此下有土饭可食。”忽不见。众骇之，掘地尺余，土皆碧绿色，微有谷气。饿者捧而吞之，腻如稠面，下咽甚适。众争啜至饱。一方数千人，皆取给焉。地成坑，且数亩，深可二丈，独不蓄水。易岁，麦将熟，羽士忽至，俯地若有所拾。坑已满，再掘，仍沙土，不可食矣。

——《涌幢小品》卷二十九《土饭》

海盐祝主事家有牧羊儿，年十余，素善饭。一日牵羊归，就午食，庖妇故不与以戏之。牧儿去，泣于田间。一道士过，见之问曰："汝何哭？"告以无饭。道士出怀中黑丸，大如龙眼，授之曰："食此自当得饱，勿嚼碎。"儿吞之，觉腹中充然。道人戒曰："无语人也。"遂去。

儿暮归不飡，明日亦不饥，绝谷者五六日。庖妇疑其盗米自食也，白于主人。主人召儿将鞭之，儿畏而吐实，主人异之。明日使他儿与俱，曰："若复遇道士，一人力挽其衣，一人归报。"二儿到向地，则道士又至矣，语儿曰："为何漏言？"谢曰："畏主责耳。"道士以一手支其颔，一手击其顶间，前黑丸自喉跃出，复藏于怀。儿极力挽留，问此何物，曰："汝知有所谓交梨火枣者乎？此火枣也。"

久之，主人闻报而至，将去数百步，道士双足遽陷入土中，稍近，益下，仅露其首，既而首亦不见，土上都无窍穴。惊顾道士，已在隔岸拱手而灭。自是牧儿复食。吾乡戴区人苏盘，时为祝塾师，亲见其事。刘宗廉说。

——《庚巳编》卷七《祝氏牧儿》

以上两则故事，描述仙家羽士施展神力，让无助灾民或者饥饿牧童不再忍饥挨饿，得以保全性命，度过难关。当被搭救者一旦得救时，他们立即收回神物，令人们的生活恢复常态，以杜绝世人的贪念，不使某些人误入歧途。

### （二）有关神祇扶助善良的故事

松江富人丁生者，壮年无子，其妾有妊，丁祷于所事真武之神云：

“如生男，长大当亲携上太岳烧香，以谢神贶。”已而果得男。长至六岁，丁与妻妾谋将践誓言，皆以子幼道险，欲更须数载。丁以初心不可违，强欲一行，从两仆，携其子而往。

甫至，舍于旅邸，其子忽疹，数日竟死。丁悲恸，怨曰：“吾父子至诚，数千里而来，神不赐福亦已矣，而更使得此祸乎!”又数日，痛稍定，乃登山，留儿柩旅邸，嘱邸翁善守之。越三夕，两仆来诣翁，以主命载其棺而去。

诘朝丁至，问棺所在，翁具言仆故。丁讶曰：“两仆从我上山，今尚在后，安得有此?”仆至，翁面质之，亦骇愕，疑翁有他故，矢天自明。丁大恸曰：“吾违妻妾之言，强以吾儿来。今既死，又并骸骨而失之，吾归何以见家人也。吾有死而已!”既入舟，日常涕泣不食，奄奄殆至灭性。同归者多加宽慰，使进食。

抵松，未至家数里，遣一仆先归报。入门，主母出，盛怒诟其夫曰：“汝唯一子，行数千里，忍令他人挈归，于汝心安乎?”且责仆以不谏其主。仆惊不知所对，乃奔告其主。主大怪之，即舍舟趋至家。妻妾交口出骂，问其故，乃言：“旬日前昏时，有船泊岸，二客携儿入门，言吾辈武当烧香遇，而主为事少羁，付此儿先送回耳。”丁大骇，呼儿出看之，疹瘢犹在面，却道前事，皆不信，请同归者证之，始知其非妄。问儿所以生，懵然不知也。

——《庚巳编》卷八《真武显应》

二秀才俱春秋有名，相善。秋试前夕，同榻。一生俟睡熟，密取彼生誊真之笔，悉嚼去其颖。明日抽用已尽秃，大惊。取起草者姑代，则湿滥如帚。乞诸邻，又皆坚拒。恸哭，欲弃卷出。倦而假寐，有神拊其背曰：“起起，写写!”既起，视笔依然完好。执之，且疑且写。既毕，仍秃笔也。交卷至二门，一生在焉。迎问曰：“试文称意否?”谢曰：“无之，但得完卷耳。”其人面发赤，趣出宿于别所。明日其名粘出，不得终试。秃笔生魁选联第。

——《涌幢小品》卷七《嚼笔》

以上两则故事，描述神明大显神威，降福世间，满足虔诚、善良之人的美好意愿——使壮年人所生的儿子病死复生，让受欺负的书生秃笔生魁，高中联第，无不给人间带来温暖和希望。

## （三）有关神祇惩恶锄奸的故事

湖广苏伯修如云南，将还，有一僧来附舟，苏初难之。僧言："君姑容我，我将有所助。"苏不得已许之。中途登陆，群盗二十辈追至。苏惶迫无计，僧云："勿畏。"命主仆及货聚一处，画一圈围于外，掐指詈咒，以袈裟铺地鼾寝。俄而盗至呼僧云："适见一商，挟重货与汝同行，今安在？"僧曰："吾不知也。"盗遍觅其间，终不能见而过之。苏始感僧，厚谢僧，不受径去。

——《说听》卷上"苏伯修"

兴宁有奸夫奸妇谋杀亲夫者，夜半移尸弃于仇家之塘中。里人叶大者道遇之，畏事不敢发。明日，奸妇指告仇家，以为杀其夫也，而无证，狱久不决。兴宁庄尹鞫而疑之。是夕，梦一神人引一戴草笠而着木屐者至前，谓尹曰："尹欲决疑狱耶？询此人即得矣。"觉而思之，岂有里邻中姓叶者知情乎？旦日执叶大至，一讯即得。

——《粤剑编》卷二"神助决疑狱"

以上两则故事，描述神明大显神通，惩恶锄奸。他们或者化为僧侣出现，让商家免遭抢劫与杀害；或者托梦给审案官吏，使被诬陷者冤情大白，并使谋杀亲夫的淫妇与奸夫落入法网。这两则故事，情节简略，篇幅短小，却颇为有趣，跟前面征引的几则故事一样具有艺术魅力。

除了例举的作品外，这个时期的神祇济世的故事尚有写神人托梦赠一"麦"字，从而破了杀妻弃尸冤案，将真凶——与妇私通之二道士捉拿归案的《双槐岁钞·断魂石》；写一道人用红药丸为黄某治好膈气不能饮食之病，随即抚背令其吐出药丸，纳入葫芦而去的《庚巳编·黄长子》；写韩某得一老僧所传方药而名扬山西，遥见人颜色即知祸福生死，屡试不爽的《高坡异纂》"韩神医"；写一寡妇被居心叵测之木客诬告后，向玄坛神祷祝，玄坛神乃遣黑虎将木客咬死的《虎苑》“黑虎噬木客”；写大旱米价飞涨，一罗汉变为僧人，载两船米前往赈灾的《涌幢小品·罗汉化米》；写陈某耕牛被盗后泣诉于城隍，越三日盗牛者乃为城隍差人杖责，叫痛不已的《耳新》“盗牛者被责”；写某司理审一杀人疑狱久不能决，祷神后得梦捉住凶犯，使无辜者获释的《原李耳载·梦得正凶》；写一重犯囚僧越狱，两日后州牧女代父祝神，神遂托梦使越狱逃僧被捕的《原李耳载·梦获逃僧》等。

## 二、明代的奇事奇遇故事

这个时期的奇事奇遇故事，描述的大都是各种有别于常态的奇异事件和奇异经历，往往既出人意料，又引人入胜。它们无不通过充满魔幻色彩和怪诞氛围的故事情节来表达民众的爱憎，揭示民众的愿望，并且给听众、读者带来艺术欣赏的愉悦。

### （一）奇事故事

这个时期的奇事故事，或者展现故事主人公的非凡本领与道行，或者展现故事主人公的人格魅力与社会影响，藉以描绘出广大民众期望的美好生活场景，让听众、读者受到鼓舞和激励。

这个时期的奇事故事，以《憨子杂俎》“七兄弟”最为突出：

> 古者，兄弟七人皆绝技，曰健大一、硬颈二、长脚三、远听四、烂鼻五、宽皮六、油炒七。健大看得须弥山可列家门屏幛，担却归。上帝怒，敕丰隆[1]翳追之，并获硬颈二，以斧斫其颈，斧数易，而颈无恙。长脚三距海一万八千里，一日夜抵家报信。远听四早闻，偕烂鼻五赴难。西海龙王遣数千将敌之。五以鼻涕向下一掴，尽糊其将之眼。于是，龙王亲征，获第六，直扯横拽而皮不窘。获第七，又入油气铛，炒七日七夜而体不焦。七人者终无成，老于牖下。

① 丰隆：传说中的云师。

“十兄弟型故事”是一个名扬四海的著名民间故事类型。此则故事，乃是见诸我国现存古代文献的唯一一篇“十兄弟型故事”，距今有三百多年光景。此则故事所描绘的身怀各种绝技的众兄弟的群体形象，别开生面，具有很大的震撼力。不仅如此，它还在众兄弟的人数和本领、与之抗争的对象以及所作所为等诸多方面，给后世的民间故事创作留下了发挥想象力、创造力的广阔空间。因此，到了现当代，其异文层出不穷，在我国各地的汉族和诸多少数民族聚居区广泛流传，蔚为大观。

那些具有非凡本领的，不但有在家人，而且有出家人，他们的作为，总是奇特、新颖，令读者、听众感到兴趣盎然。试看：

冷谦字启敬，杭州人，精音律，善鼓琴，工绘画。元末以黄冠隐居吴山顶上。国初召为太常协律。尝遇异人传仙术。有友人贫不能自存，求济于谦。谦曰：“吾指汝一所往焉，慎勿多取。”乃于壁间画一门，一鹤守之。令其人敲门，门忽自开。入其室，金宝充牣，盖朝廷内帑也。其人恣取以出，不觉遗其引。

他日，库失金，守库吏得引以闻，执其人讯之。词及谦，逮谦将至，曰：“吾死矣，安得少水以济吾渴！”逮者以瓶汲水与饮，谦且饮且以足插入瓶中，其身渐隐。逮者惊曰：“汝无然，吾辈皆坐汝死矣！”谦曰：“无害汝，但以瓶至御前。”

上问之，辄于瓶中应如响，上曰：“汝出，朕不杀汝。”谦对：“臣有罪，不敢出。”上怒击其瓶，碎之，片片皆应，终不知所在。移檄物色之，竟不能得。

——《已疟编》“冷谦戏皇上”

贵州僧结庵龙虎山下，尝赴斋市人家，倩四仆肩舆以行。至即从主人求密室闭仆，其内加扃钥，戒勿与食。主人念仆远来，不当令枵腹。俄间咆哮，走视之，皆虎也。惊悸毛竦，争来言。僧但微笑。斋罢，启钥唤出，依然仆也，遂举舆去。盖始以法摄制山中虎耳。

——《虎苑》卷下“倩虎肩舆”

以上两则故事的立意各不相同，都具有一定的思想意义和艺术感染力。前一则故事，在于显示民众对官府乃至皇帝老官的不满和藐视，后一则故事，在于显示民众征服自然的力量和信心，让读者、听众感到振奋。

在这一类故事里面还可以看到，有些奇事的出现是由于品德高尚者的行为打动神明所致。他们为了公众利益不惜钱财、性命，足以惊天地，泣鬼神，大都感人至深，非常富有教育意义。试看：

嘉靖戊午，倭寇闽中死亡无算。林龙江先生鬻田得若干金，办棺收葬。时夏月秽气逆鼻，役从难前，请命龙江。龙江云："汝到尸前，高唱'三教先生来了！'"因语往，香风四起，一时卒殓，亦异也。

——《香乘》卷十二《香起卒殓》

万历己酉五月十四日，扬子江心风浪大作，有渡船载百余人，几覆。忽见浪中有鬼面者持一牌起书"金"字一字。众谓必有金姓者在舟当死。果有姓金者一人，众欲推之入水。金本持斋诵经，乃曰："若活众命，吾何惜死，然数止此安能幸免！"乃跃入水中。时风狂舟速，金仿佛若有人扶之出巨浪，送上郭璞墓墩，而立见舟翻覆，俱溺死，独金得生。江右刘观南观察亲见其事。

——《徐氏笔精》卷八《金字牌》

以上两则故事都比较短小，却包含一定的道德力量，使读者、听众随着故事情节的推进而受到感染，得到启示和教益。前一则故事不带任何说教意味，尤为真实感人。

除上述作品外，这个时期的奇事故事尚有写某知府命卒持牒入山捕虎，焚牒虎至，虎随卒入城受责杖后，乃循故道而去的《已疟编》"于梓人"；写某家娶妇入门时轿内空空如也，后竟得新妇于荒冢中的《菽园杂记》"新妇失踪"；写一贾人外出时将藏有积银之瓮埋于地下，其子窃发，瓮中惟有清水，其父归后瓮银却不见减少的《见闻纪训》"贾人瘗银"；写某官因梦虎被三矢而捉住谋杀贫士之凶犯，乃得还冤妇以清白的《虎苑》"梦虎三矢"；写一道士掘井涌出醇酒以答谢店主赐酒情意，逾三年其家致富，店主竟嫌酒无糟，道士遂使该井不复出酒的《雪涛小说·心高》；写一神人驱石奔海，为所遇老姥道破，群石竟不能动弹的《涌幢小品·奔石》；写一夜石雕妇人去某家窃食水浆，其家主人以刀中之，次日见一石妇腰下两断，方知其异的《涌幢小品·石妇》；写杭城某妇游西湖后产下一球，被西南人厚价买去剖作数片，视之皆为西湖风景的《耳新》"西湖景球"等。

### （二）奇遇故事

这个时期的奇遇故事，大都描述士农工商多种故事主人公的各式各样的奇异经历，包括遇见神明、仙家、异人以及其他奇特的见闻与际遇，具有较强的神秘感和吸引力，让听众、读者有所感悟，受到启迪，并且得到艺术欣赏的满足。

有关拜见神明、仙家的奇遇故事，试看：

阳山惠瑶说：其邻居一小民，以事之京师，还至张家湾附船。时方黎明，见河中一船甚大，贵人冠服坐其中，侍卫者十数。民趋拜船所，言欲往苏州，求附载。贵人曰："吾船今到苏州尔。"即命载之。民坐船尾，良久，觉困倦，乃脱所着草屦置身畔，以衣囊为枕暂睡，不觉沉鼾。寝寤开目，乃见身卧草野中，囊籍首如故，而草屦不见。惊起视，日犹未晡，行出官道，问人："此何处？"曰："枫桥也。"益大骇，循途走至阊门，入一庙中少憩，举首见神像，俨如舟中贵人。屋偏挂一船，与向所见妆饰不加异，但加小耳，船底及橹皆湿。探其尾，则草屦在焉。竦栗下拜，问之巫祝，云："宋相公庙也。"

——《庚巳编》卷六《神船》

国初平阳金箔张者，以世造金箔得名。其子二郎聪隽不凡，少遇仙流，授以《鹿卢蹻经》一卷，遂得乘蹻之术[①]。闾里骇其所为。一日有羽衣人过其门，曰："家师亦挟小奇术。二郎不弃，明日遣骑相迎。"黎明，果有两童子，各乘一龙，自云中下；复牵一龙，请二郎

---

① 乘蹻之术：道家所谓的飞行术。

乘坐。龙狞甚，昂首不伏。童子出袖中软玉鞭鞭之，二郎乃腾身而上。行数里，至一山谷中，极花木泉石之胜。俄达茅庵，羽衣人已在门矣。传呼延入，见一道人庞眉古服，坐匡床之上，双足卸挂壁间，相去犹寻丈也。二郎欲拜，道人曰："且上勿前。老汉久卸膝盖骨以自便，倚足于壁，不踏世上红尘矣。今日不免为郎君一下床也。"于是挥手招壁间，双足自行，前着膝上，辐凑如常人。遂下床，具宾主礼，呼室中童子煮新茶供客。茶至，则一无首童子也。道人责曰："对佳宾，乃简率若此乎？可速戴头来！"童子举手扪其颈，遽入室取头戴之，复出，供茶如初。

——《狯园》"金箔张"

以上两则故事，一则故事描述一个平民遇到神灵，得其帮助神速返回故里，一则故事描述一个少年乘龙入山，拜会仙家的所见所闻，其幻想色彩浓烈，富于神秘感，都颇为有趣。

有关天赐财富的奇遇故事，试看：

鄱都熊存为予弟子远说：其乡一村落中，有蛇出为患，不知所从来，其大如碗，长数丈，惟以啮鸡雏、窃饮食而不伤人。人求而杀之，不可得。村中僧寺有隙地，一人赁而艺为圃有年矣。一旦，执锄耘草，见巨蛇蜿蜒而至，亟运锄斫之。蛇钻入穴中，仅伤其尾，而铿然如击铜铁声，就视之，乃散钱数千布穴口。其人疑蛇为钱所化也，呼妻及弟并力掘之，深丈许，得钱一缸，约数十万，悉担归于家，顿成富人。蛇自是不复见矣。

——《庚巳编》卷四《钱蛇》

嘉靖时，杭人张姓者，自幼为小商，老而积金四锭，各束以红线，藏于枕。忽夜梦四人白衣红束，前致辞曰："吾等随子久，今别子去江头韩饼家。"觉而疑之，索于枕，金亡矣。踌躇叹息，之江头询韩，果得之。张告韩曰："君曾获金四锭乎？"韩惊曰："君何以知？"张具道故。韩欣然出金示张，命分其半。张固辞谢，遂出门。

韩留觞之，举一锭分为四，各裹饼中，临行赆之。张受而行，中途值乞者四，求之哀，各济以饼一。四乞者计曰："此饼巨而冷，不可食，何不至韩易小而热者乎?"遂之韩，韩笑而易之。

——《古今谭概》杂志部第三十六《张生失金》

以上两则故事，一则故事写蛇患的出现，与有福之人得到财富直接相关，一则故事写和钱财有缘之人，即使将其赠与他人，终将回到此人手中。这两则故事都包含一些宿命论的观念，在当时本不足为奇。但是，其中展示的耘草人敢斗蛇妖的无畏气概，卖饼人不贪钱财的坦荡襟怀，却让人佩服，无疑均具有某种积极的社会意义。

有关杜绝贪念的奇遇故事，试看：

朱笔峰，昆山人，与余同官闽臬，尝言：其家塾师之父，杨姓者，一日坐于门，见一妇人过，坠一银簪于街石上，铿然一声。伺其去远，就其所视之，不见，止见一蚯蚓在石罅间。

踟蹰良久，俄一男子过其所径，俯掣之。杨老乃高声曰："此吾所坠簪也。"其人知其伪。杨老随而牵其衣不释。其人乃取银二分，以一买鱼一尾，以一付之，曰："老者休缠，将此银沽酒煮鱼，作一夜消可也。"

杨老乃归，置鱼釜上，买酒一壶，令其媳煮鱼暖酒间，忽邻猫突跳釜上，媳以杖扑猫，猫竟衔鱼去。因覆其酒，而并盛鱼器碎焉。人皆怜而笑之。

——《见闻纪训》"簪化蚓"

福州王生者，来临安省其兄，止宿六和塔下。次早起行，大雨如注，山水涌出，见空穴中推出金牌六面，拾而怀之。窥见穴中堆积金银无数，急以土石窒穴口，志其处，奔告其兄，将欲取之。日暮往访，竟无踪迹，仍宿塔下。夜梦金甲神人怒而呵之曰："荷君封我金穴，已捐金牌六面酬之矣。安得复生觊觎?"其人惊觉而去。

——《幽怪录·王生金穴》

以上两则故事，一则写故事主人公企图将他人遗失的银簪据为己有，竟引出鸡飞蛋打的可笑结局；一则写故事主人公觊觎穴中大量金银而遭到神人怒斥。它们都通过生动有趣的奇遇故事，告诫世人不可有贪念，对于并不属于自己的财物，切不可存非分之想。

除上述作品外，这个时期的奇遇故事尚有写卖酒某翁常请一道人饮酒，不取分文，一日被道人领至山中小住，还拓壁间画梅一轴为赠的《异林》“安翁遇仙”；写数军士被大风飘至岛上，让一黑面狞丑巨人系于树下，众人乘间逃生时，掣刀断巨人攀舷手指乃得驶去的《西樵野记·海岛人》；写土地两次遇见小民于某，都说于某将死，不久邻村一于姓人落水死，而于某竟无恙的《庚巳编·村民遇土地》；写杨某在归途中遇暴雨，乃撑雨与一秽癞者同行，殊无难色，其人乃施术让杨某颏下大瘤转至背上的《涌幢小品·掐瘤》；写一僧携犬化斋，施主不给犬食，一掌炊者却与之，僧人乃领掌炊者立犬背飘然而去的《耳新》“携犬僧化斋”；写周某经人指点，至某王府拜一仙人为师，追随数年，遂得长生的《耳新》“周仙”等。

# 第二节　明代的神异故事（二）

## 三、明代的宝物故事

这个时期的宝物故事，大体上沿袭了隋唐五代以来此类故事的艺术构思和发展态势，内容以描述本土的与外来的收宝人觅宝为主，从不同的方面揭示宝物的特异性和神奇功能。这个时期的宝物故事，数量不多，但不乏引人入胜的佳作。试看：

弘治中，有回回入贡，道山西某地。经行山下，见居民男女竞汲山下一池。回回驻行，谓伴者：“吾欲买此泉，可往与居人商评。”伴者漫往语民，言乌有此，买水何庸，且何以携去。回回言：“汝毋计我事，第请言价。”民笑漫言：“须十金。”回回曰：“诺。”立与之。

众曰："戏耳，须二十金。"回回曰："诺。"即益之。民曰："戏耳，乌有卖理！"回回怒将相击。

民惧，乃闻于县。县令亦令绐之曰："是须三千金。"回回曰："诺。"即益之。令又反复言四千以至五千。回回亦益之。令亦惧，以白于府。守令语之此直戏耳。回回大怒，言："此岂戏事？汝官府皆许我，我以此已逗留数日。今悉以贡物充价。汝尚拒我，我当与决战！"即挺兵相向。守不得已，许之。

回回即取椎凿，循泉破山，入深穴得泉源，乃天生一石池，水从中出，即舁出将去。守令问："事即成，无番变，试问此何物耶？"回回言："若等知天下宝有几？"众曰："不知。"回回曰："金贝珠玉，万宝皆虚，天下惟二宝耳，水火是也。假令无二宝，人能活耶？二宝自有之，火宝犹易，唯水宝不可得。此是也。凡用汲者，竭而复盈，虽三军万众，城邑国都只用以给，终无竭时。"语毕，欣欣持之以往。

——《语怪·水宝》

粤中有老人业屦[①]者，坐旁置一大石。一日有一收宝者见之，欲出厚值买去。其人不省所以，坚不与。自后因藏其石。已而悔之。阅数月，收宝者复至，乃出以观，遂连称可惜。其人问故。答曰："此中有异马，无价之宝，以子日对之业屦，有草以为养，故得活，今馁死其中矣！"其人不信，剖碎之，果有马死其中。

——《耳新》八《宝遗》"石中异马"

以上两则故事，构思均颇为巧妙。前一则故事情节曲折，通过三次议价，凸现觅宝人对水宝的无比重视，故事在做了充分铺垫之后，才正面揭示宝物的神奇功能，让人叹为观止。第二则故事篇幅短小，主要描绘觅宝者到卖草鞋老人处的两种表情，通过对比来彰显石中异马的奇妙。而对宝物的功能与价值，则没有正面描写，给人留下了遐想的空间。

这个时期的宝物故事，尚有写士人赵某得一宝刀，每逢地方将有变故

① 业屦（jù据）：买鞋。屦系麻、葛、草等制成的单底鞋。

则刀出鞘寸余，赵赖其灵验而守边无败事的《菽园杂记》“赵妥儿得宝刀”；写某人购得田间掘出之铜鸭，放入其家隐有鸭形古铜盆中，注水后鸭辄自浮而浴，遂以为奇宝的《庚巳编·古铜鸭盆》；写江阴一米商女将所得神丹置于伯母尸体上，让其立即复生，竟受到神人怒斥的《高坡异纂》“神丹”；写一夷使以百金购得一枯杨树根，因此根久取所栖白鹤之精，略取火烧生烟，即有白鸟飞集的《耳新》“枯杨树根”等。

## 四、明代的人神恋情与交谊故事

这个时期描述人与神灵之间的恋情和友情的故事，数量都比较少，但大多感情深厚，率真有趣，能够给读者、听众留下鲜明印象。试看：

> 钱塘一士人，少年狂荡，其妻早亡，独居廓处。偶于市中购得唐解元绢画《桂花仙子图》一轴，悬之书斋。日夕倚案，瞪目注视，念欲得佳偶如图中人。凡园有花果，必采撷以荐。一夕，有女郎年可十六七，容颜娇丽，裳衣轻妍，从月色中来。士人询其居止，笑而应曰：“家在墙东。”士人心意东邻无是子也，但贪慕艳色，狂不自制，拥之入帏，妖态横生，曲尽欢昵。凌晓，趣辞去。定昏之后，复来。自是夕夕无间。每至，则室中起灵香，枕席皆芬。时说蓬莱阆苑之事，士人颇讶异之。
>
> 经数旬，而内外亲表，及臧获辈，窃窃倚听，穴壁而窥，乃绝代姿首，世所无也。惊为狐魅之属，乘士人他出，阴引南昌道士来治之。道士吐匣中青蛇，遍索，因指此图谓曰：“非尔为祟耶？可尝吾剑！”忽应曰：“身是昆仑山女，与此郎有累世姻缘，是以暂谐缱绻耳。卿有何禁术，而欲制我乎？”复语其臧获辈曰：“君今如此行径，不可留矣！”其声若出画中也。语未毕，道士裂睛上视，持剑自抵其胸，反走出门。家人忙怖号叫，急谋焚毁此画。俄顷昼晦，忽有怪风暴起，云埃四合，弥漫一室。移时朗然。阅其像，神如洗矣，隐隐渐失所在。久之，空轴而已。里中数岁小儿，并见绡衣神女，罗袜行空而去。士人归，惊讯其事，方悟神仙之游。臂妆衣香，氤氲不散者经月。凄恋宛转，凝望无聊，乃延画师好手数十家，重写其真，莫能仿

佛，于是乃止。终身不复琴瑟焉。

——《情史》卷九情幻类《桂花仙女》

傅仲良，洪武间，冬日从如皋县回。时值大寒，见一人卧路傍，蓬跣褴褛，寒颤不已。仲良悯之，携至家，爇以炉火，不就；与之食，亦不受。因令藉草而卧。天明，失所在矣。几上但留一纸，列药五十九品，仍书纸尾云："留此方治风疾，用以报汝。"仲良依方制药，遇有风症者，治之辄效。名曰"急风一字散"，至今犹传。

——《涌幢小品》卷二十九《一字散》

以上两则故事的内容各不相同，均感人至深。前一则故事写人神恋情，围绕画轴的购得和失去，将钱塘士人与桂花仙子的一段温馨的恋情以及由此引出的波折，描绘得颇为真切、生动，足以打动听众、读者，使人们为之叹惋。后一则故事写人神友情，描述仙家留下药方以答谢好心人的怜惜与关照，说明真诚的友好情谊足以跨越人神之间的界限，而彼此间的情愫将永世长存。

除上述作品外，这个时期有关人神恋情和交谊的故事尚有写王某行贾时有美女入室与其燕好，久而成疾，后发现其为城隍庙延寿司捧香合女，庙祝知而毁其像的《说听》"捧合香女"；写神祠二卒奉使行路饥渴，仆人杨某饮之以酒，他日杨某诣东岳烧香时，受二卒款待的《庚巳编·杨宽》；写道士空同山人还山辞行时，出药使友人卢某遍体疮尽肤洁，还授药令其日后炼出白银以供数月之用的《庚巳编·空同山人》；写岳某拒绝应召，变化容颜而躲过官校围捕，向主人辞行时将其二器变为金器的《高坡异纂》"岳嵩"等。

## 五、明代的报应故事

明代的报应故事，延续了隋唐五代和宋元时期同类故事的发展趋势，并且出现了一定的新特点、新变化，主要表现在幻想性的削弱和现实性的增强。这个时期的报应故事，无论善报故事还是恶报故事，作品数量都不少，恶报故事的数量尤多。

## (一) 善报故事

这个时期的善报故事，大都描写好心肠的人们各种行善积德的作为，均系其品格使然，绝非为了得到好报。但他们的行为往往感动上苍，得到神助，迟早终有好的回报，以美满的结局告终。譬如：

豫章米贱，丁亥大侵，米贵至七钱。戊子春，新建县一民乡居窘甚，家止存一木桶，出货之得钱三分，计无所复之，乃以二分银买米，壹分银买信[①]。将与妻孥共一饱食而死。炊方熟，会里长至门索丁银，无以应之。里长者远来而饥，欲一饭而去。又辞以无，入厨见饭，责其欺人。人摇手曰："此非君所食。"愈益怪之，始流涕而告以实。里长大骇，亟起倾其饭而埋之，曰："若无遽至此，吾家尚有五斗谷，若随我去，负归舂食，可延数日，或有别生理，奈何遽自殒为！"

其人感其意而随之，果得谷以归，出之，则有五十金在焉。其人骇曰："此必里长所积偿官者，误置其中。渠救我死，我安忍杀之！"遽持银至里长所还之。里长曰："吾贫人，安得此银！此殆天以赐若者。"其人固不肯持之去，从之，乃各分二十五金。两家俱稍饶裕矣。

——《二酉委谭》"乡民得金"

景定间，清河坊扇店有一道人求补扇，店主乃与一新扇，道人感之，题诗扇板曰："一轮明月四时新，一握清风煞可人。明月清风年年有，人世炎凉知几尘。"题毕，掷扇而板厚数寸，墨迹直透于背，观者纷纷买扇，比常十倍，遂致富。未几，道士复来，以袖拂之，字灭不见。

——《幽怪录·扇店道人》

以上两则故事，均直接间接与钱财有关。后一则故事写店主不重钱

① 信：砒霜的别名，亦称"信石"。因出信州，故名。

财，善待仙家。仙家投桃报李，使店主致富，以神奇手段给听众、读者带来思想启迪和欣赏乐趣。前一则故事的幻想色彩远不及后一则故事浓郁，然而却更为真实感人。里长急人所急，一见乡民有危难，当即毫不犹豫地解囊相助，尽管他自己也不宽裕。而乡民亦重情义，当发现谷中藏金时立刻拿来还给里长。他们所体现的高尚品德，感人至深，对于启迪世人、净化民风颇有裨益。又如：

> 镇江卫左所军士范某，妻患瘵疾濒死，遇道人与之药，云："用雀百头，以药米饲之，至三七日取其脑服之，当瘥。然一雀莫减也。"范如数买雀养之，有死者则旋买之以充数。未旬日，范以公差出，妻睹雀叹曰："以吾一人，残物命至百，甚不仁也。吾宁死，安忍为此。"开笼放之。夫归，怒责其妻，妻亦不悔。已而病瘥。初，久不产育，是年忽有妊，生一男。男两臂上各有黑瘢，宛如雀形，一飞一俯而啄，羽毛分明，不减刻画。盖冥道以此示放雀报云。
>
> ——《庚巳编》卷八《雀报》

> 龙丘山农家窭甚，里胥至，欲烹抱雏母鸡为供具。胥恍惚见黄衫女前拜乞命，俄失所在。入屋见其家缚鸡，胥不许。去数日复来，鸡已抱出一群，雏见胥飞鸣，作相感状。胥出门遇虎，几欲近，忽一鸡飞扑虎眼，胥得逸去。却还其家，已失鸡。问之，云朝来飞去。胥具述虎事，共往寻之，鸡已折翮毙草间。自是山中不复食鸡。
>
> ——《虎苑》卷下"鸡报里胥"

以上两则善报故事都与保护动物有关，而所保护的对象均为禽鸟，与人类非常亲近。前一则写故事主人公——一个重病在身的妇女为了保全一百只雀儿的性命，却置自己的生死于不顾，而其重病竟愈，并且喜得贵子，后一则写母鸡为了报答不杀之恩，竟拼命相救，使故事主人公免遭虎噬，山民也从此不复食鸡。这两则故事均篇幅短小，情节简单，因其表现了人间的真情，突显出仁爱之心，因而无不能够深深地打动听众、读者。

这个时期的善报故事，尚有写某地大火三日，一家姑妇二人因受所供奉之斗神庇佑，其寡居小楼竟巍然独存的《庚巳编·斗神救灾》；写一媪夜梦黑衣人求救，次日即以十八文买鳖放生，因而增寿一纪（十二年）的《说听》“放鳖增寿”；写吕某求东岳鬼卒让其将三件未了事做完再捉拿他，待他将三件善事做完，加寿二十年，已不再被捉的《昨非阉日纂》“三件善事”；写台州民王某祭厕神极勤，厕神乃使其听懂蝼蚁言语，于柱础下得白金十铤的《昨非庵日纂》“祭厕神获报”等。

## (二) 恶报故事

这个时期的恶报故事，大都写人品卑劣、居心不良者明里暗里为非作歹，为了一己私利而诬谄善良，毁坏寺庙，残害生灵，奸淫妇女，杀人越货，忤逆不孝，从来不计后果。他们的行为往往使得天怒人怨，最终都遭到报应，受到严惩，绝没有好下场。譬如：

常熟之直塘有钱外郎者，险人也，家居武断乡曲①。其里中有妇曰赵重阳，色美，钱心慕之，且以其夫贫可饵。一旦召语曰：“闻尔有干局②者，何乃坐守困穷，吾贷尔钱贩布如何?”夫幸甚，即以资易布，使商于临清。钱遂与妇通，豫居货以待夫归。归一二日辄具舟遣之。如是者数矣。里人皆知之，而夫了不觉。

一日在客邸与同伴争詈，为发其事。夫忍耻归，钱又如前遣之。既行，至木梳巷，潮落不能去，复暂到家。钱方拥赵畅饮，见之愕然。夫惭且怒，然惮钱之强不敢发，旋回舟中。钱阴与赵计，夜遣人诈为盗杀之，而以被盗闻官。夫之族人知而发其谋。

县令杨子器逮两人鞫之不承，姑系之狱。自是数月亢旱，桑通判民怿为子器曰：“君知所以不雨乎？坐赵重阳狱未决耳。君能雪此冤，雨今至矣。”子器大悟，立加严刑，始款服。少时大雨如注，阖县欢呼，以为神。

钱遂诉之上官，移狱于府。居岁余，有劫盗十余人入狱。钱享以

① 武断乡曲：以威势在乡里主断曲直，为所欲为。
② 干局：才干气度。

酒肴，从容诱之曰："吾知尔辈不过一死，能为我认劫杀商人事，于尔罪无所加，而可以脱我，当厚给尔。"盗许之，及被讯时，具款首，一如钱指。钱乃援盗词以辩，太守新蔡曾公凤召子器诘之。子器力言其故，曰："彼直巧为营脱耳。"于是计不行。

钱又诉于朝，下南京三法司提问。钱已赂要津为内援，竟以盗词为据，钱与赵皆幸免。方出都门，少憩。是日天色晴明，忽疾雷一声，两人皆震死。一时哄传为奇事。由此观之，天道甚迩，可谓茫茫乎！

——《说听》卷下"雷震钱外郎"

弘治庚申，太仓孙廷慎行贩安吉，往来皂林，见巡司获盗三人，其人是彼处大族伍氏家丁也。盖其家每岁畜蚕多，桑薄，饲之不继，因弃蚕十余筐，瘗之土窖中，三人仍驾船往市桑叶不得。舟还途次，忽一大鲤跃入舟中，约重数斤。三人喜其罕得，载归馈主。

舟经皂林，巡司异其小船而用两橹急驾，疑之，遂追捕至，检其外，见头仓有人腿一，三人自相惊骇。巡司即缚解浙江臬司，拷掠甚至，诘其身尸所在，三人不胜锻炼①，诉辨得鱼之故，变异之端。主司不信，三人者不得已而认之，云杀人，身尸见埋在家隙地内。

主司即命吏卒人等押至其家，妄指一地发之，正是瘗蚕之处，蚕皆不见，惟见一死尸，身躯完全，乃少一腿。事之符合，并家主俱抵罪。

——《客坐新闻》卷七《蚕神报冤》

以上两则恶报故事，都与残害生命有关，而且都具有情节曲折、描绘生动的特点。前一则故事叙写钱某为人险恶，是个作奸犯科的老手。他不但敢于淫人妻室，并买凶杀人，置民妇之夫于死地，而且其人善于开脱，相继买通死囚为其顶罪，贿赂上级赃官为其庇护，尽管其人劣迹斑斑，却被释放。然而天理昭彰、恶贯满盈之钱某及淫妇赵某，最终被雷震死，绝

① 锻炼：罗织罪名；陷入于罪。

没有好下场。后一则故事叙写养蚕人为了钱财，遂大量活埋家蚕，残忍之极。此举很快遭到报应，无端引来命案，愈陷愈深，最后竟被抵罪。这两则故事均带有幻想色彩，但前一则的现实性比较强，后一则的幻想色彩较为浓郁，它们在艺术上各有特色。又如：

正统间，郡吏张一者，领上官檄如松江，经常熟，避雨一农舍。其主知其吏也，延坐，烹肥割鲜，意甚殷勤，遂宿其家。阴雨连绵，留三日乃去。临别依依不忍分手。吏初感之。及还，思其家充裕，忽起恶念曰："是可以术饵也。"教狱中强盗诬指之，而复使人往报，曰："可来豫计也。"其人恐，遂求救于吏。吏索金百两，曰："我为汝营脱。"其人欣然与金，乃毙其盗而解之。

其家甚德吏，初不知诡谋也，愈益亲之。未几吏死，其人梦吏衣冠入门，觉语妻曰："张提控何为而来乎?"是日母牛产一犊。吏之子梦其父告曰："吾向者诈取某人财，今被冥司降罚为其家牛，汝可赎还。毋泄，恐为人笑也。"

其子遣仆持厚价托言："吾主弃吏业农，使我市牛。"其人谢无有，则谓之曰："公家犊可用乎?"其人不可，乃还。其子又梦父曰："彼必不售，当以情恳。"子如其言，遂得牛。饲之若父，数年死。

——《说听》卷上"郡吏变牛"

弘治初，汴城张罗儿家岁朝具果饵供祖，越两日渐少。张疑之，夜伏几下窥伺。至二更，有白狐来盗食。张急起迎狐。狐忽变为白发老人。张即以父呼之，食饮甚设。狐喜云："吾儿孝顺。"为之尽醉。遂留不去，凡有所须，必为致之。

甫三岁，资盈数万，乃构广厦。长子纳官[①]典膳[②]，次子为仪宾[③]。富盛既久，张忽念身后子孙若慢狐，狐必耗吾家矣，乃谋害之。戏指

① 纳官：捐粟以取得官爵。
② 典膳：宫廷司膳之官。
③ 仪宾：亲王、郡王的女婿。

窗隙及物空中云："能出入乎？"狐入复出，试之数四，狐弗疑也。乃诱狐入瓿，闭置汤镬内，益薪燃之。狐呼曰："吾有德于若，反见杀耶！人而不仁，天必殃之。乃公阅岁三百，今为釜中鱼，悲乎！"

狐死之三日，其家失火，所蓄荡然。逾年，次子酗酒杀人，毙于狱。又明年，阖门疫死。人以为害狐之报云。

——《说听》卷上"张罗儿"

以上两则恶报故事，受到严惩的无一不是恩将仇报的家伙。所不同处在于，一则故事的受害者为农家，一则故事的受害者为狐精；一则故事的得报者变牛，一则故事的得报者家毁人亡。两则故事对反面人物张一、张罗儿这样的卑鄙小人的龌龊心肠和诸般丑态均作了生动具体的刻画，落墨不多，却颇鲜活。再如：

昆山五保张某，兄弟业疡医。凡求疗者，必之弟而不之兄，由是弟日饶，兄日雕落。兄妒之，欲俟其出，将甘心焉。一日，买舟入城，兄预匿舟中，行至新洋江，忽起，捽其弟。舟人惧，急搒舟就岸，得逸去。将讼，县有父老曰："彼无天理而害汝，今计不行，是有天理也。若讼之，且将拘系证佐，必贻害舟人，不如且止。"从之。未几，兄一夕睡至旦，目不能开，竟成瞽疾而死于贫。人以为不道所致云。

——《菽园杂记》卷八"兄弟疡医"

董太史云：一姚江书生，使其馆童入内，从主母索一丝发。主母怪之，便从屋后马坊中摘取牡马尾鬃一根持与。其人至夜书符作法，坊中之马不胜淫怒，掣断缰勒，奔号至书舍中，直突书生。书生惶遽，便跳上屋梁。马亦跃上，栋宇墙壁悉被蹋圮。书生乃穿屋而下，疾走投眢井中。马亦随入，寻被啮死，见者称快。

——《古今谭概》颜甲部第十八《姚江书生》

以上两则恶报故事的内容不同，风格各异。前一则故事写一个伤天害理者欲置其弟于死地，其弟却宽容大度，顾及舟人而不告官，然其人仍旧遭到报应，竟眼瞎而亡。后一则故事写一淫邪书生书符作法，欲戏弄主母，却阴差阳错，使公马狂奔入室，令其人惊恐万状，最后竟被咬死。如此恶报，无不让人拍手称快。

这个时期的恶报故事，尚有写福州知事沈某专任捕盗，常杀人取财，一日数十冤鬼立于前，其人不久便疽发背而死的《寓圃杂记·沈协杀人》；写李某素好刁讦，人畏之如虎，晚年其家连死五人，李某亦感疾身亡的《寓圃杂记·木城李某》；写观潮前夕，江干民闻空中语称凶淫不孝之人当死于桥上，后果然如是的《幽怪录·江干民》；写一舟人夜闻鳖语称贾某非仁者，必败，不三四年果见其败的《幽怪录·张公鳖》；写乡民吴恂借人白金一千五百两，赖账不还，因此被人诅咒，其妻遂得怪疾的《庚巳编·吴恂》；写王某父子不将九尾鱼卖与他人放生，竟烹而啖之，是夕大水突至使王某父子丧命的《庚巳编·九尾鱼》；写邓某放高利贷盘剥乡里，使小民家破，其人死后变牛，常受鞭笞的《说听》"邓成十六"；写虞某年少美丰而好淫，被其奸污妇女不下五六十，后被城隍鞭挞，双腿溃烂身亡的《快雪堂漫录·虞生》；写固原一民妇事姑不孝，姑入庙叩神，民妇竟化为一驴，惟留一面与两乳的《榖山笔麈》"逆妇变驴"；写刘某毁寺欲拓展其私宅，竟被雷震，身首异处的《徐氏笔精·雷震毁寺》；写一妇养姑不孝，以蚯蚓为羹与食，忽被雷击变白狗，后乞食而死的《昨非庵日纂》"河南逆妇"等。

# 第二章 明代的幻想故事（下）

## 第三节 明代的精怪故事

明代的精怪故事，无论从数量上看，还是从质量上看，均比隋唐五代时期和宋元时期的同类故事逊色。其内容包含人精恋情与交谊、精怪为祟、驱精除怪等几个方面，作品数量都比较少。这个时期呈现在故事中的精怪以动物为主，计有狐、鹿、虎、犬、马、猫、鼠、鸡、猿、猴、蟒、蛟、蝎、虾蟆等，还有树木、银杏、芭蕉等植物以及笔、剑、箬帚、剪刀、金钗、泥塑、石人、木偶、筷子、斛概①等无生物。

### 一、明代的人精恋情与交谊故事

明代有关人精恋情的故事，精怪多为阴性，与之相恋的，既有在家人，也有出家人，其结局大多带有悲剧性。试看：

生王二，陇州人。其居在黑松林跑谷，世以畋猎射生为业，用是得名。因与众逐鹿，至深崖，迷失道。正彷徨次，遇女子度水来。年少貌美，而身无衣袖，视王而笑。王平生山行野宿，习见怪物，虽知为非人，殊无惧色。咄之曰：“汝鬼耶，怪耶？”女又笑而不答。良久，乃问王曰：“尔何人？”王始稍敬异，揖而言：“本山下猎徒。今日逐鹿失踪，致堕兹处，生死之分，只在顷刻，愿娘子哀之！”女曰：“随我来，当示尔归路。”遂从以行。登绝高巉岩之峰，涉回环过膝之

① 斛概：斗刮子。

水，涂经荦确，足力不能给。女不穿履，步武如飞。到一洞，有大石室，境趣邃寂，如幽人居。不闻烟火气，寝室尤洁雅。王顾旁无他人，戏言挑之，欣然相就。夜则共榻，昼则采果实以啖之。居月余，王念母之供养，以情泣告女曰："我欲暂归，徐当复相寻。"女许诺，送出官道乃别。王感其意爱，他日再访焉。试与之语，邀同归。略不嫌拒，携手抵家。王妻赵氏，已有三男女矣。此女又生两子，与赵共处甚雍睦。逢外客至，必惊讶敛避。或独步入山，经月不返，终不火食。王亦任其去留。后二十年犹存。

——《情史》卷二十一情妖类《生王二》

洪武间，本觉寺有一少年僧，名湛然，房颇僻寂。一夕方暑，独坐庭中，见一美女，瘦腰长裙，行步便捷，丰姿绰约，而妆不多饰。僧欲进问，忽不见矣。明夜登厕，又过其前，湛然急走就之，则又隐矣。自是惶惑殊深，淫情交引，苦思不置。越两日，又徐步于侧，僧急牵其衣，女复佯为惭怯之态，再三恳之，方与入室。及叙坐，渐相调谑，竟成云雨。问其居址姓字，女曰："妾乃寺邻之家，父母钟爱，嫁妾之晚，今有私于人，故数数潜出，不料经此又移情于汝。然当缄其事，则交可久；不然，彼此玷矣。"僧喜，唯唯从命。于是日去暮来，无夕不会。

僧体枯瘦，气息恹然，渐无生气，虽救治，百端罔效。一老僧谓曰："察汝病脉，痨瘵兼攻，阴邪甚盛，必有所致，苟不明言，事无济矣。"湛然骇惧，勉述往事。众曰："是矣。然此祟不除，则汝恙不愈。今若复来，汝伺其往而踪迹之，则治术可施也。"是夕女至，僧仍与合，将行欲起随送，女固止之。翌日告众。众曰："明夜彼来，当待之如常，密以一物置其身，吾辈避于房外，俟临别时击门为约，吾辈协力追尾，必得所至，则祟可破矣。"湛然一一领记。

后二夕，湛然觉神思恍惚，方倚床独卧，女果推门复入。僧与私亵，益加款曲。鸡鸣时，女辞去，僧潜以一绒花插女鬓上，又戏击其门者三。众僧闻击声，俱起追察，但见一女，冉冉而去。众乃鸣铃诵咒，执锡持兵，相与赶逐，直至方丈后一小屋中，乃灭。

此室传言乃三代祖定化之处，一年一开奉祭，余时封闭而已。众僧知女隐迹，即踊跃破窗而入，一无所见，但西北佛厨后烁烁微光。急往烛之，则竖一敝帚耳。竹质润滑，枝束鲜莹，盖已数十年外物也。众方疑惑，而绒花在柄，可共信之。乃持至堂前，抽折一管，则水流滴地。众僧骇异，明灯细视，管中非水，实精也。湛然见之，悔惧不已。

——《情史》卷二十一情妖类《笤帚精》

以上两则故事在内容、题旨、风格诸方面都有明显的差异。前一则故事叙写鹿精与猎人的恋情，幻想色彩不浓，具有较强的写实性。整篇作品清新素雅，意趣盎然。它描述男女主人公因救助而产生感情，彼此相爱，进而结为夫妻，十分温馨。作品对女主人公鹿精的刻画颇见功力，使其活泼、善良、大胆、深情的个性特征跃然纸上。后一则故事叙写苕帚精与少年僧人的恋情，由私合、病笃、捉妖三个部分组成，情节曲折，层次分明，带有鲜明的幻想色彩。该故事的结局充满悲情，在一定的程度上折射出当时青年男女追求自主婚恋所受的磨难与不幸的结局。

这个时期的人精恋情故事，尚有写一女归宁后还家，途遇之绿衣少年常来与其交合，明知为妖却不能拒，经数岁踪迹渐稀的《语怪·常熟女》；写苏州陈某与自称主家女之鸡精交好，经年生疑而欲逐之，女称将往无锡托生乃别离的《庚巳编·鸡精》；写一蝎精借女尸为人，与丧之某布政婚配，后屡次现形，称其为观音菩萨救拔免死，请建一佛寺以报大士的《庚巳编·蝎魔》等。

有关人精交谊的故事，数量亦相当少，大都描述人与精怪之间的相互交往与友好情分，对改善人际关系，促进社会和谐不无裨益。试看：

三原县按察分司素多怪，居者辄死，使官莫敢入。士子梁泽以气自负，常谓诸友："吾能宿此。"诸友出钱与赌之。泽许诺，以夜入，坐堂上。三鼓月色明朗，闻庑间有人切切私语，若相推而前者，久之不至。泽便厉声云："何不速来！"俄有三人列跪庭下，稍前者一青衣，次一黄衣，一白衣，貌色不可辨识。泽骂曰："老魅敢数害人！"

青衣答曰："非敢然也，乃见者自怖死耳。"泽曰："汝何为者?"青衣曰："我笔也。"问："居何在?"曰："在仪门屋上第三瓦沟中。"问黄衣，低回未言。青衣代答曰："彼金钗也，在庭中槐树下。"问白衣，曰："我剑也，在堂东柱础下。"泽曰："汝等今来，为欲相苦耶?"皆曰："不敢。"共献一纸，曰："此公一生履历也，今报公，令前知。"泽受而麾之曰："去。"三物各投所言处，一时都灭，泽便卧。

达曙，诸友忖谓必死，来见之，惊。泽为说向所见，未信。去，将人操锸来，按次求之，尽得三物。出其纸，如故楮币，都无一字，及夕映视之，迹了然。从此是廨中永无害怖。

泽后登第为御史，成化间巡按山东，以监试事诖误谪官。卒如其纸上语。

——《庚巳编》卷九《梁泽》

此则故事，与《列异传》"何文致富"颇有一些相似，然而较之《列异传》"何文致富"更富有人情味，生动地表现出这些精怪非但无害人之心，而且与人为善，对人多有帮助。不仅如此，两则故事的题旨亦不相同，《列异传》"何文致富"在于显示财运，让故事主人公得之乃富的精怪为金、银、钱等，而这则故事在于展现官运，送上履历，帮助故事主人公的精怪为笔、剑、金钗等，都具有一定的象征意义。

这个时期的人精交谊故事，尚有写袁某夜经废宅遇到自称"裂娘"之黑面妇，语间忽然不见，次日在废宅中得剪刀一把，乃知其为剪刀精的《已疟编·裂娘》；写西山一老狐请医官范某为二女治病，范知为异类仍授以药，狐及二女遂拜谢而去的《庚巳编·西山狐》；写冯生夏夜坐斋中榻上，忽来一自称"焦儿"之绿衣女，冯疑而执之，女绝衣逃去，明日视其裙角乃是蕉叶的《庚巳编·芭蕉女子》；写太仓吴某一夕梦两绿衣人至前叩头乞命，明旦出门见有人将锯所购之两棵银杏树，遂如数偿还其人，使两树得以存活的《涌幢小品·绿衣乞命》等。

## 二、明代的精怪为祟故事

明代有关精怪为祟的故事，其中的精怪或化为眉清目秀的靓男俊女，或呈现狰狞可怕的本来面目，它们所到之处，扰乱民宅，奸淫妇女，为非作歹，吸血夺命，无不给世人带来痛苦与不幸，让社会生活充满恐怖氛围。譬如：

弘治中，兖之鱼台县有民家畜一白犬甚驯，其主出行，犬常随之。他日，主商于远方，既去，犬亦不见。经两三日，主辄归，妻问其故，曰："途中遇盗，财物都尽，幸逃得性命耳。"妻了不疑，周旋阅岁，其真夫归，形状悉同，不可辨。

两人各自争真伪，妻及邻里不能明，乃白于县。县令逮两人至，亦无如之何，皆置之狱。县一小卒闻其事，以语其妻，妻曰："是不难辨，先归者殆犬精也。欲验之，当视其妇胸乳间，有爪伤血纹即是矣。盖犬与人交，常自后以爪按其胸故也。"

卒以白令。令召其妇问："尔家尝有犬乎?"曰："有白犬，前随夫出矣。"裸而视其胸，有血纹甚多。令知为怪，密使人以血洒其伪夫，即成犬形，立扑杀之。

令从容问卒："汝计善矣，何从得之?"谢曰："吾妻所教也。"令谕之曰："汝妻不与犬通，何缘知此？汝归第密察之。"卒归，看妻亦有纹，比此妇尤多，以令语责之。妻穷吐实，乃知亦与一犬通故也。妻惭自缢死。

吾乡陈都御史璚，时奉使彼中，得其案牍。周郊说。

——《庚巳编》卷九《犬精》

嘉定月浦镇人苏还，妻张氏，颇有姿容。一日乘船送其女甥之嫁，舟泊某港柳树下，一男子蓬首黑面，顾张而笑。问之旁人，不见也。及归，则见向男子至曰："吾与汝当为夫妇。"时妇有孕不就，既产乃来，遂与交接。妇昏暝如寐，有顷而苏。自是无夕不至。夫登榻，则为束缚于地。其所衣不过一裈，而时时投之，仅掩其阴，殆类市井乞丐。白昼径出入其家，家人畏而不敢犯。夫甚爱其妻，百方祈祷，屡延术士镇治之，数年弗效。后一羽士召将王灵官至附箕，直入井中。捞得红漆箸一双，及斛概一事，碎之，灰以饮妇，遂愈。盖二物为祟也。

——《情史》卷二十一情妖类《箸斛概》

以上两则故事都以妖魅奸淫妇女为题材，其中的妖魅，一则故事为一只家畜，一则故事为两个无生物，各有特点。后一则故事描述筷子精与斗刮子精任意糟踏平民妻室，为所欲为，令人愤慨至极。前一则故事描写主人外出时，犬精变为主人长期霸占主妇，主人归来真假莫辨，告官后又引出案中案。这些故事中的妖魅尽管恣意妄为，得逞于一时，但终究逃脱不了被消灭的下场。又如：

贵州平越山寨苗民，有妇年可六十余，生数子矣。丙戌秋日，入山迷不能归，掇食水中螃蟹充饥，不觉遍体生毛，变形如野人。与虎交合，夜则引虎至民舍，为虎启门，攫食人畜。或时化为美妇，不知者近之，辄为所抱持，以爪破胸饮血，人呼为“变婆”。岁庚寅，先君寓其地，闻之从游诸生云。

——《说听》卷下“变婆”

宁波陈十三老人者，尝病疟，经年不瘥。有人教以置虎皮镇之，乃坐卧一虎皮，十载而病如故。后忽蒙皮夜出，化虎为食，每衔畜豕至家。家人利其所有，不问也。一日自外负人股至，其姥惧曰：“老贼作怪矣。”操棓伏门外俟焉。见其蒙虎皮欲化，即出击之。时一手尚未变，遂跃去，竟不复还。自后山行者，往往见一虎。前一足尚是人手。有知者，则呼曰：“陈十三老人，吾汝邻也，莫作恶!”虎闻之，弭耳垂尾而去。其不识者，乃食之。如是者数年。一夕暴雷，山中震死一虎。众视之，即人手之虎也。

——《说听》卷下“陈十三老人变虎”

以上两则故事都是有关老者变为精怪作祟的故事，均见于十六世纪前半叶成书的《说听》。前一则故事流传于今黔南布依族苗族自治州北部一带，是四百多年前录写的一则贵州苗族故事，值得珍视。它叙写苗族山寨一老妇所变的精怪——“变婆”，或为虎作伥，攫食人畜，或化为美妇，抓人吸血，无不祸害一方。“变婆”又作“牙骗婆”、“老变婆”。有关“变婆”的故事现当代不仅在贵州、广西等地苗族聚居区流传，而且在贵州、广西等地布依、仡佬、毛南等少数民族聚居区流传。后一则故事流传于今浙江宁波一带，叙写一老叟罹病十载不愈，忽蒙虎皮变虎衔食人畜，数年后方被雷击毙。有趣的是，这只虎遇见邻里竟不加伤害，而是帖耳垂尾离去，尚残存一些人性。而它虽然变为老虎，却还保留一只人手未变，这无疑带有一定的象征性。再如：

卢秀才化成，家葑门。其姻尹某尝宿外寝。一夕忽见男女数人，长仅尺许，谓尹云：“汝欲看《西厢记》乎？”即搬演，与优人无异。尹惊呼，卢弗闻也。明旦知之，怪复夜起。命家人操兵击之，入床头而没，捡得《西厢记》一本，乃尹素所嗜者。且观且歌，怠以为枕。日久纸尽油矣，卢焚之。既而假寐，若有言者曰：“能灭我形，难灭我神。”遂时时火起旋熄。

卢有侍婢，夜见空房中灯光荧荧，昼见婴儿卧地，首像木偶，而身如线。一月间骤长，若年十六七者，每于窗隙窥婢。一晚竟搂入房曰：“我仙人也。”迫与合焉。以饼食婢，味似鹅油，饱三日弗餐。众讶问，始吐实。久之，庭前墙倒，下有一蛇，意其为妖也。从是妖怪沓出，乃迁去。

——《说听》卷下“卢秀才家怪”

无锡县龙庭华家，氏族甲于江左。有宗人某，堂中大柱内忽穿二穴，常见走出两矮人，可二三寸许。主人怪之，择日延道士诵经为厌胜之法。两矮人复出听经。逐之，则又无迹。命塞其穴，而旁更穿一穴，出入如故。主人治药弩，令奴张以伺之。既出，毙其一，一疾走去。视之，乃雌黄鼠也。少顷，忽有矮人百余辈出与主人索命，仆从哗噪而走。又少顷，复有七八人以白练蒙首，出堂中恸哭，仍复逐出。久之，闻柱中发铃钹声，众谓送葬。又久之，闻柱中起箫鼓声，众谓鼠中续偶。闭其堂经月，怪便寂然。

——《古今谭概》妖异部第三十四《黄鼠怪》

在明代精怪为祟的故事中，这是两则比较轻松、诙谐的作品，别具一格。前一则故事描写数位尺许小精灵搬演《西厢记》，后一则故事描写百余辈小精灵在人家厅堂上扮演送葬、迎亲的闹剧，无不活泼可爱，读来倒也颇为有趣。

这个时期的精怪为祟故事，尚有写郑某入山采药时，摘大菌后有木精责其"割耳"，让郑某精神恍惚，数日方被家人寻归的《菽园杂记》"遇木精"；写一老狐变为美妇与漕船上士兵淫乱，舟人将其格杀后神痴士兵乃平复的《庚巳编·毂亭狐》；写土地祠所塑之判官与一民妇共寝多日，使妇羸备不堪，后将其像杖碎，其中有血流出的《说听》"判官作祟"；写一怪变为少年与民妇交合，家人无可奈何，让民妇归宁后其怪乃绝的《说听》"汪氏"；写金华一猫久而作怪，逢女变美男，逢男变美女，遇之者日渐成疾的《说听》"金华猫怪"；写雷州衙前十二石人夜间聚赌，赌资系从库中盗出，郡守闻报后将其分置各处，怪遂绝的《涌幢小品·石人赌钱》；写一妖化为三女郎与二秀才交合并勾引一少年僧人，使三人相继病卒的《情史·狐山女妖》等。

## 三、明代的驱精除怪故事

明代有关驱精除怪的故事，大都描述世间有胆有识之士不畏邪恶，敢于抗争，在自身或他人遭遇妖魅侵扰，面临危难时，奋起还击，降妖伏魔，消灭祸患，乃得保一方平安。譬如：

> 蛇王庙在娄门外一土墩上。庙前有府隶龚茨菉者，其子妇尝游庙，睹神像有感，归而恍惚如醉，自是不复与夫寝处。常见神来就之，与狎昵。岁余腹大如有妊，及期而产小蛇十数头，满一虎子[①]。龚知蛇王所为也，奔至庙，击神像、供炉之类，尽碎之而返，延医疗其妇，久之乃瘥。右二事邓恺说。
>
> ——《庚巳编》卷六《妇产蛇》

① 虎子：古代盛水的器具；一说为盛溺的器具。

乾州唐文选好为大言，乡人号曰“唐大冒”。有狐扰民家，征索酒食。少缓，立致污秽。文选偶经其门，大言云：“妖诚无状，必不敢近吾。”及归，狐已在舍，呼文选云：“若言吾畏汝，今欲相扰矣。”自是留其家，为患益甚。文选无如之何。

州城下故多狐窟，有傍城居者，夜见两人立文墙间，长可二尺，着褐衣蒲履布袜，相与携手语曰：“叵耐唐文选，吾辈自求食，何关彼事，而敢妄言。今必挠乱其家，令其至死乃已！”及旦，其人以告文选。文选即具牒投之城隍庙，言神为一州之主，乞为民除害。已而家中魅言稍含糊。

城下人又见前两人云：“吾于彼无大仇，乃诉于城隍，剜去吾舌。今痛不可忍，奈何！”因复以告文选。文选仍牒请行诛，以绝妖患。明日，有二狐死城下，其家遂安。

——《说听》卷上“唐文选”

以上两则故事，一则情节较简略，一则情节较详尽，都塑造了一位敢于驱精除怪的人物形象。前一则故事刻画的是一位疾恶若仇的府隶。他为了保护被污辱的妻子，毅然前去击毁半神半妖的蛇王塑像，永绝其患。后一则故事刻画的是一位好大言的平民。他性格豪爽而富于同情心，对扰民的狐精穷追猛打，直至将其铲除，决不半途而废。又如：

张榅甫言：嘉、隆间，一部郎之妻，偶出南门梅庙烧香，为物所祟，每至辄迷眩，百计遣之不去。后部中一办事吏谙道箓符水，郎命劾治之。吏设坛行法，别以小坛摄怪，久之坛内啧啧有声。吏复以法咒米，每用一粒投坛中，其怪即畏苦号叫，似不可堪忍者。问其何所来，怪答曰：“本老猿也，自湖广将之江以北，道过金陵。偶憩于高座寺树杪，而此夫人经行其下，适有淫心，遂凭而弄之耳。”吏以符封坛口，火焚之，怪遂绝。

——《客座赘语》卷三《猿妖》

有张老夜于乡村归，忽有童子挑灯前来言曰："特相接长者。"张疑之，以手紧持其臂而行，将至有人烟处，灯忽灭，童子不见。视手中所紧持者，一败帚耳。

——《耳新》七"手持败帚精"

这两则故事的内容各有侧重：前一则故事叙写南京一部中办事吏以符箓制伏淫猥妇女的老猿精，揭示出除恶务尽，切不可心慈手软而遗留祸根的题旨。后一则故事通过一老者捕捉笤帚精的趣事，揭示出对于妖魅应当随时有所警惕，不让其有任何可乘之机的题旨。

这个时期的驱精除怪故事，尚有写一道士作法，遣二童男持剑入水中捉祟女蛟精，治愈该女疾病的《菽园杂记》"童男治妖"；写一虾蟆精化作大面矬人夜出听守稻人吹笛，其人知为妖魅，乃乘其不意以烧铁筋将其刺死的《菽园杂记》"大虾蟆精"；写江西一真人过四川某道观时将吃人蟒射死，从而搭救妄想"升天"者的《宦游记闻·真人止怪》；写一虎被邵某射中逃走后，在山庙里面发现一土偶股间有箭，知其为祟，遂请县令毁此庙的《虎苑》"中箭土偶"；写一妖怪惧怕景秀才，某家少女为妖所凭，贴"景清在此"于户，妖遂绝不至的《玉堂丛语》"景清在此"等。

## 第四节　明代的鬼魂故事

明代的鬼魂故事，虽然赶不上隋唐五代时期和宋元时期的鬼魂故事，但无论作品数量、艺术水平都不逊于这个时期的精怪故事。这个时期的鬼魂故事内容较为丰富，包含人鬼恋情与交谊、人鬼亲情、亡灵还阳再生、冤魂复仇雪恨、驱鬼斗鬼等类作品。

### 一、明代的人鬼恋情与交谊故事

明代有关人鬼恋情的故事，绝大部分作品里面的鬼魂均是女性，其亡故大多有不幸的因由。而当其在尘世间得到情侣的抚慰之后，往往不久便发生变故，其结局几乎都带有悲剧色彩。譬如：

上海庠友顾某，嘉靖壬午赴试，泊舟唐家坟。霏雨中见有女子极娉婷，掠其舟而西。顾凝眸久，女亦回顾。顾扣其何往，曰："将访外大母，少选当至。"晚果来，顾留宿，衣尽解，独留左襦。未明去，曰："幸相访于陆花冠家。"后访陆，见一画像，则其女也。因病左足瘫痪。夫家悔姻，愤死。唐家坟侧，则其外大母茔。顾闻之大骇。

——《云间杂志·陆花冠家女》

浙江陈生，随父官泉州。出行，见一女子哭于麓，问："何人?"曰："我姓白，随父之官，为盗掠杀一家，吾仅免。无归，是以伤痛。"生艳其美，遂置之密室。父母使人窥之，乃见一白鹇，至门化为女子而入。父母语生："早加斥绝。"生谓女曰："卿是白鹇精，何为误我?"谢曰："我非妖精，乃前任林知县之女。无罪，为父逼死。槁葬城外，故托白鹇以现。君他日前程远大，位至御史。能念旧者，为葬朽尸，且恤吾母。则终天之感，永切泉壤矣。"生许之。女因谢去。后生果贵，任至御史，巡按广东道。至泉州，求女尸葬之吉壤，以千金赠其母。

——《情史》卷二十情鬼类《林知县女》

以上两则故事的女主人公，不但貌美有风韵，而且感情真挚，可是遭遇都很不幸：一个因夫家变心而愤死，一个无罪被父逼死。她们的幽魂虽然遇到了知己，但幽明殊途，只能拥有短暂的温馨和慰藉。所幸她们钟爱的顾、陈二生均是性情中人，一个如约走访其故里，得睹其图画上的芳容，一个日后果将其安葬于吉壤，并且厚赠其母，使结尾不至于过分凄怆。又如：

扬州盐商张某，陕西人，挈少子居旅邸。某暂还乡，丁宁老仆善调护而郎君。既经时，仆见其貌殊瘦。询其随身童子，云："每夜深，有美女从窗而入，未明即去。"仆谓童子，盍取伊物件为验。童俟女就寝，窃一紫罗凤鞋与仆。仆遍访无所遇，而张生病矣。

后因缝人某甲至，示之以鞋，甲愕然曰：“若从何得此?”仆语之故而问焉，云：“去年在巨族某氏，为其次女作嫁时服。一日忽有女子立屏间，招我度量身材，便睹记其鞋。已而主翁怪衣裳短狭，减工价，谓余诬其女出阃阈，莫能辨也。今据此究之。”

即引仆诣其家，传鞋于内，托言为样求售。翁见而惊曰：“此殓吾长女之具，必盗墓得之。”欲执两人闻官，始吐实。翁未信，往叩张生。生道其姿容服色，真翁亡女也。遂发墓，见棺之前和[①]有巨窍，若有物出入者。启视则面色如生，一足无鞋矣。翁怒而焚之。张生从此病愈。

——《说听》卷上“张生”

一御史巡按某处，每封门，例住桥。见对门楼上一童女，彼此顾盼。女成疾，数月而死，御史初不知也。偶一夕，其女忽来求合，天未明去。夜深复来，不知所自。如此数月，遂成病，延医罔效。有司训精于医，诊其脉云：“大人尊恙，非由寒暑，似为阴邪所侵。”御史不能讳。司训云：“伺其再来，可坚留其随身一物为验。”已而复来，坚留其鞋一只。司训持此鞋遍访。有一老妪而见堕泪云：“此亡女随身鞋也，何以入公手?”司训令开棺规之，其足少一鞋，即白之御史。御史托彼厚葬之，因为设醮荐度，其怪遂绝。

——《说圃识余》“楼上童女”

以上两则人鬼恋情故事的内容各有侧重，意趣大不相同。前一则故事着重叙写寻找绣鞋主人的过程，即追查与张生相恋女鬼的过程，以女尸被其父焚烧结尾，将富翁的冷酷无情暴露无遗，与《列异传》“谈生”一类故事的结局形成强烈的对比。后一则故事着重表现童女幽魂对御史巡按的一往情深，以及御史巡按对恋情、友谊的执着，让听众、读者感到欣慰，并且从中得到启迪和熏陶。

这个时期的人鬼恋情故事，尚有写某女归夫家时遇绛衣少年鬼魂而心

① 和：棺材两头的板。

动，鬼魂屡入室与女交而不能拒，历数载踪迹渐稀的《语怪·常熟女遇鬼》；写某通判亡女鬼魂与一少年情好，常相往还，后遭郡守阻拦，竟被掘坟焚尸的《语怪·桃园女鬼》；写吴生寓居寺院时与一官员亡女鬼魂相恋，僧人告以实情后，生惧而离去的《幽怪录·吴生》；写坐馆虞秀才与吴女亡魂情好，常相往来，久而病瘵，虞父将其接回家，吴女竟随往的《说听》“吴家小娘子”；写蒋生会试归来，得知与其相爱之女已悲思成疾而亡，号恸欲绝，女魂遂随其还家，动息不离，生不久竟病故的《庚巳编·蒋生》等。

明代有关人鬼交谊的故事，其中与人交好的鬼魂大都不是女性，而是男性。与人交好的原由虽然各不相同，但彼此之间的关心、照应、爱护和帮助等，无不体现出真挚、深厚的情谊。试看：

弘治中，金华有张王二士，赴试礼部，不第，附舟而归。有四人若公隶者，亦同载，每经一市镇，必登岸良久，醉饱而返，即鼾睡，罔测为何人也。

行达山东，二士私计，以为彼踪迹诡昧若是，殆必盗也。张乘其宴坐，突入掩之，四人者方共阅一纸文书，见张入，亦都不惊讶。张请观，因示之，其言亦与今官府公移同，所当追捕者百余人，而二士亦豫。张大惊曰：“公等何人？此文移出何官府，乃有吾二人姓名耶？”四人错愕曰：“孰是君辈姓名？”张指示之，四人相顾曰：“吾侪大踈脱。”因谓张曰：“吾实酆都使也，方奉阎君命追此一行人，不意为所窥，君亦有缘者矣。”

张闻之益惊恐，下拜求免。四人初不可，张力恳不已，四人曰：“秀才诚有心求救，我辈同载许时，宁得无情。今有一策能解此厄，然惟二君知之可耳，此外虽妻子勿与语。若一泄露，则事便败矣。”张请问计，乃曰：“君归，于某月日驱家人尽出，堂中列三界诸神祇位，一凳一索以待。吾辈当来，来自有说。”因枚举诸神名，令市纸马，张一一记之。又叮咛戒以无泄，登岸而去。

张具以语王，勿信而嗤之。张疑惧不已，竟别觅舟，疾行抵家。至期，假他故尽遣家人向外，如言设神位及凳索，扃扉独坐待之。俄四使自空而下，见张喜曰："君真信人。"相与叩首神前，跪而陈词，不知所言为何，因持索缚张于凳，鞭之一百，解缚曰："君可免矣。"张匍匐谢之，忽失所在。王生者，竟以是夕死。

——《庚巳编》卷五《金华二士》

青州益都尉，某华人云：初在乡，累举不捷。居郊野，一夕有盗，雨中穿窬而入，谓盗曰："汝冒雨穴壁，必不得已。"盗曰："我营卒也，因博输，不敢归，乃来相扰。"尉曰："吾有绢二匹。"取赠之。盗谢去，复诣营，请于军尉得不治罪。

后将就试，卒忽出灯下，曰："某前蒙恩，誓必报。今不幸殁于军。"既而赴举，试前盗以所试题送出，三场皆然，悉不差谬，果获高荐，至南省亦然。

已而登第，卒又见曰："若遇益都尉，不可不受。有数人负命者在彼，至时，某亦当往相助。"后果尉是邑，到官未几，有告群盗聚某村林中者，尉率众往捕，会马骏，独尉与一斤吏先至其地。群盗望见，皆俯伏就执。

——《涌幢小品》卷十九《鬼报恩》

以上两则故事，内容差异很大，却都颇为感人。前一则讲述的是一个四鬼卒搭救下第生员的故事，突出"情"、"缘"二字。人鬼之间萍水相逢，却又是追捕的对象，可谓机缘巧合。因有缘同船共载，进而友情日深，相互理解，相互配合，相互帮助，可谓重情重义。后一则讲述的是一个亡灵报恩的故事，人情味十足。其中的施恩者遇盗，非但不予惩办，还以物相赠，并请求其上司不予治罪，可谓仁至义尽，无以复加。亡故者死后仍不忘报恩，其亡灵十分看重恩情与交谊，世所罕见。两则故事无论长短，都能娓娓道来，真切动人。

这个时期的人鬼交谊故事，尚有写斋仆杨某无意间给东岳二卒酹酒，后被二卒邀入酒肆同饮，以报二瓢之赐的《庚巳编·杨宽》；写匠人王某与一隶卒作伴同行，卒至道旁民家取酒及熟鸡与王共食，后来方知其为冥卒的《庚巳编·黄村匠人》；写行刑时刽子手让大辟者之鬼魂远走他乡，数载后其亡灵囊数金登门向刽子手致谢的《情史·大辟者》等。

## 二、明代的人鬼亲情故事

明代有关人鬼亲情的故事，体现亲情的亡灵既有男性，亦有女性，而以女性居多。作品的题材主要涉及管理家务、哺育婴儿、救助子孙、照应后人等。这些亡灵对家人，尤其是对婴幼儿关怀备至，虽阴阳殊途仍念念不忘，极其真诚地表达出亡灵对于亲人的一往情深，感人肺腑。这些故事无不出自虚构，幻想色彩浓郁，却具有很强的艺术真实性和感染力，足以打动听众，征服读者。比如：

吴人富某死逾年，既葬，其子以清明上冢设祭。方悲哭，冢中忽应诺曰："汝毋庸痛哭，吾今随汝归矣。"其子哀慕之极，不复怖畏，即随声呼之，鬼便向子历道平生事，甚详悉。

子到家，闻有声在堂中，则其父音，知已归矣。呼妻女出，慰问款密，宛如生时。妻问曰："君去世许久，亦思食乎?"鬼曰："甚善。"乃设鸡肉于案，虽不见形，而有顷，物自都尽。及暮，曰："吾当还，可令一仆相送。"仆送到冢，鬼嘱曰："吾某日且归，可豫相候。"及期候之，鬼便遂归。

自是晨来暮去，稍稍处置家事，皆有条理。其家每买卖货物，商人至，鬼便与议价交易，初以为怪，后亦安之。鬼畏狗，仆送之，常为驱狗不令近。一夕将去，适无送者，遂为群狗所啮，叫呼上树而灭，此后竟不复来。

——《庚巳编》卷六《鬼还家》

南京王指挥敏，初无子，以运粮把总至京。过济宁，买一妾，色美而贤，内外宗姻，咸敬爱之。生一子，未几，夫与正室相继死，妾治家教子，极有法度。既而子袭官，复为把总，部运北上。恳请其外家所在，但言嫁时年幼，已忘之矣。

妾之归王氏者三十余年，早起必梳沐于榻上帏幕中。至老愈严肃。子妇晨省，立于户外，伺其自出，然后敢前谒拜。近侍有二婢，亦未尝见其梳沐也。一日晨兴颇迟，二婢立榻前，忽风动帐开，乃见一无头人坐帐中，持髑髅置膝上，妆饰犹未竟。见二婢，仓皇举髑髅加颈，不及，身首俱仆。婢惊呼，子妇入，则固一枯骨也。人因呼其子为“鬼头王”。

——《高坡异纂》卷中“鬼头王”

以上两则故事都以鬼魂治家为题材，然而存在明显的差异。前一则的故事主人公为男性，其亡故后出于对家人的疼爱，又返回家中料理各种事务，晨来暮往，从不懈怠。后一则的故事主人公为女性，她将鬼魂之身变身为美妇，嫁到官宦之家作妾，在丈夫与正室相继亡故后勇挑重担，三十多年如一日地悉心治家教子，让孩子继承父业。两则故事都洋溢着情亲爱意，十分感人，给读者、听众留下难忘的印象。又如：

浙中一上舍有嬖妾怀娠欲产。妾临产时，上舍以事往钱塘。妾产难昏死，其妻不待其绝而遂殡之。及上舍归，但以产死言，不复穷问。上舍偶一日过宅边卖饼家，见其箧中有银簪一只，乃其妾所常簪者。询其从来，卖饼人曰：“一妇人称说，所产儿乏乳，留此质炊饼饲儿。黄昏辄来，来得饼即去。”问其去路，则妾所葬之处也。上舍大骇，夜潜至其墓，伏而窃听，果有儿啼。乃开墓启棺，则死妾之上有生儿伏焉。抱之以归，及长以资入监为县簿。

——《稗史汇编》卷一三四《祠祭门·鬼物上·死妾乳子》

家君说：阊门一民家，忘记姓名，以开行为业。家畜一犬，甚健，日卧一槛旁，顷刻不离。人有至其所者，辄噬之。家人相戒，莫敢犯。有商人至门，不知而近之，犬噬其股流血。商号呼骂其主，其主亦恶犬，谢曰：“君姑勿怒，明日当烹之共食耳。”商归邸中，夜梦若有告之者，曰：“吾乃主人之父也，死若干年矣。有银数百两埋槛下，生时不及语吾子，子不知也。一念不忘，复生为犬，所以朝夕不去者，盖前此冥数，未可传于子，故守以待之耳，不意误犯君。今子欲烹我，我欲告以故，彼必不见信，君幸往见之，令不吾杀也。”商竦然惊觉，即起奔诣其家，扣门，主出迎，商问："犬安在?"则已被烹且熟矣。商人惋恨，具语以所梦，其主犹未信，商请验之。撤槛，果得一瓦钵，盛银四百余两。痛悔无及，乃哀其犬而瘗之。

——《庚巳编》卷一《守银犬》

以上两则人鬼亲情的故事，思想境界并不一致，但是都具有内容奇特的共同点。前一则故事叙写难产的亡妾艰难育子，直至让新生儿回到父亲的怀抱，充分体现了至为深厚的母爱。后一则故事叙写老父的亡灵变犬护银，又托梦与人，使其子得到他留下的财产，无论付出何种代价都再所不惜，充分展示了父子深情。当然，这种思想观念比较陈腐，并不足取。

这个时期的人鬼亲情故事，尚有写一主母亡故之后，常以空中传语方式处置家务，与家人相处而不见其形的《语怪·鬼治家》；写查老亡魂还家过问大小家事，三年后其家致富遂离去的《语怪·横林查老》；写一日何家小儿被数鬼缚住锁进橱中，后为其祖父亡灵解救，得免一死的《戒庵老人漫笔·白日鬼缚儿》；写廉吏王某，临去就任当地城隍时与妻儿一一道别，乃瞑目而逝的《庚巳编·王贯》；写戴翁独子死后，夫妻终日哭泣，一妪以舟载戴妻往见亡儿，其悲念始息的《庚巳编·戴妇见死儿》；写富民范某死数日后，忽自外还家处分家事，数载其家大治，久渐不见的《高坡异纂》"亡灵还家"等。

## 三、明代的亡灵还阳再生故事

明代有关亡灵还阳再生的故事，其还阳再生的原由各不相同，诸如误捉放还、为善延寿、悔过还阳、因爱复苏、投生转世等等。此类故事，大都通过亡灵还阳再生来表达惩恶扬善的题旨，在当时的社会上具有一定的积极意义。其中不少优秀作品，至今仍然具有一定的认识价值和欣赏价值。譬如：

元薛公世南为山西佥宪时，言一皮匠忽昼见二急脚召渠，云是冥府符命。其人令家人作馔供二冥使，家人无所见也，且语家人曰："我平日寡慾，虽死必复生，慎勿葬我。"是日果死。

三日后复苏，云至一官府，设王者仪卫，一人冕服坐殿廷，问曰："汝知过否?"皮匠曰："某有生以来未尝造恶。"王者命以物如青泥之状涂其顶。久之，心骨醒然，累世之事皆能记忆。王者曰："白起[1]坑长平四十万卒，汝不预乎?"其人乃王纥九世身，对曰："起坑卒时，某阻之不听，非某罪也。上帝以某有阴德，赐某八世为将。今九世矣。"俄而起械而至，羸然一鬼囚也，与之对，得其情，起复押入冥狱。

夜叉果放还。自后弃所业，乘马出入士夫家，能谈其前世事。予闻诸王少师文。王闻诸薛公云。

——《霏雪录·皮匠》

宣府都指挥胡缙，有妾死后，八十里外民家产一女，生便言："我胡指挥二室也。可唤吾家人来。"其家来告，胡不信。令二仆往，女见仆遽呼名，言："汝辈来何用?请主翁来。"仆返命，胡犹不信。更命二婢事妾者往。婢至女又呼之，言生前事，令必请主翁来。婢归言之，胡乃自往。女见胡喜，言："官人，汝来甚好。"因道前身事。胡即抱女于怀。女附耳切切密言旧事，胡不觉泪下，顿足悲伤，与叙委曲。女又言家有某物瘗某地。胡遂取女归，女益呼诸子诸妇。家人一一慰谕，从而发地，悉得其货。因呼之为"前世娘"。

女言："幽冥间事，与世所传无异。"又言："死者须饮'迷魂汤'，我方饮时为一犬过，踣而失汤，遂不饮而过，是以记忆了了。"既长，胡将以嫁人，女不肯，言："当从佛法，终身不嫁。"胡不能强。既至十六七，胡以事死。既而子死，家人皆死，惟一二妇女在。不能活，乃强嫁之。今安然，才二十余岁耳。

——《语怪·前世娘》

以上两则故事，情节都颇为离奇。前一则为误捉放还故事，既说明倘有大罪大恶，不管过多长时间也要受到清算与惩处，又说明无论阳世还是

① 战国时秦将白起攻破赵国后，坑赵国降卒达四十万之众。

阴间，司法都应当公正，既不放过一个坏人，也不冤枉一个好人。后一则为转世故事，写某亡妇投胎为一女婴后，仍然十分清晰地记得前世的人和事，充分表现出对于原有家人和家庭的眷恋之情，让读者、听众亦多有感触。

这个时期的亡灵还阳再生故事，尚有写张某四十二岁亡故，其女号恸陨绝，良久复苏，言见其父已在冥府为官的《庚巳编·张潮》；写士子李某死而复生，言至地府将就刑时为同乡搭救，放还途中见已已列在新举人名单上，是年果中秋试的《说听》“李芳春”；写朱某病殁至阎罗殿，谓其阳数未尽，让其亟回，途遇平生敬重之吕仙为其指路，遂还阳的《说听》“朱蓑衣”；写桐城县东、西各有一女病故，东女阳寿未尽但尸身已焚，乃借西女尸身还魂，告官后判两家共女的《玉芝堂谈荟·假尸复生》；写潘某多行不义，死而复苏，呼家人集近邻认罪自残，宛转六日后体无完肤而死的《昨非庵日纂》“潘屠恶报”等。

## 四、明代的冤魂复仇雪恨故事

明代有关冤魂复仇雪恨的故事，不但暴露歹人、奸徒出于各种动机而狠毒地夺去无辜者的性命，包括图财害命、仇隙陷害、受贿杀戮、残暴行凶等，而且叙写受害人含恨死去后，其冤魂采用各种办法揭发害人者的罪行，使其得到应有的惩处，达到报仇雪恨的目的。此类故事揭露性甚强，具有一定的社会意义和震撼力。譬如：

> 吴县人氏叶湘，业商贩。弘治十五年五月间，赁舟之松江宿淀山湖。舟人卜全与弟容利其资，杀之，并及仆叶骥，弃尸湖中。湘见梦于母，言死状及尸所。母惊觉，则湘妻子与家人梦悉同。相向而哭，遂诣其处，果得二尸以归。一夕其子又梦湘曰：“吾昔赁舟时，虑有他虞。将卜家两人年甲姓名写船埠头壁上。今渠以我钱埋厕中，银往松江易麦，载贮枫桥牙家。本府陈通判泊船寒山寺前，明速往告，可擒也。”子醒寤驰视之，录父手书，寻问陈通判船，果泊寺前，因具诉其故。陈遣人依言踪迹二凶，获之，置于法。
>
> ——《说听》卷上“叶湘托梦追凶”

泗州蒋成，屠沽于鸭嘴湖。有客以竹荷包袱，宿其店。成毙之，匿金致富。既十余年，逢端午宴客，成忽举“青丝系粽，汨罗江里吊忠魂”，属诸客对。一人号古涧者，先夕梦人教云，明日当对“紫竹挑包，鸭嘴湖边谋客命”，叮咛曰：“能言之，管取获利。”古涧举以答。成失色，席散以二十金灭口。古涧亦不深求，归以语妻。妻曰：“此冤鬼假子雪耳。不言将有祸。”首之州，成遂服辜，取客尸于湖如生。

——《昨非庵日纂》卷二十“蒋成服辜”

这两则都是有关图财害命的故事，受害人以不同的方式报仇雪恨，让罪犯伏法。前一则故事叙写冤魂一再给家人托梦，在让家人找回受害者尸体后，又提供各种破案线索，让儿子前去告官，使凶犯落入法网。其中，托梦的过程交代较为具体、详细，成为这则故事的主体部分。后一则故事叙写冤魂托梦教人嘱对，以极为特殊的方式揭发凶徒的罪行，以此为契机，逐步达到惩恶复仇的目的，在同类故事中亦颇罕见。又如：

狄某，溧阳人。任云南定远知县。县有富翁死，遗数万金，其妻匿不与叔。叔告县，托人嘱曰：“追金若干，愿与中分。”狄拘其嫂，酷讯，至用滚汤浇乳。遂追金四万，狄得其半，妇负恨死。后狄罢归，昼寝，见前妇持一团鱼挂床上，大惊。未几，遍身生疽，状如团鱼，手按之，头足俱动，逾年死。五子七孙俱生此疽，相继亡。

——《闻纪·纪报应》“狄某获报”

南京刑部员外郎孙霖，熟于刑名。有二人同殴一人致死，死实由甲，乙惟解劝，同逮至部。甲家富，令所亲求于孙，因以酷刑逼乙认其罪而脱甲，乙终被决。临刑，冤号不已。次日，孙赴部，见乙立于马前，叱之不退。回即吐血，七日而死。

——《寓圃杂记》卷十《孙霖冤狱》

以上两则都是冤魂惩处杀人赃官的故事，能够比较充分地表达民众的爱憎，读后无不令人拍手称快。前一则故事叙写赃官为得到重金而对寡妇滥施酷刑，让其含恨死去。寡妇的冤魂复仇，令赃官生疽而亡，并且殃及子孙。后一则故事叙写赃官受贿后颠倒黑白，为真凶脱罪，却将无辜者处决。枉死者的冤魂无比悲愤，令赃官口吐鲜血，不几日丧命。在贪腐盛行、官场黑暗的时候，这样一些故事无疑会起到一定的警世作用。

这个时期的冤魂报仇雪恨故事，尚有写李某买肉时被屠人打死，其冤魂给南京御史托梦，因而得以将凶手法办的《双槐岁钞·冤魂入梦》；写福州知事沈某常杀人取财，归家买田筑屋时，见数十冤魂列其前，祭告不退，数日后其人发疽而殁的《寓圃杂记·沈协杀人》；写蒋生鬻宅还债时被放债人逼死，诉于阴府，使放债人和鬻宅驵侩均被阴府捉去的《穀山笔麈》"蒋生诉冤"；写盛某听谗言而杀死妻子，其妻冤魂投生为阍童，设法令盛某自缢身亡的《雪涛小说·慎诬人》；写娄某受险谲之人王某陷害被杀，其亡灵一再向上司诉冤，终使王某坐事论斩的《原李耳载·灵魂雪恨》等。

## 五、明代的驱鬼斗鬼故事

明代有关驱鬼斗鬼的故事，其故事主人公大都勇敢无畏，而且富有同情心、怜悯心。他们驱鬼斗鬼的行动多为义举，每每有善报。这个时期的此类故事，数量并不太多，但不乏有一定艺术质量的作品。比如：

> 江西南丰县一寺中佛阁有鬼出没，人不敢登。徐生者，素不检，朋辈使夜登焉。且与约，日先置一物于阁，翌旦持以为信，则众设酒饮之，否则有罚。及暮，生饮至醉而登，不持兵刃，惟拾瓦砾自卫而已。一更后，果有数鬼入自其牖，方上梁坐，生大呼，投瓦砾击之，鬼出牖去。生观其所往，则皆入墙下水穴中，私识之而卧。翌旦日高未起，众疑其死矣。乃从容持信物而下，众醵饮之。明日率家僮掘其处，得白金一窖，六十余斤。佛阁自是无鬼。
>
> ——《菽园杂记》卷三"佛阁击鬼"

台州应尚书，习业山中。一夕闻鬼语："某妇人夫久客不归，翁姑逼嫁，明夜缢此。吾得代矣。"公潜卖田得银四两，即伪作其夫之书，寄银还家。父母见书，疑手迹不类，既而曰："书可假，银不可假，想儿无恙。"妇遂不嫁。后子归，夫妇如初。公又闻鬼语曰："吾当得代，奈此秀才坏吾事。"傍一鬼曰："何不祸之。"曰："上帝以此人心好，命作阴德尚书矣，吾何得祸之。"应果官至尚书。

——《昨非庵日纂》卷二十"应尚书"

以上两则斗鬼故事在内容、人物诸方面都有很大的差异。前一则叙写故事主人公不怕鬼，敢于斗鬼，且有除恶务尽的决心和行动，因而得到天赐厚赏。后一则叙写故事主人公以卖田、作伪书的方式救助弱者，使觅替鬼的希望化为泡影。因其人品格高尚，广行善事，受到上苍眷顾，觅替鬼对他也无可奈何。

这个时期的驱鬼斗鬼故事，尚有写曾某夜行时有一鬼来负其涉水，登岸后仍坚附其背，令其变为棺板，遂劈而焚之的《菽园杂记》"夜行遇鬼"；写博州鼓角楼每夜均有一鬼来掩鼓，值更者不能击，因而受杖，后来求诸一禅师乃将其捉住的《戒庵老人漫笔·鬼畏》；写胡某秋夜醉归时见数鬼齐力扑来，胡厉声斥鬼，并运乱石击之，鬼悉奔窜，无一能抗的《西墅杂记·胡希颜打鬼》；写陆生因夜闻水鬼言谈，乃阻止一送礼家僮河浴，使觅替鬼无从取代超生的《耳新》"陆秀才救人"；写王某夜卧斋中，鬼作鸭鹅之声与飞禽鼓翼之声皆无所惧，覆其身亦笑对之，令鬼无可奈何而退的《古今谭概·王君镈不畏鬼》等。

# 第三章　明代的写实故事（上）

明代的写实故事，较宋元时期的写实故事有一定的发展，作品的门类更为丰富，作品的数量也有明显增加，而且其中不乏引人注目的名篇佳作。这个时期的写实故事，主要包含案狱故事、官吏故事、讽刺故事、家庭婚嫁故事、美德侠义故事、诗对故事、呆子故事、僧道故事、盗贼故事、骗子故事、动物故事等门类。其中，以案狱故事、讽刺故事、家庭婚嫁故事、诗对故事较为突出。

## 第一节　明代的案狱故事

案狱故事，是明代写实故事中数量较多、质量较高的一个门类。其题材涵盖刑事案件与民事案件两个部分，而以刑事案件为主，包括侦破案件、捉拿罪犯、平反冤狱、调解纷争等，从不同的侧面反映了当时的社会生活和世人的精神风貌。

### 一、明代侦破命案的故事

明代有关侦破命案的故事，是案狱故事中为数最多的一类，不乏思想性、艺术性俱佳的优秀篇什。譬如：

徽富商某，悦一小家妇，欲娶之，厚饵其夫。夫利其金，以语妇，妇不从，强而后可。卜夜，为具招之，故自匿而令妇主觞。商来稍迟，入则妇先被杀，亡其首矣。惊走，不知其由。夫以为商也，讼于郡。商曰："相悦有之，即不从，尚可缓图，何至杀之?"一老人曰："向时叫夜僧，于杀人次夜遂无声，可疑也。"商募人察僧所在，果于旁郡识之，乃以一人着妇衣，居林中，候僧过，作妇声呼曰："和尚还我头。"僧惊曰："头在汝宅上三家铺架上。"众出缚僧，僧知语泄，曰："向其夜门启，欲入盗，见妇盛装泣床侧，欲淫不可得，杀而携其头出，挂在三家铺架上。"拘上三家人至，曰："有之，当时惧祸，移挂又上数家门首树上。"拘又上数家人至，曰："有之，当日即埋着园中。"遣吏往掘。果得一头，乃有须男子，再掘而妇头始出。问头何从来，乃十年前斩其仇头。于是二人皆抵死。

——《智囊补》察智部诘奸卷十《徽商狱》

有被杀于路者，始疑盗杀之，及检，沿身衣物在，遍身镰刀伤十余处。检官曰："盗但欲人死取物，今物在伤多，非冤仇而何?"遂屏左右，呼其妻问曰："汝夫与何人有仇最深?"曰："夫自来与人无仇。近有某甲来做债[①]不得，曾有克期[②]之言，非深仇也。"官默识其居，遣人告示侧近居民，所有镰刀尽将呈验，如有隐藏，必是杀人贼。俄赍到镰刀七八十张，令列于地。时方盛署，内刀一张蝇子飞集。官指此刀，问为谁者，乃是做债克期之人，擒讯犹不服，官曰："众人镰刀无蝇子，今汝杀人，腥气犹在，蝇子集聚，岂可隐耶?"左右失声叹服，杀人者叩头服罪。

——《益智编》"蝇集镰刀识凶犯"

以上两则故事的情节均较曲折，但叙事颇有条理。两者既有一些相似之处，也有不少不同之处。相似之处主要是：在侦破命案的过程中都曾施用巧计，从而加速侦破进程和保障侦破的准确性。不同之处主要是：其一，凶犯的杀人动机一为奸杀，一为仇杀；其二，主抓侦察者一为被怀疑者富商，一为审案的官吏；其三，所施巧计一为装鬼吓凶犯，一为验刀证

① 做债：讨债。

② 克期：限定日期。

实凶犯。这两则都以故事性强吸引听众、读者，前一则还引出案中案，使两名凶犯伏法，更为精彩。又如：

成化间有一富商，寓在京齐化门一寺中。寺僧见其挟有重资，因乞施焉。商领之而未发也。僧自度其寺荒寂，乃约众徒先杀其二仆，即以帛缢商死，埋寺后坑中，以二仆[①]尸压其上，实之以土，全利其所有。

越二日，有贵官因游赏过其寺，寺犬嗥鸣不已。使人逐之，去而复来。官疑之，命人随犬所至。犬至坎所，伏地悲嗥。官使人发视之，尸见矣。起尸而下，有呻吟之声，乃商人复苏也。以汤灌之，少顷能言。遂闻于朝，捕其僧而偿于法。是岁例该度僧，因是而止。呜呼，僧不犬若也哉。

——《青溪暇笔》“寺僧杀富商案”

长圻嵊者黄郡产瓜蓏[②]地也。相传先朝老圃某畜一瓜最巨，欲以献豪门。偶丐者抉篱入食之，某见持锄击丐者死，又恐人知，即瘗圃内。明年尸地产瓜，延蔓最盛，首结一瓜大如斗。会邑令君衙购瓜于诸圃皆不可用。佥谓独某圃一瓜特大，令献之，果得十瓜钱。邑衙剖之，瓤浆皆赤血，异之，以视令君。令君大疑，召某问：“汝圃瓜皆若此乎?”曰：“否。”曰：“汝往年瓜若此乎?”曰：“否。”曰：“其种必异也。”令掘根视之，根乃出死人口中。盖丐者食瓜子尚满口，故明年产瓜而滋液其胸中血汁，故赤若此。某遂陈丐者死状，受杖死狱中，亦冤所为与。东之谈。

——《耳谈》卷七《老圃瓜异》

以上两则故事中的命案，都是在无人知晓的情况下暴露出来的，而促使命案暴露的则是与被害者有关的动植物，情节较为奇特，无不引人入

① 以上十四字，据明·王圻纂集《稗史汇编》卷一五七《禽兽门·兽三·犬报商冤》添补。
② 蓏（luǒ 裸）：瓜类植物的果实。

胜。这两则故事让读者、听众看到，天网恢恢，疏而不失，杀人者无论隐藏得如何巧妙，迟早会败露，终究难逃罪责。

## 二、明代平反冤狱的故事

明代有关平反冤狱的故事，大都描述由于审案官吏认真侦破案件，使蒙冤者才得以平反、获释。此类故事刻画出各种精明、练达的审案官的艺术形象，借以展现出世人渴求惩恶锄奸、维护公正的强烈愿望。试看：

正德庚午，太仓州有人买一鳖三足，令其妻炰[①]食之。顷之，寻其夫不获。惟见地上遗发一缕，冠履衣服如蝉蜕焉。事闻，集其邻右赴官，或疑其妻杀之，将置于法。

知州黄庭宣独疑之。以为鳖有三足，为类当异，理不可测。乃悉集渔人求鳖三足者，立限以须。卒得之庭宣召妇人烹调如初，出重囚与食。方引还狱，觉腹痛仆地，身渐缩小，顷之，形骨俱消。妇人冤遂白。

——《高坡异纂》卷下“三足鳖疑案”

临海县迎新秀才，适黉宫有女，窥见一生韶美，悦之。一卖婆在旁曰：“此吾邻家子也，为小娘子执伐，成佳偶矣。”卖婆以女意诱生，生不从。卖婆有子无赖，因假生夜往，女不能辨。一日其家舍客夫妇，因移女而以女榻寝之，夜有人断其双首以去。明发以闻于县。令以为其家杀之，而橐装无损，杀之何为，乃问：“榻向寝谁氏？”曰：“是其女。”令曰：“知之矣。”立逮其女，作威震之，曰：“汝奸夫为谁？”曰：“某秀才。”逮生至，曰：“卖婆语有之，何尝至其家？”又问女：“秀才身有何记？”曰：“臂有痣。”视之无有。令沉思曰：“卖婆有子乎？”逮其子，视臂有痣，曰：“杀人者，汝也。”刑之，即自输服。盖其夜扑得骈首，以为女有他奸，杀之。生由是得释。

——《智囊补》察智部卷十《诘奸·临海令》

---

① 炰（páo 袍）：烹煮。

以上两则作品都颇为生动，分别讲述了两个地方官吏平反冤狱的故事。前一则故事平反的是家庭冤狱，蒙冤人为死者之妻，精明的知州通过试验弄清冤情，还无辜民妇以清白。后一则故事平反的是社会性冤狱，蒙冤人为黉宫女所悦之秀才，干练的知县通过盘问当事人并进行验证，很快便捉住真凶，让案情水落石出。

## 三、明代审理民事案件的故事

明代有关审理民事案件的故事，大多篇幅短小，情节单纯。然而，它们往往都展现出审案官吏的智慧和能力，令人佩服。试看：

> 昔宸濠府中养有仙鹤，颈上悬铜牌勒“王府”二字，忽走入民家，为犬所啮几死。濠命旗校送其人赴南昌府刑厅处置，其节推批犬主诉词云：“鹤虽带牌，犬不识字。禽兽相急，不干人事。”宸濠闻之无以难。
>
> ——《谈丛·判词》“禽兽相争”

> 吉水县两农家牛相触，一牛至死。死者之家告状赴吉水县尹，尹乃吾乡辰州胡进士，号鹿崖。判其状曰：“二牛斗争，一死一生。死者共食，生者同耕。”两家皆服。
>
> ——《谈丛·判词》“判牛”

以上两则出自《谈丛》的小故事，都颇为幽默、风趣，无不突显出富于才智的地方官吏的正义感和同情心。其中的判词，言简意赅，琅琅上口，写得十分精彩。

这个时期的案狱故事，尚有写一审案官吏凭借凶犯所留的谜语而侦破命案，将杀人抢劫者缉拿归案的《霏雪录》“猜谜捕盗”；写一审案官员见死者似有冤屈，通过审讯得到实情，进而拘捕杀女夺财之真凶杨生，为蒙冤者洗刷罪名的《双槐岁钞·陈御史断狱》；写一瞽者在城南荆树下醉卧时丢失钞百缗，某官施展审荆树巧计而捕获盗者的《双槐岁钞·性敏善断·捉盗还钞》；写某官侦破遣猕猴入府库盗钞币案，追回赃银，将猴主绳之以法的《双槐岁钞·性敏善断·狙为盗》；写某渔者兄弟杀死弄猴人而欲霸占其妇，妇不许也被杀，后妇复生告官，遂将二凶犯论死的《菽园杂记》"渔者兄弟"；写一醉者死而复苏潜逸后，守尸者竟杀人以代，事发不能讳，遂伏法的《猥谈·失尸案》；写丈夫某归家后食老鸡毙命，太守姚公经过认真调查，乃为自诬之妇人平冤的《青溪暇笔》"食老鸡致毙案"；写桑某男扮女装以教刺绣为名，入贵富人家奸淫妇女无数，后败露被处以极刑的《蓬轩别记》"京师人"；写京师西郊常有夜归佣工被杀，人误以为鬼怪作祟，后为一群兵校侦破，使凶犯伏法的《蓬轩别记》"暮归凶案"；写一老妪诬邻人盗其子妇之裙，邻则辩称为其嫂与妻之裙，审案官见二裙一宽而长，一短则窄，遂明其非盗的《玉堂丛语》"裙之争"；写某官审理一桩行骗案时，使饿驴找到主人——骗走民妇骡子黠汉，将其法办的《雪涛小说·才吏》"审驴案"；写某典史审案时让老叟在其茄腹中暗藏竹针，从而捉住盗茄贼的《雪涛小说·典史》"巧捉偷茄贼"；写某典史审理争伞案时命隶卒执刀剖伞，以察色判二人真伪的《雪涛小说·典史》"剖伞决疑"；写王三被杀后其妻鸣于官，审案官从同伴上门呼叫时不叫"王三"而叫"王三嫂"发现破绽，遂捉凶抵命的《谈丛·判词》"一语破案"；写一同宗仇人买通狱中盗贼诬陷雷某，审案官将雷某杂于众隶中使盗贼辨认，立为其平反的《涌幢小品·同宗二狱·雷某被诬》；写一奴仆与某御史妾私通，乃厚贿一屠杀死御史夫妻并诬其宿仇赵某为凶手，审案太守见疑，后以屠母为突破口使真凶伏辜的《涌幢小品·雪冤解狱》；写一孀妇被杀，其族伯诬服，太仓丞陆某遣捕密侦，最终将凶僧缉拿归案的《古今谭概·凶僧》；写某胥杀人夺资后，又写匿名信诬告其仇人，知县某根据字迹而捉住凶手的《智囊补·殷云霁》等。

## 第二节　明代的官吏故事

明代的官吏故事，既有褒扬、赞美清官廉吏的作品，又有揭露、鞭挞贪官污吏的作品，而以后一类作品居多。明代的官吏故事，从不同的视角和不同的社会层面，反映当时的官场生活和官员状况，富于现实性和批判性。它们既表达出世人对官场腐败的不满和对赃官、坏官、昏官的愤恨，又展示出世人对清正廉明官吏的赞美和期盼。不仅如此，这个时期的官吏故事中的许多作品艺术性较强，具有不同的风格和韵味，足以让听众、读者从中领略多样化的艺术欣赏的乐趣。

这个时期的有些官吏故事以含蓄见长。比如：

成化中，有汝宁杨太守甚清，其附郭汝阳刘知县甚贪。太守夜半微行，至一草舍。有老妪夜绩，呼其女曰："寒甚。"命取瓶中酒。酒将尽，女曰："此一杯是杨太爷也。"复斟一杯，曰："此是刘大爷。"盖酒初倾，则清者在前，后则浊矣。闻者赋诗曰："凭谁寄语临民者，莫作人间第二杯。"

——《古今谭概》口碑部第三十一《杨太守 刘知县》

江南一驿吏以干事自任，典郡者初至，吏白："驿中已理，请一阅之。"刺史往视，初见一室，署云"酒库"，诸酝毕熟，其外画一神。刺史问是谁？言是杜康。刺史曰："公有余也。"又一室署云"茶库"，诸茗毕贮，复有一神。问是谁？云是陆鸿渐。刺史益善之。又一室署云"菹①库"，诸菹毕备，亦有一神。问是谁？吏曰蔡伯喈。刺史大笑，曰："不必置此。"

——《何氏语林》卷三十"刺史视库"

以上两则故事都具有含蓄的特点。前一则故事叙写老百姓对于清官、贪官自有褒贬，以酒之清浊作譬喻，言简意赅，颇为深刻。后一则故事叙写驿吏以巡视库房的方式取悦上司，为日后贿赂上司作好铺垫，上司心领神会，不露声色。其揭露有力，却不见圭角。

这个时期的有些官吏故事以辛辣见长。比如：

佥事陈谔，字克忠，诙谐。正统初，有中官阮巨队，奉命来广，

① 菹（zū租）：腌菜。

征虎豹。谔从阮饮，求虎皮以归。明日草奏，言阮多用肥壮者宴客，徒贡瘠虎，使毙诸涂。阮大恐，置酒谢谔。酣谓阮曰："闻子非阉者，近娶妾，然否？"阮请阅诸室，谔见群罐，知为金珠，佯问何物，曰："酒也。"谔笑曰："吾来正索此。"遂令人扛去。阮哀祈，得留其半。广人至今传为谈谑。

——《涌幢小品》卷十三《中官祈哀》

元时，达鲁花赤为政，不通汉语，动辄询译者。江南有僧，田为豪家所侵，投牒讼之。豪厚赂译，既入，达鲁花赤问："僧讼何事？"译曰："僧言天旱，欲自焚以求雨耳。"达鲁花赤大称赞，命持牒上。译业别为一牒，即易之以进；览毕，判可。僧不知也，出门，则豪已积薪通衢，数十人舁僧畀火中焚之。

——《古今谭概》谬误部第五《译误》

以上两则故事都具有辛辣的特点。前一则故事叙写地方官吏与京师宦官斗法，无情揭示出宦官与地方官的贪腐本性和丑恶嘴脸，锋芒毕露。后一则故事叙写译者受贿，胡乱翻译，非但不为受害僧人主持公道，反而将其抬去火焚，充分暴露了元代某些官员草菅人命，无恶不作的凶残面目。

这个时期的有些官吏故事以诙谐见长。比如：

弘治中，吾郡一豪子以事官捕之。急窜匿不出，官百计索之不能得。或言乡耆某，多智数。官延访之。耆乞屏左右，乃曰："欲得之，须用《老子》。"官曰："老子已在此矣。"耆意盖用欲取先予之术。官所云谓已执其父也，耆曰："不是者个老子。"官曰："正是者个老子。"耆又白如前，官终不悟。即叱之退，曰："者蠢物，尚谓一人有两老子，何智术之有！"

——《猥谈·智耆》

洪武中，驸马都尉欧阳某偶挟四妓饮酒。事发，官逮妓急。妓分必死，欲毁其貌，以觊万一之免。一老胥闻之，往谓之曰："若予我千金，吾能免尔死矣!”妓立予五百金。胥曰：“上位神圣，岂不知若辈平日之侈，慎不可欺。当如常貌哀鸣，或蒙天宥耳。”妓曰：“何如?”胥曰：“若须沐浴极洁，仍以脂粉香泽治面与身，令香远彻，而肌理妍艳之极，首饰衣服须以金宝锦绣，虽私服衣裙，不可以寸素间之，务尽天下之丽，能夺目荡志，则可。”问其词，曰：“一味哀呼而已。”妓从之。比见上，叱令自陈，妓无一言。上顾左右曰：“绑起杀了。”群妓解衣就缚，自外及内，备极华灿，缯采珍具，堆积满地，照耀左右。至裸体，装束不减，而肤肉如玉，香闻远近。上曰：“这小妮子，使我见也当惑了，那厮可知。”遂叱放之。

——《智囊补》术智部谬数卷十七《洪武中老胥》

以上两则故事都具有诙谐的特点。前一则故事带着调侃的口吻揭示昏官的极端无能与愚蠢，令人忍俊不禁。后一则故事通过精明能干、熟谙官场的老胥索贿救助妓女的趣闻，揭露官场上下腐败成风的黑幕，颇为发人深省。

这个时期的官吏故事，尚有写一兵部侍郎欲得兵部尚书空缺，托其任刑部尚书之亲家向宦官行贿，亲家却用其重赂为自己谋得兵部尚书一职，侍郎恚恨而亡的《菽园杂记》“托人纳贿”；写王某割势净身始得进王府去见所迷恋之妓，郡王竟让王某服事自己，妓与王某乃相向呜咽的《说听》“洛阳王某”；写永乐中有一前朝编修隐居洞庭湖滨，甚为聊倒，临终托邻里葬其于湖旁某山下的《玉堂丛语》“幸葬我湖旁山下”；写乙杀甲夺资并骗娶甲妻，甲复苏后告乙图财害命，强夺其妻，昏官竟重责甲，批状曰“既云打死，如何尚在，娶用财礼，何以强娶”的《笑赞》“官判案”；写湘阴县丞刘某以生革为鞭，中夹铜钱，挞人至皮肉皆裂，因一巡检待之不恭而将其妻鞭挞几死，后被皇上严惩，戮于市的《涌幢小品·鞭夹钱》；写某太宰坐轿出行时，隶人呵斥一见而不避之老媪，媪怒曰“我在京住了五十余年，这些见了千千万万，罕希你这蚁子官”，太宰到部笑语同寮，连称晦气的《涌幢小品·就是老媪》；写某贵官因铗子[①]欠熟而将庖丁系

① 铗子：一种油煎食品。“铗”与“甲”谐音。

狱，一人扮术士相讥，说丙子生不好，“昨日甲子生者入狱未放，何况丙子生”的《解愠编·甲子生》等。

## 第三节　明代的讽刺故事

明代的讽刺故事，无不以揭露、讽刺当时各个社会层面的丑恶现象和不良风气为使命，或指向官场黑暗、腐败，或指向官吏贪鄙、无能，或指向富家悭吝、刻薄，或指向俗人虚妄与僧人伪善。作品数量较多，往往短小诙谐，妙趣横生，广受读者、听众喜爱。

### 一、针对官场黑暗、腐败的讽刺故事

这个时期针对官场黑暗、腐败的讽刺故事大都颇为辛辣、火爆。比如：

昆山有徐生善写竹，尝游京师，吏科有知者，请写竹于壁。写毕，欲题其上云“朝阳鸣凤”。或云：“恐致人口语，不若易以舞凤。”或又以为不可，乃以彩凤易之。有从旁语云：“鸣也鸣不成，舞也舞不成，不如好衣服摇摆过日可也。”众哄堂一笑而散。

——《菽园杂记》卷七“噤不敢言”

万历丙午浙试，一有力者以钱神买初场题中式。立试者锁闱日，得罪杭郡公，郡公衔之。撤棘后，郡公宴主试，密令优人刺之。其日演《荆钗记》，无从发挥。至“承局寄书”出，李成问：“足下何来？”局答曰：“京城来。”成曰：“有新闻否？”曰：“关白内款矣。”成曰：“旧闻。”曰：“贡方物矣。”成曰：“何物？”曰：“一猪。”成曰：“猪何奇而贡之？”曰：“绝大。”成曰：“驴大乎？”曰：“不止。”“牛大乎？”又曰：“不止。”“象大乎？”又曰：“不止。”成曰：“大无过此矣！”曰：“大不可言。且无论其全体，只猪头、猪肠、猪蹄，你道易价几何？”成曰：“多少？”曰：“只头肠蹄亦卖千金！”成曰：“何人买得起？”曰：“一收古董人家。”盖指中式者董姓耳。主试闻之，赤頳，

不欢而罢。

——《古今谭概》微词部第三十《头场题》

这两则讽刺故事都是通过具体事例来揭露官场存在的严重问题。前一则故事，借题画的用词来嘲讽宫闱言路阻塞，言官事无大小均噤若寒蝉的现象，让人们窥见当时朝政黑暗之一斑。后一则故事，通过官吏发生矛盾，起而攻讦，讥贬主试官高价出卖考题的舞弊行为，从一个方面来暴露当时官场的腐败。

## 二、针对官吏荒淫、昏庸的讽刺故事

这个时期针对官吏荒淫、昏庸的讽刺故事有不少作品颇为诙谐、逗趣。比如：

三杨学士当国时，有一妓名齐雅秀，性最巧慧。一日被唤，众谓之曰："汝能使三阁老笑乎?"对曰："我一人，就令笑也。"进见，问何以来迟，对曰："在家看些书。"问何书，对曰："《列女传》。"三阁老闻之果大笑，乃戏曰："我道是齐雅秀，乃是脐下臭。"盖因其姓名之声而讥之，应声曰："我道是各位老爹是武职，原来是文官。"以"文"为"闻"也。三公曰："母狗无礼!"又答曰："我是母狗，各位老爹是公侯。""侯"者"猴"也。

——《戒庵老人漫笔》卷一《妓巧慧》

临安令有赵鼻涕者，以其罢软，故得此名。民有钱德明者，持状赴告，状称"钱德明年若干岁"。赵怒，命行笞。民不服，曰："汝欺我不称今年若干岁，而称明年，何也?"赵盖以"德"为民名，而"明"字属下文，闻之不觉捧腹。高心田说。今追记之。

——《快雪堂漫录·赵鼻涕》

以上两则讽刺故事都带有较浓的调侃意味，对所嘲讽的大小官吏竭尽奚落之能事。前一则故事的锋芒指向在朝中当权的三位重臣，通过他们与妓女彼此戏弄、逗乐来讥讽达官贵人的无耻与下流，为世人所不齿。后一则故事的针芒指向地方官吏，嘲笑一县令的昏聩无能，其个性特征在审案时表现得淋漓尽致，令人忍俊不禁。

不过，这个时期针对官吏荒淫、昏庸的讽刺故事，大都颇为尖刻、锋利。比如：

王锷累任大镇，财货成积。有旧客谕以积而能散之义。后数日复见锷，锷曰："前所见戒，诚如公言，已大散矣。"客请问其名，锷曰："诸男各与万贯，女婿各与千贯矣。"

——《谐丛·散财》

一东道吝啬，当宴宾时，私嘱其仆曰："尔莫浪费酒浆，但闻我击桌一下，尔则斟酒一次。"客偶闻知，饮间故问："尊堂高寿几许?"答曰："七十三矣。"客击桌叹曰："难得。"内闻击桌声，随斟酒出筵。顷间，客又问："尊翁高寿几许?"主人曰："八十四矣。"客复击桌云："愈是难得。"内人又斟酒出。已而主觉其计，乃斥言曰："你也不要管他七十三、八十四，你也吃得勾了。"

——《解愠编》卷五《七十三八十四》

以上两则讽刺故事，都通过故事主人公的言谈举止来讥诮富人爱财悭吝的秉性，简短而深刻，入木三分。前一则故事嘲笑其人的"散财"之举，只不过是分一点钱财给自己的孩子，如此"慷慨"，足见其本性难易。后一则故事借主人请客时搞小动作的行径以及主人被播弄后的失态，尽情挖苦富人的吝啬与卑劣。

## 三、针对文人各种劣根性的讽刺故事

这个时期针对文人各种劣根性的讽刺故事大都颇为婉转、含蓄。比如：

尝闻一青衿，生性狡，能以谲计诳人。其学博持教甚严，诸生稍或犯规，必遣人执之，扑无赦。一日，此生适有犯，学博追执甚急，坐彝伦堂盛怒待之。已而生至，长跪地下，不言他事，但曰："弟子偶得千金，方在处置，故来见迟耳。"博士闻生得金多，辄霁怒，问之曰："尔金从何处来？"曰："得诸地藏。"又问："尔欲作何处置？"生答曰："弟子故贫，无口业，今与妻计：以五百金市田，贰百金市宅，百金置器具，买童妾，止剩百金，以其半市书，将发愤从事焉，而以其半致馈先生，酬平日教育，完矣。"博士曰："有是哉！不佞何以当之？"遂呼使者治具，甚丰洁，延生坐，觞之。谈笑款洽，皆异平日。饮半酣，博士问生曰："尔适匆匆来，亦曾收金箧中扃钥耶？"生起应曰："弟子布置此金甫定，为荆妻转身触弟子，醒，已失金所在，安用箧？"博士蘧然曰："尔所言金，梦耶？"生答曰："固梦耳。"博士不怿，然业与款洽，不能复怒。徐曰："尔自雅情，梦中得金，犹不忘先生，况实得耶？"更一再觞出之。

——《雪涛小说·甘利》"梦得金"

南人有学琴十年而极其趣者，自以天下无愈已。挟琴而上都邑，次舍于教坊之旁。教坊之人所肄皆箜篌、琵琶、筝、琴属也。见南人至喜，群聚而求听焉。南人乃出琴而鼓之，曲未成，皆哄然而散，唯一人留而泣。南人喜，起作礼而问之，对曰："昔者吾父病介挛而死，今见先生之布指似之也，故泣。"南人乃抵琴于地而叹曰："嗟哉，知音之寡也！"盖自是不复鼓琴。

——《客座赘语》卷六《谑语》"南人鼓琴"

以上两则讽刺故事从不同的方面嘲谑文化人在品格上的缺失。前一则故事，叙写学官遭到狡诈学生戏弄前后态度的变化，讥笑持教甚严、自鸣清高的文化人亦难免对钱财有强烈的欲望。后一则故事，叙写一自鸣得意的文化人班门弄斧，出乖露丑，在受到奚落后仍自我解嘲，不进行反省。读过这两则故事，无不让人感慨系之。

这个时期的讽刺故事，尚有写一工部侍郎貌美无须，常出入太监王某家门，或问其为何无须，他忙说"公无须，儿子岂敢有须"的《菽园杂记》"岂敢有须"；写一新兵至配所，无论如何站立均被呵斥，当其跪而求教时，军官坦言“你若送我些月钱，任你直走横行”的《解愠编·直走横行》；写清明遇雨，一张伞独行者与趁伞同行者相互怀疑对方为鬼，惊骇不已，归家均病了一场的《贤博编》“相疑为鬼”；写某官惧内，有人让其以酒壮胆回家教训妻子，谁知酒醒后妻子打他更凶的《笑赞》“惧内”；写一端公外出时其徒被请去跳神，乱说胡跳一通后得钱米，端公得知徒弟所作所为，惊呼“你怎么知道的，我原来就是如此”的《笑赞》“端公”；写一僧人捉住落入袖中雀儿连称“阿弥陀佛，今日有肉吃了”，待他松手雀儿飞去后，又道“阿弥陀佛，我放生了”的《笑赞》“僧与雀”；写一人拾得一枚鸡卵竟做买田置宅，雇仆讨妾的白日梦，其妻醋意大发，怫然动怒，以手击碎鸡卵的《雪涛小说·妄心》；写一关吏治夜禁甚严，犯者必重挞，苟无犯者辄谓逻卒贿脱而挞之，一日逻卒傍晚即以犯夜禁捉跛者，谓其缓行过城门非一更不可的《雪涛小说·深文》；写某太监缚一鼠以毁衣罪告于御史，藉此戏弄御史，御史乃判曰“问笞杖太轻，问绞斩太重，下他腐刑”的《雪涛谐史》“下他腐刑”；写一妻悍而狡，夫每言纳妾，辄曰“若有金，惟命”，夫从人称贷请纳，妻压金拜曰“我今情愿做小罢，这金便可买我”的《雪涛谐史》“情愿做小”；写某巡案派解官将一好打抽丰友人解回原籍，至境上解官始告其刑具为银造，其人道“他若相厚，便打个二百斤银枷枷也得”的《雪涛谐史》“好打抽丰者”；写某翁被一虎攫走，见其子操刃追逐，忙呼“毋刺伤其皮”的《客座赘语》“毋伤虎皮”；写一僧与曾化斋施主齐亡，僧因罪深而被刀锯，施主不解何故，僧道：“阎王见世间寺废僧稀，将一个僧锯开做两个用”的《华筵趣乐谈笑酒会·劝人行善》等。

# 第四章　明代的写实故事（中）

## 第四节　明代的家庭、婚嫁故事

明代的家庭故事和婚嫁故事，在写实故事中较为多见。这两类相互呼应、关系密切的写实故事，从不同的侧面揭示当时的社会生活和家庭生活状况，反映出广大民众的追求和好恶，大多数作品都具有一定的思想意义和欣赏价值。

### 一、明代的家庭故事

这个时期的家庭故事，不但描述家庭成员之间的亲情，包括孝敬父母，疼爱儿孙，夫妻恩爱，兄弟互助等，而且描述家庭成员的悲欢离合，纠葛纷争，生活气息一般都相当浓郁。譬如：

吾邑之相城，有一乞儿姓沈，年在中岁。每诣沈隐君孟渊所请丐，凡所得多不食，而分贮之筒篚中。隐君初不为意，久而问焉，则曰："将以遗老娘耳。"隐君始异之，潜令人侦其所为。丐至一岸旁，坐地出箪中饮食整理之，擎至船边。船虽陋而甚洁，老媪坐其中。丐登舟陈食母前，倾酒跪而奉之。伺母接杯乃起，跳舞而唱山歌，作嬉笑以乐母，母殊意安之也。必母食尽，乃更他求。若无得，则自受馁，终不先食之也。日日如之，凡数年。母死，丐始不见。

——《枝山前闻·沈孝子》

晋人张公父应藩司硝黄户，贩硝北直。归值北直岁荒，流徙载道。过获鹿，见饥民夫妇避荒，担内一子甫三岁，言爱此子者任携去。张公父尚无子，欲抚之。夫妇喜诺，付以百钱，曰："非以言直，聊充一饭耳。"固辞，乃受。

携归为己子，读书颖悟过人，登乡荐，授知州。出京，过获鹿，欲访本生父母，以年幼失记名姓乡里，仅记别时在柳下。柳身拳曲于道上，仿佛遇之。祭以羊豕一，恸云："伊尹生于空桑，今某生于曲柳也。"

——《原李耳载》卷上《百钱大夫》

以上两则家庭故事都是以称颂亲子情深为题旨的。前一则故事写乞丐沈某对老母至孝，尽管经常忍饥挨饿，备尝艰辛，却数年如一日地奉献饮食，并且苦中作乐以娱娘亲，使老人得以安度晚年，其孝行委实难能可贵。后一则故事写一饥民之子被人抚育成人，并且做了一州之行政长官，但他仍不忘生身父母的恩情。当他回到故乡寻亲不果时，便祭拜道旁曲柳，寄托思亲的情愫，其情深意切，催人泪下。又如：

南门外某姓一妒妇，知婢怀妊，日夜痛殴。既娩身，逼令弃儿于水。婢不得已，将儿系之木板，以钗一股，置儿衣间，冀得收养。适一妇持木椎浣衣溪上，见而收之。方用手援儿，椎忽堕水，流至妒妇门，为其婢所得，悬之壁间。

不两月，盗入其家，即将木椎椎杀妒妇，其夫方知儿之溺死也。

后六年，拾儿之父偶至婢所，见木椎认为己物。婢问失椎之由，云为捞儿滚入波心。复问儿衣间有何物，曰："有一钗，今尚在。"婢即日索钗视之，果前物也。重酬其乳食之费，携其子归。张友莲作《木椎记》。

——《云间杂志·某姓妒妇》

铅山有人悦一美妇，挑之不从。乘其夫病时，天大雨，昼晦，乃着花衣为两翼，如雷神状，至其家，夺铁椎椎杀之，即飞出其家。以为真遭雷诛也。又经若干时，乃使人说其妇，求为妻。妇许焉，伉俪甚笃。出一子，已周岁矣。一日，雷雨如初，因燕语漫及前事，曰："吾当时不为此，焉得妻汝?"妇佯笑，因问："衣与两翼安在?"曰："在某箱中。"妇俟其人出，启得之，赴诉张令。擒其人至，伏罪论死。

——《情史》卷十四情仇类《铅山妇》

以上两则故事都以家庭变故为题材。前一则故事写一新生儿被遗弃后，由于某种偶然的原因，其家失而复得，被遗弃的孩子竟然又回到家中，既让人心酸，又值得庆幸。后一则故事写一妇人得知其前夫系后夫所谋杀，并且证据确凿时，毅然报官，终于使杀人夺妻的歹徒伏辜，大快人心。而这位妇女在重新有了一个美满家庭之后，能够做出告发后夫的抉择，确非易事。其嫉恶如仇的品格，实在令人敬佩。

这个时期的家庭故事，尚有写邵某得知其妻以炙蛴螬奉母时痛哭欲逐之，邵母被惊竟双目忽明，忙留住儿媳的《菽园杂记》"邵母复明"；写史妻得知史某被后夫溺杀后，即走诉于朝，置后夫于法的《菽园杂记》"史妻复仇"；写某夫妻俩避兵乱外出散失，夫流落京城，竟与在一官员家为佣之妻相遇，官员知情后让二人回家团聚的《西樵野记·京邸兵官》；写监生张某因一妓拾得应试关节而登科，乃娶妓为妾，妾后主家政，与张偕老的《泾林杂记》"南都妓"；写金三因病被岳丈抛弃，其妻痛不欲生，后金三发迹归来，遂与妻子团聚的《耳谈·金三妻》；写杜某新纳之妾羞以父书示杜而将其吞下，杜谓是情人所寄，竟命剖腹出书，杜后梦妾诉冤，旬日乃死的《昨非庵日纂》"剖腹出书"；写儿子某误以父为奸僧，竟将与母同寝之生父杀死，遂伏法的《古今谭概·父僧误》；写太原一孝子只身远涉寻父，遍历三湘、五岭道场，终在一山僻小庵中找到访道离家三十多载老父的《原李耳载·寻亲诚感》等。

## 二、明代的婚嫁故事

这个时期的婚嫁故事，主要描述订亲、迎亲、完婚过程中男女双方及其亲属之间发生的各种事端、变故，结局各不相同，既有喜剧性的，也有悲剧性的。譬如：

金陵人有女且于归，而婿病剧。婿家贪利女奁具，故强迎女视婿。女家难之，而又迫于求，欲却不能，因计其子年貌类姊，遂饰子往。故称未成礼，不宜见尊亲，常蔽其面。婿家不知以婿之妹伴嫂，宿于别室，是夜婚合。越三日，女家迎女归，妹自陈嫂是男子，已为我婿矣。婿家大恚，讼于法司。法司曰：“渠不宜以男往，尔奈何以女就之乎？殆是天缘，听其自配。”后婿病亦愈，女竟得归。一嫁女而得妇，一娶妇而得郎，虚往实还，网鱼得鲊[1]矣。予里卢孝廉游吴归谈。

——《耳谈》卷十一《娶妇得郎》

万历初，吴江下乡有富人子颜生，丧父，未娶。洞庭西山高翁女，有美名。颜闻而慕之，使请婚焉。高方妙选佳婿，必欲觌面，而颜貌甚寝，乃饰其同窗表弟钱生以往，高翁大喜，姻议遂成。颜自以为得计。及娶，而高以太湖之隔，必欲亲迎，且欲夸示佳婿于亲邻也。颜虑有中变，与媒议，复浼钱往。既达，高翁大会宾客。酒半，而狂风大作，舟不能发。高翁恐误吉期，欲权就其家成礼，钱坚辞之。及明日，风愈狂，兼雪。众宾俱来怂恿，钱不得已而从焉。私语其仆曰：“吾以成若主人之事，明神在上，誓不相负。”仆唯唯，亦未之信也。合卺之三日，风稍缓。高犹固留，钱不可，高夫妇乃具舫自送。仆者棹小舟，疾归报信。颜见风雪连宵，固已气愤。及闻钱权作新郎，大怒。俟钱登岸，不交一语，口手并发。高翁闻而骇然，解之不得，乃坚叩于旁之人，尽得其实。于是讼之县官。钱生诉云：“衣食于表兄，惟命是听。虽三宵同卧，未尝解衣。”官使稳婆验之，固处子也。颜大悔，愿终其婚。而高翁以为一女无两番花烛之理。官乃断归钱而责媒，钱竟与高女为夫妇。钱贫儒，赖妇成家焉。

——《情史》卷二情缘类《吴江钱生》

① 鲊（xù序）：鲢鱼。

以上两则婚嫁故事，都曲折而带有喜剧色彩。前一则故事叙写男女方双为了钱财与脸面，各有盘算，相互斗心眼，虚与委蛇，却天缘凑合，成就了另一对青年男女的婚事，颇为有趣。后一则故事的情节更为曲折多变，喜剧色彩更为浓郁。描述富家子颜生娶亲时弄巧成拙，竟鸡飞蛋打，同窗表弟钱生贫而儒，却巧结良缘，可谓天作之合。这样的故事都十分有趣，无疑会给读者、听众带来不少欣赏乐趣。又如：

城中有女，许嫁乡间富室。及期来迎，其夕失女所在，盖与私人期而为巫臣[①]之逃矣。诘旦，家人莫为计，姑以女暴疾辞，而来傧固已洞悉之矣。婿家礼筵方启，嘉仪纷沓，翘企以待。比通者至，寂然。主人扣从者，皆莫能对。傧以袂掩口附耳告曰："新人少出。"不觉一笑而已。

——《猥谈·新人》

原邑子衿郭长泰，诸生，郭御所子也，英姿韶秀，十八游庠。巾服谒诸亲故，至一中表家，惟孀母与女在室，素不相避。邻妇言："才郎淑女，合是佳耦。"母曰："然。"此女不作羞态，端静自若。郭生心善之，言于父，父以女家贫，媒者至，虽唯唯而姑缓焉。

后一富室重郭生才，欲婿之。父不令知，而委禽焉。或告孀氏，郭生已缔姻矣。女闻言，手中扇不觉坠地，入室，无病而卒。生闻之曰："庄而静，信而贞，可再得乎！"不数月亦卒。两人可谓心许矣。

——《原李耳载》卷上《心许身殉》

以上两则婚嫁故事，都以表现反抗包办婚姻的斗争精神为题旨。前一则故事，叙写两个恋人用逃婚的方式来反抗包办婚姻，最终获得胜利，笔致轻松幽默。后一则故事，叙写两个恋人以死来反抗包办婚姻和表示对心上人的忠贞不渝，氛围颇为凝重，让读者、听众唏嘘不已。

---

① 巫臣：即屈巫，亦称申公巫臣。春秋楚人。因其曾盗夏姬奔晋，后人常以巫臣之逃为携女出逃的隐语。

这个时期的婚嫁故事，尚有写萧县王女出嫁时下车方便，忽被大风吹上空中，落到五十里外人家桑树上，翌日送归乃复成婚的《菽园杂记》“新娘上空”；写当媒氏登门时，二女竟忘记父亲叮咛，显露出口吃毛病，让媒氏拔腿离去的《应谐录·吃女》；写某婚家女富男贫，男家恐其赖婚，乃率众抢女，误背出小姨，女家追呼“抢差了”，小姨却道“不差，快走”的《笑林·抢婚》；写王善聪女扮男装，随父外出贩货，父死又与乡人李英合伙经营数载，当李知其为女，乃遣媒提亲，最终结为伉俪的《情史·王善聪》等。

## 第五节　明代的美德故事

明代的美德故事，以表现和称颂各种传统优秀道德、品格为内容，涉及面较广，包括扶助贫弱，富于同情心；知恩图报，珍视友谊；舍己救人，不畏强暴；谦和礼让，宽以待人；重义轻财，拾金不昧等等。这类故事大都思想性较强，对于提高世人的道德水平，净化社会风气，推动社会进步颇有裨益。譬如：

太仓州吏顾某，凡迎送官府，主城外卖饼江某家，往来如姻。后饼家被仇嗾盗攀染下狱，顾集众诉其冤，得释。江有女，年十七矣，卜日送至顾所，曰：“感公活命之恩，贫无以报，愿将弱息为公箕帚妾。”

顾留之，月余使妻具礼送归。父母询之，女独处一室，顾未尝近也。父又携女而往，顾复却还。后饼家益窘，鬻女于商。

又数年，顾考满赴京，拨韩侍郎门下办事。一旦，侍郎他适，顾偶坐前堂槛上，闻夫人出，趋避。夫人见而召之，旋跪庭中，不敢仰视。夫人曰：“起，起，君非太仓顾提控乎？识我否？”顾莫知所以。乃谓曰：“身即卖饼儿也。赖某商以女蓄之，嫁充相公少房。寻继正室，秋毫皆君所致也。第恨无由报德，今幸相逢，当为相公言之。”侍郎归，乃备陈首末。侍郎曰：“仁人也，盍扬之。”竟上其事。孝宗称叹，命查何部缺官，遂除礼部主事。

——《说听》卷下“太仓顾某”

闻世庙时江右一显者宦于朝，其子数寄书曰：“邻人每岁占墙址，不肯休。”显者得书，题其尾曰：“纸纸家书只说墙，让渠径尺有何妨？秦王枉作千年计，只见城墙不见王。”遂缄封却寄。

子诵其诗，谓父驽下，不能助己泄忿，遂弃其书于地。邻人偶拾得之，感服显者盛德，自毁其墙，恣显者之子所取。已而两相让，各得其平，相安如旧。

——《雪涛小说·戒吞产》“让墙”

以上两则故事的主人公都是官吏，所不同的是他们的官位高下有极大的差异。前一则故事的主人公顾某是州衙中掌刑名诉讼案卷文牍的未入流的小吏。其人颇能接近下层民众，体恤弱势群体，急人之所急。在为平民百姓申冤后，决不要人报答，善待贫苦人家，具有高尚的品格、操守，非常难能可贵。其人后来有机缘得以拜官授职为正六品的礼部主事，乃是其人品使然，也寄托了民众的感情、愿望。后一则故事的主人公乃是朝中的高官显爵。但他不以势压人，并且采取礼让的态度息事宁人，化解矛盾，因而使得邻里相安如旧。他如此豁达、明智，足见其品德、涵养达到出类拔萃的境界。这一则故事以其深刻的意蕴而受到各地民众的喜爱，自明清至现当代广为流布，发展成为一个知名度很高的民间故事类型——让墙诗型故事。又如：

余少闻蒋氏姑言：苏城有少妇张氏，归宁，使青衣挈首饰一箱随后。中途如厕，遗却。既行始觉，返觅，则有丐者守之，即以授还，曰：“命穷至此，奈何又攘无故之财乎！”婢大喜，以一钗为谢。丐笑麾之曰：“不取多金，乃独爱一钗耶！”婢曰：“儿倘失金，何以见主母，必投死所矣。遇君得之，是赐我金而生吾死也。纵君不望报，敢忘大德乎！吾家某巷，今后，每日早午，俟君到门，当分日食以食君。”丐者曰：“尔身在内，何由得见？”婢曰：“门前有长竹，第摇之，则知君来矣。”丐如言往，婢出食之。久而家众皆知，闻于主翁，疑有外情。鞫之，吐实。翁义之。召丐畜于家，后以婢配焉。

——《说听》卷下“苏城丐者”

罗伦领乡荐北上，宿旅舍，仆拾一金钏，匿以不告。行两日，伦谓仆曰：“路费不足，奈何？”仆曰：“无虑。”出金钏，告以故。伦大怒，欲亲赍付还。仆屈指曰：“如此往返，会试无及矣。”伦曰：“此物必婢仆失遗，万一主人拷讯致死，是谁之咎？吾宁不会试，不可令人死非命也。”竟返至其家。果系一婢泼洗面水，钏在水中误投于地。主母疑婢，鞭笞流血，几次寻死。夫复疑妻私匿，辱骂无休。妻亦愤怒欲投缳。公至出钏还之，全此两命，一家感激。街邻观叹者如堵。急复趋京，已二月初四，仓皇投卷，是科状元及第。

——《昨非庵日纂》卷二十“赴试还钏”

以上两则故事均以拾金不昧为题材。前一则故事的还金者是社会地位最为卑贱的乞丐，然而其人却有着高尚的品德和美好的心灵。这则故事质朴而富有民间文学特色。乞丐还金，话语实实在在；婢女报恩，行动实实在在；主人奖励善行，举措实实在在，无不给人留下难忘的印象。后一则故事的还金者是一位赴考的书生，同样具有高尚的品德和美好的心灵。旧时读书人十分看重功名，但故事主人公罗某却更看重他人的性命。他不怕影响会试，毅然返回旅舍归还金钏，挽救了婢女和主母二人的性命，其义举深受世人的敬佩。

值得特别提及的是，这个时期的美德故事有一个重要内容是展现和赞颂抗倭英雄勇敢杀敌、视死如归的道德风尚的。这个时期，日本海盗即倭寇屡次对我国沿海各地，尤其是对江苏、浙江、福建一带进行骚扰劫掠，无恶不作，十分猖獗。在抗击倭寇的征战中，不但涌现了谭纶、戚继光、俞大猷等民族英雄，而且涌现了许许多多的无名勇士，他们的凛然正义和大无畏的精神，可歌可泣，永垂青史。试看：

古称操舟者为“长年”。王长年，闽人，失其名。自少有胆勇，渔海上。嘉靖己未，倭薄会城大掠，长年为贼得，挟入舟。舟中贼五十余人。同执者男妇十余人，财物珍奇甚众。

贼舟数百艘，同日扬帆泛海去。长年既被执，时时阳为好语媚贼，酋甚亲信之；又业已入舟，则尽解诸执者缚，不为防。长年乘间谓同执者曰："若等思归乎？能从吾计，且与若归。"皆泣曰："幸甚！计安出？"长年曰："贼舟还，将抵国，不吾备，今幸东北风利，诚能醉贼，夺其刀，尽杀之，因捩舵饱帆归，此不可失也。"皆曰："善！"

会舟夜碇[①]海中，相与定计，令诸妇女劝贼酒，贼度近家，喜甚。诸妇更为媚歌唱，迭劝，贼叫跳欢喜，饮大醉，卧相枕藉。妇人收其刀以出。长年手巨斧，余人执刀，尽斫五十余贼，断缆发舟。旁舟贼觉，追之。我舟人持磁器杂物奋击，毙一酋。长年故善舟，追不及。日夜乘风举帆，行抵岸。长年既尽割贼级，因私劓其舌，别藏之。挟金帛，并诸男妇登岸。

将归，官军见之，尽夺其级与金。长年秃而黄须，类夷人，并缚诣镇将所，妄言捕得贼。零舟首虏，生口具在，请得上功幕府。镇将大喜，将斩长年，并上功。镇将，故州人也。长年急，乃作乡语，历言杀贼奔归状。镇将喈[②]曰："若言斩贼级，岂有验乎？"长年探怀中藏舌示之。镇将验贼首，皆无舌。诸军乃大骇服。事上幕府，中丞某，召至军门复按，皆实。用长年为裨将，谢不欲。则赐酒，鼓吹乘马，绕示诸营三日，予金帛遣归，并遣诸男妇，而论罪官军欲夺其功者。长年今尚在，老矣，益秃，贫甚，犹操渔舟。

——《涌幢小品》卷三十《王长年》

丐者张二郎，莫知其所自始。善泅水，伏水中能月余不食，又跻健不惧死。嘉靖甲寅倭乱，张应募。方太守双江公令为哨探。数泅水入贼巢，得真耗，且时斩倭首以献。有银牌、犒金之赐，俱不受。请归府库，犒以酒肉，则受。

① 碇（dìng 定）：船停泊时沉入水中用以稳定船身的石墩。此处意为下碇。

② 喈（jiè 借）：赞叹声。

贼平论功，应世袭百户。郡县加以章服，妻以妓女，却之，惟愿乞食。夜则卧岳庙中，嬉嬉无忧色。后方开府江南。访张，得之金刚足下。召令领犒金，仍笑不受。与酒肉，则忻然谢而去。

——《云间杂志·丐者张二郎》

以上两则故事都发生在十六世纪中叶，即倭寇最为猖獗的时期。而抗倭杀贼的斗士，都是下层民众中的无名英雄。前一则故事的情节较为曲折，富有传奇性。故事主人公是一位既有胆勇又有谋略的海上渔民。作品通过杀倭寇、斗官军两件面临生死考验的事件来刻画其人，惊心动魄，很有震撼力和感染力。后一则故事的情节简略，不以故事性取胜，而以展现故事主人公的独特性格为着眼点。其人乃是一个善泅水的乞丐，抗倭时应募做了哨探，屡建奇功，却不愿接受各种奖赏，平倭后仍然当他的乞丐，逍遥自在。

这个时期的美德故事，尚有写二商贾误入终南山，猿啼虎啸，自意必死，幸遇勇士母子饷以酒肉，并将二人护送出险境的《苹野纂闻·终南勇士》；写某翁丢失之子为酤酒李百户收养，待其如同己出，二载后其生父找来，遂让其领去的《说听》"李百户还儿"；写一童子被逐四处流浪，在古庙中拾得一包金银，竟将其归还失主，因而使入狱者得救生还，后来童子得善报做了三品武官的《庚巳编·还金童子》；写一县令得知所买婢子系沦落民间之前县令千金，遂求良婿将其出嫁的《何氏语林》"钟离君嫁婢女"；写靳翁五旬无子，夫人鬻钗梳买邻女作妾，翁以为不可辱，乃谒邻返其女的《昨非庵日纂》"返邻女"；写大军逼城时韩女作男装混处民间，被虏居伍中七年而人莫知其为女，后遇叔父遂赎其回乡出嫁的《玉池屑谈·贞女》；写刘翁夫妇收养之义子刘奇与刘方，友爱甚笃，刘翁夫妇亡故后，刘奇发现刘方为女子，遂托媒结为夫妻，择吉告于三家父母墓的《情史·刘奇》；写石某从贼营中死里逃生后立志擒贼，越两载贼复来犯，石某遂纠数百里村民伏击，斩杀千余，生擒五百，自此贼不敢再经其地的《原李耳载·义侠擒贼》等。

# 第六节　明代的诗对故事

诗对故事，是明代写实故事中数量较多的一类。它们以吟诗、属对作为故事的核心或支点。其中的诗歌、对联，内容多种多样，涉及面甚广，诸如揭露官府黑暗、官吏腐败，讥诮富人悭吝、衙役凶狠、庸医无能，反映人际关系、民生状况，等等。作品大都短小而富有趣味性，颇受民众喜爱，在相当程度上显示出明代写实故事更加大众化，更加贴近世俗生活的倾向。

## 一、明代的吟诗故事

明代吟诗故事中的诗歌，大多通俗晓畅，琅琅上口，其中的不少作品往往带有讽刺意味。譬如：

富阳俞克明既宦而贪，家有田与他塍相连，每岁令人侵其畔，乡民苦之。其族人俞古章者赋诗一绝云："一年一寸苦相侵，一尺元来十度春。若使百年侵一丈，世间那得万年人。"

——《客坐新闻·诗刺贪徒》

正德间徽郡天旱，府守祈雨欠诚，而神无感应。无赖子作十七字诗嘲之云："太守出祷雨，万民皆喜悦；昨夜推窗看，见月。"守知，令人捕至，责过十八，止曰："汝善作嘲诗耶?"其人不应。守以诗非己出，根追作者。又不应。守立曰："汝能再作十七字诗则恕之，否则罪置重刑。"无赖应声曰："作诗十七字，被责一十八；若上万言书，打杀。"守亦哂而逐之。此世之所少，无赖亦可谓勇也。

——《七修类稿》卷四十九《十七字诗》

以上两则吟诗故事均以官吏为讥讽对象。前一则故事讽刺并诅咒侵占乡民田地的官宦人家，揭露其贪婪本性，笔锋犀利，令人解气。后一则故事嘲讽压制民众怨言的官员，讥刺其无能而凶狠，语多诙谐，甚有情趣，是“十七字诗”中的佳作。又如：

吾邑赵渐斋先生佃户陆大老者，朴野勤俭，颇足衣食。忽有嘉兴捕盗兵数人拥入其家，称贼攀指，绑缚至舟次，出一贼喝曰：“汝寄某物于彼贼?”应声云：“某物，某物。”拷掠追索，陆不胜苦楚，罄家所有悉与之，犹不足，则卖田房为赎。

既获免，不胜愤愤，告于监司，行县追问。陆素讷，不能质对，谋于渐斋。渐斋赠以诗云：“自昔只闻人捕虎，于今驾虎遍伤人。何时得向龚黄[①]语，除盗先除捕盗兵。”若因其被害而慰解之者，且戒之曰：“勿泄。”候质对时有不如意，即出此。陆如其言，遂得直捕兵追赃，发戍矣。

——《佑山杂说·驾虎伤人》

至正间，风纪之司，赃污狼籍。是时金鼓音节迎送廉访使，例用二声鼓、一声锣。起解强盗，则用一声鼓、一声锣。有轻薄子为诗嘲曰：“解贼一金并一鼓，迎官两鼓一声锣。金鼓看来都一样，官人与贼不争[②]多。”

——《古今谭概》口碑部第三十一《金鼓诗》

以上两则都是以揭露和嘲讽官盗勾结、官盗一体为内容的吟诗故事。前一则故事，揭露了官府捕盗兵串通强盗，诬诌乡民，使其倾家荡产的罪恶行径，抨击兵盗狼狈为奸的现状，一针见血。后一则故事，借押解强盗与迎送官员的习俗，讥笑官贼一般多，百姓苦不堪言，真可谓入木三分。再如：

一庸医治一肥汉而死，其家难之，曰：“我饶你，不告状，但为

① 龚黄：指汉代循吏龚遂、黄霸。

② 不争：当真。

我我[1]葬埋。”医人贫甚，率其妻与二子共抬。至中途，力不能举，乃吟诗曰：“自主相传历世医。”妻续云：“丈夫为事连累妻。”长子续云：“可奈尸肥抬不动，”次子续云：“这遭只选瘦人医。”

——《雪涛谐史》“这遭只选瘦人医”

苏人有二婿者，长秀才，次书手[2]；每薄次婿之不文，次婿恨甚，请试。翁指庭前山茶为题。咏曰：“据看庭前一树茶，如何违限不开花？信牌即仰东风去，火速明朝便发芽。”翁曰：“诗非不通，但纯是衙门气。”再命咏月，咏云：“领甚公文离海角？奉何信票到天涯？私渡关津犹可恕，不合黄夜入人家。”翁大笑曰：“汝大姨夫亦有此诗，何不学他？”因请诵之，闻首句云：“清光一片照姑苏，”哗曰：“差了，月岂偏照姑苏乎？须云照姑苏等处。”

——《笑府·书手赋诗》

以上两则故事亦以诗歌作为讽刺的武器，但讽刺的对象各不相同。前一则故事嘲谑经常治死病患的庸医，后一则故事讥笑吟诗句句不脱衙门气的书手，无不在诙谐中包含辛辣，读来都颇有趣。

这个时期的吟诗故事，尚有写“稳婆生子收生处，医士医人死病家，更有一般堪笑事，捕官被盗叫爷爷”的《七修类稿·三笑事》；写老儒吟诗“风寒月黑夜迢迢，孤负劳心此一遭，只有古书三四束，也堪将去教心曹”，使无所得之入室盗贼含笑而去的《绿雪亭杂言》“赠盗诗”；写以“士子谒黉宫，纷纷尽鞠躬，头黑身上白，米虫”嘲太学生的《逌旃琐言》“十七字诗”；写一妇以夫盗牛事犯，上县尹诗“洗面盆为镜，梳头水当油，妾身非织女，夫倒会牵牛”而免其罪的《戒庵老人漫笔·盗以诗免》；写翟某吟诗“去岁相招云弄瓦，今年弄瓦不相招，寄诗上覆邹光大，令正原来是瓦窑”嘲人连年生女的《说听》“原来是瓦窑”；写里人以诗“父传子神传不像，子写父真写不真，至亲骨肉尚如此，何况区区陌路人”嘲某

① 我我：疑为“我家”之误。

② 书手：担任抄写工作的小吏。

画家父子的《说听》“嘲父子画像”；写香客受怠慢后题诗“龛龙东去海，时日隐西斜，敬文今不在，碎石入流沙”藏“合寺苟卒”辱寺僧的《何氏语林》“青龙寺题诗”；写郑唐为乞题老者题曰“精神炯炯，老貌堂堂，乌巾白发，龟鹤呈祥”暗讥其为“精老乌龟”的《驹阴冗记·郑唐诙谑》；写乡士某诗赠娶尼为妻者曰“短发蓬松绿未匀，袈裟脱却着红裙，于今嫁与张郎去，赢得僧敲月下门”的《驹阴冗记·尼嫁士人》；写有厨人进茶迎合帝心，诏赐冠带，一老生员夜吟“十载寒窗下，何如一盏茶”，帝微行闻而应云“他才不如你，你命不如他”的《古今谭概·帝王言命》等。

## 二、明代的属对故事

明代属对故事中的对联，大多十分短小，故事性不强，而以对联的巧妙、风趣、波峭取胜，不少佳作能给人带来欣赏乐趣，多有回味。譬如：

唐皋以翰林使朝鲜。其主出对曰：“琴瑟琵琶，八大王一般头面。”皋即应对曰：“魑魅魍魉，四小鬼各自肚肠。”主大骇服。

——《古今谭概》谈资部第二十九《唐状元对》

都宪韩公雍巡江西日，方鞫死狱，忽诵句云：“水上冻冰，冰积雪，雪上加霜。”久不能对。一囚曰：“囚冒死敢对。”公曰：“汝能对，贷汝死。”囚曰：“空中腾雾，雾成云，云开见日。”公抚掌称善，果为减死。

——《驹阴冗记·善对减死》

以上两则故事，通过属对来刻画人物，一则故事显示我国使臣藐视邪恶的非凡气度，一则故事表现囚犯过人的机灵和才干，都令人耳目一新。又如：

江西郭希颜，十三岁中乡举，在场屋作文甚捷。监场布政见其递卷尚早，呼前，出一对云：“纸糊屏风千个眼。”对曰：“油浇蜡烛一条心。”福建戴大宾十三中乡举，十一二时出考科举，同辈见其少，谓曰："小朋友如此年就要做官，做到何官？"答曰："做阁老。"众戏出一对云"未老思阁老"，应声云"无才做秀才"。众哄然大笑，知反为所伤也。

——《戒庵老人漫笔》卷一《郭戴幼颖》

解大绅年七岁，其父引入江上洗浴，将衣挂于树上，口占云："千年古树为衣架。"大绅应曰："万里长江当洗盆。"

——《谈丛·方解于三公》"万里长江当洗盆"

以上两则故事的几位主人公，日后都才华出众，大有作为。前一则故事通过应对来展现其少年才俊的文思敏捷，后一则故事通过应对来揭示其年幼时即有远大抱负，均颇有意蕴。再如：

吴中有一老故微而宴，初弄蛇为生。其长子行乞，次子钓蛙，季子讴采莲歌以丐食。晚致富厚。一日其老聚族谋曰："起家侧微，今幸饶于资，须更业习文学方可掘家声也。"于是延塾师馆督，令三子受业逾季。塾师时时誉诸子，业日益。其老乃具燕集宾，延名儒试之。

名儒至，则试以耦语。初试季子云："纷纷柳絮飞。"季子对曰："哩哩莲花落。"继试仲子云："红杏枝头飞粉蝶。"仲子对曰："绿杨树下钓青蛙。"卒试长子云："九重殿下排两班文武官员。"长子对曰："十字街头叫几声衣食父母。"其老窃聆之，咤曰："阿曹云云犹旧时所弄蛇家语也。"

——《权子·家语》

有孝廉者姓张，奸李屠儿之妻，方执手调笑，屠儿适至，锁闭其门，用竹杖从门枋下击孝廉胫。孝廉哀求得脱，告屠儿于官，称往渠家买盐被殴。县官已悉前情，乃署一联状尾曰："张孝廉买盐，自牖执其手；李屠儿吃醋，以杖叩其胫。"

——《雪涛谐史》"张孝廉与李屠儿"

以上两则故事内容各异，属对联语都颇有趣味性。前一则故事挖苦暴富的窭人之子虽然就读，仍三句话不离本行，属对时难免露出弄蛇、乞食的本来面目。后一则故事称道审案县令的诙谐善断，用两句联语即将案情概括得十分明晰。

这个时期的属对故事，尚有写洪武末文皇帝出对曰："天寒地冻，水无一点不成冰"。姚广孝应曰："国乱民贫，王不出头谁做主"的《明廷杂记·善对》；写昆山一县尉体肥而一校官年少，尉戏校曰"二三十岁小先生"，校应曰"四五百斤肥典史"的《寓圃杂记·捷对》；写虏使称"朝无相，边无将，气数相将"，一时无人能对，李西涯闻而应曰"天难度，地难量，乾坤度量"的《玉堂丛语》"乾坤度量"；写一监察御史饮寺中，出句"三尊大佛，坐狮坐象坐莲花"，八九岁神童于谦对曰"一介书生，攀凤攀龙攀桂子"的《谈丛·方解于三公》"于谦巧对"；写一生与江西督学同名，督学出对试之"蔺相如，司马相如，名相如实不相如"，生对曰"魏无忌，长孙无忌，人无忌名亦无忌"的《雪涛谐史》"名亦无忌"；写周尚书少时为吴尚书器重，许妻以女，一日召饮，坐上果有藕、杏，乃出对句云"缘荷方得藕"，周应声云"有杏不须梅"的《客座赘语·吴公择婿》；写一匠人颇知书义，自称儒匠，一道士请其做工，出联曰"匠名儒匠，君子儒，小人儒?"匠对曰"人号道人，饿鬼道，畜生道"的《华筵趣乐谈笑酒令·刺道士》；写举子甲因不能对"鼠偷蚕茧，浑如狮子抛球"抑郁而死，鬼魂常诵此对，举子乙对云"蟹入鱼罾，却似蜘蛛结网"，怪遂绝响的《古今谭概·鬼对》等。

## 第七节　明代的呆子故事

明代写实故事中的呆子故事，作品数量不少，大都篇幅短小，包含一些笑话的因素。这一类故事，一般都通过世人熟悉的各种日常生活场景来刻画故事主人公的痴呆、愚笨、迂阔的性格，引人发噱。其中的多数作品以逗乐为题旨，某些佳作亦颇有寓意，令人回味。譬如：

尉有夜半击令之门者，求见甚急。令曰："半夜有何事，请俟旦。"尉曰："不可。"披衣遽起取火，延尉入坐，未定，问曰："事何急？岂有盗贼窃发，君欲往捕耶？"曰："非也。""然则家有仓卒疾病耶？"曰："非也。""然则何以不待旦？"曰："某见春夏之交，农事方兴，百姓皆下田，又使养蚕，恐民力不给。"令曰："然则君有何策？"曰："某见冬间，农隙无事，不若移令此时养蚕，实为两便。"令笑曰："君策甚善，古人不及。但冬月何处得桑？"尉瞠目久之，拱手长揖曰："夜已深，伏维安置。"

——《五杂组》"夜半击门"

家有一坐头，绝低矮。（迂）公每坐，必取瓮片支其四足。后不胜烦，忽思得策，呼侍者移置楼上坐。及坐时，低如故，乃曰："人言楼高，浪得名耳。"遂命毁楼。

——《迂仙别记》"矮坐头"

以上两则故事都描述故事主人公均生性迂拙，思想方法极具片面性。前一则故事写县尉用心虽好，却从根本上脱离生活，不谙农桑，方有只知其一不知其二的迂腐之论。后一则故事写迂公忽视凳矮的基本事实而埋怨楼不高，足见其愚不可及。又如：

有受人雇觅而代之见官受打者，以其所得之钱与行杖皂隶，打之稍轻。既出，则向雇己之人叩头曰："恩主爷，不亏你的钱，就打杀了。"

——《笑赞》"代人受打者"

有一痴人出街，遇一相士，论人手足云："男人手如绵，身边有闲钱；妇人手如姜，财谷满仓箱。"痴人闻言，拍掌大笑曰："我的妻子手如姜也。"相士曰："何以见之？"痴人曰："昨日被他打了一下嘴巴，到今日还辣辣的。"

——《时尚笑谈·看相》

以上两则故事的主人公都蠢笨无比，极没有头脑。前一则故事写某个代人受打的愚人被打后，竟然去向雇主叩头致谢。后一则故事写某个惧内痴汉被悍妻掌嘴后，反而洋洋自得，虽然都有所夸张，却将故事主人公的性格突显出来，一点也不觉得失真。再如：

有呆子者，父出门，令其守店。忽有买货者至，问："尊翁有么？"曰："无。""尊堂有么？"亦曰："无。"父归知之，谓子曰："尊翁，我也；尊堂，汝母也，何得言无？"子懊怒曰："谁知你夫妇两人都是要卖的！"

——《笑府·呆子守店》

一人远出，嘱其子曰："如有人问你令尊，可对以小事出外，请进拜茶。"又以其呆，恐忘也，书纸付之。子置袖中，时取看，至第三日，无人来问，以此纸无用，付之灯火。第四日忽有客至，问令尊，觅袖中纸不得，因对曰："没了。"客惊曰："几时没的？"对曰："昨夜烧了。"

——《笑林·问令尊》

以上两则有关父母问答的呆子故事，构思巧妙，对话十分有趣，而且都带有抖包袱的特征，令人忍俊不禁，娱乐性颇强，堪称明代呆子故事的名篇。

这个时期的呆子故事，尚有写一呆仆未听完主人吩咐即奔往城中，被央求替人顶名查点，让县官打了十板的《笑赞》"仆入城"；写一痴人梦拾白布，天明蓬头往染匠家求染，匠问布在何处，则云"是我昨夜梦见"的《笑禅录》"痴人染布"；写父命呆子一言一动皆效师所为，呆子领命侍师食，师食亦食，师饮亦饮，师失笑而喷嚏，其人忙说"吾师此等妙处实难学也"的《解愠编·妙处难学》；写妻家宴会时痴婿某常被压坐下位，一日入座时，妻教其去坐高处，痴婿乃升庭中梯上坐，妻怒目指示，痴婿大呼"终不成叫我天上去坐"的《解愠编·天上坐》；写久雨屋漏，迂公不得不呼匠修缮，工毕竟连日晴朗，迂公日夕仰屋长叹“才修屋便无雨，岂不白折了也”的《迂公别记》“修屋漏”；写一呆婿至妻家吃冻冰味美，乃以纸裹匿腰间啖其妻，至家索之已消，惊曰“出了一泡尿，逃走了”的《笑府·冻冰》；写一呆县丞乘舟谒上官，上官问其船泊何处，对曰“船在河里”，上官叱其“真草包”，某人应道“草包也在船里”的《雅谑·呆县丞》等。

# 第五章　明代的写实故事（下）

## 第八节　明代的僧道故事

明代以出家人作为主人公的僧道故事，具有两个“多”的特点：一、故事主人公包括和尚、尼姑、道士等，以和尚居多；二、作品从正反两个方面来展示寺庙与出家人的生活，以揭露寺庙黑暗和出家人劣迹的题材居多。譬如：

景泰中有僧约众期焚身，钱镪坌集。至时果就火，民拥仰。巡按御史闻之来视，令止炬。扣所愿，三四不应。御史讶，令人升柴棚察之，僧但攒眉堕泪，凝手足坐，不动不言。御史命之下，亦不能。乃诸髡缚着薪上，加以缁衲，而麻药噤其口耳。伺其苏，讯得之乃知岁如此。先邀厚施，比期取一愚髡当之也。遂抵于辟。

——《九朝野记》“焚身骗局”

有僧异貌，能绝粒，瓢衲之外丝粟俱无，坐徽商木筏上，旬日不食不饥。商试之，放其筏中流，又旬日亦如此，乃相率礼拜，称为活佛，竞相供养。曰：“无用供养，我某山寺头陀，以大殿毁，欲从檀越乞布施，作无量功德。”因出疏令各占甲乙毕，仍期某月日入寺相见。及期众往，询寺绝无此僧。殿即毁，亦无乞施者。方与僧骇之，忽见伽蓝[①]貌酷似僧，怀中有簿，即前疏。众诧神异，喜施千金，恐

---

① 伽蓝：佛教寺院的守护神名伽蓝神。

泄语有损功德，戒勿相传。后乃知始塑像因僧异貌，遂肖之作此伎俩，而不食乃以干牛肉脔大数珠数十颗，暗啖之，皆奸僧所为。王元祯谈。

——《耳谈》卷十三《僧诈》

以上两则都是揭露佛寺奸僧骗财的故事。前一则故事，写佛寺奸僧设焚身骗局骗取香客布施，大量敛财，后为精明的巡按御史识破，及时解救被害的僧人，严惩佛寺中的恶徒。后一则故事，写佛寺奸僧设罗汉骗局骗取富商布施。奸僧所设骗局里面的异僧乘船绝粒、伽蓝神塑像酷似化缘异僧等环节，丝丝入扣，使应约去佛寺的徽商不能不落入陷阱，足见奸僧工于心计，骗术非比寻常。这些故事都给读者、听众敲起了警钟，让他们随时随地擦亮眼睛，绝不可麻痹大意，放松警惕。又如：

吴中一生与临安某僧相善，从游最久。一日，过寺值僧他出，径入其所居奥室，见榻前悬一小木鱼，无心敲击，忽榻后板铃响，一少妇出，即士所识中表戚也。两相骇诧。板即屏内一片，而巧合缝，可开可闭，所谓地窖子也。妇惧缩入，生亦奔归，遇僧于门。僧既惊失锁户而又讶，生色异，知事已露，故以好强挽生返，曰："今日之事，势不两生，惟足下自裁。"生亦嗟讶曰："自堕火坑，知贼突不能释我，固我死日第求一大醉而子诵经拜忏，我甘自缢耳。"僧从之，大嚼以酒而拜诵如法。生睨其罍巨，注酒复满，当其拜伏即举以击，僧脑破，连刺之死，奔出以闻郡，尽屠诸僧。妇女出者凡六辈，皆先后盗入或以求子诱入者。

——《耳谈》卷七《临安寺僧》

京师人王武功，居鞔𠊎巷。妻有美色。化缘僧过门，见而悦之。阴设挑致之策，而未得便。会王生将赴官淮上，与妻坐帘内，一外仆顶盒至前，云："聪大师传信县君，相别有日，无以表意，漫奉此送路。"语讫即去。王夫妇亟启盒，乃肉茧百枚。剖其中，藏小金牌饼，重一钱，以为误也，复剖其他尽然。王作声叱妻曰："我疑此秃朝夕往来于门，必有故，今果尔。”即诉于县府。僧已窜，不知名字、居止，无从缉捕。王弃妻，单车赴任。妻亦无以自明，囚系累月。府尹以为疑狱，命录付外舍，穷无取食。僧闻而潜归，密赂针妇，说之曰：“汝今日饿死矣！我引尔至某寺，为大众僧缝纫度日，以俟武功回心何如？”王妻勉从其言。既往，正入前僧之室。藏于地阱，奸污自如。久而稍听其出入，遂伺隙告逻卒。执僧到官，伏罪，王妻亦怀恨以死。

——《情史》卷十四情仇类《王武功妻》

以上两则均为控诉淫僧罪恶的故事，情节带有传奇色彩。前一则讲述的是淫僧长期摧残落入魔窟妇女的故事，但重点是揭露淫僧的面目。其中所刻画的凶恶残忍的淫僧和机敏果敢的书生，都颇为生动。后一则故事通过对淫僧由离间王生夫妻到被执伏法过程的描述，揭露出披着袈裟的歹徒无比阴毒，并且说明为恶者终遭报应，不会有好下场，亦具有警世作用。再如：

叙州富顺县生员车冕，幼尝在一寺读书，偶闻寺僧多欲谋害一僧者，冕怜之，阴漏语使逃。后冕以渡江遭飓风覆溺，见一僧拯援而起。初莫知谁何，张目熟视之，乃知其为向者逃逸之僧也。彼此拜哭而伸谢。呜呼，人生报复之不爽有如此哉！

——《宦游纪闻·救僧起溺》

姑苏洞庭山一僧甚有口才，一庠生至其山中，问曰：“和尚和尚，秃驴‘秃’字是如何写?”僧答曰：“秃驴‘秃’字，即是秀才‘秀’字掉转尾儿。”闻者服其巧而且确。

——《雪涛谐史》“巧答问字”

以上两则展示出家人品格或才智的故事，都颇为短小有趣。前一则故事写某僧在风暴中冒险救起昔日救命恩人，表现了其人知恩报恩的品德。后一则故事写某僧巧答问字，使欲侮辱他人者反而受侮辱，足见其人思惟敏捷，口才出众。

这个时期的僧道故事，尚有写常熟一会试举人入京师一尼寺被留，与众尼淫乐多日，后惧而逾垣逃出，其时已逍瘦疲惫不堪的《菽园杂记》“举子逃命”；写雨花台南回回寺中有一番僧，每日只食数枣，坐入一仅能容身龛中月余不出，潜听之但闻掐念珠历历的《青溪暇笔》“番僧”；写赵头陀来自终南山，不剃须发，冬夏唯一裘，或数日不食，或日食肉数斤，某年死于县桥旁，后又出现在杭州的《寓圃杂记·吃肉和尚坐化》；写一黠道士骗奸某妇，假意脱冠为质，后向其夫索要，某妇执冠叹曰“今后，今后……”其夫不察，忙曰“你快快还他，管他金厚金薄”的《雪涛谐史》“黠道士骗奸”；写一斋家欲请数位道士设醮，某道士极贪财，一人包做各种事项，日夜不停，脚忙手乱，第三日竟晕厥在地，斋家请人扛他，他挣命道“请将工银与我，等我慢慢爬出去罢”的《解愠编·道士色醮》；写一僧见田家牛肥硕，遂置盐于前使牛常舔之，随即泣告田家“君牛乃吾父后身，父以梦告我，今欲赎归”，主乃以牛与僧的《耳谈·谲僧骗牛》；写僧惠明买通一婆子，设计使周氏被夫离弃，乃蓄发娶周氏，后无意中吐露真情，周氏立告官，终将惠明处死的《情史·金山僧惠明》；写监生赫某尼庵与两尼分别寝处，得病亡故被潜瘗庵后，日久事泄，庵尼被官府杖责，遣之还俗的《情史·赫应祥》等。

## 第九节　明代的盗贼故事

明代的盗贼故事，作品数量不少，主要包含两个部分的内容，一部分作品描述盗匪、窃贼生活，尤其是涉及其作案犯事的诸多方面；一部分作品描述世人对付盗匪、窃贼的各种作为，既有智斗，也有力拼。有关盗匪、窃贼的这一类作品不论长短，大都带有不同程度的传奇性，比较吸引读者、听众。譬如：

苏城商人蔡某，尝泊舟京口，见一客长躯伟貌，须髯被腹，髭长数寸蔽口。窃计其有碍饮食，乃邀入食肆以观之。客临食，脱帽，拔髻中二簪，绾其髭，插入两鬓，长歠大嚼，旁若无人。食已，谢去，曰：“感君厚情，何以为报?”令舟中取一木棍授之，云：“倘舟行有人侵侮，当以此示之，云胡子老官压惊棍在此，彼必退去。”

后行江中，猝遇暴客，蔡如其言，果不犯而去。如是者再，始知其为暴客之渠魁，威信素行于人故也。蔡后死九江，客闻之，赙以白金，遣人护丧至京口而去。

——《菽园杂记》卷八“胡子老官”

万历戊子己丑间，留都有飞盗。其来也，不由门窦，仅于屋上揭瓦去椽，垂绦而下。有盗人楼阁中物，经数月主人犹不知者。甚苦其盗，而缉捕不可得，后乃为其仆所首。其人姓周，居南门之大街，衣冠车从若大家然，亦与士大夫往还。夜从其家登屋，步瓦上若飞而无声，其子尤狡黠矫捷，手持尺木点地，即墙檐高一二丈已跃而上矣。问得其情，毙于狱。其子竟先逸去，终已不获。常见友人被盗处，屋瓦揭动数尺，而上灰无至地者，亦是奇贼。

——《客座赘语》卷九《飞盗》

以上两则均为描绘盗贼面目的故事。前一则故事，写某商请客而得盗魁厚报，表现了某些盗匪头目豪爽、重情义的性格特征。后一则故事，写飞盗父子行窃作案的奇妙功夫，无不让读者、听众大开眼界。又如：

刘滋，濮阳人，少为庠士。家贫，田不二十亩，又值水旱，无以自活，乃尽鬻其田，逐什一之利。十余年致数万金。为人慷慨，重然诺，取舍不苟，尤善心计。家藏白镪，皆铸大锭，锭四十斤，覆楼板下。有剧盗韩氏者，使其党五十余，越城劫之。得刘，刘曰：“若辈利吾财乎?”曰：“然。”指板下示之，曰：“惟若所取。”贼见大镪，喜甚，尽力携之，人不过二锭。既去，刘告家人，亟远匿。

贼且复至，贼既登城，复命于韩。韩见金良久，曰：“不杀此人，吾辈且无噍类[①]。”亟复往迹之，无所得。韩曰：“败矣!”携数锭远遁去。

既明，乡人唁刘，刘笑曰：“财固在也。”告官捕之，不数十里，贼尽获。金皆如故，独失韩所携耳。

——《涌幢小品》卷九《吴刘心计》“刘滋”

兰阳处士丘琥，山西布政陵之子，商游吴中，尝过丹阳买舟行。一人来附舟，直入寝所。琥识其状盗也，佯落簪舟底，尽出其衣箧，铺设而求之。又自解其衣以示无物，又俾家僮与之酌酒。夜则自抚其卧侧。明日，其人去。未几，其人杀人于丹阳城中被缚，乃以其事语人曰：“吾几误杀丘公也。”人服丘之智。

——《驹阴冗记·识盗免祸》

以上两则均为展示世人巧妙应对盗贼的故事。前一则故事，写刘某富而慷慨，无比精明，应付盗匪多有心计，贼党皆不是其人的对手，几乎被一网打尽。后一则故事，写一处士遇盗时冷静应对，得以化险为夷。作品对故事主人公的刻画，虽落墨不多，却颇为鲜活，均给人留下较深的印象。再如：

庐典者，前京兆庐公埜之裔也，为府学诸生，齿[②]且宿矣。训童子于大中桥尹氏，夜卧馆中，有群盗猝至，扣主人门不启，捽庐令呼以入，庐曰：“不可。”盗以刃迫之，生大言曰：“吾受主人请，教若子。今乃为若辈呼其门以劫之，此岂复有人理耶？汝杀则杀，吾口不可开也。”盗不得已，掠生衣被而缚之。至天明，主人开门乃解其缚。

——《客座赘语》卷八《庐生》

辽阳东山人剽掠至一家，男子俱不在，在者惟三四妇人耳。贼不

① 噍（jiào 醮）类：特指活着的人。

② 齿：录用。

知虚实，不敢入其室，于院中以弓矢恐之。室中两妇引绳，一妇安矢于绳，自窗棚而射之数矢，贼犹不退，矢竭矣。乃大声诡呼曰："取箭来！"自棚上以麻秸一束掷于地，作矢声。贼惊曰："彼矢多如是，不易制也。"遂退去。

——《医闾漫记》"辽阳妇退贼"

以上两则均为身处险境者正面抗御盗匪的故事。前一则故事，写文弱书生不畏盗匪胁迫，在群盗面前大义凛然，使其无从得逞。后一则故事，写阅历有限的几个村妇临危不惧，勇敢迎战强盗，并以机智退敌。两则故事无不真切感人，富有教育意义和认识价值。

这个时期的盗贼故事，尚有写某庄一壮男归家时居室皆空，外出觅见被虏去妻子，密约夜间制造火警，射杀出逃诸贼，乃挈妻子归家的《医闾漫记》"夫妻杀贼"；写张生好虚夸，出游时一夕停船靠岸，出酒器独酌，为盗者所窥，深夜杀之取酒器去，才发现皆为铜而涂金者的《寓圃杂记·张生被盗》；写商人金某贩布湖广时在江中遭劫，盗魁乃昔日在酒馆共饮者，因免于难，盗魁竟赠金为其压惊的《说听》"金德宣"；写某老之子学偷，入富室大柜被锁，乃作鼠啮声令主开锁逐鼠，因得逃脱的《应谐录·学偷》；写一贼白昼入户窃磬出时遇主人归来，忙问主人买磬否，主人至晚觅磬时方知被偷的《雪涛谐史》"偷磬贼"；写一客在湖中被劫杀，其妻妾为盗魁霸占，一夕盗魁生日，二妇将群盗灌醉，急往告官而将其一网打尽的《雪涛小说·妇制盗》；写一盗临刑，借吮母乳而将母乳头咬下，因告刑者其少时盗一菜一薪，母见而喜，以至不检，遂有今日之祸的《读书镜》"芒山盗"；写一邻人为贼，穴壁入户被大木击毙，其家新妇令纳尸空箱抬至贼家门首，贼妇谓是其夫所盗，搬入后只得悄悄将其夫埋葬的《耳谈·新妇制贼》；写一偷儿从水窦中入太仓库窃得一大宝，置头顶如前出，至窦之半与另一偷儿相顶，俱不能退，竟双双死于窦中的《古今谭概·太仓库偷儿》；写一瘸盗与二盗入巨家行窃，同伙将其置室内运物，最后藏入柜中从屋顶吊出，天明时瘸盗在柜中大叫"盗劫我"，吓走同伙，遂独得金资归的《古今谭概·何大复〈躄盗篇〉》等。

# 第十节　明代的骗子、无赖故事

明代的骗子、无赖故事，皆具有较强的揭露性和批判性。其故事主人公大都为跻身各行业、各阶层的社会渣滓。骗子与无赖之间往往有着这样那样的关联。他们的所作所为，无不扰乱社会秩序，给世人的生活带来烦恼和苦痛。

## 一、明代的骗子故事

明代的骗子故事，描述各种以行骗为生者，不断施展骗术、制造骗局以骗财、骗钱、骗物、骗色，坑害民众，给社会带来不安，让人切齿痛恨。比如：

会稽王某，家雄于资。至正间，困于徭役，门户零落。一术士以六物推人祸福，主其家，礼遇甚厚。无何，与其人散步园中，其人指池水谓王曰："君家积德何厚？池中水皆银也，吾能炼之。用银二三镒作六釜，俟吾西游还试之。"如期而至，取池水炽炭瀹之，涸则益以水。如是者一月，别以药投之，釜中皆成银。王氏异之，厚赠其人，别去，期再至，竟不来矣。权其釜，大亏铢两，所得之银即釜也。富家子弟愚呆而贪，为妄人侮惑如此，大可为戒。

——《霏雪录》"术士练银"

嘉靖中，松江一监生，博学有口，而酷信丹术。有丹士先以小试取信，乃大出其金，而尽窃之。生惭愤甚，欲广游以冀一遇。忽一日，值于吴之阊门。丹士不俟启齿，即邀饮肆中，殷勤谢过。既而谋曰："吾侪得金，随手费去。今东山一大姓，业有成约，俟吾师来举事。君肯权作吾师，取偿于彼，易易耳!"生急于得金，许之。乃令剪发为头陀，事以师礼。大姓接其谈锋，深相钦服，日与款接，而以丹事委其徒辈，且谓师在，无虑也。一旦复窃金去，执其师，欲讼之官。生号泣自明，仅而得释。及归，亲知见其发种种，皆讪笑焉。

——《古今谭概》谲智部第二十一《丹客》"监生被骗"

以上两则均为骗子以“炼金术”行骗的故事，行骗者与受骗者都是被否定的人物。前一则故事发生在元末的浙江，写骗子以术士面目出现，谎称可用池水炼银，因而骗得富家子的厚赠，富家子则因贪财而受骗上当。故事对骗人者与受骗者皆有所揭露和嘲讽。后一则故事发生在明代中叶的江苏，写骗子以丹士的面目出现，用所谓的炼金术到处行骗。可悲的是那位信丹术的监生，在受骗之后还帮助骗子去骗他人，差一点被人送到官府法办，不能不让人耻笑。又如：

嘉靖乙丑，有游食乐工乘骑者七人至绵州，未详何省人。其所持舞裲衫服整洁鲜明，抛戈掷瓮，歌喉宛转，腔调琅然，咸称有遏云之态。适余宪副至，举城士夫商贾，无不欣悦，以为奇遇。搬作杂剧，连宵达旦者数日，久而情洽。一日浼众曰：“今夕改作杂剧，手服以新视听。”遍索士夫富室陈列珍玩器具，衣着织金彩服。乃令绵城乐工代司鼓乐，至夜阑倏人酣倦矣，忽隐几者，大半乘机催迫，鼓乐喧震作鸡鸣渡关，七人以次入瓮，久之寂然。破瓮索之，了无所得。所骗银不止数百两，惟司鼓乐者枉受刑罚而已。呜呼，此即遁身掩形之法，苟非识者坚弗之信，难免堕其术中矣。

——《宦游纪闻·伶人眩骗》

胠箧惟京师最黠。有盗能以一钱诳百金者，作贵游衣冠，先诣马市，呼卖胡床者与一钱，戒曰：“吾即乘马，尔以胡床侍。”其人许诺。乃谓马主“吾欲市骏，试可，乃论价。”马主谨奉羁靮[①]。其人设胡床，盗上马疾驰而去。马主初意设胡床者其仆也，已知其非，乃亟追之。盗径扣官店，维马于门云：“吾某太监家下，欲缎匹若干，以马为质，用则奉价。”店睹良马不之疑，如数畀之，负而去。俄而马主踪迹至店，与之争马，成讼，有司不能决，为平分其马价云。

——《智囊补》杂智部卷二十七《狡黠·一钱诳百金》

① 靮（dí 敌）：马缰绳。

以上两则均为揭露其他骗术的故事。前一则故事描述团伙行骗，骗子七人以游食乐工的身份出现，表演歌舞、杂剧，一下骗走富室数百两纹银，胃口不可谓不大。后一则故事描述个人行骗，一个狡黠的骗子以连环骗的手段，先骗取骏马，再以骏马为质骗取缎匹，仅仅用一文钱便大有斩获，并且引起市场混乱，商贾纷争，其能量不可小觑。

## 二、明代的无赖故事

明代的无赖故事，其内容与骗子故事比较接近。它们描述的是各种游手好闲的无赖之徒放刀撒泼，胡搅蛮缠，欺诈无辜，讹人钱财的所作所为，让世人看清楚这一帮无耻的家伙在民众中间的影响非常坏，已成为危害社会的一个毒瘤。比如：

常州一士夫之兄极恶，岁暮谓群仆曰："可寻事来，为过年费。"仆四出无所得。卒之郊，有葬者，棺好而无持服之人，疑有故。夜发之，乃一少妇，衣饰如生，当是大家妾暴死者。群仆舁至小船中，设四盒，缚一鹅于上，若访亲者。薄暮遇货船，故撞之，倾尸于河，鹅扑扑飞水面，大呼大船撞覆小船，吾娘子溺水，因缚商捞尸，延明日始得，果一妇人死矣。商大窘，愿悉货赎罪。并船户所有尽掳之，商仓卒竟不知妇人实已死者也。其人后为巡按访察，缘弟宦免，至今买冠带，驾楼船，出入鼓吹，虎视乡里。

——《贤博编》"倾尸讹人"

有恶少，值岁毕时，无钱过岁。妻方问计，恶少曰："我自有处。"适见篦头者过其门，唤入梳篦，且曰："为我剃去眉毛。"才剃一边，辄大嚷曰："从来篦头有损人眉宇者乎?"欲扭赴官。篦者惧怕，愿以三百钱陪情，恶少受而卒岁。妻见眉去一留一，曰："曷若都剃去好看。"恶少答曰："你没算计了，这一边眉毛，留过元宵节。"

——《雪涛谐史》"恶少剃眉"

以上两则均为无赖之徒讹诈世人的故事。前一则故事的事较大，描述有钱的无赖领着一帮仆人，借女尸制造撞船溺死假象，讹诈商人一船货物。其后事情败露，因有为官的兄弟袒护，不但没有受到惩罚，而且继续横行乡里。后一则故事的事甚小，描述穷酸恶少用剃眉毛的手段讹诈篦头者三百钱过年，既可恨又可悲。又如：

有孀妇与子同居者，一无赖贷之金，久而不偿。孀妇向其家索负，而令其子守家，子仅数岁耳。无赖谬谓孀妇曰："家贫不能偿负，愿得他假以践夙约，盍少待。"孀妇许诺。

无赖即驰至妇家，谓其子曰："汝母在吾家，欲往探亲，令汝取床头首饰匣来。"其子信之，持匣与无赖偕行。中途热甚，谓其子曰："溪流洁清，可涤烦也。"遂偕浴于溪中，诱其子抵中流，推而溺之。无赖密藏其匣，佯为无从称贷者，于邑以归，谢孀妇去。

妇归，索其子不得，哀号者竟夕。明旦，其子从外来，谓无赖绐我共浴而溺我，水中若有物扶吾背者，泅而流十余里，始傍岸得救。孀妇鸣之官。无赖谓其子已死，犹挺然强辩，及见此儿，即便俯首。

——《粤剑编》卷二"无赖伏罪"

欠债不应所索，反诳之曰："我有头亲事，是寡妇，饶有私蓄，只可惜无本钱下礼，汝若助我取来，不但可还前欠，还有得借你。"其人信以为实，出银帮之。此人得银，先将房屋装折齐整，其人愈信。他日过其门而叩之，闻内有妇人声应曰："拙夫出外去了。"如是数过，不觉心动，因穴窗窥之，见无妇人，乃此人拈鼻所为，大怒，破窗而入，乱拳殴之，其人犹拈鼻喊云："拙夫欠债，却与奴家何干！"

——《精选雅笑·躲债》

以上两则均为以无赖之徒欠债不还为题材的故事。前一则故事描述无赖向孀妇借贷不还，进而行骗，推其幼子溺水而夺走首饰匣，更为恶劣，但最终仍然落入法网，未能逃脱惩罚。后一则故事描述无赖借债非但不还，反而另设骗局，再次向债主借钱，上演了一场丢人现眼的闹剧，将其丑恶的面目暴露无遗。

这个时期的骗子、无赖故事，尚有写数人设圈套引诱一富而吝之寺僧与一妓女所饰民女交合，竟被缚受到惩罚的《贤博编》“吝僧上当”；写兄弟二人素妄诞，受人贱恶，欲入净水中洗去谎诈，兄怀一片牛脯投水，诒弟称为龙王赏赐，弟急投水，触石流血，谎称龙王冤我偷脯，当头劈一斧的《解愠编·妄诞不改》；写一入京候选士人久客橐空，欲贷千金，一骗子冒充内相谎称愿意借贷，待收到士人所送百金之礼后，竟不知去向的《耳谈·贷金》；写一狡黠少年以饮酒出店令酒家如不见之术，换得卖药人观音大士售药之术，卖药人称大士手是磁石，少年称不过先付酒钱的《古今谭概·易术》；写一老妪登门与鳏居老翁婚配，妪之子拜老翁为继父，后妪孙迎亲，老翁一家前往祝贺，老妪及子、孙将宾客衣饰财物卷走，只得由老翁赔偿的《智囊补·老妪骗局》；写某道士谎称南京某一山西贾人内室之下有当年秦始皇埋金，贾人贪心乃大肆挖掘，惊动官府后贾人不得不馈三千金求免罪的《智囊补·南京道者》；写徽人某叔侄争坟，徽侄馈重金托巡抚公子为其疏通，后来发现上当，方知为地棍所设假公子骗局的《智囊补·假公子》等。

## 第十一节　明代的动物故事

明代的动物故事，是以动物为主角的一类写实故事，既有动物之间的故事，也有动物与人的故事，而以动物与人的故事居多。其内容比较丰富，包括动物鸣冤、动物护主、动物报恩、动物除凶、保护动物、人兽婚配等，其中以动物鸣冤、动物除凶两类作品的数量较多。出现在此类故事中的动物有犬、虎、猴、猫、牛、蛙、蜂、鹊、雁等，以犬和虎最为突出。这些动物故事中的主角，大都通人性，同情受害者，具有嫉恶如仇、善良忠诚的品质，无一不是活泼可爱的艺术形象。比如：

有传《至神鹊鸣冤传者》，事甚奇。传云：

张兴，盱眙人，以策骡为生，时往朱家林，获二鹊归。平明策骡出，兼笼二鹊，欲便市之。有一商赁其骡，冀往新溪，路见二鹊，急解金赎而纵之野，而橐装已为所觇矣。迩幽阒地杀商，沉尸于湾河，尽有其橐中金而返，人莫之觉也。

一日，乔侯决狱，二鹊倏西至，飞鸣绕案，如怨如诉，遣之再三，竟不散。侯疑有佳报，乃摇吻鼓尾者三；疑有冤，两作首肯状。侯云："果冤，尔当自屋梁上下更环飞三匝。"如其飞不爽。侯问："冤何在？可衔签与两直兵去。"二鹊跳踯而前，回首数四后又或飞或落，若恐飞捷直兵不克追也。

行可三十里许湾河畔，辄投入水中去，久之出，喧噪异常，水面浮沤层起。直兵以复侯，侯躬往观焉，鹊亦随之往返。侯令渔人捕一伏尸如生，年约三十余，背束大石，长鞭拥其项。仍谕鹊："再示其图之者为谁，我为若决之。"仍命两直兵俱，别令数人尾其后，以俟可擒。

二鹊引如前，至平康村高槐下，茅屋五椽，编棘为篱，骡二头在焉。鹊竟噪其檐，其人出，辄集其肩臂而频噪之。其人怒欲击，复立噪于屋。直兵悟，绐云："吾辈缘公务，欲骡走长清桥。"其人以力怯辞，直兵言："去宁倍金谢。"因行。其人驰骡足下，见直兵腰悬鞭策，即熟视而辨认之，盖谋商时用以拥项者也。直兵特袖之来，欲探其意耳。幸累错愕，业自败，厥情益实。

约半途，直兵连尾之者，已执矣。侯细鞫成招，银四十两，检之其家，尚完璧，第琐碎者稍费一二，终不招其商之姓氏与乡籍何如也。遂下狱拟罪，而浮瘗商于东城下，二鹊因俯首致谢，后于瘗商处旋摩悲鸣，犹不忍割。侯遂付民家笼养此鹊，以候上官定夺发落。……

此闻之盱眙众商，信而可征。时万历十一年癸未孟冬事也。

——《戒庵老人漫笔》卷七《神鹊鸣冤》

绍兴郡丞张公佐治擢金华守，去郡至一处，见蝌蚪[①]无数，夹道

① 此处的蝌蚪实为青蛙。

鸣噪，皆昂首若有诉。公异之，下舆步视，而蝌蚪皆跳踯为前导，至田间，三尸叠焉。公有力，手挈二尸起，其下一尸微动，汤灌之，逡巡间复活，曰："我商也，道见二人肩两筐适市，皆蝌蚪也，意伤之，购以放生。二人复曰：'此皆浅水，虽放，人必复获。前有清渊，此放生地也。'我从之至此，不虞斧出，三人死焉。二仆有腰缠，求之不获，必解金与购而累累者见，故诱至此行杀而夺金也。"公命急捕之，人金皆得，以属其守吾乡石公昆玉，公一讯皆吐实以抵死，而腰缠归商。吴宁伯说。

——《耳谈》卷七《金华守张公》

以上两则均为动物鸣冤的故事，故事主角都是小动物。前一则故事情节曲折、生动，注意细节描摹。其故事主角喜鹊通灵性，有智慧，知恩图报，在鸣冤惩凶过程中发挥了不可替代的作用，刻画得相当成功。后一则故事情节较简略，亦颇生动有趣。众青蛙鸣冤引路，救活恩人，让凶手落入法网，同样令人叹服。又如：

成化间，有一富商寓在京齐化门一寺中，寺僧见其挟重资，因乞施焉。商颔之而未发也。僧自度其寺荒寂，乃约众徒先杀其仆二，即以帛缢商死，埋寺后坑中，以二仆尸压其上，实之以土，尽取其所有。

越二日，有贵官因游赏过其寺，寺犬鸣嗥不已，使人逐之，去而复来。官疑之，命人随犬所至。犬至坎所伏地悲嗥。官使人发视之，尸见矣。起尸而下有呻吟之声，乃商人复醒也。以汤灌之，少顷能言。遂闻于朝，尽捕其僧，置于法。是岁例该度僧，因是而止。呜呼，僧不若犬也哉！

——《稗史汇编》卷一五七《兽门·兽三·犬报商冤》

秦邦者，家饶好货殖。永乐初，年已四十，将往京师，卜之不利。妻许氏，苦谏不听。邦畜一白犬，相随出入，甚有灵性。是日解缆，犬忽呼号踯躅，跃入舟中，衔邦衣裾，若阻行者。邦不悟，遂挈之偕行。

舟次张湾，有寇登舟，俱被刺死于水，惟白犬从后舱跃出，啮一盗手，几殒。众持刃来逐，犬赴水遁。贼既去，犬潜尾到家，默认其处。昼则觅食，夜伏水次守邦，如是数月，人皆异之。

未几巡河御史吕希望至，见白犬号呼岸傍，状如泣诉，异之，曰："此必有冤。"命吏卒从。犬足爬地，果见邦尸。犬嗥叫尸傍不去。希望曰："此必故主被谋害，但不知凶人何在，犬能指其处乎?"犬摇首遂行，命吏随之。里许，至一室，贼方会饮，犬径入啮之。

吏缚贼至，拷掠未服。忽一人啼而前诉曰："某乃秦邦仆也。吾主被劫死，某亦被刺落水，幸而不死。此尸即吾主也。"贼遂伏罪。其仆舁主柩还，犬亦随到家，昼夜跧伏柩侧，时或悲号。葬甫毕，犬触树而死。许氏义之，埋犬冢傍。许氏守节终身，被旌。

——《涌幢小品》卷三十一《犬》"秦邦犬"

以上两则均系以义犬除凶为题材的故事。前一则故事中的义犬为野犬，原本与受害者不相识。它出于对受害者的同情才对贵官嗥叫不已，最终使得富商获救，并且令凶手伏法。后一则故事中的义犬乃是家犬。这一则作品通过阻行、认盗、告状、捉凶、殉主等情节，非常真实感人地塑造了一个对主人忠心耿耿的义犬形象，不失为同类故事中的一篇佳作。再如：

正德间，木工邱高，奉化人，附东吴主人李七船造番夷。至海旁，渡舟山，遘疠且死，众弃之山麓而去。数日不死。忽一虎来，视眈眈，声咆哮，敛齿而不咥，若悯其垂死者。高始怖甚，既见其不咥，沾沾可亲，因指口求食。虎去，以兔豕来，不可食。虎，雌虎也，故相依坐身畔，饲以乳。高赖虎乳得活。数日起行，因敲石取火，掇朽枝煨食，日益强健。与虎相习，渐有牝牡之事。后有雄虎来求配，虎怒，相搏，高倚虎持竿逐之，去远且已。久之，虎遂有娠，生一子，居然人也。高谓虎曰："虎妻，虎妻，吾逗此荒山，虽生犹死。远望有舟山可居，恨无舟楫。汝识水性否?"虎帖耳听受，便跃入海，如履地，尾如樯，已而登岸。高左挟子，右持斧锯，骑虎渡海，尾后生风。俄顷，已到舟山。众皆惊避，高止之曰："无伤也。"高伐木，结茆屋，嘱虎曰："汝勿昼出。"虎听其语，夜拖兽鹿。高昼则鬻之。人呼为邱虎嫂。生子，名虎孙，性猛悍，虎项，独骨臂，年十二，力举数百斤。或荐于浙省督府胡公，捧檄招来。破倭成功，受上赏。后高死，与虎合葬，成冢曰"虎冢"。至今海上谈者，谓猛虎可亲，必指"虎冢"云。

——《情史》卷二十三情通类《虎》"邱虎嫂"

弘治间，河南虞人[①]获一雌雁，缚其羽，蓄诸场圃，以媒他雁。至次年来宾时，其雄者与群雁飞鸣而过。雌认其声，仰空号鸣。雄亦认其声，遂飞落圃中。交颈悲号，其声呜呜，若相哀诉者。良久，其雄飞起半空欲去，徘徊，视其雌不能飞，复飞落地上，旋转叫号，声亦悲恻。如此者三四次，知终不能飞去，乃共啮颈蹂蹴，遂相愤触而死。

——《情史》卷二十三情通类《雁》"雌雄恩义"

以上两则均为展示夫妻情分的动物故事。前一则故事系人兽婚故事，叙写雌虎通人性，知情义，与落难木工结为夫妇后，兴家立业，传宗接代，相伴终生。这在人兽婚故事中亦不多见。后一则故事系雌雄动物之间的故事，将大雁配偶之间彼此关心，相互体恤，宁可牺牲性命也不愿分离的真挚情愫，描绘得细致入微，感人至深。

这个时期的动物故事，尚有写一飞虫挂于蛛网上，一蜂往救，数次含水湿虫，久之得脱的《菽园杂记》"蜂义"；写将西番使臣入贡之猫罩于铁笼，置空屋内，明日起视，有数十鼠死笼外的《庚巳编·猫王》；写一民妇山行被执而为老猴妻，岁余生一人身猴面之子，后乘间携子逃回夫家的《说听》"阿周"；写主家因事举家逃走后，二犬守窦不去，半年余俱死，空屋内有骨二具的《贤博编》"二犬守窦"；写区某以蓑衣覆盖被追之虎，使虎免遭格杀，虎随后送禽兽助区某祭祀的《虎苑》"区宝救虎"；写饿虎

① 虞人：这里指古代掌管山泽、苑囿、田猎的官员。

入李某家不食其孙，而去猪圈食猪，夜间衔一猪至李家来报答，其猪大过所食之猪的《虎苑》“衔豕来报”；写某商夜行误堕虎穴，虎昼取物食之，夜归护佑之，月余载某商跃出，后此虎被缚，众义其所为而将其放归深山的《涌幢小品·虎·义虎》；写徐某与兄刈薪时，其兄为虎噬，徐某持木棒与虎斗多时，虎受伤走，乃与众舆兄尸归，徐某因力竭而病殁的《涌幢小品·虎·徐恩斗虎》；写王某被诬后，其家耕牛奔至县官前跪而悲，若有所诉，使王某被释并捕得杀人真凶的《涌幢小品·牛》；写一猴之主人被杀害后，凶手强其作戏乞钱，猴啮绳告官，于破窑内觅得猴主尸体，遂将凶手处死的《涌幢小品·猴》；写乙杀甲而夺其妻，一虎将乙咬死，使甲妻与受伤未死之甲得以团聚的《情史·虎·义虎除奸》等。

# 第六章　明代的民间笑话

明代是中国民间笑话的一个很重要的发展阶段。宋元以来，随着城市经济的逐渐繁荣，通俗文学和讽刺艺术创作日益兴盛，民间笑话呈现出不断发展的态势，到了明代进入一个空前繁荣的高峰期。明代笑话主要具有”三多”（即作品多、专集多、佳作多）的特点。具体而言，这个时期的民间笑话有以下三点比较突出：一、民间笑话创作空前活跃，产生了一大批笑话，作品数量之多为古代任何一个时期所不及。二、对民间笑话的录写、编选空前活跃，不但有许多笔记小说录写了当时流布的民间笑话，而且出现了一批笑话故事专集，像《笑赞》、《笑禅录》、《雪涛谐史》、《解愠编》、《时兴笑话》、《笑林》、《雅谑》、《笑府》、《广笑府》、《精选雅笑》、《笑海千金》、《时尚笑谈》等，对后世民间笑话的发展影响甚大。三、笑话艺术日臻成熟，涌现了大批笑话名篇佳作，脍炙人口，广为流布，至今仍然具有生命力。其中有不少佳作后世已演化为民间故事类型，其数量远超过以往各个时期由民间笑话演变而成的民间故事类型。

这个时期的民间笑话，按内容大致可分为嘲讽笑话、劝诫笑话、谐趣笑话三类。每一类的作品数量都很多，而以劝诫笑话最为丰富。

## 第一节　明代的嘲讽笑话

嘲讽笑话，是明代民间笑话中批判性强烈、锋芒尖锐的一类。其中以嘲讽官府的笑话最为常见，亦最为突出。

## 一、明代嘲讽官府的笑话

这个时期讽刺官府的笑话，既有抨击贪官污吏的作品，又有揭露官府黑暗和官吏昏聩无能的作品。

讽刺锋芒针对贪官污吏的笑话，比如：

新官赴任，问吏胥曰："做官事体当如何？"吏曰："一年要清，二年半清，三年便混。"官叹曰："教我如何熬得到第三年？"

——《解愠编》卷二《新官赴任问例》

有官人者，性贪。初上任，谒城隍，见神座两旁悬有银锭，谓左右曰："与我收回。"左右曰："此假银耳。"官人曰："我知是假的，但今日新任，要取个进财吉兆。"

——《雪涛谐史》"假银也收"

以上两则嘲讽新上任贪官的笑话，从问例与讨吉兆的不同视角，将其急于贪赃敛财的迫切心态描绘得活灵活现，夸张而不失真，入木三分。又如：

张贾二姓，争买鱼相殴讼于官。官素贪墨，能巧取民财，判云："二人姓张姓贾，争买鲜鱼厮打。两家各去安生，留下鱼儿作鲊[①]。"二人既失望，乃故买一棺，假意争讼，料官讳此凶器，决无收留之理。及讼于庭，官为之判曰："二人姓张姓贾，争买棺材厮打。材盖与你收回，材底留我喂马。"

——《解愠编》卷二《争鱼纳鲊》

一官府生辰，吏曹闻其属鼠，醵黄金铸一鼠为寿。官喜曰："汝知奶奶生辰亦在日下乎？奶奶是属牛的。"

——《笑府·奶奶属牛》

---

① 鲊（zhǎ扎）：经过加工过的腌鱼、糟鱼之类食品。

以上两则笑话，嘲讽贪官利用判案、祝寿的机会，向百姓和下属敲诈勒索，均虚构巧妙，描写生动，无疑是此类笑话的代表性作品。再如：

一仕官贪墨之甚，及去任，仓库为之一空，其民作德政谣云："来时萧索去时丰，官帑民财一扫空；只有江山移不去，临行写入画图中。"

——《解愠编》卷二《贪墨》

一吏人贪婪无厌，遇物必取，人无不被害者。友人戏之曰："观汝所为，他日出身，除是管厕溷斯无所取耳。"吏曰："我若司厕，一般有钱欲登厕者，禁之不许，彼必赂我；本不登厕者，逼之登厕，彼无奈何，岂患不赂我耶?"

——《广笑府》卷二《厕吏》

以上两则笑话，以鄙夷、挖苦的口吻揭露贪官污吏贪得无厌，恣意搜刮，甚至连无法移动的江山也不放过，或者连管理厕所也要榨取钱财，对其竭尽冷嘲热讽之能事，痛快淋漓，让读者、听众对其厌恶之极。

讽刺锋芒针对官府黑暗和官吏昏聩无能的笑话，比如：

官值暑月，欲寻避暑之地，同僚纷议，或曰："某山幽雅。"或曰："某寺清凉。"一皂隶曰："细思之，总不如此公厅上可乘凉。"官问何故，答曰："此地有天无日头。"

——《解愠编》卷二"有天无日"

商则为廪丘尉，值县令丞多贪。一日，宴会起舞，令丞舞皆动手，则但回身而已。令问其故，则曰："长官动手，赞府[①]亦动手，惟有一个尉又动手，百姓何容活耶!"

——《五杂俎》卷十六"百姓何容活"

① 赞府：县丞的别称。

以上两则嘲讽官府黑暗的笑话，各有侧重。前一则笑话针对总体状况落墨，嘲诙官府有天无日，黑暗无比。后一则笑话的锋芒指向官府成员，讥讽其主事官吏个个贪墨，百姓难以活命。又如：

一青盲人涉讼，自诉眼瞎。官曰：“一双青白眼，如何诈瞎？”答曰：“老爷看小人是清白的，小人看老爷是胡涂的。”

——《笑林·青盲》

有讼失牛于官者，吏问：“几时失的？”答以明日。吏不觉失笑，官怒指吏曰：“是你偷在那里？”吏洒其两袖曰：“凭爷搜。”

——《精选雅笑·搜牛》

以上两则嘲讽官吏昏庸的笑话亦各有侧重。前一则笑话针对其基本特征落笔，讥贬官吏的胡涂。后一则笑话通过审案，具体暴露官吏的昏蒙，嘲謔其不明事理，荒唐可笑。两则笑话皆有较高的艺术质量，无不令读者、听众忍俊不禁。

这个时期嘲讽官府的笑话，尚有写某秀才设教县衙，教千字文时嘲县官“坏了一县”，嘲州官“坏了一州”的《解愠编·坏了一州》；写一士人属对时，当面讥呵“县尉下乡来，不知多少扰人”的《解愠编·官府下乡》；写一官吏犯赃致罪获免后，发誓再不接人钱财，未久有讼者馈钞求胜，忙说“你既如此殷勤，且权放在我靴筒里”的《解愠编·吏人立誓》；写一郡从事不谙文理，妄引律断狱，竟判持面粉与麸子走匿他所僧徒犯“背夫逃走”罪的《雪涛谐史》“背夫逃走”；写两道士当门饮酒，见巡捕官即忙躲桌下，称“这样官专管贼盗”的《时兴笑话·道士》；写一官嗜酒怠政，贪财酷民，百姓作五言八句讥其“但知钱与酒，不管正和公”的《时尚笑谈·嘲官不明》；写一秀才送鹅与学官，学官道受鹅无食喂它可不饿死？不受又失一节，如何是好？秀才云“请受下，饿死事小，失节事大”的《时尚笑谈·嘲学官贪赃》；写一失马鞍者执一面长而凹者，认以为鞍，将往听断于官，路人谓长面者曰“劝兄赔他些价罢，若经官定是断给”的《笑府·长面》。

## 二、明代嘲讽为富不仁者的笑话

这个时期嘲讽为富不仁者的笑话，以讥诮富人鄙吝、刻薄、爱财如命的作品居多，几乎都是围绕“钱财”来展开描写，捕捉笑料。比如：

一富翁极鄙吝，欲延师教子，思得不食不饮者乃可招致。或告曰：“某先生不用饮食，只吃南风一味。”富翁闻知，喜。既而沉思曰：“更与吾妻论定，方可请他。”归而谋于妇，妇曰：“未可，未可。你且不要轻易，倘若一日发北风，你将何物与他吃？”

——《解愠编》卷一《南风先生》

主人待仆从甚薄，衣食常不周。仆闻秋蝉鸣，问主人曰：“此鸣者何物？”主人曰：“秋蝉。”仆曰：“蝉食何物？”主人曰：“吸风饮露耳。”仆问：“蝉衣着否？”主人曰：“不用。”仆曰：“此蝉正好跟我主人。”

——《广笑府》卷五《秋蝉》

以上两则均是采用夸张手法讽刺悭吝财主待人刻薄的笑话。前一则笑话讪笑财主延师教子，一心要找不吃不喝之人，竟连光喝南风的先生也不愿意请。后一则笑话讥贬财主待仆刻薄，以为只有吸风饮露、不穿衣裳的秋蝉最适合跟他，足见为富不仁者待人刻毒之至，到了无以复加的程度。又如：

有富翁山行而攫于虎，其子操刃而逐之。翁在虎口，见其子呼谓之曰：“刺则刺，毋刺伤其皮。”既而虎死，翁得生。其子问之，翁曰：“得虎而售，利存乎皮，皮坏斯减贾，汝蔑所获矣。吾为是惧，而亟汝语也。”

——《客座赘语》卷六《谑语》“毋刺伤虎皮”

一乡人，极吝致富，病剧牵延不绝气，哀告妻子曰：“我一生苦心贪吝，断绝六亲，今得富足，死后可剥皮卖与皮匠，割肉卖与屠，刮骨卖与漆店。”必欲妻子听从，然后绝气。既死半日，复苏，嘱妻子曰：“当今世情浅薄．切不可赊与他。”

——《解愠编》卷七《死后不赊》

以上两则挖苦吝啬财主爱钱如命的笑话，无论写其为保全虎皮而不顾惜自己的性命，还是写其临死还想着把自己的身体拿去卖钱，并叮咛不可赊账，无不嘲讽财主对金钱的渴求与追逐，不近人情，竟然舍生忘死，甚至到了死不瞑目的地步。

这个时期嘲讽为富不仁者的笑话，尚有写有人家富而吝，其从弟入京注选[①]，不得已赠钱一缗，酒一壶，竟作简曰“筋一条，血一壶，右件槌胸献上，伏惟铁心肝人留纳”的《解愠编·铁心肝》；写一富人待师甚薄，师笑问其家七德禽为何如此之盛？富人道吾只闻鸡有五德，师云“五德之外更有二德，我吃得，你舍不得”的《解愠编·七德鸡》；写富人某某性悭，生平不请一客，闻家奴抱怨“我家请客须待明世”时，骂道“你许他明世，还要你做东道”的《雪涛谐史》“要你做东道”；写某人不畜僮仆，止留一丐在家干活，摘蕉叶蔽其下体，对外人称“此奴自觅饭吃，我只管他穿着”的《雪涛谐史》“如此畜仆”；写一商将江心寺壁上“江心赋”认作“江心贼”，其友说此是“赋”不是“贼”，商人道：“富便是富，有些‘贼’形”的《华筵趣乐谈笑酒令· 嘲富人为贼》等。

## 三、明代嘲讽杀人庸医的笑话

这个时期嘲讽庸医的笑话，主要讽刺医术低下，人品卑劣，经常致死病，且不思改悔的医生。其中有不少作品笔锋犀利，讽刺性强，富于幽默感，艺术水平颇高。比如：

张天师过金陵，见药肆外多鬼。询之，皆庸医杀伤者，心甚恶之。后过一肆，门外止有四五鬼，意必医良而鬼少也。因下马体访

① 注选：应试获选者去尚书省先注其姓名履历于册，再经考询而拟其官职。

焉。问："世医乎?"答曰："惶恐惶恐，才开铺三四日矣。"

——《解愠编》卷三《开铺数日》

病儿服药后，肠中痛甚，其父走问医生。医者曰："无妨，此病与药斗耳。"言未毕，家人踉跄而至，报儿死矣。医拊掌曰："如何?毕竟我的药高，令郎斗他不过!"

——《时兴笑话》卷下《药斗》

以上两则笑话，从不同的视角来抨击、嘲谑杀人不见血的庸医。前一则笑话从宏观审视，讥笑、感叹世间致残、致死病患的庸医随处可见，比比皆是。后一则笑话从微观落墨，具体揭露庸医杀病儿的经过，勾画出其人非但不反省思过，反而文过饰非，夸夸其谈的丑恶嘴脸。又如：

有医死人儿，许以袖回殡殓者。其家恐见欺，命仆随之。至桥中，忽取死儿掷诸河。仆怒曰："如何抛了我家小舍[1]?"医曰："非也。"因举左袖曰："汝家的自在。"

——《广笑府》卷三《包殡殓》

一庸医不依本方，误用药饵，因而致死病者。病家责令医人妻、子唱挽歌舁柩出殡，庸医唱曰："祖公三代做太医呵，呵咳。"其妻曰："丈夫做事连累妻呵，呵咳。"幼子曰："无奈亡灵十分重呵，呵咳。"长子曰："以后只拣瘦的医呵，呵咳。"

——《解愠编》卷三《拣瘦者医》

以上两则笑话，均以庸医为其致死病人送葬为题材，滑稽、荒诞，带有一些黑色幽默的味道。前一则笑话采用误会法的方式抖包袱，辛辣讽刺庸医经常治死患儿，因而应对裕如，处之泰然。后一则笑话以唱莲花落的形式，讥呵三代为医的那个庸医将患者治死，却丝毫不感到羞愧，只是让

① 舍：宋元以来俗称贵显子弟为舍人，犹称公子。

其妻儿受到连累，叫苦不迭。

这个时期嘲讽庸医的笑话，尚有写一庸医屡屡伤人，其仆厌而不顺使令，医怒骂“我教你死”，仆曰“我不轻易吃你药，如何便会死”的《解愠编·医仆应对》；写一庸医用针太深致死病者，主家逼令其全家舁榇，高唱挽歌以辱之，医让妻低唱，妻曰“既要低低唱，当初何不浅浅斟（针）”的《广笑府·浅斟低唱》；写某兄饮庸医药致死，其弟号哭何时再得相见，医称“这个不难，但煎吃令兄药渣便相见”的《雪涛谐史》“服药渣相见”；写一樵夫担柴误触医士，医怒欲挥拳，樵跪曰“宁受脚踢。”旁人讶之，樵曰“经他手定然不活”的《时兴笑话·勿动手》；写一家小儿被医杀后，主者派小使数人去辱骂，小使辈不一会儿便归来道“叫我那里挨挤得上”的《时兴笑话·医生》；写一医生医死人后为丧家所缚，夜自脱赴水遁归，见其子正读脉诀，急道“还是学游水要紧”的《笑府·学游水》等。

## 四、明代的其他嘲讽笑话

这个时期的其他嘲讽笑话，嘲讽的内容涉及谄谀取容，伪善欺诈，掺杂使假等社会上的各种丑恶现象和卑劣行径，以嘻笑怒骂的方式表现出对于其人其事的深恶痛绝。比如：

一秀才死见冥王，自陈文才甚敏，王偶撒一屁，士即进前词云云。王喜，命延寿一年。至期死，复诣王。适王退朝，鬼卒报有秀才求见。王问何人，鬼卒曰：“就是那做屁文字的秀才。”

——《笑林·做屁》

粤令性悦谀，每布一政，群下交口赞誉，令乃欢。一隶欲阿其意，故从旁与人偶语曰：“凡居民上者，类喜人谀，惟阿主不然，视人誉蔑如耳。”其令耳之，亟召隶前，抚膺高蹈，嘉赏不已，曰：“嘻，知余心者惟汝，良隶哉！”自是昵之有加。

——《应谐录·悦谀》

以上两则嘲讽阿谀奉迎的笑话，被嘲讽者的表现各有特点。前一则笑话讪笑一秀才赤裸裸地谄媚，竟做起颂扬当权者放屁的文章，其人作践斯文，竟到了不知羞耻的地步。后一则笑话讥刺的谄媚皂隶，属于老奸巨猾之徒，其阿谀奉承的本领更为高明。某县令明明悦谀，他却故意在旁人面前称赞县令不喜人谀，因而得到主子的嘉赏、重用。又如：

有父病延医者，医曰："病已无救，除非君孝心感格[①]，割股可望愈耳。"子曰："这却不难。"遂抽刀以出，逢一人卧于门，因以刀刲之。卧者惊起。子抚手曰："不须喊，割股救亲，天下美事。"

——《精选雅笑·割股》

和尚私买虾食，虾在热锅里乱跳，乃合掌低声，向虾曰："阿弥陀佛，耐心，少时红熟，便不疼了。"

——《笑林·虾》

以上两则笑话均以伪善者为嘲讽对象。前一则笑话讥责俗家人中的一个假孝子，他不将"割股救亲"的利刃对准自己，却指向他人，还厚颜无耻地说是"天下美事"，真是令人作呕。后一则笑话哂笑出家人中的一个老油子，他破戒杀生以饱口福，却假惺惺地念诵"阿弥陀佛"，好像在超度即将被他吃掉的虾子，滑稽可笑之极。

这个时期的其他嘲讽笑话，尚有写一富家子弟诈为秀才，状诉追债，县官见疑乃问"桓公杀公子纠"一章如何讲？其人连称不知情，被打二十板，出来后随从说那是书句，你但应略知也罢，其人道"我连叫不知情尚挨打，若说得知岂不拿我偿命"的《解愠编·假儒》；写有人夜半沽酒，店家让从门缝中投钱，沽者问酒从何出？酒保道："也从门缝递出，这酒儿很薄"的《雪涛谐史》"酒薄"；写一清客惯奉承大老，说大老所撒之屁不臭，大老说屁不臭不好，其人忙招嗅道"才来"的《时兴笑话·清客》；写苏州一帮闲对大老官说"我为人替得死"，大老官重病非活人脑子不能

① 感格：感通于天。

救，便找到此人，此人忙说“我是苏空头，没有脑子”的《时与笑话·苏空头》；写一斋公遵从禅师教导闭目静坐，一夜陡然想起某人所借一斗大麦未还，遂唤醒斋婆曰“果然禅师教我静坐有益，几乎被某人骗了一斗大麦”的《笑禅录》“静坐有益”；写一士死后进辞颂屁讨得冥王欢喜，冥王即命牛头卒引去赐宴，途中其人谓卒曰：“看汝两角弯弯，好似天边之月，双眸炯炯，浑如海外之星”，卒亦喜，忙说“大王御宴尚早，先在家下吃个酒头”的《笑林·颂屁》等。

## 第二节　明代的劝诫笑话

明代的劝诫笑话，是这个时期内容繁多、数量最大的一类笑话，在各种笑话故事集以及相关的笔记小说中随处可见。此类笑话，对世人在品行、性格方面存在的各种缺陷、毛病，诸如虚夸欺诞、自私自利、鄙吝小气、不学无术、昏妄迷信、迂腐愚笨、好吃懒做、小偷小摸、技能低下、不懂装懂、胆怯惧内等等，以幽默诙谐的方式进行曝光，使人们在笑声中有所警觉和反省，对于净化世风有一定的裨益。

### 一、讥讽虚夸欺诞的笑话

这个时期讥讽虚夸欺诞的劝诫笑话，比如：

> 昔一僧劝诱人：“施主斋僧，施舍奉佛，死后可免地狱刀锯之灾。”不久，僧与施主齐亡，僧因罪深，乃受刀锯之灾。施主见僧受罪，因问何故，僧曰：“你不知故，阎王见世间寺废僧稀，将一个僧锯开做两个用。”
>
> ——《华筵趣乐谈笑酒令》卷四《谈笑门·劝人行善》

> 甲乙同行，甲望见显者车盖，谓乙曰：“此我好友，见我必下车，我当引避。”不意正避入显者之家，显者既入门，诧曰：“是何白日撞匿我门内？”呼仆辈殴逐之。乙问曰：“向说好友，何见殴辱？”曰：

“他与我惯是这等取笑的。”

——《笑林·引避》

以上两则均是嘲谑欺昧行径的笑话。前一则的欺骗行径，目的是骗取布施，后一则的欺骗行径，妄图抬高自己的身份。进行欺骗的无论出家人还是俗家人，在其卑劣行径暴露之后，还要以谎言来掩盖，继续进行欺骗，既可悲又可笑。又如：

有说谎者，每迁就其词。自谓家有一雌鸡，岁生卵千枚。问云：“那得许多?”其人递减至八百、六百，问者犹不信。乃曰：“这个数再减不得，宁可加一只雌鸡。”

——《雪涛谐史》“岁生千卵”

主人谓仆曰：“汝出外，须说几句大话，装估体面。”仆颔之。值有言三清殿大者，仆曰：“只与我家租房一般。”有言龙衣船大者，曰：“只与我家帐船一般。”有言牯牛腹大者，曰：“只与我家主人肚皮一般。”

——《笑府·说大话》

以上两则讥诮漫诞不稽者的笑话，均对其张口胡言、夸夸其谈的行径加以嘲讽，或者令其被人问得张口结舌，难以下台，或者让其越说越离谱，陷于不尴不尬的境地，无不传为笑柄。

## 二、讥讽自私自利的笑话

这个时期讥讽自私自利的劝诫笑话，比如：

有兄弟合种田者，禾既熟，议分之。兄谓弟曰：“我取上截，你取下截。”弟讶其不平。兄曰：“不难，待明年你取上，我取下可也。”至次年，弟催兄下谷种，兄曰：“今年种了芋艿罢。”

——《笑林·合种田》

甲乙谋合本做酒。甲谓乙曰："汝出米，我出水。"乙曰："米都是我的，如何算帐？"甲曰："我决不欺心，到酒熟时，只泌还我这些水便了，其余都是你的。"

——《笑府·合做酒》

以上两则讽刺自私自利的笑话，都在抨击、嘲讪在合作经营过程中的损人利己行为。他们侵占别人利益时，似乎都很公平合理，甚至作出遇事好商量姿态，却设好圈套让他人上当，行为狡诈。而蒙受损失的皆是其合作伙伴，有的竟是自己的兄弟。又如：

兄弟二人攒钱买了一双靴，其兄常穿之，其弟不肯空出钱，待其兄夜间睡了，却穿上到处行走，遂将靴穿烂。其兄说："我们再将出钱来买靴。"其弟曰："买靴误了睡。"

——《笑赞》"买靴"

里中有病脚疮者，痛不可忍，谓家人曰："尔为我凿壁为穴。"穴成，伸脚穴中，入邻家尺许。家人曰："此何意？"答曰："凭他去邻家痛，无与我事。"

——《雪涛小说·任事》"凭他去邻家痛"

以上两则笑话从不同的视角来讥刺自私自利的思想言行。第一则笑话通过买鞋一件小事，将兄弟俩的自私心态暴露无遗，令人耻笑。第二则笑话嘲弄脚疮者的愚昧与自私，荒唐可笑之至。

### 三、讥讽鄙吝小气的笑话

这个时期讥讽鄙吝小气的劝诫笑话，比如：

一人已习悭术，犹谓未足，乃从悭师学其术。往见之，但用纸剪鱼，盛水一瓶，故名曰酒，为学悭贽礼。偶值悭师外出，惟妻在家，知其来学之意并所执贽仪，乃使一婢用空盏传出，曰："请茶。"实无茶也。又以两手作一圈，曰："请饼。"如是而已。学悭者既出，悭师乃归，其妻悉述其事以告。悭师作色曰："何乃费此厚款？"随用手作半圈样，曰："只这半边饼，彀打发他。"

——《雪涛谐史》"悭师"

一人极鄙吝，每吃，于空盘中写一"鲊"字，叫声"鲊"字，食饭一口。其弟语吃，连叫"鲊、鲊、鲊"。其兄大怒曰："你休得吃哮了，连累我使钱买药。"

——《解愠编》卷七《鲊哮》

以上两则笑话，运用夸张手法，将故事主人公鄙吝小气的秉性表现得十分逼真，并且加以挖苦和嘲诙，无不恰到好处，给人留下回味的空间，堪称劝诫笑话的佳作。又如：

远客来久坐，主家鸡鸭满庭，乃辞以家中乏物，不敢留饭。客即借刀，欲杀己所乘马寄餐。主曰："公如何回去？"客曰："凭公于鸡鸭中借一只，我骑去便了。"

——《笑林·不留客》

一人请客无肴，一举箸即完矣。客曰："有灯借一盏来。"主人曰："要灯何用？"客曰："我桌上的东西一些也看不见了。"

——《时兴笑话》卷上《请客》

以上两则均系以请客为题材的笑话，讽刺主家的小气鬼性格。前一则笑话主要嘲谑其找借口不留客吃饭，后一则笑话主要哂笑其舍不得给客人上菜，都写得相当幽默风趣，令人玩味。

## 四、讥讽不学无术的笑话

这个时期讥讽不学无术的劝诫笑话，比如：

有青衿者，其身临考，其妻临乳，不胜交愁，乃慰妻曰："尔安用愁？我乃应愁耳。"妻问故，答曰："尔腹里有，我腹里无。"

——《雪涛谐史》"我腹里无"

一士岁考求签，通陈："考六等，上上；四等，下下。"庙祝曰："相公差矣，四等止杖责，如何反是下下？"曰："此非你所知。六等黜退，极是干净，若在四等，看了我文字，决被打杀。"

——《笑林·求签》

以上两则笑话都以描摩临考时的心态，来讪笑旧时某些读书人的不学无术。前一则笑话讥其胸无点墨，后一则笑话讥其文理极差。可怜此等文士竟如此进行自我解嘲，使人不胜慨叹。又如：

友人谈戏语讥秀才云：一秀才赁僧房读书，惟事游玩而已。忽未午归房，呼童取书。童持《文选》，视之曰："低。"持《汉书》，视之曰："低。"又持《史记》，视之曰："低。"主僧大诧曰："此三书熟其一足称饱学。俱云低者，何也？"试窥之，乃取书作枕耳。

——《续金陵琐事》下卷《书低》

友人劝监生读书，生因闭门翻阅数日，出谢友人曰："果然书该读，我往常只说是写的，原来都是印的。"

——《笑禅录》"原来都是印的"

以上两则笑话，通过具体事例来诽讪旧时某些读书人的厌学贪玩，无所用心。前一则笑话嘲其以书作枕，后一则笑话嘲其只知皮毛。两则笑话看似平和，实则相当尖锐。

## 五、讥讽昏妄迷信的笑话

这个时期讥讽昏妄迷信的劝诫笑话，比如：

一和尚犯罪，一人解之，夜宿旅店，和尚酤酒劝其人烂醉，乃削其发而逃。其人酒醒，绕屋寻和尚不得，摩其头则无发矣，乃大叫曰：“和尚倒在，我却何处去了！”

——《笑赞》“我却何处去了”

有痴夫者，其妻与人私。一日，撞遇奸夫于室，跳窗逸去，只夺其鞋一只，用以枕头，曰：“平明往质于官。”妻乘其睡熟，即以夫所著鞋易之。明日夫起，细视其鞋，乃己鞋也。因谢妻曰：“我错怪了你，昨日跳出窗的，原来就是我。”

——《雪涛谐史》“跳窗者原来就是我”

以上两则笑话运用巧妙构思和大胆夸张，尽情嘲诙经常犯糊涂的僧俗昏妄者，描述其被人要弄后不但不引起警觉，及时采取补救措施，反而莫名其妙，手足无措，甚至责怪自己，承认过失，令人喷饭。又如：

一人将死，命子于棺旁钉大铜环四枚，问云何？曰：“你们日后，少不得要听风水先生，将我搬来搬去。”

——《精选雅笑·风水》

北方男子跳神叫做端公。有一端公教着个徒弟。一日，端公出外，有人来请跳神，这徒弟刚会打鼓唱歌，未传真诀，就去跳神；到了中间，不见神来附体，没奈何信口扯了个神灵，乱说一篇，得了钱米回家，见他师傅说道：“好苦。”把他跳神之事，说与师傅。师傅大惊道：“徒弟你怎么知道？我原来就是如此！”

——《笑赞》“端公师徒”

以上两则笑话，一则暴露风水先生的做派，一则揭发端公老底，藉以讥讽世人的迷信观念和迷信行为。两则笑话既诙谐又辛辣，均颇为风趣。

## 六、讥讽迂腐愚笨的笑话

这个时期讥讽迂腐愚笨的劝诫笑话，比如：

一秀才买柴曰："荷薪者过来。"卖柴者因"过来"二字明白，担到面前。问曰；"其价几何?"因"价"字明白，说了价钱。秀才曰："外实而内虚，烟多而焰少，请损之。"卖柴者不知说甚，荷的去了。

——《笑赞》"秀才买柴"

一儒官，当迎候上司，方乘马出门，适乡人过访，不暇详曲[①]，草草谓内人曰："待以菜酒而已。"内人不解文语，不知"而已"为何物，既而询诸婢仆，认"已"为尾，猜疑为所畜大羊也，乃宰羊盛具酒肴待之去。儒官归，问知其故，叹息无端浪费，惆怅不已。其后但出门时，辄嘱内眷曰："今后若有客至，止用'菜酒'二字，切不可用'而已'。"

——《解愠编》卷五《菜酒而已》

以上两则笑话，分别嘲笑秀才买柴遭到冷遇和儒官待客大为破费，从而揭示出迂腐之人咬文嚼字，不看对象、不分场合，于是陷入尴尬的境地，让读者、听众忍俊不禁。又如：

或人命其子曰："尔一言一动，皆当效师所为。"领命侍食于师，师食亦食，师饮亦饮，师侧身亦侧身。师暗视不觉失笑，搁箸而喷嚏，喷嚏不可强为，乃揖而谢曰："吾师此等妙处，其实难学也。"

——《解愠编》卷一《妙处难学》

有急足下紧急公文，官恐其迟也，拨一马与之，其人逐马而行。人问："如此急事，何不乘马?"曰："六只脚走，岂不快于四只!"

——《广笑府》卷二《下公文》

① 详曲：详叙衷肠。

以上两则笑话，意在哂笑故事主人公的蠢笨。其蠢笨可笑之处，既有富家子弟的机械模仿，又有送公文者的荒唐算计。尽管故事主人公并不是呆子，但其蠢笨的言行举止，与呆子的作为毫无二致，亦足以令人捧腹。

## 七、讥讽好吃懒做的笑话

这个时期讥讽好吃懒做的劝诫笑话，比如：

有二措大言志，一云：“我平生不足惟饭与睡耳，它日得志，当吃饱饭了便睡，睡了又吃饭。”一云：“我则异于是，当吃了又吃，何暇复睡耶！”

——《五杂组》卷十六“二措大言志”

一道学先生教人只体贴得孔子一两句言语，便受用不尽。有一少年向前恭云：“某体贴孔子两句极亲切，自觉心广体胖。”问是那两句，曰：“食不厌精，脍不厌细。”

——《笑禅录》“食不厌精”

以上两则笑话，均带着鄙夷的口吻诙嘲好吃懒做的穷书生，或者讪笑一味追求享受的年轻学子，为饱食终日、贪图享受者画像，让此等人得以警醒。

## 八、讥讽小偷小摸的笑话

这个时期讥讽小偷小摸的劝诫笑话，比如：

有厨子在家切肉，匿一块于怀中。妻见之骂曰：“这是自家的肉，何为如此？”答曰：“我忘了。”

——《笑府·偷自家》

昔一府学，生员不重廉耻，每遇春秋祭祀已了，各相私盗祭肉、纸烛之类；教官不能禁革，遂写一赋讥云："祭祀了，天未晓，偷肉纷纷，盗烛渺渺。颜回见之，微微而笑。子路见之，气冲牛斗。夫子喟然叹曰：'吾尝厄于陈蔡之间，不曾见此饿莩。'"

——《华筵趣乐谈笑酒令》卷四《谈笑门·不重廉耻》

以上两则讥讽小偷小摸的笑话，被嘲笑的对象各不相同，前一则笑话为厨师、裁缝一类人物，后一则笑话为府学中的生员。两则笑话无论是自我解嘲，还是被人奚落，都颇为含蓄，亦颇有情趣。

## 九、讥讽技能低下的笑话

这个时期讥讽技能低下的劝诫笑话，比如：

一待诏为人取耳，其人痛极。问曰："那一只还要取否?"答曰："自然要取。"其人曰："我只道那边的耳屑也在这边取出来了。"

——《时兴笑话》卷下《耳痛》

一待诏初学剃头，每刀伤一处，则以一指掩之；已而伤多，不胜其掩，乃曰："原来剃头恁难，须得千手观音才好。"

——《笑府·须得千手观音》

以上两则嘲讪剃头匠手艺低劣的笑话，善于掌握分寸，朴实而又诙谐，尖锐却不过头，具有谑而不虐的特点，艺术水平较高，值得玩味。

## 十、讥讽不懂装懂的笑话

这个时期讥讽不懂装懂的劝诫笑话，比如：

北人生而不识菱者，仕于南方，席上啖菱，并壳入口。或曰："啖菱须去壳。"其人自护所短，曰："我非不知，并壳者，欲以清热也。"问者曰："北土亦有此物否?"答曰："前山后山，何地不有?"

——《雪涛小说·知无涯》"北人啖菱"

一富翁，世不识字。人劝以延师训子。师至，始训之执笔临朱，书一画则训曰“一”字，二画则训曰“二”字，三画则训曰“三”字。其子便欣然投笔，告父曰：“儿已都晓字义，何烦师为？”乃谢去之。逾时，父拟招所亲万姓者饮，令子晨起治状，久之不成。父趣之，其子恚曰：“姓亦多矣，奈何偏姓万，自朝至今，才完得五百余画。”

——《笑府·奈何姓万》

以上两则嘲谑不懂装懂者的笑话，给人印象深刻，过目不忘。前一则笑话将不识菱者露怯之后还要强辩、掩饰，因而越发丢丑的情状活脱地展现出来，让人引以为鉴。后一则笑话描述富家子弟学字时自作聪明，丢脸出丑，成为笑柄。

## 十一、讥讽惧怕内室的笑话

这个时期讥讽惧怕内室的劝诫笑话，比如：

有一吏惧内，一日被妻挞破面皮，明日上堂，太守见而问之。吏权词以对曰：“晚上乘凉，葡萄架倒下，故此刮破了。”太守不信，曰：“这一定是你妻子挞碎的，快差皂隶拿来。”不意奶奶在后堂潜听，大怒，抢出堂外。太守慌谓吏曰：“你且暂退，我内衙葡萄架也要倒了。”

——《广笑府》卷二《葡萄架倒》

一怕老婆者，老婆既死，见老婆像悬于柩前，因理旧恨，以拳拟之。忽风吹轴动，大惊，忙缩手曰：“我是取笑。”

——《笑府·我是取笑》

以上两则嘲弄惧内丈夫的笑话，无论长短，都带有喜剧色彩。前一则笑话描述太守、胥吏二人俱胆小惧内，但太守在公堂上却装出一副要为下属撑腰的样子，竟惹怒后堂的悍妻，因而原形毕露，狼狈不堪。后一则笑话叙写一惧内者心有余悸，在亡妻遗像前仍不免露出胆怯嘴脸。两则笑话均颇为泼辣、生动，让人难忘。

这个时期的劝诫笑话，尚有写一穷书生谎称畏馒头，见馒头店辄大呼扑地，店主将其置于放有百许板馒头室中，不多时竟食之过半的《山中一夕话·畏馒头》；写一人被其妻殴打而钻在床下，其妻叫其出来，其人道“大丈夫说不出去，定不出去”的《笑赞》“定不出去”；写暑月一戴毡帽行路者到大树下歇凉时以帽当扇曰“若无此帽就热死我”的《笑赞》“毡帽”；写楚有生而不识姜者，尽管赌输了，却仍然固执己见，坚持说姜是树上结成的《雪涛小说·知无涯》“不识姜”；写东家某让塾师为文致奠亲家公，师录祭亲家母文与之，吊客笑其错做文字，师骂曰“我文殊不错，他家错死了人”的《雪涛谐史》“他家错死了人”；写有为大言者称其洗盆东边洗浴，西边不波，闻者称昨早见肩竹者从门首过，至傍晚竹稍尚在门外，大言者不信，其人道“无许长竹何由箍得这大洗盆”的《雪涛谐史》“大洗盆与长竹”；写一悍妻将楞其夫手指，命夫从邻家借用，妻问嘀咕何语，夫说“我道这刑具也须自家置一副”的《雪涛谐史》“借刑具”；写一琴师鼓琴时听众皆散去，惟留下一人，琴师以为知者，其人忙道“这搁琴桌子是我家之物”的《雪涛谐史》“如此‘知音’”；写一裁缝裁衣久不下剪，徒问其故，答曰“有他的没我的，有我的没他的”的《时兴笑话·不肯下剪》；写甲乙两友平素极厚，甲偶病，乙表示愿尽力相助，当甲向其借二三钱银时，乙竟佯为未闻的《笑禅录》“两友”；写一人进京时嘱仆凡说家中事务要说大些，一路上仆乃称其家犬比牛大些，马房比高楼更大些，主母鞋比船更大些的《时尚笑谈·说大话》；写一人买禁蚊符贴壁上而蚊虫不减，乃往问，卖符者称符须贴帐子里的《精选雅笑·蚊符》；写一山中人至水乡，于树下拾一菱角食之甘甚，板树摇枝久无所，诧曰“如此大树，难道只生得一个”的《精选雅笑·树菱》；写一惧内知县闻兵房吏夫妻厮打，怒曰“若是我……”，其妻在后堂问“若是便如何?”知县惊答“是我便下跪，看他如何下得手”的《华筵趣乐谈笑酒令·讥怕老婆》；写一酒客讶同席者饮啖太猛，问其年而知属犬，而忙道“若属虎，连我也都吃了”的《笑林·属犬》；写有以淡水酒饮客者，客极誉其烹庖之妙，主问何以知之？答曰“勿论其他，只这一味酒煮白滚汤已好吃矣”的《笑林·淡酒》；写一皮匠只用皮底一双，凡替人掌鞋者必落，尾随拾取以为本钱，一日尾之不获，泣其丢失本钱，及归见底已落户内的《笑府·皮匠掌鞋》；写酒店将嫌其酒酸者吊于梁，一客过问其故，尝毕攒眉谓店主曰“可放此人，吊了我罢”的《笑府·酸酒》；写一木匠误将门闩装在门外，主骂其为瞎贼，匠曰“你有眼，叫我这一个匠人”的《笑府·瞎贼》等。

## 第三节　明代的谐趣笑话

明代的谐趣笑话，跟以往的谐趣笑话一样具有轻松诙谐的特点，极富幽默感，是趣味性很浓的一类笑话。此类笑话，几乎在这个时期的所有笑话故事集中都能看到，而在《雪涛谐史》、《解愠编》、《笑林》、《笑府》、《时兴笑话》、《精选雅笑》等书中更为常见。此类笑话以逗趣为主旨，不一定包含多少思想意义，但其中的一些精彩的作品，也颇有意蕴，能够给世人以某种启示和教益。

明代的谐趣笑话，因构成笑料的情况不同可以分为谐音类、巧合类、误会类、误解类、换位类、脾气类等多种门类，异彩纷呈，各有趣味。

### 一、谐音类谐趣笑话

这个时期的谐音类谐趣笑话，以字词读音相同或相近构成笑料。比如：

陕右人呼“竹”为“箸”。一巡抚系陕人，坐堂时谕巡捕官曰：“与我取一箸竿来。”巡官误听，以为“猪肝”也，因而买之。且自忖曰：”既用肝，岂得不用心？”于是以盘盛肝，以纸裹心置袖中，进见曰：“蒙谕猪肝，已有了。”巡抚笑曰：“你那心在那里？”其人探诸袖中，曰：“心也在这里。”

——《雪涛谐史》“心在那里”

一官人有书义未解，问吏曰：“此间有高才否？”吏误以为裁衣人姓高也，应曰：“有。”即唤进，官问曰：“贫而无谄，如何？”答曰：

"裙而无裥，使不得。"又问："富而无骄，如何?"答曰："裤而无腰，也使不得。"官怒喝曰："哇!"答曰："若是皱，小人有熨斗在此。"

——《笑林·才人》

前一则笑话因方言而引出的笑话，饶有兴味，最后的问答起到抖包袱的效果，更为逗趣。后一则笑话题材十分平淡，却相当出彩，连续三次谐音的问答，一次比一次逗乐。

## 二、巧合类谐趣笑话

这个时期的巧合类谐趣笑话，由各种各样的巧合构成笑料。比如：

一人习学言语，听人说"岂有此理"，心甚爱之，时时温习。偶因过河忙乱，忽然忘记，绕船寻觅。船家问他失落何物，曰："是句话。"船家说道："话也失落的，岂有此理!"其人说："你拾着，何不早说。"

——《笑赞》"岂有此理"

有避债者，偶以事出门，恐人见之，乃顶一笆斗而行。为一债家所识，弹其斗曰："所约如何?"姑应曰："明日。"已而雨大作，斗上点击无算，其人慌甚，乃曰："一概明日。"

——《笑林·戴笆斗》

前一则笑话描写某人寻找一句成语，恰好从他人口中听到，遂成为笑料，颇为逗乐。后一则笑话描写躲债人遇雨而以为债主们在弹其头上顶的笆斗，突显出躲债人的恐慌心理，生动逗趣，引人发噱。

## 三、误会类谐趣笑话

这个时期的误会类谐趣笑话，因错误领会对方意思而构成笑料。比如：

有中邻于铜、铁匠者，日闻锻击声，不堪忍闻，因浼人求其迁去，二匠从之。其人喜甚，设酒肴奉饯。饯毕，试问何往，二匠同声对曰："左边迁在右边，右边迁在左边。"

——《精选雅笑·迁居》

乡人入城见鬻骆驼蹄者，倚担睨视。鬻者欺其乡人，谓曰："你认得这物，当输数枚。"其人笑曰："难道这物也不晓得？是三个字。"鬻者心念曰："是矣，你且说第一个字。"其人曰："落。"鬻者遽已服输。既啖毕，鬻者曰："我只是放心不下，你且说完看。"乡人曰："落花生。"

——《笑林·骆驼蹄》

前一则笑话描写某人误会两位邻舍迁居的承诺，左右对换，与事无补，空欢喜一场，令人感到滑稽可笑。后一则笑话描写卖家本想欺辱乡下人，却因误会而失算，使乡下人在无意之中将其戏耍，使其弄巧成拙，让人窃笑。

## 四、误解类谐趣笑话

这个时期的误解类谐趣笑话，因理解有误而构成笑料。比如：

人有初开药肆者，一日他出，令其子守铺。遇客买牛膝并鸡爪黄连，子愚不识药，遍索笥中无所有，乃割己耕牛一足，斫二鸡脚售之。父归，问曾卖何药，询知前事，大笑发叹曰："客若要买知母贝母时，岂不连汝母亲抬去了？"

——《解愠编》卷三《知母贝母》

乡人进城探亲，待以松萝泉水茶，乡人连赞曰："好好！"亲以为能格物[①]，因问曰："还是茶叶好？是水好？"乡人答曰："热得好！"

——《时兴笑话》卷上《品茶》

① 格物：推究事物的原理。此处意为鉴别物品的优劣。

前一则笑话讲述药肆某子因不识带“牛”、“鸡”字样的中药而缘文生义，竟割牛足、砍鸡爪与顾客，遭到其父嘲讪，可笑之极。后一则笑话讲述主人误解乡下亲戚的称赞，以为其人颇会品茶，竟是牛头不对马嘴，无比尴尬。

## 五、换位类谐趣笑话

这个时期的换位类谐趣笑话，因事物、言语等换位而构成笑料。比如：

有蒙师识字甚少，其徒请问“屎”字如何写。师记忆良久不得，乃漫曰：“才在口边，却又忘记了。”

——《雪涛谐史》“才在口边”

钱良臣自讳其名，幼子颇慧，凡经史中有“良臣”，辄改之。一日，读《孟子》“今之所谓良臣”，遂改云：“今之所谓爹爹，古之所谓民贼也。”一时哄传为笑。

——《五杂俎·事部》“改父名”

前一则笑话描写蒙师的回答，在字与实物换位时便产生强烈的逗乐效果。后一则笑话描写由于钱子避讳，将书籍中的父名改为“爹爹”，在特定的文句中产生极为逗乐的效果。凡此种种，无不让人忍俊不禁。

## 六、脾气类谐趣笑话

这个时期的脾气类谐趣笑话，由世人的特异性格而构成笑料。比如：

性急人过面店即乱嚷曰：“为何不拿面来?”店主持面至，倾之桌上曰：“你快吃，我要净碗。”其人怒甚，归谓妻曰：“我气死了。”妻忙打包袱曰：“你死，我去嫁人。”及嫁过一宿，后夫欲出之，归问故，曰：“怪你不养儿子。”

——《精选雅笑·性急》

一人性缓，冬日共人围炉，见人裳尾为火所烧，乃曰：“有一事见之已久，欲言恐君性急，不然又恐伤君，然则言是耶？不言是耶？”人问何事？曰：“火烧君裳。”其人遽收衣而怒曰：“何不早言？”曰：“我道君性急，果然。”

——《广笑府》卷八《性缓》

前一则笑话以急性子构成笑料，登场四人——吃面者、面店主、吃面者妻、后夫，一个比一个性急，令人失笑。后一则脱胎于宋代笑话，以慢性子构成笑料，读来亦颇有趣。

## 七、其他谐趣笑话

这个时期的其他谐趣笑话，亦有不少艺术性较高的精彩作品，往往值得玩味。比如：

有走柬借牛于富翁者，富翁方对客，讳不识字，伪启缄视之，对曰：“知道了，少停我自来也。”

——《笑林·借牛》

一家父子、僮仆专说大话，每每以朝廷名色自呼。一日，友人来望，其父外出，遇其长子，曰：“父王驾出了。”问及令堂，次子又曰：“娘娘在后花园饮宴。”友见说话僭分[①]，含怒而去，途遇其父，乃以其子之言告之。父曰：“是谁说的？”仆在后曰：“这是太子与庶子说的。”其友愈恼，扭仆便打，其人忙劝曰：“卿家不恼，看在寡人面上。”

——《广笑府》卷十《僭称》

以上两则谐趣笑话都带有一些喜剧色彩。前一则笑话写某富翁本系文盲，却又怕客人笑话，于是装模作样看来借牛的贴子，竟然把自己当做人家要借的牛，令人捧腹。后一则笑话写某家上下人等，处处以朝廷名分相称，以帝王之家自居，荒唐可笑，也颇为逗趣。

① 僭（jiàn 健）分：超越本分。旧谓地位在下者冒用地位在上者的名义、礼仪、器物。

# 第七章　明代的民间寓言

中国民间寓言在明代得到了进一步的发展，数量多于宋元时期，其中写实性人事寓言和动物寓言数量更多，并且艺术水平有所提高，出现了以《东田集·中山狼传》、《贤弈编·应谐录·猫号》、《益世格言注释》“猫喇嘛讲经”为代表的一些名篇佳制，历久不衰。

这个时期的民间寓言，大多见于《权子》、《贤弈编》、《解愠编》、《谈丛》、《笑赞》、《笑林》、《笑府》等笑话故事集，具有题材更为世俗化，大多短小风趣，带有一定笑话色彩和讽刺意味的特点。不仅如此，这个时期的作家寓言创作比较活跃，艺术成就卓著，这无不与作家寓言创作善于吸收民间寓言的各种养分密切相关。

明代的民间寓言跟以往各个时期的民间寓言一样，包括人事寓言和拟人寓言两个部分，前者由幻想性人事寓言和写实性人事寓言组成，后者由动物寓言与其他拟人寓言组成。兹分别论析于下。

## 第一节　明代的拟人寓言

### 一、明代的动物寓言

明代的拟人寓言，以动物寓言为主体。动物寓言的故事主角大都与人类关系密切，计有猫、鼠、虎、猴、猩猩、孔雀、蝙蝠、青蛙、鸬鹚、鲤鱼、鲈鱼、翠鸟、黄雀、老雕、水獭、蚊子等。在这类动物寓言中，不乏富有生活情趣、含意深邃的佳作。比如：

凤凰庆寿，百鸟皆贺，而蝙蝠不往，曰："我有足能走，属兽者也。"及麒麟庆寿，百兽皆贺，而蝙蝠又不往，曰："我有翼能飞，属禽者也。"后麟凤相会，各语及蝙蝠事，乃叹曰："世间自有这般推奸避事的禽兽，真是无可奈何。"

——《解愠编》卷九《蝙蝠推奸》

兽有猱[1]，小而善缘，利爪。虎首痒，则使猱爬搔之。不休，成穴，虎殊快不觉也。猱徐取其脑啖之，而汰其余以奉虎，曰："余偶有所获腥，不敢私，以献左右。"虎曰："忠哉，猱也！爱我而忘其口腹。"啖已又弗觉也。

久而虎脑空，痛发，迹猱，猱则已走避高木。虎跳踉，大吼乃死。

——《贤奕篇·譬喻录·猱》

以上两则寓言都以动物为角色。前一则寓言意在说明，世间的刁诈诡辩之徒，任何时候、任何地方都可以偷奸取巧，以维护一己私利。倘若从另外一个角度来审视，亦可理解为世人对不依附权贵、保持独立人格者的赞美。后一则寓言告诫世人，小人常常用花言巧语讨主子欢心，背地里却为非作歹，居心叵测。倘若不提高警惕性，就可能被小人暗算，后果不堪设想。又如：

一鼠居油房，一鼠居酒房，彼此互食所有。酒鼠既食油，乃邀油鼠入酒房，以口衔鼠尾，而垂饮于中；油鼠饮酒乐，因谢曰："好酒好酒。"酒鼠开口应曰："不敢不敢。"油鼠无系着，遂堕入瓮中，翻滚不得起。酒鼠长叹曰："你少饮些也罢，如何就在这里撒酒风！"

——《解愠编》卷五《酒风》

翠鸟先高作巢以避患。及生子，爱之，恐坠，稍下作巢。子长羽

① 猱（náo挠）：猿类，身体便捷，善于攀援。

毛，复益爱之，又更下巢，而人遂得而取之矣。

——《古今谭概》专愚部第四《物性之愚》“翠鸟作巢”

以上两则寓言都有情节简洁、寓意含蓄的特点。前一则寓言意在讥讽某些胆小自私的人遇事推诿，从不承担责任，认真进行反省。同时提醒世人，对于不可靠的伙伴应有所戒备，不能得意忘形，以免吃亏受害。后一则寓言告诫世人，做事要深思熟虑，尽力避免盲目性，并且指出，对待子女不可溺爱，否则事与愿违，后悔莫及。再如：

人有鱼池，苦群鹢[①]窃啄食之，乃束草为人，披蓑戴笠持竿，植之池中以慑之。群鹢初回翔不敢即下，已渐审视，下啄。久之，时飞止笠上，恬不为惊。人有见者，窃去刍人，自披蓑戴笠而立池中。鹢仍下啄飞止如故，人随手执其足，鹢不能脱，奋翼声假假，人曰：“先故假，今亦假耶？”

——《权子·假人》

猩猩，兽之好酒者也。大麓之人设以醴尊，陈之饮器，大小具列焉；织草为履，勾连相属也，而置之道旁。猩猩见，则知其诱之也，又知设者之姓名，与其父母祖先，一一数而骂之。

已而谓其朋曰：“盍少尝之？慎无多饮矣！”相与取小器饮，骂而去之；已而取差大者饮，又骂而去之。如是者数四，不胜其唇吻之甘也，遂大爵而忘其醉。

醉则群睨嘻笑，取草履着之。麓人追之，相蹈藉而就絷，无一得免焉。其后来者亦然。

夫猩猩智矣，恶其为诱也，而卒不免于死，贪为之也。

——《贤弈编·譬喻录·猩猩》

以上两则寓言均有人类与飞禽走兽同时出现，而以后者作为故事主

① 鹢（yí 懿）：鸬鹚，俗称鱼鹰。

角。前一则寓言说明为人处世，须当注意观察，不断了解情况，以适应变化，切忌经验主义。后一则寓言提醒世人，面对险情须当谨慎行事，不可稍有松懈，倘若稍有松懈，不能抵制各种诱惑，就可能不知不觉地掉进陷阱，难以自拔。

值得特别提及的是，十五世纪有两本藏族故事集，即央金噶卫洛卓编著《甘丹格言注释》（共有七十一则故事）和洛卓白巴编著《益世格言注释》（共有二十九则故事），其中都收有一些民间寓言。《益世格言注释》“猫喇嘛讲经”是一篇著名的民间寓言，大意讲一只年老力衰的猫身披袈裟，手持拂珠，在法座上正襟危坐地讲经说法。老鼠们误以为它已改弦更张，纷纷前去听讲。老猫每次讲完经，就偷偷地将走在最后面的一只老鼠捉去饱餐一顿。后来老猫终于原形毕露，被当场揭穿。这则寓言告诫善良的人们，须当擦亮眼睛，辨别真伪，切莫被假象蒙蔽，丧失应有的警惕性。这一则寓言由佛经故事演化而来。十八世纪蒙古族哈尔格西·罗桑楚臣撰《学习宝贝珠》中的“带佛珠的猫”，内容与此则大致相同。此则寓言含意深刻，影响久远，至今仍在中国的藏族、蒙古族、维吾尔族、门巴族、珞巴族等少数民族中流传。

这个时期的动物寓言，尚有写雄孔雀毛尾金翠，天雨惜尾而不肯振翅高飞，竟被猎人捉住；说明行事应区分轻重缓急，不可因小失大，带来灾祸的《权子·顾惜》。写雌獭入池取鱼，雄獭踞岸被捉后竟辩称捉鱼乃是老妻之过，与他无干；嘲讽坐享其成者遇事推诿，连亲人也要出卖的《解愠编·水洒》。写池蛙与龙王相遇时，各夸自己居处及喜怒；讥诮小巫见大巫，却不觉自惭形秽的《解愠编·池蛙喜怒》。写老鹏将所捕一猫置于巢中准备饲雏，猫竟将鹏雏全部吃掉；告诫世人不可凭主观想象行事，否则可能造成严重后果的《雪涛谐史》“以猫饲雏”。写水跟着田鸡、天罗（丝瓜）称自己也是“一物三名”，受到抢白；说明不问情由，盲目跟风，势必遭到耻笑的《笑海千金·讥卖淡酒》。写一猫衔走念珠，众鼠误以为它已慈悲，待其捕食一鼠，才醒悟过来；提醒人们，凶徒难以改恶从善，切莫被假象迷惑的《华筵趣乐谈笑酒令·假作慈悲》。写两鱼斗嘴，鲤鱼夸自己会跳龙门一跃上天，鲶鱼夸自己有张阔口，常吃别人；说明品位不同，不可能有共同语言，某些人胡乱炫耀，实属可悲的《华筵趣乐谈笑酒令·常吃别人》。写猫以胡须拂躲避在瓶中之鼠，令鼠喷嚏，猫假意为鼠祝福，鼠不受其欺骗；说明只要不丧失警惕性，一切别有用心者都将无计可施的《雅谑·猫祝鼠寿》等。

## 二、明代的其他拟人寓言

明代的其他拟人寓言，数量明显少于同期的动物寓言。其篇幅大都短小，故事中的角色以拟人化的人体器官居多，偶有旁的拟人化角色。试看：

> 脚谓口曰："世上惟你最讨便宜。我千辛万苦奔走来时，都被你吃去了。"口答曰："不要争，我莫吃，你也莫奔走何如？"
>
> ——《笑府·口脚争》

> 钉地桃符仰视艾人而骂曰："尔何等草芥，辄居我上？"艾人俯而应曰："汝以半截入土，犹争高下乎？"桃符怒，往复争辩不已。门神为之解曰："吾辈不肖，方旁人门户，何暇争闲气耶？"
>
> ——《解愠编》卷八《戒争闲气》

> 一人鞋袜俱破，鞋归咎于袜，袜亦归咎于鞋，相与讼之于官。官不能决，乃拘脚跟证之。脚跟曰："小的一向逐出在外，何由得知？"
>
> ——《笑林·鞋袜讼》

以上三则寓言，情节简单，都以倡导正确处理人际关系为题旨。第一则寓言提倡相互尊重，正确待人待己，既要正确对待自己，也要正确对待他人。第二则寓言告诫世人须当冷静分析客观形势，端正处世态度，切莫争高下，生闲气。第三则寓言嘲讽遇事不承担责任者相互推诿，没有气度，说明这样的人绝对不会处理好人际关系。

这个时期的其他拟人寓言，尚有写眼睛与眉毛争高下，被眉毛挖苦，嘲讽争名誉、地位者缺乏自知之明的《解愠编·眉争高下》；写茶与酒各自夸功，互争高下，待水出面调解，遂不再争闲气；说明喜欢夸自己之长，笑他人之短，便不能搞好人际关系，只有宽宏大度方可与人和睦相处的《解愠编·茶酒争高》等。

## 第二节　明代的人事寓言

明代的人事寓言，无论写实性人事寓言还是幻想性人事寓言，艺术水平一般都比较高，影响也比较大，是明代民间寓言中颇为突出的一大门类，相当引人注目。

### 一、明代的写实性人事寓言

这个时期的写实性人事寓言，作品数量众多，取材于社会生活的诸多方面，经过艺术加工与剪裁，呈现出不同的面目。其中，有的作品多有艺术概括和加工提炼，与生活原貌殊异，如《贤奕篇·应谐录·猫号》、《雪涛谐史》“忘记下米”、《五杂俎》“二技致富”；有的作品以生活原貌出现，仿佛未曾加工，实则经过剪裁与提炼，如《见闻纪训》“三人临渡”、《权子·拾金》、《谈丛·冤狱》。

这个时期的写实性人事寓言，佳作甚多。比如：

> 齐奄家畜一猫，自奇之，号于人曰“虎猫”。客说之曰：“虎诚猛，不如龙之神也，请更名曰龙猫。”又客说之曰：“龙固神于虎也，龙升天，须浮云，云其尚于龙乎？不如名曰云。”又客说之曰：“云霭蔽天，风倏散之，云故不敌风也，请更名曰风”又客说之曰：“大风飙起，维屏以墙，斯足蔽矣，风其如墙何！名之曰墙猫可。”又客说之曰：“维墙虽固，维鼠穴之，墙斯圮矣，墙又如鼠何！即名曰鼠猫可也。”东里丈人嗤之曰：“噫嘻！捕鼠者故猫也，猫即猫耳，胡为自失本真哉？”
>
> ——《贤奕篇·应谐录·猫号》

南岐在秦蜀山谷中，其水甘而不良，凡饮之者辄病瘿[①]，故其地之民无一人无瘿者。及见外方人至，则群小、妇人聚观而笑之曰："异哉，人之颈也，焦[②]而不吾类！"外方人曰："尔之累然凸出于颈者，瘿病之也！不求善药去尔病，反以吾颈为焦耶？"笑者曰："吾乡之人皆然，焉用去乎哉！"终莫知其为丑。

——《贤奕篇·譬喻录·瘿》

以上两篇寓言均出自《贤奕篇》。前一则寓言通过为猫取名的一连串拟议中的举措，说明求实务真、力戒虚名的重要性；如若好高骛远，浮华虚夸，必然自失本真，甚至会堕入荒唐可笑的境地。后一则寓言借助山区大脖子病的现象告诫世人，若不经常反躬自省，养成恶习，就可能见怪不惊，甚至以丑为美，这无疑是荒唐而又十分可怕的。又如：

遂昌士人刘合峰言：其近处村中有三人同行，前临一渡，值溪水骤涨而舟在彼岸。中一人素愚蠢，二人乃诱使脱衣泅过取舟。其人出没湍流中，几至灭顶，仅而获济，乃复竭力撑舟来渡二人。二人登舟刚欲撑开，愚者忽肚疼欲泄，不可禁，亟跳而登岸。二人遽挥手曰："日已暮，吾不能候汝矣！"遂撑去。俄而水急，舟横抵岸，一触俱覆溺焉。而愚者固在岸自若也。

——《见闻纪训》"三人临济"

成化中，南郊事[③]竣。撤器，亡一金瓶。时有庖人侍其处，遂执之，官司加拷掠，不胜痛楚，辄诬服。及与索瓶，无以应，迫之，漫云在坛前某地。如其言掘地不获，仍系狱。无何，窃瓶者持瓶上金绳鬻于市，有疑之者质于官，竟得其窃瓶状。问瓶安在，亦云在坛前某地，如其言掘地竟获。盖比庖人所掘之地，不数寸耳。假令庖人往掘

① 瘿（yǐng 影）：长在脖子上的一种囊状的瘤子。

② 焦：此处意为枯瘦。

③ 南郊事：指皇帝每年正月至京师南郊大祀天地。

时而瓶获，或窃瓶者不鬻金绳于市，则庖人之死，百口不能解。

——《谈丛·冤狱》

以上两则寓言都揭示出这样一个道理：在某些带偶然性的事件中，往往包含着一定的必然性因素。前一则寓言通过二位同行者损人利己遭到报应，告诫世人应当与人为善，切莫聪明反被聪明误，以致自掘坟墓。后一则寓言借疑犯险被误杀而铸成大错的事件，说明审案、办事必须深入了解情况，切忌马虎、轻率，倘若稍一不慎，就可能造成不可弥补的损失。再如：

有牧竖子敝衣蓬跣，日驱牛羊，牧于垧间，时倚树而吟，时扼嗌而歌，熙熙然意自适也，而牧职亦举。一日拾遗金一铢，纳衣领中，自是歌声渐歇，牛羊亦散逸不扰[①]矣。

——《权子·拾金》

木工曰："我能巧用斧凿造室制器，真良工也。"石工曰："断木非难，雕石为难，我良工也。"铁工曰："治木治石，必藉炉冶钳锤之力，尔曹无我都做不成，且莫虚争闲气也。"

——《解愠编》卷八《技艺争高下》

以上两则寓言均以极为简单的故事情节表达较深的寓意。前一则寓言通过牧童拾金给生活带来烦恼，不但提醒人们行事须当慎重，否则徒增苦痛，而且说明心情舒畅远比金钱更为宝贵，应当格外珍惜。后一则寓言以否定的态度来揭示生活中的某些道理，通过木、石、铁三个工匠自我夸耀、互不相让的现象，说明人世间的事物大都互相依存，切莫争强好胜，目中无人。

这个时期的写实性人事寓言，尚有写一高介绝俗之士月夜于旅邸闻清亮箫声，乘兴写竹石一幅为赠，天明始知吹箫人为富商，至为扫兴；说明

① 扰：驯服。

遇事不可凭一时印象决断，以免造成被动的《水东日记》“闻箫作画”。写邻人某所畜二犬遇盗贼横行而噤不作声，遇佳客登门则放肆乱咬，因而被卖给屠夫宰杀；说明办事者倘若不恪尽职守，恣意妄为，必然遭到世人唾弃的《艾子后语·噬犬》。写雨中二行人彼此怀疑对方为鬼，竟惊吓生病；说明遇事须当冷静分析，不可疑神疑鬼，以免庸人自扰的《贤博编》“相疑为鬼”。写久雨屋漏，迂公请人葺治，工毕后天晴，乃叹息白费工夫；说明目光短浅者遇事总是患得患失，徒增烦恼的《迂公别记》“修屋漏”。写迂公夜归，拾得偷儿仓皇逃离时所弃羊裘，此后夜夜迟归，竟为不见偷儿惋惜；说明在生活中分不清偶然性与必然性者，往往会自寻苦恼，处境尴尬的《迂公别记》“羊裘在念”。写兄弟二人为大雁烹调法争论不休，待援弓射雁时，雁已凌空远去；说明好空谈者毫无务实精神，只能徒托空言，错失良机的《贤奕编·应谐录·争雁》。写父亲离家三十载后归来，其子因其画像而拒不相认；说明某些思想僵化者不知世事变迁，只认老理、死理的《贤弈编·警喻录·绘像与真父》。写某人因忘了下米而未能酿出酒来，竟怀疑酒家不传真法；说明忘本遂末者，不反省自己，只知埋怨他人的《雪涛谐史》“忘记下米”。写钉铰者为巡幸郊外之皇上补冠得厚赏，又为老虎拔刺得到衔鹿回报，于是便认为以补皇冠、拔虎刺为业能够致富；说明思想方法不可偏颇，切莫把偶然现象当做经常机会，以免吃苦头的《五杂俎》“二技致富”。写某人掘得一尊金罗汉，乃以手凿其头问那十七尊在何处；说明尘世间某些贪心者贪得无厌，欲壑难填的《笑府·金罗汉》等。

## 二、明代的幻想性人事寓言

这个时期的幻想性人事寓言，散见于各种笔记小说和笑话故事集，作品数量虽不如同期的写实性人事寓言多，却往往具有较高的艺术性水平，受到广泛关注。譬如：

北濠之东有一巫，人呼为“某捉鬼”。尝为人送鬼，自持咒前行令。一童担羹饭香烛纸钱从之，既行，童觉担渐重，愈前愈重，至不能任。巫乃令置之地，取纸烧之以验。见纸上黑气一道，卓然如立。

巫曰："此冤鬼难治。"与童皆怖甚。舍担疾趋而前，鬼奔逐之。至前转角三家村，巫大叫，一家出救，扶归其家，既而与童皆死。

——《语怪·捉鬼巫》

陕西九嵕山，唐太宗昭陵在焉。尝有礼泉县村民取薪于山，见白兔突起草中，异而逐之。兔跃入巨穴，民不觉失足亦坠焉。乃入隧道中，颇觉黯黑，其旁累铜缸十数，皆盛油，设关捩流注。最下一缸中宿火，其窍有碍，油不下，火荧荧欲灭。民为通之，火复明。向所逐兔，宛然在旁，乃银铸者，上有刻字云："拨灯火，赐银兔一个。"民视四周，积金银珠贝，瑰丽万状，再拜请曰："小人贫，所赐不足以赡，愿更益之。"于是恣意所取，怀挟将出而路迷，跬步莫辨，便舍之，乃复有门豁然。遂携兔而出，隧门随闭，仅有微罅。民归，邻居恶少年闻之者，竞到陵所，迹其罅掘之，杳不可穷。事觉，皆被逮系，民亦几坐谴云。

——《庚巳编》卷九《昭陵银兔》

以上两则寓言，故事性都比较强，尤其是后者。前一则寓言写自诩捉鬼者，实则畏鬼，其人被鬼追逐，以致丧命。既说明没有能耐者终将暴露，后果可能严重，又提醒人们，力不从心，不可免为其难。后一则寓言通过一村民在昭陵的奇遇，告诫世人，处事为人应当保持知足常乐的心态，切不可贪心不足，存非分之想。又如：

有一个寻找失牛而误入密林迷路的人，为了充饥解渴，爬到一棵长在悬崖半坡上的大树尖去摘胡桃吃。结果，树枝折断，掉进一个深谷中，爬不出来。正在绝望悲叹时，林中一神猴为了寻找食物，也来到悬崖边，就跳下深谷，费了很大力气才把此人背了上来。此人被救后，却趁神猴睡着时，想用石头砸死神猴来充饥。但没砸中，惊醒了神猴。神猴为他的罪孽痛心，仍把他送出森林，指给他回城之路，并劝他要多做善事。后来此人得了麻疯病，痛苦不堪。

——《甘丹格言注释》"神猴救人"

余乡有巫人李四者，曾受茅山法。其法多主害人，试之立验，试墙墙裂，试酒酒酸，试绳绳折，试棺椁棺椁解。此巫在里中，人敬畏之，有所为，必请祈焉。一日，其女从别道来，通衢人知其巫女，巫不知也。乃诒之曰："前有女子来，尔有妙法能剪其裙系使堕地乎?"巫曰："不难。"即凭手运法，女裙带系倏然以解，一市皆笑。女近前，而后知其己女，自悔其用法之差。然则世之骋才为子孙种奇祸者，其用不若李巫也哉?

——《谈丛·李巫》

以上两则寓言，来源各不相同。前一则寓言出自藏族《甘丹格言注释》，借助神猴救人的故事，说明恶人恩将仇报，尽管恩人不与之计较，仍然会得到恶报，不会有好下场。后一则寓言出自江盈科撰《雪涛阁四小书》之一的《谈丛》，通过李巫操茅山法害人，竟让自己女儿受辱的故事，说明害人者终害己，概莫能外。

在明代幻想性人事寓言中，甚至在整个明代民间寓言中，最值得称道的作品当推马中锡撰《东田集》里面的《中山狼传》。《中山狼传》是一篇流传久远的古代寓言故事，历史上可能曾多次被文士录写。因此，关于它的作者，除马中锡外，尚有唐·姚合、宋·谢良等说法①。

另外，明代康海撰《中山狼》杂剧、王九恩撰《中山狼院本》、陈与郊撰《中山狼》杂剧等，则是以中山狼寓言故事为题材的戏剧作品。

《中山狼传》写东郭先生好心搭救受伤的中山狼，将其藏在书袋内。刚刚躲过追捕，那狼从书袋里面出来便要吃东郭先生。

先生仓猝以手搏之，且搏且却，引蔽驴后，便旋而走。狼终不得有加于先生，先生亦竭力拒，彼此俱倦，隔驴喘息。先生曰："狼负我！狼负我！"狼曰："吾非固欲负汝，天生汝辈，固需吾辈食也。"相持既久，日晷游移，先生窃念：天色向晚，狼复群至，吾死矣夫！

① 陈蒲清著《中国古代寓言史》，湖南教育出版社 1996 年第 2 版，第 311 页。

因绐狼曰："民俗，事疑必询三老，第行矣，求三老而问之，苟谓我可食，即食，不可，即已。"狼大喜，即与偕行。

逾时，道无行人。狼馋甚，望老木僵立路侧，谓先生曰："可问是老。"先生曰："草木无知，叩焉何益?"狼曰："第问之，彼当有言矣!"先生不得已，揖老木，具述始末，问曰："若然，狼当食我耶?"木中轰轰有声，谓先生曰："我，杏也。往年老圃种我时，费一核耳。逾年华，再逾年实，三年拱把，十年合抱，至于今二十年矣，老圃食我，老圃之妻子食我。外至宾客，下至于仆，皆食我。又复鬻实于市以规利。我其有功于老圃甚巨。今老矣，不得敛华就实，贾老圃怒，伐我条枚，芟我枝叶，且将售我工师之肆取值焉。噫！樗朽之材，桑榆之景，求免于斧钺之诛而不可得。汝何德于狼，乃觊免乎?是固当食汝。"言下，狼复鼓吻奋爪，以向先生。先生曰："狼爽盟矣；矢询三老，今值一杏，何遽见迫耶?"复与偕行。

狼愈急，望见老牸，曝日败垣中，谓先生曰："可问是老。"先生曰："向者草木无知，谬言害事，今牛，禽兽耳，更何问为?"狼曰："第问之，不问将咥汝。"先生不得已，揖老牸，再述始末以问，牛皱眉瞪目，舐鼻张口，向先生曰："老杏之言不谬矣。老牸茧栗少年时，筋力颇健，老农卖一刀以易我，使我贰群牛事南亩。既壮，群牛日益老惫，凡事我都任之。彼将驰驱，我伏田车，择便途以急奔趋；彼将躬耕，我脱辐衡，走郊坰以辟榛荆。老农亲我犹左右手。衣食仰我而给，婚姻仰我而毕，赋税仰我而输，仓庾仰我而实。我亦自谅，可得帷席之蔽，如马狗也。往年家储无担石，今麦收多十斛矣；往年穷居无顾借，今掉臂行村社矣；往年尘卮罂，涸唇吻，盛酒瓦盆，半生未接，今酝黍稷，据樽罍，骄妻妾矣；往年衣短褐，侣木石，手不知揖，心不知学，今持兔园册，戴笠子，腰韦带，衣宽博矣。一丝一粟，皆我力也。顾欺我老弱，逐我郊野；酸风射眸，寒日吊影；瘦骨如山，老泪如雨；涎垂而不可收，足挛而不可举；皮毛俱亡，疮痍未瘥。老农之妻妒且悍，朝夕进说曰：'牛之一身无废物也：肉可脯，皮可鞟，骨、角可且切磋成器。'指大儿曰：'汝受业庖丁之门有年矣，胡不砺刃于硎以待?'迹是观之，是将不利于我，我不知死所矣。

夫我有功，彼无情，乃若是行将蒙祸。汝何德于狼，觊幸免乎?”言下，狼又鼓吻奋爪以向先生。先生曰：“毋欲速!”

遥望老子杖藜而来，须眉皓然，衣冠闲雅，盖有道者也。先生且喜且愕，舍狼而前，拜跪啼泣，致辞曰：“乞丈人一言而生。”丈人问故，先生曰：“是狼为虞人所窘，求救于我，我实生之。今反欲咥我，力求不免，我又当死之。欲少延于片时，誓定是于三老。初逢老杏，强我问之，草木无知，几杀我。次逢老牸，强我问之，禽兽无知，又将杀我。今逢丈人，岂天之未丧斯文也?敢乞一言而生!”而顿首杖下，俯伏听命。丈人闻之，欷歔再三，以杖叩狼曰：“汝误矣!夫人有恩而背之，不祥莫大焉。儒谓受人恩而不忍背者，其为子必孝，又谓虎狼知父子。今汝背恩如是，则并父子亦无矣。”乃厉声曰：“狼速去，不然，将杖杀汝!”

狼曰：“丈人知其一，未知其二。请诉之，愿丈人垂听。初，先生救我时，束缚我足，闭我囊中，压以诗书，我鞠躬不敢息，又蔓词以说简子，其意盖将死我于囊而独窃其利也，是安可不咥?”丈人顾先生曰：“果如是，是羿亦有罪焉。”先生不平，具状其囊狼怜惜之意。狼亦巧辩不已以求胜。丈人曰：“是皆不足以执信也。试再囊之，吾观其状果困苦否。”狼欣然从之，信足先生。先生复缚置囊中，肩举驴上，而狼未之知也。丈人附耳谓先生曰：“有匕首否?”先生曰：“有。”于是出匕，丈人目先生使引匕刺狼。先生曰：“不害狼乎?”丈人笑曰：“禽兽负恩如是，而犹不忍杀，子固仁者，然愚亦甚矣!从井以救人，解衣以活友，于彼计则得，其如就死地何?先生其此类乎?仁陷于愚，固君子之所不与也。”言已大笑，先生亦笑，遂举手助先生操刃，共殪狼，弃道上而去。

这是一则思想意涵丰富，艺术价值甚高的民间寓言。它的篇幅较长，情节曲折，条理清晰，形象生动，虽经文人加工、润饰，仍然保持了鲜明的民间文学特色，易为民众理解和接受。它兼有人事寓言与拟人寓言的特征，擅长调动各种艺术手段来揭示“切不可怜惜恶人”的题旨。作品后半部分问“三老”(问老杏、问老牛、问老丈)，成功地采用民间故事三段体的结构模式，把故事推向高潮。故事结尾处，睿智果敢的杖藜老人在从容对答中除掉恶狼，最是大快人心。这则寓言中着力刻画的东郭先生与中山狼两个主要形象，历来都受到读者、听众的普遍称许，成为忠厚迂腐、善恶不辩者与恩将仇报、凶恶残忍者的艺术典型。还须指出，这是一则具有世界性的寓言故事，不但在中国流布，而且在印度、朝鲜等其他亚洲国家和欧洲、非洲的一些国家流布。《东田集·中山狼传》乃是这一寓言故事现存最早的文本。

这个时期的幻想性人事寓言，尚有写用古镜照患疟者即愈，盖疟鬼畏而逃遁，兄弟分家剖镜后古镜随即失灵；藉此强调兄弟和睦，家庭团结非常重要的《庚巳编·辟疟镜》。写庙中所塑孔子、老君、释迦牟尼像，不断被道士、和尚、儒士调整挪动，三圣感叹他们无端被人搬坏；藉以说明世间某些吹捧师长者完全是为了抬高自己的《笑赞》“搬坏三圣”。写唐僧师徒到达雷音寺取真经时，迦叶长者索要“常例”，拿走了唐天子所赐紫金钵盂，八戒告状，佛祖竟为其开脱；说明贪腐之风无所不在，连佛教圣地也不能幸免的《笑赞》“要常例”。写一奸诈之徒死后将被油煎，其人买通牛头卒得以脱生，因赖帐又被叉入油镬烹炸；说明恶人秉性难移，终将受到严惩的《解愠编·多口取祸》。写卢生学道，担心吕仙所点成金子之物，五百年后还原本色而使后人受到损失；说明世人办事不能只顾眼前利益而置后世于不顾的《谈丛·卢生》。写一仙家指道旁一砖成赤金为赠，贫士嫌少，竟想要仙家手指；说明贪得无厌者欲壑难填的《笑府·指石为金》。写一人悬疣（赘瘤）夜宿神庙，神命取气球而令其人失疣而去，又一疣者闻而往宿神庙，神命还球而令其悬双疣归；说明处事机遇十分重要，若时机有误，很可能适得其反的《笑府·气球》等。

# 第八章　明代的民间故事类型

明代是中国古代民间故事类型的一个大发展时期。在这个时期，不但原有的故事类型增添了大量的异文，而且新涌现了将近一百七十个故事类型，成为中国古代出现民间故事类型最多的时期，充分显示出中国古代民间故事类型一派欣欣向荣的景象。

这个时期包含新出现故事类型的典籍甚多，首先要提及的是《菽园杂记》（捉弄女巫型故事、尼庵命案型故事、杀姘妇型故事首见于此书）、《七修类稿》（十七字诗型故事、雨中疑鬼型故事、三笑事型故事首见于此书）、《应谐录》（猫儿更名型故事、我今何在型故事、奈何姓万型故事、瞎子坠桥型故事、多忧者型故事首见于此书）、《笑赞》（搬坏祖师型故事、如此贺银型故事、跳窗者我型故事、合穿靴型故事、雨中逐客型故事、定不出去型故事、做屁文章型故事、秀才买柴型故事、幸戴毡帽型故事首见于此书）、《雪涛小说》（剪箭管型故事、让墙诗型故事、鸡卵梦型故事、梦得金型故事、如此吃菱型故事、邻家去痛型故事首见此书）、《雪涛谐史》（诱出户型故事、捞鱼去型故事、错死人型故事、何以做人型故事、阎王访医型故事、受罚背石型故事、恶少剃眉型故事、等桌“知音”型故事、悭师授术型故事、信风水型故事、肚里无有型故事、假银也收型故事、落几天型故事、心在哪里型故事、一钱莫救型故事、大浴盆型故事、放不放由你型故事首见于此书）、《时兴笑话》（落地与及第型故事、锯酒杯型故事、父子扛酒型故事、索烛觅菜型故事、宁受脚踢型故事首见于此书）、《笑禅录》（剔灯棒型故事、补针鼻型故事、食不厌精型故事、跨鸭归去型故事、请贼关门型故事首见于此书）、《解愠编》（买猪千口型故事、聂字三耳型故事、有天无日型故事、难熬三年型故事、判鱼判棺型故事、吏人立誓型故事、不语禅型故事、驱蚊符型故事、吃“而已”型故事、蝉可跟主型故事、葡萄架倒型故事、江心贼型故事、死后不赊型故事、蝙蝠弄乖型故事首见于此书)、《笑府》(近视认匾型故事、三婿赞马型故事、未会尊师型故事、“川”与“三”型故事、讳输棋型故事、腌鸭生蛋型故事、奶奶属牛型故事、藏锄头型故事、合本做酒型故事、不肯相让型故事、慢性子型故事、家父烧了型故事、隔夜变粗型故事、谢周公型故事、偷自家型故事、自咬耳朵型故事、垛子助阵型故事、仨马虎型故事、打半死型故事、愿为母狗型故事、愿换手指型故事、我是取笑型故事、吊我罢型故事、第一声像型故事、贼遇偷型故事首见于此书)、《雅谑》(红米饭型故事、吊孝坠帽型故事、和尚挨打型故事、拉屎留名型故事、靠父养活型故事首见于此书)、《笑林》(豆腐是命型故事、幸不属虎型故事、合种田型故事、老爷糊涂型故事、我也败家型故事、勿许日子型故事、吃糟饼型故事首见于此书)、《古今谭概》(一笑姻缘型故事、婆奸媳型故事、计夺新靴型故事、丹客行骗型故事、折芦辨盗型故事、试骑骗马型故事、东门王皮型故事、春雨似油型故事、步步高型故事首见于此书)、《精选雅笑》(盗牛巧言型故事、咸杀他型故事、如此搬家型故事首见于此书)、《醒世姻缘传》(西周生撰，戏弄蛋贩型故事、锯茅桩型故事、抬桶过桥型故事首见于此书)。

这个时期包含新出现故事类型的典籍，还有《阿留传》(陆容撰，觅凳脚型故事、拔树防盗型故事首见于此书)、《九朝野记》(某生被诬型故事、“活佛”骗局型故事首见于此书)、《南诏野史》(杨慎辑，望夫云型故事、辘角庄型故事首见于此书)、《艾子后语》(袋中奸夫型故事、吾冻汝儿型故事首见于此书)、《稗史汇编》(真假新娘型故事、天妃救厄型故事首见于此书)、《益智编》(抱瓜伏罪型故事、剖伞决疑型故事、验刀擒凶型故事首见于此书)、《续金陵琐事》(新妇制贼型故事、取书作枕型故事首见于此书)、《谈丛》(长江作浴盆型故事、智断牛案型故事首见于此书)、《中洲野录》(劝阻念佛型故事、讽观竞渡型故事首见于此书)、《智囊补》(藏金失窃型故事、咬耳授计型故事首见于此书)、《时尚笑谈》(妻手如姜型故事、教官索节型故事首见于此书)以及《元史》(宋濂等撰，虎口救亲型故事首见于此书)、《逊志斋集》(假鬼骇巫型故事首见于此书)、《东田集》(中山狼型故事首见于此书)、《九籥集》(失印复归型故事首见于此书)、《病逸漫记》(杀姘妇型故事首见于此书)、《猥谈》(失尸冤案型故事首见于此书)、《都公谈纂》(一字笑话型故事首见于此书)、《权子》(假假真真型故事首见于此书)、《宦游纪闻》(八王四鬼型故事首见于此书)、《高坡异纂》(救产妇型故事首见于此书)、《戒庵老人漫笔》(动物鸣冤型故事首见于此书)、《憨子杂俎》(十兄弟型故事首见于此书)、《耳谈》(瓜异案型故事首见于此书)、《刘三妹歌仙传》(张尔翮撰,刘三妹型故事首见于此书)、《云南通志》(观音负石型故事首见于此书)、《读书镜》(咬奶头型故事首见于此书)、《客座赘语》(莫射虎皮型故事首见于此书)、《新刻华筵趣乐谈笑酒令》(如何下得手型故事首见于此书)、《原李耳载》(石佛出世型故事首见于此书)、《露书》(助寡改嫁型故事首见于此书)、《驹阴冗记》(真老乌龟型故事首见于此书)等。

## 第一节　明代的民间笑话类型

在明代新出现的民间故事类型中,数量最多的是民间笑话方面的故事类型,约八十个,占总数的二分之一。其数量之多,不但超过先前的各个时期,而且也超过此后的清代。在这个时期新出现的民间笑话方面的故事类型中,有相当一批故事类型十分诙谐风趣,脍炙人口,数百年间一直不胫而走,历久不衰。嘲讽笑话方面,如奶奶属牛型故事、难熬三年型故事、假银也收型故事、老爷糊涂型故事、吏人立誓型故事、蝉可跟主型故事、一钱莫救型故事、死后不赊型故事;劝诫笑话方面,如搬坏祖师型故事、愿换手指型故事、幸不属虎型故事、垛子助阵型故事、何以做人型故事、错死人型故事、阎王访医型故事、偷自家型故事;谐趣笑话方面,如仨马虎型故事、愿为母狗型故事、僧道医止风型故事、第一声像型故事、借牛自来型故事、心在哪里型故事、讳输棋型故事、腌鸭生蛋型故事,都具有一定的代表性。

在这个时期新出现的笑话方面的故事类型中,有不少在明代已多有记载,颇为引人注目,在清代及近代又曾收入各种笑话集,至今仍广为流布。譬如，我今何在型故事，明代初见于《应谐录》：

一里尹管解罪僧赴戍。僧故黠，中道，夜酒里尹，致沉醉鼾睡，已取刀髡其首，改绁己索，反绁尹项而逸。凌晨，里尹寤，求僧不得，自摩其首髡，又索在项，则大诧惊曰："僧故在是，我今何在耶?"

——《应谐录·僧在》

其后，明代又见于《雪涛小说》、《笑赞》、《解愠编》、《笑府》等书：

尝闻一隶卒，奉官司旨，执一奸僧，械而绳焉，牵与俱走。其僧黠甚，图自脱，至夜，就逆旅中，治具甚丰洁，取酒跪奉卒，曰："以我之故劳君，此所以酬也。"卒故嗜酒，僧百计劝之，至大醉，不辨人事，颓然而卧。僧乃自脱其械，取刀髡卒，以械械其手，挛之绳焉，而卒齁睡犹故也。僧乘其醉，逸去。翌日，卒酒醒，视械在其手，又绳也，摩其顶，髡矣，而僧不见，乃叹曰："和尚在这里，只不见我。"趋归其家，妻方理栉对镜，见卒至，辄詈曰："何物奸僧，那得带械入人闺中?"卒趋出，顿足曰："我道不是我了。"

——《雪涛小说·丧我》

一和尚犯罪，一人解之，夜宿旅店，和尚酤酒劝其人烂醉，乃削其发而逃。其人酒醒，绕屋寻和尚不得，摩其头则无发矣，乃大叫曰："和尚倒在，我却何处去了。"

——《笑赞》"我却何处去了"

僧人犯罪，官令役夫押解配所，途受犯僧赂贿。至夜，僧灌以酒，同其醉睡，因削其发而逃。役夫酒醒，忙索犯僧，不见；及扪自首，秃而无发，大惊，呼曰："和尚犹在，我却何处去了?"

——《解愠编》卷四《财酒误事》

一卒管解罪僧赴戍。僧故黠，中道醉之以酒，取刀髡其首，脱己索，反绁之而逸。次早卒寤，求僧不得，自摩其首居然髡也，而索又在项，乃大诧曰："僧故在此，我在哪里去了？"

——《笑府·解僧卒》

清代及近代又有《笑得好》初集《我不见了》、《嘻谈续录》卷上《我何在》、《破涕录》（五）"不知我在哪里去了"、《笑林博记》卷一《我在何处》等异文。现当代仍在山西、河北、河南、湖北、陕西、浙江等地流布。

又如，错死人型故事，明代初见于万历年间刊行的《雪涛谐史》：

有塾师者，素不工文。其东道家索师为文致奠亲家公，师无以应，检旧本有祭亲家母文一首，因录与之。一时吊客皆曰："塾师错做文字。"塾师闻之，骂曰："我文殊不错，他家错死了人。"

——《雪涛谐史》"他家错死了人"

此外，明代尚见于《时兴笑话》、《解愠编》、《笑府》等：

东家丧妻母，往祭，托馆师撰文，乃按古本误抄祭妻父者与之。识者看出，主人大怪馆师，馆师曰："古本上是刊定的，如何会错，只怕是他家错死了人。"

——《时兴笑话》卷下《错死》

馆东丧妻母，托教读作祭文。教读按古本误抄祭妻父文与之。馆东怪而问之。教读曰："我买刊本已定，谁教你家错死了人。"

——《解愠编》卷一《错死人》

一人丧妻母，托馆师作祭文，乃按古本误抄祭妻文与之。其人怪问，馆师曰："此文是刊本定的，如何得错？只怕倒是他家错死了人，这便不关我事。"

——《笑府·作祭文》

清代及近代又有《笑得好》初集《死错了人》、《笑林博记》卷七《死错了人》等异文。现当代仍在云南、海南、浙江、湖南、湖北、山东、山西、河北、宁夏、陕西等地的汉族和苗族、白族等一些少数民族聚居区流布。

当然，也有一些新出现的笑话方面的故事类型，这个时期仅见于一书，清代及近代未有记载，但到了现当代却广为流布，十分活跃。比如，捞鱼去型故事，仅见于《雪涛谐史》一书，现当代则在台湾、海南、广西、浙江、山东、河南、河北、山西、陕西、宁夏、甘肃、新疆、青海、四川、云南、湖南、湖北等地的汉族和回族、彝族、壮族、白族、哈尼族、侗族、柯尔克孜族、仫佬族、纳西族、东乡族等诸多少数民族聚居区流布。又如，心在哪里型故事，仅见于《雪涛谐史》一书，现当代则在北京、天津、河北、河南、山西、陕西、甘肃、四川、湖南、湖北、安徽、江西、江苏、上海、浙江、福建等地广为流布。

## 第二节　明代的写实故事类型

明代新出现的写实故事方面的故事类型，门类较为齐备，将近七十个，其数量仅次于笑话方面的故事类型，进一步显示出中国古代民间故事类型日益贴近现实生活的总的发展趋势。这些故事类型，有三个方面值得特别提出：

第一，新出现的案狱题材的故事类型较为突出。其中，既有相当数量的命案方面的故事类型，如验刀擒凶型故事、尼庵命案型故事、失尸冤案型故事、动物鸣冤型故事、瓜异案型故事、某生被诬型故事；又有一般狱讼内容的故事类型，如剖伞决疑型故事、抱瓜伏罪型故事、芦管辨盗型故事、智判牛案型故事、助寡改嫁型故事、咬耳授计型故事、藏金失窃型故事。它们往往在揭示审案官吏的精明睿智和刚直公正的同时，还表现了民众爱憎分明的情感和惩恶扬善的愿望，使富有中国特色的案狱题材故事类型得到了进一步充实。在这些故事类型中，有的明、清时期虽多有记载，至现当代却流布不广，甚或不复流布。比如，某生被诬型故事，明、清及近代见诸《九朝野记》、《前闻记》、《治世余闻》、《谰言长语》、《情史》、《智囊补》、《右台仙馆笔记》、《古今情海》等，现当代却未见流布。又如，失尸冤案型故事，明、清及近代见诸《猥谈》、《古今谭概》、《续子不语》、《夜谭随录》、《虞初支志》、《北东园笔录》、《右台仙馆笔记》、《折狱奇闻》等，现当代也未见流布。有的不但明、清时期多有记载，而且现当代亦流布较广。比如，藏金失窃案型故事，明代见诸《智囊补》，清代见诸《咫闻录》、《蝶阶外史》、《右台仙馆笔记》、《中国侦探案》、《施公案》等，现当代仍在宁夏、甘肃、山西、山东、江苏、海南、广西等地的汉族和个别少数民族聚居区流布。又如，动物鸣冤型故事，明代见诸《戒庵老人漫笔》、《耳谈》，清代及近代见诸《坚瓠集》、《虞初新志》、《寏存》、《见闻随笔》、《古今情海》等，现当代亦在江西、上海、山东、河北、陕西等地流布。

第二，明代新出现的讽刺、幽默门类的写实故事类型，不但数量较多，而且艺术质量也较高。讽刺故事方面的故事类型，譬如合种田型故事、有天无日型故事、判鱼判棺型故事、假鬼骇巫型故事、鸡卵梦型故事、吃"而已"型故事、东门王皮型故事、剔灯棒型故事；幽默故事方面的故事类型，譬如诱出户型故事、捞鱼去型故事、信风水型故事、不语禅型故事、觅凳脚型故事、雨中逐客型故事、跨鸭归去型故事、近视认匾型故事，都饶有兴味，脍炙人口。这些故事类型的生活气息相当浓郁，它们或者辛辣而又适度，或者风趣而不浅薄，艺术性颇高，深受民众喜爱，大都至今仍在各地流布。试看，有天无日型故事，明代分别见诸《解愠编》、《广笑府》，清代及近代见诸《笑得好》、《笑林广记》、《破涕录》、《笑林博记》等，现当代仍在天津、河北、山西、陕西、湖北、上海、云南等地的汉族和个别少数民族聚居区流布。信风水型故事，明代分别见诸《雪涛谐史》、《笑林》，清代及近代分别见诸《笑倒》、《笑林广记》、《笑林博记》等，现当代仍在宁夏、青海、陕西、河北、四川、湖北、湖南、海南、浙江、上海、江苏、广西等地的汉族和个别少数民族聚居区流布。还须指出，讽刺、幽默门类的写实故事类型，其题旨、风格、韵味与笑话方面的故事类型较为相似，两者相互呼应，相互补充，强化了这个时期新出现故事类型呈现的讽世、嘲谑、谐趣的艺术效果，给人留下非常鲜明的印象。

第三，在明代写实故事方面新出现的故事类型中，诗对故事类型的涌现成为一个亮点。诗对故事是由中国汉字通俗诗歌、通俗对联构成的民间故事，流传于中国汉族和部分少数民族聚居区。以吟诗、属对为内容的故事类型，在明代之前所见甚少，仅宋代有对偶亲切型故事一例。到了明代才出现许多这方面的故事类型。此种故事类型以诗歌、对联作为构成要素，甚至成为故事类型核。像吟诗故事方面的十七字诗型故事、三笑事型故事、让墙诗型故事、春雨似油型故事、巧改竹对型故事、讽观竞渡型故事、真老乌龟型故事、三婿赞马型故事；属对故事方面的八王四鬼型故事、长江作浴盆型故事，大都脍炙人口，易于在民间传播。譬如，十七字诗型故事，明代分别见诸《七修类稿》、《稗史汇编》、《古今谭概》，清代及近代分别见诸《坚瓠集》、《笑笑录》、《笑林博记》等，现当代仍在辽宁、河北、北京、天津、山西、陕西、宁夏、青海、四川、贵州、河南湖北、安徽、江苏、上海、浙江、福建等地汉族和个别少数民族聚居区流布。又如，真老乌龟型故事，明代分别见于《驹阴冗记》、《古今谭概》，清代及近代分别见诸《坚瓠集》、《嘻谈录》、《笑林广记》、《姓氏嘲谑录》等，现当代仍在安徽、江苏、上海、浙江、江西、福建、广东、湖南、湖北、四川、陕西等地流布。再如，八王四鬼型故事，明代分别见诸《宦游纪闻》、《古今谭概》，清代见诸《坚瓠集》、《檐曝杂记》、《增订解人颐广集》等，现当代仍在湖南、湖北、四川、宁夏等地汉族和个别少数民族聚居区流布。

此外，在明代写实故事方面新出现的故事类型中，诸如“活佛”骗局型故事、咬奶头型故事、虎口救亲型故事、丹客行骗型故事、咬耳授计型故事、戏弄蛋贩型故事等故事类型，也颇有影响。举例来讲，“活佛”骗局型故事，明代分别见诸《九朝野记》、《稗史汇编》，清代及近代分别见诸《续子不语》、《里乘》、《清朝野史大观》、《清稗类钞》、《大清见闻录》、《新世说》等，现当代仍在福建、四川等地流布。咬奶头型故事，明代见诸《读书镜》，清代及近代分别见诸《三借庐笔谈》、《清朝野史大观》、《大清见闻录》等，现当代仍在浙江、上海、江苏、安徽、福建、湖南、湖北、四川、河南、陕西、甘肃、宁夏、青海、新疆、河北、北京、辽宁等地汉族和维吾尔族、满族、土家族、土族等少数民族聚居区。咬耳授计型故事，明代见诸《智囊补》，清代及近代见诸《梦厂杂着》、《虫鸣漫录》、《仕隐斋涉笔》、《清稗类钞》、《近五十年见闻录》、《中国恶讼师》（近人襟亚撰）等，现当代仍在河南、河北、山西、陕西、四川、湖北、湖南、江苏、上海、安徽、浙江、福建、海南等地汉族和个别少数民族聚居区流布。

## 第三节　明代的其他故事类型

明代新出现的幻想故事、民间寓言和民间传说方面的故事类型，除传说类型稍多外，数量都很少。但是，在每一个方面的故事类型之中，均有一些知名度高、影响大的故事类型，颇为耀眼。像幻想故事方面的十兄弟型故事，民间寓言方面的中山狼型故事、猫儿更名型故事，民间传说方面的刘三妹型故事、一笑姻缘型故事等，都无不广为人知。

这些著名的故事类型，有的在明、清时期不断见诸文字记载，有的则仅见于一书，但在现当代大都广为流布，相当活跃。试看：

刘三妹型故事，明代分别见诸《刘三妹歌仙传》、《歌仙刘三妹传》（孙芳桂撰），清代及近代分别见诸《峒溪纤志志余》（陆次云撰）、《广东新语》、《池北偶谈》、《粤述》（闵叙撰）、《浔州府志》、《阳春县志》、《宜山县志》、《贵县志》、《苍梧县志》、《开平县志》等，现当代仍在广西、广东等地的壮、汉、苗、瑶等民族中流布。

十兄弟型故事，仅见诸明代《憨子杂俎》，现当代则在新疆、内蒙古、甘肃、青海、宁夏、山西、河北、黑龙江、吉林、山西、山东、河南、江苏、上海、浙江、福建、广东、海南、湖南、广西、贵州、云南、四川、陕西等地的汉、蒙古、回、苗、彝、壮、朝鲜、傈僳、黎、哈萨克、畲、保安等民族聚居区流布。

猫儿更名型故事，明代见诸《应谐录》，近代分别见诸《滑稽故事类编》、《笑林博记》，现当代仍在西藏、云南、四川、贵州、广西、广东、福建、浙江、上海、安徽、湖北、湖南、海南、河南、河北、山西、山东、吉林、黑龙江、内蒙古、甘肃、陕西等地汉、蒙古、藏、苗、壮、土家、阿昌等民族聚居区流布。

# 第九章　明代的民间故事采录

明代的民间故事采录，继承了中国古代民间故事采录的优良传统，并加以发扬光大，进入一个新的发展时期。这个时期的民间故事采录，没有出现如像宋元时期的《夷坚志》那样的鸿篇巨制和洪迈那样出类拔萃的采录家。其主要的特点是，载有新采录的民间故事的著作数量较大，采录的水平普遍较高，而且出现了许多比较有成就的民间故事采录家，主要有：

陆容（1436—1494），字文量，号式斋，太仓（今属江苏）人。明代文学家。撰有《菽园杂记》、《式斋集》等。

祝允明（1460—1526），字希哲，号枝山、枝指生，长洲（今属江苏苏州）人。明代文学家、书法家。撰有《祝氏集略》、《怀星堂集》、《语怪编》、《志怪录》、《猥谈》、《九朝野记》、《枝山前闻》等。

郎瑛（1487—?），字仁宝，浙江古杭仁和人。撰有《七修类稿》、《萃忠录》等。

陆深（1477—1494），初名荣，字子渊，号俨山，上海人。明代文学家。撰有《俨山文集》、《俨山外集》、《金台纪闻》、《知命录》等

徐祯卿（1479—1511），字昌谷，一字昌国，吴县（今属江苏）人。明代文学家。撰有《迪功集》、《异林》、《剪胜野闻》、《谈艺录》等。

田汝成，字叔禾，钱塘（今浙江杭州）人。生卒年不详。明代小说家。撰有《幽怪录》、《西湖游览志》、《西湖游览志余》、《田叔禾集》等。

陆粲（1494—1551），字子余，一字浚明，长洲（今属江苏吴县）人。明代文学家、史学家。撰有《庚巳编》、《说听》、《陆子余集》、《左传附注》等。

王文禄，字世廉，海盐（今属浙江）人。明代文学家。撰有《机警》、

《求志篇》、《明世学山》等。

朱孟震，字秉器，自署秦关散吏、郁木山人，新淦（今江西新干）人。明代文学家。撰有《河上楮谈》、《汾上续谈》、《浣水续谈》、《游宦余谈》、《朱秉器集》等。

刘元卿（1544—1609），字调父，号旋子，人称泸潇先生，江西安福人。明代学者、文学家。撰有《贤奕篇》、《大学新编》、《诸儒学案》等。

江盈科（1553—1605），字进之，号绿萝山人，湖广桃源（今属湖南）人。明代小说家。撰有《雪涛阁集》（内收《雪涛小说》、《谐史》、《闻纪》、《谈言》《谈丛》）、《明六十种小传》、《雪涛阁四小书》等。

王同轨，字行父，黄冈（今属湖北）人。生卒年不详。明代小说家、诗人。撰有《耳谈》（亦名《耳谈类增》）、《王行父集》、《兰馨集》等。

陈继儒（1558—1639），字仲醇，号眉公，又号麋公，松江华亭（今上海松江）人。明代文学家。撰有《宝颜堂秘笈》、《虎荟》、《销夏录》、《辟寒录》、《群碎录》、《枕谭》、《书蕉》《见闻录》、《笔记》、《珍珠船》、《太平清话》等。

谢肇淛（1567—1624），字在航，福建长乐人。明代小说家、批评家。撰有《五杂俎》、《麈余》、《长溪琐语》、《文海披沙》、《小草斋文集》等。

兹从民间故事结构模式、民间故事异文、民间故事讲述人等方面，对明代的民间故事采录作全面介绍和论析。

## 第一节　明代的民间故事结构模式

明代诸家采录者录写民间故事时，对其结构形态的捉捕，以二段体与三段体结构模式居多，另外尚有四段体、五段体、复合式等结构模式，但不多见。在某些故事中，可能同时包含两种结构模式，譬如，同时包含一个四段体与二段体，同时包含两个三段体，等等。

### 一、二段体结构模式

二段体是明代民间故事较多的一种结构模式，包括不形成对比的一般二段体和形成对比的二段体，而这两种二段体，都有纵向（一个故事角色先后做同样或类似的两件事）和横向（两个故事角色先后做同样或类似的一件事）两种形态。就作品而言，既有整篇为二段体结构模式的，此种故事大都篇幅短小；又有局部为二段体结构模式的，此种故事大都篇幅较长。比如：

> 二士并邻，一温一寒，昼相呼坐门臬共话。温士之妻遣儿来告曰："炊已熟，当云何？"士曰："斟酌下水。"盖作羊羹也。寒士家时煮菜粥，其妻亦遣儿来告曰："炊已熟，当云何？"寒士亦效之曰："斟酌下水。"儿拊掌曰："岂不成马料耶！"
>
> ——《解愠编》卷九《贫欲学富》

> 贾秋壑宴客，庖人进鳖。一客不食，曰："某奉祀真武，鳖似真武案下龟，故不食。"盘中复有甘蔗，又一客曰："不食。"秋壑诘其故，客曰："某亦祀真武，蔗不似真武前旗竿乎？"满座大笑。
>
> ——《雅谑·祀真武》

> 昔一女婿痴蠢无能，妻教之曰："吾家世传二轴古画，乃是'荒头韩干马'，'绿杨堤畔戴嵩牛'，你若见画，以此二句称赞之。"后至岳丈家，岳丈果将画与婿观看，婿将妻教之言美之。岳丈欢悦。后又买十八学士画一轴，召婿观看好否。婿一展开观之，乃曰："好一轴古画，却是'荒草渡头韩干马，绿杨堤畔戴嵩牛'。"同观者大笑。岳丈骂云："你只识牛识马，何曾识得人。"
>
> ——《华筵趣乐谈笑酒令》第四卷《谈笑门·嘲不识人》

以上三则故事，第一则写温士与寒士先后回话"斟酌下水"。第二则写一客言奉祀真武而不食鳖，一客言奉祀真武而不食甘蔗，均为横向二段体结构模式。第三则写痴婿首次看岳丈的二轴古画，称其"荒草渡头韩干马，绿杨堤畔戴嵩牛"而受赞许，再次看岳丈的一轴十八学士画亦称其"荒草渡头韩干马，绿杨堤畔戴嵩牛"被呵斥，为纵向二段体结构模式。

其中，第一则温士与寒士先后同样的回答，第三则痴婿先后两次同样的评画，形成对比；第二则二客先后忌食的回答则不形成对比。

又如，《幽怪录·桃园女鬼》写元夕观灯时，一美貌少女来与某家少年同寝处，自此夜至晨去，久而愈密。父母发觉后，劝子速与女绝，竟不能断。父母报官，郡守教其子归家探女由何处来，皆被女识破。派兵捉之，皆不能进。后来，郡守据女之姿貌、衣着断定其为通判未笄而殒、埋于桃园之亡女，突然集弓兵二百名前去发通判女冢，斫棺焚之，其怪遂绝。其中“报官”一段，包含两个纵向二段体结构模式：

> 翁妪无如之何，复谋之于邻，首诸官，展转达于郡守。李郡守召子来，不伺讯鞫，即自承伏云云，然不知其姓属居止也。守思之，殆是妖祟，非人也。不下刑棰，教其子令以长线缀其衣，明日验之。子受教归，比夜入室，女早先知，迎谓曰：“汝何忽欲缀吾衣耶？袖中针线速与我。”子不能夺，即付之。翌日，复于守。守曰：“今夕当以剪刀断其裙。”予之剪归。女复迎接，怒曰：“奈何又要剪吾衣裙？速付剪来，蓉荅贷放。”子亟予之。又复于守，守怒，即命民兵数人往取之。兵将近其家，女先在室，知之。时方晴皎，忽大雨作，众不可前，乃返命于守。守益怒，命一健邑丞帅兵数十，往以取之。女亦在室，丞兵将至，忽大雷电，雨翻盆而下，谓火归掣，殊不能进，亦回返以告。

其中的第一个纵向二段体为：郡守令子以长线缀女衣，女夺其针线；郡守令子以剪刀断女裙，女夺其剪刀。第二个纵向二段体为：郡守怒，命民兵数人取女，遇大雨不可前，乃返回；郡守益怒，命一健邑丞帅兵数十取女，遇大雷电，雨倾盆而下，殊不能进，亦返回。

除以上作品外，这个时期包含二段体结构模式的故事，尚有写乡民于某先后两次遇土地，称其将死矣，均无恙的《庚巳编·村民遇土地》。写艾子与二弟子郊游时渴甚，执子乞浆时如实读出“真”字而老父不与；通子读成“直八”二字，老父出家酿与之的《艾子后语·认真》。写某人令仆逐客，称天将雨，客说“将雨怎么去的”，竟不去；稍间仆又逐客，称雨住了，客说“雨住了还怕甚的”，仍不去的《笑赞》“逐客”。写一人封银一钱与友贺喜，书银封云：“银五分，赊五分”；其友回礼，以空封书云：“银一钱，除五分，赊五分”的《笑赞》“贺礼”。写一人在朋友面前捉一虱，丢下地曰“我只道是个虱子”；其友从容拾起来看，曰“我只道不是个虱子”的《时兴笑话·虱子》。写一大老放屁后说“是我撒了个屁”，清客奉承道“不见得臭”，大老说“好人的屁不臭就不好了”，清客以手且招且嗅道“才来”的《时兴笑话·清客》。写一主人夜饮，仆携灯往候，主曰“少时便天明矣，何用灯焉?”至天明，仆复往接，主曰“汝大不晓事，今日反不带灯来”的《精选雅笑·携灯》以及《权字·假人》、《贤奕篇·应谐录·同病》、《解愠编·争鱼争鲊》、《解愠编·蝙蝠推奸》、《笑府·气球》、《广笑府·贫欲学富》、《笑林·合种田》等。

## 二、三段体结构模式

三段体是明代民间故事最多的一种结构模式，包括纵向三段体（一个故事角色先后做同样或类似的三件事）和横向三段体（三个故事角色先后做同样或类似的一件事）两类。既有整篇为三段体结构模式的作品，又有局部为三段体结构模式的作品，而以前一种作品较为常见。比如：

> 一人家贫而不善饮，每出，止啖糟饼二枚，即有酣状。适遇友人问曰：“尔晨饮耶?”曰：“非也，食糟饼耳。”归以语妻，妻曰：“便说饮酒，也妆些门面。”夫颔之。及出，遇此友，问如前，以吃酒对。友诘之曰：“热吃乎? 冷吃乎?”答曰：“是熯[①]的。”友笑曰：“仍是糟饼。”既归而妻知之，咎曰：“酒如何说熯? 须云热饮。”夫曰：“已晓矣。”再遇此友，不待问，即夸云：“我今番的酒是热吃的。”友问曰：“尔吃几何?”伸指曰：“两个。”
>
> ——《笑林·糟饼》

> 一婿有呆名，舅指门首杨竿问曰：“此物何用?”婿曰：“这树大

① 熯（hàn 旱）：用微火焙。

起来，车轮也做得。”舅喜曰：“人言婿呆，妄也。”及至厨下，见碾酱擂盆曰：“这盆大起来，石臼也做得。”适岳母撒一屁，曰：“这屁大起来，霹雳也做得。”

——《笑府·呆婿》

以上两则故事，都是整篇为一个三段体的结构模式。第一则故事写食糟饼者三次回答友人提问，系一个纵向三段体结构模式。第二则故事写呆婿三次称赞物体、行为，也是一个纵向三段体结构模式。

又如，《语怪·前世娘》写胡指挥妾死后投胎于一民家，生下便称为胡家二室。胡往抱即与胡密言旧事。胡取女归，呼诸子诸妇相见，并发地取出往昔所瘗财物。既长，坚不肯嫁。待胡去世始强嫁之。其前半部分包含一个横向三段体结构模式：

宣府都指挥胡缙，有妾死后，八十里外民家产一女，生便言“我胡指挥二室也，可唤吾家人来。”其家来告，胡不信，令二仆往。女见仆遽呼名，言：“汝辈来，何用，请主翁来!”仆返命，胡犹不信，更命二婢事妾者往。婢至，女又呼之，言生前事，令必请主翁来。婢归言之，胡乃自往。女见胡喜，言：“官人，汝来甚好。”因道前身事，胡即抱女于怀。

再如，《语怪·水宝》[①]，其中包含一个纵向三段体：回回买水宝时与居民议价；回回买水宝时与县令议价；回回买水宝时与太守议价。而第一段回回与民众议价中，又包含一个三段体：第一次居民言须十金，回回允诺；第二次居民改言须二十金，回回又表示应允；第三次居民称“戏耳，乌有卖理!”回回发怒，遂闻于县。

除以上作品外，这个时期包含三段体结构模式的故事，尚有写昔人令儿子为其搔痒，三次弗中；令妻子为其搔痒，五次弗中；其人自引手，一搔而痒绝的《应谐录·搔痒》。写两道士当门饮酒，见府县官过，全然不

① 引文见本编第一章明代的幻想故事（上）第二节明代的神异故事（二）。

理；见司道官过，亦全然不理；见巡捕官过，即忙躲桌下的《时兴笑话·道士》。写一客去酒店后，主问“菜内可着醋?”客曰“着些亦好。”主又问“豆腐可着醋?”客曰“着些亦好。”主再问“酒中可着醋?”客曰“酒中如何着醋?”主攒眉曰“已着醋了”的《精选雅笑·酸酒》。写一富翁寿宴时请大婿用食，大婿云“君子谋道不谋食。”翁大喜；请次婿饮酒，次婿曰“惟酒无量，不及乱。”翁亦喜甚；翁请小婿饮酒，小婿道“我和你酒逢知己千杯少。”翁怒骂之，小婿又道“我与你话不投机半句多”的《笑海千金·话不投机》。写一好饮者向悭吝故人讨酒，故人曰“吾贱寓甚远，不敢劳烦玉趾。”其人曰“谅不过只有二三十里。”故人又曰“敝寓所甚隘，不堪停尊驾。”其人曰“但开得口就好。”故人再曰“奈器皿不备，无有杯盏。”其人曰“就瓶饮亦好”的《华筵趣乐谈笑酒令·瓶饮亦好》。写三个女婿为岳父贺寿祝酒，各说手艺，大婿云“春染娇蓝夏染红，只因天道不相同。殷勤时备三杯酒，鞠躬献上丈人翁。”二婿云“春钓鳗鱼夏钓鲯，只因海水不相同。殷勤时备三杯酒，鞠躬献上丈人翁。”三婿云“春种萝卜夏种葱，只因地道不相同。殷勤时备四杯酒，鞠躬献上丈人翁”的《华筵趣乐谈笑酒令·嘲劝客饭酒》。写一巡捕官值按院门，太守来报云“太老官人进”受责；次日太守来，报云“太公祖进”又受责；第三日太守又来，自念乡语不可，通文亦不可，乃报云“前日来的，昨日来的，今日又来了”的《笑林·惯撞席》以及《中山狼传》、《庚巳编·梁泽》、《时尚笑谈·说大话》、《精选雅笑·性急》、《笑海千金· 讥卖淡酒》、《笑林·才人》、《笑府·三婿赞马》、《笑府·呆婿》等。

## 三、四段体及其他结构模式

四段体结构模式，在明代民间故事中不太多见。其中，既有通篇由四段体组成的，又有局部为四段体的。通篇由四段体组成的作品，例如：

湖南观察使李庚，有女奴名却要，美容止，善辞令。李有四子，所谓大郎、二郎、三郎、五郎，咸欲烝[①]之而不得。尝遇清明夜，大郎

① 烝（zhēng 征）：古代指同母辈通奸。

遇之樱桃花影中，乃持之求偶。却要取茵席授之曰：“可于厅中东南隅停待。”又遇二郎调之。曰：“可于厅中东北隅相待。”又逢三郎求之。曰：“可于厅中西南隅相待。”又遇五郎握手不可解。曰：“可于厅中西北隅相待。”四郎皆持所授茵席，各趋一隅。顷却要然炬豁扉照之，曰：“阿堵贫儿，争敢向这里觅宿处！”四子各弃所携，掩面而走。

——《古今谭概》颜甲部第十八《李庚女奴》

在此则故事中，李庚四个儿子——大郎、二郎、三郎、五郎先后调戏女奴却要，却要分别让四子在厅中东南、东北、西南、西北隅相待，形成一个四段体结构模式。

局部为四段体的作品，例如：

一僧号“不语禅”，本无所识，全仗二侍者代答。适游僧来参问：“如何是佛?”时侍者他出，禅者忙迫无措，东顾复西顾。又问：“如何是法?”禅不能答，看上又看下。又问：“如何是僧?”禅无奈，辄瞑目矣。又问如：“何是加持[①]?”禅但伸手而已。游僧出，遇侍者，乃告之曰：“我问佛，禅师东顾西顾，盖谓人有东西，佛无南北也；我问法，禅师看上看下，盖谓是法平等，无有高下也；我问僧，彼且瞑目，盖谓白云深处卧，便是一高僧也；问加持，则伸手，盖谓接引众生也。此大禅可谓明心见性矣。”侍者还，禅僧大骂曰：“尔等何往？不来帮我。他问佛，教我东看你又不见，西看你又不见；他又问法，教我上天无路，入地无门；他又问僧，我没奈何，只假睡；他又问加持，我自愧诸事不知，做甚长老？不如伸手沿门去叫化也罢。”

——《解愠编》卷四《不语禅》

此则故事的前半部分由一个四段体构成，这便是禅僧回应“如何是佛?”禅僧回应“如何是法?”禅僧回应“如何是僧?”禅僧回应“如何是

① 加持：佛教用语。一般指以佛力佑护众生。

加持?”后半部分则由一个二段体构成，这便是游者向侍者解释禅僧各种动作的含意，禅僧向侍者解释自己各种动作的含意。

除以上作品外，这个时期包含有四段体结构模式的故事，尚有写鬼夜作鸭声，王某无所惧，但云“汝自叫吾不管，但勿聒吾耳”，鬼作鹅声，王笑云“此声亦不雅”，鬼作天鼓翼声，王云“吾且熟睡，不听汝矣”，鬼落床帷覆王身，王云“吾适寒，覆之甚宜”，鬼遂离去的《古今谭概·不畏鬼怪》“君铸”以及《精选雅笑·性急》等。

五段体结构模式，在明代民间故事中更为罕见。例如在《应谐录·猫号》中，有一个五段体结构模式：一客认为虎不如龙，请主家更“虎猫”名为“龙猫”；一客认为龙须浮云，请主家更“龙猫”名为“云猫”；一客认为云不敌风，请主家更“云猫”名为“风猫”；一客认为墙足蔽风，请主家更“风猫”名为“墙猫”；一客认为鼠可穴墙，请主家更“墙猫”名为“鼠猫”。

复合式结构模式，其形态为故事中套故事。在明代民间故事中，此种结构模式并不多见。例如：

> 元延祐间，天水赵源侨寓葛岭，其侧即贾似道旧宅也。日晚徙倚门外，忽有一女子从东而来，绿衣双环，年可十五六。源注目久之。明日出门，又见如此。几数度，源戏问之曰：“姐姐家居何处，暮暮来此?”女笑而拜曰：“儿家与君为邻，君自不识尔。”源试挑之，女子欣然而应，遂留宿焉。
>
> 明旦辞去，夜则复来，如此月余。问其居止、姓名，女子终不告，但曰：“儿常衣绿，但呼我为绿衣人可矣。”源一夕被酒戏之曰：“绿兮衣兮，绿衣黄裳。”女子有惭色，数夕不至。及再来，源叩之，乃曰：“本欲与郎君偕老，奈何以婢妾待之。然君已知之矣，不敢复隐。”源问其故，女惨然曰：“得无难乎，儿实非今世人，亦非有祸于君者，但冥数当然耳。”
>
> 源大惊曰：“愿闻其详。”女子曰：“儿故宋平章秋壑之侍女也。本临安良家子，少善弈棋，年十五以棋童入侍。每秋壑回朝宴，坐半闲堂，必召儿侍弈，备见宠爱。是时君为其家苍头，职主煎茶。每因

供进茶瓯得至后堂。君时年少美姿容，儿见而慕之。尝以绣罗钱箧乘暗投君，君亦以玳瑁指盒为赠。彼此虽各有意，内外严密，莫得其便。后为同辈所觉，谗于秋壑。遂与君同赐死于断桥之下。君今已再世为人，而儿犹在鬼录，得非命欤!”言讫，呜咽泣下。源亦为之动容。久之，乃曰：“审如此，则君与我乃再世因缘也，当更加亲爱以偿畴昔。”因曰：“汝之精气能久存于世耶?”女曰：“数至则散矣。”源曰：“何时?”女曰：“三年耳。”

及期，卧病不起，曰：“曩固与君言矣。”面壁而化。源大恸举衣衾而葬之。感其情，不复娶，役灵隐寺为僧。

——《幽怪录·赵源再世》

此则作品，总体为赵某与女鬼的恋情故事，其中套进一个前世恋情故事，即棋童与侍女相爱而被主家赐死的悲剧故事，成为两世情爱故事。

## 第二节　明代的民间故事异文

明代民间故事的采录者对作品的异文多有关注。而异文被大量录写，使作品的民间故事特色得以更充分的展现。这个时期的民间故事异文，主要有两种存在形式：同一部著作采录的同一作品的若干异文；不同著作采录的同一作品的若干异文。而在上述两种异文存在形式中，又各有两种不同的情况，兹分述如下。

### 一、同一部著作采录的同一作品的异文

明代的此类民间故事异文，因其采录者的不同又可分为同一采录者所录写的同一作品的若干异文和不同采录者所录写的同一作品的若干异文两类。

#### （一）同一采录者所录写的同一作品的异文

这个时期同一采录者所采录的同一作品的异文，数量不多。比如：

昔有一人家，养一八哥，放在鼓边。其家每日佣工者归家来，以鼓为号。一日之间，不觉八哥跳在鼓上，跳得响。只见佣工者皆纷纷然归来。主人随而问曰："你众人往日回来，我以鼓为号，如何今日尚未曾打动一下鼓，如何就回?"佣工曰："因鼓响方回。"主人去看，见一八哥在鼓上跳，怒骂曰："你这死鸟，也来盘鼓。"

——《笑海千金·笑人谈舌》"以鼓为号"(一)

一富家佣工人众，每遇伏热收割，每日吃饭，打鼓为号。抬鼓放在山枣树下。不觉山枣落下，打得鼓响，众工回家吃饭，主人询问其故。再看只见山枣落在鼓上，怒骂曰："面上脓水未干，也来此处剥鼓。"

——《笑海千金·笑人谈舌》"以鼓为号"(二)

《笑海千金》中有关"以鼓为号"的两则异文，共同之处在于：事先约定，佣工收工以打鼓为号。因故鼓响，乃收工。不同之处在于：一为八哥跳在鼓上引起误会，一为山枣落在鼓上引起误会。又如：

有一新官上任，一名里长要百只狗交官；买了九十九只，少了一只，无有买处，计将一只羊锯去其角，撞入狗内交官。官见羊嘴连动一动，问曰："这只狗如何嘴动?"里长答曰："此狗正在嚼蛆。"

——《笑海千金·笑人谈舌》"新官上任"(一)

有一新官上任，每名里长要一百担大粪交官；有了九十九担，只少一担，即将苋菜煮去红水，凑成一担同交。官见曰："此粪如何这等红?"里长答曰："肚里无粪，都是努出的血来。"

——《笑海千金·笑人谈舌》"新官上任"(二)

《笑海千金》中有关"新官与里长"的两则异文，共同之处在于：新官命里长交百件物品，因缺一件，乃以他物代替。官觉有异，被里长搪塞过去。不同之处在于：所交之物与代替之物各异，一为以羊代狗，一为以苋菜水代大粪。

除以上作品外，这个时期同一采录者所录写的同一作品的不同异文，尚有《时尚笑谈·看戏》与《又》等。

### （二）不同采录者所录写的同一作品的异文

这个时期不同采录者所采录的同一作品的异文，数量不多。比如：

偶忆一关吏治夜禁甚严，犯者必重挞无赦。苟无犯者，辄谓逻卒贿脱，挞逻卒无赦。居民畏其挞，莫敢犯。一日未晡时，逻卒巡市中，见一跛者，执之。跛者曰："何故执我？"逻卒曰："尔犯夜禁。"跛者指日曰："此才晡时，何云夜？又何云犯夜？"卒曰："似尔这般且行且憩息，计算过城门时，非一更不可。岂非犯夜？"跛者语塞，与俱赴关吏。关吏果逆其必犯夜也，而重挞之。

——《雪涛小说·深文》"挞跛者"

或云：一乡民去城三十里，薄暮出城，逻卒以犯夜执之。民曰："未暮，何执？"卒曰："计尔抵家时，夜且深矣。其恃远犯禁，尤甚于夜行。"官重赏，以卒为能，而罚治乡民如所禁。

——《雪涛小说·深文》"罚乡民"

以上两则有关"如此夜禁"的异文，前者为作者江盈科录写，后者为潘之恒增补。其共同之处在于：被吏卒惩罚者系估计可能犯禁者而非真正犯禁者；不同之处在于：所谓犯禁者，一为城中跛子，"理由"是走得慢，一为乡民，"理由"是路程远。

## 二、不同著作采录的同一作品的异文

明代的此类民间故事异文，因其采录者的不同又可分为同一采录者的不同著作所录写的同一作品的若干异文和不同采录者的不同著作所录写的同一作品的若干异文两类。

### （一）同一采录者的不同著作所录写的同一作品的异文

这个时期同一采录者的不同著作所录写的同一作品的异文，数量比较多。比如：江盈科录写的两则异文：

楚中一孝廉善营殖，数用势笼其乡人。一日鬻乡人田，受契良久，不与值。即与之，辄以败缯、恶器、牛马齿长者抵值，而昂其价。乡人不平，出淬语[①]詈之，孝廉乃诉于官，以为辱己。及署门，将入对簿，乡人度官司必且笞己，恚恨甚，乃伏地以口含粪，唾孝廉面，耳目鼻口皆粪也。俄而他孝廉闻之，曹起恨乡人，欲并力攻之，一缙绅偶至，微言解之曰："诸公于此无甚怒乡人，当更自反。"孝廉皆曰："何也?"缙绅曰："尔但知士夫的面是面，不念小民的口也是口。夫彼口含粪秽，岂不自念其口？然而至此者，谁迫之也?"诸孝廉服其言，皆解散去，不复相助。乡人闻缙绅语，亦自悔输罪，事遂旋解。

——《雪涛小说·戒吞产》"唾孝廉"

黄郡一孝廉买民田，收其旁瘠者，遗其中腴者，欲令他日贱售耳。乃其民将腴田他售，孝廉鸣之官，将对簿。其民度不能胜，以口衔秽，唾孝廉面。他孝廉群起欲共攻之。时乡绅汪某解之曰："若等但知孝廉面是面，不知百姓口也是口。"诸孝廉皆灰心散去。乡绅此语，足令强者反己，殊为可传。

——《雪涛谐史》"唾孝廉"

以上两则故事，内容大致相同，但繁简不同，细节描写有出入。例如孝廉买民田之事，两则有明显差别。此外，故事发生地、乡绅劝解的话语等亦有出入。

又如，江盈科录写的另外两则作品：

① 淬（cuì 翠）语：尖刻的话语。

蜀熊翰林名敦朴，辛未进士，京察改别驾，入辞江陵张相国。相国为熊座主，乃曰："此后好生守官，我衙门人痛痒相关，宜自勖。"熊答曰："不然。医书有云：'通则不痛，痛则不通。'"张发笑不自制。

——《雪涛小说·善谑》"痛痒相关"

熊敦朴，号陆海，蜀人。辛未进士，选馆，改兵部，复左迁别驾，往辞江陵相公，相公曰："公是我衙门内官，痛痒相关，此后仕途宜着意。"陆海曰："老师恐未见痛。"江陵曰："何以知之?"陆海曰："王叔和《医诀》说：'得有通则不痛，痛则不通。'"江陵大笑。

——《雪涛谐史》"痛痒相关"

以上两则作品，内容相同，繁简大体上一致，但故事主人公与张相国的对话，有一定的出入。

除以上作品外，这个时期同一采录者的不同著作所录写的同一作品的异文，尚有《枝山前闻·片言折狱》与《九朝野记·县令明察》、《雪涛小说·善谑》"兄弟互嘲"与《雪涛谐史》"兄弟互嘲"、《闻纪·纪贵征》"邢宽"与《雪涛谐史》"邢宽"等。

## (二) 不同采录者的不同著作所录写的同一作品的异文

这个时期不同采录者的不同著作所录写的同一作品的异文，颇为多见。比如，有关"冤魂复仇"的异文：

洞庭贾者叶湘，挟千金以市布，买一舟行至淀山湖。日就暝，舟人利其有也，酌以酒，且绐之曰："前此则近贼巢，不若是地舣舟①之为安也。"湘然之，方就枕而操戈者突至。湘授首，遂沉其尸于湖中而人不知也。

① 舣（yǐ蚁）舟：使船靠岸。

家人以湘未归，诹[①]诸卜者，得凶兆。寻即其所往而求之。见有荡桨者悠悠然出芦苇中，从而问曰："若见湖中莩[②]乎？"则曰："有之。"指示而得。盖湘魄也。第不知谋自何人，置不问。已而京口有操舟者仓皇失措，且自附以神语。有司擒之，勒其实即杀湘者也。移檄检之，果然，卒抵罪。予友阎起山为作传以著其事。

——《革野纂闻·叶湘尸祭》

吴县民叶湘，业商贩。弘治十五年五月间，赁舟之松江宿淀山湖。舟人卜全与弟容利其赀，杀之，并及其仆叶骥，弃尸湖中。湘见梦于母，言死状及尸所。母惊觉，则湘妻子与家人梦悉同。相向而哭，遂诣其处，果得二尸以归。一夕其子又梦湘曰："吾昔赁舟时，虑有他虞，将卜家两人年甲姓名，写船埠头壁上，今渠以我钱埋厕中，银往松江易麦，载贮枫桥牙家。本府陈能判泊船寒山寺前，明速往告，可擒也。"子醒寤驰视之，录父手书，寻问陈通判船，果泊寺前。因具诉其故，陈谴人依言踪迹二凶，获之，置于法。

——《说听》卷上"托梦追凶"

以上两则故事，内容大同小异。其相同之处在于：故事主人公叶湘携资经商，在淀山湖中被舟人杀害，冤魂复仇，使凶手抵罪。不同之处在于：前一则故事乃一人遇害，凶手无姓名。家人问卜得凶兆，冤魂显灵让凶手自我暴露，因而伏法。后一则故事乃主仆二人遇害，凶手为卜全、卜容兄弟。冤魂托梦向家人报丧，随后又托梦捉凶，令其伏法。

又如，有关"杀姘妇"的异文：

洪武中，京城一校尉之妻有美姿，日倚门自炫。有少年眷之，因与目成。日暮，少年入其家，匿之床下。五夜，促其夫入直，行不二三步，复还。以衣覆其妻，拥塞得所而去。少年闻之，既与狎，且问

① 诹（zōu邹）：询问；咨询。

② 莩（piǎo瞟）：通"殍"，这里指尸体。

云："汝夫爱汝若是乎？"妇言其夫平昔相爱之详。明发别去，复以暮期。及期，少年挟利刃以入，一接后，绝妇吭①而去。家人莫知其故，报其夫。归乃摭拾素有仇者一二人讼于官。一人不胜锻炼，辄自诬服。少年不忍其冤，自首伏罪云："吾见其夫笃爱若是，而此妇忍负之，是以杀之。"法司具状上请。上云："能杀不义，此义人也。"遂赦之。

——《菽园杂记》卷三"校尉妻"

正统初年，北京东角头有马姓者，通其里妇某。遇妇之夫自外归，马潜隙以伺。至五鼓，夫起有他出，以天寒，不欲其妇同起，且为之覆被，按抚极其周至，然后去。马窥视之甚审，因念其夫之笃爱如此，而其妇乃反疏外通于人，甚为之不平，入厨中取刀杀其妇而去。后以夫杀死，坐其夫弃市。马遂陈其见杀之由曰："是某杀之也。"监刑者止其事，遂皆释之。

——《病逸漫记》"通者杀姘妇"

国初某校尉素通戍卒之妻，一日尉与妻卧，卒偶归，尉避之门内，妻曰："尔何为归？"答曰："我怜尔寒，为尔整被。"言讫复去。尉忿然谓卒妻曰："尔夫怜尔，尔反怜我，不义孰甚？"遂杀之，释刀而去。比明，有卖菜老佣入其室，见尸血淋漓，惊跳而出。邻人执之，佣不能辩，遂诬服罪。后至临决，尉乃出首前故，而自祈死，太祖并释之。

——《雪涛小说·慎狱》"某校尉杀姘妇"

洪武中，京师有校尉与邻妇通。一晨，校瞰夫出，即入门登床。夫复归，校伏床下。妇问夫曰："何故复回？"夫曰："见天寒思尔冷，来添被耳。"乃加覆而去。校忽念彼爱妻至此，乃忍负之，即取佩刀杀妇而去。有卖菜翁常供蔬妇家，至是入门，见无人即出。邻人执以闻

① 吭：喉咙。

官。翁不能明，诬伏。狱成，将弃市，校出呼曰："某人妻是我杀之，奈何要他人偿命乎！"遂白监决者，欲面奏。监者引见，校奏曰："此妇实与臣通。其日臣闻其夫语云云，因念此妇忍负其夫，臣在床下一时义气发作，就杀之。臣不敢欺，愿赐臣死。"上叹曰："杀一不义，生一无辜，为嘉也。"即释之。

——《凤凰台记事》"杀姘妇"[1]

以上四则故事，内容大同小异，除繁简略有不同外，主要的区别在于：故事发生年代不同，姘夫与姘妇稍有差异，姘夫自首的因由有出入，姘夫被释放的情况亦有出入。

再如，有关"取耳屑"的异文：

一待诏为人取耳，其人痛极。问曰："那一只还要取否？"答曰："自然要取。"其人曰："我只道那边的耳屑也在这边取出来了。"

——《时兴笑话》卷下《耳痛》

篦工取耳太重，其人痛甚，渐以耳远之。工以手随而愈进。问："取那一只否？"工曰："完此只，即取那只。"其人曰："我只道就在里边取过去了。"

——《精选雅笑·取耳》

以上两则故事，内容相同，都以挖耳欲穿来嘲讪理发师挖耳的手艺极差。但表述有所不同，后一则故事的描写与对话更为生动。

除以上作品外，这个时期不同采录者的不同著作所采写的同一作品的异文，尚有有关"拜梁泽"的《庚巳编》卷九《梁泽》、《闻纪·纪妖幻》"三怪跪拜"；有关"神丹救命"的《庚巳编》卷六《神丹》、《高坡异纂》卷上"神丹"；有关"相疑为鬼"的《贤博编》"相疑为鬼"、无名氏撰《续笑林》"相疑为鬼"；有关"拾金误"的《杯子·拾金》、《应谐录·牧

① 见《说郛续》卷二十一(《说郛三种》第九册)。

竖拾金》；有关“问行人”的《权子·志学》“慕道学者”、《笑府·新绢裙》；有关“舍得与吃得”的《解愠编》卷五《七德鸡》、《雪涛谐史》“鸡有六德”；有关“禁蚊符”的《解愠编》卷四《书符驱蚊》、《时尚笑谈·禁蚊子》、《精选雅笑·蚊符》；有关“欠二梁（量）”的《解愠编》卷十一《欠二梁》、《稚谑·两条梁》；有关“说大话”的《时尚笑谈·说大话》、《笑府·说大话》等。

## 第三节　明代的民间故事讲述人

明代收录民间故事的著作数量甚多，但是记载民间故事讲述人的著作，数量远不如宋元时期多，而且在记载民间故事讲述人方面比较突出的著作也远不如宋元时期多。这个时期，记载民间故事讲述人的著作，仅有《菽园杂记》、《青溪暇笔》、《戒庵老人漫笔》、《庚巳编》、《说听》、《贤博编》、《快雪堂漫录》、《甲乙剩言》、《耳谈》、《客座赘语》、《耳新》、《枣林杂俎》等十数种。其中，比较突出的仅有《庚巳编》一书。

《庚巳编》共十卷，收有奇闻异事一百八九十则，多数为幻想故事。其中记有讲述人的故事一百余则，占全书作品的五分之三左右。书中的讲述人近六十位，既有官吏（参政、通判、知县、训导、百户、道官）、秀才、医士、商贾、僧人、道士，又有采录者的亲属（父亲、兄弟）、亲戚（外舅、姨夫、姨兄、姊夫、妻兄）。在这些讲述人中，有十多位比较值得关注。

吴用，所讲的故事有《楚巫》、《杨宽》、《雀报》、《于梓人》、《方卵猕猴》等五则。

张训导，陕西干州人，所讲的故事有《昭陵银兔》、《梁泽》、《黑厮》、《蝎魔》等四则，无不与陕西相关。

姨兄徐来风，所讲的故事有《鸡精》、《如公》、《沈镗》、《雄鸡卵》等四则。

盛瘫，所讲的故事有《临江狐》、《柴驿丞》、《罗江神祠》、《戚编修》等四则。

家君，所讲的故事有《守银犬》、《村民遇土地》、《王主簿》等三则。

弟陆子远，所讲的故事有《鹦鹉山茶》、《黄村匠人》、《吴恂》等三则。另外，《钱蛇》（熊存向子远讲述）、《诚意伯》（顾梗向子远讲述）、《唐玘》（唐玘向子远讲述）等三则亦与他相关。

惠阳，江苏阳山人，所讲故事有《神船》、《鬼还家》、《牛偿负钱》等三则，无不与江苏有关。

邓恺，所讲故事有《妊产蛇》、《张道士》、《尤公远》等三则。

徐元录，所讲故事有《还金童子》、《古铜鸭盆》、《户婚亲中司》等三则。

金华严知县，所讲故事有《金华二士》、《胥教授》等二则。

鲁百户，所讲故事有《毂亭狐》、《真武显应》等二则。

除《庚巳编》外，明代其他著作对民间故事讲述人的记载都相当少，偶尔为之。兹举数例以见一斑。

《菽园杂记》共十五卷，仅三、四、五、六、七、八、十、十一、十二、十五诸卷偶有讲述人的记载。涉及的作品仅有二十则，讲述人十七位，大多为官吏（如都指挥使、按察史、都御史、进士、县尹、县丞、训导、司务），不少为采录者的同僚。卷三“新娘上空”讲述人为“寮友孙司务谌，徐州萧县人”。卷四“诸葛景与李知府婿”，“二事闻之同年蒋御史宗谊。诸葛盖宗谊之父执，李则为其推官时旧长官也，故言之皆详。”卷七“虾蟆妖”，讲述人为“同寮吴味道处之，遂昌人”。卷十一“鱼台古冢”，“浙江督漕张都指挥洪尝买其石撴二板，素闻其事。”卷十二“无头鱼”，“予宿雁荡，闻之一老僧云。”

《客座赘语》共十卷，仅一、三、六、七、八诸卷偶有讲述人的记载。涉及的作品十一则，讲述人九位。其中，张韫甫讲述的故事共三则，即卷三的《猿妖》、卷七的《水异》与《蜘蛛》。

《枣林杂俎》共六集，大纲十八，子目一千三百多条。其中仅圣、义、中、和四集偶有讲述人的记载，涉及的作品仅有十六则，讲述人十四位。其中，钱御冷相国讲述的故事二则，即圣集《高拱知人》“得一督抚”与《张居正急才》“君臣将相，遇合之难”；张藐山讲述的故事二则，即圣集《张居正急才》“选督学”与中集《龙》“刘村刘氏”。

# 第十章　明代的民间故事编选

中国古代通俗文学的创作与编选，到了明代进入一个十分活跃的时期，成绩卓著。与其密切相关的民间故事编选活动，也非常兴旺发达。这个时期，不但涌现了一大批包含大量民间传说、故事的文学作品集和笑话故事集，而且出现了一些有影响的民间故事编选家，其杰出的代表人物是冯梦龙。这个时期编选的以民间传说、故事为主体的文学作品集，大都具有鲜明的个性，专门化的特点比较突出。譬如，以谈虎事为内容的传说、故事集《虎苑》，以展示各种智慧为内容的传说、轶事集《智囊补》，以描述各种爱情生活为内容的传说、故事集《情史》。此类作品集深受民众喜爱，流布甚广，大多至今仍然具有较强的生命力。这一大批以民间传说、故事为主体的文学作品集、笑话故事集，在传播民间故事和保存民间故事方面，作用甚大。它们的涌现，亦为清代民间故事编选事业的发展，打下了坚实的基础。

## 第一节　冯梦龙编选的故事集

明代文学家冯梦龙（1574—1646），字犹龙，一字子犹，又字耳犹，别号龙子犹、墨憨斋主人、顾曲散人、茂苑野史等，化名别署甚多。长洲（今江苏苏州）人。在小说、戏曲、通俗文学、民间文学诸多领域无不成绩斐然。在民间文学方面，他除刊行民歌集《挂枝儿》、《山歌》外，尚编纂有包含大量民间传说、故事的笔记小说集《古今谭概》、《智囊补》、《情史》和笑话、故事集《笑府》、《广笑府》、《雅谑》、《笑林》等，对于保存和传播民间故事卓有贡献。而他在编选民间文学作品，包括编选民间故事、民歌方面的巨大贡献，无疑同晚明时期文坛上对于通俗文学与民间文学颇为重视，出版行业比较发达的大环境密切相关。

## 一、《古今谭概》与《智囊补》

### 1.《古今谭概》

《古今谭概》，又名《谈概》、《古今笑》、《古今笑史》，是一部以幽默、讽刺为主要内容的笔记小说集，书中入选的作品大多数为民间传说、故事。《古今谭概》成书于万历四十八年（1620），分为迂腐、怪诞、痴绝、专愚、谬误、无术、苦海、不韵、癖嗜、挑达、矜嫚、汰侈、贪秽、鸷忍、儇弄、机警、雅浪、文戏、巧言、谈资、微词、口碑等三十六部，每部为一卷。除最后的灵迹、荒唐、妖异、非族等几部外，大都以针砭时弊、讽刺陋习痼疾、嘲讽人世丑态为内容。

此书选录先秦至明代的各种正史、野史、笔记、笑话集等汇辑而成，引用的书目在百种以上，明代以前的典籍有：《墨子》、《荀子》、《晏子春秋》、《韩非子》、《吕氏春秋》、《左传》、《列子》、《山海经》、《神异经》、《说苑》、《赵后外传》、《汉书》、《白虎通义》、《风俗通义》、《抱朴子》、《三辅决录》、《魏志》、《博物志》、《搜神记》、《神异记》、《灵鬼志》、《世说新语》、《异苑》、《金楼子》、《妒记》、《述异记》、《颜氏家训》、《启颜录》、《朝野佥载》、《北齐书》、《北史》、《南史》、《艺文类聚》、《广异记》、《法苑珠林》、《玄怪录》、《博异记》、《交趾物异志》、《谐噱录》、《酉阳杂俎》、《河东记》、《宣室志》、《续仙传》、《志怪录》、《三水小牍》、《松窗杂录》、《唐阙史》、《诗林广记》、《隋书》、《天宝实录》、《云溪友议》、《云仙散录》、《芝田录》、《南楚新闻》、《玉堂闲话》、《北梦琐言》、《清异录》、《百缘经》、《道书》、《太平广记》、《南部新书》、《邻几杂志》、《唐书》、《新五代史》、《归田录》、《玉壶清话》、《冷斋夜话》、《唐宋遗史》、《麈史》、《东坡志林》、《艾子杂说》、《遁斋闲览》、《墨客挥犀》、《幸蜀记》、《文昌杂录》、《事实类苑》、《北窗炙輠录》、《博物志补》、《轩渠录》、《清波杂志》、《夷坚志》、《老学庵笔记》、《贵耳集》、《桯史》、《鹤林玉露》、

《东皋杂录》、《明皇世说》、《霅溪纪闻》、《癸辛杂识》、《王氏闻见录》、《湖海搜奇》、《岭南志》、《行都纪事》、《拊掌录》、《山居新语》、《稗史》、《西堂纪闻》、《辍耕录》等；明代的典籍有《宋书》、《双槐岁抄》、《菽园杂记》、《猥谈》、《七修类稿》、《马氏日抄》、《丹铅要录》、《烟霞小说》、《戒庵老人漫笔》、《迂仙别记》、《古今说海》、《觚不觚录》、《应谐录》、《谐史》、《朝野异闻》、《泾林续记》、《耳谈》、《五杂俎》、《狯园》、《苏州府志》、《琅琊漫抄》、《谑浪》、《谐薮》、《笑林》、《续笑林》等。

《古今谭概》中所收的一些民间传说、故事，已难以查到出处，很可能系冯氏自己采录的，诸如谬误部第五《婆奸媳》、《罗长官》，贫俭部第十三《吝祸》，贪秽部第十五《偷鞋刺史》、《壮观、牧爱》，口碑部第三十一《杨太守、刘知县》，灵迹部第三十二《幻戏》，妖异部第三十四《鬼张》，杂志部第三十六《张生失金》等。有一些民间传说、故事，虽有出处，但原书已失传，而赖此书得以存世，诸如怪诞部第二《刺眉》与无术部第六《邑丞通文》，皆出明·佚名撰《笑林》，已佚；专愚部第四《迂仙别记》出明·张夷令辑《迂仙别记》，已佚；专愚部第四《拙对》、巧言部第二十八《医诀语》与微词部第三十《惜人品》，皆出明·徐渭撰《谐史》，已佚；谬误部第五《鬼误》，出明·佚名撰《续笑林》；口碑部第三十一《梵中二督学》，出明·佚名撰《谐薮》，已佚。

总之，《古今谭概》征引宏富，选取精当，编辑匠心独运，长期以来深受读者欢迎，在保存民间传说、故事，促进民间传说、故事流布方面多有贡献。

### 2.《智囊补》

《智囊补》原名《智囊》，成书于天启六年（1626），刊行后又作了补充，并且修正部分内容，改题《智囊补》，重刻发行于世。明末清初的刻本，又题作《智囊全集》、《增智囊补》。全书共二十八卷，分为上智、明智、察智、胆智、捷智、术智、语智、兵智、闺智、杂智等十部共二十八类，每类为一卷。譬如，上智部分为见大、远犹、通简、迎刃四卷；捷智部分为灵便、应卒、敏悟三卷；兵智部分为不战、制胜、诡道、武案四卷；杂智部分为狡黠、小慧两卷。

《智囊补》以展示智慧为内容，跟《古今谭概》一样，作品大都选取自先秦至明代的子史经传与稗官野史，引用书目在百种以上，所引与《古今谭概》大致相同，并且文字均略有改动。试看：

察智部诘奸卷十《子产　严遵》，出《韩非子》与《搜神记》。

语知部善言卷二十《马圉　中牟令》，出《晏子春秋》与《新五代史》。

明智部剖疑卷七《西门豹　宋均》，出《史记》与《风俗通义》。

察智部得情卷九《傅琰》，出《南史》。

察智部诘奸卷十《裴子云　赵和》，出《朝野佥载》与《唐阙史》。

察智部得情卷九《崔思竞》，出《大唐新语》。

术智部权奇卷十八《陈子昂》，出《独异志》。

上智部远犹卷二《下岩院主僧》，出《秘阁闲谈》。

察智部诘奸卷十《向敏中》，出《涑水记闻》。

察智部诘奸卷十《陈襄》，出《梦溪笔谈》。

察智部得情卷九《藏钱》，出《折狱龟鉴》。

上智部远犹卷二《范仲淹》，出《邵氏闻见录》与《鹤林玉露》。

明智部剖疑卷七《梦虎》，出《墨庄漫录》。

上智部迎刃卷四《韩琦》，出《名臣言行录》。

明智部知微卷五《张忠定》，出《厚德录》。

捷智部敏悟卷十五《拆字谢石》，出《夷坚志》。

杂智部狡黠卷二十七《干红猫》，出《夷坚志》。

语智部善言卷二十《简雍》，出《善谑集》。

杂智部小慧卷二十八《陈五》，出《菽园杂记》。

察智部得情卷九《徽商狱》，出《耳谈》。

闺智部雄略卷二十六《新妇处盗》，出《耳谈》。

《智囊补》有一部分作品，与《古今谭概》中的作品相同，其中有一些篇目的文字稍有出入。譬如，《古今谭概》谲智部第二十一中的《干红猫》、《一钱诓百金》等十则，与《智囊补》杂智部狡黠卷二十七中的《干红猫》、《一钱诓百金》等十则相同；《古今谭概》谲智部第二十一中的《黠竖子》、《节日门状》等十一则，与《智囊补》杂智部小慧卷二十八中的《黠竖子》、《节日门状》等十一则相同。又如，《古今谭概》微词部第三十中的《凌阳台》、《支解人》，与《智囊补》语智部善言卷二十中的《凌阳台》、《晏子》“支解人”相同，文字略有出入。

在《智囊补》中，也有一些民间传说、故事很可能是冯氏自己采录的，诸如闺智部雄略卷二十六《辽阳妇》，杂智部狡黠卷二十七《啮耳讼师》、《老妪骗局》、《南京道者》、《文科》附录“假公子”，杂智部小慧卷二十八《黠童子》、《谢生》等。

《智囊补》与《古今谭概》一样，具有征引宏富、选取精当、编辑匠心独运的特点，加之明末已不止一次雕版，清代以来又屡次翻刻，传播甚广，影响颇大，在保存民间传说、故事，促进民间传说、故事流布方面多有贡献。

二、《情史》

《情史》，一名《情史类略》，又名《情天宝鉴》。全书二十四卷，分为情贞、情缘、情私、情侠、情豪、情爱、情痴、情感、情幻、情灵、情化、情媒、情憾、情仇、情芽、情报、情秽、情累、情疑、情鬼、情妖、情外、情通、情迹等二十四类，每类为一卷，共收各种爱情故事共八百五十八则，其中不少作品思想内容积极、健康，艺术感染力强，脍炙人口，深受读者欢迎。

《情史》中的作品，大都选录自两汉至明代的笔记小说和其他著作，经过编者删改。其引用书目达百种以上，明代以前的典籍有《史记》、《列仙传》、《列女传》、《尔雅》、《汉书》、《飞燕外传》、《洞冥记》、《吴越春秋》、《越绝书》、《列异传》、《孔丛子》、《搜神记》、《三国志》、《拾遗记》、《神异录》、《幽明录》、《后汉书》、《异苑》、《齐谐记》、《述异记》、《金楼子》、《集灵记》、《朝野佥载》、《广异记》、《法苑珠林》、《通幽记》、《北史》、《南史》、《莺莺传》、《李娃传》、《柳毅传》、《周秦行纪》、《续玄怪录》、《博异志》、《无双传》、《酉阳杂俎》、《本事诗》、《抒情诗》、《杜香兰别传》、《独异志》、《会昌解颐》、《逸史》、《潇湘录》、《河东记》、《古今广五行记》、《洞玄本行经》、《传奇》、《三水小牍》、《云溪友议》、《妆楼记》、《穷怪录》、《志怪录》、《闻奇录》、《异闻录》、《大唐奇事》、《卢氏杂说》、《三峡记》、《续定命录》、《异物志》、《原化记》、《玉溪编事》、《葆光录》、

《开元天宝遗事》、《文昌化书》、《玉堂闲话》、《北梦琐言》、《杂异记》、《儆戒录》、《清异录》、《洛中纪异》、《焚椒录》、《东皋杂录》、《王氏闻见录》、《夷坚志》、《西溪丛语》、《贾子说林》、《异政录》、《北窗志异》、《续夷坚志》、《诚斋杂志》、《青楼集》、《武林闻见录》、《江湖纪闻》、《笔奁录》、《稗史》、《成都旧事》等。明代的典籍有《剪灯新话》、《剪灯余话》、《语怪编》、《泾林杂记》、《西樵野记》、《丹铅录》、《说听》、《辽阳海神传》、《何氏语林》、《艳异编》、《稗史汇编》、《泾林续记》、《耳谈》、《说圃识余》、《王氏纪闻》、《陈眉公集》、《虎荟》、《狯园》、《续艳异编》、《九钥集》、《宁波志》、《义虎传》等。

在《情史》中，有一些民间传说、故事已难以查到出处，很可能是冯氏自己采录的，诸如卷一情贞类《吴金童妻》，卷二情缘类《王善聪》、《吴江钱生》、《甲乙书生》，卷十情灵类《易万户》，卷十二情媒类《大别狐》，卷十四情仇类《王武功妻》、《金山惠明僧》、《铅山妇》，卷十五情芽类《智胥》，卷二十一情妖类《笤帚精》、《箸斛概》，卷二十三情通类《虎》“邱虎嫂”等。

《情史》与《古今谭概》、《智囊补》一样，具有征引宏富、选取精当、编辑匠心独运的特点，是当时以爱情为题材的同类编著中最为突出的一种。它自明末以来，有多种刻本、石印本行世，虽曾遭禁，影响仍然较大。在保存民间传说、故事，促进民间传说、故事流布方面，《情史》无疑发挥了积极的作用。

## 三、《笑府》、《广笑府》、《雅谑》和《笑林》

冯梦龙编纂的笑话故事集共有四种。《笑府》题“墨憨斋主人冯梦龙编”，《广笑府》题“墨憨斋主人冯梦龙纂集”，当无疑义。《雅谑》题“浮白斋主人述”，《笑林》题“浮白主人选”。学界历来都认为“浮白斋主人”、“浮白主人”可能就是冯梦龙。从两者所收的作品来看，这个判断应当说还是比较可信的。因此，本书将《雅谑》、《笑林》作为冯梦龙编纂的笑话故事集来论析。

### 1. 《笑府》

《笑府》在冯梦龙编纂的四种笑话故事集中最有分量，最为突出。此书上、下二卷，分为腐流、殊禀、刺俗、形体、方术、谬误、闺风、杂语等八类，共一百六十多则。原本十三卷，惜未见。

《笑府》所收的作品，大多是明代的优秀笑话故事。其中有不少名篇首见于此书，很可能是冯氏自己采录的，诸如《奶奶属牛》、《指石为金》、《恍忽》、《酸酒》、《气球》、《奈何姓万》、《三婿赞马》、《大一字》、《请为母狗》、《近视认匾》、《讳输棋》、《性刚》、《藏锄》、《咬耳朵》、《厨子匿肉》等。

《笑府》中也有一些作品，是根据他书改写而成的，例如，《合着靴》系据《笑赞》"合买靴"改写；《不出来》系据《笑赞》"定不出去"改写；《毡帽》系据《笑赞》"毡帽当扇"改写。又如，《孔门弟子》系据《启颜录》"孔子弟子"改写，并有添补；《凤凰寿》系据《解愠编·蝙蝠推奸》改写；《射虎》系据《客座赘语》"毋刺伤虎皮"改写；《作祭文》系据《时兴笑话·错死》改写。再如，《凳脚》系据《阿留传》"矮榻缺足"改写；《认鞋》系据《雪涛谐史》"痴夫认鞋"改写；《冥王访名医》系据《雪涛谐史》"昨日才改店"改写。

### 2. 《广笑府》

《广笑府》基本上是由《解愠编》与《笑府》组合而成。其体例、内容皆与《解愠编》一致，而容量则比《解愠编》大一些。《广笑府》比《解愠解》增加了一百五十则作品，其中出自《笑府》的共一百一十五则，约占增加作品的百分之七十七，分别插入第一、二、三、四、五、六、八、十、十三卷。它们是新增加作品中分量很重、最有光彩的部分。

在《广笑府》新增加的作品中，也有三十五则取自他书。譬如，卷六《忠则尽命》据《古今谭概》微词部第三十《忠孝奴》改写；卷十《中人》即《笑林·中人》。另外，《广笑府》对《解愠编》的作品编排也做了一些调整，《解愠编》卷一《好古自困》，《广笑府》移至卷八；《解愠编》卷一《毳饭》、《晏子使楚》、《口中狗窦》、《牵船操橹》、《糠秕在前》、《窃盗未获》、《牙裨排衙》、《传奇戏语》、《禁坐公座》，《广笑府》移至卷十；《解愠编》卷九《痴好水利》、《食肉者智》、《百钱免牵》，《广笑府》移至卷八；《解愠编》卷九《口善心恶》、《一时难过》、《养凫搏兔》、《贩子三变》，《广笑府》同卷移位。另外，《解愠编》卷三《卜字谜》、《夸口》被删除；《解愠编》卷三《口脚相争》，被取自《笑府》的《口脚争》取代，置于《广笑府》卷十；《解愠编》卷九《缓急偏性》，被取自《笑府》的《性缓》取代，置于《广笑府》卷八。

### 3.《雅谑》

《雅谑》版本不一，明刊《破愁一夕话》本一百三十八则，今据“古今说部丛书”加以整理，共一百四十一则。其中，七十四则取自《古今谭概》，分别取自其第二、三、四、五、六、八、九、十、十一、十八、二十、二十二、二十三、二十四、二十五、二十六、二十七、二十八等十八部，所取以专愚部第四、儇弄部第二十二、酬嘲部第二十四、文戏部第二十七、巧言部第二十八居多。

《雅谑》取自《古今谭概》的作品，多数原文选录，也有部分作品有不同程度的变化。有的系拆分而成，比如《侍郎谑》与《骈驴侍狗》由《古今谭概》酬嘲部第二十四《侍郎谑》拆分而成；又如，《偷帽》、《止母念佛》、《牛何之》，由《古今谭概》儇弄部第二十二《翟永龄》拆分而成。有的则系合二为一者，比如《石学士》由《古今谭概》佻达部第十一《豪饮》的部分情节与《古今谭概》稚浪部第二十六《石学士》合并而成。有的作品，文字有某些删改，比如《误语》、《背后眼》、《僧哥》、《方相侄》。有的作品，题目有所变动，比如《农水》，《古今谭概》作《宣水》，又如《药名》，《古今谭概》作《苏子瞻姜制之》。有的作品，题目有所变动，文字亦有某些删改，比如《园外狼》，《古今谭概》作《石员外》，文字有改动；又如《大小姨》，《古今谭概》作《原父酬欧公》，文字有删改。

《雅谑》另有一些作品取自他书，譬如，《不死酒》出自《汉武故事》，《邻僧夜话》出自《遁斋闲览》，《惭惶》出自《东皋杂录》，《千字文解元》与《不知音》出自《雪涛谐史》。

### 4.《笑林》

《笑林》共一百四十五则，今存明刊《破愁一夕话》本。《笑林》里面的二三十则作品同时保存在《笑府》中，诸如《看镜》、《戴笆斗》、《问令尊》、《不请客》、《咸豆》、《合种田》、《不留客》、《属犬》、《豆腐》、《借茶叶》等。还有一些作品既见诸《笑府》，又见诸《广笑府》，比如《堵子》、《颂屁》、《糟饼》、《抢婚》、《才人》、《撒半价》。另有个别作品出自他书，比如《裁缝》出自《雪涛谐史》，《读别字》出自《解愠编》，《猴》出自《时兴笑话》。

《笑林》的大部分作品并不见于他书，很可能是冯氏自己采录的，诸如《借牛》、《考》、《青盲》、《求签》、《道学相骂》、《扛》、《虾》、《待诏剃头》、《叉袋》、《骆驼蹄》、《鞋袜讼》、《惯撞席》、《吃素》、《淡酒》等。如果说《雅谑》中的作品往往带有一定传说色彩的话，《笑林》中的作品几乎都不带传说色彩，大多是生活气息浓厚、诙谐风趣的民间笑话故事。上述不见于他书的作品，有不少艺术水平较高，堪称明代民间笑话的具有代表性的作品。

冯梦龙编纂的包含大量民间传说、故事的笔记小说集，具有以下特点：

1. 冯梦龙在编纂过程中，查阅了大量的相关典籍、文献，搜罗宏丰，格外关注民间传说、故事方面的资料，在选材方面下了很大的工夫。

2. 他的这些集子均为专题作品集，大多特点突出，构思别具匠心，引人注目，在中国民间故事发展史上占有一定的地位。其中，有的具有开创性，如《古今谭概》、《智囊补》、《情史》；有的虽然不具有开创性，但是在总体上却超越前人，影响颇大，这就是笑话故事集《笑府》、《广笑府》、《笑林》、《雅谑》。

3. 他编纂的这些集子，资料价值和欣赏价值较高，对后世影响较大，至今仍然具有生命力。

冯梦龙编纂此类作品集，在保存和传承民间传说、故事方面，成就和贡献比较突出。但冯梦龙的这一成就，往往被他在小说创作、戏曲整理等方面的成就所掩盖，长期以来没有得到应有的重视和充分的肯定。

## 第二节　明代与民间故事有关的其他编著

明代与民间故事有关的编著十分突出。除了冯梦龙编纂的故事集外，明代还有许多与民间故事有关的编著，其数量之大，不但超过明代以前的各个时期，而且也为清代所不及。明代与民间故事有关的其他编著，主要有三大类：一、与民间故事有关的丛书；二、与民间故事有关的综合性笔记小说集；三、与民间故事有关的专题性笔记小说集。

### 一、明代与民间故事有关的丛书

明代与民间故事有关的丛书，规模都相当大，主要有范钦辑《烟霞小说》、陆楫编纂《古今说海》、商浚编《稗海》、王兆云撰《王氏杂记》、陈继儒编纂《宝颜堂秘籍》、黄昌龄编纂《稗乘》、陶珽编《说郛续》、何伟然等编纂《广快书》等。其中，比较有代表性的是《古今说海》。

《古今说海》的编纂者陆楫，字思豫，明嘉靖间上海人。撰有《蒹葭堂杂著》等。《古今说海》一百四十二卷，分为四部七家：一、说选部，包括小录家三卷，偏记家十七卷；二、说渊部，包括别传家六十四卷；三、说略部，包括杂记家三十二卷；四、说纂部，包括逸事家六卷，散录家六卷，杂纂家十一卷。该丛书对所收录之书，每种各自为帖，而略有删节。其中，收了不少民间故事，或者载有民间故事的笔记小说。譬如，说渊部的《板桥记》、《中山狼传》、《白蛇记》、《求心录》、《山庄夜怪录》；说略部的《宣政杂录》、《墨客挥犀》、《闻见杂录》、《谐史》、《昨梦录》、《谈薮》、《清尊录》、《睽车志》、《钱氏私志》、《高斋漫录》、《霏雪录》、《拊掌录》；说纂部的《行营杂录》、《养痾漫笔》、《虚谷闲抄》、《蓼花洲闲录》等。该丛书在保存和传播民间故事方面，有一定的贡献。

### 二、明代与民间故事有关的综合性笔记小说集

明代与民间故事有关的综合性笔记小说集，规模也比较大，主要有郎瑛撰《七修类稿》、施显卿编纂《古今奇闻类记》、张时彻编纂《芝园外

集》、王圻编纂《稗史汇编》、陈邦俊编纂《广谐史》、张鼎思撰《琅玡代醉编》、叶向高编《说类》、郭良翰编《问奇类林》、谢肇淛撰《五杂俎》、倪绾编《群谈采余》、姚旅撰《露书》、徐应秋编纂《玉芝堂谈荟》、郑暄编纂《昨非庵日纂》等。比较有代表性的是《稗史汇编》与《玉芝堂谈荟》。

### 1.《稗史汇编》

《稗史汇编》的编纂者王圻，字元翰，嘉靖间上海人。明代学者。撰有《续文献通考》、《东吴水利考》、《谥法通考》、《三才图会》、《洪州类稿》等。《稗史汇编》一百七十五卷，分为“天文”、“时令”、“地理”、“人物”、“伦叙”、“伎术”、“方外”、“国宪”、“职官”、“仕进”、“人事”、“文史”、“诗话”、“饮食”、“衣服”、“祠祭”、“器用”、“珍室”、“音乐”、“禽兽”、“祸福”、“志异”等二十八门，列三百二十类。譬如，方外门列道释总论类、道教类、仙类、女仙类、方士类、修真类；释教杂纪类、释教总论类、释类、诗僧类、奸僧类、比丘尼类。人事门列遭逢类、感慨类、恩幸类、品骘类、家范类、修持类、箴规类、识鉴类、褊戾类、汰侈类、俭啬类、报施类、称谓类、忌讳类、尤悔类、评诋类、假谲类、仇怨类、倾险类、摄生类、疢疾类、医疗类、哀逝类、自新类、言语类、宴会类、游览类、俳调类、矜炫类、简傲类、惑溺类、谬误类。祠祭门列郊禘类、从祀类、祈禳类、祀神类、百神类、鬼物类、巫觋类、丧葬类。祸福门列运命类、转生类、再生类、轮回类、阴佑类、报应总论类、报善类、报恶类。志异门列怪异总纪类、灾祲类、神佛异类、人异类、事物异类、水异类、玉石异类、动物异类、植物异类、宫室异类、器用类、邪魅异类、妖怪类、祛妖类。

《稗史汇编》中保存了许多民间传说、故事资料，譬如，方外门道教类的《老父卖药》，仙类的《三老语年》、《天台二女》、《石溪李仙》、《周烂头》、《钱宝遇仙》，女仙类的《董永妻》，释教杂纪类的《骨中如来》、《六祖道场》、《拙生感神》，奸僧类的《奸髡》、《南京奸僧》、《徐州村寺僧》、《鹿苑寺僧》、《野僧缚妇》，比丘尼类的《尼寺之祸》、《尼奸》等。又如，祠祭门百神类的《屈原》、《桥成神助》、《猪母佛》、《鲍君》、《着饵石人》、《戏神就疾》、《天妃救厄》，鬼物类的《鬼状》、《鬼妾生子》、《鬼》、《伏尸作祟》、《鬼代试卷》、《放生见录》、《髑髅怪》、《死妾乳子》、《异鬼》、《鬼不足畏》、《冤鬼》、《鬼婚》，巫觋类的《投巫》、《巫祝杀人》等。此书所收条目，虽然有一些标明出处者，但大多数则未标出处，不能不说是一大缺憾。

### 2.《玉芝堂谈荟》

《玉芝堂谈荟》的编纂者徐应秋，字君义，号云林，浙江西安人。万历进士，官至福建左布政史。著有《玉芝堂谈荟》、《骈字凭霄》等。《玉芝堂谈荟》三十六卷，大多取材于史传、小说、杂记，涉及各种轶事旧闻、掌故名物等。该书每一卷均立有若干标题，有不少标题广泛征引诸书以证之，资料颇为丰富。诸如卷九《水晶屏上美人》收有《闻奇录》“画工”、《小说》“真真”、《酉阳杂俎》“画上妇人”、《开元天宝遗事》“水晶屏上美人气”、《夷坚志·回娘》、《辍耕录·鬼室》等。卷十四《假尸复生》收有《酉阳杂俎》“李简复生”、《志怪录》“道士救人”、《宦游纪闻》“朱进马复生”、《耳谈·借尸还魂》等。卷二十一《寒食断火》收有《新论》“冬不火食”、《邺中记》“并州冬俗”、《后汉书》“龙忌之禁”、《琴操》“五月五日不举火”、《十六国春秋》“石勒令复寒食”、《朝野佥载》“介子推妹”、《通事》“三月九日为寒食”等。卷二十四《龙母坟》收有《集异志》“产龙子”、《测幽记》“龙母墓”、《名胜志》“容县龙母坟”、《道家杂记》“张鲁女”、《郡国志》“李龙宅”、《括异志》“龙母冢”等。此书保存了不少民间故事资料，对于促进民间故事的传播颇有裨益。

## 三、明代与民间故事有关的专题性笔记小说集

明代与民间故事有关的专题性笔记小说集，内容各不相同，范围大小不一。谐谑类有陈禹谟编纂《广滑稽》、郁履行辑《谑浪》、许自昌撰《捧腹编》、李开先编集《词谑》、陈眉公辑《时兴笑话》、醉月子辑《精选雅笑》、佚名撰《笑海千金》、佚名撰《时尚笑谈》等。仙佛类有洪应明编纂《仙佛奇踪》、杨尔曾辑《仙媛纪事》等。智谋类有孙能传撰《益智编》等。动物类有黄省曾撰《兽经》、王稚登撰《虎苑》、陈继儒撰《虎荟》、

李翰撰《名马记》等。

以动物类中有关虎的专题性笔记小说集为例，《虎苑》二卷，专门汇集古书中及人间所闻虎事而成。全书分为“德政”、“孝感”、“贞符”、“占候”、“戴义”、“殛暴”、“威猛”、“灵怪”、“豢扰”、“搏射”、“神摄”、“人化”、“旁喻”、“杂志”等十四类，包含许多有关老虎的奇闻轶事，颇为精彩。像德政类的“梦虎破案”，孝感类的“姊救弟”，戴义类的“长兴邸妪”，殛暴类的“猛虎除凶”、“黑虎噬木客”，灵怪类的“虎伥为害”、“张四斗虎”，搏射类的“虎枕”、“张竭忠”、“月夜趯虎”，神摄类的“摄虎肩舆”，人化类的“太守化虎食群民”、“赵妻化虎”，杂志类的“母鸡飞扑虎眼”、“虎媒”等，都有一定的代表性。《虎荟》六卷，系仿《虎苑》而成的一部涉及虎事专集。该书有一小部分故事与《虎荟》相同，其他部分为虎精为祟、恶人化虎、人虎婚恋一类故事，大多具有一定的欣赏价值和积极意义。